朱自清
散文经典

朱自清　著
云　溪◎主编

中国华侨出版社

图书在版编目（CIP）数据

朱自清散文经典 / 朱自清著；云溪主编. —— 北京 :中国华侨出版社, 2015.6
ISBN 978-7-5113-5445-7

Ⅰ. ①朱… Ⅱ. ①朱… ②云… Ⅲ. ①散文集－中国－现代 Ⅳ. ①I266

中国版本图书馆CIP数据核字（2015）第 132240 号

朱自清散文经典

作　　者：	朱自清
主　　编：	云　溪
出 版 人：	方　鸣
责任编辑：	彬　彬
封面设计：	吕秉夏
文字编辑：	徐胜华
美术编辑：	北京东方视点数据技术有限公司
经　　销：	新华书店
开　　本：	720 mm×1020 mm　1/16　印张：24　字数：563 千字
印　　刷：	北京鑫海达印刷有限公司
版　　次：	2016年1月第1版　2017年7月第2次印刷
书　　号：	ISBN 978-7-5113-5445-7
定　　价：	58.00元

中国华侨出版社　北京市朝阳区静安里 26 号通成达大厦三层　邮编：100028
法律顾问：陈鹰律师事务所
发行部：（010）65772781　　　传真：（010）65756570
网　　址：www.oveaschin.com
E-mail:oveaschin@sina.com

如果发现印装质量问题，影响阅读，请与印刷厂联系调换。

朱自清像

朱自清与夫人陈竹隐。

扬州朱自清故居门口。

朱自清（左二）与友人俞平伯（右二）等人的合影。

朱自清（前左）与友人在一起。

朱自清父亲朱鸿钧像

《朱自清诗文选集》书影

朱自清先生的第一部诗歌散文合集《踪迹》于1924年12月出版。由丰子恺设计封面和题写书名。

1947年，朱自清与妻儿在一起。

1931年，朱自清（前排右二）与清华大学中文系师生合影。

1921年，朱自清（左四）与叶圣陶（右三）等友人在上海半淞园。

前言

　　朱自清原名自华，号秋实，后改名自清，字佩弦，祖籍浙江绍兴。1898年11月22日生于江苏东海。他的祖父朱则余和父亲朱鸿钧一直在江浙一带做小官，1901年朱鸿钧由东海赴扬州上任，两年后全家移居扬州。朱自清在扬州生活了13年，在那里度过了他的童年时期和少年时期。对扬州那段生活，他的感受是微妙、复杂的。大概是生活过于单调，所以他后来曾说，儿时的记忆只剩下"薄薄的影子"，"像被大水洗了一般，寂寞到可惊的程度"。1912年朱自清入高等小学，1916年中学毕业后考入北京大学预科。1920年北京大学哲学系毕业后，在江苏、浙江一带教中学，积极参加新文学运动，是"文学研究会"最早的成员之一。1925年8月到清华大学任教，开始研究中国古典文学。1931年留学英国，漫游欧洲，回国后写成《欧游杂记》。1932年9月任清华大学中文系主任。1937年抗日战争爆发，随校南迁至昆明，任西南联大教授。1946年由昆明返回北京，任清华大学中文系主任。同时，积极参加各项民主活动。在胃病加剧，体重仅有38.8公斤的情况下，告诫家人无论如何不买政府所售的美国面粉，于1948年8月在贫病中逝去。毛泽东曾赞扬他"一身重病，宁可饿死，不领美国的救济粮"，"表现了我们民族的英雄气概"。

　　朱自清一生著作20余种，约200万字，其文学创作成就主要集中在散文和诗歌方面。他的作品风格朴素缜密，清隽沉郁，以语言洗练、文笔秀丽著称。不论抒情、叙事、写景，还是说理，"都使人感到是那么实在、平易、纯正、透彻。而没有丝毫的虚、浮、躁、厉气，颇有一些'温柔敦厚'之风"。他在大学期间便开始新诗创作，1919年2月写的《睡罢，小小的人》是他的新诗处女作。1922年和俞平伯等人创办《诗》月刊，是新诗诞生时期最早的诗刊。他的诗歌多表现对黑暗的忧愤和对光明、对美的向往，他善于把自己的真情实感通过平易的叙述表达出来，笔致简约、亲切。

朱自清虽是以诗人的身份步入文坛的，但却以散文成就最为突出，是我国现代文学史上散文创作的巨匠，他对我国现代散文的发展做出了杰出的贡献，具有深远的影响。他的散文品种多样，有随笔，有游记，有特写，有杂感；或叙事言情，或状物绘景，或谈文论学，或评时议势，既洋溢着自然和人情的至美，也透射出内心凛然的正气风骨。朱自清的散文创作，从清秀隽永到质朴腴厚再到激进深邃，打上鲜明的时代印记，显示出他独特的艺术风格和审美旨趣。郁达夫在《新文学大系·现代散文导论》中说："朱自清虽则是一个诗人，可是他的散文仍能够贮满那一种诗意。"应该说，这是对朱自清散文艺术的一个很精到的评价。

朱自清既是一位真挚细腻的文学大家，也是一个外柔内刚的民主战士。他的思想与文采，他的为人与为文，他无论是作为现代作家，还是作为真正意义上的现代人，都值得我们去品读。然而朱自清一生的创作数量巨大，普通读者很难有时间一一品读，为了让读者在最短的时间内阅读尽可能多的精品，我们编辑出版了本书。书中收入了《踪迹》、《背影》、《你我》、《欧游杂记》、《伦敦杂记》、《标准与尺度》、《论雅俗共赏》、《语文影及其他》等集子，基本按它们最初出版的先后顺序排列，各篇文章的排列也尽可能保持原来的编排顺序，使读者能了解各个集子的原貌和朱自清编辑这些集子的原意。

我们诚挚地期望，通过本书，读者能了解朱自清作为我国现代文学家、学者和爱国民主战士的一生，了解他的文学创作成就和对我国现代文学所作出的杰出贡献，并从他朴实、正直、谦虚、诚恳的做人态度中，从他求真、求实的严谨创作态度和治学态度中，从他所表现的优秀知识分子的民族气节中，汲取到有益的营养。

目录

踪迹 ··· 1
　　匆匆 ··· 2
　　歌声 ··· 3
　　桨声灯影里的秦淮河 ····················· 4
　　温州的踪迹 ······································ 10
　　航船中的文明 ·································· 15

背影 ··· 17
　　甲辑 ··· 18
　　女人 ··· 18
　　白种人——上帝的骄子！ ············ 22
　　背影 ··· 24
　　阿河 ··· 26
　　哀韦杰三君 ···································· 32
　　飘零 ··· 35
　　白采 ··· 38
　　荷塘月色 ··· 40
　　一封信 ··· 42
　　怀魏握青君 ···································· 45
　　儿女 ··· 47
　　乙辑 ··· 52
　　旅行杂记 ··· 52

1

说 梦 57

海行杂记 59

你 我

"海阔天空"与"古今中外" 64

扬州的夏日 82

看 花 84

我所见的叶圣陶 87

论无话可说 90

给亡妇 92

你 我 95

谈抽烟 105

冬 天 107

择偶记 109

说扬州 111

南 京 114

潭柘寺 戒坛寺 118

欧游杂记

序 122

威尼斯 124

佛罗伦司 127

罗 马 130

滂卑故城 135

瑞 士 138

荷 兰 142

柏 林 146

德瑞司登 151

莱茵河 154

巴 黎 156

西行通讯〔附录〕 169

伦敦杂记 · · · · · · 175
- 自 序 · · · · · · 176
- 三家书店 · · · · · · 178
- 文人宅 · · · · · · 183
- 博物院 · · · · · · 187
- 公 园 · · · · · · 192
- 加尔东尼市场 · · · · · · 196
- 吃 的 · · · · · · 198
- 乞 丐 · · · · · · 201
- 圣诞节 · · · · · · 204
- 房东太太 · · · · · · 207

标准与尺度 · · · · · · 211
- 动乱时代 · · · · · · 212
- 回来杂记 · · · · · · 215
- 文学的标准与尺度 · · · · · · 219
- 论严肃 · · · · · · 224
- 论通俗化 · · · · · · 227
- 论标语口号 · · · · · · 230
- 论气节 · · · · · · 233
- 论吃饭 · · · · · · 237
- 什么是文学？ · · · · · · 241
- 什么是文学的"生路"？ · · · · · · 244
- 低级趣味 · · · · · · 247
- 语文学常谈 · · · · · · 249
- 鲁迅先生的中国语文观 · · · · · · 251
- 诵读教学 · · · · · · 253
- 诵读教学与"文学的国语" · · · · · · 255
- 论诵读 · · · · · · 258
- 论国语教育 · · · · · · 262
- 古文学的欣赏 · · · · · · 265

论雅俗共赏 ··· 269

- 论雅俗共赏 ··· 270
- 论百读不厌 ··· 275
- 论逼真与如画 ··· 280
- 论书生的酸气 ··· 287
- 论朗诵诗 ··· 293
- 禅家的语言 ··· 300
- 论老实话 ··· 304
- 鲁迅先生的杂感 ··· 308
- 闻一多先生怎样走着中国文学的道路 ··· 312

语文影及其他 ··· 319

- 语文影之辑 ··· 320
- 说 话 ··· 320
- 沉 默 ··· 322
- 撩天儿 ··· 325
- 如面谈 ··· 330
- 人 话 ··· 336
- 论废话 ··· 338
- 很 好 ··· 340
- 是喽嘛 ··· 343
- 不知道 ··· 345
- 话中有鬼 ··· 349
- 人生的一角之辑 ··· 351
- 正 义 ··· 351
- 论自己 ··· 354
- 论别人 ··· 357
- 论诚意 ··· 360
- 论做作 ··· 363
- 论青年 ··· 366

踪迹

匆 匆

燕子去了,有再来的时候;杨柳枯了,有再青的时候;桃花谢了,有再开的时候。但是,聪明的,你告诉我,我们的日子为什么一去不复返呢?——是有人偷了他们罢:那是谁?又藏在何处呢?是他们自己逃走了罢:现在又到了那里呢?

我不知道他们给了我多少日子;但我的手确乎是渐渐空虚了。在默默里算着,八千多日子已经从我手中溜去;像针尖上一滴水滴在大海里,我的日子滴在时间的流里,没有声音,也没有影子。我不禁头涔涔而泪潸潸了。

去的尽管去了,来的尽管来着;去来的中间,又怎样地匆匆呢?早上我起来的时候,小屋里射进两三方斜斜的太阳。太阳他有脚啊,轻轻悄悄地挪移了;我也茫茫然跟着旋转。于是——洗手的时候,日子从水盆里过去;吃饭的时候,日子从饭碗里过去;默默时,便从凝然的双眼前过去。我觉察他去的匆匆了,伸出手遮挽时,他又从遮挽着的手边过去,天黑时,我躺在床上,他便伶伶俐俐地从我身上跨过,从我脚边飞去了。等我睁开眼和太阳再见,这算又溜走了一日。我掩着面叹息。但是新来的日子的影儿又开始在叹息里闪过了。

在逃去如飞的日子里,在千门万户的世界里的我能做些什么呢?只有徘徊罢了,只有匆匆罢了;在八千多日的匆匆里,除徘徊外,又剩些什么呢?过去的日子如轻烟,被微风吹散了,如薄雾,被初阳蒸融了;我留着些什么痕迹呢?我何曾留着像游丝样的痕迹呢?我赤裸裸来到这世界,转眼间也将赤裸裸的回去罢?但不能平的,为什么偏要白白走这一遭啊?

你聪明的,告诉我,我们的日子为什么一去不复返呢?

1922年3月28日。

踪 迹

歌 声

　　昨晚中西音乐歌舞大会里"中西丝竹和唱"的三曲清歌，真令我神迷心醉了。
　　仿佛一个暮春的早晨，霏霏的毛雨①默然洒在我脸上，引起润泽，轻松的感觉。新鲜的微风吹动我的衣袂，像爱人的鼻息吹着我的手一样。我立的一条白矾石的甬道上，经了那细雨，正如涂了一层薄薄的乳油；踏着只觉越发滑腻可爱了。
　　这是在花园里。群花都还做她们的清梦。那微雨偷偷洗去她们的尘垢，她们的甜软的光泽便自焕发了。在那被洗去的浮艳下，我能看到她们在有日光时所深藏着的恬静的红，冷落的紫，和苦笑的白与绿。以前锦绣般在我眼前的，现在都带了黯淡的颜色。——是愁着芳春的销歇么？是感着芳春的困倦么？
　　大约也因那濛濛的雨，园里没了秾郁的香气。涓涓的东风吹来一缕缕饿了似的花香；夹带着些潮湿的草丛的气息和泥土的滋味。园外田亩和沼泽里，又时时送过些新插的秧，少壮的麦，和成荫的柳树的清新的蒸气。这些虽非甜美，却能强烈低刺激我的鼻观，使我有愉快的倦怠之感。
　　看啊，那都是歌中所有的：我用耳，也用眼，鼻，舌，身，听着；也用心唱着。我终于被一种健康的麻痹袭取了，于是为歌所有。此后只由歌独自唱着，听着；世界上便只有歌声了。

1921年11月3日，上海。

---

　　①细雨如牛毛，扬州称为"毛雨"。

桨声灯影里的秦淮河

一九二三年八月的一晚,我和平伯同游秦淮河;平伯是初泛,我是重来了。我们雇了一只"七板子",在夕阳已去,皎月方来的时候,便下了船。于是桨声汩——汩,我们开始领略那晃荡着蔷薇色的历史的秦淮河的滋味了。

秦淮河里的船,比北京万牲园、颐和园的船好,比西湖的船好,比扬州瘦西湖的船也好。这几处的船不是觉着笨,就是觉着简陋、局促;都不能引起乘客们的情韵,如秦淮河的船一样。秦淮河的船约略可分为两种:一是大船;一是小船,就是所谓"七板子"。大船舱口阔大,可容二三十人。里面陈设着字画和光洁的红木家具,桌上一律嵌着冰凉的大理石面。窗格雕镂颇细,使人起柔腻之感。窗格里映着红色蓝色的玻璃;玻璃上有精致的花纹,也颇悦人目。"七板子"规模虽不及大船,但那淡蓝色的栏干,空敞的舱,也足系人情思。而最出色处却在它的舱前。舱前是甲板上的一部,上面有弧形的顶,两边用疏疏的栏干支着。里面通常放着两张藤的躺椅。躺下,可以谈天,可以望远,可以顾盼两岸的河房。大船上也有这个,但在小船上更觉清隽罢了。舱前的顶下,一律悬着灯彩;灯的多少,明暗,彩苏的精粗,艳晦,是不一的,但好歹总还你一个灯彩。这灯彩实在是最能钩人的东西。夜幕垂垂地下来时,大小船上都点起灯火。从两重玻璃里映出那辐射着的黄黄的散光,反晕出一片朦胧的烟霭;透过这烟霭,在黯黯的水波里,又逗起缕缕的明漪。在这薄霭和微漪里,听着那悠然的间歇的桨声,谁能不被引入他的美梦去呢?只愁梦太多了,这些大小船儿如何载得起呀?我们这时模模糊糊的谈着明末的秦淮河的艳迹,如《桃花扇》及《板桥杂记》里所载的。我们真神往了。我们仿佛亲见那时华灯映水,画舫凌波的光景了。于是我们的船便成了历史的重载了。我们终于恍然秦淮河的船所以雅丽过于他处,而又有奇异的吸引力的,实在是许多历史的影像使然了。

秦淮河的水是碧阴阴的;看起来厚而不腻,或者是六朝金粉所凝么?我们初

踪迹

上船的时候，天色还未断黑，那漾漾的柔波是这样的恬静，委婉，使我们一面有水阔天空之想，一面又憧憬着纸醉金迷之境了。等到灯火明时，阴阴的变为沉沉了：黯淡的水光，像梦一般；那偶然闪烁着的光芒，就是梦的眼睛了。我们坐在舱前，因了那隆起的顶棚，仿佛总是昂着首向前走着似的；于是飘飘然如御风而行的我们，看着那些自在的湾泊着的船，船里走马灯般的人物，便像是下界一般，迢迢的远了，又像在雾里看花，尽朦朦胧胧的。这时我们已过了利涉桥，望见东关头了。沿路听见断续的歌声：有从沿河的妓楼飘来的，有从河上船里度来的。我们明知那些歌声，只是些因袭的言词，从生涩的歌喉里机械的发出来的；但它们经了夏夜的微风的吹漾和水波的摇拂，袅娜着到我们耳边的时候，已经不单是她们的歌声，而混着微风和河水的密语了。于是我们不得不被牵惹着，震撼着，相与浮沉于这歌声里了。从东关头转湾，不久就到大中桥。大中桥共有三个桥拱，都很阔大，俨然是三座门儿；使我们觉得我们的船和船里的我们，在桥下过去时，真是太无颜色了。桥砖是深褐色，表明它的历史的长久；但都完好无缺，令人太息于古昔工程的坚美。桥上两旁都是木壁的房子，中间应该有街路？这些房子都破旧了，多年烟熏的迹，遮没了当年的美丽。我想像秦淮河的极盛时，在这样宏阔的桥上，特地盖了房子，必然是髹漆得富富丽丽的；晚间必然是灯火通明的。现在却只剩下一片黑沉沉！但是桥上造着房子，毕竟使我们多少可以想见往日的繁华；这也慰情聊胜无了。过了大中桥，便到了灯月交辉，笙歌彻夜的秦淮河；这才是秦淮河的真面目哩。

大中桥外，顿然空阔，和桥内两岸排着密密的人家的大异了。一眼望去，疏疏的林，淡淡的月，衬着蓝蔚的天，颇像荒江野渡光景；那边呢，郁丛丛的，阴森森的，又似乎藏着无边的黑暗：令人几乎不信那是繁华的秦淮河了。但是河中眩晕着的灯光，纵横着的画舫，悠扬着的笛韵，夹着那吱吱的胡琴声，终于使我们认识绿如茵陈酒的秦淮水了。此地天裸露着的多些，故觉夜来的独迟些；从清清的水影里，我们感到的只是薄薄的夜——这正是秦淮河的夜。大中桥外，本来还有一座复成桥，是船夫口中的我们的游踪尽处，或也是秦淮河繁华的尽处了。我的脚曾踏过复成桥的脊，在十三四岁的时候。但是两次游秦淮河，却都不曾见着复成桥的面；明知总在前途的，却常觉得有些虚无缥缈似的。我想，不见倒也好。这时正是盛夏。我们下船后，借着新生的晚凉和河上的微风，暑气已渐渐销散；到了此地，豁然开朗，身子顿然轻了——习习的清风荏苒在面上，手上，衣上，这便又感到了一缕新凉。南京的日光，大概没有杭州猛烈；西湖的夏夜老是热蓬蓬的，水像沸着一般，秦淮河的水却尽是这样冷冷地绿着。任你人影的憧憧，

5

歌声的扰扰，总像隔着一层薄薄的绿纱面幂似的；它尽是这样静静的，冷冷的绿着。我们出了大中桥，走不上半里路，船夫便将船划到一旁，停了桨由它宕着。他以为那里正是繁华的极点，再过去就是荒凉了；所以让我们多多赏鉴一会儿。他自己却静静的蹲着。他是看惯这光景的了，大约只是一个无可无不可。这无可无不可，无论是升的沉的，总之，都比我们高了。

那时河里闹热极了；船大半泊着，小半在水上穿梭似的来往。停泊着的都在近市的那一边，我们的船自然也夹在其中。因为这边略略的挤，便觉得那边十分的疏了。在每一只船从那边过去时，我们能画出它的轻轻的影和曲曲的波，在我们的心上；这显着是空，且显着是静了。那时处处都是歌声和凄厉的胡琴声，圆润的喉咙，确乎是很少的。但那生涩的，尖脆的调子能使人有少年的，粗率不拘的感觉，也正可快我们的意。况且多少隔开些儿听着，因为想像与渴慕的做美，总觉更有滋味；而竞发的喧嚣，抑扬的不齐，远近的杂沓，和乐器的嘈嘈切切，合成另一意味的谐音，也使我们无所适从，如随着大风而走。这实在因为我们的心枯涩久了，变为脆弱；故偶然润泽一下，便疯狂似的不能自主了。但秦淮河确也腻人。即如船里的人面，无论是和我们一堆儿泊着的，无论是从我们眼前过去的，总是模模糊糊的，甚至渺渺茫茫的；任你张圆了眼睛，揩净了眦垢，也是枉然。这真够人想呢。在我们停泊的地方，灯光原是纷然的；不过这些灯光都是黄而有晕的。黄已经不能明了，再加上了晕，便更不成了。灯愈多，晕就愈甚；在繁星般的黄的交错里，秦淮河仿佛笼上了一团光雾。光芒与雾气腾腾的晕着，什么都只剩了轮廓了；所以人面的详细的曲线，便消失于我们的眼底了。但灯光究竟夺不了那边的月色；灯光是浑的，月色是清的。在浑沌的灯光里，渗入了一派清辉，却真是奇迹！那晚月儿已瘦削了两三分。她晚妆才罢，盈盈的上了柳梢头。天是蓝得可爱，仿佛一汪水似的；月儿便更出落得精神了。岸上原有三株两株的垂杨树，淡淡的影子，在水里摇曳着。它们那柔细的枝条浴着月光，就像一支支美人的臂膊，交互的缠着，挽着；又像是月儿披着的发。而月儿偶然也从它们的交叉处偷偷窥看我们，大有小姑娘怕羞的样子。岸上另有几株不知名的老树，光光的立着；在月光里照起来，却又俨然是精神矍铄的老人。远处——快到天际线了，才有一两片白云，亮得现出异彩，像美丽的贝壳一般。白云下便是黑黑的一带轮廓；是一条随意画的不规则的曲线。这一段光景，和河中的风味大异了。但灯与月竟能并存着，交融着，使月成了缠绵的月，灯射着渺渺的灵辉；这正是天之所以厚秦淮河，也正是天之所以厚我们了。

这时却遇着了难解的纠纷。秦淮河上原有一种歌妓，是以歌为业的。从前都在茶舫上，唱些大曲之类。每日午后一时起；什么时候止，却忘记了。晚上照样也有一回，也在黄晕的灯光里。我从前过南京时，曾随着朋友去听过两次。因为茶舫里的人脸太多了，觉得不大适意，终于听不出所以然。前年听说歌妓被取缔了，不知怎的，颇涉想了几次——却想不出什么。这次到南京，先到茶舫上去看看，觉得颇是寂寥，令我无端的怅怅了。不料她们却仍在秦淮河里挣扎着，不料她们竟会纠缠到我们，我于是很张皇了。她们也乘着"七板子"，她们总是坐在舱前的。舱前点着石油汽灯，光亮眩人眼目：坐在下面的，自然是纤毫毕见了——引诱客人们的力量，也便在此了。舱里躲着乐工等人，映着汽灯的余辉蠕动着；他们是永远不被注意的。每船的歌妓大约都是二人；天色一黑，她们的船就在大中桥外往来不息的兜生意。无论行着的船，泊着的船，都要来兜揽的。这都是我后来推想出来的。那晚不知怎样，忽然轮着我们的船了。我们的船好好的停着，一只歌舫划向我们来了；渐渐和我们的船并着了。铄铄的灯光逼得我们皱起了眉头；我们的风尘色全给它托出来了，这使我踧踖不安了。那时一个伙计跨过船来，拿着摊开的歌折，就近塞向我的手里，说，"点几出吧！"他跨过来的时候，我们船上似乎有许多眼光跟着。同时相近的别的船上也似乎有许多眼睛炯炯的向我们船上看着。我真窘了！我也装出大方的样子，向歌妓们瞥了一眼，但究竟是不成的！我勉强将那歌折翻了一翻，却不曾看清了几个字；便赶紧递还那伙计，一面不好意思地说，"不要。我们……不要。"他便塞给平伯。平伯掉转头去，摇手说，"不要！"那人还腻着不走。平伯又回过脸来，摇着头道，"不要！"于是那人重到我处。我窘着再拒绝了他。他这才有所不屑似的走了。我的心立刻放下，如释了重负一般。我们就开始自白了。

我说我受了道德律的压迫，拒绝了她们；心里似乎很抱歉的。这所谓抱歉，一面对于她们，一面对于我自己。她们于我们虽然没有很奢的希望；但总有些希望的。我们拒绝了她们，无论理由如何充足，却使她们的希望受了伤；这总有几分不做美了。这是我觉得很怅怅的。至于我自己，更有一种不足之感。我这时被四面的歌声诱惑了，降服了；但是远远的，远远的歌声总仿佛隔着重衣搔痒似的，越搔越搔不着痒处。我于是憧憬着贴耳的妙音了。在歌舫划来时，我的憧憬，变为盼望；我固执的盼望着，有如饥渴。虽然从浅薄的经验里，也能够推知，那贴耳的歌声，将剥去了一切的美妙；但一个平常的人像我的，谁愿凭了理性之力去丑化未来呢？我宁愿自己骗着了。不过我的社会感性是很敏锐的；我的思力能拆穿道德律的西洋镜，而我的感情却终于被它压服着。我于是有所顾忌了，尤其是在众目昭彰的时候。道德律的力，本来是民众赋予的；在民众的面前，自然更显出它的威严了。我这时一面盼望，一面却感到了两重的禁制：一，在通俗的意义上，接近妓者总算一种不正当的行为；二，妓是一种不健全的职业，我们对于她们，应有哀矜勿喜之心，不应赏玩的去听她们的歌。在众目睽睽之下，这两种思想在我心里最为旺盛。她们暂时压倒了我的听歌的盼望，这便成就了我的灰色的拒绝。那时的心实在异常状态中，觉得颇是昏乱。歌舫去了，暂时宁靖之后，我的思绪又如潮涌了。两个相反的意思在我心头往复：卖歌和卖淫不同，听歌和狎妓不同，又干道德甚事？——但是，但是，她们既被逼的以歌为业，她们的歌必无艺术味的；况她们的身世，我们究竟该同情的。所以拒绝倒也是正办。但这些意思终于不曾撇开我的听歌的盼望。它力量异常坚强；它总想将别的思绪踏在脚下。从这重重的争斗里，我感到了浓厚的不足之感。这不足之感使我的心盘旋不安，起坐都不安宁了。唉！我承认我是一个自私的人！平伯呢，却与我不同。他引周启明先生的诗，"因为我有妻子，所以我爱一切的女人，因为我有子女，所以我爱一切的孩子。"①他的意思可以见了。他因为推及的同情，爱着那些歌妓，并且尊重着她们，所以拒绝了她们。在这种情形下，他自然以为听歌是对于她们的一种侮辱。但他也是想听歌的，虽然不和我一样，所以在他的心中，当然也有一番小小的争斗；争斗的结果，是同情胜了。至于道德律，在他是没有什么的；因为他很有蔑视一切的倾向，民众的力量在他是不大觉着的。这时他的心意的活动比较简单，又比较松弱，故事后还怡然自若；我却不能了。这里平伯又比我高了。

在我们谈话中间，又来了两只歌舫。伙计照前一样的请我们点戏，我们照前一样的拒绝了。我受了三次窘，心里的不安更甚了。清艳的夜景也为之减色。船夫大约因为要赶第二趟生意，催着我们回去；我们无可无不可的答应了。我们渐渐和那些晕黄的灯光远了，只有些月色冷清清的随着我们的归舟。我们的船竟没个伴儿，秦淮河的夜正长哩！到大中桥近处，才遇着一只来船。这是一只载妓的板船，黑漆漆的没有一点光。船头上坐着一个妓女；暗里看出，白地小花的衫子，黑的下衣。她手里拉着胡琴，口里唱着青衫的调子。她唱得响亮而圆转；当她的船箭一般驶过去时，余音还袅袅的在我们耳际，使我们倾听而向往。想不到在弩末的游踪里，还能领略到这样的清歌！这时船过大中桥了，森森的水影，如黑暗张着巨口，要将我们的船吞了下去。我们回顾那渺渺的黄光，不胜依恋之情；我

---

①原诗是，"我为了自己的儿女才爱小孩子，为了自己的妻才爱女人"，见《雪朝》四八页。

踪 迹

们感到了寂寞了！这一段地方夜色甚浓，又有两头的灯火招邀着；桥外的灯火不用说了，过了桥另有东关头疏疏的灯火。我们忽然仰头看见依人的素月，不觉深悔归来之早了！走过东关头，有一两只大船湾泊着，又有几只船向我们来着。嚣嚣的一阵歌声人语，仿佛笑我们无伴的孤舟哩。东关头转湾，河上的夜色更浓了；临水的妓楼上，时时从帘缝里射出一线一线的灯光；仿佛黑暗从酣睡里眨了一眨眼。我们默然的对着，静听那汩——汩的桨声，几乎要入睡了；朦胧里却温寻着适才的繁华的余味。我那不安的心在静里愈显活跃了！这时我们都有了不足之感，而我的更其浓厚。我们却又不愿回去，于是只能由懊悔而怅惘了。船里便满载着怅惘了。直到利涉桥下，微微嘈杂的人声，才使我豁然一惊；那光景却又不同。右岸的河房里，都大开了窗户，里面亮着晃晃的电灯，电灯的光射到水上，蜿蜒曲折，闪闪不息，正如跳舞着的仙女的臂膊。我们的船已在她的臂膊里了；如睡在摇篮里一样，倦了的我们便又入梦了。那电灯下的人物，只觉像蚂蚁一般，更不去萦念。这是最后的梦；可惜是最短的梦！黑暗重复落在我们面前，我们看见傍岸的空船上一星两星的，枯燥无力又摇摇不定的灯光。我们的梦醒了，我们知道就要上岸了；我们心里充满了幻灭的情思。

1923年10月11日作完，于温州。

温州的踪迹

一　"月朦胧，鸟朦胧，帘卷海棠红"[1]

　　这是一张尺多宽的小小的横幅，马孟容君画的。上方的左角，斜着一卷绿色的帘子，稀疏而长；当纸的直处三分之一，横处三分之二。帘子中央，着一黄色的，茶壶嘴似的钩儿——就是所谓软金钩么？"钩弯"垂着双穗，石青色；丝缕微乱，若小曳于轻风中。纸右一圆月，淡淡的青光遍满纸上；月的纯净，柔软与平和，如一张睡美人的脸。从帘的上端向右斜伸而下，是一枝交缠的海棠花。花叶扶疏，上下错落着，共有五丛；或散或密，都玲珑有致。叶嫩绿色，仿佛掐得出水似的；在月光中掩映着，微微有浅深之别。花正盛开，红艳欲流；黄色的雄蕊历历的，闪闪的。衬托在丛绿之间，格外觉着妖娆了。枝欹斜而腾挪，如少女的一只臂膊。枝上歇着一对黑色的八哥，背着月光，向着帘里。一只歇得高些，小小的眼儿半睁半闭的，似乎在入梦之前，还有所留恋似的。那低些的一只别过脸来对着这一只，已缩着颈儿睡了。帘下是空空的，不着一些痕迹。

　　试想在圆月朦胧之夜，海棠是这样的妩媚而嫣润；枝头的好鸟为什么却双栖而各梦呢？在这夜深人静的当儿，那高踞着的一只八哥儿，又为何尽撑着眼皮儿不肯睡去呢？他到底等什么来着？舍不得那淡淡的月儿么？舍不得那疏疏的帘儿么？不，不，不，您得到帘下去找，您得向帘中去找——您该找着那卷帘人了？他的情韵风怀，原是这样这样的哟！朦胧的岂独月呢；岂独鸟呢？但是，咫尺天涯，教我如何耐得？我拚着千呼万唤；你能够出来么？

　　这页画布局那样经济，设色那样柔活，故精彩足以动人。虽是区区尺幅，而情韵之厚，已足沦肌浃髓而有余。我看了这画，瞿然而惊；留恋之怀，不能自已。

----

[1]画题，系旧句。

故将所感受的印象细细写出,以志这一段因缘。但我于中西的画都是门外汉,所说的话不免为内行所笑。——那也只好由他了。

1924年2月1日,温州作。

二 绿

我第二次到仙岩①的时候,我惊诧于梅雨潭的绿了。

梅雨潭是一个瀑布潭。仙岩有三个瀑布,梅雨瀑最低。走到山边,便听见花花花花的声音;抬起头,镶在两条湿湿的黑边儿里的,一带白而发亮的水便呈现于眼前了。我们先到梅雨亭。梅雨亭正对着那条瀑布;坐在亭边,不必仰头,便可见它的全体了。亭下深深的便是梅雨潭。这个亭踞在突出的一角的岩石上,上下都空空儿的;仿佛一只苍鹰展着翼翅浮在天宇中一般。三面都是山,像半个环儿拥着;人如在井底了。这是一个秋季的薄阴的天气。微微的云在我们顶上流着;岩面与草丛都从润湿中透出几分油油的绿意。而瀑布也似乎分外的响了。那瀑布从上面冲下,仿佛已被扯成大小的几绺;不复是一幅整齐而平滑的布。岩上有许多棱角;瀑流经过时,作急剧的撞击,便飞花碎玉般乱溅着了。那溅着的水花,晶莹而多芒;远望去,像一朵朵小小的白梅,微雨似的纷纷落着。据说,这就是梅雨潭之所以得名了。但我觉得像杨花,格外确切些。轻风起来时,点点随风飘散,那更是杨花了。——这时偶然有几点送入我们温暖的怀里,便倏的钻了进去,再也寻它不着。

梅雨潭闪闪的绿色招引着我们;我们开始追捉她那离合的神光了。揪着草,攀着乱石,小心探身下去,又鞠躬过了一个石穹门,便到了汪汪一碧的潭边了。瀑布在襟袖之间;但我的心中已没有瀑布了。我的心随潭水的绿而摇荡。那醉人的绿呀!仿佛一张极大极大的荷叶铺着,满是奇异的绿呀。我想张开两臂抱住她;但这是怎样一个妄想呀。——站在水边,望到那面,居然觉着有些远呢!这平铺着,厚积着的绿,着实可爱。她松松的皱缬着,像少妇拖着的裙幅;她轻轻的摆弄着,像跳动的初恋的处女的心;她滑滑的明亮着,像涂了"明油"一般,有鸡蛋清那样软,那样嫩,令人想着所曾触过的最嫩的皮肤;她又不杂些儿尘滓,宛然一块温润的碧玉,只清清的一色——但你却看不透她!我曾见过北京十刹海拂地的绿杨,脱不了鹅黄的底子,似乎太淡了。我又曾见过杭州虎跑寺近旁高峻而深密的"绿壁",丛叠着无穷的碧草与绿叶的,那又似乎太浓了。其余呢,西湖的波太明了,

---

①山名,瑞安的胜迹。

秦淮河的也太暗了。可爱的，我将什么来比拟你呢？我怎么比拟得出呢？大约潭是很深的，故能蕴蓄着这样奇异的绿；仿佛蔚蓝的天融了一块在里面似的，这才这般的鲜润呀。——那醉人的绿呀！我若能裁你以为带，我将赠给那轻盈的舞女；她必能临风飘举了。我若能挹你以为眼，我将赠给那善歌的盲妹；她必明眸善睐了。我舍不得你；我怎舍得你呢？我用手拍着你，抚摩着你，如同一个十二三岁的小姑娘。我又掬你入口，便是吻着她了。我送你一个名字，我从此叫你"女儿绿"，好么？

我第二次到仙岩的时候，我不禁惊诧于梅雨潭的绿了。

2月8日，温州作。

三　白水漈

几个朋友伴我游白水漈。

这也是个瀑布；但是太薄了，又太细了。有时闪着些须的白光；等你定睛看去，却又没有——只剩一片飞烟而已。从前有所谓"雾縠"，大概就是这样了。所以如此，全由于岩石中间突然空了一段；水到那里，无可凭依，凌虚飞下，便扯得又薄又细了。当那空处，最是奇迹。白光嬗为飞烟，已是影子，有时却连影子也不见。有时微风过来，用纤手挽着那影子，它便袅袅的成了一个软弧；但她的手才松，它又像橡皮带儿似的，立刻伏伏贴贴的缩回来了。我所以猜疑，或者另有双不可知的巧手，要将这些影子织成一个幻网。——微风想夺了她的，她怎么肯呢？

幻网里也许织着诱惑；我的依恋便是个老大的证据。

3月16日，宁波作。

四　生命的价格——七毛钱

生命本来不应该有价格的；而竟有了价格！人贩子，老鸨，以至近来的绑票土匪，都就他们的所有物，标上参差的价格，出卖于人；我想将来许还有公开的人市场呢！在种种"人货"里，价格最高的，自然是土匪们的票了，少则成千，多则成万；大约是有历史以来，"人货"的最高的行情了。其次是老鸨们所有的妓女，由数百元到数千元，是常常听到的。最贱的要算是人贩子的货色！他们所有的，只是些男女小孩，只是些"生货"，所以便卖不起价钱了。

人贩子只是"仲买人"，他们还得取给于"厂家"，便是出卖孩子们的人家。"厂家"的价格才真是道地呢！《青光》里曾有一段记载，说三块钱买了一个丫头；

那是移让过来的，但价格之低，也就够令人惊诧了！"厂家"的价格，却还有更低的！三百钱，五百钱买一个孩子，在灾荒时不算难事！但我不曾见过。我亲眼看见的一条最贱的生命，是七毛钱买来的！这是一个五岁的女孩子。一个五岁的"女孩子"卖七毛钱，也许不能算是最贱；但请您细看：将一条生命的自由和七枚小银元各放在天平的一个盘里，您将发见，正如九头牛与一根牛毛一样，两个盘儿的重量相差实在太远了！

我见这个女孩，是在房东家里。那时我正和孩子们吃饭；妻走来叫我看一件奇事，七毛钱买来的孩子！孩子端端正正的坐在条凳上；面孔黄黑色，但还丰润；衣帽也还整洁可看。我看了几眼，觉得和我们的孩子也没有什么差异；我看不出她的低贱的生命的符记——如我们看低贱的货色时所容易发见的符记。我回到自己的饭桌上，看看阿九和阿菜，始终觉得和那个女孩没有什么不同！但是，我毕竟发见真理了！我们的孩子所以高贵，正因为我们不曾出卖他们，而那个女孩所以低贱，正因为她是被出卖的；这就是她只值七毛钱的缘故了！呀，聪明的真理！

妻告诉我这孩子没有父母，她哥嫂将她卖给房东家姑爷开的银匠店里的伙计，便是带着她吃饭的那个人。他似乎没有老婆，手头很窘的，而且喜欢喝酒，是一个糊涂的人！我想这孩子父母若还在世，或者还舍不得卖她，至少也要迟几年卖她；因为她究竟是可怜可怜的小羔羊。到了哥嫂的手里，情形便不同了！家里总不宽裕，多一张嘴吃饭，多费些布做衣，是显而易见的。将来人大了，由哥嫂卖出，究竟是为难的；说不定还得找补些儿，才能送出去。这可多么冤呀！不如趁小的时候，谁也不注意，做个人情，送了干净！您想，温州不算十分穷苦的地方，也没碰着大荒年，干什么得了七个小毛钱，就心甘情愿的将自己的小妹子捧给人家呢？说等钱用？谁也不信！七毛钱了得什么急事！温州又不是没人买的！大约买卖两方本来相知；那边恰要个孩子顽儿，这边也乐得出脱，便半送半卖的含糊定了交易。我猜想那时伙计向袋里一摸一股脑儿掏了出来，只有七毛钱！哥哥原也不指望着这笔钱用，也就大大方方收了完事。于是财货两交，那女孩便归伙计管业了！

这一笔交易的将来，自然是在运命手里；女儿本姓"碰"，由她去碰罢了！但可知的，运命决不加惠于她！第一幕的戏已启示于我们了！照妻所说，那伙计必无这样耐心，抚养她成人长大！他将像豢养小猪一样，等到相当的肥壮的时候，便卖给屠户，任他宰割去；这其间他得了赚头，是理所当然的！但屠户是谁呢？在她卖做丫头的时候，便是主人！"仁慈的"主人只宰割她相当的劳力，如养羊而剪它的毛一样。到了相当的年纪，便将她配人。能够这样，她虽然被搁在丫头坯里，却还算不幸中之幸哩。但在目下这钱世界里，如此大方的人究竟是少的；我们所见的，十有六七是刻薄人！她若卖到这种人手里，他们必挖榨她过量的劳力。供不应求时，便骂也来了，打也来了！等她成熟时，却又好转卖给人家作妾；平常挖榨的不够，这儿又找补一个尾子！偏生这孩子模样儿又不好；入门不能得丈夫的欢心，容易遭大妇的凌虐，又是显然的！她的一生，将消磨于眼泪中了！也有些主人自己收婢作妾的；但红颜白发，也只空断送了她的一生！和前例相较，只是五十步与百步而已。——更可危的，她若被那伙计卖在妓院里，老鸨才真是个令人肉颤的屠户呢！我们可以想到：她怎样逼她学弹学唱，怎样驱遣她去做粗活！怎样用藤筋打她，用针刺她！怎样督责她承欢卖笑！她怎样吃残羹冷饭！怎样打熬着不得睡觉！怎样终于生了一身毒疮！她的像貌使她只能做下等妓女；她的沦落风尘是终生的！她的悲剧也是终生的！——唉！七毛钱竟买了你的全生命——你的血肉之躯竟抵不上区区七个小银元么？生命真太贱了！生命真太贱了！

因此想到自己的孩子的运命，真有些胆寒！钱世界里的生命市场存在一日，都是我们孩子的危险！都是我们孩子的侮辱！您有孩子的人呀，想想看，这是谁之罪呢？这是谁之责呢？

4月9日，宁波作。

航船中的文明

第一次乘夜航船,从绍兴府桥到西兴渡口。

绍兴到西兴本有汽油船。我因急于来杭,又因年来逐逐于火车轮船之中,也想"回到"航船里,领略先代生活的异样的趣味;所以不顾亲戚们的坚留和劝说(他们说航船里是很苦的),毅然决然的于下午六时左右下了船。有了"物质文明"的汽油船,却又有"精神文明"的航船,使我们徘徊其间,左右顾而乐之,真是二十世纪中国人的幸福了!

航船中的乘客大都是小商人;两个军弁是例外。满船没有一个士大夫;我区区或者可充个数儿,——因为我曾读过几年书,又忝为大夫之后——但也是例外之例外!真的,那班士大夫到那里去了呢?这不消说得,都到了轮船里去了!士大夫虽也塞着大旗拥护精神文明,但千虑不免一失,竟为那物质文明的孙儿,满身洋油气的小顽意儿骗得定定的,忍心害理的撇了那老相好。于是航船虽然照常行驶,而光彩已减少许多!这确是一件可以慨叹的事;而"国粹将亡"的呼声,似也不是徒然的了。呜呼,是谁之咎欤?

既然来到这"精神文明"的航船里,正可将船里的精神文明考察一番,才不虚此一行。但从那里下手呢?这可有些为难。踌躇之间,恰好来了一个女人。——我说"来了",仿佛亲眼看见,而孰知不然;我知道她"来了",是在听见她尖锐的语音的时候。至于她的面貌,我至今还没有看见呢。这第一要怪我的近视眼,第二要怪那袭人的暮色,第三要怪——哼——要怪那"男女分坐"的精神文明了。女人坐在前面,男人坐在后面;那女人离我至少有两丈远,所以便不可见其脸了。且慢,这样左怪右怪,"其词若有憾焉",你们或者猜想那女人怎样美呢。而孰知又大大的不然!我也曾"约略的"看来,都是乡下的黄面婆而已。至于尖锐的语音,那是少年的妇女所常有的,倒也不足为奇。然而这一次,那来了的女人的尖锐的语音竟致劳动区区的执笔者,却又另有缘故。在那语音里,表示出对于航船里精神文明的抗议；她说，"男人女人都是人！"她要坐到后面来，（因前面太挤，实无他故，合并声明，）而航船里的"规矩"是不许的。船家拦住她，她仗着她不是姑娘了，便老了脸皮，大着胆子，慢慢的说了那句话。她随即坐在原处，而"批评家"的议论繁然了。一个船家在船沿上走着，随便的说，"男人女人都是人，是的，不错。做秤钩的也是铁，做秤锤的也是铁，做铁锚的也是铁，都是铁呀！"这一段批评大约十分巧妙，说出诸位"批评家"所要说的，于是众喙都息，这便成了定论。至于那女人，事实上早已坐下了；"孤掌难鸣"，或者她饱饫了诸位"批评家"的宏论，也不要鸣了罢。"是非之心"，虽然"人皆有之"，而撑船经商者流，对于名教之大防，竟能剖辨得这样"详明"，也着实亏他们。中国毕竟是礼义之邦，文明之古国呀！——我悔不该乱怪那"男女分坐"的精神文明了！

"祸不单行"，凑巧又来了一个女人。她是带着男人来的。——呀，带着男人！正是；所以才"祸不单行"呀！——说得满口好绍兴的杭州话，在黑暗里隐隐露着一张白脸；带着五六分城市气。船家照他们的"规矩"，要将这一对儿生剌剌的分开；男人不好意思做声，女的却抢着说，"我们是'一堆生'①的！"太亲热的字眼，竟在"规规矩矩的"航船里说了！于是船家命令的嚷道："我们有我们的规矩，不管你'一堆生'不'一堆生'的！"大家都微笑了。有的沉吟的说："一堆生的？"有的惊奇的说："一'堆'生的！"有的嘲讽的说："哼，一堆生的！"在这四面楚歌里，凭你怎样伶牙俐齿，也只得服从了！"妇者，服也"，这原是她的本行呀。只看她毫不置辩，毫不懊恼，还是若无其事的和人攀谈，便知她确乎是"服也"了。这不能不感谢船家和乘客诸公"卫道"之功；而论功行赏，船家尤当首屈一指。呜呼，可以风矣！

在黑暗里征服了两个女人，这正是我们的光荣；而航船中的精神文明，也粲然可见了——于是乎书。

1924年5月3日。

---

① 一块儿。

背 影

甲 辑

女 人

　　白水是个老实人,又是个有趣的人。他能在谈天的时候,滔滔不绝地发出长篇大论。这回听勉子说,日本某杂志上有《女?》一文,是几个文人以"女"为题的桌话的纪录。他说,"这倒有趣,我们何不也来一下?"我们说,"你先来!"他搔了搔头发道:"好!就是我先来;你们可别临阵脱逃才好。"我们知道他照例是开口不能自休的。果然,一番话费了这多时候,以致别人只有补充的工夫,没有自叙的余裕。那时我被指定为临时书记,曾将桌上所说,拉杂写下。现在整理出来,便是以下一文。因为十之八是白水的意见,便用了第一人称,作为他自述的模样;我想,白水大概不至于不承认吧?

　　老实说,我是个欢喜女人的人;从国民学校时代直到现在,我总一贯地欢喜着女人。虽然不曾受着什么"女难",而女人的力量,我确是常常领略到的。女人就是磁石,我就是一块软铁;为了一个虚构的或实际的女人,呆呆的想了一两点钟,乃至想了一两个星期,真有不知肉味光景——这种事是屡屡有的。在路上走,远远的有女人来了,我的眼睛便像蜜蜂们嗅着花香一般,直攫过去。但是我很知足,普通的女人,大概看一两眼也就够了,至多再掉一回头。像我的一位同学那样,遇见了异性,就立正——向左或向右转,仔细用他那两只近视眼,从眼镜下面紧紧追出去半日半日,然后看不见,然后开步走——我是用不着的。我们地方有句土话说:"乖子望一眼,呆子望到晚;"我大约总在"乖子"一边了。我到无论什么地方,第一总是用我的眼睛去寻找女人。在火车里,我必走遍几辆车去发见女人；在轮船里，我必走遍全船去发现女人。我若找不到女人时，我便逛游戏场去，赶庙会去，——我大胆地加一句——参观女学校去；这些都是女人多的地方。于是我的眼睛更忙了！我拖着两只脚跟着她们走，往往直到疲倦为止。

我所追寻的女人是什么呢？我所发现的女人是什么呢？这是艺术的女人。从前人将女人比做花，比做鸟，比做羔羊；他们只是说，女人是自然手里创造出来的艺术，使人们欢喜赞叹——正如艺术的儿童是自然的创作，使人们欢喜赞叹一样。不独男人欢喜赞叹，女人也欢喜赞叹；而"妒"便是欢喜赞叹的另一面，正如"爱"是欢喜赞叹的一面一样。受欢喜赞叹的，又不独是女人，男人也有。"此柳风流可爱，似张绪当年，"便是好例；而"美丰仪"一语，尤为"史不绝书"。但男人的艺术气分，似乎总要少些；贾宝玉说得好：男人的骨头是泥做的，女人的骨头是水做的。这是天命呢？还是人事呢？我现在还不得而知；只觉得事实是如此罢了。——你看，目下学绘画的"人体习作"的时候，谁不用了女人做他的模特儿呢？这不是因为女人的曲线更为可爱么？我们说，自有历史以来，女人是比男人更具艺术的；这句话总该不会错吧？所以我说，艺术的女人。所谓艺术的女人，有三种意思：是女人中最为艺术的，是女人的艺术的一面，是我们以艺术的眼去看女人。我说女人比男人更具艺术的，是一般的说法；说女人中最为艺术的，是个别的说法。——而"艺术"一词，我用它的狭义，专指眼睛的艺术而言，与绘画，雕刻，跳舞同其范类。艺术的女人便是有着美好的颜色和轮廓和动作的女人，便是她的容貌，身材，姿态，使我们看了感到"自己圆满"的女人。这里有一块天然的界碑，我所说的只是处女，少妇，中年妇人，那些老太太们，为她们的年岁所侵蚀，已上了凋零与枯萎的路途，在这一件上，已是落伍者了。女人的圆满相，只是她的"人的诸相"之一；她可以有大才能，大智慧，大仁慈，大勇毅，大贞洁等等，但都无碍于这一相。诸相可以帮助这一相，使其更臻于充实；这一相也可帮助诸相，分其圆满于它们，有时更能遮盖它们的缺处。我们之看女人，若被她的圆满相所吸引，便会不顾自己，不顾她的一切，而只陶醉于其中；这个陶醉是刹那的，无关心的，而且在沉默之中的。

我们之看女人，是欢喜而决不是恋爱。恋爱是全般的，欢喜是部分的。恋爱是整个"自我"与整个"自我"的融合，故坚深而久长；欢喜是"自我"间断片的融合，故轻浅而飘忽。这两者都是生命的趣味，生命的姿态。但恋爱是对人的，欢喜却兼人与物而言。——此外本还有"仁爱"，便是"民胞物与"之怀；再进一步，"天地与我并生，万物与我为一"，便是"神爱"，"大爱"了。这种无分物我的爱，非我所要论；但在此又须立一界碑，凡伟大庄严之像，无论属人属物，足以吸引人心者，必为这种爱；而优美艳丽的光景则始在"欢喜"的阈中。至于恋爱，以人格的吸引为骨子，有极强的占有性，又与二者不同。Y君以人与物平分恋爱与欢喜，以为"喜"仅属物，"爱"乃属人；若对人言"喜"，便是蔑视他的人格了。现在有许多人也以为将女人比花，比鸟，比羔羊，便是侮辱女人；赞颂女人的体态，也是侮辱女人。所以者何？便是蔑视她们的人格了！但我觉得我们若不能将"体态的美"排斥于人格之外，我们便要慢慢的说这句话！而美若是一种价值，人格若是建筑于价值的基石上，我们又何能排斥那"体态的美"呢？所以我以为只须将女人的艺术的一面作为艺术而鉴赏它，与鉴赏其他优美的自然一样；艺术与自然是"非人格"的，当然便说不上"蔑视"与否。在这样的立场上，将人比物，欢喜赞叹，自与因袭的玩弄的态度相差十万八千里，当可告无罪于天下。——只有将女人看作"玩物"，才真是蔑视呢；即使是在所谓的"恋爱"之中。艺术的女人，是的，艺术的女人！我们要用惊异的眼去看她，那是一种奇迹！

我之看女人，十六年于兹了，我发见了一件事，就是将女人作为艺术而鉴赏时，切不可使她知道；无论是生疏的，是较熟悉的。因为这要引起她性的自卫的羞耻心或他种嫌恶心，她的艺术味便要变稀薄了；而我们因她的羞耻或嫌恶而关心，也就不能静观自得了。所以我们只好秘密地鉴赏；艺术原来是秘密的呀，自然的创作原来是秘密的呀。但是我所欢喜的艺术的女人，究竟是怎样的呢？您得问了。让我告诉您：我见过西洋女人，日本女人，江南江北两个女人，城内的女人，名闻浙东西的女人；但我的眼光究竟太狭了，我只见过不到半打的艺术的女人！而且其中只有一个西洋人，没有一个日本人！那西洋的处女是在Y城里一条僻巷的拐角上遇着的，惊鸿一瞥似地便过去了。其余有两个是在两次火车里遇着的，一个看了半天，一个看了两天；还有一个是在乡村里遇着的，足足看了三个月。——我以为艺术的女人第一是有她的温柔的空气；使人如听着箫管的悠扬，如嗅着玫瑰花的芬芳，如躺着在天鹅绒的厚毯上。她是如水的密，如烟的轻，笼罩着我们；我们怎能不欢喜赞叹呢？这是由她的动作而来的；她的一举步，一伸腰，一掠鬓，一转眼，一低头，乃至衣袂的微扬，裙幅的轻舞，都如蜜的流，风的微漾；我们怎能不欢喜赞叹呢？最可爱的是那软软的腰儿；从前人说临风的垂柳，《红楼梦》里说晴雯的"水蛇腰儿"，都是说腰肢的细软的；但我所欢喜的腰呀，简直和苏州的牛皮糖一样，使我满舌头的甜，满牙齿的软呀。腰是这般软了，手足自也有飘逸不凡之概。你瞧她的足胫多么丰满呢！从膝关节以下，渐渐的隆起，像新蒸的面包一样；后来又渐渐渐渐地缓下去了。这足胫上正罩着丝袜，淡青的？或者白的？拉得紧紧的，一些儿绉纹没有，更将那丰满的曲线显得丰满了；而那闪闪的鲜嫩的光,简直可以照出人的影子。你再往上瞧,她的两肩又多么亭匀呢!像双生的小羊似的,又像两座玉峰似的;正是秋山那般瘦,秋水那般平呀。肩以上,便到了一般人讴歌颂赞所集的"面目"了。我最不能忘记的,是她那双鸽子般的眼睛,伶俐到像要立刻和人说话。在惺忪微倦的时候,尤其可喜,因为正像一对睡了的褐色小鸽子。和那润泽而微红的双颊,苹果般照耀着的,恰如曙色之与夕阳,巧妙的相映衬着。再加上那覆额的,稠密而蓬松的发,像天空的乱云一般,点缀得更有情趣了。而她那甜蜜的微笑也是可爱的东西;微笑是半开的花朵,里面流溢着诗与画与无声的音乐。是的,我说的已多了;我不必将我所见的,一个人一个人分别说给你,我只将她们融合成一个 Sketch 给你看——这就是我的惊异的型,就是我所谓艺术的女子的型。但我的眼光究竟太狭了!我的眼光究竟太狭了!

　　在女人的聚会里,有时也有一种温柔的空气;但只是笼统的空气,没有详细的节目。所以这是要由远观而鉴赏的,与个别的看法不同;若近观时,那笼统的空气也许会消失了的。说起这艺术的"女人的聚会",我却想着数年前的事了,云烟一般,好惹人怅惘的。在P城一个礼拜日的早晨,我到一所宏大的教堂里去做礼拜;听说那边女人多,我是礼拜女人去的。那教堂是男女分坐的。我去的时候,女座还空着,似乎颇遥遥的;我的遐想便去充满了每个空座里。忽然眼睛有些花了,在薄薄的香泽当中,一群白上衣,黑背心,黑裙子的女人,默默的,远远的走进来了。我现在不曾看见上帝,却看见了带着翼子的这些安琪儿了!另一回在傍晚的湖上,暮霭四合的时候,一只插着小红花的游艇里,坐着八九个雪白雪白的白衣的姑娘;湖风舞弄着她们的衣裳,便成一片浑然的白。我想她们是湖之女神,以游戏三昧,暂现色相于人间的呢!第三回在湖中的一座桥上,淡月微云之下,倚着十来个,也是姑娘,朦朦胧胧的与月一齐白着。在抖荡的歌喉里,我又遇着月姊儿的化身了!——这些是我所发现的又一型。

　　是的,艺术的女人,那是一种奇迹!

1925年2月15日,白马湖。

白种人——上帝的骄子！

去年暑假到上海，在一路电车的头等里，见一个大西洋人带着一个小西洋人，相并地坐着。我不能确说他俩是英国人或美国人；我只猜他们是父与子。那小西洋人，那白种的孩子，不过十一二岁光景，看去是个可爱的小孩，引我久长的注意。他戴着平顶硬草帽，帽檐下端正地露着长圆的小脸。白中透红的面颊，眼睛上有着金黄的长睫毛，显出和平与秀美。我向来有种癖气：见了有趣的小孩，总想和他亲热，做好同伴；若不能亲热，便随时亲近亲近也好。在高等小学时，附设的初等里，有一个养着乌黑的西发的刘君，真是依人的小鸟一般；牵着他的手问他的话时，他只静静地微仰着头，小声儿回答——我不常看见他的笑容，他的脸老是那么幽静和真诚，皮下却烧着亲热的火把。我屡次让他到我家来，他总不肯；后来两年不见，他便死了。我不能忘记他！我牵过他的小手，又摸过他的圆下巴。但若遇着萍生的小孩，我自然不能这么做，那可有些窘了；不过也不要紧，我可用我的眼睛看他——一回，两回，十回，几十回！孩子大概不很注意人的眼睛，所以尽可自由地看，和看女人要遮遮掩掩的不同。我凝视过许多初会面的孩子，他们都不曾向我抗议；至多拉着同在的母亲的手，或倚着她的膝头，将眼看她两看罢了。所以我胆子很大。这回在电车里又发了老癖气，我两次三番地看那白种的孩子，小西洋人！

初时他不注意或者不理会我，让我自由地看他。但看了不几回，那父亲站起来了，儿子也站起来了，他们将到站了。这时意外的事来了。那小西洋人本坐在我的对面；走近我时，突然将脸尽力地伸过来了，两只蓝眼睛大大地睁着，那好看的睫毛已看不见了；两颊的红也已褪了不少了。和平，秀美的脸一变而为粗俗，凶恶的脸了！他的眼睛里有话："咄！黄种人，黄种的支那人，你——你看吧！你配看我！"他已失了天真的稚气，脸上满布着横秋的老气了！我因此宁愿称他为"小西洋人"。他伸着脸向我足有两秒钟；电车停了，这才胜利地掉过头，牵着那大西洋人的手走了。大西洋人比儿子似乎要高出一半；这时正注目窗外，不曾看见下面的事。儿子也不去告诉他，只独断独行地伸他的脸；伸了脸之后，便又若无其事的，始终不发一言——在沉默中得着胜利，凯旋而去。不用说，这在我自然是一种袭击，"出其不意，攻其不备"的袭击！

这突然的袭击使我张皇失措；我的心空虚了，四面的压迫很严重，使我呼吸不能自由。我曾在N城的一座桥上，遇见一个女人；我偶然地看她时，她却垂下了长长的黑睫毛，露出老练和鄙夷的神色。那时我也感着压迫和空虚，但比起这一次，就稀薄多了：我在那小西洋人两颗枪弹似的眼光之下，茫然地觉着有被吞食的危险，于是身子不知不觉地缩小——大有在奇境中的阿丽思的劲儿！我木木然目送那父与子下了电车，在马路上开步走；那小西洋人竟未一回头，断然地去了。我这时有了迫切的国家之感！我做着黄种的中国人，而现在还是白种人的世界，他们的骄傲与践踏当然会来的；我所以张皇失措而觉着恐怖者，因为那骄傲我的，践踏我的，不是别人，只是一个十来岁的"白种的"孩子，竟是一个十来岁的白种的"孩子"！我向来总觉得孩子应该是世界的，不应该是一种，一国，一乡，一家的。我因此不能容忍中国的孩子叫西洋人为"洋鬼子"。但这个十来岁的白种的孩子，竟已被撅入人种与国家的两种定型里了。他已懂得凭着人种的优势和国家的强力，伸着脸袭击我了。这一次袭击实是许多次袭击的小影，他的脸上便缩印着一部中国的外交史。他之来上海，或无多日，或已长久，耳濡目染，他的父亲，亲长，先生，父执，乃至同国，同种，都以骄傲践踏对付中国人；而他的读物也推波助澜，将中国编排得一无是处，以长他自己的威风。所以他向我伸脸，决非偶然而已。

这是袭击，也是侮蔑，大大的侮蔑！我因了自尊，一面感着空虚，一面却又感着愤怒；于是有了迫切的国家之念。我要诅咒这小小的人！但我立刻恐怖起来了：这到底只是十来岁的孩子呢，却已被传统所埋葬；我们所日夜想望着的"赤子之心"，世界之世界（非某种人的世界，更非某国人的世界！），眼见得在正来的一代，还是毫无信息的！这是你的损失，我的损失，他的损失，世界的损失；虽然是怎样渺小的一个孩子！但这孩子却也有可敬的地方：他的从容，他的沉默，他的独断独行，他的一去不回头，都是力的表现，都是强者适者的表现。决不婆婆妈妈的，决不黏黏搭搭的，一针见血，一刀两断，这正是白种人之所以为白种人。

我真是一个矛盾的人。无论如何，我们最要紧的还是看看自己，看看自己的孩子！谁也是上帝之骄子；这和昔日的王侯将相一样，是没有种的！

1925年6月19日夜。

背 影

  我与父亲不相见已二年余了,我最不能忘记的是他的背影。那年冬天,祖母死了,父亲的差使也交卸了,正是祸不单行的日子,我从北京到徐州,打算跟着父亲奔丧回家。到徐州见着父亲,看见满院狼藉的东西,又想起祖母,不禁簌簌地流下眼泪。父亲说,"事已如此,不必难过,好在天无绝人之路!"

  回家变卖典质,父亲还了亏空;又借钱办了丧事。这些日子,家中光景很是惨澹,一半为了丧事,一半为了父亲赋闲。丧事完毕,父亲要到南京谋事,我也要回北京念书,我们便同行。

  到南京时,有朋友约去游逛,勾留了一日;第二日上午便须渡江到浦口,下午上车北去。父亲因为事忙,本已说定不送我,叫旅馆里一个熟识的茶房陪我同去。他再三嘱咐茶房,甚是仔细。但他终于不放心,怕茶房不妥帖;颇踌躇了一会。其实我那年已二十岁,北京已来往过两三次,是没有甚么要紧的了。他踌躇了一会,终于决定还是自己送我去。我两三回劝他不必去;他只说,"不要紧,他们去不好!"

  我们过了江,进了车站。我买票,他忙着照看行李。行李太多了,得向脚夫行些小费,才可过去。他便又忙着和他们讲价钱。我那时真是聪明过分,总觉他说话不大漂亮,非自己插嘴不可。但他终于讲定了价钱;就送我上车。他给我拣定了靠车门的一张椅子;我将他给我做的紫毛大衣铺好坐位。他嘱我路上小心,夜里要警醒些,不要受凉。又嘱托茶房好好照应我。我心里暗笑他的迂;他们只认得钱,托他们直是白托!而且我这样大年纪的人,难道还不能料理自己么?唉,我现在想想,那时真是太聪明了!

  我说道,"爸爸,你走吧。"他望车外看了看,说,"我买几个橘子去。你就在此地,不要走动。"我看那边月台的栅栏外有几个卖东西的等着顾客。走到那边月台,须穿过铁道,须跳下去又爬上去。父亲是一个胖子,走过去自然要费事些。我本来要去的,他不肯,只好让他去。我看见他戴着黑布小帽,穿着黑布大马褂,深青布棉袍,蹒跚地走到铁道边,慢慢探身下去,尚不大难。可是他穿过铁道,要爬上那边月台,就不容易了。他用两手攀着上面,两脚再向上缩;他肥胖的身子向左微倾,显出努力的样子。这时我看见他的背影,我的泪很快地流下来了。我赶紧拭干了泪,怕他看见,也怕别人看见。我再向外看时,他已抱了朱红的橘子望回走了。过铁道时,他先将橘子散放在地上,自己慢慢爬下,再抱起橘子走。到这边时,我赶紧去搀他。他和我走到车上,将橘子一股脑儿放在我的皮大衣上。于是扑扑衣上的泥土,心里很轻松似的,过一会说,"我走了;到那边来信!"我望着他走出去。他走了几步,回过头看见我,说,"进去吧,里边没人。"等他的背影混入来来往往的人里,再找不着了,我便进来坐下,我的眼泪又来了。

　　近几年来,父亲和我都是东奔西走,家中光景是一日不如一日。他少年出外谋生,独力支持,做了许多大事。那知老境却如此颓唐!他触目伤怀,自然情不能自已。情郁于中,自然要发之于外;家庭琐屑便往往触他之怒。他待我渐渐不同往日。但最近两年的不见,他终于忘却我的不好,只是惦记着我,惦记着我的儿子。我北来后,他写了一信给我,信中说道,"我身体平安,惟膀子疼痛利害,举箸提笔,诸多不便,大约大去之期不远矣。"我读到此处,在晶莹的泪光中,又看见那肥胖的,青布棉袍,黑布马褂的背影。唉!我不知何时再能与他相见!

1925年10月在北京。

阿 河

我这一回寒假，因为养病，住到一家亲戚的别墅里去。那别墅是在乡下。前面偏左的地方，是一片淡蓝的湖水，对岸环拥着不尽的青山。山的影子倒映在水里，越显得清清朗朗的。水面常如镜子一般。风起时，微有皱痕；像少女们皱她们的眉头，过一会子就好了。湖的余势束成一条小港，缓缓地不声不响地流过别墅的门前。门前有一条小石桥，桥那边尽是田亩。这边沿岸一带，相间地栽着桃树和柳树，春来当有一番热闹的梦。别墅外面缭绕着短短的竹篱，篱外是小小的路。里边一座向南的楼，背后便倚着山。西边是三间平屋，我便住在这里。院子里有两块草地，上面随便放着两三块石头。另外的隙地上，或罗列着盆栽，或种莳着花草。篱边还有几株枝干蟠曲的大树，有一株几乎要伸到水里去了。

我的亲戚韦君只有夫妇二人和一个女儿。她在外边念书，这时也刚回到家里。她邀来三位同学，同到她家过这个寒假；两位是亲戚，一位是朋友。她们住着楼上的两间屋子。韦君夫妇也住在楼上。楼下正中是客厅，常是闲着，西间是吃饭的地方；东间便是韦君的书房，我们谈天，喝茶，看报，都在这里。我吃了饭，便是一个人，也要到这里来闲坐一回。我来的第二天，韦小姐告诉我，她母亲要给她们找一个好好的女用人；长工阿齐说有一个表妹，母亲叫他明天就带来做做看呢。她似乎很高兴的样子，我只是不经意地答应。

平屋与楼屋之间，是一个小小的厨房。我住的是东面的屋子，从窗子里可以看见厨房里人的来往。这一天午饭前，我偶然向外看看，见一个面生的女用人，两手提着两把白铁壶，正往厨房里走；韦家的李妈在她前面领着，不知在和她说甚么话。她的头发乱蓬蓬的，像冬天的枯草一样。身上穿着镶边的黑布棉袄和夹裤，黑里已泛出黄色；棉袄长与膝齐，夹裤也直拖到脚背上。脚倒是双天足，穿着尖头的黑布鞋，后跟还带着两片同色的"叶拔儿"。想这就是阿齐带来的女用人了；想完了就坐下看书。晚饭后，韦小姐告诉我，女用人来了，她的名字叫

"阿河"。我说,"名字很好,只是人土些;还能做么?"她说,"别看她土,很聪发明呢。"我说,"哦。"便接着看手中的报了。

以后每天早上,中上,晚上,我常常看见阿河挈着水壶来往;她的眼似乎总是望前看的。两个礼拜匆匆地过去了。韦小姐忽然和我说,你别看阿河土,她的志气很好,她是个可怜的人。我和娘说,把我前年在家穿的那身棉袄裤给了她吧。我嫌那两件衣服太花,给了她正好。娘先不肯,说她来了没有几天;后来也肯了。今天拿出来让她穿,正合式呢。我们教给她打绒绳鞋,她真聪明,一学就会了。她说拿到工钱,也要打一双穿呢。我等几天再和娘说去。

"她这样爱好!怪不得头发光得多了,原来都是你们教她的。好!你们尽教她讲究,她将来怕不愿回家去呢。"大家都笑了。

旧新年是过去了。因为江浙的兵事,我们的学校一时还不能开学。我们大家都乐得在别墅里多住些日子。这时阿河如换了一个人。她穿着宝蓝色挑着小花儿的布棉袄裤;脚下是嫩蓝色毛绳鞋,鞋口还缀着两个半蓝半白的小绒球儿。我想这一定是她的小姐们给帮忙的。古语说得好,"人要衣裳马要鞍",阿河这一打扮,真有些楚楚可怜了。她的头发早已是刷得光光的,覆额的留海也梳得十分伏贴。一张小小的圆脸,如正开的桃李花;脸上并没有笑,却隐隐地含着春日的光辉,像花房里充了蜜一般。这在我几乎是一个奇迹;我现在是常站在窗前看她了。我觉得在深山里发现了一粒猫儿眼;这样精纯的猫儿眼,是我生平所仅见!我觉得我们相识已太长久,极愿和她说一句话——极平淡的话,一句也好。但我怎好平白地和她攀谈呢?这样郁郁了一礼拜。

这是元宵节的前一晚上。我吃了饭,在屋里坐了一会,觉得有些无聊,便信步走到那书房里。拿起报来,想再细看一回。忽然门钮一响,阿河进来了。她手里拿着三四支颜色铅笔;出乎意料地走近了我。她站在我面前了,静静地微笑着说:"白先生,你知道铅笔刨在那里?"一面将拿着的铅笔给我看。我不自主地立起来,匆忙地应道,"在这里。"我用手指着南边柱子。但我立刻觉得这是不够的。我领她走近了柱子。这时我像闪电似地踌躇了一下,便说,"我……我……"她一声不响地已将一支铅笔交给我。我放进刨子里刨给她看。刨了两下,便想交给她;但终于刨完了一支。交还了她。她接了笔略看一看,仍仰着脸向我。我窘极了。刹那间念头转了好几个圈子;到底硬着头皮搭讪着说,"就这样刨好了。"我赶紧向门外一瞥,就走回原处看报去。但我的头刚低下,我的眼已抬起来了。于是远远地从容地问道,"你会么?"她不曾掉过头来,只"嘤"了一声,也不说话。我看了她背影一会。觉得应该低下头了。等我再抬起头来时,她已默默地向外走了。

她似乎总是望前看的；我想再问她一句话，但终于不曾出口。我撇下了报，站起来走了一会，便回到自己屋里。我一直想着些什么，但什么也没有想出。

第二天早上看见她往厨房里走时，我发愿我的眼将老跟着她的影子！她的影子真好。她那几步路走得又敏捷，又匀称，又苗条，正如一只可爱的小猫。她两手各提着一只水壶，又令我想到在一条细细的索儿上抖擞精神走着的女子。这全由于她的腰；她的腰真太软了，用白水的话说，真是软到使我如吃苏州的牛皮糖一样。不止她的腰，我的日记里说得好："她有一套和云霞比美，水月争灵的曲线，织成大大的一张迷惑的网！"而那两颊的曲线，尤其甜蜜可人。她两颊是白中透着微红，润泽如玉。她的皮肤，嫩得可以掐出水来；我的日记里说，"我很想去掐她一下呀！"她的眼像一双小燕子，老是在滟滟的春水上打着圈儿。她的笑最使我记住，像一朵花漂浮在我的脑海里。我不是说过，她的小圆脸像正开的桃花么？那么，她微笑的时候，便是盛开的时候了：花房里充满了蜜，真如要流出来的样子。她的发不甚厚，但黑而有光，柔软而滑，如纯丝一般。只可惜我不曾闻着一些儿香。唉！从前我在窗前看她好多次，所得的真太少了；若不是昨晚一见，——虽只几分钟——我真太对不起这样一个人儿了。

午饭后，韦君照例地睡午觉去了，只有我，韦小姐和其他三位小姐在书房里。我有意无意地谈起阿河的事。我说，

"你们怎知道她的志气好呢？"

"那天我们教给她打绒绳鞋；"一位蔡小姐便答道，"看她很聪明，就问她为甚么不念书？她被我们一问，就伤心起来了。……"

"是的，"韦小姐笑着抢着说，"后来还哭了呢；还有一位傻子陪她淌眼泪呢。"

那边黄小姐可急了，走过来推了她一下。蔡小姐忙拦住道，"人家说正经话，你们尽闹着玩儿！让我说完了呀——"

"我代你说啵，"韦小姐仍抢着说，"——她说她只有一个爹，没有娘。嫁了一个男人，倒有三十多岁，土头土脑的，脸上满是疱！他是李妈的邻舍，我还看见过呢。……"

"好了，底下我说吧。"蔡小姐接着道，"她男人又不要好，尽爱赌钱；她一气，就住到娘家来，有一年多不回去了。"

"她今年几岁？"我问。

"十七不知十八？前年出嫁的，几个月就回家了，"蔡小姐说。

"不，十八，我知道，"韦小姐改正道。

"哦。你们可曾劝她离婚？"

"怎么不劝；"韦小姐应道，"她说十八回去吃她表哥的喜酒，要和她的爹去说呢。"

"你们教她的好事，该当何罪！"我笑了。

她们也都笑了。

十九的早上，我正在屋里看书，听见外面有嚷嚷的声音；这是从来没有的。我立刻走出来看；只见门外有两个乡下人要走进来，却给阿齐拦住。他们只是央告，阿齐只是不肯。这时韦君已走出院中，向他们道，

"你们回去吧。人在我这里，不要紧的。快回去，不要瞎吵！"

两个人面面相觑，说不出一句话；俄延了一会，只好走了。我问韦君什么事？他说，

"阿河罗！还不是瞎吵一回子。"

我想他于男女的事向来是懒得说的，还是回头问他小姐的好；我们便谈到别的事情上去。

吃了饭，我赶紧问韦小姐，她说，

"她是告诉娘的，你问娘去。"

我想这件事有些尴尬，便到西间里问韦太太；她正看着李妈收拾碗碟呢。她见我问，便笑着说，

"你要问这些事做什么？她昨天回去，原是借了阿桂的衣裳穿了去的，打扮得娇滴滴的，也难怪，被她男人看见了，便约了些不相干的人，将她抢回去过了一夜。今天早上，她骗她男人，说要到此地来拿行李。她男人就会信她，派了两个人跟着。那知她到了这里，便叫阿齐拦着那跟来的人；她自己便跪在我面前哭诉，说死也不愿回她男人家去。你说我有什么法子。只好让那跟来的人先回去再说。好在没有几天，她们要上学了，我将来交给她的爹吧。唉，现在的人，心眼儿真是越过越大了；一个乡下女人，也会闹出这样惊天动地的事了！"

"可不是，"李妈在旁插嘴道，"太太你不知道；我家三叔前儿来，我还听他说呢。我本不该说的，阿弥陀佛！太太，你想她不愿意回婆家，老愿意住在娘家，是什么道理？家里只有一个单身的老子；你想那该死的老畜生！他舍不得放她回去呀！"

"低些，真的么？"韦太太惊诧地问。

"他们说得千真万确的。我早就想告诉太太了，总有些疑心；今天看她的样子，真有几分对呢。太太，你想现在还成什么世界！"

"这该不至于吧。"我淡淡地插了一句。

"少爷，你那里知道！"韦太太叹了一口气，"——好在没有几天了，让她快些走吧；别将我们的运气带坏了。她的事，我们以后也别谈吧。"

开学的通告来了，我定在二十八走。二十六的晚上，阿河忽然不到厨房里挈水了。韦小姐跑来低低地告诉我，"娘叫阿齐将阿河送回去了；我在楼上，都不知道呢。"我应了一声，一句话也没有说。正如每日有三顿饱饭吃的人，忽然绝了粮；却又不能告诉一个人！而且我觉得她的前面是黑洞洞的，此去不定有什么好歹！那一夜我是没有好好地睡，只翻来覆去地做梦，醒来却又一例茫然。这样昏昏沉沉地到了二十八早上，懒懒地向韦君夫妇和韦小姐告别而行，韦君夫妇坚约春假再来住，我只得含糊答应着。出门时，我很想回望厨房几眼；但许多人都站在门口送我，我怎好回头呢？

到校一打听，老友陆已来了。我不及料理行李，便找着他，将阿河的事一五一十告诉他。他本是个好事的人；听我说时，时而皱眉，时而叹气，时而擦掌。听到她只十八岁时，他突然将舌头一伸，跳起来道，

"可惜我早有了我那太太！要不然，我准得想法子娶她！"

"你娶她就好了；现在不知鹿死谁手呢？"

我俩默默相对了一会，陆忽然拍着桌子道，

"有了，老汪不是去年失了恋么？他现在还没有主儿，何不给他俩撮合一下。"

我正要答说，他已出去了。过了一会子，他和汪来了；进门就嚷着说，

"我和他说，他不信；要问你呢！"

"事是有的，人呢，也真不错。只是人家的事，我们凭什么去管！"我说。

"想法子呀！"陆嚷着。

"什么法子？你说！"

"好，你们尽和我开玩笑，我才不理会你们呢！"汪笑了。

我们几乎每天都要谈到阿河，但谁也不曾认真去"想法子"。

一转眼已到了春假。我再到韦君别墅的时候，水是绿绿的，桃腮柳眼，着意引人。我却只惦着阿河，不知她怎么样了。那时韦小姐已回来两天。我背地里问她，她说，"奇得很！阿齐告诉我，说她二月间来求娘来了。她说她男人已死了心，不想她回去；只不肯白白地放掉她。他教她的爹拿出八十块钱来，人就是她的爹的了；他自己也好另娶一房人。可是阿河说她的爹那有这些钱？她求娘可怜可怜她！娘的脾气你知道。她是个古板的人；她数说了阿河一顿，一个钱也不给！我现在和阿齐说，让他上镇去时，带个信儿给她，我可以给她五块钱。我想你也可以帮她些，我教阿齐一块儿告诉她吧。只可惜她未必肯再上我们这儿来罗！"

"我拿十块钱吧，你告诉阿齐就是。"

我看阿齐空闲了，便又去问阿河的事。他说，

"她的爹正给她东找西找地找主儿呢。只怕难吧，八十块大洋呢！"

我忽然觉得不自在起来，不愿再问下去。

过了两天，阿齐从镇上回来，说，

"今天见着阿河了。娘的，齐整起来了。穿起了裙子，做老板娘娘了！据说是自己拣中的；这种年头！"

我立刻觉得，这一来全完了！只怔怔地看着阿齐，似乎想在他脸上找出阿河的影子。咳，我说什么好呢？愿运命之神长远庇护着她吧！

第二天我便托故离开了那别墅；我不愿再见那湖光山色，更不愿再见那间小小的厨房！

1926年1月。

哀韦杰三君[1]

　　韦杰三君是一个可爱的人；我第一回见他面时就这样想。这一天我正坐在房里，忽然有敲门的声音；进来的是一位温雅的少年。我问他"贵姓"的时候，他将他的姓名写在纸上给我看；说是苏甲荣先生介绍他来的。苏先生是我的同学，他的同乡，他说前一晚已来找过我了，我不在家；所以这回又特地来的。我们闲谈了一会，他说怕耽误我的时间，就告辞走了。是的，我们只谈了一会儿，而且并没有什么重要的话；——我现在已全忘记——但我觉得已懂得他了，我相信他是一个可爱的人。

　　第二回来访，是在几天之后。那时新生甄别试验刚完，他的国文课是被分在钱子泉先生的班上。他来和我说，要转到我的班上。我和他说，钱先生的学问，是我素来佩服的；在他班上比在我班上一定好。而且已定的局面，因一个人而变动，也不大方便。他应了几声，也没有什么，就走了。从此他就不曾到我这里来。有一回，在三院第一排屋的后门口遇见他，他微笑着向我点头；他本是捧了书及墨盒去上课的，这时却站住了向我说："常想到先生那里，只是功课太忙了，总想去的。"我说："你困时可以到我这里谈谈。"我们就点首作别。三院离我住的古月堂似乎很远，有时想起来，几乎和前门一样。所以半年以来，我只在上课前，下课后几分钟里，偶然遇着他三四次；除上述一次外，都只匆匆地点头走过，不曾说一句话。但我常是这样想：他是一个可爱的人。

　　他的同乡苏先生，我还是来京时见过一回，半年来不曾再见。我不曾能和他谈韦君；我也不曾和别人谈韦君，除了钱子泉先生。钱先生有一日告诉我，说韦君总想转到我班上；钱先生又说："他知道不能转时，也很安心的用功了，笔记

---

[1] 此文原载在《清华周刊》上，所以用了向清华人说话的语气。

做得很详细的。"我说，自然还是在钱先生班上好。以后这件事还谈起一两次。直到三月十九日早，有人误报了韦君的死信；钱先生站在我屋外的台阶上惋惜地说："他寒假中来和我谈。我因他常是忧郁的样子，便问他为何这样；是为了我么？他说：'不是，你先生很好的；我是因家境不宽，老是愁烦着。'他说他家里还有一个年老的父亲和未成年的弟弟；他说他弟弟因为家中无钱，已失学了。他又说他历年在外读书的钱，一小半是自己休了学去做教员弄来的，一大半是向人告贷来的。他又说，下半年的学费还没有着落呢。"但他却不愿平白地受人家的钱；我们只看他给大学部学生会起草的请改奖金制为借贷制与工读制的信，便知道他年纪虽轻，做人却有骨气的。

　　我最后见他，是在三月十八日早上，天安门下电车时。也照平常一样，微笑着向我点头。他的微笑显示他纯洁的心，告诉人，他愿意亲近一切；我是不会忘记的。还有他的静默，我也不会忘记。据陈云豹先生的《行述》，韦君很能说话；但这半年来，我们听见的，却只有他的静默而已。他的静默里含有忧郁，悲苦，坚忍，温雅等等，是最足以引人深长之思和切至之情的。他病中，据陈云豹君在本校追悼会里报告，虽也有一时期，很是躁急，但他终于在离开我们之前，写了那样平静的两句话给校长；他那两句话包蕴着无穷的悲哀，这是静默的悲哀！所以我现在又想，他毕竟是一个可爱的人。

　　三月十八日晚上，我知道他已危险；第二天早上，听见他死了，叹息而已！但走去看学生会的布告时，知他还在人世，觉得被鼓励似的，忙着将这消息告诉别人。有不信的，我立刻举出学生会布告为证。我二十日进城，到协和医院想去看看他；但不知道医院的规则，去迟了一点钟，不得进去。我很怅惘地在门外徘徊了一会，试问门役道："你知道清华学校有一个韦杰三，死了没有？"他的回答，我原也知道的，是"不知道"三字！那天傍晚回来；二十一日早上，便得着他死的信息——这回他真死了！他死在二十一日上午一时四十八分，就是二十日的夜里，我二十日若早去一点钟，还可见他一面呢。这真是十分遗憾的！二十三日同人及同学入城迎灵，我在城里十二点才见报，已赶不及了。下午回来，在校门外看见杠房里的人，知道柩已来了。我到古月堂一问，知道柩安放在旧礼堂里。我去的时候，正在重殓，韦君已穿好了殓衣在照相了。据说还光着身子照了一张相，是照伤口的。我没有看见他的伤口；但是这种情景，不看见也罢了。照相毕，入殓，我走到柩旁：韦君的脸已变了样子，我几乎不认识了！他的两颧突出，颊肉瘦下，掀唇露齿，那里还像我初见时的温雅呢？这必是他几日间的痛苦所致的。唉，我们可以想见了！我正在乱想，棺盖已经盖上；唉，韦君，这真是最后一面了！我们从此真无再见之期了！死生之理，我不能懂得，但不能再见是事实，韦君，我们失掉了你，更将从何处觅你呢？

韦君现在一个人睡在刚秉庙的一间破屋里，等着他迢迢千里的老父，天气又这样坏；韦君，你的魂也彷徨着吧！

1926年4月2日。

飘 零

一个秋夜，我和P坐在他的小书房里，在晕黄的电灯光下，谈到W的小说。

"他还在河南吧？C大学那边很好吧？"我随便问着。

"不，他上美国去了。"

"美国？做什么去？"

"你觉得很奇怪吧？——波定谟约翰郝勃金医院打电报约他做助手去。"

"哦！就是他研究心理学的地方！他在那边成绩总很好？——这回去他很愿意吧？"

"不见得愿意。他动身前到北京来过，我请他在启新吃饭；他很不高兴的样子。"

"这又为什么呢？"

"他觉得中国没有他做事的地方。"

"他回来才一年呢。C大学那边没有钱吧？"

"不但没有钱；他们说他是疯子！"

"疯子！"

我们默然相对，暂时无话可说。

我想起第一回认识W的名字，是在《新生》杂志上。那时我在P大学读书，W也在那里。我在《新生》上看见的是他的小说；但一个朋友告诉我，他心理学的书读得真多；P大学图书馆里所有的，他都读了。文学书他也读得不少。他说他是无一刻不读书的。我第一次见他的面，是在P大学宿舍的走道上；他正和朋友走着。有人告诉我，这就是W了。微曲的背，小而黑的脸，长头发和近视眼，这就是W了。以后我常常看他的文字，记起他这样一个人。有一回我拿一篇心理学的译文，托一个朋友请他看看。他逐一给我改正了好几十条，不曾放松一个字。永远的惭愧和感谢留在我心里。

我又想到杭州那一晚上。他突然来看我了。他说和P游了三日，明早就要到上海去。他原是山东人；这回来上海，是要上美国去的。我问起哥仑比亚大学的《心理学，哲学，与科学方法》杂志，我知道那是有名的杂志。但他说里面往往一年没有一篇好文章，没有什么意思。他说近来各心理学家在英国开了一个会，有几个人的话有味。他又用铅笔随便的在桌上一本簿子的后面，写了《哲学的科学》一个书名与其出版处，说是新书，可以看看。他说要走了。我送他到旅馆里。见他床上摊着一本《人生与地理》，随便拿过来翻着。他说这本小书很著名，很好的。我们在晕黄的电灯光下，默然相对了一会，又问答了几句简单的话；我就走了。直到现在，还不曾见过他。

他到美国去后，初时还写了些文字，后来就没有了。他的名字，在一般人心里，已如远处的云烟了。我倒还记着他。两三年以后，才又在《文学日报》上见到他一篇诗，是写一种鸸趣的。我只念过他这一篇诗。他的小说我却念过不少；最使我不能忘记的是那篇《雨夜》，是写北京人力车夫的生活的。W是学科学的人，应该很冷静，但他的小说却又很热很热的。这就是W了。

P也上美国去，但不久就回来了。他在波定谟住了些日子，W是常常见着的。他回国后，有一个热天，和我在南京清凉山上谈起W的事。他说W在研究行为派的心理学。他几乎终日在实验室里；他解剖过许多老鼠，研究它们的行为。P说自己本来也愿意学心理学的；但看了老鼠临终的颤动，他执刀的手便战战的放不下去了。因此只好改行。而W是"奏刀然"，"踌躇满志"，P觉得那是不可及的。P又说W研究动物行为既久，看明它们所有的生活，只是那几种生理的欲望，如食欲，性欲，所玩的把戏，毫无什么大道理存乎其间。因而推想人的生活，也未必别有何种高贵的动机；我们第一要承认我们是动物，这便是真人。W的确是如此做人的。P说他也相信W的话；真的，P回国后的态度是大大的不同了。W只管做他自己的人，却得着P这样一个信徒，他自己也未必料得着的。

P又告诉我W恋爱的故事。是的，恋爱的故事！P说这是一个日本人，和W一同研究的，但后来走了，这件事也就完了。P说得如此冷淡，毫不像我们所想的恋爱的故事！P又曾指出《来日》上W的一篇《月光》给我看。这是一篇小说，叙述一对男女趁着月光在河边一只空船里密谈。那女的是个有夫之妇。这时四无人迹，他俩谈得亲热极了。但P说W的胆子太小了，所以这一回密谈之后，便撒了手。这篇文字是W自己写的，虽没有如火如荼的热闹，但却别有一种意思。科学与文学，科学与恋爱，这就是W了。

"'疯子'！"我这时忽然似乎彻悟了说，"也许是的吧？我想。一个人冷而又热，是会变疯子的。"

"唔"，P 点头。

"他其实大可以不必管什么中国不中国了；偏偏又恋恋不舍的！"

"是罗。W 这回真不高兴。K 在美国借了他的钱。这回他到北京，特地老远的跑去和 K 要钱。K 的没钱，他也知道；他也并不指望这笔钱用。只想借此去骂他一顿罢了，据说拍了桌子大骂呢！"

"这与他的写小说一样的道理呀！唉，这就是 W 了。"

P 无语，我却想起一件事：

"W 到美国后有信来么？"

"长远了，没有信。"

我们于是都又默然。

1926年7月20日，白马湖。

白采

  盛暑中写《白采的诗》一文，刚满一页，便因病搁下。这时候薰宇来了一封信，说白采死了，死在香港到上海的船中。他只有一个人；他的遗物暂存在立达学园里。有文稿，旧体诗词稿，笔记稿，有朋友和女人的通信，还有四包女人的头发！我将薰宇的信念了好几遍，茫然若失了一会；觉得白采虽于生死无所容心，但这样的死在将到吴淞口了的船中，也未免太惨酷了些——这是我们后死者所难堪的。

  白采是一个不可捉摸的人。他的历史，他的性格，现在虽从遗物中略知梗概，但在他生前，是绝少人知道的；他也绝口不向人说，你问他他只支吾而已。他赋性既这样遗世绝俗，自然是落落寡合了；但我们却能够看出他是一个好朋友，他是一个有真心的人。

  "不打不成相识。"我是这样的知道了白采的。这是为学生李芳诗集的事。李芳将他的诗集交我删改，并嘱我作序。那时我在温州，他在上海。我因事忙，一搁就是半年；而李芳已因不知名的急病死在上海。我很懊悔我的需缓，赶紧抽了空给他工作。正在这时，平伯转来白采的信，短短的两行，催我设法将李芳的诗出版；又附了登在《觉悟》上的小说《作诗的儿子》，让我看看——里面颇有讥讽我的话。我当时觉得不应得这种讥讽，便写了一封近两千字的长信，详述事件首尾，向他辩解。信去了便等回信；但是杳无消息。等到我已不希望了，他才来了一张明信片；在我看来，只是几句半冷半热的话而已。我只能以"岂能尽如人意？但求无愧我心"自解，听之而已。

  但平伯因转信的关系，却和他常通函札。平伯来信，屡屡说起他，说是一个有趣的人。有一回平伯到白马湖看我。我和他同往宁波的时候，他在火车中将白采的诗稿《羸疾者的爱》给我看。我在车身不住的动摇中，读了一遍。觉得大有意思。我于是承认平伯的话，他是一个有趣的人。我又和平伯说，他这篇诗似乎是受了尼采的影响。后来平伯来信，说已将此语函告白采，他颇以为然。我当时还和平伯说，关于这篇诗，我想写一篇评论；平伯大约也告诉了他。有一回他突然来信说起此事；他盼望早些见着我的文字，让他知道在我眼中的他的诗究竟是怎样的。我回信答应他，就要做的。以后我们常常通信，他常常提及此事。但现在是三年以后了，我才算将此文完篇；他却已经死了，看不见了！他暑假前最后给我的信还说起他的盼望。天啊！我怎样对得起这样一个朋友，我怎样挽回我的过错呢？

　　平伯和我都不曾见过白采，大家觉得是一件缺憾。有一回我到上海，和平伯到西门林荫路新正兴里五号去访他：这是按着他给我们的通信地址去的。但不幸得很，他已经搬到附近什么地方去了；我们只好嗒然而归。新正兴里五号是朋友延陵君住过的：有一次谈起白采，他说他姓童，在美术专门学校念书；他的夫人和延陵夫人是朋友，延陵夫妇曾借住他们所赁的一间亭子间。那是我看延陵时去过的，床和桌椅都是白漆的；是一间虽小而极洁净的房子，几乎使我忘记了是在上海的西门地方。现在他存着的摄影里，据我看，有好几张是在那间房里照的。又从他的遗札里，推想他那时还未离婚；他离开新正兴里五号，或是正为离婚的缘故，也未可知。这却使我们事后追想，多少感着些悲剧味了。但平伯终于未见着白采，我竟得和他见了一面。那是在立达学园我预备上火车去上海前的五分钟。这一天，学园的朋友说白采要搬来了；我从早上等了好久，还没有音信。正预备上车站，白采从门口进来了。他说着江西话，似乎很老成了，是饱经世变的样子。我因上海还有约会，只匆匆一谈，便握手作别。他后来有信给平伯说我"短小精悍"，却是一句有趣的话。这是我们最初的一面，但谁知也就是最后的一面呢！

　　去年年底，我在北京时，他要去集美作教；他听说我有南归之意，因不能等我一面，便寄了一张小影给我。这是他立在露台上远望的背影，他说是聊寄仁盼之意。我得此小影，反复把玩而不忍释，觉得他真是一个好朋友。这回来到立达学园，偶然翻阅《白采的小说》，《作诗的儿子》一篇中讥讽我的话，已经删改；而薰宇告我，我最初给他的那封长信，他还留在箱子里。这使我惭愧从前的猜想，我真是小器的人哪！但是他现在死了，我又能怎样呢？我只相信，如爱墨生的话，他在许多朋友的心里是不死的！

上海，江湾，立达学园。

荷塘月色

  这几天心里颇不宁静。今晚在院子里坐着乘凉，忽然想起日日走过的荷塘，在这满月的光里，总该另有一番样子吧。月亮渐渐地升高了，墙外马路上孩子们的欢笑，已经听不见了；妻在屋里拍着闰儿，迷迷糊糊地哼着眠歌。我悄悄地披了大衫，带上门出去。

  沿着荷塘，是一条曲折的小煤屑路。这是一条幽僻的路；白天也少人走，夜晚更加寂寞。荷塘四面，长着许多树，蓊蓊郁郁的。路的一旁，是些杨柳，和一些不知道名字的树。没有月光的晚上，这路上阴森森的，有些怕人。今晚却很好，虽然月光也还是淡淡的。

  路上只我一个人，背着手踱着。这一片天地好像是我的；我也像超出了平常的自己，到了另一世界里。我爱热闹，也爱冷静；爱群居，也爱独处。像今晚上，一个人在这苍茫的月下，什么都可以想，什么都可以不想，便觉是个自由的人。白天里一定要做的事，一定要说的话，现在都可不理。这是独处的妙处，我且受用这无边的荷香月色好了。

  曲曲折折的荷塘上面，弥望的是田田的叶子。叶子出水很高，像亭亭的舞女的裙。层层的叶子中间，零星地点缀着些白花，有袅娜地开着的，有羞涩地打着朵儿的；正如一粒粒的明珠，又如碧天里的星星，又如刚出浴的美人。微风过处，送来缕缕清香，仿佛远处高楼上渺茫的歌声似的。这时候叶子与花也有一丝的颤动，像闪电般，霎时传过荷塘的那边去了。叶子本是肩并肩密密地挨着，这便宛然有了一道凝碧的波痕。叶子底下是脉脉的流水，遮住了，不能见一些颜色；而叶子却更见风致了。

  月光如流水一般，静静地泻在这一片叶子和花上。薄薄的青雾浮起在荷塘里。叶子和花仿佛在牛乳中洗过一样；又像笼着轻纱的梦。虽然是满月，天上却有一层淡淡的云,所以不能朗照;但我以为这恰是到了好处——酣眠固不可少,小睡也别有风味的。月光是隔了树照过来的,高处丛生的灌木,落下参差的斑驳的黑影,峭楞楞如鬼一般;弯弯的杨柳的稀疏的倩影,却又像是画在荷叶上。塘中的月色并不均匀;但光与影有着和谐的旋律,如梵婀玲上奏着的名曲。

荷塘的四面,远远近近,高高低低都是树,而杨柳最多。这些树将一片荷塘重重围住;只在小路一旁,漏着几段空隙,像是特为月光留下的。树色一例是阴阴的,乍看像一团烟雾;但杨柳的丰姿,便在烟雾里也辨得出。树梢上隐隐约约的是一带远山,只有些大意罢了。树缝里也漏着一两点路灯光,没精打彩的,是渴睡人的眼。这时候最热闹的,要数树上的蝉声与水里的蛙声;但热闹是它们的,我什么也没有。

忽然想起采莲的事情来了。采莲是江南的旧俗,似乎很早就有,而六朝时为盛;从诗歌里可以约略知道。采莲的是少年的女子,她们是荡着小船,唱着艳歌去的。采莲人不用说很多,还有看采莲的人。那是一个热闹的季节,也是一个风流的季节。梁元帝《采莲赋》里说得好:

于是妖童媛女,荡舟心许;鹢首徐回,兼传羽杯;櫂将移而藻挂,船欲动而萍开。尔其纤腰束素,迁延顾步;夏始春余,叶嫩花初,恐沾裳而浅笑,畏倾船而敛裾。

可见当时嬉游的光景了。这真是有趣的事,可惜我们现在早已无福消受了。于是又记起《西洲曲》里的句子:

采莲南塘秋,莲花过人头;低头弄莲子,莲子清如水。

今晚若有采莲人,这儿的莲花也算得"过人头"了;只不见一些流水的影子,是不行的。这令我到底惦着江南了。——这样想着,猛一抬头,不觉已是自己的门前;轻轻地推门进去,什么声息也没有,妻已睡熟好久了。

1927年7月,北京清华园。

一封信

　　在北京住了两年多了，一切平平常常地过去。要说福气，这也是福气了。因为平平常常，正像"糊涂"一样"难得"，特别是在"这年头"。但不知怎的，总不时想着在那儿过了五六年转徙无常的生活的南方。转徙无常，诚然算不得好日子；但要说到人生味，怕倒比平平常常时候容易深切地感着。现在终日看见一样的脸板板的天，灰蓬蓬的地；大柳高槐，只是大柳高槐而已。于是木木然，心上什么也没有；有的只是自己，自己的家。我想着我的渺小，有些战栗起来；清福究竟也不容易享的。

　　这几天似乎有些异样。像一叶扁舟在无边的大海上，像一个猎人在无尽的森林里。走路，说话，都要费很大的力气；还不能如意。心里是一团乱麻，也可说是一团火。似乎在挣扎着，要明白些什么，但似乎什么也没有明白。"一部《十七史》，从何处说起，"正可借来作近日的我的注脚。昨天忽然有人提起《我的南方》的诗。这是两年前初到北京，在一个村店里，喝了两杯"莲花白"以后，信笔涂出来的。于今想起那情景，似乎有些渺茫；至于诗中所说的，那更是遥遥乎远哉了，但是事情是这样凑巧：今天吃了午饭，偶然抽一本旧杂志来消遣，却翻着了三年前给S的一封信。信里说着台州，在上海，杭州，宁波之南的台州。这真是"我的南方"了。我正苦于想不出，这却指引我一条路，虽然只是"一条"路而已。

　　我不忘记台州的山水，台州的紫藤花，台州的春日，我也不能忘记S。他从前欢喜喝酒，欢喜骂人；但他是个有天真的人。他待朋友真不错。L从湖南到宁波去找他，不名一文；他陪他喝了半年酒才分手。他去年结了婚。为结婚的事烦恼了几个整年的他，这算是叶落归根了；但他也与我一样，已快上那"中年"的线了吧。结婚后我们见过一次，匆匆的一次。我想，他也和一切人一样，结了婚终于是结了婚的样子了吧。但我老只是记着他那喝醉了酒，很妩媚的骂人的意态；这在他或已懊悔着了。

南方这一年的变动，是人的意想所赶不上的。我起初还知道他的踪迹；这半年是什么也不知道了。他到底是怎样地过着这狂风似的日子呢？我所沉吟的正在此。我说过大海，他正是大海上的一个小浪；我说过森林，他正是森林里的一只小鸟。恕我，恕我，我向那里去找你？

这封信曾印在台州师范学校的《绿丝》上。我现在重印在这里；这是我眼前一个很好的自慰的法子。

九月二十七日记

S兄：

…………

我对于台州，永远不能忘记！我第一日到六师校时，系由埠头坐了轿子去的。轿子走的都是僻路；使我诧异，为什么堂堂一个府城，竟会这样冷静！那时正是春天，而因天气的薄阴和道路的幽寂，使我宛然如入了秋之国土。约莫到了卖冲桥边，我看见那清绿的北固山，下面点缀着几带朴实的洋房子，心胸顿然开朗，仿佛微微的风拂过我的面孔似的。到了校里，登楼一望，见远山之上，都幂着白云。四面全无人声，也无人影；天上的鸟也无一只。只背后山上谡谡的松风略略可听而已。那时我真脱却人间烟火气而飘飘欲仙了！后来我虽然发现了那座楼实在太坏了：柱子如鸡骨，地板如鸡皮！但自然的宽大使我忘记了那房屋的狭窄。我于是曾好几次爬到北固山的顶上，去领略那飕飕的高风，看那低低的，小小的，绿绿的田亩。这是我最高兴的。

来信说起紫藤花，我真爱那紫藤花！在那样朴陋——现在大概不那样朴陋了吧——的房子里，庭院中，竟有那样雄伟，那样繁华的紫藤花，真令我十二分惊诧！她的雄伟与繁华遮住了那朴陋，使人一对照，反觉朴陋倒是不可少似的，使人幻想"美好的昔日"！我也曾几度在花下徘徊：那时学生都上课去了，只剩我一人。暖和的晴日，鲜艳的花色，嗡嗡的蜜蜂，酝酿着一庭的春意。我自己如浮在茫茫的春之海里，不知怎么是好！那花真好看：苍老虬劲的枝干，这么粗这么粗的枝干，宛转腾挪而上；谁知她的纤指会那样嫩，那样艳丽呢？那花真好看：一缕缕垂垂的细丝，将她们悬在那皴裂的臂上，临风婀娜，真像嘻嘻哈哈的小姑娘，真像凝妆的少妇，像两颊又像双臂，像胭脂又像粉……我在他们下课的时候，又曾几度在楼头眺望：那丰姿更是撩人：云哟，霞哟，仙女哟！我离开台州以后，永远没见过那样好的紫藤花，我真惦记她，我真妒羡你们！

此外，南山殿望江楼上看浮桥（现在早已没有了），看憧憧的人在长长的桥上往来着；东湖水阁上，九折桥上看柳色和水光，看钓鱼的人；府后山沿路看田野，看天；南门外看梨花——再回到北固山，冬天在医院前看山上的雪；都是我喜欢的。说来可笑，我还记得我从前住过的旧仓头杨姓的房子里一张画桌；那是一张红漆的，一丈光景长而狭的画桌，我放它在我楼上的窗前，在上面读书，和人谈话，过了我半年的生活。现在想已搁起来无人用了吧？唉！

台州一般的人真是和自然一样朴实；我一年里只见过三个上海装束的流氓！学生中我颇有记得的。前些时有位 P 君写信给我，我虽未有工夫作复，但心中很感谢！乘此机会请你为我转告一句。

我写的已多了；这些胡乱的话，不知可附载在《绿丝》的末尾，使它和我的旧友见见面么？

弟　自清。

怀魏握青君

两年前差不多也是这些日子吧，我邀了几个熟朋友，在雪香斋给握青送行。雪香斋以绍酒著名。这几个人多半是浙江人，握青也是的，而又有一两个是酒徒，所以便拣了这地方。说到酒，莲花白太腻，白干太烈；一是北方的佳人，一是关西的大汉，都不宜于浅斟低酌。只有黄酒，如温旧书，如对故友，真是醇醇有味。只可惜雪香斋的酒还上了色；若是"竹叶青"，那就更妙了。握青是到美国留学去，要住上三年；这么远的路，这么多的日子，大家确有些惜别，所以那晚酒都喝得不少。出门分手，握青又要我去中天看电影。我坐下直觉头晕。握青说电影如何如何，我只糊糊涂涂听着；几回想张眼看，却什么也看不出。终于支持不住，出其不意，哇地吐出来了。观众都吃一惊，附近的人全堵上了鼻子；这真有些惶恐。握青扶我回到旅馆，他也吐了。但我们心里都觉得这一晚很痛快。我想握青该还记得那种狼狈的光景吧？

我与握青相识，是在东南大学。那时正是暑假，中华教育改进社借那儿开会。我与方光焘君去旁听，偶然遇着握青；方君是他的同乡，一向认识，便给我们介绍了。那时我只知道他很活动，会交际而已。匆匆一面，便未再见。三年前，我北来作教，恰好与他同事。我初到，许多事都不知怎样做好；他给了我许多帮助。我们同住在一个院子里，吃饭也在一处。因此常和他谈论。我渐渐知道他不只是很活动，会交际；他有他的真心，他有他的锐眼，他也有他的傻样子。许多朋友都以为他是个傻小子，大家都叫他老魏，连听差背地里也是这样叫他；这个太亲昵的称呼，只有他有。

但他决不如我们所想的那么"傻"，他是个玩世不恭的人——至少我在北京见着他是如此。那时他已一度受过人生的戒，从前所有多或少的严肃气分，暂时都隐藏起来了；剩下的只是那冷然的玩弄一切的态度。我们知道这种剑锋般的态度，若赤裸裸地露出，便是自己矛盾，所以总得用了什么法子盖藏着。他用的是一副傻子的面具。我有时要揭开他这副面具,他便说我是《语丝》派。但他知道我,并不比我知道他少。他能由我一个短语,知道全篇的故事。他对于别人,也能知道;但只默喻着,不大肯说出。他的玩世,在有些事情上,也许太随便些。但以或种意义说,他要复仇;人总是人,又有什么办法呢?至少我是原谅他的。

以上其实也只说得他的一面;他有时也能为人尽心竭力。他曾为我决定一件极为难的事。我们沿着墙根,走了不知多少趟;他源源本本,条分缕析地将形势剖解给我听。你想,这岂是傻子所能做的?幸亏有这一面,他还能高高兴兴过日子;不然,没有笑,没有泪,只有冷脸,只有"鬼脸",岂不郁郁地闷煞人!

我最不能忘的,是他动身前不多时的一个月夜。电灯灭后,月光照了满院,柏树森森地竦立着。屋内人都睡了;我们站在月光里,柏树旁,看着自己的影子。他轻轻地诉说他生平冒险的故事。说一会,静默一会。这是一个幽奇的境界。他叙述时,脸上隐约浮着微笑,就是他心地平静时常浮在他脸上的微笑;一面偏着头,老像发问似的。这种月光,这种院子,这种柏树,这种谈话,都很可珍贵;就由握青自己再来一次,怕也不一样的。

他走之前,很愿我做些文字送他;但又用玩世的态度说,"怕不肯吧?我晓得,你不肯的。"我说,"一定做,而且一定写成一幅横披——只是字不行些。"但是我惭愧我的懒,那"一定"早已几乎变成"不肯"了!而且他来了两封信,我竟未复只字。这叫我怎样说好呢?我实在有种坏脾气,觉得路太遥远,竟有些渺茫一般,什么便都因循下来了。好在他的成绩很好,我是知道的;只此就很够了。别的,反正他明年就回来,我们再好好地谈几次,这是要紧的。——我想,握青也许不那么玩世了吧。

1928年5月25日夜。

儿 女

  我现在已是五个儿女的父亲了。想起圣陶喜欢用的"蜗牛背了壳"的比喻，便觉得不自在。新近一位亲戚嘲笑我说，"要剥层皮呢！"更有些悚然了。十年前刚结婚的时候，在胡适之先生的《藏晖室札记》里，见过一条，说世界上有许多伟大的人物是不结婚的；文中并引培根的话，"有妻子者，其命定矣。"当时确吃了一惊，仿佛梦醒一般；但是家里已是不由分说给娶了媳妇，又有甚么可说？现在是一个媳妇，跟着来了五个孩子；两个肩头上，加上这么重一副担子，真不知怎样走才好。"命定"是不用说了；从孩子们那一面说，他们该怎样长大，也正是可以忧虑的事。我是个彻头彻尾自私的人，做丈夫已是勉强，做父亲更是不成。自然，"子孙崇拜"，"儿童本位"的哲理或伦理，我也有些知道；既做着父亲，闭了眼抹杀孩子们的权利，知道是不行的。可惜这只是理论，实际上我是仍旧按照古老的传统，在野蛮地对付着，和普通的父亲一样。近来差不多是中年的人了，才渐渐觉得自己的残酷；想着孩子们受过的体罚和叱责，始终不能辩解——像抚摩着旧创痕那样，我的心酸溜溜的。有一回，读了有岛武郎《与幼小者》的译文，对了那种伟大的，沉挚的态度，我竟流下泪来了。去年父亲来信，问起阿九，那时阿九还在白马湖呢；信上说，"我没有耽误你，你也不要耽误他才好。"我为这句话哭了一场；我为什么不像父亲的仁慈？我不该忘记，父亲怎样待我们来着！人性许真是二元的，我是这样地矛盾；我的心像钟摆似的来去。

  你读过鲁迅先生的《幸福的家庭》么？我的便是那一类的"幸福的家庭"！每天午饭和晚饭，就如两次潮水一般。先是孩子们你来他去地在厨房与饭间里查看，一面催我或妻发"开饭"的命令。急促繁碎的脚步，夹着笑和嚷，一阵阵袭来，直到命令发出为止。他们一递一个地跑着喊着，将命令传给厨房里用人；便立刻抢着回来搬凳子。于是这个说，"我坐这儿！"那个说，"大哥不让我！"大哥却说，"小妹打我！"我给他们调解，说好话。但是他们有时候很固执，我有时候也不耐烦，这便用着叱责了；叱责还不行，不由自主地，我的沉重的手掌便到他们身上了。于是哭的哭，坐的坐，局面才算定了。接着可又你要大碗，他要小碗，你说红筷子好，他说黑筷子好；这个要干饭，那个要稀饭，要茶要汤，要鱼要肉，要豆腐，要萝卜；你说他菜多，他说你菜好。妻是照例安慰着他们，但这显然是太迂缓了。我是个暴躁的人，怎么等得及？不用说，用老法子将他们立刻征服了；虽然有哭的，不久也就抹着泪捧起碗了。吃完了，纷纷爬下凳子，桌上是饭粒呀，汤汁呀，骨头呀，渣滓呀，加上纵横的筷子，欹斜的匙子，就如一块花花绿绿的地图模型。吃饭而外，他们的大事便是游戏。游戏时，大的有大主意，小的有小主意，各自坚持不下，于是争执起来；或者大的欺负了小的，或者小的竟欺负了大的，被欺负的哭着嚷着，到我或妻的面前诉苦；我大抵仍旧要用老法子来判断的，但不理的时候也有。最为难的，是争夺玩具的时候：这一个的与那一个的是同样的东西，却偏要那一个的；而那一个便偏不答应。在这种情形之下，不论如何，终于是非哭了不可的。这些事件自然不至于天天全有，但大致总有好些起。我若坐在家里看书或写什么东西，管保一点钟里要分几回心，或站起来一两次的。若是雨天或礼拜日，孩子们在家的多，那么，摊开书竟看不下一行，提起笔也写不出一个字的事，也有过的。我常和妻说，"我们家真是成日的千军万马呀！"有时是不但"成日"，连夜里也有兵马在进行着，在有吃乳或生病的孩子的时候！

　　我结婚那一年，才十九岁。二十一岁，有了阿九；二十三岁，又有了阿菜。那时我正像一匹野马，那能容忍这些累赘的鞍鞯，辔头，和缰绳？摆脱也知是不行的，但不自觉地时时在摆脱着。现在回想起来，那些日子，真苦了这两个孩子；真是难以宽宥的种种暴行呢！阿九才两岁半的样子，我们住在杭州的学校里。不知怎地，这孩子特别爱哭，又特别怕生人。一不见了母亲，或来了客，就哇哇地哭起来了。学校里住着许多人，我不能让他扰着他们，而客人也总是常有的；我懊恼极了，有一回，特地骗出了妻，关了门，将他按在地下打了一顿。这件事，妻到现在说起来，还觉得有些不忍；她说我的手太辣了，到底还是两岁半的孩子！我近年常想着那时的光景，也觉黯然。阿菜在台州，那是更小了；才过了周岁，还不大会走路。也是为了缠着母亲的缘故吧，我将她紧紧地按在墙角里，直哭喊了三四分钟；因此生了好几天病。妻说，那时真寒心呢！但我的苦痛也是真的。我曾给圣陶写信，说孩子们的磨折，实在无法奈何；有时竟觉着还是自杀的好。这虽是气愤的话，但这样的心情，确也有过的。后来孩子是多起来了，磨折也磨折得久了，少年的锋棱渐渐地钝起来了；加以增长的年岁增长了理性的裁制力，我能够忍耐了——觉得从前真是一个"不成材的父亲"，如我给另一个朋友信里所说。但我的孩子们在幼小时，确比别人的特别不安静，我至今还觉如此。我想这大约还是由于我们抚育不得法；从前只一味地责备孩子，让他们代我们负起责任，却未免是可耻的残酷了！

正面意义的"幸福"，其实也未尝没有。正如谁所说，小的总是可爱，孩子们的小模样，小心眼儿，确有些教人舍不得的。阿毛现在五个月了，你用手指去拨弄她的下巴，或向她做趣脸，她便会张开没牙的嘴格格地笑，笑得像一朵正开的花。她不愿在屋里待着；待久了，便大声儿嚷。妻常说，"姑娘又要出去溜达了。"她说她像鸟儿般，每天总得到外面溜一些时候。闰儿上个月刚过了三岁，笨得很，话还没有学好呢。他只能说三四个字的短语或句子，文法错误，发音模糊，又得费气力说出；我们老是要笑他的。他说"好"字，总变成"小"字；问他"好不好？"他便说"小"，或"不小"。我们常常逗着他说这个字玩儿；他似乎有些觉得，近来偶然也能说出正确的"好"字了——特别在我们故意说成"小"字的时候。他有一只搪磁碗，是一毛来钱买的；买来时，老妈子教给他，"这是一毛钱。"他便记住"一毛"两个字，管那只碗叫"一毛"，有时竟省称为"毛"。这在新来的老妈子，是必需翻译了才懂。他不好意思，或见着生客时，便咧着嘴痴笑；我们常用了土话，叫他做"呆瓜"。他是个小胖子，短短的腿，走起路来，蹒跚可笑；若快走或跑，便更"好看"了。他有时学我，将两手叠在背后，一摇一摆的；那是他自己和我们都要乐的。他的大姊便是阿菜，已是七岁多了，在小学校里念着书。在饭桌上，一定得罗罗唆唆地报告些同学或他们父母的事情；气喘喘地说着，不管你爱听不爱听。说完了总问我："爸爸认识么？""爸爸知道么？"妻常禁止她吃饭时说话，所以她总是问我。她的问题真多:看电影便问电影里的是不是人？是不是真人？怎么不说话？看照相也一样。不知谁告诉她，兵是要打人的。她回来便问，兵是人么？为什么打人？近来大约听了先生的话，回来又问张作霖的兵是帮谁的？蒋介石的兵是不是帮我们的？诸如此类的问题，每天短不了，常常闹得我不知怎样答才行。她和闰儿在一处玩儿，一大一小，不很合式，老是吵着哭着。但合式的时候也有：譬如这个往床底下躲，那个便钻进去追着；这个钻出来，那个也跟着——从这个床到那个床，只听见笑着，嚷着，喘着，真如妻所说，像小狗似的。现在在京的，便只有这三个孩子；阿九和转儿是去年北来时，让母亲暂时带回扬州去了。

阿九是欢喜书的孩子。他爱看《水浒》，《西游记》，《三侠五义》，《小朋友》等；没有事便捧着书坐着或躺着看。只不欢喜《红楼梦》，说是没有味儿。是的，《红楼梦》的味儿，一个十岁的孩子，那里能领略呢？去年我们事实上只能带两个孩子来；因为他大些，而转儿是一直跟着祖母的，便在上海将他俩丢下。我清清楚楚记得那分别的一个早上。我领着阿九从二洋泾桥的旅馆出来，送他到母亲和转儿住着的亲戚家去。妻嘱咐说，"买点吃的给他们吧。"我们走过四马路，到一家茶食铺里。阿九说要熏鱼，我给买了；又买了饼干，是给转儿的。便乘电车到海宁路。下车时，看着他的害怕与累赘，很觉恻然。到亲戚家，因为就要回旅馆收拾上船，只说了一两句话便出来；转儿望望我，没说什么，阿九是和祖母说什么去了。我回头看了他们一眼，硬着头皮走了。后来妻告诉我，阿九背地里向她说："我知道爸爸欢喜小妹，不带我上北京去。"其实这是冤枉的。他又曾和我们说，"暑假时一定来接我啊！"我们当时答应着；但现在已是第二个暑假了，他们还在迢迢的扬州待着。他们是恨着我们呢？还是惦着我们呢？妻是一年来老放不下这两个，常常独自暗中流泪；但我有什么法子呢！想到"只为家贫成聚散"一句无名的诗，不禁有些凄然。转儿与我较生疏些。但去年离开白马湖时，她也曾用了生硬的扬州话（那时她还没有到过扬州呢），和那特别尖的小嗓子向着我："我要到北京去。"她晓得什么北京，只跟着大孩子们说罢了；但当时听着，现在想着的我，却真是抱歉呢。这兄妹俩离开我，原是常事，离开母亲，虽也有过一回，这回可是太长了；小小的心儿，知道是怎样忍耐那寂寞来着！

我的朋友们大概都是爱孩子的。少谷有一回写信责备我，说儿女的吵闹，也是很有趣的，何至可厌到如我所说；他说他真不解。子恺为他家华瞻写的文章，真是"蔼然仁者之言"。圣陶也常常为孩子操心：小学毕业了，到什么中学好呢？——这样的话，他和我说过两三回了。我对他们只有惭愧！可是近来我也渐渐觉着自己的责任。我想，第一该将孩子们团聚起来，其次便该给他们些力量。我亲眼见过一个爱儿女的人，因为不曾好好地教育他们，便将他们荒废了。他并不是溺爱，只是没有耐心去料理他们，他们便不能成材了。我想我若照现在这样下去，孩子们也便危险了。我得计画着，让他们渐渐知道怎样去做人才行。但是要不要他们像我自己呢？这一层，我在白马湖教初中学生时，也曾从师生的立场上问过丏尊，他毫不踌躇地说，"自然罗。"近来与平伯谈起教子，他却答得妙，"总不希望比自己坏罗。"是的，只要不"比自己坏"就行，"像"不"像"倒是不在乎的。职业，人生观等，还是由他们自己去定的好；自己顶可贵，只要指导，帮助他们去发展自己，便是极贤明的办法。

予同说，"我们得让子女在大学毕了业，才算尽了责任。"SK说，"不然，要看我们的经济，他们的材质与志愿；若是中学毕了业，不能或不愿升学，便去做别的事，譬如做工人吧，那也并非不行。"自然，人的好坏与成败，也不尽靠学校教育；说是非大学毕业不可，也许只是我们的偏见。在这件事上，我现在毫不能有一定的主意；特别是这个变动不居的时代，知道将来怎样？好在孩子们还小，将来的事且等将来吧。目前所能做的，只是培养他们基本的力量——胸襟与眼光；孩子们还是孩子们，自然说不上高的远的，慢慢从近处小处下手便了。这自然也只能先按照我自己的样子："神而明之，存乎其人"，光辉也罢，倒楣也罢，平凡也罢，让他们各尽各的力去。我只希望如我所想的，从此好好地做一回父亲，便自称心满意。——想到那"狂人""救救孩子"的呼声，我怎敢不悚然自勉呢？

1928年6月24日晚写毕，北京清华园。

乙 辑

旅行杂记

这次中华教育改进社在南京开第三届年会，我也想观观光；故"不远千里"的从浙江赶到上海，决于七月二日附赴会诸公的车尾而行。

一 殷勤的招待

七月二日正是浙江与上海的社员乘车赴会的日子。在上海这样大车站里，多了几十个改进社社员，原也不一定能够显出甚么异样；但我却觉得确乎是不同了，"一时之盛"的光景，在车站的一角上，是显然可见的。这是在茶点室的左边；那里丛着一群人，正在向两位特派的招待员接洽。壁上贴着一张黄色的磅纸，写着龙蛇飞舞的字："二等四元囗，三等二元囗。"两位招待员开始执行职务了；这时已是六点四十分，离开车还有二十分钟了。招待员所应做的第一大事，自然是买车票。买车票是大家都会的，买半票却非由他们二位来"优待"一下不可。"优待"可真不是容易的事！他们实行"优待"的时候，要向每个人取名片，票价，——还得找钱。他们往还于茶点室和售票处之间，少说些，足有二十次！他们手里是拿着一叠名片和钞票洋钱；眼睛总是张望着前面，仿佛遗失了什么，急急寻觅一样；面部筋肉平板地紧张着；手和足的运动都像不是他们自己的。好容易费了二虎之力，居然买了几张票，凭着名片分发了。每次分发时，各位候补人都一拥而上。等到得不着票子，便不免有了三三两两的怨声了。那两位招待员买票事大，却也顾不得这些。可是钟走得真快，不觉七点还欠五分了。这时票子还有许多人没买着，大家都着急；而招待员竟不出来！

有的人急忙寻着他们，情愿取回了钱，自买全票；有的向他们顿足舞手的责备着。他们却只是忙着照名片退钱，一言不发。——真好性儿！于是大家三步并作两步，自己去买票子；这一挤非同小可！我除照付票价外，还出了一身大汗，才弄到一张三等车票。这时候对两位招待员的怨声真载道了："这样的饭桶！""真饭桶！""早做什么事的？""六点钟就来了，还是自己买票，冤不冤！"我猜想这时候两位招待员的耳朵该有些儿热了。其实我倒能原谅他们，无论招待的成绩如何，他们的眼睛和腿总算忙得可以了，这也总算是殷勤了；他们也可以对得起改进社了，改进社也可以对得起他们的社员了。——上车后，车就开了；有人问，"两个饭桶来了没有？""没有吧！"车是开了。

二　"躬逢其盛"

七月二日的晚上，花了约莫一点钟的时间，才在大会注册组买了一张旁听的标识。这个标识很不漂亮，但颇有实用。七月三日早晨的年会开幕大典，我得躬逢其盛，全靠着它呢。

七月三日的早晨，大雨倾盆而下。这次大典在中正街公共讲演厅举行。该厅离我所住的地方有六七里路远；但我终于冒了狂风暴雨，乘了黄包车赴会。在这一点上，我的热心决不下于社员诸君的。

到了会场门首，早已停着许多汽车，马车；我知道这确乎是大典了。走进会场，坐定细看，一切都很从容，似乎离开会的时间还远得很呢！——虽然规定的时间已经到了。楼上正中是女宾席，似乎很是寥寥；两旁都是军警席——正和楼下的两旁一样。一个黑色的警察，间着一个灰色的兵士，静默的立着。他们大概不是来听讲的，因为既没有赛磁的社员徽章，又没有和我一样的旁听标识，而且也没有真正的"席"——坐位。（我所谓"军警席"，是就实际而言，当时场中并无此项名义，合行声明。）听说督军省长都要"驾临"该场；他们原是保卫"两长"来的，他们原是监视我们来的，好一个武装的会场！

那时"两长"未到，盛会还未开场；我们忽然要做学生了！一位教员风的女士走上台来，像一道光闪在听众的眼前；她请大家练习《尽力中华》歌。大家茫然的立起，跟着她唱。但"出其不意，攻其不备，"有些人不敢高唱，有些人竟唱不出。所以唱完的时候，她温和地笑着向大家说："这回太低了，等等再唱一回。"她轻轻的鞠了躬，走了。等了一等，她果然又来了。说完"一——二——三——四"之后，《尽力中华》的歌声果然很响地起来了。她将左手插在腰间，右手上下的挥着，表示节拍；挥手的时候，腰部以上也随着微微的向左右倾侧，显出极为柔软的曲线；她的头略略偏右仰着，嘴唇轻轻的动着，嘴唇以上，尽是微笑。唱完时，她仍笑着说,"好些了,等等再唱。"再唱的时候,她拍着两手,发出清脆的响,其余和前回一样。唱完,她立刻又"一——二——三——四"的要大家唱。大家似乎很惊愕,似乎她真看得大家和学生一样了;但是半秒钟的惊愕与不耐以后,终于又唱起来了——自然有一部分人,因疲倦而休息。于是大家的临时的学生时代告终。不一会,场中忽然纷扰,大家的视线都集中在东北角上;这是齐督军,韩省长来了,开会的时间真到了!

空空的讲坛上,这时竟济济一台了。正中有三张椅子,两旁各有一排椅子。正中的三人是齐燮元,韩国钧,另有一个西装少年;后来他演说,才知是"高督办"——就是讳"恩洪"的了——的代表。这三人端坐在台的正中,使我联想到大雄宝殿上的三尊佛像;他们虽坦然的坐着,我却无端的为他们"惶恐"着。——于是开会了,照着秩序单进行。详细的情形,有各报记述可看,毋庸在下再来饶舌。现在单表齐燮元,韩国钧和东南大学校长郭秉文博士的高论。齐燮元究竟是督军兼巡阅使,他的声音是加倍的宏亮;那时场中也特别肃静——齐燮元究竟与众不同呀!他咬字眼儿真咬得清白;他的话是"字本位",是一个字一个字吐出来的。字与字间的时距,我不能指明,只觉比普通人说话延长罢了;最令我惊异而且焦躁的,是有几句说完之后。那时我总以为第二句应该开始了,岂知一等不来,二等不至,三等不到;他是在唱歌呢,这儿碰着全休止符了!等到三等等完,四拍拍毕,第二句的第一个字才姗姗的来了。这其间至少有一分钟;要用主观的计时法,简直可说足有五分钟!说来说去,究竟他说的是什么呢?我恭恭敬敬的答道:半篇八股!他用拆字法将"中华教育改进社"一题拆为四段:先做"教育"二字,是为第一股;次做"教育改进",是为第二股;"中华教育改进"是第三股;加上"社"字,是第四股。层层递进,如他由督军而升巡阅使一样。齐燮元本是廪贡生,这类文章本是他的拿手戏;只因时代维新,不免也要改良一番,才好应世;八股只剩了四股,大约便是为此了。最教我不忘记的,是他说完后的那一鞠躬。那一鞠躬真是与众不同,鞠下去时,上半身全与讲桌平行,我们只看见他一头的黑发;他然后慢慢的立起退下。这其间费了普通人三个一鞠躬的时间,是的的确确的。接着便是韩国钧了。他有一篇改进社开会词,是开会前已分发了的。里面曾有一节,论及现在学风的不良,颇有痛心疾首之概。我很想听听他的高见。但他却不曾照本宣扬,他这时另有一番说话。他也经过了许多时间;但不知是我的精神不济,还是另有原因,我毫没有领会他的意思。只有煞尾的时候,他提高了喉咙,我也竖起了耳朵,这才听见他的警句了。他说:"现在政治上南北是不统一的。今天到会诸君，却南北都有，同以研究教育为职志，毫无畛域之见。可见统一是要靠文化的，不能靠武力！"这最后一句话确是漂亮，赢得如雷的掌声和许多轻微的赞叹。他便在掌声里退下。这时我们所注意的，是在他肘腋之旁的齐燮元；可惜我眼睛不佳，不能看到他面部的变化，因而他的心情也不能详说：这是很遗憾的。于是——是我行文的"于是"，不是事实的"于是"，请注意——来了郭秉文博士。他说，我只记得他说，"青年的思想应稳健，正确。"旁边有一位告诉我说："这是齐燮元的话。"但我却发现了，这也是韩国钧的话，便是开会辞里所说的。究竟是谁的话呢？或者是"英雄所见，大略相同"么？这却要请问郭博士自己了。但我不能明白：什么思想才算正确和稳健呢？郭博士的演说里不曾下注脚，我也只好终于莫测高深了。

还有一事，不可不记。在那些点缀会场的警察中，有一个瘦长的，始终笔直的站着，几乎不曾移过一步，真像石像一般，有着可怕的静默。我最佩服他那昂着的头和垂着的手；那天真苦了他们三位了！另有一个警官，也颇可观。他那肥硕的身体，凸出的肚皮，老是背着的双手，和那微微仰起的下巴，高高翘着的仁丹胡子，以及胸前累累挂着的徽章——那天场中，这后两件是他所独有的——都显出他的身分和骄傲。他在楼下左旁往来的徘徊着，似乎在督率着他的部下。我不能忘记他。

三　第三人称

七月□日，正式开会。社员全体大会外，便是许多分组会议。我们知道全体大会不过是那么回事，值得注意的是后者。我因为也忝然的做了国文教师，便决然无疑地投到国语教学组旁听。不幸听了一次，便生了病，不能再去。那一次所议的是"采用他，她，牠案"（大意如此，原文忘记了）；足足议了两个半钟头，才算不解决地解决了。这次讨论，总算详细已极，无微不至；在讨论时，很有几位英雄，舌本翻澜，妙绪环涌，使得我茅塞顿开，摇头佩服。这不可以不记。

其实我第一先应该佩服提案的人！在现在大家已经"采用""他，她，牠"的时候，他才从容不迫地提出了这件议案，真可算得老成持重，"不敢为天下先"，确遵老子遗训的了。在我们礼义之邦，无论何处，时间先生总是要先请一步的；所以这件议案不因为他的从容而被忽视，反因为他的从容而被尊崇，这就是所谓"让德"。且看当日之情形，谁不兴高而采烈？便可见该议案的号召之力了。本来呢，"新文学"里的第三人称代名词也太纷歧了！既"她""伊"之互用，又"牠""它"之不同，更有"佢""彼"之流，窜跳其间；于是乎乌烟瘴气，一塌糊涂！提案人虽只为辨"性"起见，但指定的三字，皆属于也字系统，俨然有正名之意。

将来"也"字系统若竟成为正统,那开创之功一定要归于提案人的。提案人有如彼的力量,如此的见解,怎不教人佩服?

讨论的中心点是在女人,就是在"她"字。"人"让他站着,"牛"也让它站着;所饶不过的是"女"人,就是"她"字旁边立着的那"女"人!于是辩论开始了。一位教师说,"据我的'经验',女学生总不喜欢'她'字——男人的'他',只标一个'人'字旁,女子的'她',却特别标一个'女'字旁,表明是个女人;这是她们所不平的!我发出的讲义,上面的'他'字,她们常常要将'人'字旁改成'男'字旁,可以见她们报复的意思了。"大家听了,都微微笑着,像很有味似的。另一位却起来驳道,"我也在女学堂教书,却没有这种情形!"海格尔的定律不错,调和派来了,他说,"这本来有两派:用文言的欢喜用'伊'字,如周作人先生便是;用白话的欢喜用'她'字,'伊'字用的少些;其实两个字都是一样的。""用文言的欢喜用'伊'字,"这句话却有意思!文言里间或有"伊"字看见,这是真理;但若说那些"伊"都是女人,那却不免委屈了许多男人!周作人先生提倡用"伊"字也是实,但只是用在白话里;我可保证,他决不曾有什么"用文言"的话!而且若是主张"伊"字用于文言,那和主张人有两只手一样,何必周先生来提倡呢?于是又冤枉了周先生!——调和终于无效,一位女教师立起来了。大家都倾耳以待,因为这是她们的切身问题,必有一番精当之论!她说话快极了,我听到的警句只是,"历来加'女'字旁的字都是不好的字;'她'字是用不得的!"一位"他"立刻驳道,"'好'字岂不是'女'字旁么?"大家都大笑了,在这大笑之中。忽有苍老的声音:"我看'他'字譬如我们普通人坐三等车;'她'字加了'女'字旁,是请她们坐二等车,有什么不好呢?"这回真哄堂了,有几个人笑得眼睛亮晶晶的,眼泪几乎要出来;真是所谓"笑中有泪"了。后来的情形可有些模糊,大约便在谈笑中收了场;于是乎一幕喜剧告成。

"二等车","三等车"这一个比喻,真是新鲜,足为修辞学开一崭新的局面,使我有永远的趣味。从前贾宝玉说男人的骨头是泥做的,女人的骨头是水做的,至今传为佳话;现在我们的辩士又发明了这个"二三等车"的比喻,真是媲美前修,启迪来学了。但这个"二三等之别"究竟也有例外;我离开南京那一晚,明明在三等车上看见三个"她!"我想:"她""她""她"何以不坐二等车呢?难道客气不成?——那位辩士的话应该是不错的!

1924年,温洲。

说 梦

伪《列子》里有一段梦话，说得甚好：

"周之尹氏大治产，其下趣役者，侵晨昏而不息。有老役夫筋力竭矣，而使之弥勤。昼则呻呼而即事，夜则昏惫而熟寐。精神荒散，昔昔梦为国君：居人民之上，总一国之事；游燕宫观，恣意所欲，其乐无比。觉则复役人。……尹氏心营世事，虑钟家业，心形俱疲，夜亦昏惫而寐。昔昔梦为人仆：趋走作役，无不为也；数骂杖挞，无不至也。眠中啽呓呻呼，彻旦息焉。……"

此文原意是要说出"苦逸之复，数之常也；若欲觉梦兼之，岂可得邪？"这其间大有玄味，我是领略不着的；我只是断章取义地赏识这件故事的自身，所以才老远地引了来。我只觉得梦不是一件坏东西。即真如这件故事所说，也还是很有意思的。因为人生有限，我们若能夜夜有这样清楚的梦，则过了一日，足抵两日，过了五十岁，足抵一百岁；如此便宜的事，真是落得的。至于梦中的"苦乐"，则照我素人的见解，毕竟是"梦中的"苦乐，不必斤斤计较的。若必欲斤斤计较，我要大胆地说一句：他和那些在墙上贴红纸条儿，写着"夜梦不祥，书破大吉"的，同样地不懂得梦！

但庄子说道，"至人无梦。"伪《列子》里也说道，"古之真人，其觉自忘，其寝不梦。"——张湛注曰，"真人无往不忘，乃当不眠，何梦之有？"可知我们这几位先哲不甚以做梦为然，至少也总以为梦是不大高明的东西。但孔子就与他们不同，他深以"不复梦见周公"为憾；他自然是爱做梦的，至少也是不反对做梦的。——殆所谓时乎做梦则做梦者欤？我觉得"至人"，"真人"，毕竟没有我们的份儿，我们大可不必妄想；只看"乃当不眠"一个条件，你我能做到么？唉，你若主张或实行"八小时睡眠",就别想做"至人","真人"了!但是,也不用担心,还有为我们捆木梢的:我们知道,愚人也无梦!他们是一枕黑甜,哼呵到晓,一些儿梦的影子也找不着的!我们徼幸还会做几个梦,虽因此失了"至人","真人"的资格,却也因此而得免于愚人,未尝不是运气。至于"至人","真人"之无梦和愚人之无梦,究竟有何分别?却是一个难题。我想偷懒,还是摭拾上文说过的话来答吧:"真人……乃当不眠,……"而愚人是"一枕黑甜,哼呵到晓"的!再加一句,此即孔子所谓"上智与下愚不移"也。说到孔子,孔子不反对做梦,难道也做不了"至人","真人"?我说,"唯唯,否否!"孔子是"圣人",自有他的特殊的地位,用不着再来争"至人","真人"的名号了。但得知道,做梦而能梦周公,才能成其所以为圣人;我们也还是够不上格儿的。

  我们终于只能做第二流人物。但这中间也还有个高低。高的如我的朋友P君:他梦见花,梦见诗,梦见绮丽的衣裳,……真可算得有梦皆甜了。低的如我:我在江南时,本忝在愚人之列,照例是漆黑一团地睡到天光;不过得声明,哼呵是没有的。北来以后,不知怎样,陡然聪明起来,夜夜有梦,而且不一其梦。但我究竟是新升格的,梦尽管做,却做不着一个清清楚楚的梦!成夜地乱梦颠倒,醒来不知所云,恍然若失。最难堪的是每早将醒未醒之际,残梦依人,腻腻不去;忽然双眼一睁,如坠深谷,万象寂然——只有一角日光在墙上痴痴地等着!我此时决不起来,必凝神细想,欲追回梦中滋味于万一;但照例是想不出,只惘惘然茫茫然似乎怀念着些什么而已。虽然如此,有一点是知道的:梦中的天地是自由的,任你徜徉,任你翱翔;一睁眼却就给密密的麻绳绑上了,就大大地不同了!我现在确乎有些精神恍惚,这里所写的就够教你知道。但我不因此诅咒梦;我只怪我做梦的艺术不佳,做不着清楚的梦。若做着清楚的梦,若夜夜做着清楚的梦,我想精神恍惚也无妨。照现在这样一大串儿糊里糊涂的梦,直是要将这个"我"化成漆黑一团,却有些儿不便。是的,我得学些本事,今夜做他几个好好的梦。我是彻头彻尾赞美梦的,因为我是素人,而且将永远是素人。

1925年10月。

海行杂记

这回从北京南归,在天津搭了通州轮船,便是去年曾被盗劫的。盗劫的事,似乎已很渺茫;所怕者船上的肮脏,实在令人不堪入耳。这是英国公司的船;这样的肮脏似乎尽够玷污了英国国旗的颜色。但英国人说:这有什么呢?船原是给中国人乘的,肮脏是中国人的自由,英国人管得着!英国人要乘船,会去坐在大菜间里,那边看看是什么样子?那边,官舱以下的中国客人是不许上去的,所以就好了。是的,这不怪同船的几个朋友要骂这只船是"帝国主义"的船了。"帝国主义的船"!我们到底受了些什么"压迫"呢?有的,有的!

我现在且说茶房吧。

我若有常常恨着的人,那一定是宁波的茶房了。他们的地盘,一是轮船,二是旅馆。他们的团结,是宗法社会而兼梁山泊式的;所以未可轻侮,正和别的"宁波帮"一样。他们的职务本是照料旅客;但事实正好相反,旅客从他们得着的只是侮辱,恫吓,与欺骗罢了。中国原有"行路难"之叹,那是因交通不便的缘故;但在现在便利的交通之下,即老于行旅的人,也还时时发出这种叹声,这又为什么呢?茶房与码头工人之艰于应付,我想比仅仅的交通不便,有时更显其"难"吧!所以从前的"行路难"是唯物的;现在的却是唯心的。这固然与社会的一般秩序及道德观念有多少关系,不能全由当事人负责任;但当事人的"性格恶"实也占着一个重要的地位的。

我是乘船既多,受侮不少,所以姑说轮船里的茶房。你去定舱位的时候,若遇着乘客不多,茶房也许会冷脸相迎;若乘客拥挤,你可就倒楣了。他们或者别转脸,不来理你;或者用一两句比刀子还尖的话,打发你走路——譬如说:"等下趟吧。"他说得如此轻松,凭你急死了也不管。大约行旅的人总有些异常,脸上总有一付着急的神气。他们是以逸待劳的,乐得和你开开玩笑,所以一切反应总是懒懒的，冷冷的；你愈急，他们便愈乐了。他们于你也并无仇恨，只想玩弄玩弄，寻寻开心罢了，正和太太们玩弄叭儿狗一样。所以你记着：上船定舱位的时候，千万别先高声呼唤茶房。你不是急于要找他们说话么？但是他们先得训你一顿，虽然只是低低的自言自语："啥事体啦？哇啦哇啦的！"接着才响声说，"噢，来哉，啥事体啦？"你还得记着：你的话说得愈慢愈好，愈低愈好；不要太客气，也不要太不客气。这样你便是门槛里的人，便是内行；他们固然不见得欢迎你，但也不会玩弄你了。——只冷脸和你简单说话；要知道这已算承蒙青眼，应该受宠若惊的了。

定好了舱位，你下船是愈迟愈好；自然，不能过了开船的时候。最好开船前两小时或一小时到船上，那便显得你是一个有"涵养工夫"的，非急莘莘的"阿木林"可比了。而且茶房也得上岸去办他自己的事，去早了倒绊住了他；他虽然可托同伴代为招呼，但总之麻烦了。为了客人而麻烦，在他们是不值得，在客人是不必要；所以客人便只好受"阿木林"的待遇了。有时船于明早十时开行，你今晚十点上去，以为晚上总该合式了；但也不然。晚上他们要打牌，你去了足以扰乱他们的清兴；他们必也恨恨不平的。这其间有一种"分"，一种默喻的"规矩"，有一种"门槛经"，你得先做若干次"阿木林"，才能应付得"恰到好处"呢。

开船以后，你以为茶房闲了，不妨多呼唤几回。你若真这样做时，又该受教训了。茶房日里要谈天，料理私货；晚上要抽大烟，打牌，那有闲工夫来伺候你！他们早上给你舀一盆脸水，日里给你开饭，饭后给你拧手巾；还有上船时给你摊开铺盖，下船时给你打起铺盖：好了，这已经多了，这已经够了。此外若有特别的事要他们做时，那只算是额外效劳。你得自己走出舱门，慢慢地叫着茶房，慢慢地和他说，他也会照你所说的做，而不加损害于你。最好是预先打听了两个茶房的名字，到这时候悠然叫着，那是更其有效的。但要叫得大方，仿佛很熟悉的样子，不可有一点讷讷。叫名字所以更其有效者，被叫者觉得你有意和他亲近（结果酒资不会少给），而别的茶房或竟以为你与这被叫者本是熟悉的，因而有了相当的敬意；所以你第二次第三次叫时，别人往往会帮着你叫的。但你也只能偶尔叫他们；若常常麻烦，他们将发现，你到底是"阿木林"而冒充内行，他们将立刻改变对你的态度了。至于有些人睡在铺上高声朗诵的叫着"茶房"的，那确似乎搭足了架子；在茶房眼中，其为"阿"字号无疑了。他们于是忿然的答应："啥事体啦？哇啦啦！"但走来倒也会走来的。你若再多叫两声，他们又会说："啥事体啦？茶房当山歌唱！"除非你真麻木，或真生了气，你大概总不愿再叫他们了吧。

"子入太庙，每事问，"至今传为美谈。但你入轮船，最好每事不必问。茶房之怕麻烦，之懒惰，是他们的特征；你问他们，他们或说不晓得，或故意和你开开玩笑，好在他们对客人们，除行李外，一切是不负责任的。大概客人们最普遍的问题，"明天可以到吧？""下午可以到吧？"一类。他们或随便答复，或说，"慢慢来好罗，总会到的。"或简单的说，"早呢！"总是不得要领的居多。他们的话常常变化，使你不能确信；不确信自然不问了。他们所要的正是耳根清净呀。

  茶房在轮船里，总是盘踞在所谓"大菜间"的吃饭间里。他们常常围着桌子闲谈，客人也可插进一两个去。但客人若是坐满了，使他们无处可坐，他们便恨恨了；若在晚上，他们老实不客气将电灯灭了，让你们暗中摸索去吧。所以这吃饭间里的桌子竟像他们专利的。当他们围桌而坐，有几个固然有话可谈；有几个却连话也没有，只默默坐着，或者在打牌。我似乎为他们觉着无聊，但他们也就这样过去了。他们的脸上充满了倦怠，嘲讽，麻木的气分，仿佛下工夫练就了似的。最可怕的就是这满脸：所谓"然拒人于千里之外"者，便是这种脸了。晚上映着电灯光，多少遮过了那灰滞的颜色；他们也开始有了些生气。他们搭了铺抽大烟，或者拖开桌子打牌。他们抽了大烟，渐有笑语；他们打牌，往往通宵达旦——牌声，争论声充满那小小的"大菜间"里。客人们，尤其是抱了病，可睡不着了；但于他们有甚么相干呢？活该你们洗耳恭听呀！他们也有不抽大烟，不打牌的，便搬出香烟画片来一张张细细赏玩：这却是"雅人深致"了。

  我说过茶房的团结是宗法社会而兼梁山泊式的，但他们中间仍不免时有战氛。浓郁的战氛在船里是见不着的；船里所见，只是轻微淡远的罢了。"唯口出好兴戎"，茶房的口，似乎很值得注意。他们的口，一例是练得极其尖刻的；一面自然也是地方性使然。他们大约是"宁可输在腿上，不肯输在嘴上"。所以即使是同伴之间，往往因为一句有意的或无意的，不相干的话，动了真气，抡眉竖目的恨恨半天而不已。这时脸上全失了平时冷静的颜色，而换上热烈的狰狞了。但也终于只是口头"恨恨"而已，真个拔拳来打，举脚来踢的，倒也似乎没有。语云，"君子动口，小人动手；"茶房们虽有所争乎，殆仍不失为君子之道也。有人说，"这正是南方人之所以为南方人"，我想，这话也有理。茶房之于客人，虽也"不肯输在嘴上"，但全是玩弄的态度，动真气的似乎很少；而且你愈动真气，他倒愈可以玩弄你。这大约因为对于客人，是以他们的团体为靠山的；客人总是孤单的多，他们"倚众欺"起来，不怕你不就范的：所以用不着动真气。而且万一吃了客人的亏，那也必是许多同伴陪着他同吃的，不是一个人失了面子：又何必动真气呢？克实说来，客人要他们动真气，还不够资格哪！至于他们同伴间的争执，那才是切身的利害，而且单枪匹马做去，毫无可恃的现成的力量；所以便是小题，也不得不大做了。

茶房若有向客人微笑的时候，那必是收酒资的几分钟了。酒资的数目照理虽无一定，但却有不成文的谱。你按着谱斟酌给与，虽也不能得着一声"谢谢"，但言语的压迫是不会来的了。你若给得太少，离谱太远，他们会始而嘲你，继而骂你，你还得加钱给他们；其实既受了骂，大可以不加的了，但事实上大多数受骂的客人，慑于他们的威势，总是加给他们的。加了以后，还得听许多唠叨才罢。有一回，和我同船的一个学生，本该给一元钱的酒资的，他只给了小洋四角。茶房狠狠力争，终不得要领，于是说："你好带回去做车钱吧！"将钱向铺上一撂，忿然而去。那学生后来终于添了一些钱重交给他；他这才默然拿走，面孔仍是板板的，若有所不屑然。——付了酒资，便该打铺盖了；这时仍是要慢慢来的，一急还是要受教训，虽然你已给过酒资了。铺盖打好以后，茶房的压迫才算是完了，你再预备受码头工人和旅馆茶房的压迫吧。

我原是声明了叙述通州轮船中事的，但却做了一首"诅茶房文"；在这里，我似乎有些自己矛盾。不，"天下老鸦一般黑"，我们若很谨慎的将这句话只用在各轮船里的宁波茶房身上，我想是不会悖谬的。所以我虽就一般立说，通州轮船的茶房却已包括在内；特别指明与否，是无关重要的。

1926年7月，白马湖。

你我

"海阔天空"与"古今中外"

有一天，我和一位新同事闲谈。我偶然问道："你第一次上课，讲些什么？"他笑着答我，"我古今中外了一点钟！"他这样说明事实，且示谦逊之意。我从来不曾想到"古今中外"一个兼词可以作动词用，并且可以加上"了"字表时间的过去；骤然听了，很觉新鲜，正如吃刚上市的广东蚕豆。隔了几日，我用同样的问题问另一位新同事。他却说道："海阔天空！海阔天空！"我原晓得"海阔从鱼跃，天空任鸟飞"的联语，——是在一位同学家的厅堂里常常看见的——但这样的用法，却又是第一次听到！我真高兴，得着两个新鲜的意思，让我对于生活的方法，能触类旁通地思索一回。

黄远生在《东方杂志》上曾写过一篇《国民之公毒》，说中国人思想笼统的弊病。他举小说里的例，文的必是琴棋书画无所不晓，武的必是十八般武艺件件精通！我想，他若举《野叟曝言》里的文素臣，《九尾龟》里的章秋谷，当更适宜，因为这两个都是文武全才！好一个文武"全"才！这"全"字儿竟成了"国民之公毒"！我们自古就有那"博学无所成名"的"大成至圣先师"，又有"一物不知，儒者之耻"的传统的教训，还有那"谈天雕龙"的邹衍之流，所以流风余韵，扇播至今；大家变本加厉，以为凡是大好老必"上知天文，下识地理"，而"中学为体，西学为用"便是这大好老的另一面。"笼统"固然是"全"，"钩通""调和"也正是"全"呀！"全"来"全"去，"全"得乌烟瘴气，一塌糊涂！你瞧西洋人便聪明多了，他们悄悄地将"全知""全能"送给上帝，决不想自居"全"名；所以处处"算帐"，刀刀见血，一点儿不含糊！——他们不懂得那八面玲珑的劲儿！

但是王尔德也说过一句话，貌似我们的公毒而实非；他要"吃尽地球花园里的果子"！他要享乐，他要尽量地享乐！他什么都不管！可是他是"人"，不像文素臣、章秋谷辈是妖怪；他是呆子，不像钩通中西者流是滑头。总之，他是反传统的。他的话虽不免夸大，但不如中国传统思想之甚；因为只说地而不说天。

况且他只是"要"而不是"能",和文素臣辈又是有别;"要"在人情之中,"能"便出人情之外了!"全知","全能",或者真只有上帝一个;但"全"的要求是谁都有权利的——有此要求,才成其为"人生"!——还有易卜生"全或无"的"全",那却是一把锋利的钢刀;因为是另一方面的,不具论。

但王尔德的要求专属于感觉的世界,我总以为太单调了。人生如万花筒,因时地的殊异,变化不穷,我们要能多方面的了解,多方面的感受,多方面的参加,才有真趣可言;古人所谓"胸襟","襟怀","襟度",略近乎此。但"多方面"只是概括的要求:究竟能有若干方面,却因人的才力而异——我们只希望多多益善而已!这与传统的"求全"不同,"便是暗中摸索,也可知道吧"。这种胸襟——用此二字所能有的最广义——若要具体地形容,我想最好不过是采用我那两位新同事所说的:"海阔天空"与"古今中外"!我将这两个兼词用在积极的意义上,或者更对得起它们些。——"古今中外"原是骂人的话,初见于《新青年》上,是钱玄同(?)先生造作的。后来周作人先生有一篇杂感,却用它的积极的意义,大概是论知识上的宽容的;但这是两三年前的事了,我于那篇文的内容已模糊了。

法朗士在他的《灵魂之探险》里说:

> 人之永不能跳出己身以外,实一真理,而亦即吾人最大苦恼之一。苟能用一八方观察之苍蝇视线,观览宇宙,或能用一粗鲁而简单之猿猴的脑筋,领悟自然,虽仅一瞬,吾人何所惜而不为?乃于此而竟不能焉。……吾人被锢于一身之内,不啻被锢于永远监禁之中。(据杨袁昌英女士译文,见《太平洋》四卷四号)

蔼理斯在他的《感想录》中《自己中心》一则里也说:

> 我们显然都从自己中心的观点去看宇宙,看重我们自己所演的脚色。(见《语丝》第十三期)

这两种"说数",我们可总称为"我执"——却与佛法里的"我执"不同。一个人有他的身心,与众人各异;而身心所从来,又有遗传,时代,周围,教育等等,尤其五花八门,千差万别。这些合而织成一个"我",正如密密的魔术的网一样;虽是无形,而实在是清清楚楚,不易或竟不可逾越的界。于是好的劣的,乖的蠢的,村的俏的,长的短的,肥的瘦的,各有各的样儿,都来了,都来了。

"把戏人人会变，各有巧妙不同"；正因各人变各人的把戏，才有了这大千世界呀。说到各人只会变自己的一套把戏，而且只自以为巧妙，自然有些"可怜而可气"；"谓天盖高"，"谓地盖厚"，区区的"我"，真是何等区区呢！但是——哎呀，且住！亏得尚有"巧妙不同"一句注脚，还可上下其手一番；这"不同"二字正是灵丹妙药，千万不可忽略过去！我们的"我执"，是由命运所决定，其实无法挽回；只有一层，"我"决不是由一架机器铸出来的，决不是从一副印板刷下来的，这其间有种种的不同，上文已约略又约略地拈出了——现在再要拈出一种不同："我"之广狭是悬殊的！"我执"谁也免不了，也无须免得了，但所执有大有小，有深有浅，这其间却大有文章；所谓上下其手，正指此一关而言。

你想"顶天立地"是一套把戏，是一个"我"，"局天蹐地"，或说"局促如辕下驹"，如井底蛙，如磨坊里的驴子，也是一套把戏，也是一个"我"！这两者之间，相差有多少远呢？说得简截些，一是天，一是地；说得噜苏些，一是九霄，一是九渊；说得新鲜些，一是太阳，一是地球！世界上有些人读破万卷书，有些人游遍万里地，乃至达尔文之创进化说，恩斯坦之创相对原理；但也有些人伏处穷山僻壤，一生只关在家里，亲族邻里之外，不曾见过人，自己方言之外，不曾听过话——天球，地球，固然与他们无干，英国，德国，皇帝，总统，金镑，银洋，也与他们丝毫无涉！他们之所以异于磨坊的驴子者，真是"几希"！也只是蒙着眼，整天儿在屋里绕弯儿，日行千里，足不出户而已。你可以说，这两种人也只是一样，横直跳不出如来佛——"自己！"——的掌心；他们都坐在"自己"的监里，盘算着"自己"的重要呢！是的，但你知道这两种人决不会一样！你我跳不出如来佛的掌心，孙悟空也跳不出他老人家的掌心；但你我能翻十万八千里的筋斗么？若说不能，这就不一样了！"不能"尽管"不能"，"不同"仍旧"不同"呀。你想天地是怎样怎样的广大，怎样怎样的悠久！若用数字计算起来，只怕你画一整天的圈儿，也未必能将数目里所有的圈儿都画完哩！在这样的天地的全局里，地球已若一微尘，人更数不上了，只好算微尘之微尘吧！人是这样小，无怪乎只能在"自己"里绕圈儿。但是能知道"自己"的小，便是大了；最要紧是在小中求大！长子里的矮子到了矮子中，便是长子了，这便是小中之大。我们要做矮子中的长子，我们要尽其所能地扩大我们自己！我们还是变自己的把戏，但不仅自以为巧妙，还须自以为"比别人"巧妙；我们不但可在内地开一班小杂货铺，我们要到上海去开先施公司！

"我"有两方面，深的和广的。"自己中心"可说是深的一面；哲学家说的"自知"（"Knowest thyself"），道德学家说的"自私"——"利己"，也都可算入这一面。

如何使得我的身子好？如何使得我的脑子好？我懂得些什么？我喜爱些什么？我做出些什么？我要些什么？怎样得到我所要的？怎样使我成为他们之中一个最重要的脚色？这一大串儿的疑问号，总可将深的"我"的面貌的轮廓说给你了；你再"自个儿"去内省一番，就有八九分数了。但你马上也就会发现，这深深的"我"并非独自个儿待着，它还有个亲亲儿的，热热儿的伴儿哩。它俩你搂着我，我搂着你；不知谁给它们缚上了两只脚儿！就像三足竞走一样，它俩这样永远地难解难分！你若要开玩笑，就说它俩"狼狈为奸"，它俩亦无法自辩的。——可又来！究竟这伴儿是谁呢？这就是那广的"我"呀！我不是说过么？知道世界之大，才知道自己之小！所以"自知"必先要"知他"。兵法有云："知己知彼，百战百胜。"可以旁证此理。原来"我"即在世界中；世界是一张无大不大①的大网，"我"只是一个极微极微的结子；一发尚且会牵动全身，全网难道倒不能牵动一个细小的结子么？实际上，"我"是"极天下之赜"的！"自知"而不先"知他"，只是聚在方隅，老死不相往来的办法；只是"不可以语冰"的"夏虫"，井底蛙，磨坊里的驴子之流而已。能够"知他"，才真有"自知之明"；正如铁扇公主的扇子一样，要能放才能收呀。所知愈多，所接愈广；将"自己"散在天下，渗入事事物物之中看它的大小方圆，看它的轻重疏密，这才可以剖析毫芒地渐渐渐渐地认出"自己"的真面目呀。俗语说："把你烧成了灰，我都认得你！"我们正要这样想：先将这个"我"一拳打碎了，碎得成了灰，然后随风扬举，或飘茵席之上，或堕溷厕之中②，或落在老鹰的背上，或跳在珊瑚树的梢上，或藏在爱人的鬓边，或沾在关云长的胡子里，……然后再收灰入掌，抟灰成形，自然便须眉毕现，光采照人，不似初时"浑沌初开"的情景了！所以深的"我"即在广的"我"中；而无深的"我"，广的"我"亦无从立脚；这是不做矮子，也不吹牛的道地老实话，所谓有限的无穷也。

在有限中求无穷，便是我们所能有的自由。这或者是"野马以被骑乘的自由为更多"③的自由，或者是和"猪有飞的自由一样"④；但自由总和不自由不同，管他是白的，是黑的！说"猪有飞的自由"，在半世纪前，正和说"人有飞的自由"一样。但半世纪后的我们，已可见着自由飞着的人了，虽然还是要在飞机或飞艇里。你或者冷笑着说，有所待而然！有所待而然！至多仍旧是"被骑乘的自由"罢了！但这算什么呢？鸟也要靠翼翅的呀！况且还有将来呢，还有将来的将来呢！

---

①这是一句土话，"极大"之意。
②范缜语；用在此处，与他的原意不尽同。
③《西还》一五八页。
④见《阿丽思漫游奇境记》译本。

就如上文所引法朗士的话："倘若我们能够一刹那间用了苍蝇的多面的眼睛去观察天地……"①目下诚然是做不到的，但竟有人去企图了！我曾见过一册日本文的书，——记得是《童谣の缀方》，卷首有一幅彩图，下面题着《苍蝇眼中的世界》（大意）。图中所有，极其光怪陆离；虽明知苍蝇眼中未必即是如此，而颇信其如此——自己仿佛飘飘然也成了一匹小小的苍蝇，陶醉在那奇异的世界中了！这样前去，谁能说法朗士的"倘若"永不会变成"果然"呢！——"语丝"拉得太长了，总而言之，统而言之，我们只是要变比别人巧妙的把戏，只是要到上海去开先施公司；这便是我们所能有的自由。"秀才不出门，能知天下事。"这种或者稍嫌旧式的了；那么，来个新的，"看世界面上"②，我们来做个"世界民"吧——"世界民"（Cosmopolitan）者，据我的字典里说，是"无定居之人"，又有"弥漫全世界"，"世界一家"等义；虽是极简单的解释，我想也就够用，恕不再翻那笨重的大字典了。

*　　*　　*

我"海阔天空"或"古今中外"了九张稿纸；尽绕着圈儿，你或者有些"头痛"吧？"只听楼板响,不见人下来！"你将疑心开宗明义第一节所说的"生活的方法"，我竟不曾"思索"过，只冤着你，"青山隐隐水迢迢"地逗着你玩儿！不！别着急，这就来了也。既说"海阔天空"与"古今中外"，又要说什么"方法"，实在有些儿像左手望外推，右手又赶着望里拉，岂不可笑！但古语说得好，"大丈夫能屈能伸"，我正可老着脸借此解嘲；况且一落言诠，总有边际，你又何苦斤斤较量呢？况且"方法"虽小，其中也未尝无大；这也是所谓"有限的无穷"也。说到"无穷"，真使我为难！方法也正是千头万绪，比"一部十七史"更难得多多；虽说"大处着眼，小处下手"，但究竟从何处下手，却着实费我踌躇！——有了！我且学着那李逵，从黑松林里跳了出来，挥动板斧，随手劈他一番便了！我就是这个主意！李逵决非吴用；当然不足语于丝丝入扣的谨严的论理的！但我所说的方法，原非斗胆为大家开方案，只是将我所喜欢用的东西，献给大家看看而已。这只是我的"到自由之路"，自然只是从我的趣味中寻出来的;而在大宇长宙之中，无量数的"我"之内，区区的我，真是何等区区呢？而且我"本人"既在企图自己的放大，则他日之趣味，是否即今日之趣味，也殊未可知。所以此文也只是我姑妄言之，你姑妄听之；但倘若看了之后，能自己去思索一番，想出真个巧妙的方法，去做个"海阔天空"与"古今中外"的人，那时我虽觉着自己更是狭窄，非另打主意不可，

---

①此处用周作人先生译文，见《自己的园地》一八一页。
②《金瓶梅》中有此语，此处只取其辞。

然而总很高兴了；我将仰天大笑，到草帽从头上落下为止。

其实关于所谓"方法"，我已露过些口风了："我们要能多方面的了解，多方面的感受，多方面的参加，才有真趣可言。"

我现在做着教书匠。我做了五年教书匠了，真个腻得慌！黑板总是那样黑，粉笔总是那样白，我总是那样的我！成天儿浑淘淘的，有时对于自己的活着，也会惊诧。我想我们这条生命原像一湾流水，可以随意变成种种的花样；现在却筑起了堰，截断它的流，使它怎能不变成浑淘淘呢？所以一个人老做一种职业，老只觉着是"一种"职业，那真是一条死路！说来可笑，我是常常在想改业的；正如未来派剧本说的"换个丈夫吧"①，我也不时地提着自己，"换个行当②吧！"我不想做官，但很想知道官是怎样做的。这不是一件容易事！《官场现形记》所形容的究竟太可笑了！况且现在又换了世界！《努力周刊》的记者在王内阁时代曾引汤尔和——当时的教育总长——的话："你们所论的未尝无理；但我到政府里去看看，全不是那么一回事！"（大意）"全不是那么一回事！"可见不入虎穴，焉得虎子！我于是想做个秘书，去看看官到底是怎样做的？因秘书而想到文书科科员：我想一个人赚了大钱，成了资本家，不知究竟是怎样活着的？最要紧，他是怎样想的？我们只晓得他有汽车，有高大的洋房，有姨太太，那是不够的。——由资本家而至于小伙计，他们又怎样度他们的岁月？银行的行员尽爱买马票，当铺的朝奉尽爱在夏天打赤膊——其余的，其余的我便有些茫茫了！我们初到上海，总要到大世界去一回。但上海有个五光十色的商世界，我们怎可不去逛逛呢？我于是想做个什么公司里的文书科科员，尝些商味儿。上海不但有个商世界，还有个新闻世界。我又想做个新闻记者，可以多看些希奇古怪的人，希奇古怪的事。此外我想做的事还多！戴着龌龊的便帽，穿着蓝布衫裤的工人，拖着黄泥腿，衔着旱烟管的农人，扛着枪的军人，我都想做做他们的生活看。可是谈何容易；我不是上帝，究竟是没有把握的！这些都是非分的妄想，岂不和癞蛤蟆想吃天鹅肉一样！——话虽如此；"不问收获，只问耕耘"，也未尝不是一种解嘲的办法。况且退一万步讲，能够这样想想，也未尝没有淡淡的味儿，和"加力克"香烟一样的味儿。况且我们的上帝万一真个吝惜他的机会，我也想过了：我从今日今时起，努力要在"黑白生涯"中找寻些味儿，不像往日随随便便地上课下课，想来也是可以的！意大利Amicis的《爱的教育》里说有一位先生，在一个小学校里做了

---

①宋春舫译的《换个丈夫罢》，曾载《东方杂志》。
②职业也。

六十年的先生；年老退职之后，还时时追忆从前的事情：一闭了眼，就像有许多的孩子，许多的班级在眼前；偶然听到小孩的书声，便悲伤起来，说："我已没有学校没有孩子了！"①可见天下无难事，只怕有心人！但我一面羡慕这位可爱的先生，一面总还打不断那些妄想；我的心不是一条清静的荫道，而是十字街头呀！

　　我的妄想还可以减价；自己从不能做"诸色人等"，却可以结交"诸色人等"的朋友。从他们的生活里，我也可以分甘共苦，多领略些人味儿；虽然到底不如亲自出马的好。《爱的教育》里说："只在一阶级中交际的人，恰和只读一册书籍的学生一样。"②真是"有理呀有理"！现在的青年，都喜欢结识几个女朋友；一面固由于性的吸引，一面也正是要润泽这干枯而单调的生活。我的一位先生曾经和我们说：他有一位朋友，新从外国回到北京；待了一个多月，总觉有一件事使他心里不舒畅，却又说不出是什么事。后来有一天，不知怎样，竟被他发见了：原来北京的街上太缺乏女人！他觉得这样的生活，实在干燥无味！但单是女朋友，我觉得还是不够；我又常想结识些小孩子，做我的小朋友。有人说和孩子们作伴，和孩子们共同生活，会使自己也变成一个孩子，一个大孩子；所以小学教师是不容易老的。这话颇有趣，使我相信。我去年上半年和一位有着童心的朋友，曾约了附近一所小学校的学生，开过几回同乐会；大家说笑话，讲故事，拍七，吃糖果，看画片，都很高兴的。后来暑假期到了，他们还抄了我们的地址，说要和我们通信呢。不但学龄儿童可以做我的朋友，便是幼稚园里的也可以的，而且更加有趣哩。且请看这一段：

　　　　终于，母亲逃出了庭间了。小孩们追到栏栅旁，脸当住了栅缝，把小手伸出，纷纷地递出面包呀，苹果片呀，牛油块等东西来。一齐叫说："再会，再会！明天再来，再请过来！"（见《爱的教育》译本第七卷内《幼儿院》）

　　倘若我有这样的小朋友，我情愿天天去呀！此外，农人，工人，也要相与些才好。我现在住在乡下，常和邻近的农人谈天，又曾和他们喝过酒，觉得另有些趣味。我又晓得在北京，上海的我的朋友的朋友，每天总找几个工人去谈天；我且不管他们谈的什么，只觉每天换几个人谈谈，是很使人新鲜的。若再能交结几个外国朋友，那是更别致了。从前上海中华世界语学会教人学世界语，说可以和

---

①②见该书译本第七卷中。

各国人通信；后来有人非议他们，说世界语的价值岂就是如此的！非议诚然不错。但与各国人通信，到底是一件有趣的事呀！——还有一件，自己的妻和子女，若在别一方面作为朋友看时，也可得着新的启示的。不信么？试试看！

若你以为阶级的障壁不容易打破，人心的隔膜不容易揭开；你于是皱着眉，咂着嘴，说："要这样地交朋友，真是千难万难！"是的；但是——你太小看自己了，那里就这样地不济事！也罢，我还有一套便宜些的变给你瞧瞧；这就叫做"知人"呀。交不着朋友是没法的，但晓得些别人的"闲事"，总可以的；只须不尽着去自扫门前雪，而能多管些一般人所谓"闲事"，就行了。我所谓"多管闲事"，其实只是"参加"的别名。譬如前次上海日本纱厂工人大罢工，我以为是要去参加的；或者帮助他们，或者只看看那激昂的实况，都无不可。总之，多少知道了他们，使自己与他们间多少有了关系，这就得了。又如我的学生和报馆打官司，我便要到法庭里去听审；这样就可知道法官和被告是怎样的人了。又如吴稚晖先生，我本不认识的；但听过他的讲演，读过他的书，我便能约略晓得他了。——读书真是巧算盘！不但可以知今人，且可以知古人；不但可以知中国人，且可以知洋人。同样的巧算盘便是看报！看报可以遇着许多新鲜的问题，引起新鲜的思索。譬如共产党加入国民党，究竟是利用呢，还是联合作战呢？孙中山先生若死在"段执政"自己夸诩的"革命"之前，曹锟当国的时候，一班大人，老爷，绅士乃至平民，会不会（姑不说"敢不敢"）这样"热诚地"追悼呢？黄色的班禅在京在沪，为什么也会受着那样"热诚的"欢迎呢？英国退还庚子赔款，始而说"用于教育的目的"，继而说"用于相互有益之目的"，——于是有该国的各工业联合会建议，痛斥中国教育之无效，主张用此款筑路——继而又说用于中等教育；真令人目迷五色，到底他们什么葫芦里卖什么药呢？德国新总统为什么会举出兴登堡将军，后事又如何呢？还有，"一夫多妻的新护符"和"新性道德"究竟是一是二呢？欧阳予倩的《回家以后》，到底是不是提倡东方道德呢？——这一大篇帐都是从报上"过"过来的，毫不希奇；但可以证明，看报的确是最便宜的办法，可以知道许多许多的把戏。

旅行也是刷新自己的一贴清凉剂。我曾做过一个设计：四川有三峡的幽峭，有栈道的蜿蜒，有峨嵋的雄伟，我是最向慕的！广东我也想去得长久了。乘了香港的上山电车，可以"上天"[①]；而广州的市政，长堤，珠江的繁华，也使我心

[①] 刘半农《登香港太平山》诗中述他的"稚儿"的话："今日阿爹，携我上天。"见《新青年》八卷二号。

痒痒的！由此而北，蒙古的风沙，的牛羊，的天幕，又在招邀着我！至于红墙黄土的北平，六朝烟水气的南京，先施公司的上海，我总算领略过了。这样游了中国以后，便跨出国门：到日本看她的樱花，看她的富士；到俄国看列宁的墓，看第三国际的开会；到德国访康德的故居，听《月光曲》的演奏；到美国瞻仰巍巍的自由神和世界第一的大望远镜。再到南美洲去看看那莽莽的大平原，到南非洲去看看那茫茫的大沙漠，到南洋群岛去看看那郁郁的大森林——于是浩然归国；若有机缘，再到北极去探一回险，看看冰天雪海，到底如何，那更妙了！梁绍文说得有理：

  我们不赞成别人整世的关在一个地方而不出来和世界别一部分相接触，倘若如此，简直将数万里的地球缩小到数英里，关在那数英里的圈子内就算过了一生，这未免太不值得！所以我们主张：能够遍游全世界，将世界上的事事物物都放在脑筋里的炉炉中锻炼一过，然后才能成为一种正确的经验，才算有世界的眼光。（《南洋旅行漫记》上册二五三页）

  但在一钱不名的穷措大如我辈者，这种设计恐终于只是"过屠门而大嚼"而已；又怎样办呢？我说正可学胡，梁二先生开国学书目的办法，不妨随时酌量核减；只看能力如何。便是真个不名一钱，也非全无法想。听说日本的谁，因无钱旅行，便在室中绕着圈儿，口里只是叫着，某站到啦，某埠到啦；这样也便过了瘾。这正和孩子们搀瞎子一样：一个蒙了眼做瞎子，一个在前面用竹棒引着他，在室中绕行；这引路的尽喊着到某处啦，到某处啦的口号，彼此便都满足。正是，精神一到，何事不成！这种人却决非磨坊里的驴子；他们的足虽不出户，他们的心尽会日行千里的！

说到心的旅行，我想到《文心雕龙·神思篇》说的：

  古人云："形在江海之上，心存魏阙之下。"[①]神思之谓也。……故寂然凝虑，思接千载；悄然动容，视通万里……。

罗素论"哲学的价值"，也说：

[①] 见《庄子》。

保存宇宙内的思辨（玄想）之兴趣，……总是哲学事业的一部。

或者它的最要之价值，就是它所潜思的对象之伟大，结果，便解脱了偏狭的和个人的目的。

哲学的生活是幽静的，自由的。

本能利益的私世界是一个小的世界，搁在一个大而有力的世界中间，迟早必把我们私的世界，磨成粉碎。

我们若不扩大自己的利益，汇涵那外面的整个世界，就好像一个兵卒困在炮台里边，知道敌人不准逃跑，投降是不可避免的一样。

哲学的潜思就是逃脱的一种法门。（摘抄黄凌霜译《哲学问题》第十五章）

所谓神思，所谓玄想之兴味，所谓潜思，我以为只是三位一体，只是大规模的心的旅行。心的旅行决不以现有的地球为限！到火星去的不是很多么？到太阳去的不也么？到太阳系外，和我们隔着三十万光年的星上去的不也有么？这三十万光年，是美国南加州威尔逊山绝顶上，口径百时之最大反射望远镜所能观测的世界之最远距离。"换言之，现在吾人一目之下所望见之世界，不仅现在之世界而已，三十余万年之大过去以来，所有年代均同时见之。历史家尝谓吾人由书籍而知过去，直忘却吾人能直接而见过去耳。"[1]吾人固然能直接而见过去，由书籍而见过去，还能由岩石地层等而见过去，由骨殖化石等而见过去。目下我们所能见的过去，真是悠久，真是伟大！将现在和它相比，真是大海里一根针而已！姑举一例：德国的谁假定地球的历史为二十四点钟，而人类有历史的时期仅为十分钟；人类有历史已五千年了，一千年只等于二分钟而已！一百年只等于十二秒钟而已！十年只等于一又十分之二秒而已！这还是就区区的地球而论呢。若和全宇宙的历史（人能知道么？）相较量，那简直是不配！又怎样办呢？但毫不要紧！心尽可以旅行到未曾凝结的星云里，到大爬虫的中生代，到类人猿的脑筋里；心究竟是有些儿自由的。不过旅行要有向导；我觉《最近物理学概观》，《科学大纲》，《古生物学》，《人的研究》等书都很能胜任的。

心的旅行又不以表面的物质世界为限！它用实实在在的一支钢笔，在实实在在的白瑞典纸簿上一张张写着日记；它马上就能看出钢笔与白纸只是若干若干的

---

[1]《最近物理学概观》44~45页。

微点，叫做电子的——各电子间有许多的空隙，比各电子的总积还大。这正像一张"有结而无线的网"[1]，只是这么空空的；其实说不上什么"一支"与"一张张"的！这么看时，心便旅行到物质的内院，电子的世界了。而老的物质世界只有三根台柱子（三次元），现在新的却添上了一根（四次元）；心也要去逛逛的。心的旅行并且不以物质世界为限！精神世界是它的老家，不用说是常常光顾的。意识的河流里，它是常常驶着一只小船的。但这个年头儿，世界是越过越多了。用了坐标轴作地基，竖起方程式的柱子，架上方程式的梁，盖上几何形体的瓦，围上几何形体的墙，这是数学的世界。将各种"性质的共相"（如"白""头"等概念）分门别类地陈列在一个极大的弯弯曲曲，层层叠叠的场上；在它们之间，再点缀着各种"关系的共相"（如"大""类似""等于"等概念）。这是论理的世界。将善人善事的模型和恶人恶事的分门别类陈列着的，是道德的世界。但所谓"模型"，却和城隍庙所塑"二十四孝"的像与十王殿的像绝不相同。模型又称规范，如"正义"，"仁爱"，"奸邪"等是——只是善恶的度量衡也；道德世界里，全摆着大大小小的这种度量衡。还是艺术的世界，东边是音乐的旋律，西边是跳舞的曲线，南边是绘画的形色，北边是诗歌的情韵[2]。——心若是好奇的，它必像唐三藏经过三十六国[3]一样，一一经过这些国土的。

更进一步说，心的旅行也不以存在的世界为限！上帝的乐园，它是要去的；阎罗的十殿，它也是要去的。爱神的弓箭，它是要看看的；孙行者的金箍棒，它也要看的。总之，神话的世界，它要穿上梦的鞋去走一趟。它从神话的世界回来时，便道又可游玩童话的世界。在那里有苍蝇目中的天地，有永远不去的春天；在那里鸟能唱歌，水也能唱歌，风也能唱歌；在那里有着靴的猫，有在背心里掏出表来的兔子；在那里有水晶的宫殿，带着小白翼子的天使。童话的世界的那边，还有许多邻国，叫做乌托邦，它也可迂道一往观的。姑举一二给你看看。你知道吴稚晖先生是崇拜物质文明的，他的乌托邦自然也是物质文明的。他说，将来大同世界实现时，街上都该铺大红缎子。他在春晖中学校讲演时，曾指着"电灯开关"说：

　　科学发达了，我们讲完的时候，啤啼叭哒几声，要到房里去的就到

---

[1] 见罗素 A. B. C. of Atoms, P. I。
[2] 大旨见Marvin：History of European Philosophy论New Realism节中；论共相处。据《哲学问题》译本第九章《共相的世界》。
[3] 据《大唐三藏取经诗话》。

你 我

了房里，要到宁波的就到了宁波，要到杭州的就到了杭州：这也算不来什么奇事。（见《春晖》二十九期）

呀！啤啼叭哒几声，心已到了铺着大红缎子的街上了！——若容我借了法朗士的话来说，这些正是"灵魂的冒险"呀。

上面说的都是"大头天话"，现在要说些小玩意儿，新新耳目，所谓能放能收也。我曾说书籍可作心的旅行的向导，现在就谈读书吧。周作人先生说他目下只想无事时喝点茶，读点新书。喝茶我是无可无不可，读新书却很高兴！读新书有如幼时看西洋景，一页一页都有活鲜鲜的意思；又如到一个新地方，见一个新朋友。读新出版的杂志，也正是如此，或者更闹热些。读新书如吃时鲜鲫鱼，读新杂志如到惠罗公司去看新到的货色。我还喜欢读冷僻的书。冷僻的书因为冷僻的缘故，在我觉着和新书一样；仿佛旁人都不熟悉，只我有此眼福，便高兴了。我之所以喜欢搜阅各种笔记，就是这个缘故。尺牍，日记等，也是我所爱读的；因为原是随随便便，老老实实地写来，不露咬牙切齿的样子，便更加亲切，不知不觉将人招了入内。同样的理由，我爱读野史和逸事；在它们里，我见着活泼泼的真实的人。——它们所记，虽只一言一动之微，却包蕴着全个的性格；最要紧的，包蕴着与众不同的趣味。旧有的《世说新语》，新出的《欧美逸话》，都曾给我满足。我又爱读游记；这也是穷措大替代旅行之一法，从前的雅人叫做"卧游"的便是。从游记里，至少可以"知道"些异域的风土人情；好一些，还可以培养些异域的情调。前年在温州师范学校图书馆中，翻看《小方壶斋舆地丛钞》的目录，里面全（？）是游记，虽然已是过时货，却颇引起我的向往之诚。"这许多好东西哟！"尽这般地想着；但终于没有勇气去借来细看，真是很可恨！后来《徐霞客游记》石印出版，我的朋友买了一部，我又欲读不能！近顷《南洋旅行漫记》和《山野掇拾》出来了，我便赶紧买得，复仇似地读完，这才舒服了。我因为好奇，看报看杂志，也有特别的脾气。看报我总是先看封面广告的。一面是要找些新书，一面是要找些新闻；广告里的新闻，虽然是不正式的，或者算不得新闻，也未可知，但都是第一身第二身的，有时比第三身的正文还值得注意呢。譬如那回中华制糖公司董事的互讦，我看得真是热闹煞了！又如"印送安士全书"的广告，"读报至此，请念三声阿弥陀佛"的广告，真是"好聪明的糊涂法子"！看杂志我是先查补白，好寻着些轻松而隽永的东西：或名人的趣语，或当世的珍闻，零金碎玉，更见异彩！——请看"二千年前玉门关外一封情书"，"时新旦角戏"等标题[①]，便知分晓。

[①] 都是《我们的六月》中补白的标题。

我不是曾恭维看报么？假如要参加种种趣味的聚会，那也非看报不可。譬如前一两星期，报上登着世界短跑家要在上海试跑；我若在上海，一定要去看看跑是如何短法？又如本月十六日上海北四川路有洋狗展览会，说有四百头之多；想到那高低不齐的个儿①，松密互映，纯驳争辉的毛片，或嘤嘤或呜呜或汪汪的吠声，我也极愿意去的。又我记得在《上海七日刊》（？）上见过一幅法国儿童同乐会的摄影。摄影中济济一堂的满是儿童——这其间自然还有些抱着的母亲，领着的父亲，但不过二三人，容我用了四舍五入法，将他们略去吧。那前面的几个，丰腴圆润的庞儿，覆额的短发，精赤的小腿，我现在还记着呢。最可笑的，高高的房子，塞满了这些儿童，还空着大半截，大半截；若塞满了我们，空气一定是没有那么舒服的，便宜了空气了！这种聚会不用说是极使我高兴的！只是我便在上海，也未必能去；说来可恨恨！这里却要引起我别的感慨，我不说了。此外如音乐会，绘画展览会，我都乐于赴会的。四年前秋天的一个晚上，我曾到上海市政厅去听"中西音乐大会"；那几支广东小调唱得真入神，靡靡是靡靡到了极点，令人欢喜赞叹！而歌者隐身幕内，不露一丝色相，尤动人无穷之思！绘画展览会，我在北京，上海也曾看过几回。但都像走马看花似的，不能自知冷暖——我真是太外行了，只好慢慢来吧。我却最爱看跳舞。五六年前的正月初三的夜里，我看了一个意大利女子的跳舞：黄昏的电灯光映着她裸露的微红的两臂，和游泳衣似的粉红的舞装；那腰真软得可怜，和麦粉搓成的一般。她两手擎着小小的钹，钹孔里拖着深红布的提头；她舞时两臂不住地向各方扇动，两足不住地来往跳跃，钹声便不住地清脆地响着——她舞得如飞一样，全身的曲线真是瞬息万变，转转不穷，如闪电吐舌，如星星眨眼；使人眩目心摇，不能自主。我看过了，恍然若失！从此我便喜欢跳舞。前年暑假时，我到上海，刚碰着卡尔登影戏院开演跳舞片的末一晚，我没有能去一看。次日写信去"特烦"，却如泥牛入海；至今引为憾事！我在北京读书时，又颇爱听旧戏；因为究竟是"外江"人，更爱听旦角戏，尤爱听尚小云的戏，——但你别疑猜，我却不曾用这支笔去捧过谁。我并不懂戏词，甚至连情节也不甚仔细，只爱那宛转凄凉的音调和楚楚可怜的情韵。我在理论上也左袒新戏，但那时的北京实在没有可称为新戏的新戏给我看；我的心也就渐渐冷了。南归以后，新戏固然和北京是"一丘之貉"，旧戏也就每况愈下，毫无足观。我也看过一回机关戏，但只足以广见闻，无深长的趣味可言。直到去年，上海戏剧协社演《少奶奶的扇子》，

---

①身材也。

朋友们都说颇有些意思——在所曾寓目的新戏中,这是得未曾有的。又实验剧社演《葡萄仙子》,也极负时誉;黎明晖女士所唱"可怜的秋香"一句,真是脍炙人口——便是不曾看过这戏的我,听人说了此句,也会有"一种薄醉似的感觉,超乎平常所谓舒适以上"①。——《少奶奶的扇子》,我也还无一面之缘——真非到上海去开先施公司不可!上海的朋友们又常向我称述影戏;但我之于影戏,还是"猪八戒吃人参果"②呢!也只好慢慢来吧。说起先施公司,我总想起惠罗公司。我常在报纸的后幅看见他家的广告,满幅画着新货色的图样,真是日本书店里所谓"诱惑状"③了。我想若常去看看新货色,也是一乐。最好能让我自由地鉴赏地看一回;心爱的也不一定买来,只须多多地,重重地看上几眼,便可权当占有了——朋友有新东西的时候,我常常把玩不肯释手,便是这个主意。

若目下不能到上海去开先施公司,或到上海而无本钱去开先施公司,则还有个经济的办法,我现在正用着呢。不过这种办法,便是开先施公司,也可同时采用的;因为我们原希望"多多益善"呀。现在我所在的地方,是没有绘画展览会;但我和人家借了左一册右一册的摄影集,画片集④,也可使我的眼睛饱餐一顿。我看见"群羊"⑤,在那淡远的旷原中,披着乳一样白,丝一样软的羽衣的小东西,真和浮在浅浅的梦里的仙女一般。我看见"夕云"⑥,地上是疏疏的树木,偃蹇欹侧作势,仿佛和天上的乱云负固似的;那云是层层叠叠的,错错落落的,斑斑驳驳的,使我觉得天是这样厚,这样厚!我看见"五月雨"⑦,是那般蒙蒙密密的一片,三个模糊的日本女子,正各张着有一道白圈儿的纸伞,在台阶上走着,走上一个什么坛去呢;那边还有两个人,却只剩了影儿!我看见"现在与未来"⑧;这是一个人坐着,左手托着一个骷髅,两眼凝视着,右手正支颐默想着。这还是摄影呢,画片更是美不胜收了!弥爱的《晚祷》是世界的名作,不用说了。意大利Gino的名画《跳舞》⑨,满是跃着的腿儿,牵着的臂儿,并着的脸儿;红的,黄的,白的,蓝的,黑的,一片片地飞舞着——那边还攒动着无数的头呢。是夜

---

①见叶圣陶《泪的徘徊》中。
②食而不知其味也。
③即新到书籍广告。
④摄影集,画片集中的作品,都是复制的。
⑤见《大风集》。
⑥《夕云》,见日本写真杂志Camera第一卷,一九二一。
⑦《五月雨》,见日本写真杂志Camera第一卷,一九二一。
⑧见日本《写真界》六卷六号。
⑨《东方》十九卷三号。

的繁华哟！是肉的薰蒸哟！还有日本中泽弘光的《夕潮》[①]：红红的落照轻轻地涂在玲珑的水阁上；阁之前浅蓝的潮里，伫立着白衣编发的少女，伴着两只天矫的白鹤；她们因水光的映射，这时都微微地蓝了；她只扭转头凝视那斜阳的颜色。又椎塚猪知雄的《花》[②]，三个样式不同，花色互异的精巧的瓶子，分插着红白各色的，大的小的鲜花，都丰丰满满的。另有一个细长的和一个荸荠样的瓶子，放在三个大瓶之前和之间；一高一矮，甚是别致，也都插着鲜花，只一瓶是小朵的，一瓶是大朵的。我说的已多了——还有图案画，有时带着野蛮人和儿童的风味，也是我所爱的。书籍中的插画，偶然也有很好的；如什么书里有一幅画，显示惠士敏斯特大寺的里面，那是很伟大的——正如：我在灵隐寺的高深的大殿里一般。而房龙《人类的故事》中的插画，尤其别有心思，马上可以引人到他所画的天地中去。

我所在的地方，也没有音乐会。幸而有留声机，机片里中外歌曲乃至国语唱歌都有；我的双耳尚不至大寂寞的。我或向人借来自开自听，或到别人寓处去听，这也是"揩油"之一道了。大约借留声机，借画片，借书，总还算是雅事，不致像借钱一样，要看人家脸孔的（虽然也不免有例外）；所以有时竟可大大方方地揩油。自然，自己的油有时也当大大方方地被别人揩的。关于留声机，北平有零卖一法。一个人背了话匣子（即留声机）和唱片，沿街叫卖；若要买的，就喊他进屋里，让他开唱几片，照定价给他铜子——唱完了，他仍旧将那话匣子等用蓝布包起，背了出门去。我们做学生时，每当冬夜无聊，常常破费几个铜子，买他几曲听听：虽然没有佳片，却也算消寒之一法。听说南方也有做这项生意的人。——我所在的地方，宁波是其一。宁波S中学现有无线电话收音机，我很想去听听大陆报馆的音乐。这比留声机又好了！不但声音更是亲切，且花样日日翻新；二者相差，何可以道里计呢！除此以外，朋友们的箫声与笛韵，也是很可过瘾的；但这看似易得而实难，因为好手甚少。我从前有一位朋友，吹箫极悲酸幽抑之致，我最不能忘怀！现在他从外国回来，我们久不见面，也未写信，不知他还能来一点儿否？

内地虽没有惠罗公司，却总有古董店，尽可以对付一气。我们看看古磁的细润秀美，古泉币的陆离斑驳，古玉的丰腴有泽，古印的肃肃有仪，胸襟也可豁然开朗。况内地更有好处，为五方杂处，众目具瞻的上海等处所不及的；如花木的

[①] 平和纪念东京博览会美术馆出品。
[②] 日本第八回"二科展览会"出品。

趣味，盆栽的趣味便是。上海的匆忙使一般人想不到白鸽笼外还有天地；花是怎样美丽，树是怎样青青，他们似乎早已忘怀了！这是我的朋友郢君所常常不平的。"暮春三月，江南草长，杂花生树，群莺乱飞。"——这在上海人怕只是一场春梦吧！像我所在的乡间：芊芊的碧草踏在脚上软软的，正像吃樱花糖；花是只管开着，来了又去，来了又去——杨贵妃一般的木笔，红着脸的桃花，白着脸的绣球……好一个"香遍满，色遍满的花儿的都"①呀！上海是不容易有的！我所以虽向慕上海式的繁华，但也不舍我所在的白马湖的幽静。我爱白马湖的花木，我爱Ｓ家的盆栽——这其间有诗有画，我且说给你。一盆是小小的竹子，栽在方的小白石盆里；细细的干子疏疏地隔着，疏疏的叶子淡淡地撇着，更点缀上两三块小石头；颇有静远之意。上灯时，影子写在壁上，尤其清隽可亲。另一盆是棕竹，瘦削的干子亭亭地立着；下部是绿绿的，上部颇劲健地坼着几片长长的叶子，叶根有细极细极的棕丝网着。这像一个丰神俊朗而蓄着微须的少年。这种淡白的趣味，也自是天地间不可少的。

　　天地间还有一种不可少的趣味，也是简便易得到的，这是"谈天"。——普通话叫做"闲谈"；但我以"谈天"二字，更能说出那"闲旷"的味儿！傅孟真先生在《心气薄弱之中国人》一评里，引顾宁人的话，说南方之学者，"群居终日，言不及义"；北方之学者，"饱食终日，无所用心"。他说"到了现在已经二百多年了，这评语仍然是活泼泼的"②。"谈天"大概也只能算"不及义"的言；纵有"及义"的时候，也只是偶然碰到，并非立意如此。若立意要"及义"，那便不是"谈天"而是"讲茶"③了。"讲茶"也有"讲茶"的意思，但非我所要说。"终日言不及义"，诚哉是无益之事；而且岂不疲倦？"舌敝唇焦"，也未免"穷斯滥矣"！不过偶尔"茶余酒后"，"月白风清"，约两个密友，吸着烟卷儿，尝着时新果子，促膝谈心，随兴趣之所至。时而上天，时而入地，时而论书，时而评画，时而纵谈时局，品鉴人伦，时而剖析玄理，密诉衷曲……等到兴尽意阑，便各自回去睡觉；明早一觉醒来，再各奔前程，修持"胜业"，想也不致耽误的。或当公私交集，身心俱倦之后，约几个相知到公园里散散步，不愿散步时，便到绿荫下长椅上坐着；这时作无定向的谈话，也是极有意味的。至于"'辟克匿克'来江边"，那更非"谈天"不可！我想这种"谈天"，无论如何，总不能算是大过吧。人家说清谈亡了晋朝，我觉得这未免是栽赃的办法。请问晋人的清谈，谁为为之？孰令致之？——这且

---

①俞平伯诗。
②见《新潮》一卷二号。
③在茶店中评理也。

不说，我单觉得清谈也正是一种"生活之艺术"，只要有节制。有的如针尖的微触，有的如剪刀的一断；恰像吹皱一池春水，你的心便会这般这般了。"谈天"本不想求其有用，但有时也有大用；英哲洛克（Locke）的名著《人间悟性论》中述他著书之由——说有一日，与朋友们谈天，端绪愈引而愈远，不知所从来，也不知所届；他忽然惊异：人知的界限在何处呢？这便是他的大作最初的启示了。——这是我的一位先生亲口告诉我的。

我说海说天，上下古今谈了一番，自然仍不曾跳出我佛世尊——自己——的掌心，现在我还是卷旗息鼓，"回到自己的灵魂"[1]吧。自己有今日的自己，有昨日的自己，有北京时的自己，有南京时的自己，有在父母怀抱中的自己……乃至一分钟有一个自己，一秒钟有一个自己。每一个自己无论大的，小的，都各提挈着一个世界，正如旅客带着一只手提箱一样。各个世界，各个自己之不相同，正如旅客手提箱里所装的东西之不同一样。各个自己与它所提挈的世界是一个大大的联环，决不能拆开的。譬如去年十月，我正仆仆于轮船火车之中。我现在回想那时的我，第一不能忘记的，是江浙战争；第二便是国庆。因战争而写来的父亲的岳父的信，一页页在眼前翻过；因战争而搬家的人，一阵阵在面前走过；眼看学校一日日挨下去，直到关门为止。念头忽然转弯：林纾死了，法朗士死了；国际联盟第五届大会也闭幕了！……正如水的漪涟一样，一圈一圈地尽管晕开去，可以至于非常之多。只区区一个月的我，所提挈的已这样多，则积了三百几十个月的我，所提挈的当有无穷！要算起帐来，倒是"大笔头"[2]呢！若有那样细心，再把月化为日，日化为时，时化为分秒，我的世界当更不了不了！这其间有吃的，有睡的，有玩的，有笑的，有哭的，有糊涂的，有聪明的……若能将它们陈列起来，必大有意思；若能影戏片似地将它们摇过去，那更有意思了！人总有念旧之情的。我的一个朋友回到母校作教师的时候，偶然在故纸堆中翻到他十四岁时投考该校的一张相片，便爱它如儿子。我们对于过去的自己，大都像嚼橄榄一样，总有些儿甜的。我们依着时光老人的导引，一步步去温寻已失的自己；这走的便是"忆之路"。在"忆之路"上，愈走得远，愈是有味；因苦味渐已蒸散而甜味却还留着的缘故。最远的地方是"儿时"，在那里只有一味极淡极淡的甜；所以许多人都惦记着那里。这"忆之路"是颇长的，也是世界上一条大路。要成为一个自由的"世界民"，这条路不可不走走的。

---

[1]也是法朗士的话。
[2]此是宁波方言，本系记帐术语，"多"也，引申作"甚"之意。这里用作双关语。

你　我

*　　　　*　　　　*

　　我的把戏变完了——咳！多么贫呢，我总之羡慕齐天大圣；他虽也跳不出佛爷的掌心，但到底能翻十万八千里的筋斗，又有七十二变化的！

1925年5月9日。

扬州的夏日

　　扬州从隋炀帝以来，是诗人文士所称道的地方；称道的多了，称道得久了，一般人便也随声附和起来。直到现在，你若向人提起扬州这个名字，他会点头或摇头说："好地方！好地方！"特别是没去过扬州而念过些唐诗的人，在他心里，扬州真像蜃楼海市一般美丽；他若念过《扬州画舫录》一类书，那更了不得了。但在一个久住扬州像我的人，他却没有那么多美丽的幻想，他的憎恶也许掩住了他的爱好；他也许离开了三四年并不去想它。若是想呢，——你说他想什么？女人；不错，这似乎也有名，但怕不是现在的女人吧？——他也只会想着扬州的夏日，虽然与女人仍然不无关系的。

　　北方和南方一个大不同，在我看，就是北方无水而南方有。诚然，北方今年大雨，永定河，大清河甚至决了堤防，但这并不能算是有水；北平的三海和颐和园虽然有点儿水，但太平衍了，一览而尽，船又那么笨头笨脑的。有水的仍然是南方。扬州的夏日，好处大半便在水上——有人称为"瘦西湖"，这个名字真是太"瘦"了，假西湖之名以行，"雅得这样俗"，老实说，我是不喜欢的。下船的地方便是护城河，曼衍开去，曲曲折折，直到平山堂，——这是你们熟悉的名字——有七八里河道，还有许多杈杈桠桠的支流。这条河其实也没有顶大的好处，只是曲折而有些幽静，和别处不同。

　　沿河最著名的风景是小金山，法海寺，五亭桥；最远的便是平山堂了。金山你们是知道的，小金山却在水中央。在那里望水最好，看月自然也不错——可是我还不曾有过那样福气。"下河"的人十之九是到这儿的，人不免太多些。法海寺有一个塔，和北海的一样，据说是乾隆皇帝下江南，盐商们连夜督促匠人造成的。法海寺著名的自然是这个塔；但还有一桩，你们猜不着，是红烧猪头。夏天吃红烧猪头，在理论上也许不甚相宜；可是在实际上，挥汗吃着，倒也不坏的。五亭桥如名字所示，是五个亭子的桥。桥是拱形，中一亭最高，两边四亭，参差相称；最宜远看，或看影子，也好。桥洞颇多，乘小船穿来穿去，另有风味。平山堂在蜀冈上。登堂可见江南诸山淡淡的轮廓；"山色有无中"一句话，我看是恰到好处，并不算错。这里游人较少，闲坐在堂上，可以永日。沿路光景，也以闲寂胜。从天宁门或北门下船，蜿蜒的城墙，在水里倒映着苍黝的影子，小船悠然地撑过去，岸上的喧扰像没有似的。

  船有三种：大船专供宴游之用，可以挟妓或打牌。小时候常跟了父亲去，在船里听着谋得利洋行的唱片。现在这样乘船的大概少了吧？其次是"小划子"，真像一瓣西瓜，由一个男人或女人用竹篙撑着。乘的人多了，便可雇两只，前后用小凳子跨着：这也可算得"方舟"了。后来又有一种"洋划"，比大船小，比"小划子"大，上支布篷，可以遮日遮雨。"洋划"渐渐地多，大船渐渐地少，然而"小划子"总是有人要的。这不独因为价钱最贱，也因为它的伶俐。一个人坐在船中，让一个人站在船尾上用竹篙一下一下地撑着，简直是一首唐诗，或一幅山水画。而有些好事的少年，愿意自己撑船，也非"小划子"不行。"小划子"虽然便宜，却也有些分别。譬如说，你们也可想到的，女人撑船总要贵些；姑娘撑的自然更要贵罗。这些撑船的女子，便是有人说过的"瘦西湖上的船娘"。船娘们的故事大概不少，但我不很知道。据说以乱头粗服，风趣天然为胜；中年而有风趣，也仍然算好。可是起初原是逢场作戏，或尚不伤廉惠；以后居然有了价格，便觉意味索然了。

  北门外一带，叫做下街，"茶馆"最多，往往一面临河。船行过时，茶客与乘客可以随便招呼说话。船上人若高兴时，也可以向茶馆中要一壶茶，或一两种"小笼点心"，在河中喝着，吃着，谈着。回来时再将茶壶和所谓小笼，连价款一并交给茶馆中人。撑船的都与茶馆相熟，他们不怕你白吃。扬州的小笼点心实在不错：我离开扬州，也走过七八处大大小小的地方，还没有吃过那样好的点心；这其实是值得惦记的。茶馆的地方大致总好，名字也颇有好的。如香影廊，绿杨村，红叶山庄，都是到现在还记得的。绿杨村的幌子，挂在绿杨树上，随风飘展，使人想起"绿杨城郭是扬州"的名句。里面还有小池，丛竹，茅亭，景物最幽。这一带的茶馆布置都历落有致，迥非上海，北平方方正正的茶楼可比。

  "下河"总是下午。傍晚回来，在暮霭朦胧中上了岸，将大褂折好搭在腕上，一手微微摇着扇子；这样进了北门或天宁门走回家中。这时候可以念"又得浮生半日闲"那一句诗了。

看花

生长在大江北岸一个城市里，那儿的园林本是著名的，但近来却很少；似乎自幼就不曾听见过"我们今天看花去"一类话，可见花事是不盛的。有些爱花的人，大都只是将花栽在盆里，一盆盆搁在架上；架子横放在院子里。院子照例是小小的，只够放下一个架子；架上至多搁二十多盆花罢了。有时院子里依墙筑起一座"花台"，台上种一株开花的树；也有在院子里地上种的。但这只是普通的点缀，不算是爱花。

家里人似乎都不甚爱花；父亲只在领我们上街时，偶然和我们到"花房"里去过一两回。但我们住过一所房子，有一座小花园，是房东家的。那里有树，有花架（大约是紫藤花架之类），但我当时还小，不知道那些花木的名字；只记得爬在墙上的是蔷薇而已。园中还有一座太湖石堆成的洞门；现在想来，似乎也还好的。在那时由一个顽皮的少年仆人领了我去，却只知道跑来跑去捉蝴蝶；有时掐下几朵花，也只是随意揉弄着，随意丢弃了。至于领略花的趣味，那是以后的事：夏天的造成，我们那地方有乡下的姑娘在各处街巷，沿门叫着，"卖栀子花来。"栀子花不是什么品高，但我喜欢那白而晕黄的颜色和那肥肥的个儿，正和那些卖花的姑娘有着相似的韵味。栀子花的香，浓而不烈，清而不淡，也是我乐意的。我这样便爱起花来了。也许有人会问，"你爱的不是花吧？"这个我自己其实也已不大弄得清楚，只好存而不论了。

在高小的一个春天，有人提议到城外 F 寺里吃桃子去，而且预备白吃；不让吃就闹一场，甚至打一架也不在乎。那时虽远在五四运动以前，但我们那里的中学生却常有打进戏园看白戏的事。中学生能白看戏，小学生为什么不能白吃桃子呢？我们都这样想，便由那提议人鸠合了十几个同学，浩浩荡荡地向城外而去。到了 F 寺，气势不凡地呵叱着道人们（我们称寺里的工人为道人），立刻领我们向桃园里去。道人们踌躇着说："现在桃树刚才开花呢。"但是谁信道人们的话？

我们终于到了桃园里。大家都丧了气，原来花是真开着呢！这时提议人 P 君便去折花。道人们是一直步步跟着的，立刻上前劝阻，而且用起手来。但 P 君是我们中最不好惹的；"说时迟，那时快"，一眨眼，花在他的手里，道人已踉跄在一旁了。那一园子的桃花，想来总该有些可看；我们却谁也没有想着去看。只嚷着，"没有桃子，得沏茶喝！"道人们满肚子委屈地引我们到"方丈"里，大家各喝一大杯茶。这才平了气，谈谈笑笑地进城去。大概我那时还只懂得爱一朵朵的栀子花，对于开在树上的桃花，是并不了然的；所以眼前的机会，便从眼前错过了。

以后渐渐念了些看花的诗，觉得看花颇有些意思。但到北平读了几年书，却只到过崇效寺一次；而去得又嫌早些，那有名的一株绿牡丹还未开呢。北平看花的事很盛，看花的地方也很多；但那时热闹的似乎也只有一班诗人名士，其余还是不相干的。那正是新文学运动的起头，我们这些少年，对于旧诗和那一班诗人名士，实在有些不敬；而看花的地方又都远不可言，我是一个懒人，便干脆地断了那条心了。后来到杭州做事，遇见了 Y 君，他是新诗人兼旧诗人，看花的兴致很好。我和他常到孤山去看梅花。孤山的梅花是古今有名的，但太少；又没有临水的，人也太多。有一回坐在放鹤亭上喝茶，来了一个方面有须，穿着花缎马褂的人，用湖南口音和人打招呼道，"梅花盛开嗒！""盛"字说得特别重，使我吃了一惊；但我吃惊的也只是说在他嘴里"盛"这个声音罢了，花的盛不盛，在我倒并没有什么的。

有一回，Y 来说，灵峰寺有三百株梅花；寺在山里，去的人也少。我和 Y，还有 N 君，从西湖边雇船到岳坟，从岳坟入山。曲曲折折走了好一会，又上了许多石级，才到山上寺里。寺甚小，梅花便在大殿西边园中。园也不大，东墙下有三间净室，最宜喝茶看花；北边有座小山，山上有亭，大约叫"望海亭"吧，望海是未必，但钱塘江与西湖是看得见的。梅树确是不少，密密地低低地整列着。那时已是黄昏，寺里只我们三个游人；梅花并没有开，但那珍珠似的繁星似的骨都儿，已经够可爱了；我们都觉得比孤山上盛开时有味。大殿上正做晚课，送来梵呗的声音，和着梅林中的暗香，真叫我们舍不得回去。在园里徘徊了一会，又在屋里坐了一会，天是黑定了，又没有月色，我们向庙里要了一个旧灯笼，照着下山。路上几乎迷了道，又两次三番地狗咬；我们的 Y 诗人确有些窘了，但终于到了岳坟。船夫远远迎上来道："你们来了，我想你们不会冤我呢！"在船上，我们还不离口地说着灵峰的梅花，直到湖边电灯光照到我们的眼。

Y 回北平去了，我也到了白马湖。那边是乡下，只有沿湖与杨柳相间着种了一行小桃树，春天花发时，在风里娇媚地笑着。还有山里的杜鹃花也不少。这些日日在我们眼前，从没有人像煞有介事地提议，"我们看花去。"但有一位 S 君，却特别爱养花；他家里几乎是终年不离花的。我们上他家去，总看他在那里不是拿着剪刀修理枝叶，便是提着壶浇水。我们常乐意看着。他院子里一株紫薇花很好，我们在花旁喝酒，不知多少次。白马湖住了不过一年，我却传染了他那花的嗜好。但重到北平时，住在花事很盛的清华园里，接连过了三个春，却从未想到去看一回。只在第二年秋天，曾经和孙三先生在园里看过几次菊花。"清华园之菊"是著名的，孙三先生还特地写了一篇文，画了好些画。但那种一盆一干一花的养法，花是好了，总觉没有天然的风趣。直到去年春天，有了些余闲，在花开前，先向人问了些花的名字。一个好朋友是从知道姓名起的，我想看花也正是如此。恰好 Y 君也常来园中，我们一天三四趟地到那些花下去徘徊。今年 Y 君忙些，我便一个人去。我爱繁花老干的杏，临风婀娜的小红桃，贴梗累累如珠的紫荆；但最恋恋的是西府海棠。海棠的花繁得好，也淡得好；艳极了，却没有一丝荡意。疏疏的高干子，英气隐隐逼人。可惜没有趁着月色看过；王鹏运有两句词道："只愁淡月朦胧影，难验微波上下潮。"我想月下的海棠花，大约便是这种光景吧。为了海棠，前两天在城里特地冒了大风到中山公园去，看花的人倒也不少；但不知怎的，却忘了畿辅先哲祠。Y 告我那里的一株，遮住了大半个院子；别处的都向上长，这一株却是横里伸张的。花的繁没有法说；海棠本无香，昔人常以为恨，这里花太繁了，却酝酿出一种淡淡的香气，使人久闻不倦。Y 告我，正是刮了一日还不息的狂风的晚上；他是前一天去的。他说他去时地上已有落花了，这一日一夜的风，准完了。他说北平看花，是要赶着看的：春光太短了，又晴的日子多；今年算是有阴的日子了，但狂风还是逃不了的。我说北平看花，比别处有意思，也正在此。这时候，我似乎不甚菲薄那一班诗人名士了。

1930年4月。

我所见的叶圣陶

我第一次与圣陶见面是在民国十年的秋天。那时刘延陵兄介绍我到吴淞炮台湾中国公学教书。到了那边,他就和我说:"叶圣陶也在这儿。"我们都念过圣陶的小说,所以他这样告我。我好奇地问道:"怎样一个人?"出乎我的意外,他回答我:"一位老先生哩。"但是延陵和我去访问圣陶的时候,我觉得他的年纪并不老,只那朴实的服色和沉默的风度与我们平日所想像的苏州少年文人叶圣陶不甚符合罢了。

记得见面的那一天是一个阴天。我见了生人照例说不出话;圣陶似乎也如此。我们只谈了几句关于作品的泛泛的意见,便告辞了。延陵告诉我每星期六圣陶总回甪直去;他很爱他的家。他在校时常邀延陵出去散步;我因与他不熟,只独自坐在屋里。不久,中国公学忽然起了风潮。我向延陵说起一个强硬的办法;——实在是一个笨而无聊的办法!——我说只怕叶圣陶未必赞成。但是出乎我的意外,他居然赞成了!后来细想他许是有意优容我们吧;这真是老大哥的态度呢。我们的办法天然是失败了,风潮延宕下去;于是大家都住到上海来。我和圣陶差不多天天见面;同时又认识了西谛,予同诸兄。这样经过了一个月;这一个月实在是我的很好的日子。

我看出圣陶始终是个寡言的人。大家聚谈的时候,他总是坐在那里听着。他却并不是喜欢孤独,他似乎老是那么有味地听着。至于与人独对的时候,自然多少要说些话;但辩论是不来的。他觉得辩论要开始了,往往微笑着说:"这个弄不大清楚了。"这样就过去了。他又是个极和易的人,轻易看不见他的怒色。他辛辛苦苦保存着的《晨报》副张,上面有他自己的文字的,特地从家里捎来给我看;让我随便放在一个书架上,给散失了。当他和我同时发见这件事时,他只略露惋惜的颜色,随即说:"由他去末哉,由他去末哉!"我是至今惭愧着,因为我知道他作文是不留稿的。他的和易出于天性,并非阅历世故,矫揉造作而成。他对于世间妥协的精神是极厌恨的。在这一月中，我看见他发过一次怒；——始终我只看见他发过这一次怒——那便是对于风潮的妥协论者的蔑视。

　　风潮结束了，我到杭州教书。那边学校当局要我约圣陶去。圣陶来信说："我们要痛痛快快游西湖，不管这是冬天。"他来了，教我上车站去接。我知道他到了车站这一类地方，是会觉得寂寞的。他的家实在太好了，他的衣着，一向都是家里管。我常想，他好像一个小孩子；像小孩子的天真，也像小孩子的离不开家里人。必须离开家里人时，他也得找些熟朋友伴着；孤独在他简直是有些可怕的。所以他到校时，本来是独住一屋的，却愿意将那间屋做我们两人的卧室，而将我那间做书室。这样可以常常相伴；我自然也乐意。我们不时到西湖边去；有时下湖，有时只喝喝酒。在校时各据一桌，我只预备功课，他却老是写小说和童话。初到时，学校当局来看过他。第二天，我问他，"要不要去看看他们？"他皱眉道："一定要去么？等一天吧。"后来始终没有去。他是最反对形式主义的。

　　那时他小说的材料，是旧日的储积；童话的材料有时却是片刻的感兴。如《稻草人》中《大喉咙》一篇便是。那天早上，我们都醒在床上，听见工厂的汽笛；他便说："今天又有一篇了，我已经想好了，来的真快呵。"那篇的艺术很巧，谁想他只是片刻的构思呢！他写文字时，往往拈笔伸纸，便手不停挥地写下去；开始及中间，停笔踌躇时绝少。他的稿子极清楚，每页至多只有三五个涂改的字。他说他从来是这样的。每篇写毕，我自然先睹为快；他往往称述结尾的适宜，他说对于结尾是有些把握的。看完，他立即封寄《小说月报》；照例用平信寄。我总劝他挂号；但他说："我老是这样的。"他在杭州不过两个月，写的真不少，教人羡慕不已。《火灾》里从《饭》起到《风潮》这七篇，还有《稻草人》中一部分，都是那时我亲眼看他写的。

　　在杭州待了两个月，放寒假前，他便匆匆地回去了；他实在离不开家，临去时让我告诉学校当局，无论如何不回来。但他却到北平住了半年，也是朋友拉去的。我前些日子偶翻十一年的《晨报副刊》，看见他那时途中思家的小诗，重念了两遍，觉得怪有意思。北平回去不久，便入了商务印书馆编译部，家也搬到上海。从此在上海待下去，直到现在——中间又被朋友拉到福州一次，有一篇《将离》抒写那回的别恨，是缠绵悱恻的文字。这些日子，我在浙江乱跑，有时到上海小住，他常请了假和我各处玩儿或喝酒。有一回，我便住在他家，但我到上海，总爱出门，因此他老说没有能畅谈；他写信给我，老说这回来要畅谈几天才行。

　　十六年一月，我接眷北来，路过上海，许多熟朋友和我饯行，圣陶也在。那晚我们痛快地喝酒，发议论；他是照例地默着。酒喝完了，又去乱走，他也跟着。

到了一处，朋友们和他开了个小玩笑；他脸上略露窘意，但仍微笑地默着。圣陶不是个浪漫的人；在一种意义上，他正是延陵所说的"老先生"。但他能了解别人，能谅解别人，他自己也能"作达"，所以仍然——也许格外——是可亲的。那晚快夜半了，走过爱多亚路，他向我诵周美成的词，"酒已都醒，如何消夜永！"我没有说什么；那时的心情，大约也不能说什么的。我们到一品香又消磨了半夜。这一回特别对不起圣陶；他是不能少睡觉的人。他家虽住在上海，而起居还依着乡居的日子；早七点起，晚九点睡。有一回我九点十分去，他家已熄了灯，关好门了。这种自然的，有秩序的生活是对的。那晚上伯祥说："圣兄明天要不舒服了。"想起来真是不知要怎样感谢才好。

　　第二天我便上船走了，一眨眼三年半，没有上南方去。信也很少，却全是我的懒。我只能从圣陶的小说里看出他心境的迁变；这个我要留在另一文中说。圣陶这几年里似乎到十字街头走过一趟，但现在怎么样呢？我却不甚了然。他从前晚饭时总喝点酒，"以半醺为度"；近来不大能喝酒了，却学了吹笛——前些日子说已会一出《八阳》，现在该又会了别的了吧。他本来喜欢看看电影，现在又喜欢听听昆曲了。但这些都不是"厌世"，如或人所说的；圣陶是不会厌世的，我知道。又，他虽会喝酒，加上吹笛，却不曾抽什么"上等的纸烟"，也不曾住过什么"小小别墅"，如或人所想的，这个我也知道。

1930年7月，北平清华园。

论无话可说

十年前我写过诗；后来不写诗了，写散文；入中年以后，散文也不大写得出了——现在是，比散文还要"散"的无话可说！许多人苦于有话说不出，另有许多人苦于有话无处说；他们的苦还在话中，我这无话可说的苦却在话外。我觉得自己是一张枯叶，一张烂纸，在这个大时代里。

在别处说过，我的"忆的路"是"平如砥""直如矢"的；我永远不曾有过惊心动魄的生活，即使在别人想来最风华的少年时代。我的颜色永远是灰的。我的职业是三个教书；我的朋友永远是那么几个，我的女人永远是那么一个。有些人生活太丰富了，太复杂了，会忘记自己，看不清楚自己，我是什么时候都"了了玲玲地"知道，记住，自己是怎样简单的一个人。

但是为什么还会写出诗文呢？——虽然都是些废话。这是时代为之！十年前正是五四运动的时期，大伙儿蓬蓬勃勃的朝气，紧逼着我这个年轻的学生；于是乎跟着人家的脚印，也说说什么自然，什么人生。但这只是些范畴而已。我是个懒人，平心而论，又不曾遭过怎样了不得的逆境；既不深思力索，又未亲自体验，范畴终于只是范畴，此外也只是廉价的，新瓶里装旧酒的感伤。当时芝麻黄豆大的事，都不惜郑重地写出来，现在看看，苦笑而已。

先驱者告诉我们说自己的话。不幸这些自己往往是简单的，说来说去是那一套；终于说的听的都腻了。——我便是其中的一个。这些人自己其实并没有什么话，只是说些中外贤哲说过的和并世少年将说的话。真正有自己的话要说的是不多的几个人；因为真正一面生活一面吟味那生活的只有不多的几个人。一般人只是生活，按着不同的程度照例生活。

这点简单的意思也还是到中年才觉出的；少年时多少有些热气，想不到这里。中年人无论怎样不好，但看事看得清楚，看得开，却是可取的。这时候眼前没有雾，顶上没有云彩，有的只是自己的路。他负着经验的担子，一步步踏上这条无尽的然而实在的路。他回看少年人那些情感的玩意，觉得一种轻松的意味。他乐意分析他背上的经验，不止是少年时的那些；他不愿远远地捉摸，而愿剥开来细细地看。也知道剥开后便没了那跳跃着的力量，但他不在乎这个，他明白在冷静中有他所需要的。这时候他若偶然说话，决不会是感伤的或印象的，他要告诉你怎样走着他的路，不然就是，所剥开的是些什么玩意。但中年人是很胆小的；他听别人的话渐渐多了，说了的他不说，说得好的他不说。所以终于往往无话可说——特别是一个寻常的人像我。但沉默又是寻常的人所难堪的，我说苦在话外，以此。

中年人若还打着少年人的调子，——姑不论调子的好坏——原也未尝不可，只总觉"像煞有介事"。他要用很大的力量去写出那冒着热气或流着眼泪的话；一个神经敏锐的人对于这个是不容易忍耐的，无论在自己在别人。这好比上了年纪的太太小姐们还涂脂抹粉地到大庭广众里去卖弄一般，是殊可不必的了。

其实这些都可以说是废话，只要想一想咱们这年头。这年头要的是"代言人"，而且将一切说话的都看作"代言人"；压根儿就无所谓自己的话。这样一来，如我辈者，倒可以将从前狂妄之罪减轻，而现在是更无话可说了。

但近来在戴译《唯物史观的文学论》里看到，法国俗语"无话可说"竟与"一切皆好"同意。呜呼，这是多么损的一句话，对于我，对于我的时代！

1931年3月。

给亡妇

　　谦,日子真快,一眨眼你已经死了三个年头了。这三年里世事不知变化了多少回,但你未必注意这些个,我知道。你第一惦记的是你几个孩子,第二便轮着我。孩子和我平分你的世界,你在日如此;你死后若还有知,想来还如此的。告诉你,我夏天回家来着:迈儿长得结实极了,比我高一个头。闰儿父亲说是最乖,可是没有先前胖了。采芷和转子都好。五儿全家夸她长得好看;却在腿上生了湿疮,整天坐在竹床上不能下来,看了怪可怜的。六儿,我怎么说好,你明白,你临终时也和母亲谈过,这孩子是只可以养着玩儿的,他左挨右挨去年春天,到底没有挨过去。这孩子生了几个月,你的肺病就重起来了。我劝你少亲近他,只监督着老妈子照管就行。你总是忍不住,一会儿提,一会儿抱的。可是你病中为他操的那一份儿心也够瞧的。那一个夏天他病的时候多,你成天儿忙着,汤呀,药呀,冷呀,暖呀,连觉也没有好好儿睡过。那里有一分一毫想着你自己。瞧着他硬朗点儿你就乐,干枯的笑容在黄蜡般的脸上,我只有暗中叹气而已。

　　从来想不到做母亲的要像你这样。从迈儿起,你总是自己喂乳,一连四个都这样。你起初不知道按钟点儿喂,后来知道了,却又弄不惯;孩子们每夜里几次将你哭醒了,特别是闷热的夏季。我瞧你的觉老没睡足。白天里还得做菜,照料孩子,很少得空儿。你的身子本来坏,四个孩子就累你七八年。到了第五个,你自己实在不成了,又没乳,只好自己喂奶粉,另雇老妈子专管她。但孩子跟老妈子睡,你就没有放过心;夜里一听见哭,就竖起耳朵听,工夫一大就得过去看。十六年初,和你到北京来,将迈儿,转子留在家里;三年多还不能去接他们,可真把你惦记苦了。你并不常提,我却明白。你后来说你的病就是惦记出来的;那个自然也有份儿,不过大半还是养育孩子累的。你的短短的十二年结婚生活,有十一年耗费在孩子们身上;而你一点不厌倦,有多少力量用多少,一直到自己毁灭为止。你对孩子一般儿爱,不问男的女的,大的小的。也不想到什么"养儿防老,积谷防饥",只拚命的爱去。你对于教育老实说有些外行,孩子们只要吃得好玩得好就成了。这也难怪你,你自己便是这样长大的。况且孩子们原都还小,吃和玩本来也要紧的。你病重的时候最放不下的还是孩子。病的只剩皮包着骨头了,总不信自己不会好;老说:"我死了,这一大群孩子可苦了。"后来说送你回家,你想着可以看见迈儿和转子,也愿意;你万不想到会一走不返的。我送车的时候,你忍不住哭了,说:"还不知能不能再见?"可怜,你的心我知道,你满想着好好儿带着六个孩子回来见我的。谦,你那时一定这样想,一定的。

除了孩子,你心里只有我。不错,那时你父亲还在;可是你母亲死了,他另有个女人,你老早就觉得隔了一层似的。出嫁后第一年你虽还一心一意依恋着他老人家,到第二年上我和孩子可就将你的心占住,你再没有多少工夫惦记他了。你还记得第一年我在北京,你在家里。家里来信说你待不住,常回娘家去。我动气了,马上写信责备你。你教人写了一封复信,说家里有事,不能不回去。这是你第一次也可以说第末次的抗议,我从此就没给你写信。暑假时带了一肚子主意回去,但见了面,看你一脸笑,也就拉倒了。打这时候起,你渐渐从你父亲的怀里跑到我这儿。你换了金镯子帮助我的学费,叫我以后还你;但直到你死,我没有还你。你在我家受了许多气,又因为我家的缘故受你家里的气,你都忍着。这全为的是我,我知道。那回我从家乡一个中学半途辞职出走。家里人讽你也走。那里走!只得硬着头皮往你家去。那时你家像个冰窖子,你们在窖里足足住了三个月。好容易我才将你们领出来了,一同上外省去。小家庭这样组织起来了。你虽不是什么阔小姐,可也是自小娇生惯养的,做起主妇来,什么都得干一两手;你居然做下去了,而且高高兴兴地做下去了。菜照例满是你做,可是吃的都是我们;你至多夹上两三筷子就算了。你的菜做得不坏,有一位老在行大大地夸奖过你。你洗衣服也不错,夏天我的绸大褂大概总是你亲自动手。你在家老不乐意闲着;坐前几个"月子",老是四五天就起床,说是躺着家里事没条没理的。其实你起来也还不是没条理;咱们家那么多孩子,那儿来条理?在浙江住的时候,逃过两回兵难,我都在北平。真亏你领着母亲和一群孩子东藏西躲的;末一回还要走多少里路,翻一道大岭。这两回差不多只靠你一个人。你不但带了母亲和孩子们,还带了我一箱箱的书;你知道我是最爱书的。在短短的十二年里,你操的心比人家一辈子还多;谦,你那样身子怎么经得住!你将我的责任一股脑儿担负了去,压死了你;我如何对得起你!

你为我的捞什子书也费了不少神;第一回让你父亲的男佣人从家乡捎到上海去。他说了几句闲话,你气得在你父亲面前哭了。第二回是带着逃难,别人都说你傻子。你有你的想头："没有书怎么教书？况且他又爱这个玩意儿。"其实你没有晓得，那些书丢了也并不可惜；不过教你怎么晓得，我平常从来没和你谈过这些个！总而言之，你的心是可感谢的。这十二年里你为我吃的苦真不少，可是没有过几天好日子。我们在一起住，算来也还不到五个年头。无论日子怎么坏，无论是离是合，你从来没对我发过脾气，连一句怨言也没有。——别说怨我，就是怨命也没有过。老实说，我的脾气可不大好，迁怒的事儿有的是。那些时候你往往抽噎着流眼泪，从不回嘴，也不号啕。不过我也只信得过你一个人，有些话我只和你一个人说，因为世界上只你一个人真关心我，真同情我。你不但为我吃苦，更为我分苦；我之有我现在的精神，大半是你给我培养着的。这些年来我很少生病。但我最不耐烦生病，生了病就呻吟不绝，闹那伺候病的人。你是领教过一回的，那回只一两点钟，可是也够麻烦了。你常生病，却总不开口，挣扎着起来；一来怕搅我，二来怕没人做你那份儿事。我有一个坏脾气，怕听人生病，也是真的。后来你天天发烧，自己还以为南方带来的疟疾，一直瞒着我。明明躺着，听见我的脚步，一骨碌就坐起来。我渐渐有些奇怪，让大夫一瞧，这可糟了，你的一个肺已烂了一个大窟窿了！大夫劝你到西山去静养，你丢不下孩子，又舍不得钱；劝你在家里躺着，你也丢不下那份儿家务。越看越不行了，这才送你回去。明知凶多吉少，想不到只一个月工夫你就完了！本来盼望还见得着你，这一来可拉倒了。你也何尝想到这个？父亲告诉我，你回家独住着一所小住宅，还嫌没有客厅，怕我回去不便哪。

　　前年夏天回家，上你坟上去了。你睡在祖父母的下首，想来还不孤单的。只是当年祖父母的坟太小了，你正睡在圹底下。这叫做"抗圹"，在生人看来是不安心的；等着想办法吧。那时圹上圹下密密地长着青草，朝露浸湿了我的布鞋。你刚埋了半年多，只有圹下多出一块土，别的全然看不出新坟的样子。我和隐今夏回去，本想到你的坟上来；因为她病了，没来成。我们想告诉你，五个孩子都好，我们一定尽心教养他们，让他们对得起死了的母亲——你！谦，好好儿放心安睡吧，你。

1932年10月。

你 我

现在受过新式教育的人，见了无论生熟朋友，往往喜欢你我相称。这不是旧来的习惯而是外国语与翻译品的影响。这风气并未十分通行；一般社会还不愿意采纳这种办法——所谓粗人一向你呀我的，却当别论。有一位中等学校校长告诉人，一个旧学生去看他，左一个"你"，右一个"你"，仿佛用指头点着他鼻子，真有些受不了。在他想，只有长辈该称他"你"，只有太太和老朋友配称他"你"。够不上这个份儿，也来"你"呀"你"的，倒像对当差老妈子说话一般，岂不可恼！可不是，从前小说里"弟兄相呼，你我相称"，也得够上那份儿交情才成。而俗语说的"你我不错"，"你我还这样那样"，也是托熟的口气，指出彼此的依赖与信任。

同辈你我相称，言下只有你我两个，旁若无人；虽然十目所视，十手所指，视他们的，指他们的，管不着。杨震在你我相对的时候，会想到你我之外的"天知地知"，真是一个玄远的托辞，亏他想得出。常人说话称你我，却只是你说给我，我说给你；别人听见也罢，不听见也罢，反正说话的一点儿没有想着他们那些不相干的。自然也有时候"取瑟而歌"，也有时候"指桑骂槐"，但那是话外的话或话里的话，论口气却只对着那一个"你"。这么着，一说你我，你我便从一群人里除外，单独地相对着。离群是可怕又可怜的，只要想想大野里的独行，黑夜里的独处就明白。你我既甘心离群，彼此便非难解难分不可；否则岂不要吃亏？难解难分就是亲昵；骨肉是亲昵，结交也是个亲昵，所以说只有长辈该称"你"，只有太太和老朋友配称"你"。你我相称者，你我相亲而已。然而我们对家里当差老妈子也称"你"，对街上的洋车夫也称"你"，却不是一个味儿。古来以"尔汝"为轻贱之称；就指的这一类。但轻贱与亲昵有时候也难分，譬如叫孩子为"狗儿"，叫情人为"心肝"，明明将人比物，却正是亲昵之至。而长辈称晚辈为"你"，也夹杂着这两种味道——那些亲谊疏远的称"你"，有时候简直毫无亲昵的意思，只显得辈分高罢了。大概轻贱与亲昵有一点相同；就是，都可以随随便便，甚至于动手动脚。

生人相见不称"你"。通称是"先生"，有带姓不带姓之分；不带姓好像来者是自己老师，特别客气，用得少些。北平人称"某爷"，"某几爷"，如"冯爷"，"吴二爷"，也是通称，可比"某先生"亲昵些。但不能单称"爷"，与"先生"不同。"先生"原是老师，"爷"却是"父亲"；尊人为师犹之可，尊人为父未免吃亏太甚。（听说前清的太监有称人为"爷"的时候，那是刑余之人，只算例外。）至于"老爷"，多一个"老"字，就不会与父亲相混，所以仆役用以单称他的主人，旧式太太用以单称她的丈夫。女的通称"小姐"，"太太"，"师母"，却都带姓；"太太"，"师母"更其如此。因为单称"太太"，自己似乎就是老爷，单称"师母"，自己似乎就是门生，所以非带姓不可。"太太"是北方的通称，南方人却嫌官僚气；"师母"是南方的通称，北方人却嫌头巾气。女人麻烦多，真是无法奈何。比"先生"亲近些是"某某先生"，"某某兄"，"某某"是号或名字；称"兄"取其仿佛一家人。再进一步就以号相称，同时也可称"你"。在正式的聚会里，有时候得称职衔，如"张部长"，"王经理"；也可以不带姓，和"先生"一样；偶尔还得加上一个"贵"字，如"贵公使"。下属对上司也得称职衔。但像科员等小脚色却不便称衔，只好屈居在"先生"一辈里。

仆役对主人称"老爷"，"太太"，或"先生"，"师母"；与同辈分别的，一律不带姓。他们在同一时期内大概只有一个老爷，太太，或先生，师母，是他们衣食的靠山；不带姓正所以表示只有这一对儿才是他们的主人。对于主人的客，却得一律带姓；即使主人的本家，也得带上号码儿，如"三老爷"，"五太太"。——大家庭用的人或两家合用的人例外。"先生"本可不带姓，"老爷"本是下对上的称呼，也常不带姓；女仆称"老爷"，虽和旧式太太称丈夫一样，但身分声调既然各别，也就不要紧。仆役称"师母"，决无门生之嫌，不怕尊敬过分；女仆称"太太"，毫无疑义，男仆称"太太"，与女仆称"老爷"同例。晚辈称长辈，有"爸爸"，"妈妈"，"伯伯"，"叔叔"等称。自家人和近亲不带姓，但有时候带号码儿；远亲和父执，母执，都带姓；干亲带"干"字，如"干娘"；父亲的盟兄弟，母亲的盟姊妹，有些人也以自家人论。

这种种称呼，按刘半农先生说，是"名词替代代词"，但也可说是他称替代对称。不称"你"而称"某先生"，是将分明对面的你变成一个别人；于是乎对你说的话，都不过是关于"他"的。这么着，你我间就有了适当的距离，彼此好提防着；生人间说话提防着些，没有错儿。再则一般人都可以称你"某先生"，我也跟着称"某先生",正见得和他们一块儿,并没有单独挨近你身边去。所以"某先生"一来,就对面无你,旁边有人。这种替代法的效用,因所代的他称广狭而转移。譬如"某先生",谁对谁都可称,用以代"你",是十分"敬而远之";又如"某部长",只是僚属对同官与长官之称,"老爷"只是仆役对主人之称,敬意过于前者,远意却不及;至于"爸爸""妈妈",只是弟兄姊妹对父母的称,不像前几个名字可以移用在别人身上,所以虽不用"你",还觉得亲昵,但敬远的意味总免不了有一些;在老人家前头要像在太太或老朋友前头那么自由自在,到底是办不到的。

北方话里有个"您"字,是"你"的尊称,不论亲疏贵贱全可用,方便之至。这个字比那拐弯抹角的替代法干脆多了,只是南方人听不进去,他们觉得和"你"也差不多少。这个字本是闭口音,指众数;"你们"两字就从此出。南方人多用"你们"代"你"。用众数表尊称,原是语言常例。指的既非一个,你旁边便仿佛还有些别人和你亲近的,与说话的相对着;说话的天然不敢侵犯你,也不敢妄想亲近你。这也还是个"敬而远之"。湖北人尊称人为"你家","家"字也表众数,如"人家""大家"可见。

此外还有个方便的法子,就是利用呼位,将他称与对称拉在一块儿。说话的时候先叫声"某先生"或别的,接着再说"你怎样怎样";这么着好像"你"字儿都是对你以外的"某先生"说的,你自己就不会觉得唐突了。这个办法上下一律通行。在上海,有些不三不四的人问路,常叫一声"朋友",再说"你";北平老妈子彼此说话,也常叫声"某姐",再"你"下去——她们觉得这么称呼倒比说"您"亲昵些。但若说"这是兄弟你的事","这是他爸爸你的责任","兄弟""你","他爸爸""你"简直连成一串儿,与用呼位的大不一样。这种口气只能用于亲近的人。第一例的他称意在加重全句的力量,表示虽与你亲如弟兄,这件事却得你自己办,不能推给别人。第二例因"他"而及"你",用他称意在提醒你的身分,也是加重那个句子;好像说你我虽亲近,这件事却该由做他爸爸的你,而不由做自己的朋友的你负责任;所以也不能推给别人。又有对称在前他称在后的;但除了"你先生","你老兄"还有敬远之意以外,别的如"你太太","你小姐","你张三","你这个人","你这家伙","你这位先生","你这该死的","你这没良心的东西",却都是些亲口埋怨或破口大骂的话。"你先生","你老兄"的"你"不重读,别的"你"都是重读的。"你张三"直呼姓名,好像听话的是个远哉遥遥的生人,因为只有毫无关系的人,才能直呼姓名;可是加上"你"字,却变了亲昵与轻贱两可之间。近指形容词"这",加上量词"个"成为"这个",都兼指人与物;说"这个人"和说"这个碟子",一样地带些无视的神气在指点着。加上

"该死的","没良心的","家伙","东西",无视的神气更足。只有"你这位先生"稍稍客气些；不但因为那"先生",并且因为那量词"位"字。"位"指"地位",用以称人,指那有某种地位的,就与常人有别。至于"你老","你老人家","老人家"是众数,"老"是敬辞——老人常受人尊重。但"你老"用得少些。

最后还有省去对称的办法,却并不如文法书里所说,只限于祈使语气,也不限于上辈对下辈的问语或答语,或熟人间偶然的问答语:如"去吗","不去"之类。有人曾遇见一位颇有名望的省议会议长,随意谈天儿。那议长的说话老是这样的：

去过北京吗？
在那儿住？
觉得北京怎么样？
几时回来的？

始终没有用一个对称,也没有用一个呼位的他称,仿佛说到一个不知是谁的人。那听话的觉得自己没有了,只看见俨然的议长。可是偶然要敷衍一两句话,而忘了对面人的姓,单称"先生"又觉不值得的时候,这么办却也可以救眼前之急。

生人相见也不多称"我"。但是单称"我"只不过傲慢,仿佛有点儿瞧不起人,却没有那过分亲昵的味儿,与称你我的时候不一样。所以自称比对称麻烦少些。若是不随便称"你","我"字尽可麻麻糊糊通用；不过要留心声调与姿态,别显出拍胸脯指鼻尖的神儿。若是还要谨慎些,在北方可以说"咱",说"俺",在南方可以说"我们"；"咱"和"俺"原来也都是闭口音,与"我们"同是众数。自称用众数,表示听话的也在内,"我"说话,像是你和我或你我他联合宣言；这么着,我的责任就有人分担,谁也不能说我自以为是了。也有说"自己"的,如"只怪自己不好","自己没主意,怨谁！"但同样的句子用来指你我也成。至于说"我自己",那却是加重的语气,与这个不同。又有说"某人","某某人"的；如张三说,"他们老疑心这是某人做的,其实我一点也不知道。"这个"某人"就是张三,但得随手用"我"字点明。若说"张某人岂是那样的人！"却容易明白。又有说"人","别人","人家","别人家"的；如,"这可叫人怎么办？""也不管人家死活。"指你我也成。这些都是用他称（单数与众数）替代自称,将自己说成别人；但都不是明确的替代,要靠上下文,加上声调姿态,才能显出作用,不像替代对称那样。而其中如"自己","某人",能替代"我"的时候也不多,可见自称在我的关系多,在人的关系少,老老实实用"我"字也无妨；所以历来并不十分费心思去找替代的名词。

演说称"兄弟","鄙人","个人"或自己名字,会议称"本席",也是他称替代自称,却一听就明白。因为这几个名词,除"兄弟"代"我",平常谈话里还偶然用得着之外,别的差不多都已成了向公众说话专用的自称。"兄弟","鄙人"全是谦词,"兄弟"亲昵些;"个人"就是"自己";称名字不带姓,好像对尊长说话。——称名字的还有仆役与幼儿。仆役称名字兼带姓,如"张顺不敢"。幼儿自称乳名,却因为自我观念还未十分发达,听见人家称自己乳名,也就如法炮制,可教大人听着乐,为的是"像煞有介事"。——"本席"指"本席的人",原来也该是谦称;但以此自称的人往往有一种然的声调姿态,所以反觉得傲慢了。这大约是"本"字作怪,从"本总司令"到"本县长",虽也是以他称替代自称,可都是告诫下属的口气,意在显出自己的身分,让他们知所敬畏。这种自称用的机会却不多。对同辈也偶然有要自称职衔的时候,可不用"本"字而用"敝"字。但"司令"可"敝","县长"可"敝","人"却"敝"不得;"敝人"是凉薄之人,自己骂得未免太苦了些。同辈间也可用"本"字,是在开玩笑的当儿,如"本科员","本书记","本教员",取其气昂昂的,有俯视一切的样子。

他称比"我"更显得傲慢的还有;如"老子","咱老子","大爷我","我某几爷","我某某某"。老子本非同辈相称之词,虽然加上众数的"咱",似乎只是壮声威,并不为的分责任。"大爷","某几爷"也都是尊称,加在"我"上,是增加"我"的气焰的。对同辈自称姓名,表示自己完全是个无关系的陌生人;本不如此,偏取了如此态度,将听话的远远地推开去,再加上"我",更是神气。这些"我"字都是重读的。但除了"我某某某",那几个别的称呼大概是丘八流氓用得多。他称也有比"我"显得亲昵的。如对儿女自称"爸爸","妈",说"爸爸疼你","妈在这儿,别害怕"。对他们称"我"的太多了,对他们称"爸爸","妈"的却只有两个人,他们最亲昵的两个人。所以他们听起来,"爸爸","妈"比"我"鲜明得多。幼儿更是这样;他们既然还不甚懂得什么是"我",用"爸爸","妈"就更要鲜明些。听了这两个名字,不用捉摸,立刻知道是谁而得着安慰;特别在他们正专心一件事或者快要睡觉的时候。若加上"你",说"你爸爸""你妈",没有"我",只有"你的",让大些的孩子听了,亲昵的意味更多。对同辈自称"老某",如"老张",或"兄弟我",如"交给兄弟我办吧,没错儿",也是亲昵的口气。"老某"本是称人之词。单称姓,表示彼此非常之熟,一提到姓就会想起你,再不用别的;同姓的虽然无数,而提到这一姓,却偏偏只想起你。"老"字本是敬辞,但平常说笑惯了的人,忽然敬他一下,只是惊他以取乐罢了;姓上加"老"字,原来怕不过是个玩笑，正和"你老先生"，"你老人家"有时候用作滑稽的敬语一种。日子久了，不觉得，反变成"熟得很"的意思。于是自称"老张"，就是"你熟得很的张"，不用说，顶亲昵的。"我"在"兄弟"之下，指的是做兄弟的"我"，当然比平常的"我"客气些；但既有他称，还用自称，特别着重那个"我"，多少免不了自负的味儿。这个"我"字也是重读的。用"兄弟我"的也以江湖气的人为多。自称常可省去；或因叙述的方便，或因答语的方便，或因避免那傲慢的字。

"他"字也须因人而施，不能随便用。先得看"他"在不在旁边儿。还得看"他"与说话的和听话的关系如何——是长辈，同辈，晚辈，还是不相干的，不相识的？北平有个"怹"字，用以指在旁边的别人与不在旁边的尊长；别人既在旁边听着，用个敬词，自然合式些。这个字本来也是闭口音，与"您"字同是众数，是"他们"所从出。可是不常听见人说；常说的还是"某先生"。也有称职衔，行业，身分，行次，姓名号的。"他"和"你""我"情形不同，在旁边的还可指认，不在旁边的必得有个前词才明白。前词也不外乎这五样儿。职衔如"部长"，"经理"。行业如店主叫"掌柜的"，手艺人叫"某师傅"，是通称；做衣服的叫"裁缝"，做饭的叫"厨子"，是特称。身分如妻称夫为"六斤的爸爸"，洋车夫称坐车人为"坐儿"，主人称女仆为"张妈"，"李嫂"。——"妈"，"嫂"，"师傅"都是尊长之称，却用于既非尊长，又非同辈的人，也许称"张妈"是借用自己孩子们的口气，称"师傅"是借用他徒弟的口气，只有称"嫂"才是自己的口气，用意都是要亲昵些。借用别人口气表示亲昵的，如媳妇跟着他孩子称婆婆为"奶奶"，自己矮下一辈儿，又如跟着熟朋友用同样的称呼称他亲戚，如"舅母"，"外婆"等，自己近走一步儿；只有"爸爸"，"妈"，假借得极少。对于地位同的既可如此假借，对于地位低的当然更可随便些；反正谁也明白，这些不过说得好听罢了。——行次如称朋友或儿女用"老大"，"老二"；称男仆也常用"张二"，"李三"。称号在亲子间，夫妇间，朋友间最多，近亲与师长也常这么称。称姓名往往是不相干的人。有一回政府不让报上直称当局姓名，说应该称衔带姓，想来就是恨这个不相干的劲儿。又有指点似地说"这个人""那个人"的，本是疏远或轻贱之称。可是有时候不愿，不便，或不好意思说出一个人的身分或姓名，也用"那个人"；这里头却有很亲昵的，如要好的男人或女人，都可称"那个人"。至于"这东西"，"这家伙"，"那小子"，是更进一步；爱憎同辞，只看怎么说出。又有用泛称的，如"别怪人"，"别怪人家"，"一个人别太不知足"，"人到底是人"。但既是泛称，指你我也未尝不可。又有用虚称的，如"他说某人不好，某人不好"；"某人"虽确有其人，却不定是谁，而两个"某人"所指也非一人。还有"有人"就是"或人"。用这个称呼有四种意思：一是不知其人，如"听说有人译这本书"。二是知其人而不愿明言，如"有人说怎样怎样"，这个人许是个大人物，自己不愿举出他的名字，以免矜夸之嫌。这个人许是个不甚知名的脚色，提起来听话的未必知道，乐得不提省事。又如"有人说你的闲话"，却大大不同。三是知其人而不屑明言，如"有人在一家报纸上骂我"。四是其人或他的关系人就在一旁，故意"使子闻之"；如，"有人不乐意，我知道。""我知道，有人恨我，我不怕。"——这么着简直是挑战的态度了。又有前词与"他"字连文的，如"你爸爸他辛苦了一辈子，真是何苦来？"是加重的语气。

亲近的及不在旁边的人才用"他"字；但这个字可带有指点的神儿，仿佛说到的就在眼前一样。自然有些古怪，在眼前的尽管用"您"或别的向远处推；不在的却又向近处拉。其实推是为说到的人听着痛快；他既在一旁，听话的当然看得亲切，口头上虽向远处推无妨。拉却是为听话人听着亲切，让他听而如见。因此"他"字虽指你我以外的别人，也有亲昵与轻贱两种情调，并不含含糊糊地"等量齐观"。最亲昵的"他"，用不着前词；如流行甚广的"看见她"歌谣里的"她"字——一个多情多义的"她"字。这还是在眼前的。新婚少妇谈到不在眼前的丈夫，也往往没头没脑地说"他如何如何"，一面还红着脸儿。但如"管他，你走你的好了"，"他——他只比死人多口气"，就是轻贱的"他"了。不过这种轻贱的神儿若"他"不在一旁却只能从上下文看出；不像说"你"的时候永远可以从听话的一边直接看出。"他"字除人以外，也能用在别的生物及无生物身上；但只在孩子们的话里如此。指猫指狗用"他"是常事；指桌椅指树木也有用"他"的时候。譬如孩子让椅子绊了一交，哇的哭了；大人可以将椅子打一下，说"别哭。是他不好。我打他"。孩子真会相信，回嗔作喜，甚至于也捏着小拳头帮着捶两下。孩子想着什么都是活的，所以随随便便地"他"呀"他"的，大人可就不成。大人说"他"，十回九回指人；别的只称名字，或说"这个"，"那个"，"这东西"，"这件事"，"那种道理"。但也有例外，像"听他去吧"，"管他成不成，我就是这么办"。这种"他"有时候指事不指人。还有个"彼"字，口语里已废而不用，除了说"不分彼此"，"彼此都是一样"。这个"彼"字不是"他"而是与"这个"相对的"那个"，已经在"人称"之外。"他"字不能省略，一省就与你我相混；只除了在直截的答语里。

代词的三称都可用名词替代，三称的单数都可用众数替代，作用是"敬而远之"。但三称还可互代；如"大难临头，不分你我"，"他们你看我，我看你，一句话不说"，"你""我"就是"彼""此"。又如"此公人弃我取"，"我"是"自己"。又如论别人，"其实你去不去与人无干，我们只是尽朋友之道罢了。""你"实指

"他"而言。因为要说得活灵活现，才将三人间变为二人间，让听话的更觉得亲切些。意思既指别人，所以直呼"你""我"，无需避忌。这都以自称对称替代他称。又如自己责备自己说："咳，你真糊涂！"这是化一身为两人。又如批评别人，"凭你说干了嘴唇皮，他听你一句才怪！""你"就是"我"，是让你设身处地替自己想。又如，"你只管不动声色地干下去，他们知道我怎么办？""我"就是"你"；是自己设身处地替对面人想。这都是着急的口气：我的事要你设想，让你同情我；你的事我代设想，让你亲信我。可不一定亲昵，只在说话当时见得彼此十二分关切就是了。只有"他"字，却不能替代"你""我"，因为那么着反把话说远了。

众数指的是一人与一人，一人与众人，或众人与众人，彼此间距离本远，避忌较少。但是也有分别；名词替代，还用得着。如"各位"，"诸位"，"诸位先生"，都是"你们"的敬词；"各位"是逐指，虽非众数而作用相同。代词名词连文，也用得着。如"你们这些人"，"你们这班东西"，轻重不一样，却都是责备的口吻。又如发牢骚的时候不说"我们"而说"这些人"，"我们这些人"，表示多多少少，是与众不同的人。但替代"我们"的名词似乎没有。又如不说"他们"而说"人家"，"那些位"，"这班东西"，"那班东西"，或"他们这些人"。三称众数的对峙，不像单数那样明白的鼎足而三。"我们"，"你们"，"他们"相对的时候并不多；说"我们"，常只与"你们"，"他们"二者之一相对着。这儿的"你们"包括"他们"，"他们"也包括"你们"；所以说"我们"的时候，实在只有两边儿。所谓"你们"，有时候不必全都对面，只是与对面的在某些点上相似的人；所谓"我们"，也不一定全在身旁，只是与说话的在某些点上相似的人。所以"你们"，"我们"之中，都有"他们"在内。"他们"之近于"你们"的，就收编在"你们"里；"他们"之近于"我们"的，就收编在"我们"里；于是"他们"就没有了。"我们"与"你们"也有相似的时候，"我们"可以包括"你们"，"你们"就没有了；只剩下"他们"和"我们"相对着。演说的时候，对听众可以说"你们"，也可以说"我们"。说"你们"显得自己高出他们之上，在教训着；说"我们"，自己就只在他们之中，在彼此勉励着。听众无疑地是愿意听"我们"的。只有"我们"，永远存在，不会让人家收编了去；因为没有"我们"，就没有了说话的人。"我们"包罗最广，可以指全人类，而与一切生物无生物对峙着。"你们"，"他们"都只能指人类的一部分；而"他们"除了特别情形，只能指不在眼前的人，所以更狭窄些。

北平自称的众数有"咱们"，"我们"两个。第一个发现这两个自称的分别的是赵元任先生。他在《阿丽思漫游奇境记》的凡例里说：

你 我

"咱们"是对他们说的,听话的人也在内的。

"我们"是对你们或他们说的,听话的人不在内的。

赵先生的意思也许说,"我们"是对你们或(你们和)他们说的。这么着"咱们"就收编了"你们","我们"就收编了"他们"——不能收编的时候,"我们"就与"你们","他们"成鼎足之势。这个分别并非必需,但有了也好玩儿;因为说"咱们"亲昵些,说"我们"疏远些,又多一个花样。北平还有个"俩"字,只指两个,"咱们俩","你们俩","他们俩",无非显得两个人更亲昵些;不带"们"字也成。还有"大家"是同辈相称或上称下之词,可用在"我们","你们","他们"之下。单用是所有相关的人都在内;加"我们"拉得近些,加"你们"推得远些,加"他们"更远些。至于"诸位大家",当然是个笑话。

代词三称的领位,也不能随随便便的。生人间还是得用替代,如称自己丈夫为"我们老爷",称朋友夫人为"你们太太",称别人父亲为"某先生的父亲"。但向来还有一种简便的尊称与谦称,如"令尊","令堂","尊夫人","令弟","令郎",以及"家父","家母","内人","舍弟","小儿"等等。"令"字用得最广,不拘那一辈儿都加得上,"尊"字太重,用处就少;"家"字只用于长辈同辈,"舍"字,"小"字只用于晚辈。熟人也有用通称而省去领位的,如自称父母为"老人家",——长辈对晚辈说他父母,也这么称——称朋友家里人为"老太爷","老太太","太太","少爷","小姐";可是没有称人家丈夫为"老爷"或"先生"的,只能称"某先生","你们先生"。此外有称"老伯","伯母","尊夫人"的,为的亲昵些;所省去的却非"你的"而是"我的"。更熟的人可称"我父亲","我弟弟","你学生","你姑娘",却并不大用"的"字。"我的"往往只用于呼位;如,"我的妈呀!""我的儿呀!""我的天呀!"被领位若不是人而是事物,却可随便些。"的"字还用于独用的领位,如"你的就是我的","去他的"。领位有了"的"字,显得特别亲昵似的。也许"的"字是齐齿音,听了觉得挨挤着,紧缩着,才有此感。平常领位,所领的若是人,而也用"的"字,就好像有些过火;"我的朋友"差不多成了一句嘲讽的话,一半怕就是为了那个"的"字。众数的领位也少用"的"字。其实真正众数的领位用的机会也少;用的大多是替代单数的。"我家","你家","他家"有时候也可当众数的领位用,如"你家孩子真懂事","你家厨子走了","我家运气不好"。北平还有一种特别称呼,也是关于自称领位的。譬如女的向人说:"你兄弟这样长那样短。""你兄弟"却是她丈夫；男的向人说："你侄儿这样短，那样长。""你侄儿"却是他儿子。这也算对称替代自称，可是大规模的；用意可以说是"敬而近之"。因为"近"，才直称"你"。被领位若是事物，领位除可用替代外，也有用"尊"字的，如"尊行"（行次），"尊寓"，但少极；带滑稽味而上"尊"号的却多，如"尊口"，"尊须"，"尊靴"，"尊帽"等等。

外国的影响引我们抄近路，只用"你"，"他"，"我们"，"你们"，"他们"，倒也是干脆的办法；好在声调姿态变化是无穷的。"他"分为三，在纸上也还有用，口头上却用不着；读"她"为"ㄧ"，"它"或"牠"为"ㄊㄛ"，大可不必，也行不开去。"它"或"牠"用得也太洋味儿，真蹩扭，有些实在可用"这个""那个"。再说代词用得太多，好些重复是不必要的；而领位"的"字也用得太滥点儿。[①]

[①]二十二年暑中看《马氏文通》，杨遇夫先生《高等国文法》，刘半农先生《中国文法讲话》，胡适之先生《文存》里的《尔汝篇》，对于人称代名词有些不成系统的意见，略加整理，写成此篇。但所论只现代口语所用为限，作为写信用的，以及念古书时所遇见的，都不在内。

谈抽烟

有人说,"抽烟有什么好处?还不如吃点香糖,甜甜的,倒不错。"不用说,你知道这准是外行。口香糖也许不错,可是喜欢的怕是女人孩子居多;男人很少赏识这种玩意儿的;除非在美国,那儿怕有些个例外。一块口香糖得咀嚼老半天,还是嚼不完。这其实不像抽烟,倒像衔橄榄。你见过衔着橄榄的人?腮帮子上凸出一块,嘴里不时地嗞儿嗞儿的。抽烟可用不着这么费劲;烟卷儿尤其省事,随便一刁上,悠然的就吸起来,谁也不来注意你。抽烟说不上是什么味道;勉强说,也许有点儿苦吧。但抽烟的不稀罕那"苦"而稀罕那"有点儿"。他的嘴太闷了,或者太闲了,就要这么点儿来凑热闹,让他觉得嘴还是他的。嚼一块口香糖可就太多,甜甜的,够多腻味;而且有了糖也许便忘记了"我"。

抽烟其实是个玩意儿。就说制抽卷烟吧,你打开匣子或罐子,抽出烟来,在桌上顿几下,衔上,擦洋火,点上。这其间每一个动作都带股劲儿,像做戏一般。自己也许不觉得,但到没有烟抽的时候,便觉得了。那时候你必然闲得无聊;特别是两只手,简直没放处。再说那吐出的烟,袅袅地缭绕着,也够你一回两回地捉摸;它可以领你走到顶远的地方去。——即便在百忙当中,也可以让你轻松一忽儿。所以老于抽烟的人,一刁上烟,真能悠然遐想。他霎时间是个自由自在的身子,无论他是靠在沙发上的绅士,还是蹲在台阶上的瓦匠。有时候他还能够刁着烟和人说闲话;自然有些含含糊糊的,但是可喜的是那满不在乎的神气。这些大概也算是游戏三昧吧。

好些人抽烟,为的有个伴儿。譬如说一个人单身住在北平,和朋友在一块儿,倒是有说有笑的,回家来,空屋子像水一样。这时候他可以摸出一支烟抽起来,借点儿暖气。黄昏来了,屋子里的东西只剩些轮廓,暂时懒得开灯,也可以点上一支烟,看烟头上的火一闪一闪的,像亲密的低语,只有自己听得出。要是生气,也不妨迁怒一下,使劲儿吸他十来口。客来了,若你倦了说不得话,或者找不出可说的，干坐着岂不着急？这时候最好拈起一支烟将嘴堵上等你对面的人。若是他也这么办，便尽时间在烟子里爬过去。各人抓着一个新伴儿，大可以盘桓一会的。

从前抽水烟旱烟，不过一种不伤大雅的嗜好，现在抽烟却成了派头。抽烟卷儿指头黄了，由它去。用烟嘴不独麻烦，也小气，又跟烟隔得那么老远的。今儿大褂上一个窟窿，明儿坎肩上一个，由他去。一支烟里的尼古丁可以毒死一个小麻雀，也由它去。总之，蹩蹩扭扭的，其实也还是个"满不在乎"罢了。烟有好有坏，味有浓有淡，能够辨味的是内行，不择烟而抽的是大方之家。

冬天

　　说起冬天,忽然想到豆腐。是一"小洋锅"(铝锅)白煮豆腐,热腾腾的。水滚着,像好些鱼眼睛,一小块一小块豆腐养在里面,嫩而滑,仿佛反穿的白狐大衣。锅在"洋炉子"(煤油不打气炉)上,和炉子都熏得乌黑乌黑,越显出豆腐的白。这是晚上,屋子老了,虽点着"洋灯",也还是阴暗。围着桌子坐的是父亲跟我们哥儿三个。"洋炉子"太高了,父亲得常常站起来,微微地仰着脸,觑着眼睛,从氤氲的热气里伸进筷子,夹起豆腐,一一地放在我们的酱油碟里。我们有时也自己动手,但炉子实在太高了,总还是坐享其成的多。这并不是吃饭,只是玩儿。父亲说晚上冷,吃了大家暖和些。我们都喜欢这种白水豆腐;一上桌就眼巴巴望着那锅,等着那热气,等着热气里从父亲筷子上掉下来的豆腐。

　　又是冬天,记得是阴历十一月十六晚上,跟S君P君在西湖里坐小划子。S君刚到杭州教书,事先来信说:"我们要游西湖,不管它是冬天。"那晚月色真好,现在想起来还像照在身上。本来前一晚是"月当头";也许十一月的月亮真有些特别吧。那时九点多了,湖上似乎只有我们一只划子。有点风,月光照着软软的水波;当间那一溜儿反光,像新砑的银子。湖上的山只剩了淡淡的影子。山下偶尔有一两星灯火。S君口占两句诗道:"数星灯火认渔村,淡墨轻描远黛痕。"我们都不大说话,只有均匀的桨声。我渐渐地快睡着了。P君"喂"了一下,才抬起眼皮,看见他在微笑。船夫问要不要上净寺去;是阿弥陀佛生日,那边蛮热闹的。到了寺里,殿上灯烛辉煌,满是佛婆念佛的声音,好像醒了一场梦。这已是十多年前的事了。S君还常常通着信,P君听说转变了好几次,前年是在一个特税局里收特税了,以后便没有消息。

　　在台州过了一个冬天,一家四口子。台州是个山城,可以说在一个大谷里。

只有一条二里长的大街。别的路上白天简直不大见人；晚上一片漆黑。偶尔人家窗户里透出一点灯光，还有走路的拿着的火把；但那是少极了。我们住在山脚下。有的是山上松林里的风声，跟天上一只两只的鸟影。夏末到那里，春初便走，却好像老在过着冬天似的；可是即便真冬天也并不冷。我们住在楼上，书房临着大路；路上有人说话，可以清清楚楚地听见。但因为走路的人太少了，间或有点说话的声音，听起来还只当远风送来的，想不到就在窗外。我们是外路人，除上学校去之外，常只在家里坐着。妻也惯了那寂寞，只和我们爷儿们守着。外边虽老是冬天，家里却老是春天。有一回我上街去，回来的时候，楼下厨房的大方窗开着，并排地挨着她们母子三个；三张脸都带着天真微笑地向着我。似乎台州空空的，只有我们四人；天地空空的，也只有我们四人。那时是民国十年，妻刚从家里出来，满自在。现在她死了快四年了，我却还老记着她那微笑的影子。

无论怎么冷，大风大雪，想到这些，我心上总是温暖的。

择偶记

自己是长子长孙,所以不到十一岁就说起媳妇来了。那时对于媳妇这件事简直茫然,不知怎么一来,就已经说上了。是曾祖母娘家人,在江苏北部一个小县分的乡下住着。家里人都在那里住过很久,大概也带着我;只是太笨了,记忆里没有留下一点影子。祖母常常躺在烟榻上讲那边的事,提着这个那个乡下人的名字。起初一切都像只在那白腾腾的烟气里。日子久了,不知不觉熟悉起来了,亲昵起来了。除了住的地方,当时觉得那叫做"花园庄"的乡下实在是最有趣的地方了。因此听说媳妇就定在那里,倒也仿佛理所当然,毫无意见。每年那边田上有人来,蓝布短打扮,衔着旱烟管,带好些大麦粉,白薯干儿之类。他们偶然也和家里人提到那位小姐,大概比我大四岁,个儿高,小脚;但是那时我热心的其实还是那些大麦粉和白薯干儿。

记得是十二岁上,那边捎信来,说小姐痨病死了。家里并没有人叹惜;大约他们看见她时她还小,年代一多,也就想不清是怎样一个人了。父亲其时在外省做官,母亲颇为我亲事着急,便托了常来做衣服的裁缝做媒。为的是裁缝走的人家多,而且可以看见太太小姐。主意并没有错,裁缝来说一家人家,有钱,两位小姐,一位是姨太太生的;他给说的是正太太生的大小姐。他说那边要相亲。母亲答应了,定下日子,由裁缝带我上茶馆。记得那是冬天,到日子母亲让我穿上枣红宁绸袍子,黑宁绸马褂,戴上红帽结儿的黑缎瓜皮小帽,又叮嘱自己留心些。茶馆里遇见那位相亲的先生,方面大耳,同我现在年纪差不多,布袍布马褂,像是给谁穿着孝。这个人倒是慈祥的样子,不住地打量我,也问了些念什么书一类的话。回来裁缝说人家看得很细:说我的"人中"长,不是短寿的样子,又看我走路,怕脚上有毛病。总算让人家看中了,该我们看人家了。母亲派亲信的老妈子去。老妈子的报告是,大小姐个儿比我大得多,坐下去满满一圈椅;二小姐倒苗苗条条的。母亲说胖了不能生育,像亲戚里谁谁谁;教裁缝说二小姐。那边似乎生了气，不答应，事情就摧了。

母亲在牌桌上遇见一位太太，她有个女儿，透着聪明伶俐。母亲有了心，回家说那姑娘和我同年，跳来跳去的，还是个孩子。隔了些日子，便托人探探那边口气。那边做的官似乎比父亲的更小，那时正是光复的前年，还讲究这些，所以他们乐意做这门亲。事情已到九成九，忽然出了岔子。本家叔祖母用的一个寡妇老妈子熟悉这家子的事，不知怎么教母亲打听着了。叫她来问，她的话遮遮掩掩的。到底问出来了，原来那小姑娘是抱来的，可是她一家很宠她，和亲生的一样。母亲心冷了。过了两年，听说她已生了痨病，吸上鸦片烟了。母亲说，幸亏当时没有定下来。我已懂得一些事了，也这末想着。

光复那年，父亲生伤寒病，请了许多医生看。最后请着一位武先生，那便是我后来的岳父。有一天，常去请医生的听差回来说，医生家有位小姐。父亲既然病着，母亲自然更该担心我的事。一听这话，便追问下去。听差原只顺口谈天，也说不出个所以然。母亲便在医生来时，教人问他轿夫，那位小姐是不是他家的。轿夫说是的。母亲便和父亲商量，托舅舅问医生的意思。那天我正在父亲病榻旁，听见他们的对话。舅舅问明了小姐还没有人家，便说，像×翁这样人家怎末样？医生说，很好呀。话到此为止，接着便是相亲；还是母亲那个亲信的老妈子去。这回报告不坏，说就是脚大些。事情这样定局，母亲教轿夫回去说，让小姐裹上点儿脚。妻嫁过来后，说相亲的时候早躲开了，看见的是另一个人。至于轿夫捎的信儿，却引起了一段小小风波。岳父对岳母说，早教你给她裹脚，你不信；瞧，人家怎末说来着！岳母说，偏偏不裹，看他家怎末样！可是到底采取了折衷的办法，直到妻嫁过来的时候。

1934年3月作。

说扬州[1]

　　在第十期上看到曹聚仁先生的《闲话扬州》，比那本出名的书有味多了。不过那本书将扬州说得太坏，曹先生又未免说得太好；也不是说得太好，他没有去过那里，所说的只是从诗赋中，历史上得来的印象。这些自然也是扬州的一面，不过已然过去，现在的扬州却不能再给我们那种美梦。

　　自己从七岁到扬州，一住十三年，才出来念书。家里是客籍，父亲又是在外省当差事的时候多，所以与当地贤豪长者并无来往。他们的雅事，如访胜，吟诗，赌酒，书画名家，烹调佳味，我那时全没有份，也全不在行。因此虽住了那么多年，并不能做扬州通，是很遗憾的。记得的只是光复的时候，父亲正病着，让一个高等流氓凭了军政府的名字，敲了一竹杠；还有，在中学的几年里，眼见所谓"甩子团"横行无忌。"甩子"是扬州方言，有时候指那些"怯"的人，有时候指那些满不在乎的人。"甩子团"不用说是后一类；他们多数是绅宦家子弟，仗着家里或者"帮"里的势力，在各公共场所闹标劲，如看戏不买票，起哄等等，也有包揽词讼，调戏妇女的。更可怪的，大乡绅的仆人可以指挥警察区区长，可以大模大样招摇过市——这都是民国五六年的事，并非前清君主专制时代。自己当时血气方刚，看了一肚子气；可是人微言轻，也只好让那口气憋着罢了。

　　从前扬州是个大地方，如曹先生那文所说；现在盐务不行了，简直就算个没"落儿"的小城。

　　可是一般人还忘其所以地要气派，自以为美，几乎不知天多高地多厚。这真是所谓"夜郎自大"了。扬州人有"扬虚子"的名字；这个"虚子"有两种意思，

---

[1] 作者在《我是扬州人》一文中说："……我曾写过一篇短文，指出扬州人这些毛病。后来要将这篇文收入散文集《你我》里，商务印书馆不肯，怕再闹出'闲话扬州'的案子。"这部全集按作者原意，仍将此文收入《你我》。——编者注

一是大惊小怪，二是以少报多，总而言之，不离乎虚张声势的毛病。他们还有个"扬盘"的名字，譬如东西买贵了，人家可以笑话你是"扬盘"；又如店家价钱要的太贵，你可以诘问他，"把我当扬盘看么？"盘是捧出来给别人看的，正好形容耍气派的扬州人。又有所谓"商派"，讥笑那些仿效盐商的奢侈生活的人，那更是气派中之气派了。但是这里只就一般情形说，刻苦诚笃的君子自然也有；我所敬爱的朋友中，便不缺乏扬州人。

提起扬州这地名，许多人想到的是出女人的地方。但是我长到那么大，从来不曾在街上见过一个出色的女人，也许那时女人还少出街吧？不过从前人所谓"出女人"，实在指姨太太与妓女而言；那个"出"字就和出羊毛，出苹果的"出"字一样。《陶庵梦忆》里有"扬州瘦马"一节，就记的这类事；但是我毫无所知。不过纳妾与狎妓的风气渐渐衰了，"出女人"那句话怕迟早会失掉意义的吧。

另有许多人想，扬州是吃得好的地方。这个保你没错儿。北平寻常提到江苏菜，总想着是甜甜的腻腻的。现在有了淮扬菜，才知道江苏菜也有不甜的；但还以为油重，和山东菜的清淡不同。其实真正油重的是镇江菜，上桌子常教你腻得无可奈何。扬州菜若是让盐商家的厨子做起来，虽不到山东菜的清淡，却也滋润，利落，决不腻嘴腻舌。不但味道鲜美，颜色也清丽悦目。扬州又以面馆著名。好在汤味醇美，是所谓白汤，由种种出汤的东西如鸡鸭鱼肉等熬成，好在它的厚，和啖熊掌一般。也有清汤，就是一味鸡汤，倒并不出奇。内行的人吃面要"大煮"；普通将面挑在碗里，浇上汤，"大煮"是将面在汤里煮一会，更能入味些。

扬州最著名的是茶馆；早上去下午去都是满满的。吃的花样最多。坐定了沏上茶，便有卖零碎的来兜揽，手臂上挽着一个黳淡的柳条筐，筐子里摆满了一些小蒲包分放着瓜子花生炒盐豆之类。又有炒白果的，在担子上铁锅爆着白果，一片铲子的声音。得先告诉他，才给你炒。炒得壳子爆了，露出黄亮的仁儿，铲在铁丝罩里送过来，又热又香。还有卖五香牛肉的，让他抓一些，摊在干荷叶上；叫茶房拿点好麻酱油来，拌上慢慢地吃，也可向卖零碎的买些白酒——扬州普通都喝白酒——喝着。这才叫茶房烫干丝。北平现在吃干丝，都是所谓煮干丝；那是很浓的，当菜很好，当点心却未必合式。烫干丝先将一大块方的白豆腐干飞快地切成薄片，再切为细丝，放在小碗里，用开水一浇，干丝便熟了；逼去了水，搏成圆锥似的，再倒上麻酱油，搁一撮虾米和干笋丝在尖儿，就成。说时迟，那时快，刚瞧着在切豆腐干，一眨眼已端来了。烫干丝就是清得好，不妨碍你吃别的。接着该要小笼点心。北平淮扬馆子出卖的汤包，诚哉是好，在扬州却少见；那实在是淮阴的名产，扬州不该掠美。扬州的小笼点心，肉馅儿的，蟹肉馅儿的，笋肉馅儿的且不用说，最可口的是菜包子菜烧卖，还有干菜包子。菜选那最嫩的，剁成泥，加一点儿糖一点儿油，蒸得白生生的，热腾腾的，到口轻松地化去，留下一丝儿余味。干菜也是切碎，也是加一点儿糖和油，燥湿恰到好处；细细地咬嚼，可以嚼出一点橄榄般的回味来。这么着每样吃点儿也并不太多。要是有饭局，还尽可以从容地去。但是要老资格的茶客才能这样有分寸；偶尔上一回茶馆的本地人外地人，却总忍不住狼吞虎咽，到了那儿捧着肚子走出。

  扬州游览以水为主，以船为主，已另有文记过，此处从略。城里城外古迹很多，如"文选楼"，"天保城"，"雷塘"，"二十四桥"等，却很少人留意；大家常去的只是史可法的"梅花岭"罢了。倘若有相当的假期，邀上两三个人去寻幽访古倒有意思；自然，得带点花生米，五香牛肉，白酒。

1934年11月20日第十六期《人间世》。

南 京

南京是值得留连的地方，虽然我只是来来去去，而且又都在夏天。也想夸说夸说，可惜知道的太少；现在所写的，只是一个旅行人的印象罢了。

逛南京像逛古董铺子，到处都有些时代侵蚀的遗痕。你可以摩挲，可以凭吊，可以悠然遐想；想到六朝的兴废，王谢的风流，秦淮的艳迹。这些也许只是老调子，不过经过自家一番体贴，便不同了。所以我劝你上鸡鸣寺去，最好选一个微雨天或月夜。在朦胧里，才酝酿着那一缕幽幽的古味。你坐在一排明窗的豁蒙楼上，吃一碗茶，看面前苍然蜿蜒着的台城。台城外明净荒寒的玄武湖就像大涤子的画。豁蒙楼一排窗子安排得最有心思，让你看的一点不多，一点不少。寺后有一口灌园的井，可不是那陈后主和张丽华躲在一堆儿的"胭脂井"。那口胭脂并不在路边，得破费点工夫寻觅。井栏也不在井上；要看，得老远地上明故宫遗址的古物保存所去。

从寺后的园地，拣着路上台城；没有垛子，真像平台一样。踏在茸茸的草上，说不出的静。夏天白昼有成群的黑蝴蝶，在微风里飞；这些黑蝴蝶上下旋转地飞，远看像一根粗的圆柱子。城上可以望南京的每一角。这时候若有个熟悉历代形势的人，给你指点，隋兵是从这角进来的，湘军是从那角进来的，你可以想像异样装束的队伍，打着异样的旗帜，拿着异样的武器，汹汹涌涌地进来，远远仿佛还有哭喊之声。假如你记得一些金陵怀古的诗词，趁这时候暗诵几回，也可印证印证，许更能领略作者当日的情思。

从前可以从台城爬出去，在玄武湖边；若是月夜，两三个人，两三个零落的影子，歪歪斜斜地挪移下去，够多好。现在可不成了，得出寺，下山，绕着大弯儿出城。七八年前，湖里几乎长满了苇子，一味地荒寒，虽有好月光，也不大能照到水上；船又窄，又小，又漏，教人逛着愁着。这几年大不同了，一出城，看见湖，就有烟水苍茫之意；船也大多了，有藤椅子可以躺着。水中岸上都光光的；

亏得湖里有五个洲子点缀着，不然便一览无余了。这里的水是白的，又有波澜，俨然长江大河的气势，与西湖的静绿不同，最宜于看月，一片空蒙，无边无界。若在微醺之后，迎着小风，似睡非睡地躺在藤椅上，听着船底汩汩的波响与不知何方来的箫声，真会教你忘却身在那里。五个洲子似乎都局促无可看，但长堤宛转相通，却值得走走。湖上的樱桃最出名。据说樱桃熟时，游人在树下现买，现摘，现吃，谈着笑着，多热闹的。

清凉山在一个角落里，似乎人迹不多。扫叶楼的安排与豁蒙楼相仿佛，但窗外的景象不同。这里是滴绿的山环抱着，山下一片滴绿的树；那绿色真是扑到人眉宇上来。若许我再用画来比，这怕像王石谷的手笔了。在豁蒙楼上不容易坐得久，你至少要上台城去看看。在扫叶楼上却不想走；窗外的光景好像满为这座楼而设，一上楼便什么都有了。夏天去确有一股"清凉"味。这里与豁蒙楼全有素面吃，又可口，又贱。

莫愁湖在华严庵里。湖不大，又不能泛舟，夏天却有荷花荷叶。临湖一带屋子，凭栏眺望，也颇有远情。莫愁小像，在胜棋楼下，不知谁画的，大约不很古吧；但脸子开得秀逸之至，衣褶也柔活之至，大有"挥袖凌虚翔"的意思；若让我题，我将毫不踌躇地写上"仙乎仙乎"四字。另有石刻的画像，也在这里，想来许是那一幅画所从出；但生气反而差得多。这里虽也临湖，因为屋子深，显得阴暗些；可是古色古香，阴暗得好。诗文联语当然多，只记得王湘绮的半联云："莫轻他北地胭脂，看艇子初来，江南儿女无颜色。"气概很不错。所谓胜棋楼，相传是明太祖与徐达下棋，徐达胜了，太祖便赐给他这一所屋子。太祖那样人，居然也会做出这种雅事来了。左手临湖的小阁却敞亮得多，也敞亮得好。有曾国藩画像，忘记是谁横题着"江天小阁坐人豪"一句。我喜欢这个题句，"江天"与"坐人豪"，景象阔大，使得这屋子更加开朗起来。

秦淮河我已另有记。但那文里所说的情形，现在已大变了。从前读《桃花扇》《板桥杂记》一类书，颇有沧桑之感；现在想到自己十多年前身历的情形，怕也会有沧桑之感了。前年看见夫子庙前旧日的画舫，那样狼狈的样子，又在老万全酒栈看秦淮河水，差不多全黑了，加上巴掌大，透不出气的所谓秦淮小公园，简直有些厌恶，再别提做什么梦了。贡院原也在秦淮河上，现在早拆得只剩一点儿了。民国五年父亲带我去看过，已经荒凉不堪，号舍里草都长满了。父亲曾经办过江南闱差，熟悉考场的情形，说来头头是道。他说考生入场时，都有送场的，人很多，门口闹嚷嚷的。天不亮就点名，搜夹带。大家都归号。似乎直到晚上，头场题才出来，写在灯牌上，由号军扛着在各号里走。所谓"号"，就是一条狭长的胡同，两旁排列着号舍，口儿上写着什么天字号，地字号等等的。每一号舍之大，恰好容一个人坐着；从前人说是像轿子，真不错。几天里吃饭，睡觉，做文章，都在这轿子里；坐的伏的各有一块硬板，如是而已。官号稍好一些，是给达官贵人的子弟预备的，但得补褂朝珠地入场，那时是夏秋之交，天还热，也够受的。父亲又说，乡试时场外有兵巡逻，防备通关节。场内也竖起黑幡，叫鬼魂们有冤报冤，有仇报仇；我听到这里，有点毛骨悚然。现在贡院已变成碎石路；在路上走的人，怕很少想起这些事情的了吧？

明故宫只是一片瓦砾场，在斜阳里看，只感到李太白《忆秦娥》的"西风残照，汉家陵阙"二语的妙。午门还残存着，遥遥直对洪武门的城楼，有万千气象。古物保存所便在这里，可惜规模太小，陈列得也无甚次序。明孝陵道上的石人石马，虽然残缺零乱，还可见泱泱大风；享殿并不巍峨，只陵下的隧道，阴森袭人，夏天在里面待着，凉风沁人肌骨。这陵大概是开国时草创的规模，所以简朴得很；比起长陵，差得真太远了。然而简朴得好。

雨花台的石子，人人皆知；但现在怕也捡不着什么了。那地方毫无可看。记得刘后村的诗云："昔年讲师何处在，高台犹以'雨花'名。有时宝向泥寻得，一片山无草敢生。"我所感的至多也只如此。还有，前些年南京枪决囚人都在雨花台下，所以洋车夫遇见别的车夫和他争先时，常说，"忙什么！赶雨花台去！"这和从前北京车夫说"赶菜市口儿"一样。现在时移势异，这种话渐渐听不见了。

燕子矶在长江里看，一片绝壁，危亭翼然，的确惊心动魄。但到了上边，逼窄污秽，毫无可以盘桓之处。燕山十二洞，去过三个。只三台洞层层折折，由幽入明，别有匠心，可是也年久失修了。

南京的新名胜，不用说，首推中山陵。中山陵全用青白两色，以象征青天白日，与帝王陵寝用红墙黄瓦的不同。假如红墙黄瓦有富贵气，那青琉璃瓦的享堂，青琉璃瓦的碑亭却有名贵气。从陵门上享堂，白石台阶不知多少级，但爬得够累的；然而你远看，决想不到会有这么多的台阶儿。这是设计的妙处。德国波慈达姆无愁宫前的石阶，也同此妙。享堂进去也不小；可是远处看，简直小得可以，和那白石的飞阶不相称，一点儿压不住，仿佛高个儿戴着小尖帽。近处山角里一座阵亡将士纪念塔，粗粗的，矮矮的，正当着一个青青的小山峰，让两边儿的山紧紧抱着，静极，稳极。——谭墓没去过，听说颇有点丘壑。中央运动场也在中山陵近处，全仿外洋的样子。全国运动会时，也不知有多少照相与描写登在报上；现在是时髦的游泳的地方。

若要看旧书，可以上江苏省立图书馆去。这在汉西门龙蟠里，也是一个角落里。

这原是江南图书馆,以丁丙的善本书室藏书为底子;词曲的书特别多。此外中央大学图书馆近年来也颇有不少书。中央大学是个散步的好地方。宽大,干净,有树木;黄昏时去兜一个或大或小的圈儿,最有意思。后面有个梅庵,是那会写字的清道人的遗迹。这里只是随宜地用树枝搭成的小小的屋子。庵前有一株六朝松,但据说实在是六朝桧;桧阴遮住了小院子,真是不染一尘。

南京茶馆里干丝很为人所称道。但这些人必没有到过镇江,扬州,那儿的干丝比南京细得多,又从来不那么甜。我倒是觉得芝麻烧饼好,一种长圆的,刚出炉,既香,且酥,又白,大概各茶馆都有。咸板鸭才是南京的名产,要热吃,也是香得好;肉要肥要厚,才有咬嚼。但南京人都说盐水鸭更好,大约取其嫩,其鲜;那是冷吃的,我可不知怎样,老觉得不大得劲儿。

潭柘寺　戒坛寺

早就知道潭柘寺，戒坛寺。在商务印书馆的《北平指南》上，见过潭柘的铜图，小小的一块，模模糊糊的，看了一点没有想去的意思。后来不断地听人说起这两座庙；有时候说路上不平静，有时候说路上红叶好。说红叶好的劝我秋天去；但也有人劝我夏天去。有一回骑驴上八大处，赶驴的问逛过潭柘没有，我说没有。他说潭柘风景好，那儿满是老道，他去过，离八大处七八十里地，坐轿骑驴都成。我不大喜欢老道的装束，尤其是那满蓄着的长头发，看上去罗里罗唆，龌里龌龊的。更不想骑驴走七八十里地，因为我知道驴子与我都受不了。真打动我的倒是"潭柘寺"这个名字。不懂不是？就是不懂的妙。躲懒的人念成"潭拓寺"，那更莫名其妙了。这怕是中国文法的花样；要是来个欧化，说是"潭和柘的寺"，那就用不着咬嚼或吟味了。还有在一部诗话里看见近人咏戒台松的七古，诗腾挪夭矫，想来松也如此。所以去。但是在夏秋之前的春天，而且是早春；北平的早春是没有花的。

这才认真打听去过的人。有的说住潭柘好，有的说住戒坛好。有的人说路太难走，走到了筋疲力尽，再没兴致玩儿；有人说走路有意思。又有人说，去时坐了轿子，半路上前后两个轿夫吵起来，把轿子搁下，直说不抬了。于是心中暗自决定，不坐轿，也不走路；取中道，骑驴子。又按普通说法，总是潭柘寺在前，戒坛寺在后，想着戒坛寺一定远些；于是决定住潭柘，因为一天回不来，必得住。门头沟下车时，想着人多，怕雇不着许多驴，但是并不然——雇驴的时候，才知道戒坛去便宜一半，那就是说近一半。这时候自己忽然逗起能来，要走路。走吧。

这一段路可够瞧的。像是河床，怎么也挑不出没有石子的地方，脚底下老是绊来绊去的，教人心烦。又没有树木，甚至于没有一根草。这一带原有煤窑，拉煤的大车往来不绝，尘土里饱和着煤屑。变成黯淡的深灰色，教人看了透不出气来。走一点钟光景。自己觉得已经有点办不了，怕没有走到便筋疲力尽；幸而山上下来一条驴，如获至宝似地雇下，骑上去。这一天东风特别大。平常骑驴就不稳，风一大真是祸不单行。山上东西都有路，很窄，下面是斜坡；本来从西边走，驴夫看风势太猛,将驴拉上东路。就这么着,有一回还几乎让风将驴吹倒;若走西边,没有准儿会驴我同归哪。想起从前人画风雪骑驴图,极是雅事;大概那不是上潭柘寺去的。驴背上照例该有些诗意,但是我,下有驴子,上有帽子眼镜,都要照管;又有迎风下泪的毛病,常要掏手巾擦干。当其时真恨不得生出第三只手来才好。

　　东边山峰渐起,风是过不来了;可是驴也骑不得了,说是坎儿多。坎儿可真多。这时候精神倒好起来了:崎岖的路正可以练腰脚,处处要眼到心到脚到,不像平地上。人多更有点竞赛的心理,总想走最前头去,再则这儿的山势虽然说不上险,可是突兀,丑怪,巉刻的地方有的是。我们说这才有点儿山的意思;老像八大处那样,真教人气闷闷的。于是一直走到潭柘寺后门;这段坎儿路比风里走过的长一半,小驴毫无用处,驴夫说:"咳,这不过给您做个伴儿!"

　　墙外先看见竹子,且不想进去。又密,又粗,虽然不够绿。北平看竹子,真不易。又想到八大处了,大悲庵殿前那一溜儿,薄得可怜,细得也可怜,比起这儿,真是小巫见大巫了。进去过一道角门,门旁突然亭亭地矗立着两竿粗竹子,在墙上紧紧地挨着;要用批文章的成语,这两竿竹子足称得起"天外飞来之笔"。

　　正殿屋角上两座琉璃瓦的鸱吻,在台阶下看,值得徘徊一下。神话说殿基本是青龙潭,一夕风雨,顿成平地,涌出两鸱吻。只可惜现在的两座太新鲜,与神话的朦胧幽秘的境界不相称。但是还值得看,为的是大得好,在太阳里嫩黄得好,闪亮得好;那拴着的四条黄铜链子也映衬得好。寺里殿很多,层层折折高上去,走起来已经不平凡,每殿大小又不一样,塑像摆设也各出心裁。看完了,还觉得无穷无尽似的。正殿下延清阁是待客的地方,远处群山像屏障似的。屋子结构甚巧,穿来穿去,不知有多少间,好像一所大宅子。可惜尘封不扫,我们住不着。话说回来,这种屋子原也不是预备给我们这末多人挤着住的。寺门前一道深沟,上有石桥;那时没有水,若是现在去,倚在桥上听潺潺的水声,倒也可以忘我忘世。过桥四株马尾松,枝枝覆盖,叶叶交通,另成一个境界。西边小山上有个古观音洞。洞无可看,但上去时在山坡上看潭柘的侧面,宛如仇十洲的《仙山楼阁图》;往下看是陡峭的沟岸,越显得深深无极,潭柘简直有海上蓬莱的意味了。寺以泉水著名,到处有石槽引水长流,倒也涓涓可爱。只是流觞亭雅得那样俗,在石地上楞刻着蚯蚓般的槽;那样流觞,怕只有孩子们愿意干。现在兰亭的"流觞曲水"也和这儿的一鼻孔出气,不过规模大些。晚上因为带的铺盖薄,冻得睁着眼,却听了一夜的泉声;心里想要不冻着,这泉声够多清雅啊!寺里并无一个老道,但那几个和尚,满身铜臭,满眼势利,教人老不能忘记,倒也麻烦的。

　　第二天清早,二十多人满雇了牲口,向戒坛而去,颇有浩浩荡荡之势。我的是一匹骡子，据说稳得多。这是第一回，高高兴兴骑上去。这一路要翻罗喉岭。只是土山，可是道儿窄，又曲折；虽不高，老那么凸凸凹凹的。许多处只容得一匹牲口过去。平心说，是险点儿。想起古来用兵，从间道袭敌人，许也是这种光景吧。

  戒坛在半山上，山门是向东的。一进去就觉得平旷；南面只有一道低低的砖栏，下边是一片平原，平原尽处才是山，与众山屏蔽的潭柘气象便不同。进二门，更觉得空阔疏朗，仰看正殿前的平台，仿佛汪洋千顷。这平台东西很长，是戒坛最胜处，眼界最宽，教人想起"振衣千仞冈"的诗句。三株名松都在这里。"卧龙松"与"抱塔松"同是偃仆的姿势，身躯奇伟，鳞甲苍然，有飞动之意。"九龙松"老干槎桠，如张牙舞爪一般。若在月光底下，森森然的松影当更有可看。此地最宜低徊流连，不是匆匆一览所可领略。潭柘以层折胜，戒坛以开朗胜；但潭柘似乎更幽静些。戒坛的和尚，春风满面，却远胜于潭柘的；我们之中颇有悔不该住潭柘的。戒坛后山上也有个观音洞。洞宽大而深，大家点了火把嚷嚷闹闹地下去；半里光景的洞满是油烟，满是声音。洞里有石虎，石龟，上天梯，海眼等等，无非是凑凑人的热闹而已。

  还是骑骡子。回到长辛店的时候，两条腿几乎不是我的了。

欧游杂记

序

　　这本小书是二十一年五月六月的游踪。这两个月走了五国，十二个地方。巴黎待了三礼拜，柏林两礼拜，别处没有待过三天以上；不用说都只是走马看花罢了。其中佛罗伦司，罗马两处，因为赶船，慌慌张张，多半坐在美国运通公司的大汽车里看的。大汽车转弯抹角，绕得你昏头昏脑，辨不出方向；虽然晚上可以回旅馆细细查看地图，但已经隔了一层，不像自己慢慢摸索或跟着朋友们走那么亲切有味了。滂卑故城也是匆忙里让一个俗透了的引导人领着胡乱走了一下午。巴黎看得比较细，一来日子多，二来朋友多；但是卢佛宫去了三回，还只看了一犄角。在外国游览，最运气有熟朋友乐意陪着你；不然，带着一张适用的地图一本适用的指南，不计较时日，也不难找到些古迹名胜。而这样费了一番气力，走过的地方便不会忘记，也不会张冠李戴——若能到一国说一国的话，那自然更好。

　　自己只能听英国话，一到大陆上，便不行了。在巴黎的时候，朋友来信开玩笑，说我"目游巴黎"；其实这儿所记的五国都只算是"目游"罢了。加上日子短，平时对于欧洲的情形又不熟习，实在不配说话。而居然还写出这本小书者，起初是回国时船中无事，聊以消磨时光，后来却只是"一不做，二不休"而已。所说的不外美术风景古迹，因为只有这些才能"目游"也。游览时离不了指南，记述时还是离不了；书中历史事迹以及尺寸道里都从指南钞出。用的并不是大大有名的裴歹克指南，走马看花是用不着那么好的书的。我所依靠的不过克罗凯（Crockett）夫妇合著的《袖珍欧洲指南》，瓦德洛克书铺（Ward, Lock & Co.）的《巴黎指南》，德莱司登的官印指南三种。此外在记述时也用了雷那西的美术史（Reinach : Apollo）和何姆司的《艺术轨范》（C. J. Holmes : A Grammar of the Arts）做参考。但自己对于欧洲美术风景古迹既然外行，无论怎样谨慎，陋见谬见，怕是难免的。

本书绝无胜义，却也不算指南的译本；用意是在写些游记给中学生看。在中学教过五年书，这便算是小小的礼物吧。书中各篇以记述景物为主，极少说到自己的地方。这是有意避免的：一则自己外行，何必放言高论；二则这个时代，"身边琐事"说来到底无谓。但这么着又怕干枯板滞——只好由它去吧。记述时可也费了一些心在文字上：觉得"是"字句，"有"字句，"在"字句安排最难。显示景物间的关系，短不了这三样句法；可是老用这一套，谁耐烦！再说这三种句子都显示静态，也够沉闷的。于是想方法省略那三个讨厌的字，例如"楼上正中一间大会议厅"，可以说"楼上正中是——"，"楼上有——"，"——在楼的正中"，但我用第一句，盼望给读者整个的印象，或者说更具体的印象。再有，不从景物自身而从游人说，例如"天尽头处偶尔看见一架半架风车"。若能将静的变为动的，那当然更乐意，例如"他的左胳膊底下钻出一个孩子"（画中人物）。不过这些也无非雕虫小技罢了。书中用华里英尺，当时为的英里合华里容易，英尺合华尺麻烦些；而英里合华里数目大，便更见其远，英尺合华尺数目小，怕不见其高，也是一个原因。这种不一致，也许没有多少道理，但也由它去吧。

　　书中取材，概未注明出处；因为不是高文典册，无需乎小题大做耳。

　　出国之初给叶圣陶兄的两封信，记述哈尔滨与西伯利亚的情形的，也附在这里。

　　让我谢谢国立清华大学，不靠她，我不能上欧洲去。谢谢李健吾，吴达元，汪梧封，秦善鋆四位先生；没有他们指引，巴黎定看不好，而本书最占篇幅的巴黎游记也定写不出。谢谢叶圣陶兄，他老是鼓励我写下去，现在又辛苦地给校大样。谢谢开明书店，他们愿意给我印这本插了许多图的小书。

1934年4月，北平清华园。

威尼斯

威尼斯（Venice）是一个别致地方。出了火车站，你立刻便会觉得；这里没有汽车，要到那儿，不是搭小火轮，便是雇"刚朵拉"（Gondola）。大运河穿过威尼斯像反写的S；这就是大街。另有小河道四百十八条，这些就是小胡同。轮船像公共汽车，在大街上走；"刚朵拉"是一种摇橹的小船，威尼斯所特有，它那儿都去。威尼斯并非没有桥；三百七十八座，有的是。只要不怕转弯抹角，那儿都走得到，用不着下河去。可是轮船中人还是很多，"刚朵拉"的买卖也似乎并不坏。

威尼斯是"海中的城"，在意大利半岛的东北角上，是一群小岛，外面一道沙堤隔开亚得利亚海。在圣马克方场的钟楼上看，团花簇锦似的东一块西一块在绿波里荡漾着。远处是水天相接，一片茫茫。这里没有什么煤烟，天空干干净净；在温和的日光中，一切都像透明的。中国人到此，仿佛在江南的水乡；夏初从欧洲北部来的，在这儿还可看见清清楚楚的春天的背影。海水那么绿，那么酽，会带你到梦中去。

威尼斯不单是明媚，在圣马克方场走走就知道。这个方场南面临着一道运河；场中偏东南便是那可以望远的钟楼。威尼斯最热闹的地方是这儿，最华妙庄严的地方也是这儿。除了西边，围着的都是三百年以上的建筑，东边居中是圣马克堂，却有了八九百年——钟楼便在它的右首。再向右是"新衙门"；教堂左首是"老衙门"。这两溜儿楼房的下一层，现在满开了铺子。铺子前面是长廊，一天到晚是来来去去的人。紧接着教堂，直伸向运河去的是公爷府；这个一半属于小方场，另一半便属于运河了。

圣马克堂是方场的主人，建筑在十一世纪，原是卑赞廷式，以直线为主。十四世纪加上戈昔式的装饰，如尖拱门等；十七世纪又参入文艺复兴期的装饰，如阑干等。所以庄严华妙，兼而有之；这正是威尼斯人的漂亮劲儿。教堂里屋顶与墙壁上满是碎玻璃嵌成的画,大概是真金色的地,蓝色或红色的圣灵像。这些像做得非常肃穆。教堂的地是用大理石铺的,颜色花样种种不同。在那种空阔阴暗的氛围中,你觉得伟丽,也觉得森严。教堂左右那两溜儿楼房,式样各别,并不对称;钟楼高三百二十二英尺,也偏在一边儿。但这两溜房子都是三层,都有许多拱门,恰与教堂的门面与圆顶相称;又都是白石造成,越衬出教堂的金碧辉煌来。教堂右边是向运河去的路,是一个小方场,本来显得空阔些,钟楼恰好填了这个空子。好像我们戏里大将出场,后面一杆旗子总是偏着取势;这方场中的建筑,节奏其实是和谐不过的。十八世纪意大利卡那来陀(Canaletto)一派画家专画威尼斯的建筑,取材于这方场的很多。德国德莱司敦画院中有几张,真好。

公爷府里有好些名人的壁画和屋顶画,丁陶来陀(Tintoretto,十六世纪)的大画《乐园》最著名;但更重要的是它建筑的价值。运河上有了这所房子,增加了不少颜色。这全然是戈昔式;动工在九世纪初,以后屡次遭火,屡次重修,现在的据说还是原来的式样。最好看的是它的西南两面;西面斜对着圣马克方场,南面正在运河上。在运河里看,真像在画中。它也是三层:下两层是尖拱门,一眼看去,无数的柱子。最下层的拱门简单疏阔,是载重的样子;上一层便繁密得多,为装饰之用;最上层却更简单,一根柱子没有,除了疏疏落落的窗和门之外,都是整块的墙面。墙面上用白的与玫瑰红的大理石砌成素朴的方纹,在日光里鲜明得像少女一般。威尼斯人真不愧著色的能手。这所房子从运河中看,好像在水里。下两层是玲珑的架子,上一层才是屋子;这是很巧的结构,加上那艳而雅的颜色,令人有惝恍迷离之感。府后有太息桥;从前一边是监狱,一边是法院,狱囚提讯须过这里,所以得名。拜伦诗中曾咏此,因而便脍炙人口起来,其实也只是近世的东西。

威尼斯的夜曲是很著名的。夜曲本是一种抒情的曲子,夜晚在人家窗下随便唱。可是运河里也有:晚上在圣马克方场的河边上,看见河中有红绿的纸球灯,便是唱夜曲的船。雇了"刚朵拉"摇过去,靠着那个船停下,船在水中间,两边挨次排着"刚朵拉",在微波里荡着,像是两只翅膀。唱曲的有男有女,围着一张桌子坐,轮到了便站起来唱,旁边有音乐和着。曲词自然是意大利语,意大利的语音据说最纯粹,最清朗。听起来似乎的确斩截些,女人的尤其如此——意大利的歌女是出名的。音乐节奏繁密,声情热烈,想来是最流行的"爵士乐"。在微微摇摆的红绿灯球底下,颤着醇醇的歌喉,运河上一片朦胧的夜也似乎透出玫瑰红的样子。唱完几曲之后,船上有人跨过来,反拿着帽子收钱,多少随意。不愿意听了,还可摇到第二处去。这个略略像当年的秦淮河的光景,但秦淮河却热闹得多。

从圣马克方场向西北去，有两个教堂在艺术上是很重要的。一个是圣罗珂堂，旁边有一所屋子，墙上屋顶上满是画；楼上下大小三间屋，共六十二幅画，是丁陶来陀的手笔。屋里暗极，只有早晨看得清楚。丁陶来陀作画时，因地制宜，大部分只粗粗钩勒，利用阴影，教人看了觉得是几经琢磨似的。《十字架》一幅在楼上小屋内，力量最雄厚。佛拉利堂在圣罗珂近旁，有大画家铁沁（Titian，十六世纪）和近代雕刻家卡奴洼（Canova）的纪念碑。卡奴洼的，灵巧，是自己打的样子；铁沁的，宏壮，是十九世纪中叶才完成的。他的《圣处女升天图》挂在神坛后面，那朱红与亮蓝两种颜色鲜明极了，全幅气韵流动，如风行水上。倍里尼（Giovanni Bellini，十五世纪）的《圣母像》，也是他的精品。他们都还有别的画在这个教堂里。

从圣马克方场沿河直向东去，有一处公园；从一八九五年起，每两年在此地开国际艺术展览会一次。今年是第十八届；加入展览的有意，荷，比，西，丹，法，英，奥，苏俄，美，匈，瑞士，波兰等十三国，意大利的东西自然最多，种类繁极了；未来派立体派的图画雕刻，都可见到，还有别的许多新奇的作品，说不出路数。颜色大概鲜明，教人眼睛发亮；建筑也是新式，简截不罗唆，痛快之至。苏俄的作品不多，大概是工农生活的表现，兼有沉毅和高兴的调子。他们也用鲜明的颜色，但显然没有很费心思在艺术上，作风老老实实，并不向牛犄角里寻找新奇的玩意儿。

威尼斯的玻璃器皿，刻花皮件，都是名产，以典丽风华胜，缂丝也不错。大理石小雕像，是著名大品的缩本，出于名手的还有味。

佛罗伦司[1]

　　佛罗伦司（Florence）最教你忘不掉的是那色调鲜明的大教堂与在它一旁的那高耸入云的钟楼。教堂靠近闹市，在狭窄的旧街道与繁密的市房中，展开它那伟大的个儿，好像一座山似的。它的门墙全用大理石砌成，黑的红的白的线条相间着。长方形是基本图案，所以直线虽多，而不觉严肃，也不觉浪漫；白天里绕着教堂走，仰着头看，正像看达文齐的《摩那丽沙》（Mona Lisa）像，她在你上头，可也在你里头。这不独是线形温和平静的缘故，那三色的大理石，带着它们的光泽，互相显映，也给你鲜明稳定的感觉；加上那朴素而黯淡的周围，衬托着这富丽堂皇的建筑，像给它打了很牢固的基础一般。夜晚就不同些；在模糊的街灯光里，这庞然的影子便有些压迫着你了。教堂动工在十三世纪，但门墙只是十九世纪的东西；完成在一八八四年，算到现在才四十九年。教堂里非常简单，与门墙决不相同，只穹隆顶宏大而已。

　　钟楼在教堂的右首，高二百九十二英尺，是乔陀（Giotto，十四世纪）的杰作。乔陀是意大利艺术的开山祖师；从这座钟楼可以看出他的大匠手。这也用颜色大理石砌成墙面；宽度与高度正合式，玲珑而不显单薄。墙面共分七层：下四层很短，是打根基的样子，最上层最长，以助上耸之势。窗户越高越少越大，最上层只有一个；在长方形中有金字塔形的妙用。教堂对面是受洗所，以吉拜地（Ghiberti）做的铜门著名。有两扇最工，上刻《圣经》故事图十方，分远近如画法，但未免太工些；门上并有作者的肖像。密凯安杰罗（十六世纪）说过这两扇门真配做天上乐园的门，传为佳话。

　　教堂内容富丽的，要推送子堂，以《送子图》得名。门外廊子里有沙陀（Sarto，十六世纪）的壁画，他自己和他太太都在画中；画家以自己或太太作模特儿是常

---

[1]今译名佛罗伦萨。——编者注

见的。教堂里屋顶以金漆花纹界成长方格子,灿烂之极。门内左边有一神龛,明灯照耀,香花供养,墙上便是《送子图》。画的是天使送耶稣给处女玛利亚,相传是天使的手笔。平常遮着不让我们俗眼看;每年只复活节的礼拜五揭开一次。这是塔斯干省最尊的神龛了。

梅迭契(Medici)家庙也以富丽胜,但与别处全然不同。梅迭契家是中古时大公爵,治佛罗伦司多年。那时佛罗伦司非常富庶,他们家穷极奢华;佛罗伦司艺术的兴盛,一半便由于他们的爱好。这个家庙是历代大公爵家族的葬所。房屋是八角形,有穹隆顶;分两层,下层是坟墓,上层是雕像与纪念碑等。上层墙壁,全用各色上好大理石作面子,中间更用宝石嵌成花纹,地也用大理石嵌花铺成;屋顶是名人的画。光彩焕发,五色纷纶;嵌工最精细,平滑如天然。佛罗伦司嵌石是与威尼斯嵌玻璃齐名的,梅迭契家造这个庙,用过二千万元,但至今并未完成;雕像座还空着一大半,地也没有全铺好。旁有新庙,是密凯安杰罗所建,朴质无华;中有雕像四座,叫做《昼》《夜》《晨》《昏》,是纪念碑的装饰,也出于密凯安杰罗的手,颇有名。

十字堂是"佛罗伦司的西寺","塔斯干的国葬院";前面是但丁的造像。密凯安杰罗与科学家格里雷的墓都在这里,但丁也有一座纪念碑;此外名人的墓还很多。佛罗伦司与但丁有关系的遗迹,除这所教堂外,在送子堂附近是他的住宅;是一所老老实实的小砖房,带一座方楼,据说那时阔人家都有这种方楼的。他与他的情人佩特拉齐相遇,传说是在一座桥旁;这个情景常见于图画中。这座有趣的桥,照画看便是阿奴河上的三一桥;桥两头各有雕像两座,风光确是不坏。佩特拉齐的住宅离但丁的也不远;她葬在一个小教堂里,就在住宅对面小胡同内。这个教堂双扉紧闭,破旧得可以,据说是终年不常开的。但丁与佩特拉齐的屋子,现在都已作别用,不能进去,只墙上钉些纪念的木牌而已。佩特拉齐住宅墙上有一块木牌,专抄但丁的诗两行,说他遇见了一个美人,却有些意思。还有一所教堂,据说原是但丁写《神曲》的地方;但书上没有,也许是"齐东野人"之语罢。密凯安杰罗住过的屋子在十字堂近旁,是他侄儿的住宅。现在是一所小博物院,其中两间屋子陈列着密凯安杰罗塑的小品,有些是名作的雏形,都奕奕有神采。在这一层上,他似乎比但丁还有幸些。

佛罗伦司著名的方场叫做官方场,据说也是历史的和商业的中心,比威尼斯的圣马克方场黯淡冷落得多。东边未周府,原是共和时代的议会,现在是市政府。要看中古时佛罗伦司的堡子,这便是个样子,建筑仿佛铜墙铁壁似的。门前有密凯安杰罗《大卫》(David)像的翻本(原件存本地国家美术院中)。府西是著名的喷泉,雕像颇多;中间亚波罗驾四马,据说是一块大理石凿成。但死板板的没有活气,与旁边有血有肉的《大卫》像一比,便看出来了。密凯安杰罗说这座像白费大理石,也许不错。府东是朗齐亭,原是人民会集的地方,里面有许多好的古雕像;其中一座像有两个面孔,后一个是作者自己。

方场东边便是乌费齐画院(Uffizi Gallery)。这画院是梅迭契家立的,收藏十四世纪到十六世纪的意大利画最多;意大利画的精华荟萃于此,比那儿都好。乔陀,波铁乞利(Botticelli,十五世纪),达文齐(十五世纪),拉飞尔(十六世纪),密凯安杰罗,铁沁的作品,这儿都有;波铁乞利和铁沁的最多。乔陀,波铁乞利,达文齐都是佛罗伦司派,重形线与构图;拉飞尔曾到佛罗伦司,也受了些影响。铁沁是威尼斯派,重著色。这两个潮流是西洋画的大别。波铁乞利的作品如《勃里马未拉的寓言》,《爱神的出生》等似乎最能代表前一派;达文齐的《送子图》,构图也极巧妙。铁沁的《佛罗拉像》和《爱神》,可以看出丰富的颜色与柔和的节奏。另有《蓝色圣母像》,沙琐费拉陀(Sossoferrato,十七世纪)所作,后来临摹的很多;《小说月报》曾印作插画。古雕像以《梅迭契爱神》,《摔跤》为最:前者情韵欲流,后者精力饱满,都是神品。隔阿奴河有辟第(Pitti)画院,有长廊与乌费齐相通;这条长廊架在一座桥的顶上,里面挂着许多画像。辟第画院是辟第(Luca Pitti)立的。他和梅迭契是死冤家。可是后来扩充这个画院的还是梅迭契家。收藏的名画有拉飞尔的两幅《圣母像》,《福那利那像》与铁沁的《马达来那像》等。福那利那是拉飞尔的未婚妻,是他许多名作的模特儿。铁沁此幅和《佛罗拉像》作风相近,但金发飘拂,节奏更要生动些。

两个画院中常看见女人坐在小桌旁用描花笔蘸着粉临摹小画像,这种小画像是将名画临摹在一块长方的或椭圆的小纸上,装在小玻璃框里,作案头清供之用。因为地方太小,只能临摹半身像。这也是西方一种特别的艺术,颇有些历史。看画院的人走过那些小桌子旁,她们往往请你看她们的作品;递给你扩大镜让你看出那是一笔不苟的。每件大约二十元上下。她们特别拉住些太太们,也许太太们更能赏识她们的耐心些。

十字堂邻近,许多做嵌石的铺子。黑地嵌石的图案或带图案味的花卉人物等都好;好在颜色与光泽彼此衬托,恰到佳处。有几块小丑像,趣极了。但临摹风景或图画的却没有什么好。无论怎么逼真,总还隔着一层;嵌石决不能如作画那么灵便的。再说就使做得和画一般,也只是因难见巧,没有一点新东西在内。威尼斯嵌玻璃却不一样。他们用玻璃小方块嵌成风景图;这些玻璃块相似而不尽相同,它们所构成的不是一个简单的平面,而是许多颜色的点儿。你看时会觉得每一点都触着你,它们间的光影也极容易跟着你的角度变化;至少这"触着你"一层,画是办不到的。不过佛罗伦司所用大理石,色泽胜于玻璃多多;威尼斯人虽会著色,究竟还赶不上。

罗马

　　罗马（Rome）是历史上大帝国的都城，想像起来，总是气象万千似的。现在它的光荣虽然早过去了，但是从七零八落的废墟里，后人还可仿佛于百一。这些废墟，旧有的加上新发掘的，几乎随处可见，像特意点缀这座古城的一般。这边几根石柱子，那边几段破墙，带着当年的尘土，寂寞地陷在大坑里；虽然是夏天中午的太阳，照上去也黯黯淡淡，没有多少劲儿。就中罗马市场（Forum Romanum）规模最大。这里是古罗马城的中心，有法庭，神庙，与住宅的残迹。卡司多和波鲁斯庙的三根哥林斯式的柱子，顶上还有片石相连着；在全场中最为秀拔，像三个丰姿飘洒的少年用手横遮着额角，正在眺望这一片古市场。想当年这里终日挤挤闹闹的也不知有多少人，各有各的心思，各有各的手法；现在只剩三两起游客指手画脚地在死一般的寂静里。犄角上有一所住宅，情形还好；一面是三间住屋，有壁画，已模糊了，地是嵌石铺成的；旁厢是饭厅，壁画极讲究，画的都是正大的题目，他们是很看重饭厅的。市场上面便是巴拉丁山，是饱历兴衰的地方。最早是一个村落，只有些茅草屋子；罗马共和末期，一姓贵族聚居在这里；帝国时代，更是繁华。游人走上山去，两旁宏壮的住屋还留下完整的黄土坯子，可以见出当时阔人家的气局。屋顶一片平场，原是许多花园，总名法内塞园子，也是四百年前的旧迹；现在点缀些花木，一角上还有一座小喷泉。在这园子里看脚底下的古市场，全景都在望中了。

　　市场东边是斗狮场，还可以看见大概的规模；在许多宏壮的废墟里，这个算是情形最好的。外墙是一个大圆圈儿，分四层，要仰起头才能看到顶上。下三层都是一色的圆拱门和柱子，上一层只有小长方窗户和楞子，这种单纯的对照教人觉得这座建筑是整整的一块，好像直上云霄的松柏，老干亭亭，没有一些繁枝细节。里面中间原是大平场；中古时在这儿筑起堡垒，现在满是一道道颓毁的墙基，倒成了四不像。这场子便是斗狮场；环绕着的是观众的坐位。下两层是包厢，皇帝与外宾的在最下层，上层是贵族的；第三层公务员坐；最上层平民坐；共可容四五万人。狮子洞还在下一层，有口直通场中。斗狮是一种刑罚，也可以说是一种裁判：罪囚放在狮子面前，让狮子去搏他；他若居然制死了狮子，便是直道在他一边，他就可自由了。但自然是让狮子吃掉的多；这些人大约就算活该。想到临场的罪囚和他亲族的悲哀与恐怖，他的仇人的痛快，皇帝的威风，与一般观众好奇的紧张的面目，真好比一场恶梦。这个场子建筑在一世纪，原是戏园子，后来才改作斗狮之用。

斗狮场南面不远是卡拉卡拉浴场。古罗马人颇讲究洗澡，浴场都造得好，这一所更其华丽。全场用大理石砌成，用嵌石铺地；有壁画，有雕像，用具也不寻常。房子高大，分两层，都用圆拱门，走进去觉得稳稳的；里面金碧辉煌，与壁画雕像相得益彰。居中是大健身房，有喷泉两座。场子占地六英亩，可容一千六百人洗浴。洗浴分冷热水蒸汽三种，各占一所屋子。古罗马人上浴场来，不单是为洗澡；他们可以在这儿商量买卖，和解讼事等等，正和我们上茶店上饭店一般作用。这儿还有好些游艺，他们公余或倦后来洗一个澡，找几个朋友到游艺室去消遣一回，要不然，到客厅去谈谈话，都是很"写意"的。现在却只剩下一大堆遗迹。大理石本来还有不少，早给搬去造圣彼得等教堂去了；零星的物件陈列在博物院里。我们所看见的只是些巍巍峨峨参参差差的黄土骨子，站在太阳里，还有学者们精心研究出来的《卡拉卡拉浴场图》的照片，都只是所谓过屠门大嚼而已。

罗马从中古以来便以教堂著名。康南海《罗马游纪》中引杜牧的诗"南朝四百八十寺，多少楼台烟雨中"，光景大约有些相像的；只可惜初夏去的人无从领略那烟雨罢了。圣彼得堂最精妙，在城北尼罗圆场的旧址上。尼罗在此地杀了许多基督教徒。据说圣彼得上十字架后也便葬在这里。这教堂几经兴废，现在的房屋是十六世纪初年动工，经了许多建筑师的手。密凯安杰罗七十二岁时，受保罗第三的命，在这儿工作了十七年。后人以为天使保罗第三假手于这一个大艺术家，给这座大建筑定下了规模；以后虽有增改，但大体总是依着他的。教堂内部参照卡拉卡拉浴场的式样，许多高大的圆拱门稳稳地支着那座穹隆顶。教堂长六百九十六英尺，宽四百五十英尺，穹隆顶高四百零三英尺，可是乍看不觉得是这么大。因为平常看屋子大小，总以屋内饰物等为标准，饰物等的尺寸无形中是有谱子的。圣彼得堂里的却大得离了谱子，"天使像巨人，鸽子像老鹰"；所以教堂真正的大小，一下倒不容易看出了。但是你若看里面走动着的人，便渐渐觉得不同。教堂用彩色大理石砌墙，加上好些嵌石的大幅的名画，大都是亮蓝与朱红二色；鲜明丰丽，不像普通教堂一味阴沉沉的。密凯安杰罗雕的彼得像，温和光洁，别具一格，在教堂的犄角上。

圣彼得堂两边的列柱回廊像两只胳膊拥抱着圣彼得圆场；留下一个口子，却又像个玦。场中央是一座埃及的纪功方尖柱，左右各有大喷泉。那两道回廊是十七世纪时亚历山大第三所造，成于倍里尼（Pernini）之手。廊子里有四排多力克式石柱，共二百八十四根；顶上前后都有阑干，前面阑干上并有许多小雕像。场左右地上有两块圆石头，站在上面看同一边的廊子，觉得只有一排柱子，气魄更雄伟了。这个圆场外有一道弯弯的白石线，便是梵蒂冈与意大利的分界。教皇每年复活节站在圣彼得堂的露台上为人民祝福，这个场子内外据说是拥挤不堪的。

圣保罗堂在南城外，相传是圣保罗葬地的遗址，也是柱子好。门前一个方院子，四面廊子里都是些整块石头凿出来的大柱子，比圣彼得的两道廊子却质朴得多。教堂里面也简单空廓，没有什么东西。但中间那八十根花岗石的柱子，和尽头处那六根蜡石的柱子，纵横地排着，看上去仿佛到了人迹罕至的远古的森林里。柱子上头墙上，周围安着嵌石的历代教皇像，一律圆框子。教堂旁边另有一个小柱廊，是十二世纪造的。这座廊子围着一所方院子，在低低的墙基上排着两层各色各样的细柱子——有些还嵌着金色玻璃块儿。这座廊子精工可以说像湘绣，秀美却又像王羲之的书法。

在城中心的威尼斯方场上巍然蹯踞着的，是也马奴儿第二的纪功廊。这是近代意大利的建筑，不缺少力量。一道弯弯的长廊，在高大的石基上。前面三层石级：第一层在中间，第二三层分开左右两道，通到廊子两头。这座廊子左右上下都匀称，中间又有那一弯，便兼有动静之美了。从廊前列柱间看到暮色中的罗马全城，觉得幽远无穷。

罗马艺术的宝藏自然在梵蒂冈宫；卡辟多林博物院中也有一些，但比起梵蒂冈来就太少了。梵蒂冈有好几个雕刻院，收藏约有四千件，著名的《拉奥孔》（Laocon）便在这里。画院藏画五十幅，都是精品，拉飞尔的《基督现身图》是其中之一，现在却因修理关着。梵蒂冈的壁画极精彩，多是拉飞尔和他门徒的手笔，为别处所不及。有四间拉飞尔室和一些廊子，里面满是他们的东西。拉飞尔由此得名。他是乌尔比奴人，父亲是诗人兼画家。他到罗马后，极为人所爱重，大家都要教他画；他忙不过来，只好收些门徒作助手。他的特长在画人体。这是实在的人，肢体圆满而结实，有肉有骨头。这自然受了些佛罗伦司派的影响，但大半还是他的天才。他对于气韵，远近，大小与颜色也都有敏锐的感觉，所以成为大家。他在罗马住的屋子还在，坟在国葬院里。歇司丁堂与拉飞尔室齐名，也在宫内。这个神堂是十五世纪时歇司土司第四造的,长一百三十三英尺,宽四十五英尺。两旁墙的上部,都由佛罗伦司派画家装饰,有波铁乞利在内。屋顶的画满都是密凯安杰罗的,歇司丁堂著名在此。密凯安杰罗是佛罗伦司派的极峰。他不多作画,一生精华都在这里。他画这屋顶时候,以深沉肃穆的心情渗入画中。他的构图里气韵流动着,形体的勾勒也自然灵妙,还有那雄伟出尘的风度,都是他独具的好处。堂中祭坛的墙上也是他的大画,叫做《最后的审判》。这幅壁画是以后多年画的,费了他七年工夫。

罗马城外有好几处隧道,是一世纪到五世纪时候基督教徒挖下来做墓穴的,但也用作敬神的地方。尼罗搜杀基督教徒,他们往往避难于此。最值得看的是圣卡里斯多隧道。那儿还有一种热诚花,十二瓣,据说是代表十二使徒的。我们看的是圣赛巴司提亚堂底下的那一处,大家点了小蜡烛下去。曲曲折折的狭路,两旁是大大小小深深浅浅的墓穴;现在自然是空的,可是有时还看见些零星的白骨。有一处据说圣彼得住过,成了龛堂,壁上画得很好。别处也还有些壁画的残迹。这个隧道似乎有四层,占的地方也不小。圣赛巴司提亚堂里保存着一块石头,上有大脚印两个;他们说是耶稣基督的,现在供养在神龛里。另一个教堂也供着这么一块石头,据说是仿本。

缧绁堂建于第五世纪,专为供养拴过圣彼得的一条铁链子。现在这条链子还好好的在一个精美的龛子里。堂中周理乌司第二纪念碑上有密凯安杰罗雕的几座像;摩西像尤为著名。那种原始的坚定的精神和勇猛的力量从眉目上,胡须上,胳膊上,手上,腿上,处处透露出来,教你觉得见着了一个伟大的人。又有个阿拉古里堂,中有圣婴像。这个圣婴自然便是耶稣基督;是十五世纪耶路撒冷一个教徒用橄榄木雕的。他带它到罗马,供养在这个堂里。四方来许愿的很多,据说非常灵验;它身上密层层地挂着许多金银饰器都是人家还愿的。还有好些信写给它,表示敬慕的意思。

罗马城西南角上,挨着古城墙,是英国坟场或叫做新教坟场。这里边葬的大都是艺术家与诗人,所以来参谒来凭吊的意大利人和别国的人终日不绝。就中最有名的自然是十九世纪英国浪漫诗人雪莱与济慈的墓。雪莱的心葬在英国,他的遗灰在这儿。墓在古城墙下斜坡上,盖有一块长方的白石;第一行刻着"心中心",下面两行是生卒年月,再下三行是莎士比亚《风暴》中的仙歌。

　　彼无毫毛损,

　　海涛变化之,

从此更神奇。

好在恰恰关合雪莱的死和他的为人。济兹墓相去不远,有墓碑,上面刻着道:

> 这座坟里是
> 英国一位少年诗人的遗体;
> 他临死时候,
> 想着他仇人们的恶势力,
> 痛心极了,叫将下面这一句话
> 刻在他的墓碑上:
> "这儿躺着一个人,
> 他的名字是用水写的。"

末一行是速朽的意思;但他的名字正所谓"不废江河万古流",又岂是当时人所料得到的。后来有人别作新解,根据这一行话做了一首诗,连济兹的小像一块儿刻铜嵌在他墓旁墙上。这首诗的原文是很有风趣的。

> 济兹名字好,
> 说是水写成;
> 一点一滴水,
> 后人的泪痕——
> 英雄枯万骨,
> 难如此感人。
> 安睡吧,
> 陈词虽挂漏,
> 高风自峥嵘。

这座坟场是罗马富有诗意的一角;有些爱罗马的人虽不死在意大利,也会遗嘱葬在这座"永远的城"的永远的一角里。

滂卑故城

　　滂卑（Pompei）故城在奈波里之南，意大利半岛的西南角上。维苏威火山在它的正东，像一座围屏。纪元七十九年，维苏威初次喷火。喷出的熔岩倒没有什么；可是那崩裂的灰土，山一般压下来，到底将一座繁华的滂卑城活活地埋在底下，不透一丝风儿。那时是半夜里。好在大多数人瞧着兆头不妙，早卷了细软走了；剩下的并不多，想来是些穷小子和傻瓜罢。城是埋下去了，年岁一久，谁也忘记了。只存下当时一个叫小勃里尼的人的两封信，里面叙述滂卑陷落的情形；但没有人能指出这座故城的遗址来。直到一七四八年大剧场与别的几座房子出土，才有了头绪；系统的发掘却迟到一八六〇年。到现在这座城大半都出来了；工作还继续着。

　　滂卑的文化很高，从道路、建筑、壁画、雕刻、器皿等都可看出。后三样大部分陈列在奈波里国家博物院中；去滂卑的人最好先到那里看看。但是这种文化大体从希腊输入，罗马人自己的极少。当时罗马的将领打过了好些个胜仗，闲着没事，便风雅起来，搜罗希腊的美术品，装饰自己的屋子。这些东西有的是打仗时抢来的，有的是买的。古语说得好："上有好者，下必有甚焉者；"这种美术的嗜好渐渐成了风气。那时罗马人有的是钱；希腊人却穷了，乐得有这班好主顾。"物聚于所好"，滂卑还只是第三等的城市，大户人家陈设的美术品已经像一所不寒尘的博物院，别的大城可想而知。

　　滂卑沿海，当时与希腊交通，也是个商业的城市，人民是很富裕的。他们的生活非常奢靡，正合"饱暖思淫欲"一句话。滂卑的淫风似乎甚盛。他们崇拜男根，相信可以给人好运气，倒不像后世人作不净想。街上走，常见墙上横安着黑的男根；器具也常以此为饰。有一所大住宅，是两个姓魏提的单身男子住的，保存得最好；里面一间小屋子，墙上满是春画，据说他们常从外面叫了女人到这里。院子里本有一座喷泉，泉水以小石像的男根为出口；这座像现在也藏在那间小屋中。廊下还有一幅壁画，画着一架天秤；左盘里是钱袋，一个人以他的男根放在右盘中，左盘便高起来了。可见滂卑人所重在彼而不在此。另有妓院一所，入门中间是穿堂，两边有小屋五间，每间有一张土床，床以外隙地便不多。穿堂墙上是春画；小屋内墙上间或刻着人名，据说这是游客的题名保荐，让他的朋友们看了，也选他的相好。

从来酒色连文，滂卑人在酒上也是极放纵的。只看到处是酒店，人家里多有藏酒的地窖子便知道了。滂卑的酒店有些像杭州绍兴一带的，酒垆与柜台都在门口，里面没有多少地方；来者大约都是喝"柜台酒"的。现在还可以见许多残破的酒垆和大大小小的酒瓮；人家地窖里堆着的酒瓮也不少。这些酒瓮是黄土做的，长颈细腹尖底，样子灵巧，可是放不稳，不知当时如何安置。

上面说起魏提的住宅，是很讲究的。宅子高大，屋子也多；一所空阔的院子，周围是深深的走廊。廊下悬着石雕的面具；院中也放着许多雕像，中间是喷泉和鱼池。屋后还有花园。滂卑中上人家大概都有喷泉，鱼池与花园，大小称家之有无；喷泉与鱼池往往是分开的。水从山上用铅管引下来，办理得似乎不坏。魏提家的壁画颇多，墙壁用红色，粉刷得光润无比，和大理石差不多。画也精工美妙。饭厅里画着些各行手艺，仿佛宋人《懋迁图》的味儿。但做手艺的都是带翅子的小爱神，便不全是写实了。在红墙上画出一条黑带儿，在这条道儿上面再用鲜明的蓝黄等颜色作画，映照起来最好看；蓝色中渗一点粉，用来画衣裳与爱神的翅膀等，真是飘飘欲举。这种画分明仿希腊的壁雕，所以结构亭匀不乱。膳厅中画最多；黑带子是在墙下端，上面是一幅幅的并列着，却没有甚大的。膳厅中如何布置，已不可知。曾见别两家的是这样：中间一座长方的小石灰台子，红色，这便是桌子。围着是马蹄形的坐位，也是石灰砌的，颜色相同。近台子那一圈低些阔些，是坐的，后面狭狭的矮矮的四五层斜着上去，像是靠背用的，最上层便又阔了。但那两家规模小，魏提家当然要阔些。至于地用嵌石铺，是在意中的。这些屋子里的银器铜器玻璃器等与壁画雕像大部分保存在奈波里；还有涂上石灰的尸首及已化炭的面包和谷类，都是城陷时的东西。

滂卑人是会享福的，他们的浴场造得很好。冷热浴蒸气浴都有；场中存衣柜，每个浴客一个，他们可以舒舒服服地放心洗澡去。场宽阔高大，墙上和圆顶上满是画。屋顶正中开一个大圆窗子，光从这里下来，雨也从这里下来；但他们不在乎雨，场里面反正是湿的。有一处浴场对门便是饭馆，洗完澡，就上这儿吃点儿喝点儿，真"美"啊。滂卑城并不算大，却有三个戏园子。大剧场为最，能容两万人，大约不常用，现在还算完好。常用的两个比较小些，已颓毁不堪；一个据说有顶，是夜晚用的，一个无顶，是白天用的。城中有好几个市场，是公众买卖与娱乐的地方；法庭庙宇都在其中；现在却只见几片长方的荒场和一些破坛断柱而已。

　　街市中除酒店外，别种店铺的遗迹也还不少。曾走过一家药店，架子上还零乱地放着些玻璃瓶儿；又走过一家饼店，五个烘饼的小砖炉也还好好的。街旁常见水槽；槽里的水是给马喝的，上面另有一个管子，行人可以就着喝。喝时须以一只手按着槽边，翻过身仰起脸来。这个姿势也许好看，舒服是并不的。日子多了，槽边经人按手的地方凹了下去，磨得光滑滑的。街路用大石铺成，也还平整宽舒；中间常有三大块或两大块椭圆的平石分开放着，是为上下马车用的。车有两轮，恰好从石头空处过去。街道是直的，与后世取曲势的不同。虽然一望到头，可是衬着两旁一排排的距离相似高低相仿的颓垣断户，倒仿佛无穷无尽似的。从整齐划一中见伟大，正是古罗马人的长处。

瑞 士

瑞士有"欧洲的公园"之称。起初以为有些好风景而已；到了那里，才知无处不是好风景，而且除了好风景似乎就没有什么别的。这大半由于天然，小半也是人工。瑞士人似乎是靠游客活的，只看很小的地方也有若干若干的旅馆就知道。他们拚命地筑铁道通轮船，让爱逛山的爱游湖的都有落儿；而且车船两便，票在手里，爱怎么走就怎么走。瑞士是山国，铁道依山而筑，隧道极少；所以老是高高低低，有时像差得很远的。还有一种爬山铁道，这儿特别多。狭狭的双轨之间，另加一条特别轨：有时是一个个方格儿，有时是一个个钩子；车底下带一种齿轮似的东西，一步步咬着这些方格儿，这些钩子，慢慢地爬上爬下。这种铁道不用说工程大极了；有些简直是笔陡笔陡的。

逛山的味道实在比游湖好。瑞士的湖水一例是淡蓝的，真正平得像镜子一样。太阳照着的时候，那水在微风里摇晃着，宛然是西方小姑娘的眼。若遇着阴天或者下小雨，湖上迷迷濛濛的，水天混在一块儿，人如在睡里梦里。也有风大的时候；那时水上便皱气鄰鄰的细纹，有点像颦眉的西子。可是这些变幻的光景在岸上才能整个儿看见，在湖里倒不能领略许多。况且轮船走得究竟慢些，常觉得看来看去还是湖，不免也腻味。逛山就不同，一会儿看见湖，一会儿不看见；本来湖在左边，不知怎么一转弯，忽然挪到右边了。湖上固然可以看山，山上还可看山，阿尔卑斯有的是重峦叠峰，怎么看也不会穷。山上不但可以看山，还可以看谷；稀稀疏疏错错落落的房舍，仿佛有鸡鸣犬吠的声音，在山肚里，在山脚下。看风景能够流连低徊固然高雅，但目不暇接地过去，新境界层出不穷，也未尝不淋漓痛快；坐火车逛山便是这个办法。

卢参（Luzerne）在瑞士中部，卢参湖的西北角上。出了车站，一眼就看见那汪汪的湖水和屏风般的青山，真有一股爽气扑到人的脸上。与湖连着的是劳思河，穿过卢参的中间。河上低低的一座古水塔，从前当作灯塔用；这儿称灯塔为"卢采那"，有人猜"卢参"这名字就是由此而出。这座塔低得有意思；依傍着一架曲了又曲的旧木桥，倒配了对儿。这架桥带顶，像廊子；分两截，近塔的一截低而窄，那一截却突然高阔起来，仿佛彼此不相干，可是看来还只有一架桥。不远儿另是一架木桥，叫龛桥，因上有神龛得名，曲曲的，也古。许多对柱子支着桥顶，顶底下每一根横梁上两面各钉着一大幅三角形的木板画，总名"死神的跳舞"。每一幅配搭的人物和死神跳舞的姿态都不相同，意在表现社会上各种人的死法。画笔大约并不算顶好，但这样上百幅的死的图画，看了也就够劲儿。过了河往里去，可以看见城墙的遗迹。墙依山而筑，蜿蜒如蛇；现在却只见一段一段的嵌在住屋之间。但九座望楼还好好的，和水塔一样都是多角锥形；多年的风吹日晒雨淋，颜色是黯淡得很了。

冰河公园也在山上。古代有一个时期北半球全埋在冰雪里，瑞士自然在内。阿尔卑斯山上积雪老是不化，越堆越多。在底下的渐渐地结成冰，最底下的一层渐渐地滑下来，顺着山势，往谷里流去。这就是冰河。冰河移动的时候，遇着夏季，便大量地溶化。这样溶化下来的一股大水，力量无穷；石头上一个小缝儿，在一个夏天里，可以让冲成深深的大潭。这个叫磨穴。有时大石块被带进潭里去，出不来，便只在那儿跟着水转。初起有棱角，将潭壁上磨了许多道儿；日子多了，棱角慢慢光了，就成了一个大圆球，还是转着。这个叫磨石。冰河公园便以这类遗迹得名。大大小小的石潭，大大小小的石球，现在是安静了；但那粗糙的样子还能教你想见多少万年前大自然的气力。可是奇怪，这些不言不语的顽石，居然背着多少万年的历史，比我们人类还老得多多；要没人卓古证今地说，谁相信。这样讲，古诗人慨叹"磊磊涧中石"，似乎也很有些道理在里头了。这些遗迹本来一半埋在乱石堆里，一半埋在草地里，直到一八七二年秋天才偶然间被发现。还发现了两种化石：一种上是些蚌壳，足见阿尔卑斯脚下这一块土原来是滔滔的大海。另一种上是片棕叶，又足见此地本有热带的大森林。这两期都在冰河期前，日子虽然更杳茫，光景却还能在眼前描画得出，但我们人类与那种大自然一比，却未免太微细了。

立矶山（Rigi）在卢参之西，乘轮船去大约要一点钟。去时是个阴天，雨意很浓。四周陡峭的青山的影子冷冷地沉在水里。湖面儿光光的，像大理石一样。上岸的地方叫威兹老，山脚下一座小小的村落，疏疏散散遮遮掩掩的人家，静透了。上山坐火车，只一辆，走得可真慢，虽不像蜗牛，却像牛之至。一边是山，太近了，不好看。一边是湖，是湖上的山；从上面往下看，山像一片一片儿插着，湖也像只有一薄片儿。有时窗外一座大崖石来了，便什么都不见；有时一片树木来了，只好从枝叶的缝儿里张一下。山上和山下一样，静透了，常常听到牛铃儿叮儿当的。牛带着铃儿，为的是跑到那儿都好找。这些牛真有些"不知汉魏"，有一回居然挡住了火车；开车的还有山上的人帮着，吆喝了半天，才将它们哄走。但是谁也没有着急，只微微一笑就算了。山高五千九百零五英尺，顶上一块不大的平场。据说在那儿可以看见周围九百里的湖山，至少可以看见九个湖和无数的山峰。可是我们的运气坏，上山后云便越浓起来；到了山顶，什么都裹在云里，几乎连我们自己也在内。在不分远近的白茫茫里闷坐了一点钟，下山的车才来了。

交湖（Interlaken）在卢参的东南。从卢参去，要坐六点钟的火车。车子走过勃吕尼山峡。这条山峡在瑞士是最低的，可是最有名。沿路的风景实在太奇了。车子老是挨着一边儿山脚下走，路很窄。那边儿起初也只是山，青青青青的。越望上走，那些山越高了，也越远了，中间豁然开朗，一片一片的谷，是从来没看见过的山水画。车窗里直望下去，却往往只见一丛丛的树顶，到处是深的绿，在风里微微波动着。路似乎颇弯曲的样子，一座大山峰老是看不完；瀑布左一条右一条的，多少让山顶上的云掩护着，清淡到像一些声音都没有，不知转了多少转，到勃吕尼了。这儿高三千二百九十六英尺，差不多到了这条峡的顶。从此下山，不远便是勃利安湖的东岸，北岸就是交湖了。车沿着湖走。太阳出来了，隔岸的高山青得出烟，湖水在我们脚下百多尺，闪闪的像珐琅一样。

交湖高一千八百六十六英尺，勃利安湖与森湖交会于此。地方小极了，只有一条大街；四围让阿尔卑斯的群峰严严地围着。其中少妇峰最为秀拔，积雪皑皑，高出云外。街北有两条小径。一条沿河，一条在山脚下，都以幽静胜。小径的一端，依着座小山的形势参差地安排着些别墅般的屋子。街南一块平原，只有稀稀的几个人家，显得空旷得不得了。早晨从旅馆的窗子看，一片清新的朝气冉冉地由远而近，仿佛在古时的村落里。街上满是旅馆和铺子；铺子不外卖些纪念品、咖啡、酒饭等等，都是为游客预备的；还有旅行社，更是的。这个地方简直是游客的地方，不像属于瑞士人。纪念品以刻木为最多，大概是些小玩意儿；是一种涂紫色的木头，虽然刻得粗略，却有气力。在一家铺子门前看见一个美国人在说，"你们这些东西都没有用处；我不欢喜玩意儿。"买点纪念品而还要考较用处。此君真美国得可以了。

从交湖可以乘车上少妇峰，路上要换两次车。在老台勃鲁能换爬山电车，就是下面带齿轮的。这儿到万根，景致最好看。车子慢慢爬上去，窗外展开一片高山与平陆，宽旷到一眼望不尽。坐在车中，不知道车子如何爬法；却看那边山上也有一条陡峻的轨道，也有车子在上面爬着，就像一只甲虫。到万格那尔勃可见冰川，在太阳里亮晶晶的。到小夏代格再换车，轨道中间装上一排铁钩子，与车底下的齿轮好咬得更紧些。这条路直通到少妇峰前头，差不多整个儿是隧道；因为山上满积着雪，不得不打山肚里穿过去。这条路是欧洲最高的铁路，费了十四年工夫才造好，要算近代顶伟大的工程了。

在隧道里走没有多少意思，可是哀格望车站值得看。那前面的看廊是从山岩里硬凿出来的。三个又高又大又粗的拱门般的窗洞，教你觉得自己貌小。望出去很远；五千九百零四英尺下的格林德瓦德也可见。少妇峰站的看廊却不及这里；一眼尽是雪山，雪水从檐上滴下来，别的什么都没有。虽在一万一千三百四十二英尺的高处，而不能放开眼界，未免令人有些怅怅。但是站里有一架电梯，可以到山顶上去。这是小小一片高原，在明西峰与少妇峰之间，三百二十英尺长，厚厚地堆着白雪。雪上虽只是淡淡的日光，乍看竟耀得人睁不开眼。这儿可望得远了。一层层的峰峦起伏着，有戴雪的，有不戴的；总之越远越淡下去。山缝里躲躲闪闪一些玩具般的屋子，据说便是交湖了。原上一头插着瑞士白十字国旗，在风里飒飒地响，颇有些气势。山上不时地雪崩，沙沙沙沙流下来像水一般，远看很好玩儿。脚下的雪滑极，不走惯的人寸步都得留神才行。少妇峰的顶还在二千三百二十五英尺之上，得凭着自己的手脚爬上去。

下山还在小夏代格换车，却打这儿另走一股道，过格林德瓦德直到交湖，路似乎平多了。车子绕明西峰走了好些时候。明西峰比少妇峰低些，可是大。少妇峰秀美得好，明西峰雄奇得好。车子紧挨着山脚转，陡陡的山势似乎要向窗子里直压下来，像传说中的巨人。这一路有几条瀑布；瀑布下的溪流快极了，翻着白沫，老像沸着的锅子。早九点多在交湖上车，回去是五点多。

司皮也兹（Spiez）是玲珑可爱的一个小地方；临着森湖，如浮在湖上。路依山而建，共有四五层，台阶似的。街上常看不见人。在旅馆楼上待着，远处偶然有人过去，说话声音听得清清楚楚的。傍晚从露台上望湖，山脚下的暮霭混在一抹轻蓝里，加上几星儿刚放的灯光，真有味。孟特罗（Montreux）的果子可可糖也真有味。日内瓦像上海，只湖中大喷水，高二百余英尺，还有卢梭岛及他出生的老屋，现在已开了古董铺的，可以看看。

荷 兰

一个在欧洲没住过夏天的中国人，在初夏的时候，上北国的荷兰去，他简直觉得是新秋的样子。淡淡的天色，寂寂的田野，火车走着，像没人理会一般。天尽头处偶尔看见一架半架风车，动也不动的，像向天撦开的铁手。在瑞士走，有时也是这样一劲儿的静；可是这儿的肃穆，瑞士却没有。瑞士大半是山道，窄狭的，弯曲的，这儿是一片广原，气象自然不同。火车渐渐走近城市，一溜房子看见了。红的黄的颜色，在那灰灰的背景上，越显得鲜明照眼。那尖屋顶原是三角形的底子，但左右两边近底处各折了一折，便多出两个角来；机伶里透着老实，像个小胖子，又像个小老头儿。

荷兰人有名地会盖房子。近代谈建筑，数一数二是荷兰人。快到罗特丹（Rotterdam）的时候，有一家工厂，房屋是新样子。房子分两截，近处一截是一道内曲线，两大排玻璃窗子反射着强弱不同的光。接连着的一截是比较平正些的八层楼，窗子也是横排的。"楼梯间"满用玻璃，外面既好看，上楼又明亮好走，比旧式阴森森的楼梯间，只在墙上开着小窗户的自然好多了。整排不断的横窗户也是现代建筑的特色；靠着钢骨水泥，才能这样办。这家工厂的横窗户有两个式样，窗宽墙窄是一式，墙宽窗窄又是一式。有人说这种墙和窗子像面包夹火腿；但那是面包那是火腿却弄不明白。又有人说这种房子仿佛满支在玻璃上，老教人疑心要倒塌似的。可是我只觉得一条条连接不断的横线都有大气力，足以支撑这座大屋子而有余，而且一眼看下去，痛快极了。

海牙和平宫左近，也有不少新式房子，以铺面为多，与工厂又不同。颜色要鲜明些，装饰风也要重些，大致是清秀玲珑的调子。最精致的要数那一座"大厦"，是分租给人家住的。是不规则的几何形。约莫居中是高耸的通明的楼梯间，界划着黑钢的小方格子。一边是长条子，像伸着的一只胳膊；一边是方方的。每层楼都有栏干，长的那边用蓝色，方的那边用白色，衬着淡黄的窗子。人家说荷兰的新房子就像一只轮船，真不错。这些栏干正是轮船上的玩意儿，那梯子间就是烟囱了。大厦前还有一个狭长的池子，浅浅的，尽头处一座雕像。池旁种了些花草，散放着一两张椅子。屋子后面没有栏干，可是水泥墙上简单的几何形的界划，看了也非常爽目。那一带地方很宽阔，又清静，过午时大厦满在太阳光里，左近一些碧绿的树掩映着，教人舍不得走。亚姆斯特丹（Amsterdam）的新式房子更多。皇宫附近的电报局，样子打得巧，斜对面那家电气公司却一味地简朴；两两相形起来，倒有点意思。别的似乎都赶不上这两所好看。但"新开区"还有整大片的新式建筑，没有得去看，不知如何。

荷兰人又有名地会画画。十七世纪的时候，荷兰脱离了西班牙的羁绊，渐渐地兴盛，小康的人家多起来了。他们衣食既足，自然想着些风雅的玩意儿。那些大幅的神话画宗教画，本来专供装饰宫殿小教堂之用。他们是新国，用不着这些。他们只要小幅头画着本地风光的。人像也好，风俗也好，景物也好，只要"荷兰的"就行。在这些画里，他们亲亲切切地看见自己。要求既多，供给当然跟着。那时画是上市的，和皮鞋与蔬菜一样，价钱也差不多。就中风俗画（Genre picture）最流行。直到现在，一提起荷兰画家，人总容易想起这种画。这种画的取材是极平凡的日常生活；而且限于室内，采的光往往是灰暗的。这种材料的生命在亲切有味或滑稽可喜。一个卖野味的铺子可以成功一幅画，一顿饭也可以成功一幅画。有些滑稽太过，便近乎低级趣味。譬如海牙毛利丘司（Mauritshuis）画院所藏的莫兰那（Molenaer）画的《五觉图》。《嗅觉》一幅，画一妇人捧着小孩，他正在拉矢。《触觉》一幅更奇，画一妇人坐着，一男人探手入她的衣底；妇人便举起一只鞋，要向他的头上打下去。这画院里的名画却真多。陀（Dou）的《年轻的管家妇》，琐琐屑屑地画出来，没有一些地方不熨贴。鲍特（Potter）的《牛》工极了，身上一个蝇子都没有放过，但是活极了，那牛简直要从墙上缓缓地走下来；布局也单纯得好。卫米尔（Vermeer）画他本乡代夫脱（Delft）的风景一幅，充分表现那静肃的味道。他是小风景画家，以善分光影和精于布局著名。风景画取材杂，要安排得停当是不容易的。荷兰画像，哈司（Hals）是大师。但他的好东西都在他故乡哈来姆（Haorlem），别处见不着。亚姆斯特丹的力克士博物院（Ryks Museum）中有他一幅《俳优》，是一个弹着琵琶的人，神气颇足。这些都是十七世纪的画家。

但是十七世纪荷兰最大的画家是冉伯让（Rembrandt）。他与一般人不同，创造了个性的艺术；将自己的思想感情，自己这个人放进他画里去。他画画不再伺候人；即使画人像，画宗教题目，也还分明地见出自己。十九世纪艺术的浪漫运动只承认表现艺术家的个性的作品有价值，便是他的影响。他领略到精神生活里神秘的地方，又有深厚的情感。最爱用一片黑做背景；但那黑是活的不是死的。黑里渐渐透出黄黄的光，像压着的火焰一般；在这种光里安排着他的人物。像这样的光影的对照是他的绝技；他的神秘与深厚也便从这里见出。这不仅是浮泛的幻想，也是贴切的观察；在他作品里梦和现实混在一块儿。有人说他从北国的烟云里悟出了画理，那也许是真的。他会看到氤氲的底里去。他的画像最能表现人的心理，也便是这个缘故。

毛利丘司里有他的名作《解剖班》《西面在圣殿中》。前一幅写出那站着在说话的大夫从容不迫的样子。一群学生围着解剖台，有些坐着，有些站着；毛着腰的，侧着身子的，直挺挺站着的，应有尽有。他们的头，或俯或仰，或偏或正，没有两个人相同。他们的眼看着尸体，看着说话的大夫，或无所属，但都在凝神听话。写那种专心致志的光景，维妙维肖。后一幅写殿宇的庄严，和参加的人的圣洁与和蔼，一种虔敬的空气弥漫在画面上，教人看了会沉静下去。他的另一杰作《夜巡》在力克士博物院里。这里一大群武士，都拿了兵器在守望着敌人。一位爵爷站在前排正中间，向着旁边的弁兵有所吩咐；别的人有的在眺望，有的在指点，有的在低低地谈论，右端一个打鼓的，人和鼓都只露了一半；他似乎焦急着，只想将槌子敲下去。左端一个人也在忙忙地伸着右手整理他的枪口。他的左胳膊底下钻出一个孩子，露着惊惶的脸。人物的安排，交互地用疏密与明暗；乍看不匀称，细看再匀称没有。这幅画里光的运用最巧妙；那些浓淡浑析的地方，便是全画的精神所在。冉伯让是雷登（Leyden）人，晚年住在亚姆斯特丹。他的房子还在，里面陈列着他的腐刻画与钢笔毛笔画。腐刻画是用药水在铜上刻出画来，他是大匠手；钢笔画毛笔画他也擅长。这里还有他的一座铜像，在用他的名字的方场上。

海牙是荷兰的京城，地方不大，可是清静。走在街上，在淡淡的太阳光里，觉得什么都可以忘记了的样子。城北尤其如此。新的和平宫就在这儿，这所屋是一个人捐了做国际法庭用的。屋不多，里面装饰得很好看。引导人如数家珍地指点着，告诉游客这些装饰品都是世界各国捐赠的。楼上正中一间大会议厅，他们称为日本厅；因为三面墙上都挂着日本的大幅的缂丝，而这几幅东西是日本用了多少多少人在不多的日子里特地赶做出来给这所和平宫用的。这几幅都是花鸟，颜色鲜明，织得也细致；那日本特有的清丽的画风整个儿表现着。中国送的两对景泰蓝的大壶（古礼器的壶）也安放在这间厅里。厅中间是会议席，每一张椅子背上有一个缎套子，绣着一国的国旗；那国的代表开会时便坐在这里。屋左屋后是花园；亭子，喷水，雕像，花木等等，错综地点缀着，明丽深曲兼而有之。也不十二分大，却老像走不尽的样子。从和平宫向北去，电车在稀疏的树林子里走。满车中绿阴阴的，斑驳的太阳光在车上在地下跳跃着过去。不多一会儿就到海边了。海边热闹得很，玩儿的人来往不绝。长长的一带沙滩上，满放着些藤篓子——实在是些轿式的藤椅子，预备洗完澡坐着晒太阳的。这种藤篓子的顶像一个瓢，又圆又胖，那拙劲儿真好。更衣的小木屋也多。大约天气还冷，沙滩上只看见零零落落的几个人。那北海的海水白白的展开去，没有一点风涛，像个顶听话的孩子。

　　亚姆斯特丹在海牙东北，是荷兰第一个大城。自然不及海牙清静。可是河道多，差不多有一道街就有一道河，是北国的水乡；所以有"北方威尼斯"之称。桥也有三百四十五座，和威尼斯简直差不多。河道宽阔干净，却比威尼斯好；站在桥上顺着河望过去，往往水木明瑟，引着你一直想见最远最远的地方。亚姆斯特丹东北有一个小岛，叫马铿（Marken）岛，是个小村子。那边的风俗服装古里古怪的，你一脚踏上岸就会觉得回到中世纪去了。乘电车去，一路经过两三个村子。那是个阴天。漠漠的风烟，红黄相间的板屋，正在旋转着让船过去的轿，都教人耳目一新。到了一处，在街当中下了车，由人指点着找着了小汽轮。海上坦荡荡的，远处一架大风车在慢慢地转着。船在斜风细雨里走，渐渐从朦胧里看见马铿岛。这个岛真正"不满眼"，一道堤低低的环绕着。据说岛只高出海面几尺，就仗着这一点儿堤挡住了那茫茫的海水。岛上不过二三十份人家，都是尖顶的板屋；下面一律搭着架子，因为隔水太近了。板屋是红黄黑三色相间着，每所都如此。岛上男人未多见，也许打渔去了；女人穿着红黄白蓝黑各色相间的衣裳，和他们的屋子相配。总而言之，一到了岛上，虽在黯淡的北海上，眼前却亮起来了。岛上各家都预备着许多纪念品，争着将游客让进去，也有装了一大柳条筐，一手抱着孩子，一手挽着筐子在路上兜售的。自然做这些事的都是些女人。纪念品里有些玩意儿不坏：如小木鞋，像我们的毛窝的样子；如长的竹烟袋儿，烟袋锅的脖子上挂着一双顶小的木鞋，的里瓜拉的；如手绢儿，一角上绒绣着岛上的女人，一架大风车在她们头上。

　　回来另是一条路，电车经过另一个小村子叫伊丹（Edam）。这儿的干酪四远驰名，但那一座挨着一座跨在一条小河上的高架吊桥更有味。望过去足有二三十座，架子像城门圈一般；走上去便微微摇晃着。河直而窄，两岸不多几层房屋，路上也少有人，所以仿佛只有那一串儿的桥轻轻地在风里摆着。这时候真有些觉得是回到中世纪去了。

柏林

柏林的街道宽大，干净，伦敦巴黎都赶不上的；又因为不景气，来往的车辆也显得稀些。在这儿走路，尽可以从容自在地呼吸空气，不用张张望望躲躲闪闪。找路也顶容易，因为街道大概是纵横交切，少有"旁逸斜出"的。最大最阔的一条叫菩提树下，柏林大学，国家图书馆，新国家画院，国家歌剧院都在这条街上。东头接着博物院洲，大教堂，故宫；西边到著名的勃朗登堡门为止，长不到二里。过了那座门便是梯尔园，街道还是直伸下去——这一下可长了，三十七八里。勃朗登堡门和巴黎凯旋门一样，也是纪功的。建筑在十八世纪末年，有点仿雅典奈昔克里司门的式样。高六十六英尺，宽六十八码半；两边各有六根多力克式石柱子。顶上是站在驷马车里的胜利神像，雄伟庄严，表现出德意志国都的神采。那神像在一八零七年被拿破仑当作胜利品带走，但七年后便又让德国的队伍带回来了。

从菩提树下西去，一出这座门，立刻神气清爽，眼前别有天地；那空阔，那望不到头的绿树，便是梯尔园。这是柏林最大的公园，东西六里，南北约二里。地势天然生得好，加上树种得非常巧妙，小湖小溪，或隐或显，也安排的是地方。大道像轮子的辐，凑向轴心去。道旁齐齐地排着葱郁的高树；树下有时候排着些白石雕像，在深绿的背景上越显得洁白。小道像树叶上的脉络，不知有多少。跟着道走，总有好地方，不孤负你。园子里花坛也不少。罗森花坛是出名的一个，玫瑰最好。一座天然的围墙，圆圆地绕着，上面密密地厚厚地长着绿的小圆叶子；墙顶参差不齐。坛中有两个小方池，满飘着雪白的水莲花，玲珑地托在叶子上，像惺忪的星眼。两池之间是一个皇后的雕像；四围的花香花色好像她的供养。梯尔园人工胜于天然。真正的天然却又是一番境界。曾走过市外"新西区"的一座林子。稀疏的树，高而瘦的干子，树下随意弯曲的路，简直教人想到倪云林的画本。看着没有多大，但走了两点钟，却还没走完。

柏林市内市外常看见运动员风的男人女人。女人大概都光着脚亮着胳膊，雄趄趄地走着，可是并不和男人一样。她们不像巴黎女人的苗条，也不像伦敦女人的拘谨，却是自然得好。有人说她们太粗，可是有股劲儿。司勃来河横贯柏林市，河上有不少划船的人。往往一男一女对坐着，男的只穿着游泳衣，也许赤着膊只穿短裤子。看的人绝不奇怪而且有喝采的。曾亲见一个女大学生指着这样划着船的人说，"美啊！"赞美身体，赞美运动，已成了他们的道德。星期六星期日上水边野外看去，男男女女老老少少谁都带一点运动员风。再进一步，便是所谓"自然运动"。大家索性不要那捞什子衣服，那才真是自然生活了。这有一定地方，当然不会随处见着。但书籍杂志是容易买到的。也有这种电影。那些人运动的姿势很好看，很柔软，有点儿像太极拳。在长天大海的背景上来这一套，确是美的，和谐的。日前报上说德国当局要取缔他们，看来未免有些个多事。

柏林重要的博物院集中在司勃来河中一个小洲上。这就叫做博物院洲。虽然叫做洲，因为周围陆地太多，河道几乎挤得没有了，加上十六道桥，走上去毫不觉得身在洲中。洲上总共七个博物院，六个是通连着的。最奇伟的是勃嘉蒙（Pergamon）与近东古迹两个。勃嘉蒙在小亚细亚，是希腊的重要城市，就是现在的贝加玛。柏林博物院团在那儿发掘，掘出一座大享殿，是祭大神宙斯用的。这座殿是二千二百年前造的，规模宏壮，雕刻精美。掘出的时候已经残破；经学者苦心研究，知道原来是什么样子，便照着修补起来，安放在一间特建的大屋子里。屋子之大，让人要怎么看这座殿都成。屋顶满是玻璃，让光从上面来，最均匀不过；墙是淡蓝色，衬出这座白石的殿越发有神儿。殿是方锁形，周围都是爱翁匿克式石柱，像是个廊子。当锁口的地方，是若干层的台阶儿。两头也有几层，上面各有殿基；殿基上，柱子下，便是那著名的"壁雕"。壁雕（Frieze）是希腊建筑里特别的装饰；在狭长的石条子上半深浅地雕刻着些故事，嵌在墙壁中间。这种壁雕颇有名作。如现存在不列颠博物院里的雅典巴昔农神殿的壁雕便是。这里的是一百三十二码长，有一部分已经移到殿对面的墙上去。所刻的故事是奥灵匹亚诸神与地之诸子巨人们的战争。其中人物精力饱满，历劫如生。另一间大屋里安放着罗马建筑的残迹。一是大三座门，上下两层，上层全为装饰用。两层各用六对哥林斯式的石柱，与门相间着，隔出略带曲折的廊子。上层三座门是实的，里面各安着一尊雕像，全体整齐秀美之至。一是小神殿。两样都在第二世纪的时候。

近东古迹院里的东西是十九世纪末二十世纪初年德国东方学会在巴比仑和亚述发掘出来的。中间巴比仑的以色他们（Ischtar Gateway）最为壮丽。门建筑在二千五百年前奈补卡德乃沙王第二的手里。门圈儿高三十九英尺，城垛儿四十九英尺，全用蓝色珐琅砖砌成。墙上浮雕着一对对的龙（与中国所谓龙不同）和牛，黄的白的相间着；上下两端和边上也是这两色的花纹。龙是巴比仑城隍马得的圣物，牛是大神亚达的圣物。这些动物的像稀疏地排列着，一面墙上只有两行，犄角上只有一行；形状也单纯划一。色彩在那蓝的地子上，却非常之鲜明。看上去真像大幅缂丝的图案似的。还有巴比仑王宫里正殿的面墙，是与以色他门同时做的，颜色鲜丽也一样，只不过以植物图案为主罢了。马得祭道两旁屈折的墙基也用蓝珐琅砖；上面却雕着向前走的狮子。这个祭道直通以色他门，现在也修补好了一小段，仍旧安在以色他门前面。另有一件模型，是整个儿的巴比仑城。这也可以慰情聊胜无了。亚述巴先宫的面墙放在以色他门的对面，当然也是修补起来的；周围正正的拱门，一层层又细又密的柱子，在许多直线里透出秀气。

新博物院第一层中央是一座厅。两道宽阔而华丽的楼梯仿佛占住了那间大屋子，但那间屋子还是照样地觉得大不可言。屋里什么都高大；迎着楼梯两座复制的大雕像，两边墙上大幅的历史壁画，一进门就让人觉着万千的气象。德意志人的魄力，真有他们的。楼上本是雕版陈列室，今年改作哥德展览会。有哥德和他朋友们的像，他的画，他的书的插图等等。《浮士德》的插图最多，同一件事各人画来趣味各别。楼下是埃及古物陈列室，大大小小的"木乃伊"都有；小孩的也有。有些在头部放着一块板，板上画着死者的画相；这是用熔蜡画的，画法已失传。这似乎是古人一件聪明的安排，让千秋万岁后，还能辨认他们的面影。另有人种学博物院在别一条街上，分两院。所藏既丰富，又多罕见的。第一院吐鲁番的壁画最多。那些完好的真是妙庄严相；那些零碎的也古色古香。中国日本的东西不少，陈列得有系统极了，中日人自己动手，怕也不过如此。第二院藏的日本的漆器与画很好。史前的材料都收在这院里。有三间屋专陈列一八七一到一八九零希利曼（Heinrich Schliemann）发掘特罗衣（Troy）城所得的遗物。

故宫在博物院洲之北，一九二一年改为博物院，分历史的工艺的两部分。历史的部分都是王族用过的公私屋子。这些屋子每间一个样子；屋顶，墙壁，地板，颜色，陈设，各有各的格调。但辉煌精致，是异曲同工的。有一间屋顶作穹隆形状，蓝地金星，俨然夜天的光景。又一间张着一大块伞形的绸子，像在遮着太阳。又一间用了"古络钱"纹做全室的装饰。壁上或画画，或挂画。地板用细木头嵌成种种花样，光滑无比。外国的宫殿外观常不如中国的宏丽，但里边装饰的精美，我们却断乎不及。故宫西头是皇储旧邸。一九一九年因为国家画院的画拥挤不堪，便将近代的作品挪到这儿，陈列在前边的屋子里。大部分是印象派表现派，也有立体派。表现派是德国自己的画派。原始的精神，狂热的色调，粗野模糊的构图，你像在大野里大风里大火里。有一件立体派的雕刻，是三个人像。虽然多是些三角形，直线，可是一个有一个的神气，彼此还互相照应，像真会说话一般。表现派的精神现在还多多少少存在：柏林魏坦公司六月间有所谓"民众艺术展览会"，出售小件用具和玩物。玩物里如小动物孩子头之类，颇有些奇形怪状，别具风趣的。还有展览场六月间的展览里，有一部是剪贴画。用颜色纸或布拼凑成形，安排在一块地子上，一面加上些沙子等，教人有实体之感，一面却故意改变形体的比例与线条的曲直，力避写实的手法。有些现代人大约"是"要看了这种手艺才痛快的。

这一回展览里有好些小家屋的模型，有大有小。大概造起来省钱；屋子里空气，光，太阳都够现代人用。没有那些无用的装饰，只看见横竖的直线。用颜色，或用对照的颜色，教人看一所屋子是"整个儿"，不零碎，不琐屑。小家屋如此，"大厦"也如此。德国的建筑与荷兰不同。他们注重实用，以简单为美，有时候未免太朴素些。近年来柏林这种新房子造得不少。这已不是少数艺术家的试验而是一般人的需要了。"新西区"一带便都是的。那一带住屋小而巧，里面的装饰干净利落，不显一点板滞。"大厦"多在东头亚历山大场，似乎美观的少。有些满用横线，像夹沙糕，有些满用直线；这自然说的是窗子。用直线的据说是美国影响。但美国房屋高入云霄，用直线合式；柏林的低多了，又向横里伸张，用直线便大大地不谐和了。"大厦"之外还有"广场"，刚才说的展览场便是其一。这个广场有八座大展览厅，连附属的屋子共占地十八万二千平方英尺；空场子合计起来共占地六十五万平方英尺。乍走进去的时候，摸不着头脑，仿佛连自己也会丢掉似的。建筑都是新式。整个的场子若在空中看，是一幅图案，轻灵而不板重。德意志体育场，中央飞机场，也都是这一类新造的广场。前两个在西，后一个在南，自然都在市外。此外电影院跳舞场往往得风气之先，也有些新式样。如铁他尼亚宫电影院，那台，那灯，那花楼，不是用圆，用弧线，便是用与弧线相近的曲线，要的也是一个干净利落罢了。台上一圈儿一圈儿有些像排箫的是管风琴。管风琴安排起来最累赘，这儿的布置却新鲜悦目，也许电影管风琴简单些，才可以这么办。颜色用白银与淡黄对照，教人常常清醒。祖国舞场也是新式，但多用直线形；颜色似乎多一种黑。这里面有许多咖啡室。日本室便按日本式陈设，土耳其室便按土耳其式。还有莱茵室，在壁上画着莱茵河的风景，用好些小电灯点缀在天蓝的背景上，看去略得河上的夜的意思——自然，屋里别处是不用灯的。还有雷电室，壁上画着雷电的情景，用电光运转；电射雷鸣，与音乐应和着。爱热闹的人都上那儿去。

柏林西南有个波次丹（Potsdam），是佛来德列大帝的城。城外有个无愁园，园里有个无愁宫,便是大帝常住的地方。大帝迷法国,这座宫,这座园子都仿凡尔赛的样子。但规模小多了,神儿差远了。大帝和伏尔泰是好朋友,他请伏尔泰在宫里住过好些日子,那间屋便在宫西头。宫西边有一架大风车。据说大帝不喜欢那风车日夜转动的声音,派人跟那产主说要买它。出乎意外,产主愣不肯。大帝恼了,又派人去说,不卖便要拆。产主也恼了,说,他会拆,我会告他。大帝想不到乡下人这么倔强,大加赏识,那风车只好由它响了。因此现在便叫它做"历史的风车"。隔无愁宫没多少路,有一座新宫,里面有一间"贝厅",墙上地上满嵌着美丽的贝壳和宝石,虽然奇诡,却以素雅胜。

德瑞司登[1]

德瑞司登（Dresden）在柏林东南，是静静的一座都市。欧洲人说这里有一种礼拜日的味道，因为他们的礼拜日是安息的日子，静不过。这里只有一条热闹的大街；在街上走尽可从从容容，斯斯文文的。街尽处便是易北河。河穿全市而过，弯了两回，所以望不尽。河上有五座桥，彼此隔得远远的，显出玲珑的样子。临河一带高地，叫做勃吕儿原。站在原上，易北河的风光便都到了眼里。这是一个阴天，不时地下着小雨；望过去清淡极了，水与天亮闪闪的，山只剩一些轮廓，人家的屋子和田地都黑黑儿的。有人称这个原为"欧洲的露台"，未免太过些，但是确也有些可赏玩的东西。从前有位著名的文人在这儿写信给他的未婚夫人，说他正从高岸上望下看，河上一处处的绿野与村落好像"绣在一张毯子上""河水刚掉转脸亲了德瑞司登一下，马上又溜开去。"这儿说的是第一个弯子。他还说"绕着的山好像花箍子，响蓝的天好像在意大利似的。"在晴天这大约是真的。

德瑞司登有德国佛罗伦司之称，为的一些建筑和收藏的画。这些建筑多半在勃吕儿原西南一带。其中堡宫最有意思。堡宫因为邻近旧时的堡垒而得名，是十八世纪初年奥古斯都大力王（Augustus the Strong）吩咐他的建筑师裴佩莽（Pppelmann）盖的。奥古斯都膂力过人，据说能拗断马蹄铁，又在西班牙斗牛，刺死了一头最凶猛的；所以称为大力王。他是这座都市的恩主；凡是好东西，美东西，都是他留下来的。他造这个堡宫，一来为面子，那时候一个亲王总得有一所讲究的宫房，才有威风，不让人小看。二来为展览美术货色如磁器，花边等之用。他想在过年过节的时候，多招徕些外路客人，好让他的百姓多做些买卖，以繁荣这个地方。他生在"巴洛克"（Baroque）时代，虽然倾心法国文化，所造的房子却都是德国"巴洛克"式。"巴洛克"式重曲线，重装饰，以华丽炫目为佳。

---

[1]今译名德累斯顿。——编者注

堡宫便是代表。宫中央是极大一个方院子。南面是正门，顶作冕形，叫冕门；分两层，像楼屋；雕刻精细，用许多小柱子。两边各有好些拱门，每门里安一座喷水，上面各放着雕像。现在虽是黯淡了，还可想见当年的繁华。西面有水仙出浴池。十四座龛子拥着一座大喷水，像一只马蹄，绕着小小的池子；每座龛子里站着一个女仙出浴的石像，姿态各不相同。龛外龛上另有繁细的雕饰。这是宫里最美的地方。

　　堡宫现在分作几个博物院，尽北头是国家画院。德国藏画，要算这里最精了。也创始于奥古斯都，而他的儿子继成其志。奥古斯都自己花钱派了好多人到欧洲各处搜求有价值的画。到他死的时候，院中已有好些不朽的名作。他儿子奥古斯都第二在位三十年，教大臣勃吕儿伯爵主持收买名画。一七四五年在威尼斯买着百多张意大利重要的作品，为阿尔卑斯山以北所未曾有。一七五四年又从意大利得着拉飞尔的歇司陀的《圣母图》。这是他的杰作。图中间是"圣处女"与"圣婴"，左右是圣巴巴拉与教皇歇克司都第二，下面是两个小天使。有人说"这张画里'圣处女'的脸，美而秀雅，几乎是女性美的最完全的表现，真动人，真出色。"最妙的，端庄与和蔼都够味，一个与耶稣教毫不相干的游客也会起多少敬爱的意思。图中各人的眼光奇极；从"圣处女"而圣巴拉而小天使而教皇，恰好可以钩一个椭圆圈儿。这样一来，那对称的安排才有活气。画院驰名世界，全靠勃吕儿伯爵手里买的这些画。现在院中差不多有画二千五百件，以意大利及荷兰的为最多。画排列得比那儿都整齐清楚，见出德国人的脾气。十八世纪意大利画家卡那来陀在这里住过，留下不少腐刻画，画着堡宫和街巷的景色。还有他的威尼斯风景画，这儿也多，色调构图，鲜明精巧，为别处收藏的所不及。

　　大街东有圣母堂，也是著名的古迹。一七三六年十二月奥古斯都第二在这里举行过一回管风琴比赛会。与赛的，大音乐家巴赫（Bach）和一个法国人叫马降的。那时巴赫还未大大出名，马降心高气傲，自以为能手。比赛的前一天，巴赫从来比锡来，看见管风琴好，不觉技痒，就坐下弹了一回。想不到马降在一旁窃听。这一听可够他受的。等不到第二天，他半夜里便溜出德瑞司登了。结果巴赫在奥古斯都第二和四千听众之前演了出独脚戏。一八四三年乐圣瓦格纳也在这里演奏过他的名曲《使徒宴》。哥德也站在这里的讲台上说过话，他赞美易北河上的景致，就是在他眼前的。这在一八一三年八月。教堂上有一座高塔顶，远远的就瞧见。相传一七六九年弗雷德力大帝攻打此地，想着这高顶上必有敌人的了望台，下令开炮轰。也不知怎样，轰了三天还没轰着。大帝又恨又恼，透着满瞧不起的神儿回头命令炮手道："由那老笨家伙去罢！"

  德瑞司登磁器最著名。大街上有好几家磁器铺。看来看去，只有舞女的裙子做得实在好。裙子都是白色雕空了像纱一样，各色各样的折纹都有，自然不能像真的那样流动，但也难为他们了。中国磁器没有如此精巧的，但有些东西却比较着有韵味。

莱茵河

莱茵河（The Rhine）发源于瑞士阿尔卑斯山中，穿过德国东部，流入北海，长约二千五百里。分上中下三部分。从马恩斯（Mayence, Mains）到哥龙（Cologne）算是"中莱茵"；游莱茵河的都走这一段儿。天然风景并不异乎寻常地好；古迹可异乎寻常地多。尤其是马恩斯与考勃伦兹（Koblenz）之间，两岸山上布满了旧时的堡垒，高高下下的，错错落落的，斑斑驳驳的：有些已经残破，有些还完好无恙。这中间住过英雄，住过盗贼，或据险自豪，或纵横驰骤，也曾热闹过一番。现在却无精打采，任凭日晒风吹，一声儿不响。坐在轮船上两边看，那些古色古香各种各样的堡垒历历的从眼前过去；仿佛自己已经跳出了这个时代而在那些堡垒里过着无拘无束的日子。游这一段儿，火车却不如轮船：朝日不如残阳，晴天不如阴天，阴天不如月夜——月夜，再加上几点儿萤火，一闪一闪的在寻觅荒草里的幽灵似的。最好还得爬上山去，在堡垒内外徘徊徘徊。

这一带不但史迹多。传说也多。最凄艳的自然是脍炙人口的声闻岩头的仙女了。声闻岩在河东岸，高四百三十英尺，一大片暗淡的悬岩，嶙嶙峋峋的；河到岩南，向东拐个小湾，这里有顶大的回声，岩因此得名。相传往日岩头有个仙女美极，终日歌唱不绝。一个船夫傍晚行船，走过岩下。听见她的歌声，仰头一看，不觉忘其所以，连船带人都撞碎在岩上。后来又死了一位伯爵的儿子。这可闯下大祸来了。伯爵派兵遣将，给儿子报仇。他们打算捉住她，锁起来，从岩顶直摔下河里去。但是她不愿死在他们手里，她呼唤莱茵母亲来接她；河里果然白浪翻腾，她便跳到浪里。从此声闻岩下听不见歌声，看不见倩影，只剩晚霞在岩头明灭[①]。德国大诗人海涅有诗咏此事；此事传播之广，这篇诗也有关系。友人淦克超先

[①]据朱绍华先生《莱茵纪游》，看《行云流水》。

生曾译第一章云：

　　传闻旧低徊，我心何悒悒。
　　两峰隐夕阳，莱茵流不息。
　　峰际一美人，灿然金发明，
　　清歌时一曲，余音响入云。
　　凝听复凝望，舟子忘所向，
　　怪石耿中流，人与舟俱丧。

　　这座岩现在是已穿了隧道通火车了。
　　哥龙在莱茵河西岸，是莱茵区最大的城，在全德国数第三。从甲板上看教堂的钟楼与尖塔这儿那儿都是的。虽然多么繁华一座商业城，却不大有俗尘扑到脸上。英国诗人柯勒列治说：

　　人知莱茵河，洗净哥龙市；
　　水仙你告我，今有何神力，
　　洗净莱茵水？

　　那些楼与塔镇压着尘土，不让飞扬起来，与莱茵河的洗刷是异曲同工的。哥龙的大教堂是哥龙的荣耀；单凭这个，哥龙便不死了。这是戈昔式，是世界上最宏大的戈昔式教堂之一。建筑在一二四八年，到一八八零年才全部落成。欧洲教堂往往如此，大约总是钱不够之故。教堂门墙伟丽，尖拱和直棱，特意繁密，又雕了些小花，小动物，和《圣经》人物，零星点缀着；近前细看，其精工真令人惊叹。门墙上两尖塔，高五百十五英尺，直入云霄。戈昔式要的是高而灵巧，让灵魂容易上通于天。这也是月光里看好。淡蓝的天干干净净的，只有两条尖尖的影子映在上面；像是人天仅有的通路，又像是人类祈祷的一双胳膊。森严肃穆，不说一字，抵得千言万语。教堂里非常宽大，顶高一百六十英尺。大石柱一行行的，高的一百四十八英尺，低的也六十英尺，都可合抱；在里面走，就像在大森林里，和世界隔绝。尖塔可以上去，玲珑剔透，有凌云之势。塔下通回廊。廊中向下看教堂里，觉得别人小得可怜，自己高得可怪，真是颠倒梦想。

巴 黎

塞纳河穿过巴黎城中，像一道圆弧。河南称为左岸，著名的拉丁区就在这里。河北称为右岸，地方有左岸两个大，巴黎的繁华全在这一带；说巴黎是"花都"，这一溜儿才真的。右岸不是穷学生苦学生所能常去的，所以有一位中国朋友说他是左岸的人，抱"不过河"主义；区区一衣带水，却分开了两般人。但论到艺术，两岸可是各有胜场；我们不妨说整个儿巴黎是一座艺术城。从前人说"六朝"卖菜佣都有烟水气，巴黎人谁身上大概都长着一两根雅骨吧。你瞧公园里，大街上，有的是喷水，有的是雕像，博物院处处是，展览会常常开；他们几乎像呼吸空气一样呼吸着艺术气，自然而然就雅起来了。

右岸的中心是刚果方场。这方场很宽阔，四通八达，周围都是名胜。中间巍巍地矗立着埃及拉米塞司第二的纪功碑。碑是方锥形，高七十六英尺，上面刻着象形文字。一八三六年移到这里，转眼就是一百年了。左右各有一座铜喷水，大得很。水池边环列着些铜雕像，代表着法国各大城。其中有一座代表司太司堡。自从一八七零年那地方割归德国以后，法国人每年七月十四国庆日总在像上放些花圈和大草叶，终年地搁着让人惊醒。直到一九一八年十一月和约告成，司太司堡重归法国，这才停止；纪功碑与喷水每星期六晚用弧光灯照耀。那碑像从幽暗中颖脱而出；那水像山上崩腾下来的雪。这场子原是法国革命时候断头台的旧址。在"恐怖时代"，路易十六与王后，还有各党各派的人轮班在这儿低头受戮。但现在一点痕迹也没有了。

场东是砖厂花园。也有一个喷水池；白石雕像成行，与一丛丛绿树掩映着。在这里徘徊，可以一直徘徊下去，四围那些纷纷的车马，简直若有若无。花园是所谓法国式，将花草分成一畦畦的，各各排成精巧的花纹，互相对称着。又整洁，又玲珑，教人看着赏心悦目；可是没有野情，也没有蓬勃之气，像北平的叭儿狗。这里春天游人最多，挤挤挨挨的。有时有音乐会，在绿树荫中。乐韵悠扬，随风飘到场中每一个人的耳朵里。再东是加罗塞方场，只隔着一道不宽的马路。路易十四时代，这是一个校场。场中有一座小凯旋门，是拿破仑造来纪胜的，仿罗马某一座门的式样。拿破仑叫将从威尼斯圣马克堂抢来的驷马铜像安在门顶上。但到了一八一四年，那铜像终于回了老家。法国只好换上一个新的，光彩自然差得多。

刚果方场西是大名鼎鼎的仙街，直达凯旋门。有四里半长。凯旋门地势高，从刚果方场望过去像没多远似的，一走可就知道。街的东半截儿，两旁简直是园子，春天绿叶子密密地遮着；西半截儿才真是街。街道非常宽敞。夹道两行树，笔直笔直地向凯旋门奔凑上去。凯旋门巍峨爽朗地盘踞在街尽头，好像在半天上。欧洲名都街道的形势，怕再没有赶上这儿的；称为"仙街"，不算说大话。街上有戏院，舞场，饭店，够游客们玩儿乐的。凯旋门一八零六年开工，也是拿破仑造来纪功的。但他并没有看它的完成。门高一百六十英尺，宽一百六十四英尺，进身七十二英尺，是世界凯旋门中最大的。门上雕刻着一七九二至一八一五年间法国战事片段的景子，都出于名手，其中罗特（Burguudian Rude，十九世纪）的"出师"一景，慷慨激昂，至今还可以作我们的气。这座门更有一个特别的地方：在拿破仑周忌那一天，从仙街向上看，团团的落日恰好扣在门圈儿里。门圈儿底下是一个无名兵士的墓；他埋在这里，代表大战中死难的一百五十万法国兵。墓是平的，地上嵌着文字；中央有个纪念火，焰子粗粗的，红红的，在风里摇晃着。这个火每天由参战军人团团员来点。门顶可以上去，乘电梯或爬石梯都成；石梯是二百七十三级。上面看，周围不下十二条林荫路，都辐辏到门下，宛然一个大车轮子。

刚果方场东北有四道大街衔接着，是巴黎最繁华的地方。大铺子差不多都在这一带，珠宝市也在这儿。各店家陈列窗里五花八门，五光十色，珍奇精巧，兼而有之；管保你走一天两天看不完，也看不倦。步道上人挨挨凑凑，常要躲闪着过去。电灯一亮，更不容易走。街上"咖啡"东一处西一处的，沿街安着座儿，有点儿像北平中山公园里的茶座儿。客人慢慢地喝着咖啡或别的，慢慢地抽烟，看来往的人。"咖啡"本是法国的玩意儿；巴黎差不多每道街都有，怕是比那儿都多。巴黎人喝咖啡几乎成了癖，就像我国南方人爱上茶馆。"咖啡"里往往备有纸笔，许多人都在那儿写信；还有人让"咖啡"收信，简直当做自己的家。文人画家更爱坐"咖啡"；他们爱的是无拘无束，容易会朋友，高谈阔论。爱写信固然可以写信，爱做诗也可以做诗。大诗人魏尔仑（Verlaine）的诗，据说少有不在"咖啡"里写的。坐"咖啡"也有派别。一来"咖啡"是熟的好，二来人是熟的好。久而久之，某派人坐某"咖啡"便成了自然之势。这所谓派，当然指文人艺术家而言。一个人独自去坐"咖啡"，偶尔一回，也许不是没有意思，常去却未免寂寞得慌；这也与我国南方人上茶馆一样。若是外国人而又不懂话，那就更可不必去。巴黎最大的"咖啡"有三个，却都在左岸。这三座"咖啡"名字里都含着"圆圆的"意思，都是文人艺术家荟萃的地方。里面装饰满是新派。其中一家，电灯壁画满是立体派，据说这些画全出于名家之手。另一家据说时常陈列着当代画家的作品，待善价而沽之。坐"咖啡"之外还有站"咖啡"，却有点像我国南方的喝柜台酒。这种"咖啡"大概小些。柜台长长的，客人围着要吃的喝的。吃喝都便宜些，为的是不用多伺候你，你吃喝也比较不舒服些。站"咖啡"的人脸向里，没有甚么看的，大概吃喝完了就走。但也有人用胳膊肘儿斜靠在柜台上，半边身子偏向外，写意地眺望，谈天儿。巴黎人吃早点，多半在"咖啡"里。普通是一杯咖啡，两三个月芽饼就够了，不像英国人吃得那么多。月芽饼是一种面包，月芽形，酥而软，趁热吃最香；法国人本会烘面包，这一种不但好吃，而且好看。

卢森堡花园也在左岸，因卢森堡宫而得名。宫建于十七世纪初年，曾用作监狱，现在是上议院。花园甚大。里面有两座大喷水，背对背紧挨着。其一是梅迭契喷水，雕刻的是亚西司（Acis）与加拉台亚（Galatea）的故事。巨人波力非摩司（Polyphamos）爱加拉台亚。他晓得她喜欢亚西司，便向他头上扔下一块大石头，将他打死。加拉台亚无法使亚西司复活，只将他变成一道河水。这个故事用在一座喷水上，倒有些远意。园中绿树成行，浓荫满地，白石雕像极多，也有铜的。巴黎的雕像真如家常便饭。花园南头，自成一局，是一条荫道。最南头，天文台前面又是一座喷水，中央四个力士高高地扛着四限仪，下边环绕着四对奔马，气象雄伟得很。这是卡波（Carpeaus，十九世纪）所作。卡波与罗特同为写实派，所作以形线柔美著。

沿着塞纳河南的河墙，一带旧书摊儿，六七里长，也是左岸特有的风光。有点像北平东安市场里旧书摊儿。可是背景太好了。河水终日悠悠地流着，两头一眼望不尽；左边卢佛宫，右边圣母堂，古香古色的。书摊儿黯黯的，低低的，窄窄的一溜；一小格儿一小格儿，或连或断，可没有东安市场里的大。摊上放着些破书；旁边小凳子上坐着掌柜的。到时候将摊儿盖上，锁上小铁锁就走。这些情形也活像东安市场。

铁塔在巴黎西头，塞纳河东岸，高约一千英尺，算是世界上最高的塔。工程艰难浩大，建筑师名爱非尔（Eiffel），也称为爱非尔塔。全塔用铁骨造成，如网状，空处多于实处，轻便灵巧，亭亭直上，颇有戈昔式的余风。塔基占地十七亩，分三层。头层离地一百八十六英尺，二层三百七十七英尺，三层九百二十四英尺，连顶九百八十四英尺。头二层有"咖啡"，酒馆及小摊儿等。电梯步梯都有，电梯上下两厢，一厢载直上直下的客人，一厢载在头层停留的客人。最上层却非用电梯不可。那梯口常常拥挤不堪。壁上贴着"小心扒手"的标语，收票人等嘴里还不住地唱道，"小心呀！"这一段儿走得可慢极，大约也是"小心"吧。最上层只有卖纪念品的摊儿和一些问心机。这种问心机欧洲各游戏场中常见；是些小铁箱，一箱管一事。放一个钱进去，便可得到回答；回答若干条是印好的，指针所停止的地方就是专答你。也有用电话回答的。譬如你要问流年，便向流年箱内投进钱去。这实在是一种开心的玩意儿。这层还专设一信箱；寄的信上盖铁塔形邮戳，好让亲友们留作纪念。塔上最宜远望，全巴黎都在眼下。但尽是密匝匝的房子，只觉应接不暇而无苍茫之感。塔上满缀着电灯，晚上便是种种广告；在暗夜里这种明妆倒值得一番领略。隔河是特罗卡代罗（Trocadéro）大厦，有道桥笔直地通着。这所大厦是为一八七八年的博览会造的。中央圆形，圆窗圆顶，两支高高的尖塔分列顶侧；左右翼是新月形的长房。下面许多级台阶，阶下一个大喷水池，也是圆的。大厦前是公园，铁塔下也是的；一片空阔，一片绿。所以大厦远看近看都显出雄巍巍的。大厦的正厅可容五千人。它的大在横里；铁塔的大在直里。一横一直，恰好称得住。

　　歌剧院在右岸的闹市中。门墙是威尼斯式，已经乌暗暗的，走近前细看，才见出上面精美的雕饰。下层一排七座门，门间都安着些小雕像。其中罗特的《舞群》，最有血有肉，有情有力。罗特是写实派作家，所以如此。但因为太生动了，当时有些人还见不惯；一八六九年这些雕像揭幕的时候，一个宗教狂的人，趁夜里悄悄地向这群像上倒了一瓶墨水。这件事传开了，然而罗特却因此成了一派。院里的楼梯以宏丽著名。全用大理石，又白，又滑，又宽；栏杆是低低儿的。加上罗马式圆拱门，一对对爱翁匿克式石柱，雕像上的电灯烛，真是堆花簇锦一般。那一片电灯光像海，又像月，照着你缓缓走上梯去。幕间休息的时候，大家都离开座儿各处走。这儿休息的时间特别长，法国人乐意趁这闲工夫在剧院里散散步，谈谈话，来一点吃的喝的。休息室里散步的人最多。这是一间顶长顶高的大厅，华丽的灯光淡淡地布满了一屋子。一边是成排的落地长窗，一边是几座高大的门；墙上略略有些装饰，地下铺着毯子。屋里空落落的，客人穿梭般来往。太太小姐们大多穿着各色各样的晚服，露着脖子和膀子。"衣香鬓影"，这里才真够味儿。歌剧院是国家的，只演古典的歌剧，间或也演队舞（Ballet），总是堂皇富丽的玩艺儿。

　　国葬院在左岸。原是巴黎护城神圣也奈韦夫（St. Geneviève）的教堂；大革命后，一般思想崇拜神圣不如崇拜伟人了，于是改为这个；后来又改回去两次，一八五五年才算定了。伏尔泰，卢梭，雨果，左拉，都葬在这里。院中很为宽宏，高大的圆拱门，架着些圆顶，都是罗马式。顶上都有装饰的图案和画。中央的穹隆顶高二百七十二英尺，可以上去。院中壁上画着法国与巴黎的历史故事，名笔颇多。沙畹（Puvis de Chavannes，十九世纪）的便不少。其中《圣也奈韦夫俯视着巴黎城》一幅，正是月圆人静的深夜，圣还独对着油盏火；她似乎有些倦了，慢慢踱出来，凭栏远望，全巴黎城在她保护之下安睡了；瞧她那慈祥和蔼一往情深的样子。圣也奈韦夫于五世纪初年，生在离巴黎二十四里的囊台儿村（Nanterre）里。幼时听圣也曼讲道，深为感悟。圣也曼也说她根器好，着实勉励了一番。后来她到巴黎，尽力于救济事业。五世纪中叶，匈奴将来侵巴黎，全城震惊。她力劝人民镇静，依赖神明，颇能教人相信。匈奴到底也没来成。以后巴黎真经兵乱，她于救济事业加倍努力。她活了九十岁。晚年倡议在巴黎给圣彼得与圣保罗修一座教堂。动工的第二年，她就死了。等教堂落成，却发见她已葬在里头；此外还有许多奇异的传说。因此这座教堂只好作为奉祀她的了。这座教堂便是现在的国葬院。院的门墙是希腊式，三角楣下，一排哥林斯式的石柱。院旁有圣爱的昂堂，不大。现在是圣也奈韦夫埋灰之所。祭坛前的石刻花屏极华美，是十六世纪的东西。

左岸还有伤兵养老院。其中兵甲馆，收藏废弃的武器及战利品。有一间满悬着三色旗，屋顶上正悬着，两壁上斜插着，一面挨一面的。屋子很长，一进去但觉千层百层鲜明的彩色，静静地交映着。院有穹隆顶，高三百四十英尺，直径八十六英尺，造于十七世纪中，优美庄严，胜于国葬院的。顶下原是一个教堂，拿破仑墓就在这里。堂外有宽大的台阶儿，有多力克式与哥林斯式石柱。进门最叫你舒服的是那屋里的光。那是从染色玻璃窗射下来的淡淡的金光，软得像一股水。堂中央一个窖，圆的，深二十英尺，直径三十六英尺，花岗石柩居中，十二座雕像环绕着，代表拿破仑重要的战功；像间分六列插着五十四面旗子，是他的战利品。堂正面是祭坛；周围许多龛堂，埋着王公贵人。一律圆拱门；地上嵌花纹，窖中也这样。拿破仑死在圣海仑岛，遗嘱愿望将骨灰安顿在塞纳河旁，他所深爱的法国人民中间。待他死后十九年，一八四〇，这愿望才达到了。

塞纳河里有两个小洲，小到不容易觉出。西头的叫城洲，洲上两所教堂是巴黎的名迹。洲东的圣母堂更为煊赫。堂成于十二世纪，中间经过许多变迁，到十九世纪中叶重修，才有现在的样子。这是"装饰的戈昔式"建筑的最好的代表。正面朝西，分三层。下层三座尖拱门。这种门很深，门圈儿是一棱套着一棱的，越望里越小；棱间与门上雕着许多大像小像，都是《圣经》中的人物。中层是窗子，两边的尖拱形，分雕着亚当夏娃像；中央的浑圆形，雕着"圣处女"像。上层是栏干。最上两座钟楼，各高二百二十七英尺；两楼间露出后面尖塔的尖儿，一个伶俐瘦劲的身影。这座塔是勒丢克（Viellet ie Duc，十九世纪）所造，比钟楼还高五十八英尺；但从正面看，像一般高似的，这正是建筑师的妙用。朝南还有一个旁门，雕饰也繁密得很。从背后看，左右两排支墙（Buttress）像一对对的翅膀，作飞起的势子。支墙上虽也有些装饰，却不为装饰而有。原来戈昔式的房子高，窗子大，墙的力量支不住那些石头的拱顶，因此非从墙外想法不可。支墙便是这样来的。这是戈昔式的致命伤；许多戈昔式建筑容易圮毁，正是为此。堂里满是彩绘的高玻璃窗子，阴森森的，只看见石柱子，尖拱门，肋骨似的屋顶。中间神堂，两边四排廊路，周围三十七间龛堂，像另自成个世界。堂中的讲坛与管风琴都是名手所作。歌队座与牧师座上的动植物木刻，也以精工著。戈昔式教堂里雕绘最繁；其中取材于教堂所在地的花果的尤多。所雕绘的大抵以近真为主。这种一半为装饰，一半也为教导，让那些不识字的人多知道些事物，作用和百科全书差不多。堂中有宝库，收藏历来珍贵的东西，如金龛，金十字架之类，灿烂耀眼。拿破仑于一八〇四年在这儿加冕，那时穿的长袍也陈列在这个库里。北钟楼许人上去，可以看见墙角上石刻的妖兽，奇丑怕人，俯视着下方，据说是吐溜水的。雨果写过《巴黎圣母堂》一部小说，所叙是四百年前的情形，有些还和现在一样。

圣龛堂在洲西头，是全巴黎戈昔式建筑中之最美丽者。罗斯金更说是"北欧洲最珍贵的一所戈昔式"。在一二三八那一年，"圣路易"王听说君士坦丁皇帝包尔温将"棘冠"押给威尼斯商人，无力取赎，"棘冠"已归商人们所有，急得什么似的。他要将这件无价之宝收回，便异想天开地在犹太人身上加了一种"苛捐杂税"。过了一年，"棘冠"果然弄回来，还得了些别的小宝贝，如"真十字架"的片段等等。他这一乐非同小可，命令某建筑师造一所教堂供奉这些宝物；要造得好，配得上。一二四五年起手，三年落成。名建筑家勒丢克说，"这所教堂内容如此复杂，花样如此繁多，活儿如此利落，材料如此美丽，真想不出在那样短的时期里如何成功的。"这样两个龛堂，一上一下，都是金碧辉煌的。下堂尖拱重叠，纵横交互；中央拱低而阔，所以地方并不大而极有开朗之势。堂中原供的"圣处女"像，传说灵迹甚多。上堂却高多了，有彩绘的玻璃窗子十五堵；窗下沿墙有龛，低得可怜相。柱上相间地安着十二使徒像；有两尊很古老，别的都是近世仿作。玻璃绘画似乎与戈昔艺术分不开；十三世纪后者最盛，前者也最盛。画法用许多颜色玻璃拼合而成，相连处以铅焊之，再用铁条夹住。著色有浓淡之别。淡色所以使日光柔和飘渺。但浓色的多，大概用深蓝作地子，加上点儿黄白与宝石红，取其衬托鲜明。这种窗子也兼有装饰与教导的好处；所画或为几何图案，或为人物故事。还有一堵"玫瑰窗"，是象征"圣处女"的；画是圆形，花纹都从中心分出。据说这堵窗是玫瑰窗中最亲切有味的，因为它的温暖的颜色比别的更接近看的人。

但这种感想东方人不会有。这龛堂有一座金色的尖塔，是勒丢克造的。

毛得林堂在刚果方场之东北，造于近代。形式仿希腊神庙，四面五十二根哥林斯式石柱，围成一个廊子。壁上左右各有一排大龛子，安着群圣的像。堂里也是一行行同式的石柱；却使用各种颜色的大理石，华丽悦目。圣心院在巴黎市外东北方，也是近代造的，至今还未完成，堂在一座小山的顶上，山脚下有两道飞阶直通上去。也通索子铁路。堂的规模极宏伟，有四个穹隆顶，一个大的，带三个小的，都是卑赞廷式；另外一座方形高钟楼，里面的钟重二万零九十斤。堂里能容八千人，但还没有加以装饰。房子是白色，台阶也是的，一种单纯的力量压得住人。堂高而大，巴黎周围若干里外便可看见。站在堂前的平场里，或爬上穹隆顶里，也可看个五六十里。造堂时工程浩大，单是打地基一项，就花掉约四百万元；因为土太松了，撑不住，根基要一直打到山脚下。所以有人半真半假地说，就是移了山，这教堂也不会倒的。

巴黎博物院之多，真可算甲于世界。就这一桩儿，便可教你流连忘返。但须徘徊玩索才有味，走马看花是不成的。一个行色匆匆的游客，在这种地方往往无可奈何。博物院以卢佛宫（Louvre）为最大；这是就全世界论，不单就巴黎论。卢佛宫在加罗塞方场之东；主要的建筑是口字形，南头向西伸出一长条儿。这里本是一座堡垒，后来改为王宫。大革命后，各处王宫里的画，宫苑里的雕刻，都保存在此；改为故宫博物院，自然是很顺当的。博物院成立后，历来的政府都尽力搜罗好东西放进去；拿破仑从各国"搬"来大宗的画，更为博物院生色不少。宫房占地极宽，站在那方院子里，颇有海阔天空的意味。院子里养着些鸽子，成群地孤单地仰着头挺着胸在地上一步步地走，一点不怕人。撒些饼干面包之类，它们便都向你身边来。房子造得秀雅而庄严，壁上安着许多王公的雕像。熟悉法国历史的人，到此一定会发思古之幽情的。

卢佛宫好像一座宝山，蕴藏的东西实在太多，教人不知从那儿说起好。画为最，还有雕刻，古物，装饰美术等等，真是琳琅满目。乍进去的人一时摸不着头脑，往往弄得糊里糊涂。就中最脍炙人口的有三件。一是达文齐的《摩那丽沙》像，大约作于一五〇五年前后，是觉孔达（Joconda）夫人的画像。相传达文齐这幅像画了四个年头，因为要那甜美的微笑样子，每回"临像"的时候，总请些乐人弹唱给她听，让她高高兴兴坐着。像画好了，他却爱上她了。这幅画是佛兰西司第一手里买的,他没有准儿许认识那女人。一九一一年画曾被人偷走，但两年之后，到底从意大利找回来了。十六世纪中叶，意大利已公认此画为不可有二的画像杰作，作者在与造化争巧。画的奇处就在那一丝儿微笑上。那微笑太飘忽了，太难捉摸了，好像常常在变幻。这果然是个"奇迹"，不过也只是造形的"奇迹"罢了。这儿也有些理想在内；达文齐笔下夹带了一些他心目中的圣母的神气。近世讨论那微笑的可太多了。诗人，哲学家，有的是；他们都想找出点儿意义来。于是摩那丽沙成为一个神秘的浪漫的人了；她那微笑成为"人狮（Sphinx）的凝视"或"鄙薄的讽笑"了。这大概是她与达文齐都梦想不到的吧。

二是米罗（Milo）《爱神》像。一八二〇年米罗岛一个农人发现这座像，卖给法国政府只卖了五千块钱。据近代考古家研究，这座像当作于纪元前一百年左右。那两只胳膊都没有了；它们是怎么个安法，却大大费了一班考古家的心思。这座像不但有生动的形态，而且有温暖的骨肉。她又强壮，又清明；单纯而伟大，朴真而不奇。所谓清明，是身心都健的表象，与麻木不同。这种作风颇与纪元前五世纪希腊巴昔农（Panthenon）庙的监造人，雕刻家费铁亚司（Phidias）相近。因此法国学者雷那西（S.Reinach，新近去世）在他的名著《亚波罗》（美术史）中相信这座像作于纪元前四世纪中。他并且相信这座像不是爱神微那司而是海女神安非特利特（Amphitrite）；因为它没有细腻，飘渺，娇羞，多情的样子。三是沙摩司雷司（Samothrace）的《胜利女神像》。女神站在冲波而进的船头上，吹着一支喇叭。但是现在头和手都没有了，剩下翅膀与身子。这座像是还愿的。纪元前三〇六年波立尔塞特司（Demetrius Poliorcetes）在塞勃勒司（Cyprus）岛打败了埃及大将陶来买（Ptolemy）的水师，便在沙摩司雷司岛造了这座像。衣裳雕得最好；那是一件薄薄的软软的衣裳，光影的准确，衣褶的精细流动；加上那下半截儿被风吹得好像弗弗有声，上半截儿却紧紧地贴着身子，很有趣地对照着。因为衣裳雕得好，才显出那筋肉的力量；那身子在摇晃着，在挺进着，一团胜利的喜悦的劲儿。还有，海风呼呼地吹着，船尖儿嗤嗤地响着，将一片碧波分成两条长长的白道儿。

卢森堡博物院专藏近代艺术家的作品。他们或新故，或还生存。这里比卢佛宫明亮得多。进门去，宽大的甬道两旁，满陈列着雕像等；里面却多是画。雕刻里有彭彭（Pompon）的《狗熊》与《水禽》等，真是大巧若拙。彭彭现在大概有七八十岁了，天天上动物园去静观禽兽的形态。他熟悉它们，也亲爱它们，所以做出来的东西神气活现；可是形体并不像照相一样地真切，他在天然的曲线里加上些小小的棱角，便带着点"建筑"的味儿。于是我们才看见新东西。那《狗熊》和实物差不多大，是石头的；那《水禽》等却小得可以供在案头，是铜的。雕像本有两种手法，一是干脆地砍石头，二是先用泥塑，再浇铜。彭彭从小是石匠，石头到他手里就像豆腐。他是巧匠而兼艺术家。动物雕像盛于十九世纪的法国；那时候动物园发达起来，供给艺术家观察，研究，描摹的机会。动物素描之成为画的一支，也从这时候起。院里的画受后期印象派的影响，找寻人物的"本色"（local colour），大抵是鲜明的调子。不注重画面的"体积"而注重装饰的效用。也有细心分别光影的，但用意还在找寻颜色，与印象派之只重光影不一样。

砖场花园的南犄角上有网球场博物院，陈列外国近代的画与雕像。北犄角上有奥兰纪利博物院，陈列的东西颇杂，有马奈（Manet，十九世纪法国印象派画家）的画与日本的浮世绘等。浮世绘的著色与构图给十九世纪后半法国画家极深的影响。摩奈（Monet）画院也在这里。他也是法国印象派巨子，一九二六年才过去。印象派兴于十九世纪中叶，正是照相机流行的时候。这派画家想赶上照相机，便专心致志地分别光影；他们还想赶过照相机，照相没有颜色而他们有。他们只用原色；所画的画近看但见一处处的颜色块儿，在相当的距离看，才看出光影分明的全境界。他们的看法是迅速的综合的，所以不重"本色"（人物固有的颜色，随光影而变化），不重细节。摩奈以风景画著于世；他不但是印象派，并且是露天画派（Pleinairiste）。露天画派反对画室里的画，因为都带着那黑影子；露天里就没有这种影子。这个画院里有摩奈八幅顶大的画，太大了，只好嵌在墙上。画院只有两间屋子，每幅画就是一堵墙，画的是荷花在水里。摩奈欢喜用蓝色，这几幅画也是如此。规模大，气魄厚，汪汪欲溢的池水，疏疏密密的乱荷，有些像在树荫下，有些像在太阳里。据内行说，这些画的章法，简直前无古人。

罗丹博物院在左岸。大战后罗丹的东西才收集在这里；已完成的不少，也有些未完成的。有群像，单像，胸像；有石膏仿本。还有画稿，塑稿。还有罗丹的遗物。罗丹是十九世纪雕刻大师；或称他为自然派，或称他为浪漫派。他有匠人的手艺，诗人的胸襟；他藉雕刻来表现自己的情感。取材是不平常的，手法也是不平常的。常人以为美的，他觉得已无用武之地；他专找常人以为丑的，甚至于借重性交的姿势。又因为求表现的充分，不得不夸饰与变形。所以他的东西乍一看觉得"怪"，不是玩艺儿。从前的雕刻讲究光洁，正是"裁缝不露针线迹"的道理；而浪漫派艺术家恰相反，故意要显出笔触或刀痕，让人看见他们在工作中情感激动的光景。罗丹也常如此。他们又多喜欢用塑法，因为泥随意些，那凸凸凹凹的地方，那大块儿小条儿，都可以看得清楚。

克吕尼馆（Cluny）收藏罗马与中世纪的遗物颇多，也在左岸。罗马时代执政的宫在这儿。后来法兰族诸王也住在这宫里。十五世纪的时候，宫毁了，克吕尼寺僧改建现在这所房子，作他们的下院，是"后期戈昔"与"文艺复兴"的混合式。

法国王族来到巴黎，在馆里暂住过的，也很有些人。这所房子后来又归了一个考古家。他搜集了好些古董；死后由政府收买，并添凑成一万件。画，雕刻，木刻，金银器，织物，中世纪上等家具，磁器，玻璃器，应有尽有。房子还保存着原来的样子。入门就如活在几百年前的世界里，再加上陈列的零碎的东西，触鼻子满是古气。与这个馆毗连着的是罗马时代的浴室，原分冷浴热浴等，现在只看见些残门断柱（也有原在巴黎别处的），寂寞地安排着。浴室外是园子，树间草上也散布着古代及中世纪巴黎建筑的一鳞一爪，其中"圣处女门"最秀雅。

　　此外巴黎美术院（即小宫），装饰美术院都是杂拌儿。后者中有一间扇室，所藏都是十八世纪的扇面，是某太太的遗赠。十八世纪中国玩艺儿在欧洲颇风行，这也可见一斑。扇面满是西洋画，精工鲜丽；几百张中，只有一张中国人物，却板滞无生气。又有吉买博物院（Guimet），收藏远东宗教及美术的资料。伯希和取去敦煌的佛画，多数在这里。日本小画也有些。还有蜡人馆。据说那些蜡人做得真像，可是没见过那些人或他们的照相的，就感不到多大兴味，所以不如画与雕像。不过"隧道"里阴惨惨的，人物也代表着些阴惨惨的故事，却还可看。楼上有镜宫，满是镜子，顶上与周围用各色电光照耀，宛然千门万户，像到了万花筒里。

　　一九三二年春季的官"沙龙"在大宫中，顶大的院子里罗列着雕像；楼上下八十几间屋子满是画，也有些装饰美术。内行说，画像太多，真是"官"气。其中有安南阮某一幅，奖银牌；中国人一看就明白那是阮氏祖宗的影像。记得有个笑话，说一个贼混入人家厅堂偷了一幅古画，卷起夹在腋下。跨出大门，恰好碰见主人。那贼情急智生，便将画卷儿一扬，问道，"影像，要买吧？"主人自然大怒，骂了一声走进去。贼于是从容溜之乎也。那位安南阮某与此贼可谓异曲同工。大宫里，同时还有一个装饰艺术的"沙龙"，陈列的是家具，灯，织物，建筑模型等等，大都是立体派的作风。立体派本是现代艺术的一派，意大利最盛。影响大极了，建筑，家具，布匹，织物，器皿，汽车，公路，广告，书籍装订，都有立体派的份儿。平静，干脆，是古典的精神，也是这时代重理智的表现。在这个"沙龙"里看，现代的屋子内外都俨然是些几何的图案，和从前华丽的藻饰全异。还有一个"沙龙"，专陈列幽默画。画下多有说明。各画或描摹世态，或用大小文野等对照法，以传出那幽默的情味。有一幅题为《长裙子》，画的是夜宴前后客室中的景子：女客全穿短裙子，只有一人穿长的，大家的眼睛都盯着她那长出来的一截儿。她正在和一个男客谈话，似乎不留意。看她的或偏着身子，或偏着头，或操着手，或用手托着腮（表示惊讶），倚在丈夫的肩上，或打着看戏用的放大镜子，都是一副尴尬面孔。穿长裤子的女客在左首，左首共三个人；中央一对夫妇，右首三个女人，疏密向背都恰好；还点缀着些不在这一群里的客人。画也有不幽默的，也有太恶劣的；本来是幽默并不容易。

巴黎的坟场，东头以倍雷拉谢斯（Père Lachaise）为最大，占地七百二十亩，有二里多长。中间名人的坟颇多，可是道路纵横，找起来真费劲儿。阿培拉德与哀绿绮思两坟并列，上有亭子盖着；这是重修过的。王尔德的坟本葬在别处；死后九年，也迁到此场。坟上雕着个大飞人，昂着头，直着脚，长翅膀，像是合埃及的"狮人"与亚述的翅儿牛而为一，雄伟飞动，与王尔德并不很称。这是英国当代大雕刻家爱勃司坦（Epstein）的巨作；钱是一位倾慕王尔德的无名太太捐的。场中有巴什罗米（Bartholomé）雕的一座纪念碑，题为《致死者》。碑分上下两层，上层中间是死门，进去的两个人倒也行无所事的；两侧向门走的人群却牵牵拉拉，哭哭啼啼，跌跌倒倒，不得开交似的。下层像是生者的哀伤。此外北头的蒙马特，南头的蒙巴那斯两坟场也算大。茶花女埋在蒙马特场，题曰一八二四年正月十五日生，一八四七年二月三日卒。小仲马，海涅也在那儿。蒙巴那斯场有圣白孚，莫泊桑，鲍特莱尔等；鲍特莱尔的坟与纪念碑不在一处，碑上坐着一个悲伤的女人的石像。

巴黎的夜也是老牌子。单说六个地方。非洲饭店带澡堂子，可以洗蒸气澡，听黑人浓烈的音乐；店员都穿着埃及式的衣服。三藩咖啡看"爵士舞"，小小的场子上一对对男女跟着那繁声促节直扭腰儿。最警动的是那小圆木筒儿，里面像装着豆子之类。不时地紧摇一阵子。圆屋听唱法国的古歌；一扇门背后的墙上油画着蹲着在小便的女人。红磨坊门前一架小红风车，用电灯做了轮廓线；里面看小戏与女人跳舞。这在蒙马特区。蒙马特是流浪人的区域。十九世纪画家住在这一带的不少，画红磨坊的常有。塔巴林看女人跳舞，不穿衣服，意在显出好看的身子。里多在仙街，最大。看变戏法，听威尼斯夜曲。里多岛本是威尼斯娱乐的地方。这儿的里多特意砌了一个池子，也有一支"刚朵拉"，夜曲是男女对唱，不过意味到底有点儿两样。

巴黎的野色在波隆尼林与圣克罗园里才可看见。波隆尼林在西北角，恰好在塞因河河套中间，占地一万四千多亩，有公园，大路，小路，有两个湖，一大一小，都是长的；大湖里有两个洲，也是长的。要领略林子的好处，得闲闲地拣深僻的地儿走。圣克罗园还在西南，本有离宫，现在毁了，剩下些喷水和林子。林子里有两条道儿很好。一条渐渐高上去，从树里两眼望不尽；一条窄而长，漏下一线天光；远望路口，不知是云是水，茫茫一大片。但真有野味的还得数枫丹白露的林子。枫丹白露在巴黎东南,一点半钟的火车。这座林子有二十七万亩,周围一百九十里。坐着小马车在里面走,幽静如远古的时代。太阳光将树叶子照得透明,却只一圈儿一点儿地洒到地上。路两旁的树有时候太茂盛了,枝叶交错成一座拱门,低低的;远看去好像拱门那面另有一界。林子里下大雨,那一片沙沙沙沙的声音,像潮水,会把你心上的东西冲洗个干净。林中有好几处山峡,可以试腰脚,看野花野草,看旁逸斜出,稀奇古怪的石头,像枯骨,像刺猬。亚勃雷孟峡就是其一,地方大,石头多,又是忽高忽低,走起来好。

枫丹白露宫建于十六世纪,后经重修。拿破仑一八一四年临去爱而巴岛的时候,在此告别他的诸将。这座宫与法国历史关系甚多。宫房外观不美,里面却精致,家具等等也考究。就中侍从武官室与亨利第二厅最好看。前者的地板用嵌花的条子板;小小的一间屋,共用九百条之多。复壁板上也雕绘着繁细的花饰,炉壁上也满是花儿,挂灯也像花正开着。后者是一间长厅,其大少有。地板用了二万六千块,一色,嵌成规规矩矩的几何图案,光可照人。厅中间两行圆拱门。门柱下截镶复壁板,上截镶油画;楣上也画得满满的。天花板极意雕饰,金光耀眼。宫外有园子,池子,但赶不上凡尔赛宫的。

凡尔赛宫在巴黎西南,算是近郊。原是路易十三的猎宫,路易十四觉得这个地方好,便大加修饰。路易十四是所谓"上帝的代表",凡尔赛宫便是他的庙宇。那时法国贵人多一半住在宫里,伺候王上。他的侍从共一万四千人;五百人伺候他吃饭,一百个贵人伺候他起床,更多的贵人伺候他睡觉。那时法国艺术大盛,一切都成为御用的,集中在凡尔赛和巴黎两处,凡尔赛宫里装饰力求富丽奇巧,用钱无数。如金漆彩画的天花板,木刻,华美的家具,花饰,贝壳与多用错综交会的曲线纹等,用意全在教来客惊奇:这便是所谓"罗科科式"(Rococo)。宫中有镜厅,十七个大窗户,正对着十七面同样大小的镜子;厅长二百四十英尺,宽三十英尺,高四十二英尺。拱顶上和墙上画着路易十四打胜德国,荷兰,西班牙的情形,画着他是诸国的领袖,画着他是艺术与科学的广大教主。近十几年来成为世界祸根的那和约便是一九一九年六月二十八那一天在这座厅里签的字。宫旁一座大园子,也是路易十四手里布置起来的。看不到头的两行树,有万千的气象。有湖,有花园,有喷水。花园一畦一个花样,小松树一律修剪成圆锥形,集法国式花园之大成。喷水大约有四十多处,或铜雕,或石雕,处处都别出心裁,也是集大成。每年五月到九月,每月第一星期日,和别的节日,都有大水法。从下午四点起,到处银花飞舞,雾气沾人,衬着那齐斩斩的树,软茸茸的草,觉得立着看,走着看,不拘怎么看总成。海龙王喷水池,规模特别大;得等五点半钟大水法停后，让它单独来二十分钟。有时晚上大放花炮，就在这里。各色的电彩照耀着一道道喷水。花炮在喷水之间放上去，也是一道道的；同时放许多，便氤氲起一团雾。这时候电光换彩，红的忽然变蓝的，蓝的忽然变白的，真真是一眨眼。

卢梭园在爱尔莽浓镇（Ermenonville），巴黎的东北，要坐一点钟火车，走两点钟的路。这是道地乡下，来的人不多。园子空旷得很，有种荒味。大树，怒草，小湖，清风，和中国的郊野差不多，真自然得不可言。湖里有个白杨洲，种着一排白杨树，卢梭坟就在那小洲上。日内瓦的卢梭洲在仿这个；可是上海式的街市旁来那么个洲子，总有些不伦不类。

一九三一年夏天，"殖民地博览会"开在巴黎之东的万散园（Vincennes）里。那时每日人山人海。会中建筑都仿各地的式样，充满了异域的趣味。安南庙七塔参差，峥嵘肃穆，最为出色。这些都是用某种轻便材料造的，去年都拆了。各建筑中陈列着各处的出产，以及民俗。晚上人更多，来看灯光与喷水。每条路一种灯，都是立体派的图样。喷水有四五处，也是新图样；有一处叫"仙人球"喷水，就以仙人球做底样，野拙得好玩儿。这些自然都用电彩。还有一处水桥，河两岸各喷出十来道水，凑在一块儿，恰好是一座弧形的桥，教人想着走上一个水晶的世界去。

西行通讯〔附录〕

（一）

圣陶兄：

我等八月二十二日由北平动身，二十四日到哈尔滨。这至少是个有趣的地方，请听我说哈尔滨的印象。

这里分道里，道外，南岗，马家沟四部分。马家沟是新辟的市区，姑不论。南岗是住宅区，据说建筑别有风味；可惜我们去时，在没月亮的晚上。道外是中国式的市街，我们只走过十分钟。我所知的哈尔滨，是哈尔滨的道里，我们住的地方。

道里纯粹不是中国味儿。街上满眼是俄国人，走着的，坐着的；女人比那儿似乎都要多些。据说道里俄国人也只十几万；中国人有三十几万，但俄国人大约喜欢出街，所以便觉满街都是了。你黄昏后在中国大街上走（或在南岗秋林洋行前面走），瞧那拥拥挤挤的热闹劲儿。上海大马路等处入夜也闹攘攘的，但乱七八糟地各有目的，这儿却几乎满是逛街的。这种忙里闲的光景，别处是没有的。

这里的外国人不像上海的英美人在中国人之上，可是也并不如有些人所想，在中国人之下。中国人算是不让他们欺负了，他们又怎会让中国人欺负呢？中国人不特别尊重他们，却是真的。他们的流品很杂，开大洋行小买卖的固然多，驾着汽车沿街兜揽乘客的也不少，赤着脚爱淘气的顽童随处可见。这样倒能和中国人混在一起，没有什么隔阂了。也许因白俄们穷无所归，才得如此；但这现象比上海沈阳等中外杂居的地方使人舒服多了。在上海沈阳冷眼看着，是常要生气，常要担心的。

这里人大都会说俄国话，即使是卖扫帚的。他们又大都有些外国规矩，如应诺时的"哼哼"，及保持市街清洁之类。但他们并不矜持他们的俄国话和外国规矩，也没有卖弄的意思，只看做稀松平常，与别处的"二毛子"大不一样。他们的外国化是生活自然的趋势，而不是奢侈的装饰，是"全民"的，不是少数"高等华人"的。一个生客到此，能领受着多少异域的风味而不感着窒息似的；与洋大人治下的上海，新贵族消夏地的青岛，北戴河，宛然是两个世界。

但这里虽有很高的文明，却没有文化可言。待一两个礼拜，甚至一个月，大致不会教你腻味，再多可就要看什么人了。这里没有一爿像样的书店，中国书外国书都很稀罕；有些大洋行的窗户里虽放着几本俄文书，想来也只是给商人们消闲的小说罢。最离奇的是这里市招上的中文，如"你吉达"，"民娘九尔"，"阿立古闹如次"等译音，不知出于何人之手。也难怪，中等教育，还在幼稚时期的，已是这里的最高教育了！这样算不算梁漱溟先生所说的整个欧化呢？我想是不能算的。哈尔滨和哈尔滨的白俄一样，这样下去，终于是非驴非马的畸形而已。虽在感着多少新鲜的意味的旅客的我，到底不能不作如此想。

这里虽是欧化的都会，但闲的处所竟有甚于北平的。大商店上午九点开到十二点，一点到三点休息；三点再开，五点便上门了。晚上呢，自然照例开电灯，让炫眼的窗饰点缀坦荡荡的街市。穿梭般的男女比白天多得多。俄国人，至少在哈尔滨的，像是与街有不解缘。在巴黎伦敦最热闹的路上，晚上逛街的似乎也只如此罢了。街两旁很多休息的长椅，并没有树荫遮着；许多俄国人就这么四无依傍地坐在那儿，有些竟是为了消遣来的。闲一些的街中间还有小花园，围以短短的栅栏，里面来回散步的不少。——你从此定可以想到，一个广大的公园，在哈尔滨是决少不了的。

这个现在叫做"特市公园"。大小仿佛北平的中山公园，但布置自然两样。里面有许多花坛，用各色的花拼成种种对称的图案；最有意思的是一处入口的两个草狮子。是蹲伏着的，满身碧油油的嫩草，比常见的狮子大些，神气自然极了。园内有小山，有曲水，有亭有桥；桥是外国式，以玲珑胜。水中可以划船，也还有些弯可转。这样便耐人寻味。又有茶座，电影场，电气马（上海大世界等处有）等。这里电影不分场，从某时至某时老是演着，当时颇以为奇，后来才知是外国办法。我们去的那天，正演《西游记》；不知别处会演些好片子否。这公园里也是晚上人多；据说俄国女人常爱成排地在园中走，排的长约等于路的阔，同时总有好两排走着，想来倒也很好看。特市公园外，警察告诉我们还有些小园子，不知性质如何。

这里的路都用石块筑成。有人说石头路尘土少些；至于不用柏油，也许因为冬天太冷，柏油不经冻之故。总之，尘土少是真的，从北平到这儿，想着尘土要多些，那知适得其反；在这儿街上走，从好些方面看，确是比北平舒服多了。因为路好，汽车也好。不止坐着平稳而已，又多！又贱！又快！满街是的，一扬手就来，和北平洋车一样。这儿洋车少而贵；几毛钱便可坐汽车，人多些便和洋车价相等。开车的俄国人居多，开得"棒"极了；拐弯，倒车，简直行所无事，还让你一点不担心。巴黎伦敦自然有高妙的车手，但车马填咽，显不出本领；街上的 Taxi 有时几乎像驴子似的。在这一点上，哈尔滨要强些。胡适之先生提倡"汽车文明"，这里我是第一次接触汽车文明了。上海汽车也许比这儿多，但太贵族了，没有多少意思。此地的马车也不少，也贱，和五年前南京的马车差不多，或者还要贱些。

这里还有一样便宜的东西，便是俄国菜。我们第一天在一天津馆吃面，以为便宜些；那知第二天吃俄国午餐，竟比天津馆好而便宜得多。去年暑假在上海，有人请吃"俄国大菜"，似乎那时很流行，大约也因为价廉物美吧。俄国菜分量多，便于点菜分食；比吃别国菜自由些；且油重，合于我们的口味。我们在街上见俄国女人的胫痴肥的多，后来在西伯利亚各站所见也如此；我们常说，这怕是菜里的油太重了吧。

最后我要说松花江，道里道外都在江南，那边叫江北。江中有一太阳岛，夏天人很多，往往有带了一家人去整日在上面的。岛上最好的玩意自然是游泳，其次许就算划船。我不大喜欢这地方，因为毫不整洁，走着不舒服。我们去的已不是时候，想下水洗浴，因未带衣服而罢。岛上有一个临时照相人。我和一位徐君同去，我们坐在小船上让他照一个相。岸边穿着游泳衣的俄国妇人孩子共四五人，跳跳跑跑地硬挤到我们船边，有的浸在水里，有的爬在船上，一同照在那张相里。这种天真烂漫，倒也有些教人感着温暖的。走方照相人，哈尔滨甚多，中国别的大都市里，似未见过；也是外国玩意儿。照得不会好，当时可取，足以纪念而已。从太阳岛划了小船上道外去。我是刚起手划船，在北平三海来过几回；最痛快是这回了。船夫管着方向，他的两桨老是伺候着我的。桨是洋式，长而匀称，支在小铁叉上，又稳，又灵活；桨片是薄薄的，弯弯的。江上又没有什么萍藻，显得宽畅之至。这样不吃力而得讨好，我们过了一个愉快的下午。第二天我们一伙儿便离开哈尔滨了。

此信八月三十一在西伯利亚车中动手写，直耽搁到今日才写毕。在时间上，不在篇幅上，要算得是一通太长的信了，一切请原谅罢！

弟自清，1931年10月8日，伦敦。

（二）

圣陶兄：

这一回说给你我们过西伯利亚的情形。

平常想到西伯利亚，眼前便仿佛一片莽莽的平原，黯淡的斜阳照着，或者凛冽的北风吹着，或者连天的冰雪盖着。相信这个印象一半从《敕勒歌》来，一半从翻译的小说来；我们火车中所见，却并不如此惊心动魄的——大概是夏天的缘故罢。荒凉诚然不错，但沿路没有童山，千里的青绿，倒将西伯利亚化作平常的郊野了。只到处点缀着木屋，是向所未见。我们在西伯利亚七日，有五天都下雨；在那牛毛细雨中，这些微微发亮的木屋是有一种特别的调子的。

头两天是晴天，第一天的落日真好看；只有那时候我们承认西伯利亚的伟大。平原渐渐苍茫起来，它的边际不像白天分明，似乎伸展到无穷尽的样子。只有西方一大片深深浅浅的金光，像是一个海。我们指点着，这些是岛屿；那些是船只，还在微风中动摇着呢。金光炫烂极了，这地上是没有的，勉强打个比喻，也许像熊熊的火焰吧，但火焰究竟太平凡了，那深深浅浅的调子，倒有些像名油画家的画板，浓一块淡一块的；虽不经意，而每一点一堆都可见他的精神，他的姿态。那时我们说起"霞"这个名字，觉得声调很响亮，恰是充满了光明似的。又说到"晚霞"；"晚"的声调带一些冥没的意味，便令人有"已近黄昏"之感。L君说英文中无与"霞"相当的字，只能叫做"落日"；若真如此，我们未免要为英国人怅惘了。

第二天傍晚过贝加尔湖；这是一个大大有名的湖，我所渴想一看的。记起郭沫若君的诗里说过苏武在贝加尔湖畔牧羊，真是美丽而悲凉的想像。在黯淡的暮色中过这个寂寞的湖，我不禁也怀古起来了。晚餐前我们忽见窗外很远的一片水；大家猜，别是贝加尔湖吧？晚餐完时，车已沿着湖边走了。向北望去，只见渺渺一白，想不出那边还有地方。这湖单调极了。似乎每一点都同样的平静，没有一个帆影，也没有一个鸟影。夜来了，这该是死之国吧？但我还是坐在窗前呆看。东边从何处起，我们没留意；现在也像西边一样，是无穷的白水。车行两点多种，贝加尔湖依然在窗外；天是黑透了，我走进屋内，到底不知什么时候完的。

在欧亚两洲交界处，有一段路颇有些中国意境，绵延不断的青山与悠然流着的河水，在几里路中只随意曲了几曲。山高而峻，不见多少峰峦，如削成的一座大围屏。车在山下沿着河走；河岸也是高峻，水像突然掉下去似的。从山顶到河面，是整整齐齐的两叠；除曲了那几曲外，这几里路中都是整齐的。整齐虽已是西方的好处，但那高深却还近乎中国的山水诗或山水画。河中见一狭狭的小舟，一个人坐着缓缓地划桨，那船和人都是灰暗的颜色；这才真是中国画了。

车中一间屋睡四个人，而我们只有三个。上车时想着能老占着一间屋就好。但晚上便来了一个女人，像是做工的或种地的。她坦然睡了上铺；这在国内是不会有的——我们不但是三个男人，并且是三个外国人！第二天她下车了，来的是三等车中唯一的绅士；他大概因为晚上我们出入拉门，扰他清梦，下一天搬到别屋里去。以后来的是兵，兵，兵！我们都说与兵有缘分呢。最后来了经济学博士，他的名字，我还记得，是约瑟，是玩纸牌时要按名记分，他告诉我们的。从前来者都只说俄国话，我们偶然也能答应一两个字；是从万国卧车公司的指南上学来，如"不""三个""多少"之类。"不"字用得最多，伴着的是一摇头。这自然干脆不过，但往往从此打断了谈话；到这地步，那一位大概不是站在门外窗口去看风景，便是闭上眼睡觉。这位约瑟君却不同，他除俄国话外，自己说还懂得法文；LH两位都懂法文，我们立刻觉得屋里更有意思起来了。

但约瑟君的法文却实在不够用，他只能说些单字。LH两位应付得很费力，可是他爱说话极了，老是支支节节地谈下去。他告诉我们，俄国报说汉口党人烧了美孚煤油公司；又问起好几个中国人的名字。难为他记得住这些名字！有一个下午，他拿了纸笔，画了地图，和我们议论天下大事。他说俄国从美国买机器，而卖粮食给它；中国从美国买粮食和日用品，白让它赚了钱去。他在地图上点了几点，写着"血！""血！"说中国只能将血滴给美国，没有别的。他似乎以为中国全然美国化了，这样东西也问"亚美利加？"那样也问"亚美利加？"甚至我送他一包香片。也问"亚美利加？"我们赶紧说"中国"，"中国"，才收下了。

他又问我们什么党。我们三个都不在党；他奇怪极了，指着胸道，"我——博士——共产党！"指在他身旁的朋友——也是经济学博士——道，"他——博士——共产党！"他喜欢喝酒，常和他的朋友上饭车去喝。也邀过我们两三次，总说，"同志——啤酒，"一面指着饭车那方面。我们都谢了。最后他似乎不大好意思，指点着道，"我——布尔乔——你们——普罗利特利亚特！"他又常指着他的衣服道，"不好看——俄罗斯；"指着我们的道，"亚美利加！"（两三天后在另一车上和一个十八岁的俄国工人谈话，一位高丽人给翻译。这是个天真烂漫的工人，他的衣服比我们粗糙多了，可是比我们贵多了。他露出羡慕的颜色，但我想起约瑟君的话，倒有些羡慕他们。）他是个和蔼的人，很帮我们的忙。快到莫斯科时，他一面剥着松子（沿路见俄国人吃松子的甚多，一粒粒地摘下来嗑着，似乎比嗑瓜子有意思），一面告诉我们他有妻有子，现在家里等着他呢。又指着远处，说他夏天和他们住在城外，天凉了才搬进城去。下车后他还特地到窗前来和我们扬手作别。他是黑头发，紫脸膛，绕腮胡根子；他说他现在是一个经济杂志编辑人。

　　本该下午两点到莫斯科；误了五点钟，到时天已全黑了。去波兰的车就要开；满心想看看莫斯科，却只见一片黑夜，我只得带着最大的失望上车走了。第二天下午在波兰换车上巴黎去。晚上到饭车吃饭，侍者穿着小礼服，鞠着躬和客人说话，客人也大都换上整齐的衣服端端正正坐着，与俄国饭车空气大不相同。我渐渐有些拘束起来了。

弟自清，11月15日，伦敦。

伦敦杂记

自 序

　　一九三一到一九三二年承国立清华大学给予休假的机会，得在欧洲住了十一个月，其中在英国住了七个月。回国后写过一本《欧游杂记》，专记大陆上的游踪。在英国的见闻，原打算另写一本，比《欧游杂记》要多些。但只写成九篇就打住了。现在开明书店惠允印行；因为这九篇都只写伦敦生活，便题为《伦敦杂记》。

　　当时自己觉得在英国住得久些，尤其是伦敦这地方，该可以写得详尽些。动手写的时候，虽然也参考裴罗克的《伦敦指南》，但大部分还是凭自己的经验和记忆。可是动手写的时候已经在回国两三年之后，记忆已经不够新鲜的，兴趣也已经不够活泼的。——自己却总还认真地写下去。有一天，看见《华北日报》上有记载伦敦拉衣恩司公司的文字，著者的署名已经忘记。自己在《吃的》那一篇里也写了拉衣恩司食堂；但看了人家源源本本的叙述，惭愧自己知道的真太少。从此便有搁笔之意，写得就慢了。抗战后才真搁了笔。

　　不过在英国的七个月毕竟是我那旅程中最有意思的一段儿。承柳无忌先生介绍，我能以住到歇卜士太太家去。这位老太太如《房东太太》那篇所记，不但是我们的房东，而且成了我们的忘年朋友。她的风趣增加我们在异国旅居的意味。《圣诞节》那篇所记的圣诞节，就是在她家过的。那加尔东尼市场，也是她说给我的。她现在不知怎样了，但愿还活着！伦敦的文人宅，我是和李健吾先生同去的。他那时从巴黎到伦敦玩儿。有了他对于那些文人的深切的向往，才引起我访古的雅兴。这个也应该感谢。

　　在英国的期间，赶上莎士比亚故乡新戏院落成。我和刘崇先生，陈麟瑞先生，柳无忌先生夫妇，同赶到"爱文河上的斯特拉特福"去"躬逢其盛"。我们连看了三天戏。那几天看的，走的，吃的，住的，样样都有意思。莎翁的遗迹触目皆是，使人思古的幽情油然而生。而那安静的城市，安静的河水，亲切的旅馆主人，亲切的旅馆客人，也都使人乐于住下去。至于那新戏院，立体的作风，简朴而精雅，不用说是值得盘桓的。我还赶上《阿丽思漫游奇境记》的作者加乐尔的纪念——记得当时某刊物上登着那还活着的真的阿丽思十三岁时的小影。而《泰晤士报》举行纪念，登载《伦敦的五十年》的文字，也在这时候。其中一篇写五十年来的男女社交，最惹起人今昔之感。这些我本打算都写在我的杂记里。我的拟目比写出的要多一半。其中有关于伦敦的戏的，我特别要记吉尔伯特和瑟利文的轻快而活泼的小歌剧。还有一篇要记高斯华绥的读诗会。——那回读诗会是动物救济会主办的。当场有一个工人背出高斯华绥《法网》那出戏里的话责问他，说他有钱了，就不管正义了。他打住了一下，向全场从容问道，"诸位女士，诸位先生，你们要我读完么？"那工人终于嘀咕着走了。——但是我知道的究竟太少，也许还是藏拙为佳。

  写这些篇杂记的，我还是抱着写《欧游杂记》的态度，就是避免"我"的出现。"身边琐事"还是没有，浪漫的异域感也还是没有。并不一定讨厌这些。只因新到异国还摸不着头脑，又不曾交往异国的朋友，身边一些琐事差不多都是国内带去的，写出来无非老调儿。异域感也不是没有，只因已入中年，不够浪漫的。为此只能老老实实写出所见所闻，像新闻的报道一般；可是写得太认真，又不能像新闻报道那么轻快，真是无可如何的。游记也许还是让"我"出现，随便些的好；但是我已经来不及了。但是这九篇里写活着的人的比较多些，如《乞丐》《圣诞节》《房东太太》，也许人情要比《欧游杂记》里多些罢。

  这九篇里除《公园》《加尔东尼市场》《房东太太》三篇外，都曾登在《中学生》杂志上。那时开明书店就答应我出版，并且已经在随排随等了。记得"七七"前不久开明的朋友还来信催我赶快完成这本书，说免得彼此损失。但是抗战开始了，开明印刷厂让敌人的炮火毁了，那排好的《杂记》版也就跟着葬在灰里了。直到前些日子，在旧书堆里发现了这九篇稿子。这是抗战那年从北平带出来的，跟着我走了不少路，陪着我这几年——有一篇已经残缺了。我重读这些文字，不免怀旧的感慨，又记起和开明的一段因缘，就交给开明印。承他们答应了，那残缺的一篇并已由叶圣陶先生设法抄补，感谢之至！只可惜图片印不出，恐怕更会显出我文字的笨拙来，这是很遗憾的。

朱自清，1943年3月，昆明。

三家书店

伦敦卖旧书的铺子，集中在切林克拉斯路（Charing Cross Road）；那是热闹地方，顶容易找。路不宽，也不长，只这么弯弯的一段儿；两旁不短的是书，玻璃窗里齐整整排着的，门口摊儿上乱哄哄摆着的，都有。加上那徘徊在窗前的，围绕着摊儿的，看书的人，到处显得拥拥挤挤，看过去路便更窄了。摊儿上看最痛快，随你翻，用不着"劳驾""多谢"；可是让风吹日晒的到底没什么好书，要看好的还得进铺子去。进去了有时也可随便看，随便翻，但用得着"劳驾""多谢"的时候也有；不过爱买不买，决不至于遭白眼。说是旧书，新书可也有的是；只是来者多数为的旧书罢了。

最大的一家要算福也尔（Foyle），在路西；新旧大楼隔着一道小街相对着，共占七号门牌，都是四层，旧大楼还带地下室——可并不是地窖子。店里按着书的性质分二十五部；地下室里满是旧文学书。这爿店二十八年前本是一家小铺子，只用了一个店员；现在店员差不多到了二百人，藏书到了二百万种，伦敦的《晨报》称为"世界最大的新旧书店"。两边店门口也摆着书摊儿，可是比别家的大。我的一本《袖珍欧洲指南》，就在这儿从那穿了满染着书尘的工作衣的店员手里，用半价买到的。在摊儿上翻书的时候，往往看不见店员的影子；等到选好了书四面找他，他却从不知那一个角落里钻出来了。但最值得流连的还是那间地下室；那儿有好多排书架子，地上还东一堆西一堆的。乍进去，好像掉在书海里；慢慢地才找出道儿来。屋里不够亮，土又多，离窗户远些的地方，白日也得开灯。可是看得自在；他们是早七点到晚九点，你待个几点钟不在乎，一天去几趟也不在乎。只有一件，不可着急。你得像逛庙会逛小市那样，一半玩儿，一半当真，翻翻看看，看看翻翻；也许好几回碰不见一本合意的书，也许霎时间到手了不止一本。

开铺子少不了生意经，福也尔的却颇高雅。他们在旧大楼的四层上留出一间美术馆，不时地展览一些画。去看不花钱，还送展览目录；目录后面印着几行字，告诉你要买美术书可到馆旁艺术部去。展览的画也并不坏，有卖的，有不卖的。他们又常在馆里举行演讲会，讲的人和主席的人当中，不缺少知名的。听讲也不用花钱；只每季的演讲程序表下，"恭请你注意组织演讲会的福也尔书店"。还有所谓文学午餐会，记得也在馆里。他们请一两个小名人做主角，随便谁，纳了餐费便可加入；英国的午餐很简单，费不会多。假使有闲工夫，去领略领略那名隽的谈吐，倒也值得的，不过去的却并不怎样多。

牛津街是伦敦的东西通衢，繁华无比，街上呢绒店最多；但也有一家大书铺，叫做彭勃思（Bumpus）的便是。这铺子开设于一七九〇年左右，原在别处；一八五〇年在牛津街开了一个分店，十九世纪末便全挪到那边去了，维多利亚时代，店主多马斯彭勃思很通声气，来往的有迭更斯，兰姆，麦考莱，威治威斯等人；铺子就在这时候出了名。店后来连着旧法院，有看守所，守卫室等，十几年来都让店里给买下了。这点古迹增加了人对于书店的趣味。法院的会议圆厅现在专作书籍展览会之用；守卫室陈列插图的书，看守所变成新书的货栈。但当日的光景还可从一些画里看出：如十八世纪罗兰生（Rowlandson）所画守卫室内部，是晚上各守卫提了灯准备去查监的情形，瞧着很忙碌的样子。再有一个图，画的是一七二九的一个守卫，神气够凶的。看守所也有一幅画，砖砌的一重重大拱门，石板铺的地，看守室的厚木板门严严锁着，只留下一个小方窗，还用十字形的铁条界着；真是铜墙铁壁，插翅也飞不出去。

这家铺子是五层大楼，却没有福也尔家地方大。下层卖新书，三楼卖儿童书，外国书，四楼五楼卖廉价书；二楼卖绝版书，难得的本子，精装的新书，还有《圣经》，祈祷书，书影等等，似乎是菁华所在。他们有初印本，精印本，著者自印本，著者签字本等目录，搜罗甚博，福也尔家所不及。新书用小牛皮或摩洛哥皮（山羊皮——羊皮也可仿制）装订，烫上金色或别种颜色的立体派图案；稀疏的几条平直线或弧线，还有"点儿"，错综着配置，透出干净，利落，平静，显豁，看了心目清朗。装订的书，数这儿讲究，别家书店里少见。书影是仿中世纪的抄本的一叶，大抵是祷文之类。中世纪抄本用黑色花体字，文首第一字母和叶边空处，常用蓝色金色画上各样花饰，典丽奢皇，穷极工巧，而又经久不变；仿本自然说不上这些，只取其也有一点古色古香罢了。

一九三一年里，这铺子举行过两回展览会，一回是剑桥书籍展览，一回是近代插图书籍展览，都在那"会议厅"里。重要的自然是第一回。牛津剑桥是英国最著名的大学；各有印刷所，也都著名。这里从前展览过牛津书籍，现在再展览剑桥的，可谓无遗憾了。这一年是剑桥目下的辟特印刷所（The Pitt Press）奠基百年纪念，展览会便为的庆祝这个。展览会由鼎鼎大名的斯密兹将军（General Smuts）开幕，到者有科学家詹姆士金斯（James Jeans），亚特爱丁顿（Arthur Eddington），还有别的人。展览分两部，现在出版的书约莫四千册是一类；另一类是历史部分。剑桥的书字型清晰，墨色匀称，行款合式，书扉和书衣上最见工夫；尤其擅长的是算学书，专门的科学书。这两种书需要极精密的技巧，极仔细的校对；剑桥是第一把手。但是这些东西，还有他们印的那些冷僻的外国语书，都卖得少，赚不了钱。除了是大学印刷所，别家大概很少愿意承印。剑桥又承印《圣经》；英国准印《圣经》的只剑桥牛津和王家印刷人。斯密兹说剑桥就靠《圣经》和教科书赚钱。可是《泰晤士报》社论中说现在印《圣经》的责任重大，认真地考究地印，也只能够本罢了。——一五八八年英国最早的《圣经》便是由剑桥承印的。

英国印第一本书，出于伦敦威廉甲克司登（Willian Caxton）之手，那是一四七七年。到了一五二一，约翰席勃齐（John Siberch）来到剑桥，一年内印了八本书；剑桥印刷事业才创始。八年之后，大学方面因为有一家书纸店与异端的新教派勾结，怕他们利用书籍宣传，便呈请政府，求英王核准在剑桥只许有三家书铺，让他们宣誓不卖未经大学检查员审定的书。那时英王是亨利第八；一五三四年颁给他们勒书，授权他们选三家书纸店兼印刷人，或书铺，"印行大学校长或他的代理人等所审定的各种书籍"。这便是剑桥印书的法律根据。不过直到一五八三年，他们才真正印起书来。那时伦敦各家书纸店有印书的专利权，任意抬高价钱。他们妒忌剑桥印书，更恨的是卖得贱。恰好一六二〇年剑桥翻印了他们一本文法书，他们就在法庭告了一状。剑桥师生老早不乐意他们抬价钱，这一来更愤愤不平；大学副校长第二年乘英王詹姆士第一上新市场去，半路上就递上一件呈子，附了一个比较价目表。这样小题大做，真有些书呆子气。王和诸大臣商议了一下，批道，我们现在事情很多，没工夫讨论大学与诸家书纸店的权益；但准大学印刷人出售那些文法书，以救济他的支绌。这算是碰了个软钉子，可也算是胜利。那呈子，那批，和上文说的那本《圣经》都在这一回展览中。席勃齐印的八本书也有两种在这里。此外还有一六二九年初印的定本《圣经》，书扉雕刻繁细，手艺精工之极。又密尔顿《力息达斯》（Lyci das）的初本也在展览着，那是经他亲手校改过的。

近代插图书籍展览，在圣诞节前不久，大约是让做父母的给孩子们多买点节礼吧。但在一个外国人，却也值得看看。展览的是七十年来的作品，虽没有什么系统，在这里却可以找着各种美，各种趋势。插图与装饰画不一样，得吟味原书的文字，透出自己的机锋。心要灵，手要熟，二者不可缺一。或实写，或想像，因原书情境，画人性习而异。——童话的插图却只得凭空着笔，想像更自由些；在不自由的成人看来，也许别有一种滋味。看过赵译《阿丽思漫游奇境记》里谭尼尔（John Tenniel）的插画的，当会有同感吧。——所展览的，幽默，秀美，粗豪，典重，各擅胜场，琳琅满目；有人称为"视觉的音乐"颇为近之。最有味的，同一作家，各家插画所表现的却大不相同。譬如莪默伽亚谟（Omar Khayyam），莎士比亚，几乎在一个人手里一个样子；展览会里书多，比较着看方便，可以扩充眼界。插图有"黑白"的，有彩色的；"黑白"的多，为的省事省钱。就黑白画而论。从前是雕版，后来是照相；照相虽然精细，可是失掉了那种生力，只要拿原稿对看就会觉出。这儿也展览原稿，或是侯笔画，或是水彩画；不但可以"对看"，也可以让那些艺术家更和我们接近些。《观察报》记者记这回展览会，说插图的书，字往往印得特别大，意在和谐；却实在不便看。他主张书与图分开，字还照寻常大小印。他自然指大本子而言。但那种"和谐"其实也可爱；若说不便，这种书原是让你慢慢玩赏的，那能像读报一样目下数行呢？再说，将配好了的对儿生生拆开，不但大小不称，怕还要多花钱。

诗籍铺（The Poetry Bookshop）真是米米小，在一个大地方的一道小街上。"叫名"街，实在一条小胡同吧。门前不大见车马，不说；就是行人，一天也只寥寥几个。那道街斜对着无人不知的大英博物院；街口钉着小小的一块字号木牌。初次去时，人家教在博物院左近找。问院门口守卫，他不知道有这个铺子，问路上戴着常礼帽的老者，他想没有这么一个铺子；好容易才找着那块小木牌，真是"远在天边，近在眼前"。这铺子从前在另一处，那才冷僻，连裴罗克的地图上都没名字，据说那儿是一所老宅子，才真够诗味，挪到现在这样平常的地带，未免太可惜。那时候美国游客常去，一个原因许是美国看不见那样老宅子。

诗人赫洛德孟罗（Harold Monro）在一九一二年创办了这爿诗籍铺。用意在让诗与社会发生点切实的关系。孟罗是二十多年来伦敦文学生涯里一个要紧角色。从一九一一给诗社办《诗刊》（Poetry Review）起知名。在第一期里，他说，"诗与人生的关系得再认真讨论，用于别种艺术的标准也该用于诗。"他觉得能做诗的该做诗，有困难时该帮助他，让他能做下去；一般人也该念诗，受用诗。为了前一件，他要自办杂志，为了后一件，他要办读诗会；为了这两件，他办了诗籍铺。这铺子印行过《乔治诗选》（Georgian Poetry），乔治是现在英王的名字，意思就是当代诗选，所收的都是代表作家。第一册出版，一时风靡，买诗念诗的都多了起来；社会确乎大受影响。诗选共五册；出第五册时在一九二二，那时乔治诗人的诗兴却渐渐衰了。一九一九到二五年铺子里又印行《市本》月刊（The Chapbook）登载诗歌，评论，木刻等，颇多新进作家。

　　读诗会也在铺子里，星期四晚上准六点钟起，在一间小楼上。一年中也有些时候定好了没有。从创始以来，差不多没有间断过。前前后后著名的诗人几乎都在这儿读过诗；他们自己的诗，或他们喜欢的诗。入场券六便士，在英国算贱，合四五毛钱。在伦敦的时候，也去过两回。那时孟罗病了，不大能问事，铺子里颇为黯淡。两回都是他夫人爱立达克莱曼答斯基（Alida Klementaski）读，说是找不着别人。那间小楼也容得下四五十位子，两回去，人都不少；第二回满了座，而且几乎都是女人——还有挨着墙站着听的。屋内只读诗的人小桌上一盏蓝罩子的桌灯亮着，幽幽的。她读济兹和别人的诗，读得很好，口齿既清楚，又有顿挫，内行说，能表出原诗的情味。英国诗有两种读法，将每个重音咬得清清楚楚，顿挫的地方用力，和说话的调子不相像，约翰德林瓦特（John Drinkwater）便主张这一种。他说，读诗若用说话的调子，太随便，诗会跑了。但是参用一点儿，像克莱曼答斯基女士那样，也似乎自然流利，别有味道。这怕要看什么样的诗，什么样的读诗人，不可一概而论。但英国读诗，除不吟而诵，与中国根本不同之外，还有一件：他们按着文气停顿，不按着行，也不一定按着韵脚。这因为他们的诗以轻重为节奏，文句组织又不同，往往一句跨两行三行，却非作一句读不可，韵脚便只得轻轻地滑过去。读诗是一种才能，但也需要训练；他们注重这个，训练的机会多，所以是诗人都能来一手。

　　铺子在楼下，只一间，可是和读诗那座楼远隔着一条甬道。屋子有点黑，四壁是书架，中间桌上放着些诗歌篇子（Sheets），木刻画。篇子有宽长两种，印着诗歌，加上些零星的彩画，是给大人和孩子玩儿的。犄角儿上一张帐桌子，坐着一个戴近视眼镜的，和蔼可亲的，圆脸的中年妇人。桌前装着火炉，炉旁蹲着一只大白狮子猫，和女人一样胖。有时也遇见克莱曼答斯基女士，匆匆地来匆匆地去。孟罗死在一九三二年三月十五日。第二天晚上到铺子里去，看见两个年轻人在和那女人司账说话；说到诗，说到人生，都是哀悼孟罗的。话音很悲伤，却如清泉流泻，差不多句句像诗；女司账说不出什么，唯唯而已。孟罗在日最尽力于诗人文人的结合，他老让各色的才人聚在一块儿。又好客，家里炉旁（英国终年有用火炉的时候）常有许多人聚谈，到深夜才去。这两位青年的伤感不是偶然的。他的铺子可是赚不了钱；死后由他夫人接手，勉强张罗，现在许还开着。

文人宅

杜甫《最能行》云,"若道士无英俊才,何得山有屈原宅?"《水经注》,秭归"县北一百六十里有屈原故宅,累石为屋基"。看来只是一堆烂石头,杜甫不过说得嘴响罢了。但代远年湮,渺茫也是当然。往近里说,《孽海花》上的"李纯客"就是李慈铭,书里记着他自撰的楹联,上句云,"保安寺街藏书一万卷";但现在走过北平保安寺街的人,谁知道那一所屋子是他住过的?更不用提屋子里怎么个情形,他住着时怎么个情形了。要凭吊,要留连,只好在街上站一会儿出出神而已。

西方人崇拜英雄可真当回事儿,名人故宅往往保存得好。譬如莎士比亚吧,老宅子,新宅子,太太老太太宅子,都好好的;连家具什物都存着。莎士比亚也许特别些,就是别人,若有故宅可认的话,至少也在墙上用木牌标明,让访古者有低徊之处;无论宅里住着人或已经改了铺子。这回在伦敦所见的四文人宅,时代近,宅内情形比莎士比亚的还好;四所宅子大概都由私人捐款收买,布置起来,再交给公家的。

约翰生博士(Samuel Johnson,1709—1784)宅,在旧城,是三层楼房,在一个小方场的一角上,静静的。他一七四八年进宅,直住了十一年;他太太死在这里。他和助手就在三层楼上小屋里编成了他那部大字典。那部寓言小说(allegorical novel)《刺塞拉斯》(《Rasselas》)大概也在这屋子里写成;是晚上写的,只写了一礼拜,为的要付母亲下葬的费用。屋里各处,如门堂,复壁板,楼梯,碗橱,厨房等,无不古气盎然。那著名的大字典陈列在楼下客室里;是第三版,厚厚的两大册。他编著这部字典,意在保全英语的纯粹,并确定字义;因为当时作家采用法国字的实在太多了。字典中所定字义有些很幽默:如"女诗人,母诗人也"(she-poet,盖准shegoat——母山羊——字例),又如"燕麦,谷之一种,英格兰以饲马,而苏格兰则以为民食也",都够损的。——伦敦约翰生社便用这宅子作会所。

济兹（John Keats，1795—1821）宅，在市北汉姆司台德区（Hampstead）。他生卒虽然都不在这屋子里，可是在这儿住，在这儿恋爱，在这儿受人攻击，在这儿写下不朽的诗歌。那时汉姆司台德区还是乡下，以风景著名，不像现时人烟稠密。济兹和他的友布朗（Charles Armitage Brown）同住。屋后是个大花园，绿草繁花，静如隔世；中间一棵老梅树，一九二一年干死了，干子还在。据布朗的追记，济兹《夜莺歌》似乎就在这棵树下写成。布朗说，"一八一九年春天，有只夜莺做窠在这屋子近处。济兹常静听它歌唱以自怡悦；一天早晨吃完早饭，他端起一张椅子坐到草地上梅树下，直坐了两三点钟。进屋子的时候，见他拿着几张纸片儿，塞向书后面去。问他，才知道是歌咏我们的夜莺之作。"这里说的梅树，也许就是花园里那一棵。但是屋前还有草地，地上也是一棵三百岁老桑树，枝叶扶疏，至今结桑椹；有人想《夜莺歌》也许在这棵树下写的。济兹的好诗在这宅子里写的最多。

他们隔壁住过一家姓布龙（Brawne）的。有位小姐叫凡耐（Fanny），让济兹爱上了，他俩订了婚，他的朋友颇有人不以为然，为的女的配不上；可是女家也大不乐意，为的济兹身体弱，又像疯疯癫癫的。济兹自己写小姐道："她个儿和我差不多——长长的脸蛋儿——多愁善感——头梳得好——鼻子不坏，就是有点小毛病——嘴有坏处有好处——脸侧面看好，正面看，又瘦又少血色，像没有骨头。身架苗条，姿态如之——胳膊好，手差点儿——脚还可以——她不止十七岁，可是天真烂漫——举动奇奇怪怪的，到处跳跳蹦蹦，给人编诨名，近来愣叫我'自美自的女孩子'——我想这并非生性坏，不过爱闹一点漂亮劲儿罢了。"

一八二〇年二月，济兹从外面回来，吐了一口血。他母亲和三弟都死在痨病上，他也是个痨病底子；从此便一天坏似一天。这一年九月，他的朋友赛焚（Joseph Severn）伴他上罗马去养病；次年二月就死在那里，葬新教坟场，才二十六岁。现在这屋子里陈列着一圈头发，大约是赛焚在他死后从他头上剪下来的。又次年，赛焚向人谈起，说他保存着可怜的济兹一点头发，等个朋友捎回英国去；他说他有个怪想头，想照他的希腊琴的样子作根别针，就用济兹头发当弦子，送给可怜的布龙小姐，只恨找不到这样的手艺人。济兹头发的颜色在各人眼里不大一样：有的说赤褐色，有的说棕色，有的说暖棕色，他二弟两口子说是金红色，赛焚追画他的像，却又画作深厚的棕黄色。布龙小姐的头发，这儿也有一并存着。

他俩订婚戒指也在这儿，镶着一块红宝石。还有一册仿四折本《莎士比亚》，是济兹常用的。他对于莎士比亚，下过一番苦工夫；书中页边行里都画着道儿，也有些精湛的评语。空白处亲笔写着他见密尔顿发和独坐重读《黎琊王》剧作两首诗；书名页上记着"给布龙凡耐，一八二〇"，照年份看，准是上意大利去时送了作纪念的。珂罗版印的《夜莺歌》墨迹，有一份在这儿，另有哈代《汉姆司台德宅作》一诗手稿，是哈代夫人捐赠的，宅中出售影印本。济兹书法以秀丽胜，哈代的以苍老胜。

这屋子保存下来却并不易。一九二一年，业主想出售，由人翻盖招租。地段好，脱手一定快的；本区市长知道了，赶紧组织委员会募款一万镑。款还募得不多，投机的建筑公司已经争先向业主讲价钱。在这千钧一发的当儿，亏得市长和本区四委员迅速行动，用私人名义担保付款，才得挽回危局。后来共收到捐款四千六百五十镑（约合七八万元），多一半是美国人捐的；那时正当大战之后，为这件事在英国募款是不容易的。

加莱尔（Thomas Carlyle, 1795—1881）宅，在泰晤士河旁乞而西区（Chelsea）；这一区至今是文人艺士荟萃之处。加莱尔是维多利亚时代初期的散文家，当时号为"乞而西圣人"。一八三四年住到这宅子里，一直到死。书房在三层楼上，他最后一本书《弗来德力大帝传》就在这儿写的。这间房前面临街，后面是小园子；他让前后都砌上夹墙，为的怕那街上的嚣声，园中的鸡叫。他著书时坐的椅子还在；还有一件呢浴衣。据说他最爱穿浴衣，有不少件；苏格兰国家画院所藏他的画像，便穿着灰呢浴衣，坐在沙发上读书，自有一番宽舒的气象。画中读书用的架子还可看见。宅里存着他几封信，女司事愿意念给访问的人听，朗朗有味。二楼加莱尔夫人屋里放着架小屏，上面横的竖的斜的正的贴满了世界各处风景和人物的画片。

迭更斯（Charles Dickens，1812—1870）宅，在"西头"，现在是热闹地方。迭更斯出身贫贱，熟悉下流社会情形；他小说里写这种情形，最是酣畅淋漓之至。这使他成为"本世纪最通俗的小说家，又，英国大幽默家之一"，如他的老友浮斯大（John Forster）给他作的传开端所说。他一八三六年动手写《比克维克秘记》（《Pickwick Papers》），在月刊上发表。起初是绅士比克维克等行猎故事，不甚为世所重；后来仆人山姆（Sam Weller）出现，诙谐嘲讽，百变不穷，那月刊顿时风行起来。迭更斯手头渐宽，这才迁入这宅子里，时在一八三七年。

他在这里写完了《比克维克秘记》，就是这一年印成单行本。他算是一举成名，从此直到他死时，三十四年间，总是蒸蒸日上。来这屋子不多日子，他借了一个饭店举行《秘记》发表周年纪念，又举行他夫妇结婚周年纪念。住了约莫两年，又写成《块肉余生述》，《滑稽外史》等。这其间生了两个女儿，房子挤不下了；一八三九年终，他便搬到别处去了。

屋子里最热闹的是画，画着他小说中的人物，墙上大大小小，突梯滑稽，满是的。所以一屋子春气。他的人物虽只是类型，不免奇幻荒唐之处，可是有真味，有人味；因此这么让人欢喜赞叹。屋子下层一间厨房，所谓"丁来谷厨房"，道地老式英国厨房，是特地布置起来的——"丁来谷"是比克维克一行下乡时寄住的地方。厨房架子上摆着带釉陶器，也都画着迭更斯的人物。这宅里还存着他的手杖，头发；一朵玫瑰花，是从他尸身上取下来的；一块小窗户，是他十一岁时住的楼顶小屋里的；一张书桌，他带到美洲去过，临死时给了二女儿，现时罩着紫色天鹅绒，蛮伶俐的。此外有他从这屋子寄出的两封信，算回了老家。

这四所宅子里的东西，多半是人家捐赠；有些是特地买了送来的。也有借得来陈列的。管事的人总是在留意搜寻着，颇为苦心热肠。经常用费大部靠基金和门票、指南等余利；但门票卖的并不多，指南照顾的更少，大约维持也不大容易。

格雷（Thomas Gray，1716—1771）以《挽歌辞》（《Elegy Written in a Country Churchyard》）著名。原题中所云"作于乡村教堂墓地中"，指司妥克波忌士（Stoke Poges）的教堂而言。诗作于一七四二格雷二十五岁时，成于一七五〇，当时诗人怀古之情，死生之感，亲近自然之意，诗中都委婉达出，而句律精妙，音节谐美，批评家以为最足代表英国诗，称为诗中之诗。诗出后，风靡一时，诵读模拟，遍于欧洲各国；历来引用极多，至今已成为英美文学教育的一部分。司妥克波忌士在伦敦西南，从那著名的温泽堡（Windsor Castle）去是很近的。四月一个下午，微雨之后，我们到了那里。一路幽静，似乎鸟声也不大听见。拐了一个小弯儿，眼前一片平铺的碧草，点缀着稀疏的墓碑；教堂木然孤立，像戏台上布景似的。小路旁一所小屋子，门口有小木牌写着格雷陈列室之类。出来一位白发老人，殷勤地引我们去看格雷墓，长方形，特别大，是和他母亲、姨母合葬的，紧挨着教堂墙下。又看水松树（yewtree），老人说格雷在那树下写《挽歌辞》来着；《挽歌辞》里提到水松树，倒是确实的。我们又兜了个大圈子，才回到小屋里，看《挽歌辞》真迹的影印本。还有几件和格雷关系很疏的旧东西。屋后有井，老人自己汲水灌园，让我们想起"灌园叟"来；临别他送我们每人一张教堂影片。

博物院

　　伦敦的博物院带画院,只检大的说,足足有十个之多。在巴黎和柏林,并不"觉得"博物院有这么多似的。柏林的本来少些;巴黎的不但不少,还要多些,但除卢佛宫外,都不大。最要紧的,伦敦各院陈列得有条有理的,又疏朗,房屋又亮,得看;不像卢佛宫,东西那么挤,屋子那么黑,老教人喘不出气。可是,伦敦虽然得看,说起来也还是千头万绪;真只好捡大的说罢了。

　　先看西南角。维多利亚亚伯特院最为堂皇富丽。这是个美术博物院,所收藏的都是美术史材料,而装饰用的工艺品尤多,东方的西方的都有。漆器,磁器,家具,织物,服装,书籍装订,道地五光十色。这里颇有中国东西。漆器磁器玉器不用说,壁画佛像,罗汉木像,还有乾隆宝座也都见于该院的"东方百珍图录"里。图录里还有明朝李麟(原作 Li Ling,疑系此人)画的《波罗球戏图》;波罗球骑着马打,是唐朝从西域传来的。中国现在似乎没存着这种画。院中卖石膏像,有些真大。

　　自然史院是从不列颠博物院分出来的。这里才真古色古香,也才真"巨大"。看了各种史前人的模型,只觉得远烟似的时代,无从凭吊,无从怀想——满够不上分儿。中生代大爬虫的骨架,昂然站在屋顶下,人还够不上它们一条腿那么长,不用提"项背"了。现代鲸鱼的标本虽然也够大的,但没腿,在陆居的我们眼中就差多了。这里有夜莺,自然是死的,那样子似乎也并不特别秀气;嗓子可真脆真圆,我在话匣片里听来着。

　　欧战院成立不过十来年。大战各方面,可以从这里略见一斑。这里有模型,有透视画(dioramas),有照相,有电影机,有枪炮等等。但最多的还是画。大战当年,英国情报部雇用一群少年画家,教他们搁下自己的工作,大规模的画战事画,以供宣传,并作为历史纪录。后来少年画家不够用,连老画家也用上了。那时情报部常常给这些画家开展览会,个人的或合伙的。欧战院的画便是那些展览作品的一部分。少年画家大约都是些立体派,和老画家的浪漫作风迥乎不同。这些画家都透视了战争,但他们所成就的却只是历史纪录,艺术是没有什么的。

现在该到西头来,看人所熟知的不列颠博物院了。考古学的收藏,名人文件,抄本和印本书籍,都数一数二;顾恺之《女史箴》卷子和敦煌卷子便在此院中。磁器也不少,中国的,土耳其的,欧洲各国的都有;中国的不用说,土耳其的青花,浑厚朴拙,比欧洲金的蓝的或刻镂的好。考古学方面,埃及王拉米塞斯第二(约公元前1250)巨大的花岗石像,几乎有自然史院大爬虫那么高,足为我们扬眉吐气;也有坐像。坐立像都僵直而四方,大有虽地动山摇不倒之势。这些像的石质尺寸和形状,表示统治者永久的超人的权力。还有贝叶的《死者的书》,用象形字和俗字两体写成。罗塞他石,用埃及两体字和希腊文刻着诏书一通(公元前195),一七九八年出土;从这块石头上,学者比对希腊文,才读通了埃及文字。

希腊巴昔农庙（Parthenon）各件雕刻,是该院最足以自豪的。这个庙的雅典,奉把女神雅典巴昔奴;配利克里斯（Pericles）时代,教成千带万的艺术家,用最美的大理石,重建起来,总其事的是配氏的好友兼顾问,著名雕刻家费迪亚斯（Phidias）。那时物阜民丰,费了二十年工夫,到了公元前四三五年,才造成。庙是长方形,有门无窗;或单行或双行的石柱围绕着,像女神的马队一般。短的两头,柱上承着三角形的楣;这上面都雕着像。庙墙外上部,是著名的刻壁。庙在一六八七年让威尼斯人炸毁了一部分;一八○一年,爱而近伯爵从雅典人手里将三角楣上的像,刻壁,和些别的买回英国,费了七万镑,约合百多万元;后来转卖给这博物院,却只要一半价钱。院中特设了一间爱而近室陈列那些艺术品,并参考巴黎国家图书馆所藏的巴昔农庙诸图,做成庙的模型,巍巍然立在石山上。

希腊雕像与埃及大不相同,绝无僵直和紧张的样子。那些艺术家比较自由,得以研究人体的比例;骨架,肌理,皮肉,他们都懂得清楚,而且有本事表现出来。又能抓住要点,使全体和谐不乱。无论坐像立像,都自然,庄严,造成希腊艺术的特色:清明而有力。当时运动竞技极发达;艺术家雕神像,常以得奖的人为"模特儿",赤裸裸的身体里充满了活动与力量。可是究竟是神像;所以不能是如实的人像而只是理想的人像。这时代所缺少的是热情,幻想;那要等后世艺人去发展了。庙的东楣上运命女神三姊妹像,头已经失去了,可是那衣褶如水的轻妙,衣褶下身体的充盈,也从繁复的光影中显现,几乎不相信是石人。那刻壁浮雕着女神节贵家少女献衣的行列。少女们穿着长袍,庄严的衣褶,和运命女神的又不一样,手里各自拿着些东西;后面跟着成队的老人,妇女,雄赳赳的骑士,还有带祭品的人,齐向诸神而进。诸神清明彻骨,在等待着这一行人众。这刻壁上那么多人，却不繁杂，不零散，打成一片，布局时必然煞费苦心。而细看诸少女诸骑士，也各有精神，绝不一律；其间刀锋或深或浅，光影大异。少壮的骑士更像生龙活虎，千载如见。

　　院中所藏名人的文件太多了。像莎士比亚押房契，密尔顿出卖《失乐园》合同（这合同是书记代签，不出密氏亲笔），巴格来夫（Palgrave）《金库集》稿，格雷《挽歌》稿，哈代《苔丝》稿，达文齐，密凯安杰罗的手册，还有维多利亚后四岁时铅笔签字，都亲切有味。至于荷马史诗的贝叶，公元一世纪所写，在埃及发现的，以及九世纪时希伯来文《旧约圣经》残页，据说也许是世界上最古《圣经》钞本的，却真令人悠然遐想。还有，二世纪时，罗马舰队一官员，向兵丁买了一个七岁的东方小儿为奴，立了一张贝叶契，上端盖着泥印七颗；和英国大宪章的原本，很可比着看。院里藏的中古钞本也不少；那时欧洲僧侣非常闲，日以抄书为事；字用峨特体，多棱角，精工是不用说的。他们最考究字头和插画，必然细心勾勒着上鲜丽的颜色，蓝和金用得多些；颜色也选得精，至今不变。某抄本有岁历图，二幅，画十二月风俗，细致风华，极为少见。每幅下另有一栏，画种种游戏，人物短小，却也滑稽可喜。画目如下：正月，析薪；二月，炬舞；三月，种花，伐木；四月，情人园会；五月，荡舟；六月，比武；七月，行猎，刈麦；八月，获稻；九月，酿酒；十月，耕种；十一月，猎归；十二月，屠豕。钞本和印本书籍之多，世界上只有巴黎国家图书馆可与这博物院相比；此处印本共三百二十万余册。有穹窿顶的大阅览室，圆形，室中桌子的安排，好像车轮的辐，可坐四百八十五人；管理员高踞在毂中。

　　次看画院。国家画院在西中区闹市口，匹对着特拉伐加方场一百八十四英尺高的纳尔逊石柱子。院中的画不算很多，可是足以代表欧洲画史上的各派，他们自诩，在这一方面，世界上那儿也及不上这里。最完全的是意大利十五六世纪的作品，特别是佛罗伦司派，大约除了意大利本国，便得上这儿来了。画按派别排列，可也按着时代。但是要看英国美术，此地不成，得上南边儿泰特（Tate）画院去。那画院在泰晤士河边上；一九二八年水上了岸，给浸坏了特耐尔（Joseph Malord William Turner, 1775—1851）好多画，最可惜。特耐尔是十九世纪英国最大的风景画家，也是印象派的先锋。他是个劳苦的孩子，小时候住在菜市旁的陋巷里，常只在泰晤士河的码头和驳船上玩儿。他对于泰晤士河太熟了，所以后来爱画船，画水，画太阳光。再后来他费了二十多年工夫专研究光影和色彩，轮廓与内容差不多全不管；这便做了印象派的前驱了。他画过一幅《日出：湾头堡子》，那堡子淡得只见影儿，左手一行树，也只有树的意思罢了；可是，瞧，那金黄的朝阳的光，顺着树木似的流过去，你只觉着温暖，只觉着柔和，在你的身上，那光却又像一片海，满处都是的，可是闪闪铄铄，仪态万千，教你无从捉摸，有点儿着急。

特耐尔以前，坚士波罗（Gainsborough，1727—1788）是第一个人脱离荷兰影响，用英国景物作风景画的题材；又以画像著名。何嘉士（Hogarth，1697—1764）画了一套《结婚式》，又生动又亲切，当时刻板流传，风行各处，现存在这画院中。美国大画家惠斯勒（Whistler）称他为英国仅有的大画家。雷诺尔兹（Reynolds，1723—1792）的画像，与坚士波罗并称。画像以性格与身分为主，第一当然要像。可是从看画者一面说，像主若是历史上的或当代的名人，他们的性格与身分，多少总知道些，看起来自然有味，也略能批评得失。若只是平凡的人，凭你怎样像，陈列到画院里，怕就少有去理会的。因此，画家为维持他们永久的生命计，有时候重视技巧，而将"像"放在第二着。雷诺尔兹与坚士波罗似乎就是这样的人。他们画的像，色调鲜明而飘渺。庄严的男相，华贵的女相，优美活泼的孩子相，都算登峰造极；可就是不大"像"。坚氏的女像总太瘦；雷氏的不至于那么瘦，但是像主往往退回他的画，说太不像。——国家画院旁有个国家画像院，专陈列英国历史上名人的像，文学家，艺术家，科学家，政治家，皇族，应有尽有，约共二千一百五十人。油画是大宗，排列依着时代。这儿也看见雷坚二氏的作品；但就全体而论，历史比艺术多的多。

泰特画院中还藏着诗人勃来克（William Blake，1757—1827）和罗塞蒂（Dante Gabriel Rossetti，1828—1882）的画。前一位是浪漫诗人的先驱，号称神秘派。自幼儿想像多，都表现在诗与画里。他的图案非常宏伟；色彩也如火焰，如一飞冲天的翅膀。所画的人体并不切实，只用作表现姿态，表现动的符号而已。后一位是先拉斐尔派的主角；这一派是诗与画双管齐下的。他们不相信"为艺术的艺术"，而以知识为重。画要叙事，要教训，要接触民众的心，让他们相信美的新观念；画笔要细腻，颜色却不必调和。罗氏作品有着清明的调子，强厚的感情；只是理想虽高，气韵却不够生动似的。

当代英国名雕塑家爱勃斯坦（Jacob Epstein）也有几件东西陈列在这里。他是新派的浪漫雕塑家。这派人要在形体的部分中去找新的情感力量；那必是不寻常的部分，足以扩展他们自己情感或感觉的经验的。他们以为这是美，夸张的表现出来；可是俗人却觉得人不像人，物不像物，觉得丑，只认为滑稽画一类。爱氏雕石头，但是塑泥似乎更多：塑泥的表面，决不刮光，就让那么凸凸凹凹的堆着，要的是这股劲儿。塑完了再倒铜。——他也卖素描，形体色调也是那股浪漫劲儿。

　　以上只有不列颠博物院的历史可以追溯到十八世纪；别的都是十九世纪建立的，但欧战院除外。这些院的建立，固然靠国家的力量，却也靠私人的捐助——捐钱盖房子或捐自己的收藏的都有。各院或全不要门票，像不列颠博物院就是的；或一礼拜中两天要门票，票价也极低。他们印的图片及专册，廉价出售，数量惊人。又差不多都有定期的讲演，一面讲一面领着看；虽然讲的未必怎样精，听讲的也未必怎样多。这种种全为了教育民众，用意是值得我们佩服的。

公 园

　　英国是个尊重自由的国家，从伦敦海德公园（Hyde Park）可以看出。学政治的人一定知道这个名字；近年日报的海外电讯里也偶然有这个公园出现。每逢星期日下午，各党各派的人都到这儿来宣传他们的道理。公说公有理，婆说婆有理，井水不犯河水。从耶稣教到共产党，差不多样样有。每一处说话的总是一个人。他站在桌子上，椅子上，或是别的什么上，反正在听众当中露出那张嘴脸就成；这些桌椅等等可得他们自己预备，公园里的长椅子是只让人歇着的。听的人或多或少。有一回一个讲耶稣教的，没一个人听，却还打起精神在讲；他盼望来来去去的游人里也许有一两个三四个五六个……爱听他的，只要有人驻一下脚，他的口舌就算不白费了。

　　见过一回共产党示威，演说的东也是，西也是；有的站在大车上，颇有点巍巍然。按说那种马拉的大车平常不让进园，这回大约办了个特许。其中有个女的约莫四十上下，嗓子最大，说的也最长；说的是伦敦土话，凡是开口音，总将嘴张到不能再大的地步，一面用胳膊助势。说到后来，嗓子沙了，还是一字不苟的喊下去。天快黑了，他们整队出园喊着口号，标语旗帜也是五光十色的。队伍两旁，又高又大的马巡缓缓跟着，不说话。出的是北门，外面便是热闹的牛津街。

　　北门这里一片空旷的沙地，最宜于露天演说家，来的最多。也许就在共产党队伍走后吧，这里有人说到中日的事；那时刚过"一二八"不久，他颇为我们抱不平。他又赞美甘地；却与贾波林相提并论，说贾波林也是为平民打抱不平的。这一比将听众引得笑起来了；不止一个人和他辩论，一位老太太甚至嘀咕着掉头而去。这个演说的即使不是共产党，大约也不是"高等"英人吧。公园里也闹过一回大事：一八六六年国会改革的暴动（劳工争选举权），周围铁栏干毁了半里多路长，警察受伤了二百五十名。

公园周围满是铁栏干，车门九个，游人出入的门无数，占地二千二百多亩，绕园九里，是伦敦公园中最大的，来的人也最多。园南北都是闹市，园中心却静静的。灌木丛里各色各样野鸟，清脆的繁碎的语声，夏天绿草地上，洁白的绵羊的身影，教人像下了乡，忘记在世界大城里。那草地一片迷。这条水便是雪莱的情人西河女士（Harriet Westbrook）自沉的地方，那是一百二十年前的事了。

南门内有拜伦立像，是五十年前希腊政府捐款造的；又有座古英雄阿契来斯像，是惠灵顿公爵本乡人造了来纪念他的，用的是十二尊法国炮的铜，到如今却有一百多年了。还有英国现负盛名的雕塑家爱勃司坦（Epstein）的壁雕，是纪念自然学家赫德生的。一个似乎要飞的人，张着臂，仰着头，散着发，有原始的朴拙犷悍之气，表现的是自然精神的化身；左右四只鸟在飞，大小旁正都不相同，也有股野劲儿。这件雕刻的价值，引起过许多讨论。南门内到蛇水边一带游人最盛。夏季每天上午有铜乐队演奏；在栏外听算白饶，进栏得花点票钱，但有椅子坐。游人自然步行的多，也有跑车的，骑马的；骑马的另有一条"马"路。

这园子本来是鹿苑，在里面行猎；一六三五年英王查理斯第一才将它开放，作赛马和竞走之用。后来变成决斗场。一八五一年第一次万国博览会开在这里，用玻璃和铁搭盖的会场；闭会后拆了盖在别处，专作展览的处所，便是那有名的水晶宫了。蛇水本没有，只有六个池子；是十八世纪初叶才打通的。

海德公园东南差不多毗连着的，是圣詹姆士公园（St.James's Park），约有五百六十亩。本是沮洳的草地，英王亨利第八抽了水，砌了围墙，改成鹿苑。查理斯第二扩充园址，铺了路，改为游玩的地方；以后一百年里，便成了伦敦最时髦的散步场。十九世纪初才改造为现在的公园样子。有湖，有悬桥；湖里鹅鹉最多，倚在桥栏上看它们水里玩儿，可以消遣日子。周围是白金罕宫，西寺，国会，各部官署，都是最忙碌的所在；倚在桥栏上的人却能偷闲赏鉴那西寺和国会的戈昔式尖顶的轮廓，也算福气了。

海德公园东北有摄政公园，原也是鹿苑；十九世纪初"摄政王"（后为英王乔治第四）才修成现在样子。也有湖，摇的船最好；坐位下有小轮子，可以进退自如，滚来滚去顶好玩儿。野鸽子野鸟很多，松鼠也不少。松鼠原是动物园那边放过来的，只几对罢了；现在却繁殖起来了。常见些老头儿带着食物到园里来喂麻雀，鸽子，松鼠。这些小东西和人混熟了，大大方方到人手里来吃食；看去怪亲热的。别的公园里也有这种人。这似乎比提鸟笼有意思些。

动物园在摄政园东北犄角上，属于动物学会，也有了百多年的历史。搜集最完备，有动物四千，其中哺乳类八百，鸟类二千四百。去逛的据说每年超过二百万人。不用问孩子们去的一定不少；他们对于动物比成人亲近得多，关切得多。只看见教科书上或字典上的彩色动物图，就够捉摸的，不用提实在的东西了。就是成人，可不也愿意开开眼，看看没看过的，山里来的，海里来的，异域来的，珍禽，奇兽，怪鱼？要没有动物园，或许一辈子和这些东西都见不着面呢。再说像狮子老虎，那能随便见面！除非打猎或看马戏班。但打猎遇着这些，正是拚死活的时候，那里来得及玩味它们的生活状态？马戏班里的呢，也只表演些扭捏的玩艺儿，时候又短，又隔得老远的；那有动物园里的自然，得看？这还只说的好奇的人；艺术家更可仔细观察研究，成功新创作，如画和雕塑，十九世纪以来，用动物为题材的便不少。近些年电影里的动物趣味，想来也是这么培养出来的；不过那却非动物园所可限了。

  伦敦人对动物园的趣味很大，有的报馆专派有动物园的访员，给园中动物作起居注，并报告新来到的东西；他们的通信有些地方就像童话一样。去动物园的人最乐意看喂食的时候，也便是动物和人最亲近的时候。喂食有时得用外交手腕，譬如鱼池吧，若随手将食撒下去，让大家来抢，游得快的，厉害的，不用说占了便宜，剩下的便该活活饿死了。这当然不公道，那一视同仁的管理人一定不愿意的。他得想法子，比方说，分批来喂，那些快的，厉害的，吃完了，便用网将它们拦在一边，再照料别的。各种动物喂食都有一定钟点，著名的裴歹克《伦敦指南》便有一节专记这个。孩子们最乐意的还有骑象，骑骆驼（骆驼在伦敦也算异域珍奇）。再有，游客若能和管理各动物的工人攀谈攀谈，他们会亲切地讲这个那个动物的故事给你听，像传记的片段一般；那时你再去看他说的那些东西，便更有意思了。

  园里最好玩儿的事，黑猩猩茶会，白熊洗澡。茶会夏天每日下午五点半举行，有茶，有牛油面包。它们会用两只前足，学人的样子。有时"生手"加入，却往往只用一只前足，牛油也是它来，面包也是它来；这种虽是天然，看的人倒好笑了。白熊就是北极熊，从冰天雪地里来，却最喜欢夏天；越热越高兴，赤日炎炎的中午，它们能整个儿躺在太阳里。也爱下水洗澡，身上老是雪白。它们待在熊台上，有深沟为界；台旁有池，洗澡便在池里。池的一边，隔着一层玻璃可以看它们载浮载沉的姿势。但是一冷到华氏表五十度下，就不肯下水，身上的白雪也便慢慢让尘土封上了。

  非洲南部的企鹅也是人们特别乐意看的。它有一岁半婴孩这么大，不会飞，会下水，黑翅膀，灰色胸脯子挺得高高的，昂首缓步，旁若无人。它的特别处就在乎直立着。比鹅大不多少，比鸵鸟，鹤，小得多，可是一直立就有人气，便当另眼相看了。自然，别的鸟也有直立着的，可是太小了，说不上。企鹅又拙得好，现代装饰图案有用它的。只是不耐冷，一到冬天，便没精打采的了。

鱼房鸟房也特别值得看。鱼房分淡水房海水房热带房（也是淡水）。屋内黑洞洞的，壁上嵌着一排镜框似的玻璃，横长方。每框里一种鱼，在水里游来游去，都用电灯光照着，像画。鸟房有两处，热带房里颜色声音最丰富，最新鲜；有种上截脆蓝下截褐红的小鸟，不住地飞上飞下，不住地咭咭呱呱，怪可怜见的。

这个动物园各部分空气光线都不错，又有冷室温室，给动物很周到的设计。只是才二百亩地，实在施展不开，小东西还罢了，像狮子老虎老是关在屋里，未免委屈英雄，就是白熊等物虽有特备的台子，还是局蹐得很；这与鸟笼子也就差得有限了。固然，让这些动物完全自由，那就无所谓动物园；可是若能给它们较大的自由，让它们活得比较自然些，看的人岂不更得看些。所以一九二七年上，动物学会又在伦敦西北惠勃司奈得（Whipsnade, Bedfordshire）地方成立了一所动物园，有三千多亩；据说，那些庞然大物自如多了，游人看起来也痛快多了。

以上几个园子都在市内，都在泰晤士河北。河南偏西有个大大有名的邱园（Kew Gardens），却在市外了。邱园正名"王家植物园"，世界最重要，最美丽的植物园之一；大一千七百五十亩，栽培的植物在二万四千种以上。这园子现在归农部所管，原也是王室的产业，一八四一年捐给国家；从此起手研究经济植物学和园艺学，便渐渐著名了。他们编印大英帝国植物志。又移种有用的新植物于帝国境内——如西印度群岛的波罗蜜，印度的金鸡纳霜，都是他们介绍进去的。园中博物院四所；第二所经济植物学博物院设于一八四八，是欧洲最早的一个。

但是外行人只能赏识花木风景而已。水仙花最多，四月尾有所谓"水仙花礼拜日"，游人盛极。温室里奇异的花也不少。园里有什么好花正开着，门口通告牌上逐日都列着表。暖气室最大，分三部：喜马拉耶室养着石楠和山茶，中国石楠也有，小些；中部正面安排着些大凤尾树和棕榈树；凤尾树真大，得仰起脖子看，伸开两胳膊还不够它宽的。周围绕着些时花与灌木之类。另一部是墨西哥室，似乎没有什么特别的东西。

东南角上一座塔，可不能上；十层，一百五十五尺，造于十八世纪中，那正是中国文化流行欧洲的时候，也许是中国的影响吧。据说还有座小小的孔子庙，但找了半天，没找着。不远儿倒有座彩绘的日本牌坊，所谓"敕使门"①的，那却造了不过二十年。从塔下到一个人工的湖有一条柏树甬道，也有森森之意；可惜树太细瘦，比起我们中山公园，真是小巫见大巫了。所谓"竹园"更可怜，又不多，又不大，也不秀，还赶不上西山大悲庵那些。

---

①寺院门，敕使参谒时由此行。

加尔东尼市场

在北平住下来的人，总知道逛庙会逛小市的趣味。你来回踱着，这儿看看，那儿站站；有中意的东西，磋磨磋磨价钱，买点儿回去让人一看，说真好；再提价钱，说那有这么巧的。你这一乐，可没白辛苦一趟！要什么都没买成，那也不碍；就凭看中的一两件三四件东西，也够你讲讲说说的。再说在市上留连一会子，到底过了"蘑菇"的瘾，还有什么抱怨的？

伦敦人纷纷上加尔东尼市场（Caldonian Market），也正是这股劲儿。房东太太客厅里炉台儿上放着一个手榴弹壳，是盛烟灰用的。比甜瓜小一点，面上擦得精亮，方方的小块儿，界着又粗又深的黑道儿，就是蛮得好，傻得好。房东太太说还是她家先生在世时逛加尔东尼市场买回来的。她说这个市场卖旧货，可以还价，花样不少，有些是偷来的，倒也有好东西；去的人可真多。市场只在星期二星期五上午十时至下午四时开放，有些像庙会；市场外另有几家旧书旧货铺子，却似乎常做买卖，又有些像小市。

先到外头一家旧书铺。没窗没门。仰面灰蓬蓬的，土地，刚下完雨，门口还积着个小小水潭儿。从乱书堆中间进去，一看倒也分门别类的。"文学"在里间，空气变了味，扑鼻子一阵阵的——到如今三年了，不忘记，可也叫不出什么味。《圣经》最多，整整一箱子。不相干的小说左一堆右一堆；却也挑出了一本莎翁全集，几本正正经经诗选。莎翁全集当然是普通本子，可是只花了九便士，才合五六毛钱。铺子里还卖旧话匣片子，不住地开着让人听，三五个男女伙计穿梭似地张罗着。别几家铺子没进去，外边瞧了瞧，也一团灰土气。

市场门口有小牌子写着开放日期，又有一块写着"谨防扒手"——伦敦别处倒没见过这玩意儿。地面大小和北平东安市场差不多，一半带屋顶，一半露天；干净整齐，却远不如东安市场。满是摊儿，屋里没有地摊儿，露天里有。

摆摊儿的，男女老少，色色俱全；还有缠着头的印度人。卖的是日用什物，布匹小摆设；花样也不怎样多，多一半古旧过了头。有几件日本磁器，中国货色却不见。也有卖吃的，卖杂耍的。踱了半天，看见一个铜狮子镇纸，够重的，狮子颇有点威武；要价三先令（二元余），还了一先令，没买成。快散了，却瞥见地下大大的厚厚的一本册子，拿起来翻着，原来是书纸店里私家贺年片的样本。这些旧贺年片虽是废物，却印得很好看，又各不相同；问价钱才四便士，合两毛多，便马上买了。出门时又买了个擦皮鞋的绒卷儿，也贱——到现在还用着。这时正愁大册子夹着不便，抬头却见面前立着个卖硬纸口袋的，大小都有，买了东西的人，大概全得买上那么一只；这当口门外沿路一直到大街上，挨挨擦擦的，差不离尽是提纸口袋的。——我口袋里那册贺年片样本，回国来让太太小姐孩子们瞧，都爱不释手；让她们猜价儿，至少说四元钱。我忍不住要想，逛那么一趟加尔东尼，也算值得了。

吃的

提到欧洲的吃喝，谁总会想到巴黎，伦敦是算不上的。不用说别的，就说煎山药蛋吧。法国的切成小骨牌块儿，黄争争的，油汪汪的，香喷喷的；英国的"条儿"（chips）却半黄半黑，不冷不热，干干儿的什么味也没有，只可以当饱罢了。再说英国饭吃来吃去，主菜无非是煎炸牛肉排羊排骨，配上两样素菜；记得在一个人家住过四个月，只吃过一回煎小牛肝儿，算是新花样。可是菜做得简单，也有好处；材料坏容易见出，像大陆上厨子将坏东西做成好样子，在英国是不会的。大约他们自己也觉着腻味，所以一九二六那一年有一位华衣脱女士（E. White）组织了一个英国民间烹调社，搜求各市各乡的食谱，想给英国菜换点儿花样，让它好吃些。一九三一年十二月烹调社开了一回晚餐会，从十八世纪以来的食谱中选了五样菜（汤和点心在内），据说是又好吃，又不费事。这时候正是英国的国货年，所以报纸上颇为揄扬一番。可是，现在欧洲的风气，吃饭要少要快，那些陈年的老古董，怕总有些不合时宜吧。

吃饭要快，为的忙，欧洲人不能像咱们那样慢条斯理儿的，大家知道。干吗要少呢？为的卫生，固然不错，还有别的：女的男的都怕胖。女的怕胖，胖了难看；男的也爱那股标劲儿，要像个运动家。这个自然说的是中年人少年人；老头子挺着个大肚子的却有的是。欧洲人一日三餐，分量颇不一样。像德国，早晨只有咖啡面包，晚间常冷食，只有午饭重些。法国早晨是咖啡，月芽饼，午饭晚饭似乎一般分量。英国却早晚饭并重，午饭轻些。英国讲究早饭，和我国成都等处一样。有麦粥，火腿蛋，面包，茶，有时还有熏咸鱼，果子。午饭顶简单的，可以只吃一块烤面包，一杯咖啡；有些小饭店里出卖午饭盒子，是些冷鱼冷肉之类，却没有卖晚饭盒子的。

伦敦头等饭店总是法国菜，二等的有意大利菜，法国菜，瑞士菜之分；旧城馆子和茶饭店等才是本国味道。茶饭店与煎炸店其实都是小饭店的别称。茶饭店的"饭"原指的午饭，可是卖的东西并不简单，吃晚饭满成；煎炸店除了煎炸牛肉排羊排骨之外，也卖别的。头等饭店没去过，意大利的馆子却去过两家。一家在牛津街，规模很不小，晚饭时有女杂耍和跳舞。只记得那回第一道菜是生蚝之类；一种特制的盘子，边上围着七八个圆格子，每格放半个生蚝，吃起来很雅相。另一家在由斯敦路，也是个热闹地方。这家却小小的，通心细粉做得最好；将粉切成半分来长的小圈儿，用黄油煎熟了，平铺在盘儿里，洒上干酪（计司）粉，轻松鲜美，妙不可言。还有炸"搦气蚝"，鲜嫩清香，蝤蛑、瑶柱，都不能及；只有宁波的蛎黄仿佛近之。

茶饭店便宜的有三家：拉衣恩司（Lyons），快车奶房，ABC 面包房。每家都开了许多店子，遍布市内外；ABC 比较少些，也贵些，拉衣恩司最多。快车奶房炸小牛肉小牛肝和红烧鸭块都还可口；他们烧鸭块用木炭火，所以颇有中国风味。ABC 炸牛肝也可吃，但火急肝老，总差点儿事；点心烤得却好，有几件比得上北平法国面包房。拉衣恩司似乎没甚么出色的东西；但他家有两处"角店"，都在闹市转角处，那里却有好吃的。角店一是上下两大间，一是三层三大间，都可容一千五百人左右；晚上有乐队奏乐。一进去只见黑压压的坐满了人，过道处窄得可以，但是气象颇为阔大（有个英国学生讥为"穷人的宫殿"，也许不错）；在那里往往找了半天站了半天才等着空位子。这三家所有的店子都用女侍者，只有两处角店里却用了些男侍者——男侍者工钱贵些。男女侍者都穿了黑制服，女的更戴上白帽子，分层招待客人。也只有在角店里才要给点小费（虽然门上标明"无小费"字样），别处这三家开的铺子里都不用给的。曾去过一处角店，烤鸡做得还入味；但是一只鸡腿就合中国一元五角，若吃鸡翅还要贵点儿。茶饭店有时备着骨牌等等，供客人消遣，可是向侍者要了玩的极少；客人多的地方，老是有人等位子，干脆就用不着备了。此外还有一种生蚝店，专吃生蚝，不便宜；一位房东太太告诉我说"不卫生"，但是吃的人也不见少。吃生蚝却不宜在夏天，所以英国人说月名中没有"R"（五六七八月），生蚝就不当令了。伦敦中国饭店也有七八家，贵贱差得很大，看地方而定。菜虽也有些高低，可都是变相的广东味儿，远不如上海新雅好。在一家广东楼要过一碗鸡肉馄饨，合中国一元六角，也够贵了。

茶饭店里可以吃到一种甜烧饼（muffin）和窝儿饼（crumpet）。甜烧饼仿佛我们的火烧，但是没馅儿，软软的，略有甜味，好像参了米粉做的。窝儿饼面上有好些小窝窝儿，像蜂房，比较地薄，也像参了米粉。这两样大约都是法国来的；但甜烧饼来的早，至少二百年前就有了。厨师多住在祝来巷（Drury Lane），就是那著名的戏园子的地方；从前用盘子顶在头上卖，手里摇着铃子。那时节人家都爱吃，买了来，多多抹上黄油，在客厅或饭厅壁炉上烤得热辣辣的，让油都浸进去，一口咬下来，要不沾到两边口角上。这种偷闲的生活是很有意思的。但是后来的窝儿饼浸油更容易，更香，又不太厚，太软，有咬嚼些，样式也波俏；人们渐渐地喜欢它，就少买那甜烧饼了。一位女士看了这种光景，心下难过；便写信给《泰晤士报》，为甜烧饼抱不平。《泰晤士报》特地做了一篇小社论，劝人吃甜烧饼以存古风；但对于那位女士所说的窝儿饼的坏话，却宁愿存而不论，大约那论者也是爱吃窝儿饼的。

复活节（三月）时候，人家吃煎饼（Pancake），茶饭店里也卖；这原是忏悔节（二月底）忏悔人晚饭后去教堂之前吃了好熬饿的，现在却在早晨吃了。饼薄而脆，微甜。北平中原公司卖的"胖开克"（煎饼的音译）却未免太"胖"，而且软了。——说到煎饼，想起一件事来：美国麻省勃克夏地方（Berkshire Country）有"吃煎饼竞争"的风俗，据《泰晤士报》说，一九三二的优胜者一气吃下四十二张饼，还有腊肠热咖啡。这可算"真正大肚皮"了。

英国人每日下午四时半左右要喝一回茶，就着烤面包黄油。请茶会时，自然还有别的，如火腿夹面包，生豌豆苗夹面包，茶馒头（tea scone）等等。他们很看重下午茶，几乎必不可少。又可乘此请客，比请晚饭简便省钱得多。英国人喜欢喝茶，过于喝咖啡，和法国人相反；他们也煮不好咖啡。喝的茶现在多半是印度茶；茶饭店里虽卖中国茶，但是主顾寥寥。不让利权外溢固然也有关系，可是不利于中国茶的宣传（如说制时不干净）和茶味太淡才是主要原因。印度茶色浓味苦，加上牛奶和糖正合式；中国红茶不够劲儿，可是香气好。奇怪的是茶饭店里卖的，色香味都淡得没影子。那样茶怎么会运出去，真莫名其妙。

街上偶然会碰着提着筐子卖落花生的（巴黎也有），推着四轮车卖炒栗子的，教人有故国之思。花生栗子都装好一小口袋一小口袋的，栗子车上有炭炉子，一面炒，一面装，一面卖。这些小本经纪在伦敦街上也颇古色古香，点缀一气。栗子是干炒，与我们"糖炒"的差得太多了。——英国人吃饭时也有干果，如核桃，榛子，榧子，还有巴西乌菱（原名Brazils，巴西出产，中国通称"美国乌菱"），乌菱实大而肥，香脆爽口，运到中国的太干，便不大好。他们专有一种干果夹，像钳子，将干果夹进去，使劲一握夹子柄，"格"的一声，皮壳碎裂，有些蹦到远处，也好玩儿的。苏州有瓜子夹，像剪刀，却只透着玲珑小巧，用不上劲儿去。

乞丐

"外国也有名丐",是的;但他们的丐道或丐术不大一样。近些年在上海常见的,马路旁水门汀上用粉笔写着一大堆困难情形,求人帮助,粉笔字一边就坐着那写字的人,——北平也见过这种乞丐,但路旁没有水门汀,便只能写在纸上或布上——却和外国乞丐相像;这办法不知是"来路货"呢,还是"此心同,此理同"呢?

伦敦乞丐在路旁画画的多,写字的却少。只在特拉伐加方场附近见过一个长须老者(外国长须的不多),在水门汀上端坐着,面前几行潦草的白粉字。说自己是大学出身,现在一寒至此,大学又有何用,这几句牢骚话似乎颇打动了一些来来往往的人,加上老者那炯炯的双眼,不露半星儿可怜相,也教人有点肃然。他右首放着一只小提箱,打开了,预备人望里扔钱。那地方本是四通八达的闹市,扔钱的果然不少。箱子内外都撒的铜子儿(便士);别的乞丐却似乎没有这么好的运气。

画画的大半用各色粉笔,也有用颜料的。见到的有三种花样。或双钩 To Live(求生)二字,每一个字母约一英尺见方,在双钩的轮廓里精细地作画。字母整齐匀净,通体一笔不苟。或双钩 Gook Luck(好运)二字,也有只用 Luck(运气)一字的。——"求生"是自道;"好运""运气"是为过客颂祷之辞。或画着四五方风景,每方大小也在一英尺左右。通常画者坐在画的一头,那一头将他那旧帽子翻过来放着,铜子儿就扔在里面。

这些画丐有些在艺术学校受过正式训练,有些平日爱画两笔,算是"玩艺儿"。到没了落儿,便只好在水门汀上动起手来了。一九三二年五月十日,这些人还来了一回展览会。那天晚报(The Evening News)上选印了几幅,有两幅是彩绣的。绣的人诨名"牛津街开特尔老大",拳乱时做水手,来过中国,他还记得那时情形。这两幅画绣在帆布(画布)上,每幅下了八万针。他绣过英王爱德华像,据说颇为当今王后所赏识;那是他生平最得意的时候。现在却只在牛津街上浪荡着。

晚报上还记着一个人。他在杂戏馆（Halls）干过三十五年，名字常大书在海报上。三年前还领了一个杂戏班子游行各处，他扮演主要的角色。英伦三岛的城市都到过；大陆上到过百来处，美国也到过十来处。也认识贾波林。可是时运不济，"老伦敦"却没一个子儿。他想起从前朋友们说过静物写生多么有意思，自己也曾学着玩儿；到了此时，说不得只好凭着这点"玩艺儿"在泰晤士河长堤上混混了。但是他怕认得他的人太多，老是背向着路中，用大帽檐遮了脸儿。他说在水门汀上作画颇不容易；最怕下雨，几分钟的雨也许毁了整天的工作。他说总想有朝一日再到戏台上去。

画丐外有乐丐。牛津街见过一个，开着话匣子，似乎是坐在三轮自行车上；记得颇有些堂哉皇也的神气。复活节星期五在冷街中却见过一群，似乎一人推着风琴，一人按着，一人高唱《颂圣歌》——那推琴的也和着。这群人样子却就狼狈了。据说话匣子等等都是赁来；他们大概总得得赚的。另一条冷街上见过一个男的带着两个女的，穿著得像刚从垃圾堆里出来似的。一个女的还抹着胭脂，简直是一块块红土！男的奏乐，女的乱七八糟的跳舞，在刚下完雨泥滑滑的马路上。这种女乞丐像很少。又见过一个拉小提琴的人，似乎很年轻，很文雅，向着步道上的过客站着。右手本来抱着个小猴儿；拉琴时先把它抱在左肩头蹲着。拉了没几弓子，猴儿尿了；他只若无其事，让衣服上淋淋漓漓的。

牛津街上还见过一个，那真狼狈不堪。他大概赁话匣子等等的力量都没有；只找了块板儿，三四尺长，五六寸宽，上面安上条弦子，用只玻璃水杯将弦子绷起来。把板儿放在街沿下，便蹲着，两只手穿梭般弹奏着。那是明灯初上的时候，步道上人川流不息；一双双脚从他身边匆匆的跨过去，看见他的似乎不多。街上汽车声脚步声谈话声混成一片，他那独弦的细声细气，怕也不容易让人听见。可是他还是埋着头弹他那一手。

几年前一个朋友还见过背诵迭更斯小说的。大家正在戏园门口排着班等买票；这个人在旁背起《块肉余生述》来，一边念，一边还做着。这该能够多找几个子儿，因为比那些话匣子等等该有趣些。

警察禁止空手空口的乞丐，乞丐便都得变做卖艺人。若是无艺可卖，手里也得拿点东西，如火柴皮鞋带之类。路角落里常有男人或女人拿着这类东西默默站着，脸上大都是黯淡的。其实卖艺，卖物，大半也是幌子；不过到底教人知道自尊些，不许不做事白讨钱。只有瞎子，可以白讨钱。他们站着或坐着；胸前有时挂一面纸牌子，写着"盲人"。又有一种人，在乞丐非乞丐之间。有一回找一家杂耍场不着，请教路角上一个老者。他殷勤领着走，一面说刚失业，没钱花，要我帮个忙儿。给了五个便士（约合中国三毛钱），算是酬劳，他还争呢。其实只有二三百步路罢了。跟着走，诉苦，白讨钱的，只遇着一次；那里街灯很暗，没有警察，路上人也少，我又是外国人，他所以厚了脸皮，放了胆子——他自然不是瞎子。

圣诞节

十二月二十五日圣诞节。英国人过圣诞节，好像我们旧历年的味儿。习俗上宗教上，这一日简直就是"元旦"；据说七世纪时便已如此，十四世纪至十八世纪中叶，虽然将"元旦"改到三月二十五日，但是以后情形又照旧了。至于一月一日，不过名义上的岁首，他们向来是不大看重的。

这年头人们行乐的机会越过越多，不在乎等到逢年过节；所以年情节景一回回地淡下去，像从前那样热狂地期待着，热狂地受用着的事情，怕只在老年人的回忆，小孩子的想像中存在着罢了。大都市里特别是这样；在上海就看得出，不用说更繁华的伦敦了。再说这种不景气的日子，谁还有心肠认真找乐儿？所以虽然圣诞节，大家也只点缀点缀，应个景儿罢了。

可是邮差却忙坏了，成千成万的贺片经过他们的手。贺片之外还有月份牌。这种月份牌一点儿大，装在卡片上，也有画，也有吉语。花样也不少，却比贺片差远了。贺片分两种，一种填上姓名，一种印上姓名。交游广的用后一种，自然贵些；据说前些年也得钩心斗角地出花样，这一年却多半简简单单的，为的好省些钱。前一种却不同，各家书纸店得抢买主，所以花色比以先还多些。不过据说也没有十二分新鲜出奇的样子，这个究竟只是应景的玩意儿呀。但是在一个外国人眼里，五光十色，也就够瞧的。曾经到旧城一家大书纸店里看过，样本厚厚的四大册，足有三千种之多。

样本开头是皇家贺片：英王的是圣保罗堂图；王后的内外两幅画，其一是花园图；威尔士亲王的是候人图；约克公爵夫妇的是一六六〇年圣詹姆士公园冰戏图；马利公主的是行猎图。圣保罗堂庄严宏大，下临伦敦城；园里的花透着上帝的微笑；候人比喻好运气和欢乐在人生的大道上等着你；圣詹姆士公园（在圣詹姆士宫南）代表宫廷，溜冰和行猎代表英国人运动的嗜好。那幅溜冰图古色古香，而且十足神气。这些贺片原样很大，也有小号的，谁都可以买来填上自己名字寄给人。此外有全金色的，晶莹照眼；有"蝴蝶翅"的，闪闪的宝蓝光；有雕空嵌花纱的，玲珑剔透，如嚼冰雪。又有羊皮纸仿四折本的；嵌铜片小风车的；嵌彩玻璃片圣母像的；嵌剪纸的鸟的；在猫头鹰头上粘羊毛的：都为的教人有实体感。

太太们也忙得可以的，张罗着亲戚朋友丈夫孩子的礼物，张罗着装饰屋子，圣诞树，火鸡等等。节前一个礼拜，每天电灯初亮时上牛津街一带去看，步道上挨肩擦背匆匆来往的满是办年货的；不用说是太太们多。装饰屋子有两件东西不可没有，便是冬青和"苹果寄生"（mistletoe）的枝子。前者教堂里也用；后者却只用在人家里；大都插在高处。冬青取其青，有时还带着小红果儿；用以装饰圣诞节，由来已久，有人疑心是基督教徒从罗马风俗里捡来的。"苹果寄生"带着白色小浆果儿，却是英国土俗，至晚十七世纪初就用它了。从前在它底下，少年男人可以和任何女子接吻；但接吻后他得摘掉一粒果子。果子摘完了，就不准再在下面接吻了。

圣诞树也有种种装饰，树上挂着给孩子们的礼物，装饰的繁简大约看人家的情形。我在朋友的房东太太家看见的只是小小一株；据说从乌尔乌斯三六公司（货价只有三便士六便士两码）买来，才六便士，合四五毛钱。可是放在餐桌上，青青的，的里瓜拉挂着些耀眼的玻璃球儿，绕着树更安排些"哀斯基摩人"一类小玩意，也热热闹闹地凑趣儿。圣诞树的风俗是从德国来的；德国也许是从斯堪第那维亚传下来的。斯堪第那维亚神话里有所谓世界树，叫做"乙格抓西儿"（Yggdrasil），用根和枝子联系着天地幽冥三界。这是株枯树，可是滴着蜜。根下是诸德之泉；树中间坐着一只鹰，一只松鼠，四只公鹿；根旁一条毒蛇，老是啃着根。松鼠上下窜，在顶上的鹰与聪敏的毒蛇之间挑拨是非。树震动不得，震动了，地底下的妖魔便会起来捣乱。想着这段神话，现在的圣诞树真是更显得温暖可亲了。圣诞树和那些冬青，"苹果寄生"，到了来年六日一齐烧去；烧的时候，在场的都动手，为的是分点儿福气。

圣诞节的晚上，在朋友的房东太太家里。照例该吃火鸡，酸梅布丁；那位房东太太手头颇窘，却还卖了几件旧家具，买了一只二十二磅重的大火鸡来过节。可惜女仆不小心，烤枯了一点儿；老太太自个儿唠叨了几句，大节下，也就算了。可是火鸡味道也并不怎样特别似的。吃饭时候，大家一面扔纸球，一面扯花炮——两个人扯，有时只响一下，有时还夹着小纸片片儿，多半是带着"爱"字儿的吉语。饭后做游戏，有音乐椅子（椅子数目比人少一个；乐声止时，众人抢着坐），掩目吹蜡烛，抓瞎，抢人（分队），抢气球等等，大家居然一团孩子气。最后还有跳舞。这一晚过去，第二天差不多什么都照旧了。

新年大家若无其事地过去；有些旧人家愿意上午第一个进门的是个头发深，气色黑些的人，说这样人带进新年是吉利的。朋友的房东太太那早晨特意通电话请一家熟买卖的掌柜上她家去；他正是这样的人。新年也卖历本；人家常用的是老摩尔历本（Old Moore's Almanack），书纸店里买，价钱贱，只两便士。这一年的，面上印着"乔治王陛下登极第二十三年"；有一块小图，画着日月星地球，地球外一个圈儿，画着黄道十二宫的像，如"白羊""金牛""双子"等。古来星座的名字，取像于人物，也另有风味。历本前有一整幅观象图，题道，"将来怎样？""老摩尔告诉你"。从图中看，老摩尔创于一千七百年，到现在已经二百多年了。每月一面，上栏可以说是"推背图"，但没有神秘气；下栏分日数，星期，大事记，日出没时间，月出没时间，伦敦潮汛，时事预测各项。此外还有月盈缺表，各港潮汛表，行星运行表，三岛集期表，邮政章程，大路规则，做点心法，养家禽法，家事常识。广告也不少，卖丸药的最多，满是给太太们预备的；因为这种历本原是给太太们预备的。

房东太太

　　歇卜士太太（Mrs. Hibbs）没有来过中国，也并不怎样喜欢中国，可是我们看，她有中国那老味儿。她说人家笑她母女是维多利亚时代的人，那是老古板的意思；但她承认她们是的，她不在乎这个。

　　真的，圣诞节下午到了她那间黯淡的饭厅里，那家具，那人物，那谈话，都是古气盎然，不像在现代。这时候她还住在伦敦北郊芬乞来路（Finchley Road）。那是一条阔人家的路；可是她的房子已经抵押满期，经理人已经在她门口路边上立了一座木牌，标价招买，不过半年多还没人过问罢了。那座木牌，和篮球架子差不多大，只是低些；一走到门前，准看见。晚餐桌上，听见厨房里尖叫了一声，她忙去看了，回来说，火鸡烤枯了一点，可惜，二十二磅重，还是卖了几件家具买的呢。她可惜的是火鸡，倒不是家具；但我们一点没吃着那烤枯了的地方。

　　她爱说话，也会说话，一开口滔滔不绝；押房子，卖家具等等，都会告诉你。但是只高高兴兴地告诉你，至少也平平淡淡地告诉你，决不垂头丧气，决不唉声叹气。她说话是个趣味，我们听话也是个趣味（在她的话里，她死了的丈夫和儿子都是活的，她的一些住客也是活的）；所以后来虽然听了四个多月，倒并不觉得厌倦。有一回早餐时候，她说有一首诗，忘记是谁的，可以作她的墓铭，诗云：

　　　　这儿一个可怜的女人，
　　　　她在世永没有住过嘴。
　　　　上帝说她会复活，
　　　　我们希望她永不会。

　　其实我们倒是希望她会的。

　　道地的贤妻良母，她是；这里可以看见中国那老味儿。她原是个阔小姐，从小送到比利时受教育，学法文、学钢琴。钢琴大约还熟，法文可生疏了。她说街上如有法国人向她问话，她想起答话的时候，那人怕已经拐了弯儿了。结婚时得着她姑母一大笔遗产；靠着这笔遗产，她支持了这个家庭二十多年。歇卜士先生在剑桥大学毕业，一心想作诗人，成天住在云里雾里。他二十年只在家里待着，偶然教几个学生。他的诗送到剑桥的刊物上去，原稿却寄回了，附着一封客气的信。他又自己花钱印了一小本诗集，封面上注明，希望出版家采纳印行，但是并没有什么回响。太太常劝先生删诗行，譬如说，四行中可以删去三行罢；但是他不肯割爱，于是乎只好敝帚自珍了。

歇卜士先生却会说好几国话。大战后太太带了先生小姐，还有一个朋友去逛意大利；住旅馆雇船等等，全交给诗人的先生办，因为他会说意大利话。幸而没出错儿。临上火车，到了站台上，他却不见了。眼见车就要开了，太太这一急非同小可，又不会说给别人，只好教小姐去张看，却不许她远走。好容易先生钻出来了，从从容容的，原来他上"更衣室"来着。

太太最伤心她的儿子。他也是大学生，长的一表人才。大战时去从军；训练的时候偶然回家，非常爱惜那庄严的制服，从不教它有一个折儿。大战快完的时候，却来了恶消息，他尽了他的职务了。太太最伤心的是这个时候的这种消息，她在举世庆祝休战声中，迷迷糊糊过了好些日子。后来逛意大利，便是解闷儿去的。她那时甚至于该领的恤金，无心也不忍去领——等到限期已过，即使要领，可也不成了。

小姐现在是她唯一的亲人；她就为这个女孩子活着。早晨一块儿拾掇拾掇屋子，吃完了早饭，一块儿上街散步，回来便坐在饭厅里，说说话，看看通俗小说，就过了一天。晚上睡在一屋里。一星期也同出去看一两回电影。小姐大约二十四五了，高个儿，总在五英尺十寸左右；蟹壳脸，露牙齿，脸上倒是和和气气的。爱笑，说话也天真得像个十二三岁小姑娘。先生死后，他的学生爱利斯（Ellis）很爱歇卜士太太，几次想和她结婚，她不肯。爱利斯是个传记家，有点小名气。那回诗人德拉梅在伦敦大学院讲文学的创造，曾经提到他的书。他很高兴，在歇卜士太太晚餐桌上特意说起这个。但是太太说他的书干燥无味，他送来，她们只翻了三五页就搁在一边儿了。她说最恨猫怕狗，连书上印的狗都怕，爱利斯却养着一大堆。她女儿最爱电影，爱利斯却瞧不起电影。她的不嫁，怎么穷也不嫁，一半为了女儿。

这房子招徕住客，远在歇卜士先生在世时候。那时只收一个人，每日供早晚两餐，连宿费每星期五镑钱，合八九十元，够贵的。广告登出了，第一个来的是日本人，他们答应下了。第二天又来了个西班牙人，却只好谢绝了。从此住这所房的总是日本人多；先生死了，住客多了，后来竟有"日本房"的名字。这些日本人有一两个在外边有女人，有一个还让女人骗了，他们都回来在饭桌上报告，太太也同情的听着。有一回，一个人忽然在饭桌上谈论自由恋爱，而且似乎是冲着小姐说的。这一来太太可动了气。饭后就告诉那个人，请他另外找房住。这个人走了，可是日本人有个俱乐部，他大约在俱乐部里报告了些什么，以后日本人来住的便越过越少了。房间老是空着，太太的积蓄早完了；还只能在房子上打主意，这才抵押了出去。那时自然盼望赎回来，可是日子一天一天过去，情形并不见好。房子终于标卖，而且圣诞节后不久，便卖给一个犹太人了。她想着年头不景气，房子且没人要呢，那知犹太人到底有钱，竟要了去，经理人限期让房。快到期了，她直说来不及。经理人又向法院告诉，法院出传票教她去。她去了，女儿搀扶着；她从来没上过堂，法官说欠钱不让房，是要坐牢的。她又气又怕，几乎昏倒在堂上；结果只得答应了加紧找房。这种种也都是为了女儿，她可一点儿不悔。

她家里先后也住过一个意大利人，一个西班牙人，都和小姐做过爱；那西班牙人并且和小姐定过婚，后来不知怎样解了约。小姐倒还惦着他，说是"身架真好看！"太太却说，"那是个坏家伙！"后来似乎还有个"坏家伙"，那是太太搬到金树台的房子里才来住的。他是英国人，叫凯德，四十多了。先是作公司兜售员，沿门兜售电气扫除器为生。有一天撞到太太旧宅里去了，他要表演扫除器给太太看，太太拦住他，说不必，她没有钱；她正要卖一批家具，老卖不出去，烦着呢。凯德说可以介绍一家公司来买；那一晚太太很高兴，想着他定是个大学毕业生。没两天，果然介绍了一家公司，将家具买去了。他本来住在他姊姊家，却搬到太太家来了。他没有薪水，全靠兜售的佣金；而电气扫除器那东西价钱很大，不容易脱手。所以便干搁起来了。这个人只是个买卖人，不是大学毕业生。大约穷了不止一天，他有个太太，在法国给人家看孩子，没钱，接不回来；住在姊姊家，也因为穷，让人家给请出来了。搬到金树台来，起初整付了一回房饭钱，后来便零碎的半欠半付，后来索性付不出了。不但不付钱，有时连午饭也要叨光。如是者两个多月，太太只得将他赶了出去。回国后接着太太的信，才知道小姐却有点喜欢凯德这个"坏蛋"，大约还跟他来往着。太太最提心这件事，小姐是她的命，她的命决不能交在一个"坏蛋"手里。

小姐在芬乞来路时，教着一个日本太太英文。那时这位日本太太似乎非常关心歇卜士家住着的日本先生们，老是问这个问那个的；见了他们，也很亲热似的。歇卜士太太瞧着不大顺眼，她想着这女人有点儿轻狂。凯德的外甥女有一回来了，一个摩登少女。她照例将手绢掖在袜带子上，拿出来用时，让太太看在眼里。后来背地里议论道，"这多不雅相！"太太在小事情上是很敏锐的。有一晚那爱尔兰女仆端菜到饭厅，没有戴白帽沿儿。太太很不高兴，告诉我们，这个侮辱了主人，也侮辱了客人。但那女仆是个"社会主义"的贪婪的人，也许匆忙中没想起戴帽沿儿；压根儿她怕就觉得戴不戴都是无所谓的。记得那回这女仆带了男朋友到金树台来，是个失业的工人。当时刚搬了家，好些零碎事正得一个人。太太便让这工人帮帮忙，每天给点钱。这原是一举两得，各相情愿的。不料女仆却当面说太太揩了穷小子的油。太太听说，简直有点莫名其妙。

太太不上教堂去，可是迷信。她虽是新教徒，可是有一回丢了东西，却照人家传给的法子，在家点上一枝蜡，一条腿跪着，口诵安东尼圣名，说是这么着东西就出来了，拜圣者是旧教的花样，她却不管。每回作梦，早餐时总翻翻占梦书。她有三本占梦书；有时她笑自己，三本书说的都不一样，甚至还相反呢。喝碗茶，碗里的茶叶，她也爱看；看像什么字头，便知是姓什么的来了。她并不盼望访客，她是在盼望住客啊。到金树台时，前任房东太太介绍一位英国住客继续住下。但这位半老的住客却嫌客人太少，女客更少，又嫌饭桌上没有笑，没有笑话；只看歇卜士太太的独角戏，老母亲似的唠唠叨叨，总是那一套。他终于托故走了，搬到别处去了。我们不久也离开英国，房子于是乎空空的。去年接到歇卜士太太来信，她和女儿已经作了人家管家老妈了；"维多利亚时代"的上流妇人，这世界已经不是她的了。

标准与尺度

动乱时代

这是一个动乱时代。一切都在摇荡不定之中，一切都在随时变化之中。人们很难计算他们的将来，即使是最短的将来。这使一般人苦闷；这种苦闷或深或浅的笼罩着全中国，也或厚或薄的弥漫着全世界。在这一回世界大战结束的前两年，就有人指出一般人所表示的幻灭感。这种幻灭感到了大战结束后这一年，更显著了；在我们中国尤其如此。

中国经过八年艰苦的抗战，一般人都挣扎的生活着。胜利到来的当时，我们喘一口气，情不自禁的在心头描画着三五年后可能实现的一个小康时代。我们也明白太平时代还遥远，所以先只希望一个小康时代。但是胜利的欢呼闪电似的过去了，接着是一阵阵闷雷响着。这个变化太快了，幻灭得太快了，一般人失望之馀，不由得感到眼前的动乱的局势好像比抗战期中还要动乱些。再说这动乱是世界性的，像我们中国这样一个国家，大概没有足够的力量来控制这动乱；我们不能计算，甚至也难以估计，这动乱将到何时安定，何时才会出现一个小康时代。因此一般人更深沉的幻灭了。

中国向来有一治一乱相循环的历史哲学。机械的循环论，现代大概很少人相信了，然而广义的看来，相对的看来，治乱的起伏似乎可以说是史实，所谓广义的，是说不限于政治，如经济恐慌，也正是一种动乱的局势。所谓相对的，是说有大治大乱，有小治小乱；各个国家，各个社会的情形不同，却都有它们的治乱的起伏。这里说治乱的起伏，表示人类是在走着曲折的路；虽然走着曲折的路，但是总在向着目标走上前去。我相信人类有目标，因此也有进步。每一回治乱的起伏，清算起来，这里那里多多少少总有些进展的。

但是人们一般都望治而不好乱。动乱时代望小康时代，小康时代望太平时代——真正的"太平"时代，其实只是一种理想。人类向着这个理想曲折的走着；所以曲折，便因为现实与理想的冲突。现实与理想都是人类的创造，在创造的过程中，不免试验与错误，也就不免冲突。现实与现实冲突，现实与理想冲突，理想与理想冲突，样样有。从一方面看，人生充满了矛盾；从另一方面看，矛盾中却也有一致的地方。人类在种种冲突中进展。

动乱时代中冲突更多，人们感觉不安，彷徨，失望，于是乎幻灭。幻灭虽然幻灭，可还得活下去。虽然活下去，可是厌倦着，诅咒着。于是摇头，皱眉毛，"没办法！没办法"的说着，一天天混过去。可是，这如果是一个常态的中年人，他还有相当的精力，他不会甘心老是这样混过去；他要活得有意思些。他于是颓废——烟，赌，酒，女人，尽情的享乐自己。一面献身于投机事业，不顾一切原则，只要于自己有利就干。反正一切原则都在动摇，谁还怕谁？只要抓住现在，抓住自己，管什么社会国家！古诗道："我躬不阅，遑恤我后！"可以用来形容这些人。

有些人也在幻灭之馀活下去，可是憎恶着，愤怒着。他们不怕幻灭，却在幻灭的遗迹上建立起一个新的理想。他们要改造这个国家，要改造这个世界。这些人大概是青年多，青年人精力足，顾虑少，他们讨厌传统，讨厌原则；而现在这些传统这些原则既在动摇之中，他们简直想一脚踢开去。他们要创造新传统，新原则，新中国，新世界。他们也是不顾一切，却不是只为自己。他们自然也免不了试验与错误。试验与错误的结果，将延续动乱的局势，还是将结束动乱局势？这就要看社会上矫正的力量和安定的力量，也就是说看他们到底抓得住现实还是抓不住。

还有些人也在幻灭之馀活下去，可是对现实认识着，适应着。他们渐渐能够认识这个动乱时代，并接受这个动乱时代。他们大概是些中年人，他们的精力和胆量只够守住自己的岗位，进行自己的工作。这些人不甘颓废，可也不能担负改造的任务，只是大时代一些小人物。但是他们谨慎的调整着种种传统和原则，忠诚的保持着那些。那些传统和原则，虽然有些人要踢开去，然而其中主要的部分自有它们存在的理由。因为社会是联贯的，历史是联贯的。一个新社会不能凭空从天上掉下，它得从历来的土壤里长出。社会的安定力固然在基层的衣食住，在中国尤其是农民的衣食住；可是这些小人物对于社会上层机构的安定，也多少有点贡献。他们也许抵不住时代潮流的冲击而终于失掉自己的岗位甚至生命，但是他们所抱持的一些东西还是会存在的。

以上三类人，只是就笔者自己常见到的并且相当知道的说，自然不能包罗一切。但这三类人似乎都是这动乱时代的主要分子。笔者希望由于描写这三类人可以多少说明了这时代的局势。他们或多或少的认识了现实，也或多或少的抓住了现实；那后两类人一方面又都有着或近或远或小或大的理想。有用的是这两类人。

那颓废者只是消耗,只是浪费,对于自己,对于社会都如此。那投机者扰害了社会的秩序,而终于也归到消耗和浪费一路上。到处摇头苦脸说着"没办法"的人不过无益,这些人简直是有害了。改造者自然是时代的领导人,但希望他们不至于操之过切,欲速不达。调整者原来可以与改造者相辅为用,但希望他们不至于保守太过,抱残守阙。这样维持着活的平衡,我们可以希望比较快的走入一个小康时代。

南京《中央日报》,1946年。

回来杂记

回到北平来，回到原来服务的学校里，好些老工友见了面用道地的北平话道："您回来啦！"是的，回来啦。去年刚一胜利，不用说是想回来的。可是这一年来的情形使我回来的心淡了，想像中的北平，物价像潮水一般涨，整个的北平也像在潮水里晃荡着。然而我终于回来了。飞机过北平城上时，那棋盘似的房屋，那点缀着的绿树，那紫禁城，那一片黄琉璃瓦，在晚秋的夕阳里，真美。在飞机上看北平市，我还是第一次。这一看使我联带的想起北平的多少老好处，我忘怀一切，重新爱起北平来了。

在西南接到北平朋友的信，说生活虽艰难，还不至如传说之甚，说北平的街上还跟从前差不多的样子。是的，北平就是粮食贵得凶，别的还差不离儿。因为只有粮食贵得凶，所以从上海来的人，简直松了一大口气，只说"便宜呀！便宜呀！"我们从重庆来的，却没有这样胃口。再说虽然只有粮食贵得凶，然而粮食是人人要吃日日要吃的。这是一个浓重的阴影，罩着北平的将来。但是现在谁都有点儿且顾眼前，将来，管得它呢！粮食以外，日常生活的必需品，大致看来不算少；不是必需而带点儿古色古香的那就更多。旧家具，小玩意儿，在小市里，地摊上，有得挑选的，价钱合式，有时候并且很贱。这是北平老味道，就是不大有耐心去逛小市和地摊的我，也深深在领略着。从这方面看，北平算得是"有"的都市，西南几个大城比起来真寒尘相了。再去故宫一看，吓，可了不得！虽然曾游过多少次，可是从西南回来这是第一次。东西真多，小市和地摊儿自然不在话下。逛故宫简直使人不想买东西，买来买去，买多买少，算得什么玩意儿！北平真"有"，真"有"它的！

北平不但在这方面和从前一样"有"，并且在整个生活上也差不多和从前一样闲。本来有电车，又加上了公共汽车，然而大家还是悠悠儿的。电车有时来得很慢，要等得很久。从前似乎不至如此，也许是线路加多，车辆并没有比例的加多吧？公共汽车也是来得慢，也要等得久。好在大家有的是闲工夫，慢点儿无妨，多等点时候也无妨。可是刚从重庆来的却有些不耐烦。别瞧现在重庆的公共汽车不漂亮，可是快，上车，卖票，下车都快。也许是无事忙，可是快是真的。就是在排班等着罢，眼看着一辆辆来车片刻间上满了客开了走，也觉痛快，比望眼欲穿的看不到来车的影子总好受些。重庆的公共汽车有时也挤，可是从来没有像我那回坐宣武门到前门的公共汽车那样，一面挤得不堪，一面卖票人还在中途站从容的给争着上车的客人排难解纷。这真闲得可以。

现在北平几家大型报都有几种副刊，中型报也有在拉人办副刊的。副刊的水准很高，学术气非常重。各报又都特别注重学校消息，往往专辟一栏登载。前一种现象别处似乎没有，后一种现象别处虽然有，却不像这儿的认真——几乎有闻必录。北平早就被称为"大学城"和"文化城"，这原是旧调重弹，不过似乎弹得更响了。学校消息多，也许还可以认为有点生意经；也许北平学生多，这么着报可以多销些？副刊多却决不是生意经，因为有些副刊的有些论文似乎只有一些大学教授和研究院学生能懂。这种论文原应该出现在专门杂志上，但目前出不起专门杂志，只好暂时委屈在日报的馀幅上：这在编副刊的人是有理由的。在报馆方面，反正可以登载的材料不多，北平的广告又未必太多，多来它几个副刊，一面配合着这古城里看重读书人的传统，一面也可以镇静镇静这多少有点儿晃荡的北平市，自然也不错。学校消息多，似乎也有点儿配合着看重读书人的传统的意思。研究学术本来要悠闲，这古城里向来看重的读书人正是那悠闲的读书人。我也爱北平的学术空气，自己也只是一个悠闲的读书人，并且最近也主编了一个带学术性的副刊，不过还是觉得这么多的这么学术的副刊确是北平特有的闲味儿。

然而北平究竟有些和从前不一样了。说它"有"罢，它"有"贵重的古董玩器，据说现在主顾太少了。从前买古董玩器送礼，可以巴结个一官半职。现在据说懂得爱古董玩器的就太少了。礼还是得送，可是上了句古话，什么人爱钞，什么人都爱钞了。这一来倒是简单明了，不过不是老味道了。古董玩器的冷落还不足奇，更使我注意的是中山公园和北海等名胜的地方，也萧条起来了。我刚回来的时候，天气还不冷，有一天带着孩子们去逛北海。大礼拜的，漪澜堂的茶座上却只寥寥的几个人。听隔家茶座的伙计在向一位客人说没有点心卖，他说因为客人少，不敢预备。这些原是中等经济的人物常到的地方；他们少来，大概是手头不宽心头也不宽了吧。

中等经济的人家确乎是紧起来了。一位老住北平的朋友的太太，原来是大家小姐，不会做家里粗事，只会做做诗，画画画。这回见了面，瞧着她可真忙。她告诉我，佣人减少了，许多事只得自己干；她笑着说现在操练出来了。她帮忙我捆书，既麻利，也还结实；想不到她真操练出来了。这固然也是好事，可是北平到底不和从前一样了。穷得没办法的人似乎也更多了。我太太有一晚九点来钟带着两个孩子走进宣武门里一个小胡同，刚进口不远，就听见一声："站住！"向前一看，十步外站着一个人，正在从黑色的上装里掏什么，说时迟，那时快，顺着灯光一瞥，掏出来的乃是一把明晃晃的尖刀！我太太大声怪叫，赶紧转身向胡同口跑，孩子们也跟着怪叫，跟着跑。绊了石头，母子三个都摔倒；起来回头一看，那人也转了身向胡同里跑。这个人穿得似乎还不寒尘，白白的脸，年轻轻的。想来是刚走这个道儿，要不然，他该在胡同中间等着，等来人近身再喊"站住！"这也许真是到了无可奈何才来走险的。近来报上常见路劫的记载，想来这种新手该不少罢。从前自然也有路劫，可没有听说这么多。北平是不一样了。

　　电车和公共汽车虽然不算快，三轮车却的确比洋车快得多。这两种车子的竞争是机械和人力的竞争，洋车显然落后。洋车夫只好更贱卖自己的劳力。有一回雇三轮儿，出价四百元，三轮儿定要五百元。一个洋车夫赶上来说，"我去，我去。"上了车他向我说要不是三轮儿，这么远这个价他是不干的。还有在雇三轮儿的时候常有洋车夫赶上来，若是不理他，他会说，"不是一样吗？"可是，就不一样！三轮车以外，自行车也大大的增加了。骑自行车可以省下一大笔交通费。出钱的人少，出力的人就多了。省下的交通费可以帮补帮补肚子，虽然是小补，到底是小补啊。可是现在北平街上可不是闹着玩儿的，骑车不但得出力，有时候还得拼命。按说北平的街道够宽的，可是近来常出事儿。我刚回来的一礼拜，就死伤了五六个人。其中王振华律师就是在自行车上被撞死的。这种交通的混乱情形，美国军车自然该负最大的责任。但是据报载，交通警察也很怕咱自己的军车。警察却不怕自行车，更不怕洋车和三轮儿。他们对洋车和三轮儿倒是一视同仁，一个不顺眼就拳脚一齐来。曾在宣武门里一个胡同口看见一辆三轮儿横在口儿上和人讲价，一个警察走来，不问三七二十一，抓住三轮车夫一顿拳打脚踢。拳打脚踢倒从来如此，他却骂得怪，他骂道，"×你有民主思想的妈妈！"那车夫挨着拳脚不说话，也是从来如此。可是他也怪，到底是三轮车夫罢，在警察去后，却向着背影责问道，"你有权利打人吗？"这儿看出了时代的影子，北平是有点儿晃荡了。

　　别提这些了，我是贪吃得了胃病的人，还是来点儿吃的。在西南大家常谈到北平的吃食，这呀那的，一大堆。我心里却还惦记一样不登大雅的东西，就是马蹄儿烧饼夹果子。那是一清早在胡同里提着筐子叫卖的。这回回来却还没有吃到。打听住家人，也说少听见了。这马蹄儿烧饼用硬面做，用吊炉烤，薄薄的，却有点儿韧，夹果子（就是脆而细的油条）最是相得益彰，也脆，也有咬嚼，比起有心子的芝麻酱烧饼有意思得多。可是现在劈柴贵了，吊炉少了，做马蹄儿并不能多卖钱，谁乐意再做下去！于是大家一律用芝麻酱烧饼来夹果子了。芝麻酱烧饼厚，倒更管饱些。然而，然而不一样了。

《大公报》，1946年。

文学的标准与尺度

我们说"标准",有两个意思。一是不自觉的,一是自觉的。不自觉的是我们接受的传统的种种标准。我们应用这些标准衡量种种事物种种人,但是对这些标准本身并不怀疑,并不衡量,只照样接受下来,作为生活的方便。自觉的是我们修正了的传统的种种标准,以及采用的外来的种种标准。这种种自觉的标准,在开始出现的时候大概多少经过我们的衡量;而这种衡量是配合着生活的需要的。本文只称不自觉的种种标准为"标准",改称种种自觉的标准为"尺度",来显示这两者的分别。"标准"原也离不了尺度,但尺度似乎不像标准那样固定;近来常说"放宽尺度",既然可以"放宽",就不是固定的了。这种"标准"和"尺度"的分别,在一个变得快的时代最容易觉得出:在道德方面在学术方面如此,在文学方面也如此。

中国传统的文学以诗文为正宗,大多数出于士大夫之手。士大夫配合君主掌握着政权。做了官是大夫,没有做官是士;士是候补的大夫。君主士大夫合为一个封建集团,他们的利害是共同的。这个集团的传统的文学标准,大概可用"儒雅风流"一语来代表。载道或言志的文学以"儒雅"为标准,缘情与隐逸的文学以"风流"为标准。有的人"达则兼济天下,穷则独善其身",表现这种情志的是载道或言志。这个得有"正其谊不谋其利,明其道不计其功"的抱负,得有"怨而不怒""温柔敦厚"的涵养,得用"熔经铸史""含英咀华"的语言。这就是"儒雅"的标准。有的人纵情于醇酒妇人,或寄情于田园山水,表现这种种情志的是缘情或隐逸之风。这个得有"妙赏""深情"和"玄心",也得用"含英咀华"的语言。这就是"风流"的标准。(关于"风流"的解释,用冯友兰先生语,见《论风流》一文中。)

在现阶段看整个的传统的文学,我们可以说"儒雅风流"是标准。但是看历代文学的发展,中间还有许多变化。即如诗本是"言志"的,陆机却说"诗缘情而绮靡"。"言志"其实就是"载道"，与"缘情"大不相同。陆机实在是用了新的尺度。"诗言志"这一个语在开始出现的时候，原也是一种尺度；后来得到公认而流传，就成为一种标准。说陆机用了新的尺度，是对"诗言志"那个旧尺度而言。这个新尺度后来也得到公认而流传，成为又一种标准。又如南朝文学的求新，后来文学的复古，其实都是在变化；在变化的时候也都是用着新的尺度。固然这种新尺度大致只伸缩于"儒雅"和"风流"两种标准之间，但是每回伸缩的长短不同，疏密不同，各有各的特色。文学史的扩展从这种种尺度里见出。

这种尺度表现在文论和选集里，也就是表现在文学批评里。中国的文学批评以各种形式出现。魏文帝的"论文"是在一般学术的批评的《典论》里，陆机《文赋》也许可以说是独立的文学批评的创始，他将文作为一个独立的课题来讨论。此后有了选集，这里面分别体类，叙述源流，指点得失，都是批评的工作。又有了《文心雕龙》和《诗品》两部批评专著。还有史书的文学传论，别集的序跋和别集中的书信。这些都是比较有系统的文学批评，各有各的尺度。这些尺度有的依据着"儒雅"那个标准，结果就是复古的文学，有的依据着"风流"那个标准，结果就是标新的文学。但是所谓复古，其实也还是求变化求新异；韩愈提倡古文，却主张务去陈言，戛戛独造，是最显著的例子。古文运动从独造新语上最见出成绩来。胡适之先生说文学革命都从文字或文体的解放开始，是有道理的，因为这里最容易见出改变了的尺度。现代语体文学是标新的，不是复古的，却也可以说是从文字或文体的解放开始；就从这语体上，分明的看出我们的新尺度。

这种语体文学的尺度，如一般人所公认，大部分是受了外国的影响，就是依据着种种外国的标准。但是我们的文学史中原也有这样一股支流，和那正宗的或主流的文学由分而合的相配而行。明代的公安派和竟陵派自然是这支流的一段，但这支流的渊源很古久，截取这一段来说是不正确的。汉以前我们的言和文比较接近，即使不能说是一致。从孔子"有教无类"起，教育渐渐开放给平民，受教育的渐渐多起来。这种受了教育的人也称为"士"，可是跟从前贵族的士不同，这些只是些"读书人"。士的增多影响了语言和文体，话要说得明白，说得详细，当时的著述是说话的纪录，自然也是这样。这里面该有平民语调的参入，虽然我们不能确切的指出。汉代辞赋发达，主要的作为宫廷文学；后来变为远于说话的骈俪的体制，士大夫就通用这种体制。可是另一方面，游历了通都大邑名山大川的司马迁，却还用那近乎说话的文体作《史记》，古里古怪的扬雄跟《问孔》《刺孟》的王充，也还用这种文体作《法言》和《论衡》；而乐府诗来自民间，不用问更近于说话。可见这种文体是废不掉的。就是骈俪文盛行的时代，也还有《世说新语》，记录那时代的说话。到了唐代的韩愈，提倡"气盛言宜"的古文，"气盛言宜"就是说话的调子，至少是近于说话的调子，还有语录和笔记，起于唐而盛于宋，还有来自民间的词，这些也都用着说话或近于说话的调子。东汉以来逐渐建立起来的门阀，到了唐代中叶垮了台，"寻常百姓"的士又增多起来，加上宋代印刷和教育的发达，所以那种详明如话的文体就大大的发达了。到了元明两代，又有了戏曲和小说，更是以说话体就是语体为主。公安派竟陵派接受了这股支派，努力想将它变成主流，但是这一个尝试失败了。直到现代，一个新的尝试才完成了语体文学，新文学，也就是现代文学。

  从以上一段语体文学发展的简史里可以看出种种伸缩的尺度。这些尺度大体上固然不出乎"儒雅"和"风流"那两个标准，可是像语录和笔记，有些恐怕只够"儒"而不够"雅"，有些恐怕既不够"儒"也不够"雅"，不够"雅"因为用俗语或近乎俗语，不够"儒"因为只是一些细事，无关德教，也与风流不相干。汉乐府跟《世说新语》也用俗语，虽然现在已将那些俗语看作了古典。戏曲和小说有的别忠奸，寓劝惩，叙风流，固然够得上标准，有的却不够儒雅，不算风流。在过去的文学传统里，这两种本没有地位，所谓不在话下。不过我们现在得给这些不够格的分别来个交代。我们说戏曲和小说可以见人情物理，这可以叫做"观风"的尺度，《礼记》里说诗可以"观民风"；可以观风，也就拐了弯儿达到了"儒雅"那个标准。戏曲和小说不但可以观民风，还可以观士风，而观风就是写实，就是反映社会，反映时代。这是社会的描写，时代的纪录。在我们看来，用不着再绕到"儒雅"那个标准之下，就足够存在的理由了。那些无关政教也不算风流的笔记，也可以这么看。这个"人情物理"或"观风"的尺度原是依据了"儒雅"那个标准定出来的，可是唐代中叶以后，这个尺度似乎已经暗地里独立运用，这已经不是上德化下的尺度而是下情上达的尺度了。人民参加着定了这个尺度，而俗语的参入文学，正与这个尺度配合着。

  说是人民参加着订定文学的尺度，如上文所提到的，该起于春秋末年贵族渐渐没落平民渐渐兴起的时候。这些受了教育的平民加入了统治集团，多少还带着他们的情感和语言。这种新的士流日渐增加，自然就影响了文化的面目乃至精神。汉乐府的搜集与流行，就在这样氛围之中。韩诗解《伐木》一篇说到"饥者歌其食，劳者歌其事"。"饥者歌其食，劳者歌其事"正是"人情物理"，正是"观风"；这说明了三百篇诗的一些诗，也说明了乐府里的一些诗。"饥者歌其食，劳者歌其事"，自然周代的贵族也会如此的，可是这两句话带着浓重的平民的色彩；配合着语言的通俗，尤其可以见出。这就是前面说的"参加"，这参加倒是不自觉的。但那"人情物理"或"观风"的尺度的订定却是自觉的。汉以来的社会是士民对立，同时也是士民流通。《世说新语》里纪录一些俗语，取其自然。在"风流"的标准下，一般的固然以"含英咀华"的语言为主，但是到了这时代稍加改变，取了"自然"这个尺度，也不足为怪的。

唐代中叶以后，士民间的流通更自由了，士人是更多了。于是乎"人情物理"的著作也更多。元代蒙古人压迫汉人，士大夫的地位降低下去。真正领导文坛的是一些吏人以及"书会先生"。他们依据了"人情物理"的尺度作了许多戏曲。明代士大夫的地位高了些，但是还在暴君压制之下。他们这时却恢复了文坛的领导权，他们可也在作戏曲，并且在提倡小说，作小说了。公安派竟陵派就是受了这种风气的影响而形成的。清代士大夫的地位又高了些，但是又在外族统治之下，还不能恢复元代以前的地位。他们也在作戏曲和小说，可是戏曲和小说始终还是小道，不能跟诗文并列为正宗。"人情物理"还是一种尺度，不能成为标准。但是平民对文学的影响确乎渐渐在扩大。原来士民的对立并不是严格的。尤其在文学上，平民所表现的生活还是以他们所"虽不能至，然心向往之"的士大夫生活为标准。他们受自己的生活折磨够了，只羡慕着士大夫的生活，可又只能耐着苦羡慕着，不知道怎样用行动去争取，至多是表现在他们的文学就是民间文学里；低级趣味是免不了的，但那时他们的理想是爬上高处去。这样，士大夫的文学接受他们的影响，也算是个顺势。虽然"人情物理"和"通俗"到清代还没有成为标准，可是"自然"这尺度从晋代以来已渐渐成为一种标准。这究竟显出了人民的力量。

大清帝国改了中华民国，新文化运动新文学运动配合着"五四"运动画出了一个新时代。大家拥戴的是"德先生"和"赛先生"，就是民主与科学。但是实际上做到的是打倒礼教也就是反封建的工作。反封建解放了个人，也发现了民众，于是乎有了个人主义和人道主义；前者是实践，后者还是理论。这里得指出在那个阶段上，我们是接受了种种外国标准，而向现代化进行着。这时的社会已经不是士民的对立，而是封建的军阀官僚和人民的对立。从清末开设学校，受教育的人大量增多。士或读书人渐渐变了质；到这时一部分成为军阀和官僚的帮闲，大部分却成了游离的知识阶级。知识阶级从军阀和官僚独立，却还不能跟民众联合起来，所以是游离着。这里面大部分是青年学生。这时候的文学是语体文学，开始似乎是应用着"人情物理""通俗"那两个尺度以及"自然"那个标准。然而"人情物理"变了质成为"打倒礼教"就是"反封建"也就是"个人主义"这个标准，"通俗"和"自然"也让步给那"欧化"的新尺度；这"欧化"的尺度后来并且也成了标准。用欧化的语言表现个人主义，顺带着人道主义，是这时期知识阶级向着现代化的路。

"五卅"运动接着国民革命，发展了反帝国主义运动；于是"反帝国主义"也成了文学的一种尺度。抗战起来了，"抗战"立即成了一切的标准，文学自然也在其中。胜利却带来了一个动乱时代，民主运动发展，"民主"成了广大应用的尺度，文学也在其中。这时候知识阶级渐渐走近了民众，"人道主义"那个尺度变质成为"社会主义"的尺度，"自然"又调剂着"欧化"，这样与"民主"配合起来。但是实际上做到的还只是暴露丑恶和斗争丑恶。这是向着新社会发脚的路。受教育的越来越多，这条路上的人也将越来越多，文学终于要配合上那新的"民主"的尺度向前迈进的。大概文学的标准和尺度的变换，都与生活配合着，采用外国的标准也如此。表面上好像只是求新，其实求新是为了生活的高度深度或广度。社会上存在着特权阶级的时候，他们只见到高度和深度；特权阶级垮台以后，才能见到广度。从前有所谓雅俗之分，现在也还有低级趣味，就是从高度深度来比较的。可是现在渐渐强调广度，去配合着高度深度，普及同时也提高，这才是新的"民主"的尺度。要使这新尺度成为文学的新标准，还有待于我们自觉的努力。

《大公报》，1947年。

论严肃

新文学运动的开始，斗争的对象主要的是古文，其次是礼拜六派或鸳鸯蝴蝶派的小说，又其次是旧戏，还有文明戏。他们说古文是死了。旧戏陈腐，简单，幼稚，嘈杂，不真切，武场更只是杂耍，不是戏。而鸳鸯蝴蝶派的小说意在供人们茶馀酒后消遣，不严肃，文明戏更是不顾一切的专迎合人们的低级趣味。白话总算打倒了古文，虽然还有些肃清的工作；话剧打倒了文明戏，可是旧戏还直挺挺的站着，新歌剧还在难产之中。鸳鸯蝴蝶派似乎也打倒了，但是又有所谓"新鸳鸯蝴蝶派"。这严肃与消遣的问题够复杂的，这里想特别提出来讨论。

照传统的看法，文章本是技艺，本是小道，宋儒甚至于说"作文害道"。新文学运动接受了西洋的影响，除了解放文体以白话代古文之外，所争取的就是这文学的意念，也就是文学的地位。他们要打倒那"道"，让文学独立起来。所以对"文以载道"说加以无情的攻击。这"载道"说虽然比"害道"说温和些，可是文还是道的附庸。照这一说，那些不载道的文就是"玩物丧志"。玩物丧志是消遣，载道是严肃。消遣的文是技艺，没有地位；载道的文有地位了，但是那地位是道的，不是文的——若单就文而论，它还只是技艺，只是小道。新文学运动所争的是，文学就是文学，不干道的事，它是艺术，不是技艺，它有独立存在的理由。

在中国文学的传统里，小说和词曲（包括戏曲）更是小道中的小道，就因为是消遣的，不严肃。不严肃也就是不正经；小说通常称为"闲书"，不是正经书。词为"诗馀"，曲又是"词馀"；称为"馀"当然也不是正经的了。鸳鸯蝴蝶派的小说意在供人们茶馀酒后消遣，倒是中国小说的正宗。中国小说一向以"志怪"、"传奇"为主。"怪"和"奇"都不是正经的东西。明朝人编的小说总集有所谓"三言二拍"。"二拍"是初刻和二刻的《拍案惊奇》，重在"奇"得显然。"三言"是《喻世明言》《警世通言》《醒世恒言》，虽然重在"劝俗"，但是还是先得使人们"惊奇"，才能收到"劝俗"的效果，所以后来有人从"三言二拍"里选出若干篇另编一集，就题为《今古奇观》，还是归到"奇"上。这个"奇"正是供人们茶余酒后消遣的。

明清的小说渊源于宋朝的"说话"，"说话"出于民间。词曲（包括戏曲）原也出于民间。民间文学是被压迫的人民苦中作乐，忙里偷闲的表现，所以常常扮演丑角，嘲笑自己或夸张自己，因此多带着滑稽和诞妄的气氛，这就不正经了。在中国文学传统自己的范围里，只有诗文（包括赋）算是正经的，严肃的，虽然放在道统里还只算是小道。词经过了高度的文人化，特别是清朝常州派的努力，总算带上一些正经面孔了，小说和曲（包括戏曲）直到新文学运动的前夜，却还是丑角打扮，站在不要紧的地位。固然，小说早就有劝善惩恶的话头，明朝人所谓"喻世"等等，更特别加以强调。这也是在想"载道"，然而"奇"胜于"正"，到底不成。明朝公安派又将《水浒》比《史记》，这是从文章的"奇变"上看；可是文章在道统里本不算什么，"奇变"怎么能扯得上"正经"呢？然而看法到底有些改变了。到了清朝末年，梁启超先生指出了"小说与群治之关系"，并提倡实践他的理论的创作。这更是跟新文学运动一脉相承了。

新文学运动以斗争的姿态出现，它必然是严肃的。他们要给白话文争取正宗的地位，要给文学争取独立的地位。而鲁迅先生的第一篇小说《狂人日记》里喊出了"吃人的礼教"和"救救孩子"，开始了反封建的工作。他的《随感录》又强烈的讽刺着老中国的种种病根子。一方面人道主义也在文学里普遍的表现着。文学担负起新的使命；配合了"五四"运动，它更跳上了领导的地位，虽然不是唯一的领导的地位。于是文学有了独立存在的理由，也有了新的意念。在这情形下，词曲升格为诗，小说和戏曲也升格为文学。这自然接受了"外国的影响"，然而这也未尝不是"载道"；不过载的是新的道，并且与这个新的道合为一体，不分主从。所以从传统方面看来，也还算是一脉相承的。一方面攻击"文以载道"，一方面自己也在载另一种道，这正是相反相成，所谓矛盾的发展。

创造社的浪漫的感伤的作风，在反封建的工作之下要求自我的解放，也是自然的趋势。他们强调"动的精神"，强调"灵肉冲突"，是依然在严肃的正视着人生的。然而礼教渐渐垮了，自我在第一次世界大战带给中国的暂时的繁荣里越来越大了，于是乎知识分子讲究生活的趣味，讲究个人的好恶，讲究身边琐事，文坛上就出现了"言志派"，其实是玩世派。更进一步讲究幽默，为幽默而幽默，无意义的幽默。幽默代替了严肃，文坛上一片空虚。一方面色情的作品也抬起了头，凭着"解放"的名字跨过了"健康"的边界，自然也跨过了"严肃"的边界。

然而这空虚只是暂时的,正如那繁荣是暂时的。"五卅"事件掀起了反帝国主义的大潮,时代又沉重起来了。

接着是国民革命,接着是左右折磨;时代需要斗争,闲情逸致只好偷偷摸摸的。这时候鲁迅先生介绍了"一面是严肃与工作,一面是荒淫与无耻"这句话。这是时代的声音。可是这严肃是更其严肃了;单是态度的严肃,艺术的严肃不成,得配合工作,现实的工作。似乎就在这当儿有了"新鸳鸯蝴蝶派"的名目,指的是那些尽在那儿玩味自我的作家。他们自己并不觉得在消遣自己,跟旧鸳鸯蝴蝶派不同。更不同的是时代,是时代缩短了那"严肃"的尺度。这尺度还在争议之中,劈头来了抗战;一切是抗战,抗战自然是极度严肃的。可是八年的抗战太沉重了,这中间不免要松一口气,这一松,尺度就放宽了些;文学带着消消遣,似乎也是应该的。

胜利突然而来,时代却越见沉重了。"人民性"的强调,重行紧缩了"严肃"那尺度。这"人民性"也是一种道。到了现在,要文学来载这种道,倒也是"势有必至,理有固然"。不过太紧缩了那尺度,恐怕会犯了宋儒"作文害道"说的错误,目下黄色和粉色刊物的风起云涌,固然是动乱时代的颓废趋势,但是正经作品若是一味讲究正经,只顾人民性,不管艺术性,死板板的长面孔教人亲近不得,读者们恐怕更会躲向那些刊物里去。这是运用"严肃"的尺度的时候值得平心静气算计算计的。

《中国作家》,1947年。

论通俗化

  文体通俗化运动起于清朝末年。那时维新的士人急于开通民智，一方面创了报章文体，所谓"新文体"，给受过教育的人说教，一方面用白话印书办报，给识得些字的人说教，再一方面推行官话字母等给没有受过教育的人说教。前两种都是文体的通俗化，后一种虽然注重在新的文字，但就写成的文体而论，也还是通俗化。

  这种用字母拼写的文体，在当时所能表现的题材大概是有限的。据记载，这种字母的确曾经深入农村，农民会用字母来写便条，那大概是些很简单的话。最复杂的自然的"新文体"，可是通俗性大概也就比较的最小。居中的是那些白话书报。这种白话我看到的不多，就记得的来说，好像明白详尽，老老实实，直来直去。好像从语录和白话小说化出；我们这些人读起来大概没有什么味儿。

  原来这种白话只是给那些识得些字的人预备的，士人们自己是不屑用的。他们还在用他们的"雅言"，就是古文，最低限度也得用"新文体"，俗语的白话只是一种慈善文体罢了。然而革命了，民国了，新文学运动了，胡适之先生和陈独秀先生主张白话是正宗的文学用语，大家该一律用白话作文，不该有士和民的分别。"五四"运动加速了新文学运动的成功，白话真的成为正宗的文学用语。而"新文体"也渐渐的在白话化，留心报纸的文体就可以知道。"一律用白话来作文"的日子大概也不远了。

  胡先生等提倡的白话，大概还是用语录和白话小说等做底子，只是这时代的他们接受了西化，思想精密了，文章也简洁了。他们将雅俗一元化，而注重在"明白"或"懂得性"上，这也可以说是平民化。然而"欧化"来了，"新典主义"来了。这配合着第一次世界大战给中国带来的暂时的繁荣，和在这繁荣里知识阶级生活欧化或现代化的趋向，也是"势有必至，理有固然。"于是乎已故的宋阳先生指出这是绅士们的白话，他提倡"大众语"，这当儿更有人提倡拼音的"新文字"。

这不是通俗化而是大众化。而大众就是大众，再没有"雅"的分儿。

然而那时候这还只能够是理想；大众不能写作，写作的还只是些知识分子。于是乎先试验着从利用民间的旧形式下手，抗战后并且有过一回民族形式的讨论。讨论的结果似乎是：民族形式可以利用，但是还接受"五四"的文学传统，还容许相当的欧化。这时候又有人提倡"通俗文学"，就是利用民族形式的文学。不但提倡，并且写作。参加的人有些的确熟悉民族形式，认真的做去。但是他们将通俗文学和一般文学分开，不免落了"雅俗"的老套子。于是有人指出，通俗文学的目标该是一元的；扬弃知识阶级的绅士身分，提高大众的鉴赏水准，这样打成一片，平民化，大众化。

但是说来容易做来难。民间文学虽然有天真、朴素、健康等长处，却也免不了丑角气氛，套语烂调，琐屑罗嗦等毛病。这是封建社会麻痹了民众才如此的。利用旧形式而要免去这些毛病，的确很难。除非民众的生活大大的改变，他们自己先在旧瓶里装上新酒，那么用起旧形式来意义才会不同。这自然还是从知识分子方面看，因为从民众里培养出作家，现在还只是理想。不过就是民众生活改变了，知识分子还得和他们共同生活一个时期，多少打成一片，用起旧形式来，才能有血有肉。所以真难。

再说普通所谓旧形式，大概指的是韵文，散文似乎只是说书：这就是说散文是比较的不发达的。原来民众欣赏文艺，一向以音乐性为主，所以对韵文的要求大。他们要故事，但是情节得简单，得有头有尾。描写不要精细曲折，可是得详尽，得全貌。这两种要求并不冲突，因为情节尽管简单，每一个情节或人物还不妨详尽的描写。至于整个故事组织不匀称，他们倒不在乎的。韵文故事如此，散文的更得如此，这就难。

然而有些地方的民众究竟大变了，他们自己先在旧瓶里装上新酒，例如赵树理先生《李有才板话》里的那些段"快板"的语句。这些快板也许多少经过赵先生的润色，但是相信他根据的，原来就已经是旧瓶里的新酒。有了那种生活，才有那种农民，才有那种快板，才有快板里那种新的语言。赵先生和那些农民共同生活了很久，也才能用新的语言写出书里的那些新的故事。这里说"新的语言"，因为快板和那些故事的语言或文体都尽量扬弃了民族形式的封建气氛，而采取了改变中的农民的活的口语。自己正在觉醒的人民，特别宝爱自己的语言，但是李有才这些人还不能自己写作，他们需要赵先生这样的代言人。

书里的快板并不多，是以散文为主。朴素，健康，而不过火，确算得新写实主义的作风。故事简单，有头有尾，有血有肉。描写差不多没有，偶然有，也只就那农村生活里取喻,简截了当,可是新鲜有味。另有长篇《李家庄的变迁》,也是赵先生写的。周扬先生认为赶不上《板话》里那些短篇完整。这里有了比较详尽的描写,故事也有头有尾,虽然不太简单,可是作者利用了重复的手法,就觉得也还单纯。这重复的手法正是主要的民族形式:作者能够活用,就不腻味。而全书文体或语言还能够庄重,简明,不罗嗦。这也就不易了。这的确是在结束通俗化而开始了大众化。

《燕京新闻》,1947年。

论标语口号

许多人讨厌标语口号，笔者也是一个。可是从北伐到现在二十多年了，标语口号一直流行着；虽然小有盛衰，可是一直流行着。现在标语口号是显然又盛起来了。这值得我们想想，为什么会如此呢？是一般人爱起哄吗？还是标语口号的确有用，非用不可呢？

标语口号的办法虽然是外来的，然而在我们的文化传统里也未尝没有根据。我们说"登高一呼，群山四应"，说"大声疾呼"，说"发聋振聩"，都指先知先觉或志士仁人而言，近代又说"唤醒人民""唤起民众"，更强调了人民或民众。这里的"呼"和"唤"，正是一种口号，为的是"发聋振聩"，是"群山四应"（这是一个比喻，就是众人四应），是人民的觉醒与起来。这"呼"和"唤"是一种领导作用，领导着人们行动，向着某一些目的。这是由上而下的。《孟子》引《尚书》的《汤誓篇》，说夏桀的时候，人民怨恨那暴政，喊出"时日害丧，予及汝皆亡！"孟子说"民欲与之皆亡"，是不错的。用现在的话，就是"太阳啊，你灭亡罢！我们一块儿灭亡罢！"这是反抗的口号，是由下而上的。

我们向来没有"标语"这个名称，但是有格言，有名言。格言常常用作修养的标准，就是为学与做人的标准，如"一寸光阴一寸金"（抗战期中"一滴汽油一滴血"的标语就是套的这个调子）之类。"名言"这个名称是笔者暂定的，指的是"饿死事小，失节事大"乃至"天下兴亡，匹夫有责"这一类的话；这些话常常用作批评的标准，就是论人论事的标准。格言偏重个人的修养，名言的作用似乎广泛些，所以另给加上这个"名言"的名目。格言也罢，名言也罢，作用其实都在指示人们行动，向着某一些目的。现在的标语也正是如此；格言常常写来贴在墙上，更和标语近些。但是格言和名言似乎都只是由上而下的。封建时代在下的农民地位是那么低，知识是那么浅，他们的话难得见于记载，更不必提入"格"和成"名"了，没有他们的份儿，也是自然的。

然而先知先觉或志士仁人是寥寥可数的；就是近代，说清末罢，在做唤醒或唤起人民的工作的也还不算多。一方面格言名言都经过相当的时间的淘汰，才见出分量，也就不会太多，更重要的是，这一切都拿一个个的人做对象。"群山四应"是一个峰一个峰也就是一个人一个人在那儿应，"唤醒"或"唤起"的，是一个个的人民或民众的一个个人，总之还没有明朗的集体的意念。现代标语口号却以集体为主，集体的贴标语喊口号，拿更大的集体来做对象。不但要唤醒集体的人群或民众起来行动，并且要帮助他们组织起来。标语口号往往就是这种集体运动的纲领。集体的力量渐渐发展，广大的下层民众也渐渐有了地位。标语口号有些是代他们说的，也未尝没有他们自己说的。于是乎标语口号多起来了，也就不免滥起来了。

集体的力量的表现，往往不免骚动或动乱，足以打搅多少时间的平静，而对于个人，这种力量又往往是一种压迫，足以妨碍自由。知识分子一般是爱平静爱自由的个人主义者，一时自然不容易接受这种表现，因此对目见耳闻的标语口号就不免厌烦起来。再说格言和名言是理智的结晶，作用在"渐"，标语口号多而且滥，以激动情感为主，作用在"顿"，跟所谓"登高一呼""大声疾呼"也许相近些。冷静惯了的知识分子不免觉得这是起哄，这是叫嚣，这是符咒，这是语文的魔术。然而这里正见出了标语口号的力量。人们要求生存，要求吃饭，怎么能单怪他们起哄或叫嚣呢？"符咒"也罢，"魔术"也罢，只要有效，只要能以达到人们的要求，达成人们的目的，也未尝不好。况且标语口号是有意义可解的，跟符咒和魔术的全凭迷信的究竟不同。古语说"口诛笔伐"，口和笔本来可以用来做战斗的武器，标语口号正是战斗的武器啊。

但是标语口号既然多而且滥，就不免落套子，就不免公式化，因此让人们觉得没分量，不值钱。公式化足以麻痹集体的力量，但是在集体的表现里，这也是不可免的。这个需要有经验的领导，有经验的宣传家来指示、来帮助。标语口号虽然要激动情感，可是标语口号的提出和制造，不该只是情感的爆发，该让理智控制着。标语口号要简单直截，如"打倒军阀""打倒帝国主义""抗战到底"乃至现在流行的"我们要吃饭"等。这些还有一层好处，就是贴出也成，喊出也成。真简截的标语口号，该都可以两用。但是像"饥饿事大，读书事小"这标语，虽然不宜于喊出，因为太文了，不够直截，可是套了"饿死事小，失节事大"那句过了时的名言，一面讽刺了道学家，一面强调了饥饿的现实性，也足以让知识分子大家仔细想想。

标语口号用在战斗当中，有现实性是必然的；但是由于认识的足够与否，表达出来的现实性也有多有少。不过标语口号有些时候竟用来装点门面，在当事人随意的写写叫叫，只图个好看好听。其实这种不由衷的语句，这种口是心非的呼声，终于是不会有人去看去听的；看了听了也只是个讨厌。古人说"修辞立其诚"，标语口号要发生领导群众的作用，众目所视，众手所指，有一丝一毫的不诚都是遮掩不住的。大家最讨厌的其实就是这种已经失掉标语口号性的标语口号，却往往连累了别种标语口号，也不分皂白的讨厌起来，这是不公道的。我们这些知识分子现在虽然还未必能够完全接受标语口号这办法，但是标语口号有它们存在的理由，我们是该去求了解的。

《知识与生活》，1947年。

论气节

气节是我国固有的道德标准，现代还用着这个标准来衡量人们的行为，主要的是所谓读书人或士人的立身处世之道。但这似乎只在中年一代如此，青年代倒像不大理会这种传统的标准，他们在用着正在建立的新的标准，也可以叫做新的尺度。中年代一般的接受这传统，青年代却不理会它，这种脱节的现象是这种变的时代或动乱时代常有的。因此就引不起什么讨论。直到近年，冯雪峰先生才将这标准这传统作为问题提出，加以分析和批判：这是在他的《乡风与市风》那本杂文集里。

冯先生指出"士节"的两种典型：一是忠臣，一是清高之士。他说后者往往因为脱离了现实，成为"为节而节"的虚无主义者，结果往往会变了节。他却又说"士节"是对人生的一种坚定的态度，是个人意志独立的表现。因此也可以成就接近人民的叛逆者或革命家，但是这种人物的造就或完成，只有在后来的时代，例如我们的时代。冯先生的分析，笔者大体同意；对这个问题笔者近来也常常加以思索，现在写出自己的一些意见，也许可以补充冯先生所没有说到的。

气和节似乎原是两个各自独立的意念。《左传》上有"一鼓作气"的话，是说战斗的。后来所谓"士气"就是这个气，也就是"斗志"；这个"士"指的是武士。孟子提倡的"浩然之气"，似乎就是这个气的转变与扩充。他说"至大至刚"，说"养勇"，都是带有战斗性的。"浩然之气"是"集义所生"，"义"就是"有理"或"公道"。后来所谓"义气"，意思要狭隘些，可也算是"浩然之气"的分支。现在我们常说的"正义感"，虽然特别强调现实，似乎也还可以算是跟"浩然之气"联系着的。至于文天祥所歌咏的"正气"，更显然跟"浩然之气"一脉相承。不过在笔者看来两者却并不完全相同，文氏似乎在强调那消极的节。

节的意念也在先秦时代就有了，《左传》里有"圣达节，次守节，下失节"的话。古代注重礼乐，乐的精神是"和"，礼的精神是"节"。礼乐是贵族生活的手段，也可以说是目的。他们要定等级，明分际，要有稳固的社会秩序，所以要"节"，但是他们要统治，要上统下，所以也要"和"。礼以"节"为主，可也得跟"和"配合着；乐以"和"为主，可也得跟"节"配合着。节跟和是相反相成的。明白了这个道理，我们可以说所谓"圣达节"等等的"节"，是从礼乐里引申出来成了行为的标准或做人的标准；而这个节其实也就是传统的"中道"。按说"和"也是中道，不同的是"和"重在合，"节"重在分；重在分所以重在不犯不乱，这就带上消极性了。

向来论气节的，大概总从东汉末年的党祸起头。那是所谓处士横议的时代。在野的士人纷纷的批评和攻击宦官们的贪污政治，中心似乎在太学。这些在野的士人虽然没有严密的组织，却已经在联合起来，并且博得了人民的同情。宦官们害怕了，于是乎逮捕拘禁那些领导人。这就是所谓"党锢"或"钩党"，"钩"是"钩连"的意思。从这两个名称上可以见出这是一种群众的力量。那时逃亡的党人，家家愿意收容着，所谓"望门投止"，也可以见出人民的态度，这种党人，大家尊为气节之士。气是敢作敢为，节是有所不为——有所不为也就是不合作。这敢作敢为是以集体的力量为基础的，跟孟子的"浩然之气"与世俗所谓"义气"只注重领导者的个人不一样。后来宋朝几千太学生请愿罢免奸臣，以及明朝东林党的攻击宦官，都是集体行动，也都是气节的表现。但是这种表现里似乎积极的"气"更重于消极的"节"。

在专制时代的种种社会条件之下，集体的行动是不容易表现的，于是士人的立身处世就偏向了"节"这个标准。在朝的要做忠臣。这种忠节或是表现在冒犯君主尊严的直谏上，有时因此牺牲性命；或是表现在不做新朝的官甚至以身殉国上。忠而至于死，那是忠而又烈了。在野的要做清高之士，这种人表示不愿和在朝的人合作，因而游离于现实之外；或者更逃避到山林之中，那就是隐逸之士了。这两种节，忠节与高节，都是个人的消极的表现。忠节至多造就一些失败的英雄，高节更只能造就一些明哲保身的自了汉，甚至于一些虚无主义者。原来气是动的，可以变化。我们常说志气，志是心之所向，可以在四方，可以在千里，志和气是配合着的。节却是静的，不变的；所以要"守节"，要不"失节"。有时候节甚至于是死的，死的节跟活的现实脱了榫，于是乎自命清高的人结果变了节，冯雪峰先生论到周作人，就是眼前的例子。从统治阶级的立场看，"忠言逆耳利于行"，忠臣到底是卫护着这个阶级的，而清高之士消纳了叛逆者，也是有利于这个阶级的。所以宋朝人说"饿死事小，失节事大"，原先说的是女人，后来也用来说士人，这正是统治阶级代言人的口气，但是也表示着到了那时代士的个人地位的增高和责任的加重。

"士"或称为"读书人",是统治阶级最下层的单位,并非"帮闲"。他们的利害跟君相是共同的,在朝固然如此,在野也未尝不如此。固然在野的处士可以不受君臣名分的束缚,可以"不事王侯,高尚其事",但是他们得吃饭,这饭恐怕还得靠农民耕给他们吃,而这些农民大概是属于他们做官的祖宗的遗产的。"躬耕"往往是一句门面话,就是偶然有个把真正躬耕的如陶渊明,精神上或意识形态上也还是在负着天下兴亡之责的士,陶的《述酒》等诗就是证据。可见处士虽然有时横议,那只是自家人吵嘴闹架,他们生活的基础一般的主要的还是在农民的劳动上,跟君主与在朝的大夫并无两样,而一般的主要的意识形态,彼此也是一致的。

然而士终于变质了,这可以说是到了民国时代才显著。从清朝末年开设学校,教员和学生渐渐加多,他们渐渐各自形成一个集团;其中有不少的人参加革新运动或革命运动,而大多数也倾向着这两种运动。这已是气重于节了。等到民国成立,理论上人民是主人,事实上是军阀争权。这时代的教员和学生意识着自己的主人身分,游离了统治的军阀;他们是在野,可是由于军阀政治的腐败,却渐渐获得了一种领导的地位。他们虽然还不能和民众打成一片,但是已经在渐渐的接近民众。"五四"运动划出了一个新时代。自由主义建筑在自由职业和社会分工的基础上。教员是自由职业者,不是官,也不是候补的官。学生也可以选择多元的职业,不是只有做官一路。他们于是从统治阶级独立,不再是"士"或所谓"读书人",而变成了"知识分子",集体的就是"知识阶级"。残馀的"士"或"读书人"自然也还有,不过只是些残馀罢了。这种变质是中国现代化的过程的一段,而中国的知识阶级在这过程中也曾尽了并且还在想尽他们的任务,跟这时代世界上别处的知识阶级一样,也分享着他们一般的运命。若用气节的标准来衡量,这些知识分子或这个知识阶级开头是气重于节,到了现在却又似乎是节重于气了。

知识阶级开头凭着集团的力量勇猛直前,打倒种种传统,那时候是敢作敢为一股气。可是这个集团并不大,在中国尤其如此,力量到底有限,而与民众打成一片又不容易,于是碰到集中的武力,甚至加上外来的压力,就抵挡不住。而一方面广大的民众抬头要饭吃,他们也没法满足这些饥饿的民众。他们于是失去了领导的地位,逗留在这夹缝中间,渐渐感觉着不自由,闹了个"四大金刚悬空八只脚"。他们于是只能保守着自己,这也算是节罢;也想缓缓的落下地去,可是气不足,得等着瞧。可是这里的是偏于中年一代。青年代的知识分子却不如此,他们无视传统的"气节",特别是那种消极的"节",替代的是"正义感",接着"正义感"的是"行动",其实"正义感"是合并了"气"和"节","行动"还是"气"。这是他们的新的做人的尺度。等到这个尺度成为标准,知识阶级大概是还要变质的罢?

《知识与生活》,1947年。

论吃饭

　　我们有自古流传的两句话：一是"衣食足则知荣辱"，见于《管子·牧民篇》，一是"民以食为天"，是汉朝郦食其说的。这些都是从实际政治上认出了民食的基本性，也就是说从人民方面看，吃饭第一。另一方面，告子说，"食色，性也"，是从人生哲学上肯定了食是生活的两大基本要求之一。《礼记·礼运篇》也说到"饮食男女，人之大欲存焉"，这更明白。照后面这两句话，吃饭和性欲是同等重要的，可是照这两句话里的次序，"食"或"饮食"都在前头，所以还是吃饭第一。

　　这吃饭第一的道理，一般社会似乎也都默认。虽然历史上没有明白的记载，但是近代的情形，据我们的耳闻目见，似乎足以教我们相信从古如此。例如苏北的饥民群到江南就食，差不多年年有。最近天津《大公报》登载的费孝通先生的《不是崩溃是瘫痪》一文中就提到这个。这些难民虽然让人们讨厌，可是得给他们饭吃。给他们饭吃固然也有一二成出于慈善心，就是恻隐心，但是八九成是怕他们，怕他们铤而走险，"小人穷斯滥矣"，什么事做不出来！给他们饭吃，江南人算是认了。

　　可是法律管不着他们吗？官儿管不着他们吗？干吗要怕要认呢？可是法律不外乎人情，没饭吃要吃饭是人情，人情不是法律和官儿压得下的。没饭吃会饿死，严刑峻罚大不了也只是个死，这是一群人，群就是力量：谁怕谁！在怕的倒是那些有饭吃的人们，他们没奈何只得认点儿。所谓人情，就是自然的需求，就是基本的欲望，其实也就是基本的权利。但是饥民群还不自觉有这种权利，一般社会也还不会认清他们有这种权利；饥民群只是冲动的要吃饭，而一般社会给他们饭吃，也只是默认了他们的道理，这道理就是吃饭第一。

　　三十年夏天笔者在成都住家，知道了所谓"吃大户"的情形。那正是青黄不接的时候，天又干，米粮大涨价，并且不容易买到手。于是乎一群一群的贫民一面抢米仓，一面"吃大户"。他们开进大户人家，让他们煮出饭来吃了就走。这叫做"吃大户"。"吃大户"是和平的手段，照惯例是不能拒绝的，虽然被吃的人家不乐意。当然真正有势力的尤其有枪杆的大户，穷人们也识相，是不敢去吃的。敢去吃的那些大户，被吃了也只好认了。那回一直这样吃了两三天，地面上一面赶办平粜，一面严令禁止，才打住了。据说这"吃大户"是古风；那么上文说的饥民就食，该更是古风罢。

但是儒家对于吃饭却另有标准。孔子认为政治的信用比民食更重，孟子倒是以民食为仁政的根本；这因为春秋时代不必争取人民，战国时代就非争取人民不可。然而他们论到士人，却都将吃饭看做一个不足重轻的项目。孔子说，"君子固穷"，说吃粗饭，喝冷水，"乐在其中"，又称赞颜回吃喝不够，"不改其乐"。道学家称这种乐处为"孔颜乐处"，他们教人"寻孔颜乐处"，学习这种为理想而忍饥挨饿的精神。这理想就是孟子说的"穷则独善其身，达则兼善天下"，也就是所谓"节"和"道"。孟子一方面不赞成告子说的"食色，性也"，一方面在论"大丈夫"的时候列入了"贫贱不能移"一个条件。战国时代的"大丈夫"，相当于春秋时的"君子"，都是治人的劳心的人。这些人虽然也有饿饭的时候，但是一朝得了时，吃饭是不成问题的，不像小民往往一辈子为了吃饭而挣扎着。因此士人就不难将道和节放在第一，而认为吃饭好像是一个不足重轻的项目了。

伯夷、叔齐据说反对周武王伐纣，认为以臣伐君，因此不食周粟，饿死在首阳山。这也是只顾理想的节而不顾吃饭的。配合着儒家的理论，伯夷、叔齐成为士人立身的一种特殊的标准。所谓特殊的标准就是理想的最高的标准；士人虽然不一定人人都要做到这地步，但是能够做到这地步最好。

经过宋朝道学家的提倡，这标准更成了一般的标准，士人连妇女都要做到这地步。这就是所谓"饿死事小，失节事大"。这句话原来是论妇女的，后来却扩而充之普遍应用起来，造成了无数的惨酷的愚蠢的殉节事件。这正是"吃人的礼教"。人不吃饭，礼教吃人，到了这地步总是不合理的。

士人对于吃饭却还有另一种实际的看法。北宋的宋郊、宋祁兄弟俩都做了大官，住宅挨着。宋祁那边常常宴会歌舞，宋郊听不下去，教人和他弟弟说，问他还记得当年在和尚庙里咬菜根否？宋祁却答得妙：请问当年咬菜根是为什么来着！这正是所谓"吃得苦中苦，方为人上人"。做了"人上人"，吃得好，穿得好，玩儿得好；"兼善天下"于是成了个幌子。照这个看法，忍饥挨饿或者吃粗饭、喝冷水，只是为了有朝一日可以大吃大喝，痛快的玩儿。吃饭第一原是人情，大多数士人恐怕正是这么在想。不过宋郊、宋祁的时代，道学刚起头，所以宋祁还敢公然表示他的享乐主义；后来士人的地位增进，责任加重，道学的严格的标准掩护着也约束着在治者地位的士人，他们大多数心里尽管那么在想，嘴里却就不敢说出。嘴里虽然不敢说出，可是实际上往往还是在享乐着。于是他们多吃多喝，就有了少吃少喝的人；这少吃少喝的自然是被治的广大的民众。

民众，尤其农民，大多数是听天由命安分守己的，他们惯于忍饥挨饿，几千年来都如此。除非到了最后关头，他们是不会行动的。他们到别处就食，抢米，吃大户，甚至于造反，都是被逼得无路可走才如此。这里可以注意的是他们不说话；"不得了"就行动，忍得住就沉默。他们要饭吃，却不知道自己应该有饭吃；他们行动，却觉得这种行动是不合法的，所以就索性不说什么话。说话的还是士人。他们由于印刷的发明和教育的发展等等，人数加多了，吃饭的机会可并不加多，于是许多人也感到吃饭难了。这就有了"世上无如吃饭难"的慨叹。虽然难，比起小民来还是容易。因为他们究竟属于治者，"百足之虫，死而不僵"，有的是做官的本家和亲戚朋友，总得给口饭吃；这饭并且总比小民吃的好。孟子说做官可以让"所识穷乏者得我"，自古以来做了官就有引用穷本家穷亲戚穷朋友的义务。到了民国，黎元洪总统更提出了"有饭大家吃"的话。这真是"菩萨"心肠，可是当时只当作笑话。原来这句话说在一位总统嘴里，就是贤愚不分，赏罚不明，就是糊涂。然而到了那时候，这句话却已经藏在差不多每一个士人的心里。难得的倒是这糊涂！

第一次世界大战加上"五四"运动，带来了一连串的变化，中华民国在一颠一拐的走着之字路，走向现代化了。我们有了知识阶级，也有了劳动阶级，有了索薪，也有了罢工，这些都在要求"有饭大家吃"。知识阶级改变了士人的面目，劳动阶级改变了小民的面目，他们开始了集体的行动；他们不能再安贫乐道了，也不能再安分守己了，他们认出了吃饭是天赋人权，公开的要饭吃，不是大吃大喝，是够吃够喝，甚至于只要有吃有喝。然而这还只是刚起头。到了这次世界大战当中，罗斯福总统提出了四大自由，第四项是"免于匮乏的自由"。"匮乏"自然以没饭吃为首，人们至少该有免于没饭吃的自由。这就加强了人民的吃饭权，也肯定了人民的吃饭的要求；这也是"有饭大家吃"，但是着眼在平民，在全民，意义大不同了。

抗战胜利后的中国，想不到吃饭更难，没饭吃的也更多了。到了今天一般人民真是不得了，再也忍不住了，吃不饱甚至没饭吃，什么礼义什么文化都说不上。这日子就是不知道吃饭权也会起来行动了，知道了吃饭权的，更怎么能够不起来行动，要求这种"免于匮乏的自由"呢？于是学生写出"饥饿事大，读书事小"的标语，工人喊出"我们要吃饭"的口号。这是我们历史上第一回一般人民公开的承认了吃饭第一。这其实比闷在心里糊涂的骚动好得多；这是集体的要求，集体是有组织的，有组织就不容易大乱了。可是有组织也不容易散；人情加上人权，这集体的行动是压不下也打不散的，直到大家有饭吃的那一天。

上海《大公报》，1947年。

什么是文学？

什么是文学？大家愿意知道，大家愿意回答，答案很多，却都不能成为定论。也许根本就不会有定论，因为文学的定义得根据文学作品，而作品是随时代演变，随时代堆积的。因演变而质有不同，因堆积而量有不同，这种种不同都影响到什么是文学这一问题上。比方我们说文学是抒情的，但是像宋代说理的诗，十八世纪英国说理的诗，似乎也不得不算是文学。又如我们说文学是文学，跟别的文章不一样，然而就像在中国的传统里，经史子集都可以算是文学。经史子集堆积得那么多，文士们都钻在里面生活，我们不得不认这些为文学。当然，集部的文学性也许更大些。现在除经史子集外，我们又认为元明以来的小说戏剧是文学。这固然受了西方的文学意念的影响，但是作品的堆积也多少在逼迫着我们给它们地位。明白了这种种情形，就知道什么是文学这问题大概不会有什么定论，得看作品看时代说话。

新文学运动初期，运动的领导人胡适之先生曾答复别人的问，写了短短的一篇《什么是文学？》。这不是他用力的文章，说的也很简单，一向不曾引起多少注意。他说文字的作用不外达意表情，达意达得好，表情表得妙就是文学。他说文学有三种性：一是懂得性，就是要明白。二是逼人性，要动人。三是美，上面两种性联合起来就是美。这里并不特别强调文学的表情作用；却将达意和表情并列，将文学看作和一般文章一样，文学只是"好"的文章、"妙"的文章、"美"的文章罢了。而所谓"美"就是明白与动人，所谓三种性其实只是两种性。"明白"大概是条理清楚，不故意卖关子；"动人"大概就是胡先生在《谈新诗》里说的"具体的写法"。当时大家写作固然用了白话，可是都求其曲，求其含蓄。他们注重求暗示，觉得太明白了没有馀味。至于"具体的写法"，大家倒是同意的。只是在《什么是文学？》这一篇里，"逼人""动人"等语究竟太泛了，不像《谈新诗》里说的"具体的写法"那么"具体"，所以还是不能引人注意。

再说当时注重文学的型类，强调白话诗和小说的地位。白话新诗在传统里没有地位，小说在传统里也只占到很低的地位。这儿需要斗争，需要和只重古近体诗与骈散文的传统斗争。这是工商业发展之下新兴的知识分子跟农业的封建社会的士人的斗争，也可以说是民主的斗争。胡先生的不分型类的文学观，在当时看来不免历史癖太重，不免笼统，而不能鲜明自己的旗帜，因此注意他这一篇短文的也就少。文学型类的发展从新诗和小说到了散文——就是所谓美的散文，又叫做小品文的。虽然这种小品文以抒情为主，是外来的影响，但是跟传统的骈散文的一部分却有接近之处。而文学包括这种小说以外的散文在内，也就跟传统的文的意念包括骈散文的有了接近之处。小品文之后有杂文。杂文可以说是继承"随感录"的，但从它的短小的篇幅看，也可以说是小品文的演变。小品散文因应时代的需要从抒情转到批评和说明上，但一般还认为是文学，和长篇议论文说明文不一样。这种文学观就更跟那传统的文的意念接近了。而胡先生说的什么是文学也就值得我们注意了。

传统的文的意念也经过几番演变。南朝所谓"文笔"的文，以有韵的诗赋为主，加上些典故用得好，比喻用得妙的文章；昭明《文选》里就选的是这些。这种文多少带着诗的成分，到这时可以说是诗的时代。宋以来所谓"诗文"的文，却以散文就是所谓古文为主，而将骈文和辞赋附在其中。这可以说是到了散文时代。现代中国文学的发展，虽只短短的三十年，却似乎也是从诗的时代走到了散文时代。初期的文学意念近于南朝的文的意念，而与当时还在流行的传统的文的意念，就是古文的文的意念，大不相同。但是到了现在，小说和杂文似乎占了文坛的首位，这些都是散文，这正是散文时代。特别是杂文的发展，使我们的文学意念近于宋以来的古文家而远于南朝。胡先生的文学意念，我们现在大概可以同意了。

英国德来登早就有知的文学和力的文学的分别，似乎是日本人根据了他的说法而仿造了"纯文学"和"杂文学"的名目。好像胡先生在什么文章里不赞成这种不必要的分目。但这种分类虽然好像将表情和达意分而为二，却也有方便处。比方我们说现在杂文学是在和纯文学争着发展。这就可以见出这时代文学的又一面。杂文固然是杂文学，其他如报纸上的通讯，特写，现在也多数用语体而带有文学意味了，书信有些也如此。甚至宣言，有些也注重文学意味了。这种情形一方面见出一般人要求着文学意味，一方面又意味着文学在报章化。清末古文报章化而有了"新文体"，达成了开通民智的使命。现代文学的报章化，该是德先生和赛先生的吹鼓手罢。这里的文学意味就是"好"，就是"妙"，也就是"美"；却决不是卖关子，而正是胡先生说的"明白""动人"。报章化要的是来去分明，不躲躲闪闪的。杂文和小品文的不同处就在它的明快，不大绕弯儿，甚至简直不绕弯儿。具体倒不一定。叙事写景要具体，不错。说理呢，举例子固然要得，但是要言不烦，或简截了当也就是干脆，也能够动人。使人感固然是动人，使人信也未尝不是动人。不过这样解释着胡先生的用语，他也许未必同意罢？

北平《新生报》，1946年。

什么是文学的"生路"？

杨振声先生在本年十月十三日《大公报》的《星期文艺》第一期上发表了《我们打开一条生路》一篇文。中间有一段道：

"过去种种譬如昨日死"，不是譬如，它真的死亡了；帝国主义的死亡，独裁政体的死亡，资本主义与殖民政策也都在死亡中，因而从那些主义与政策发展出来的文化必然的也有日暮途穷之悲。我们在这里就要一点自我讽刺力与超己的幽默性，去撞自己的丧钟，埋葬起过去的陈腐，从新抖擞起精神作这个时代的人。

这是一个大胆的，良心的宣言。

杨先生在这篇文里可没有说到怎样打开一条生路。十一月一日《星期文艺》上有废名先生《响应"打开一条生路"》一篇文，主张"本着（孔子的）伦常精义，为中国创造些新的文艺作品"，他说伦常就是道，也就是诗。杨先生在文后有一段按语，提到了笔者的疑问，主张"综合中外新旧，胎育我们新文化的蓓蕾以发为新文艺的花果"。但是他说"这些话还是很笼统"。

具体的打开的办法确是很难。第一得从"作这个时代的人"说起。这是一个动乱时代，是一个矛盾时代。但这是平民世纪。新文化得从矛盾里发展，而它的根基得打在平民身上。中国知识阶级的文人吊在官僚和平民之间，上不在天，下不在田，最是苦闷，矛盾也最多。真是做人难。但是这些人已经觉得苦闷，觉得矛盾，觉得做人难，甚至愿意"去撞自己的丧钟"，就不是醉生梦死。他们我们愿意做新人，为新时代服务。文艺是他们的岗位，他们的工具。他们要靠文艺为新时代服务。文艺有社会的使命，得是载道的东西。

做过美国副国务卿的诗人麦克里希在一九三九年曾写过一篇文叫做《诗与公

众世界》，说："我们是活在一个革命的时代；在这时代，公众的生活冲过了私有的生命的堤防。……私有经验的世界已经变成了群众，街市，都会，军队，暴徒的世界。"他因而主张诗歌与政治改革发生关系。后来他做罗斯福总统的副国务卿，大概就为了施展他的政治改革的抱负。可惜总统死了，他也就下台了。他的主张，可以说是诗以载道。诗还要载道，不用说文更要载道了。时代是一个，天下是一家，所以大家心同理同。

这个道是社会的使命。要表现它，传达它，得有一番生活的经验，这就难。知识阶级的文人，虽然让"公众的生活冲过了私有的生命的堤防"，但是他们还惰性的守在那越来越窄的私有的生命的角落上。他们能够嘲讽的"去撞自己的丧钟"，可是没有足够的勇气"从新抖擞起精神作这个时代的人"。这就是他们我们的矛盾和苦闷所在。

古代的文人能够代诉民间疾苦，现代的文人也能够表现人道主义。但是这种办法多多少少有些居高临下。平民世纪所要求的不是这个，而是一般高的表现和传达；这就是说文人得作为平民而生活着，然后将那生活的经验表现、传达出来。麦克里希所谓"革命的时代"的"革命"，不知是不是这个意思，然而这确是一种革命。革命需要大勇气，自然难。

然而苦闷要求出路，矛盾会得发展。我们的文人渐渐的在工商业的大都市之外发现了农业的内地。在自己的小小的圈子之外发现了小公务员。他们的视野扩大了，认识也清楚多了，他们渐渐能够把握这个时代了。自然，新文学运动以来的作者早就在写农村，写官僚。然而态度不同，他们是站在知识阶级自己的立场尽了反封建反帝国主义的任务。现在这时代进一步要求他们自己站到平民的立场上来说话。他们写内地，写小公务员，就是在不自觉的多多少少接受着这个要求，所以说是"发现"。再说第一次世界大战以后，个人主义一度猛烈的抬头，一般作者都将注意集中在自己身上，甚至以"身边琐事"为满足。现在由自己转到小公务员，转到内地人，也该算是"发现"。

知识阶级的文人如果再能够自觉的努力发现下去，再多扩大些，再多认识些，再多表现、传达或暴露些，那么，他们会渐渐的终于无形的参加了政治社会的改革的。那时他们就确实站在平民的立场，"作这个时代的人"了。现在举例来说，文人大多数生活在都市里，他们还可以去发现知识青年，发现小店员，还可以发现摊贩；这些人都已经有集团的生活了，去发现也许并不太难。现在的报纸上就有这种特写，那正是一个很好的起头。

说起报纸，我觉得现在的文艺跟报章体并不一定有高低的分别，而是在彼此交融着，看了许多特写可以知道。现在的文艺因为读者群的增大，不能再是"文章千古事，得失寸心知"了，它得诉诸广大的读众。加上话剧和报纸特写的发达和暗示，它不自觉的渐渐的走向明白痛快的写实一路。文艺用的语言虽然总免不掉夹杂文言，夹杂欧化，但是主要的努力是向着活的语言。文艺一面取材于活的语言，一面也要使文艺的语言变成活的语言。在这种情形之下，杂文、小说和话剧自然就顺序的一个赛一个的加速的发展。这三员大将依次的正是我们开路的先锋。杨先生那篇文就是杂文，他用的就是第一员先锋。

北平《新生报》，1946年。

低级趣味

从前论人物，论诗文，常用雅俗两个词来分别。有所谓雅致，有所谓俗气。雅该原是都雅，都是城市，这个雅就是成都人说的"苏气"。俗该原是鄙俗，鄙是乡野，这个俗就是普通话里的"土气"。城里人大方，乡下人小样，雅俗的分别就在这里。引申起来又有文雅，古雅，闲雅，淡雅等等。例如说话有书卷气是文雅，客厅里摆设些古董是古雅，临事从容不迫是闲雅，打扮素净是淡雅。那么，粗话村话就是俗，美女月份牌就是俗，忙着开会应酬就是俗，重重的胭脂厚厚的粉就是俗。人如此，诗文也如此。

雅俗由于教养。城里人生活优裕的多些，他们教养好，见闻多，乡下人自然比不上。雅俗却不是呆板的。教养高可以化俗为雅。宋代诗人如苏东坡，诗里虽然用了俗词俗语，却新鲜有意思，正是淡雅一路。教养不到家而要附庸风雅，就不免做作，不能自然。从前那些斗方名士终于"雅得这样俗"，就在此。苏东坡常笑话某些和尚的诗有蔬笋气，有酸馅气。蔬笋气，酸馅气不能不算俗气。用力去写清苦求淡雅，倒不能脱俗了。雅俗是人品，也是诗文品，称为雅致，称为俗气，这"致"和"气"正指自然流露，做作不得。虽是自然流露，却非自然生成。天生的雅骨，天生的俗骨其实都没有，看生在什么人家罢了。

现在讲平等不大说什么雅俗了，却有了低级趣味这一个语。从前雅俗对峙，但是称人雅的时候多，骂人俗的时候少。现在有低级趣味，却不说高级趣味，更不敢说高等趣味。因为高等华人成了骂人的话，高得那么低，谁还敢说高等趣味！再说趣味这词也带上了刺儿，单讲趣味就不免低级，那么说高级趣味岂不自相矛盾？但是趣味究竟还和低级趣味不一样。"低级趣味"很像是日本名词，现在用在文艺批评上，似乎是指两类作品而言。一类是色情的作品，一类是玩笑的作品。

色情的作品引诱读者纵欲，不是一种"无关心"的态度，所以是低级。可是带有色情的成分而表现着灵肉冲突的，却当别论。因为灵肉冲突是人生的根本课题，作者只要认真在写灵肉冲突，而不像历来的猥亵小说在头尾装上一套劝善惩恶的话做幌子，那就虽然有些放纵，也还可以原谅。玩笑的作品油嘴滑舌，像在做双簧说相声，这种作者成了小丑，成了帮闲，有别人，没自己。他们笔底下的人生是那么轻飘飘的，所谓骨头没有四两重。这个可跟真正的幽默不同。真正的幽默含有对人生的批评，这种油嘴滑舌的玩笑，只是不择手段打哈哈罢了。这两类作品都只是迎合一般人的低级趣味来骗钱花的。

与低级趣味对峙着的是纯正严肃。我们可以说趣味纯正，但是说严肃却说态度严肃，态度比趣味要广大些。单讲趣味似乎总有点轻飘飘的；说趣味纯正却大不一样。纯就是不杂；写作或阅读都不杂有什么实际目的，只取"无关心"的态度，就是纯。正是正经，认真，也就是严肃。严肃和真的幽默并不冲突，例如《阿Q正传》；而这种幽默也是纯正的趣味。色情的和玩笑的作品都不纯正，不严肃，所以是低级趣味。

北平《新生报》，1946年。

标准与尺度

语文学常谈

　　文字学从前称为"小学"。只是教给少年人如何识字,如何写字,所以称为"小学"。这原是实用的技术。后来才发展成为独立的学科,研究字形字音字义的演变。研究的人对这种演变这种历史的本身发生了兴趣,不再注重实用。这种文字学是语言学的一部分。语言学里又包括文法学。中国从前没有文法学,文法学是从西洋输入的。可是实用的文法技术我们也有:做文章讲虚实字,做诗讲对偶,都是的。直到前清末年,少年人学习做文做诗还是从使用虚字和对对子入手。"小学"起头早,诗文作法的讲究却远在其后;这由于时代的演变和进展,但起于实际的需要是相同的。所谓实际的需要固然是应试求官,识字的和会做诗文的能以应试求官;但从这里可以看出文字语言确是支配我们生活的要素之一,文字语言确是我们生活的一部分。从学术方面说,诗文作法没有地位,算不得学术,文法学也只是刚起头;文字学却已有了深厚的传统和广大的发展。但明白了语言文字的作用,就知道文法学是该有将来的。

　　现在文字学又分为形义和语音两支,各成一科,而关于义的研究又有独立为训诂学的趋势。文字形态部分经过甲骨文字和钟鼎文字的研究,比起专守许慎《说文解字》的时代有了长足的进步。语音部分发展更大,汉语之外,又研究非汉语的泰语和缅藏语,这样比较同系和近系的语言,不但广博,也可以更精确。这种用来比较的非汉语,都是调查得来的现代语。而汉语的研究也开了现代各地方言调查的一条大路。这种注重活的现代语,表示我们学术的兴趣伸展到了现代,虽然未必有关实用,可是跟现代的我们总近些了。其实也未必全然无关实用,非汉语的研究对边疆研究是有用处的。一方面研究活的现代语就不由的会注意到语法,这也促成了文法学的进步。训诂学更是刚起头。训字有顺文说解的意思,诂字是用现代语解说古代语的意思。按照"训诂"的字义和历来训诂的方法,训诂学虽然从字义的历史下手,也得注意到文法和现代语的,但是形态也罢,语音也罢,训诂也罢，文法也罢，都是从历史的兴趣开场，或早或迟渐渐伸展到现代；从现代的兴趣开场伸展到历史的，似乎只有所谓意义学。

"意义学"这个名字是李安宅先生新创的，他用来表示英国人瑞恰慈和奥格登一派的学说。他们说语言文字是多义的。每句话有几层意思，叫做多义。唐代的皎然的《诗式》里说诗有几重旨，几重旨就是几层意思。宋代朱熹也说看诗文不但要识得文义，还要识得意思好处。这也就是"文外的意思"或"字里行间的意思"，都可以叫做多义。瑞恰慈也正是从研究现代诗而悟到多义的作用。他说语言文字的意义有四层：一是文义，就是字面的意思。二是情感，就是梁启超先生说的"笔锋常带情感"的情感。三是口气，好比公文里上行平行下行的口气。四是用意，一是一，二是二是一种用意，指桑骂槐，言在此而意在彼，又是一种用意。他从现代诗下手，是因为现代诗号称难懂，而难懂的缘故就因为一般读者不能辨别这四层意义，不明白语言文字是多义的。他却不限于说诗，而扩展到一般语言文字的作用。

他说听话读书如不能分辨这四层意义，就会不了解，甚至误解。不了解诗或误解诗，固然对自己的享受与修养有亏。不了解或误解某一些语言文字，往往更会误了大事，害了社会。即如关于一些抽象名词的争辩如"自由""民主"等，就往往因为彼此不了解或误解而起，结果常是很严重的。他以为除科学的说明真乃一是一，二是二以外，一般的语言大都是多义的。因此他觉得兹事体大。瑞恰慈被认为科学的文学批评家，他的学说的根据是心理学。他说的语言文字的作用也许过分些，但他从活的现代语里认识了语言文字支配生活的力量，语言文字不是无灵的。他们这一派并没有立"意义学"的名目，所根据的心理学也未必是定论，意义学独立成为一科大概还早，但单刀直入的从现代生活下手研究语言文字，确是值得我们注意的。

北平《新生报》，1946年。

鲁迅先生的中国语文观

　　这里是就鲁迅先生的文章中论到中国语言文字的话，综合的加以说明，不参加自己意见。有些就抄他的原文，但是恕不一一加引号，也不注明出处。

　　鲁迅先生以为中国的言文一向就并不一致，文章只是口语的提要。我们的古代的纪录大概向来就将不关重要的词摘去，不用说是口语的提要。就是宋人的语录和话本，以及元人杂剧和传奇里的道白，也还是口语的提要。只是他们用的字比较平常，删去的词比较少，所以使人觉得"明白如话"。至于一般所谓古文，又是古代口语的提要而不是当时口语的提要，更隔一层了。

　　他说中国的文或话实在太不精密。向来作文的秘诀是避去俗字，删掉虚字，以为这样就是好文章。其实不精密。讲话也常常会辞不达意，这是话不够用；所以教员讲书必须借助于粉笔。文与话的不精密，证明思路不精密，换一句话，就是脑筋有些糊涂。倘若永远用着这种糊涂的语言，即使写下来读起来滔滔而下，但归根结蒂所得的还是一些糊涂的影子。要医这糊涂的病，他以为只好陆续吃一点苦，在语言里装进异样的句法去，装进古的，外省外府的，外国的句法去。习惯了，这些句法就可变为己有。

　　他赞成语言的欧化而反对刘半农先生"归真反朴"的主张。他说欧化文法侵入中国白话的大原因不是好奇，乃是必要。要话说得精密，固有的白话不够用，就只得采取些外国的句法。这些句法比较的难懂，不像茶泡饭似的可以一口吞下去，但补偿这缺点的是精密。反对欧化的人说中国人"话总是会说的"，一点不错，但要前进，全照老样子是不够的。即如"欧化"这两个字本身就是欧化的词儿，可是不用它，成吗？

　　"归真反朴"是要回到现在的口语，还有语录派，更主张回到中古的口语，鲁迅先生不用说是反对的。他提到林语堂先生赞美的语录的便条，说这种东西在中国其实并未断绝过种子，像上海衖堂口摊子上的文人代男女工人们写信，用的就是这种文体,似乎不劳从新提倡。他还反对"章回小说体的笔法",都因为不够用,不精密。

他赞成语言的大众化,包括书法的拉丁化。他主张将文字交给一切人。他将中国话大略分为北方话,江浙话,两湖川贵话,福建话,广东话,主张地方语文的大众化,然后全国语文的大众化。这全国到处通行的大众语,将来如果真有的话,主力恐怕还是北方话。不过不是北方的土话,而是好像普通话模样的东西。

大众语里也有绍兴人所谓"炼话"。这"炼"字好像是熟练的意思,而不是简练的意思。鲁迅先生提到有人以为"大雪纷飞"比"大雪一片一片纷纷的下着"来得简要而神韵。他说在江浙一带口语里,大概用"凶""猛"或"厉害"来形容这下雪的样子。《水浒传》里的"那雪正下得紧",倒是接近现代大众语的说法,比"大雪纷飞"多两个字,但那"神韵"却好得远了。这里说的"神韵"大概就是"自然","到家",也就是"熟练"或"炼"的意思。

对文言的"大雪纷飞",他取"那雪正下得紧"的自然。但一味注重自然是不行的。他主张语言里得常常加进些新成分,翻译的作品最宜担任这种工作。即使为略能识字的读众而译的书,也应该时常加些新的字眼,新的语法在里面。但自然不宜太多;以偶尔遇见而自己想想或问问别人就能懂得的为度。这样逐渐的拣必要的一些新成分灌输进去,群众是会接受的,也许还胜过成见更多的读书人。必需这样,大众语才能够丰富起来。

鲁迅先生主张的是在现阶段一种特别的语言,或四不像的白话,虽然将来会成为"好像普通话模样的东西"。这种特别的语言不该采取太特别的土话,他举北平话的"别闹""别说"做例子,说太土。可是要上口,要顺口。他说做完一篇小说总要默读两遍,有拗口的地方,就或加或改,到读得顺口为止。但是翻译却宁可忠实而不顺;这种不顺他相信只是暂时的,习惯了就会觉得顺了。若是真不顺,那会被自然淘汰掉的。他可是反对凭空生造;写作时如遇到没有相宜的白话可用的地方,他宁可用古语就是文言,决不生造,决不生造"除自己之外谁也不懂的形容词"。

他也反对"做文章"的"做","做"了会生涩,格格不吐。可是太"做"不行,不"做"却又不行。他引高尔基的话"大众语是毛坯,加了工的是文学",说这该是很中肯的指示。他所需要的特别的语言,总起来又可以这样说:"采说书而去其油滑,听闲谈而去其散漫,博取民众的口语而存其比较的大家能懂的字句,成为四不像的白话。这白话得是活的,因为有些是从活的民众口头取来,有些要从此注入活的民众里面去。"

北平《新生报》,1946年。

诵读教学

前天北平报上有黎锦熙先生谈国语教育一段记载。"他认为现在教育成绩最坏的是国文,其原因,第一在忽视诵读技术。……他于二十年前曾提倡新文学运动,也曾经提倡过欧化的文句。可是文法组织相当精密,没有漏洞。现在中学生作文与说话失去了联系,文字和语言脱了节。文字本来是统一的,语言一向是纷歧的。拿纷歧的语言来写统一的文字,自然发生这种畸形的病象。因此训练白话文的基本技术,应有统一的语言,使纷歧的个别的语言先加以统一的技术训练。所以大原则就是训练白话文等于训练国语。所谓'耳治''口治''目治'这诵读教学三部曲,日渐纯熟,则古人的'一目十行''七步成诗'并非难事。"这一段记载嫌笼统,不能使我们确切的了解黎先生的意思,但他强调"作文与说话失去了联系,文字和语言脱了节",强调"诵读教学",值得我们注意。

所谓"作文与说话失去了联系",是指写作白话文而言。照上下文看,"失去联系"似乎指作文过分欧化,或者夹杂方言。过分欧化自然和语言脱节,夹杂方言是拿"纷歧的个别的语言"来搅乱统一的国语,也就是和国语脱节。欧化是中国现代文化的一般动向,写作的欧化是跟一般文化配合着的。欧化自然难免有时候过分,但是这八九年来在写作方面的欧化似乎已经能够适可而止了。照上下文看,黎先生好像以文法组织严密为适当的欧化的标准。但是一般中国文法书都还在用那欧语的文法做蓝本,在这个意义之下的"文法组织严密",也许倒会使欧化过分的。这种标准其实还得仔细研究,现时还定不下来。可是我们却能觉察到近些年写作的欧化的确是达到了适可而止的地步。虽然适可而止,欧化总还是欧化,写作和说话总还在脱节。这个要等时候,加上"诵读教学"的帮忙,会渐渐习惯成自然,那时候看上眼顺的,念上口也会顺了,那时候"耳治""口治""目治"就一致了。

夹杂方言却与欧化问题不一样。从写作的本人看无论是否中学生,他的文字里夹些方言，恐怕倒觉得合拍些。在读者一面，只要方言用得适当，也会觉得新鲜或别致。这不能算是脱节。我虽然赞成定北平话为标准语，却也欣赏纯方言或夹方言的写作。近些年用四川话写作的颇有几位作家，夹杂四川话或西南官话的写作更多，有些很不错。这个丰富了我们的写的语言；国语似乎该来个门户开放政策，才能成其为国语。

我倒觉察到一些学生作文，过分的依照自己的那"纷歧的个别的语言"，而不知道顾到"统一的文字"。这些学生的作文自己读自己听很顺，自己读别人听也顺，可是别人读就不顺了。他们不大用心诵读别人的文字，没有那"统一的文字"的意念，只让自己的语言支配着，所以就出了毛病。这些学生可都是相当的会说话的；要不然，他自己读的时候别人听起来也就不会觉得顺了。从一方面看，这是作文赶不上说话，算是脱节也未尝不可。这些学生该让他们多多用心诵读各家各派的文字；获得那"统一的文字"的调子或语脉——，叫文脉也成。这里就见得"诵读教学"的重要了。

现在流行朗诵，朗诵对于说话和作文也有帮助，因为练习朗诵得咬嚼文字的意义，揣摩说话的神气。但是也许更着重在揣摩上。朗诵其实就是戏剧化，着重在动作上。这是一种特别的才能，有独立性；作品就是看来差些，朗诵家凭自己的才能也还会使听众赞叹的。诵读和朗读却不相同。称为"读"就着重在意义上，"读"字本作抽出意义解，读白话文该和宣读文件一般，自然也讲究疾徐高下，却以清朗为主，用不着什么动作。有些白话文有意用说话体，那就应该照话那么"说"；"说"也是清朗为主，有时需要一些动作，也不多。白话文需要读的却比需要说的多得多，所以读、朗读或诵读更该注重。诵读似乎不难训练，读了白话文去背也并不难。只是一般教师学生用私塾念书的调子去读，或干脆不教学生读，以为不好读或不值得读。前者歪曲了白话文，后者也歪曲了白话文，所谓过犹不及。要增进学生了解和写作白话文的能力，是得从正确的诵读教学下手，黎先生的见解是不错的。

北平《新生报》，1946年。

诵读教学与"文学的国语"

黎锦熙先生提倡国语的诵读教学，魏建功先生也提倡国语的诵读教学。魏先生是台湾国语推行委员会主任委员。他为"中国语文诵读方法座谈会"的事写信给我，说"台省国语事业与国文教学不能分离，而于诵读问题尤甚关切"。黎先生也曾说"训练白话文等于训练国语"，因而强调诵读教学。黎先生的话和魏先生的话合看，相得益彰。在语言跟国语大不相同的台湾省，才更见出诵读教学的重要来。国语对于现在的台湾同胞差不多是一种新的语言；学习新的语言，得从"说"入手；但是要同时学习"说"和"写"，就非注重诵读教学不可。

诵读教学在一般看来是注重了解和写作，黎先生的意见，据报上所记，正是如此。魏先生似乎更注重诵读对于说的效用，就是对于口语的效用。这一层是我们容易忽略的。我们现在学习外国语，一般的倒是从诵读入手，这是事实。照念的"说"出来，虽然不很流利，却也可以成话。这可见诵读可以帮助造成口语。但是我们学习国语，一般的是从"说"入手。这原是更有效的直接办法。不过在台湾这种直接法事实上恐怕一时不能普遍推行，所以就是撇开"写"单就"说"而论，也还得从诵读入手。我猜想魏先生的意思是如此。

我因此却想到一个更大的问题，就是"文学的国语"的问题。胡适之先生当年写的《建设的文学革命论》，提出"国语的文学，文学的国语"两个语。他说"文学的国语"要由"国语的文学"产生。这是不错的。到现在三十年了，"国语的文学"已经伸展到小公务员和小店员群众里，区域是很广大了，读众是很不少了，而"文学的国语"虽然也在成长中，却似乎慢些。就是接触国语文学最多最久的知识青年这阶层，在这三十年里口语上似乎也并没有变化多少，没有丰富多少，这比起国语文学的发达，简直可以说是配合不上。我想这种情形主要的是由于国语的文学有自觉的努力，而文学的国语只在自然的成长。现在是到了我们加以自觉的努力的时候了，这种自觉的努力就是诵读教学。

现在我们的白话文，就是国语文学用的文字，夹杂着一些文言和更多的欧化语式。文言本可上口，不成大问题；成问题的是欧化语式，一般人总觉得不能上口；加以非难。他们要的是顺：看起来顺眼，听起来顺耳，读起来顺口。这里是顺口第一；顺口自然顺耳，而到了顺耳，自然也就顺眼了。所以不断的有人提出"上口"来做白话文的标准。这自然有它的道理，白话本于口语，自然应该"上口"。但是从语言的成长而论，尤其从我们的"文学的国语"的成长而论，这个"上口"或"顺口"的标准却应该活用；有些新的词汇新的语式得给予时间让它们或教它们上口。这些新的词汇和语式，给予了充足的时间，自然就会上口；可是如果加以诵读教学的帮助，需要的时间会少些，也许会少得多。

语言是活的，老是在成长之中，随时吸收新的词汇和语式来变化它自己，丰富它自己。但这是自然而然，所以我们虽然常有些新语上口，却简直不觉得那些是新语。可是在大量新语同时来到的时候，我们就觉得了。清末的"新名词"的问题，就是因为"新名词"一涌而来，消化不了，所以大家才觉得那些是"新名词"，是不顺眼的"新名词"。但是那些"新名词"如"手续""取消"等，以及新语式如"有……必要"等，现在却早已成了口头熟语了。新名词越来越多，见惯不惊，也已经不成问题了。成问题的是欧化语式。但是反对欧化语式的似乎以老年人和中年人为多；在青年人间，只要欧化得不过分，他们倒愿意接受的。

青年人愿意接受欧化语式，主要的是阅读以及诵读的影响。这时代的青年人，大概在小学和初中时期就接触了白话文，而一般白话文多少都有些欧化。他们诵读一些，可是阅读的很多。高中到大学时期他们还是不断的在阅读欧化的白话文，并且阅读的也许更多。这样自然就愿意接受欧化的语式。只是由于诵读教学的不得法和无标准，他们接受欧化语式，阅读的影响实在比诵读的影响大得多。所以就是他们，也还只能多多接受欧化到笔下，而不能多多接受欧化到口头。白话文确是至今还不能完全上口。写好一篇稿子去演讲广播，照着念下去，自己总觉得有许多地方不顺口，怕人家听不明白。于是这里插进一些解释，那里换掉一些语式，于是白话和白话文还是两家子。说的语言和写的语言多少本有些距离，但是演讲或广播的语言应该近于写的语言，而不应该如我们的相距这么远。白话文像这样不能完全上口，我们的"文学的国语"是不能成立的。

现在我们叙述或讨论日常事项，因为词汇的关系，常常不自觉的采用一些欧化语式，但是范围不大。要配合着这种实际情形，加速"文学的国语"的成长，就得注重诵读教学，建立诵读的标准。如果从小学到初高中一直注重诵读，教师时常范读，学生时常练习，习惯自然，就会觉得白话文并不难上口。这班青年学生到了那时候就不但会接受新的白话文在笔下，并将接受新的白话到口头了。他们更将散布影响到一般社会里，这样会加速国语的成长，也会加速"文学的国语"的造成。诵读教学并不太难。第一得知道诵读就是读，不是吟，也不是唱。这是最简单的标准。第二得多练习，曲不离口，诵读也要如此。这是最简单的办法。过去的诵读教学，拿白话文来吟唱，自然不是味儿；因为不是味儿，也就不愿意多练习。现在得对症下药才成。

北平《新生报》，1946年。

论诵读

最近魏建功先生举行了一回"中国语文诵读方法座谈会",参加的有三十人左右,座谈了三小时,大家发表的意见很多。我因为去诊病,到场的时候只听到一些尾声。但是就从这短短的尾声,也获得不少的启示。昨天又在北平《时报》上读到李长之先生的《致魏建功先生书》,觉得很有兴味。自己在接到开会通知的时候也曾写过一篇短文,说明诵读教学可以促进"文学的国语"的成长,现在还有些补充的意见,写在这里。

抗战以来大家提倡朗诵,特别提倡朗诵诗。这种诗歌朗诵战前就有人提倡。那时似乎是注重诗歌的音节的试验;要试验白话诗是否也有音乐性,是否也可以悦耳,要试验白话诗用那一种音节更听得入耳些。这种朗诵运动为的要给白话诗建立起新的格调,证明它的确可以替代旧诗。战后的诗歌朗诵运动比战前扩大得多,目的也扩大得多。这时期注重的是诗歌的宣传作用,教育作用,也许尤其是团结作用,这是带有政治性的。而这种朗诵,边诵边表情,边动作,又是带有戏剧性的。这实在是将诗歌戏剧化。戏剧化了的诗歌总增加了些什么,不全是诗歌的本来面目。而许多诗歌不适于戏剧化,也就不适于这种朗诵。所以有人特别写作朗诵诗。战前战后的朗诵运动当然也包括小说散文和戏剧,但是特别注重诗;因为是精炼的语言,弹性大,朗诵也最难。

朗诵的发展可以帮助白话诗文的教学,也可以帮助白话诗文的上口,促进"文学的国语"成长。但是两个时期的朗诵运动,都并不以语文教学为目标;语文教学实际上也还没有受到很大的影响。现在魏建功先生,还有黎锦熙先生,都在提倡诵读教学,提倡向这一方面的自觉的努力,这是很好的。这不但与朗诵运动并行不悖,而且会相得益彰。黎先生提倡的诵读教学,据报上他的谈话,似乎注重白话,魏先生的座谈,却包括文言。这种诵读教学自然是以文为主,不以诗为主;因为教材是文多,习作也是文多,应用还是文多。这就和朗诵运动的出发点不一样。

诵读是一种教学过程，目的在培养学生的了解和写作的能力。教学的时候先由教师范读，后由学生跟着读，再由学生自己练习着读，有时还得背诵。除背诵外却都可以看着书。诵读只是诵读，看着书自己读，看着书听人家读，只要做过预习的工夫，当场读得又得法，就可以了解的，用不着再有面部表情和肢体动作。这和战前的朗诵差不多，只是朗诵时听众看不到原作；和战后的朗诵却就差得多。朗诵是艺术，听众在欣赏艺术。诵读是教学，读者和听者在练习技能。这两件事目的原不一样。但是朗诵和诵读都是既非吟，也非唱，都只是说话的调子，这可是一致的。

吟和唱都将文章音乐化，而朗诵和诵读却注重意义，音乐化可以将意义埋起来，或使意义滑过去。战前的朗诵固然可以说是在发现白话诗的音乐性，但是有音乐性不就是音乐化。例如一首律诗，平仄的安排是音乐性，吟起来才是音乐化，读下去就不是的。现在我们注重意义，所以不要音乐化，不要吟和唱。我在别处说过"读"该照宣读文件那样，但是这句话还未甚显明。李长之先生说的才最干脆，他说"所谓诵读一事，也便只有用话的语调（平常说话的语调）去读的一途了"。宣读文件其实就用的是说话的语调。

诵读虽然该用说话的调子，可究竟不是说话。诵读赶不上说话的流畅，多少要比说话做作一些。诵读第一要口齿清楚，吐字分明。唱曲子讲究咬字，诵读也得字字清朗；尽管抑扬顿挫，清朗总得清朗的。李长之先生注重词汇的读出，也就是这个意思。座谈会里潘家洵先生指出私塾儿童读书固然有两字一顿的，却也有一字一顿的；如"孟—子—见—梁—惠—王"之类的读法，我们是常常可以听到的。大概两字一顿是用在整齐的句法上，如读《千字文》、《百家姓》、《龙文鞭影》、《幼学琼林》、《千家诗》之类；一字一顿是用在参差的句法上，如读《四书》等。前者是音乐化，后者逐字用同样强度读出，是让儿童记清每一个字的形和音，像是强调的说话。这后一种诵读，机械性却很大，不像说话那样可以含胡几个字甚至吞咽几个字而反有姿态，有味儿。我们所要的字字清朗的诵读，性质上就近于这后一种，不过顿的字数不一定，再加上抑扬顿挫，跟说话多相像一些罢了。

用说话的调子诵读白话文，自然该最像说话，虽然因为言文总有些分别，不能等于说话。但是现在的白话文是欧化了的，诵读起来也还不能很像说话。相信诵读教学切实施行若干时后，诵读可以帮助变化说话的调子；那时白话文的诵读虽然还是不能等于说话，总该差不离儿了。诵读白话诗，现在是更不像说话；因为诗是精炼的说话，跟随心信口的说话本差着些程度，加上欧化，自然要差得更多。

用说话的调子读文言，不论是诗是文，是骈是散，自然还要差得多；但是比吟或唱总近于说话些。从前学习文言乃至欣赏文言，好像非得能吟会唱不可。我想吟唱固然有益，但是诵读也许帮助更大。大概诗词曲和骈文，音乐性本来大些，音乐化的去吟唱可以获得音乐方面的受用，但是在了解和欣赏意义上，吟唱是不如诵读的。至于所谓古文，本来基于平常说话的调子，虽然因为究竟不是口头的语言，不妨音乐化的去吟唱，然而受用似乎并不大；倒是诵读能见出这种古文的本色。所以就是文言，也还该以说话调的诵读为主。但是诵读总得多读熟读，才有效用；"曲不离口"，诵读也是一样道理。

诵读口语体的白话文（这种也可以称为白话），还有诵读小说里的一些对话和话剧，应该就像说话一样，虽然也还未必等于说话。说是未必等于说话，因为说话有声调，又多少总带着一些面部表情和肢体动作，写出来的说话虽然包含着这些，却不分明。诵读这种写出来的说话，得从意义里去揣摩，得从字里行间去揣摩。而写的人虽然想着包含那些，却也未必能包罗一切；揣摩的人也未必真能尽致。这就未必相等了。所以认真的演出话剧，得有戏谱，详细注明声调等等。李长之先生提到的赵元任先生的《最后五分钟》就是这种戏谱。有了这种戏谱，还得再加揣摩。但是舞台上的台词也还是不等于平常的说话。因为台词不但是戏中人在对话，并且是给观众听的对话，固然得流畅，同时也得清朗。所以演戏需要专业的训练，比诵读难。

写的白话不等于说话，写的白话文更不等于说话。写和说到底是两回事。文言时代诵读帮助写的学习，却不大能够帮助说的学习；反过来说话也不大能够帮助写的学习。这时候有些教育程度很高的人会写却说不好，或者会说却写不好，原不足怪。可是，现下白话时代，诵读不但可以帮助写，还可以帮助说，而说话也可以帮助写；可是会写不会说和会说不会写的人还是有。这就见得写和说到底是两回事了。大概学写主要得靠诵读，文言白话都是如此；单靠说话学不成文言也学不好白话。现在许多学生很能说话，却写不通白话文，就因为他们诵读太少，不懂得如何将说话时的声调等等包含在白话文里。他们的作文让他们自己念给别人听，满对，可是让别人看就看出不通来了。他们会说话到一种程度，能以在诵读自己作文的时候，加进那些并没有能够包含在作文里的成分去，所以自己和别人听起来都合式；他们自己看的时候，也还能够如此。等到别人看，别人凭一般诵读的习惯，只能发挥那些作文里包含得有的，却不能无中生有，这就漏了。至于学说话，主要的得靠说话；多读熟白话文，多少有些帮助，多少能够促进，可是主要的还得靠说话。只注重诵读和写作而忽略了说话，自然容易成为会写而说不好的人。至于李长之先生提到鲁迅先生，又当别论。鲁迅先生是会说话的，不过不大会说北平话。他写的是白话文，不是白话。长之先生赞美座谈会中顾随先生读的《阿Q正传》，说是"觉得鲁迅运用北平的口语实在好极了"。我当时不在场，想来那恐怕一半应该归功于顾先生的诵读的。

再说用说话的调子诵读白话诗，那是比诵读白话文更不等于说话。如上文所说诗是精炼的语言，跟平常的说话自然差得多些。精炼靠着暗示和重叠。暗示靠新鲜的比喻和经济的语句；重叠不是机械的，得变化，得多样。这就近乎歌而带有音乐性了。这种音乐性为的是集中注意的力量，好像电影里特别的镜头。集中了注意力，才能深入每一个词汇和语句，发挥那蕴藏着的意义，这也就是诗之所以为诗。白话诗却不要音乐化，音乐化会掩住了白话诗的个性，磨损了它的曲折处。白话诗所以不会有固定的声调谱，我看就是为此。白话诗所以该用说话调诵读，也是为此。一方面白话诗也未尝不可以全不带音乐性而直用平常说话的调子写作。但是只宜于短篇如此。因为短篇的精炼可以不靠重叠，长些的就不成。苏俄的玛耶可夫斯基的诗，按说就只用平常说话的调子，却宜于朗诵。他的诗就是短篇多，国内也有向这方面努力的，田间先生就是一位。这种诗不用说更该用说话调诵读，诵读起来也许跟口语体的白话文差不多，但要强调些。因为篇幅短，要是读得太流畅，一下子就完了，没有了，所以得滞实些才成。其实诗的诵读一般的都得滞实些。一方面有弹性，一方面要滞实，所以难。两次朗诵运动都以诗为主，在艺术上算是攻坚。但是诵读只是训练技能，还该从容易的文的诵读下手。

《大公报》，1946年。

论国语教育

三十五年十二月二十四日北平各报有中央社讯一节：

　　台湾省国语推行委员会主任委员魏建功，就三十馀年来国语教育推行情形，对记者谈：民国二年蔡元培任教育总长，鉴于新文化运动语体文亟须提倡，即开始组织国语推行机构。国语之推行，实际甚为简单，而教育行政负责者不予协助，以致困难重重，国语推行运动似已呈藕断丝连之态。实则国语推行，即在厉行注音符号。赞助有力之国语推行运动者，多为文学方面人物。我国尚无专门从事语文办理国语教育者。现在国语推行人士皆在四十岁以上，后继者寥寥。政府应切实注意之，否则台湾之国语推行，今后十年的工作干部就成问题。

　　魏先生这一节简短的谈话，充分的叙述了冷落的国语推行的现状。

　　魏先生说的三十年来的国语教育，是专就民国成立以来说的。若是追溯渊源应该从清末说起。那时的字母运动和白话运动是民国以来国语运动的摇篮。那时的目标是开通民智。字母运动是用拼音字母替代汉字，让一般不识字的民众容易学，容易用。白话运动是编印白话书报给一般识得一些汉字的民众看，让他们得到一些新的知识。前者是清除文盲，后者专开通民智，自然，清除文盲也为的开通民智，那时也印行了好些字母拼音的读物。这两种运动都以一般未受教育或受过很少教育的民众为对象，字母和白话都只是为他们的方便，并非根本的改革文字。那时所谓上等人还是用着汉字和文言，认为当然。再说这两种运动都不曾强调读音的统一；他们注重的只是识字和阅读。

　　民国以来的国语运动可大大的不同。他们首先注重国音的统一，制出了注音字母，现在改称"注音符号"，后来又将北平话定为标准语。新文学运动接着"五四"

运动，这才强调国语体文，将小学和初中的国文科改为国语科。后来又有废除汉字运动，又制出了国语罗马字，就是注音符号第二式，现在改称"译音符号"。注音字母和国语罗马字，标准语，国语科，都是教育部定的。究竟是民国了，这种国语运动不再分别上等人和下层民众，总算国民待遇，一视同仁。三十年来语体文的发展蒸蒸日上，成绩最好。魏先生说"赞助有力之国语推行运动者，多为文学方面人物"，大概就是偏重语体文的成绩一项而言。其次是注音符号第一式的施用，也在相当的进展。早年有过一个国语讲习所，讲习的主要就是北平话和注音字母。这字母也曾用来印过《国音字典》、《字汇》和一些书报。抗战前并已有了注音汉字和注音汉字印的小学教科书。抗战后印刷条件艰难，注音汉字的教科书办不到了，但还有注音小报在后方继续的苦撑着。

《国音字典》、《国音常用字汇》以及别的字典里除用第一式符号外，兼用第二式注音。但是第二式制定得晚，又不能配合汉字的形体，所以施用的机会少得多。加上带有政治性的拉丁化或新文字运动，使教育当局有了戒心，他们只将这第二式干搁着，后来才改为"译音符号"，限于译音用；注音字母也早改为"符号"，专作注音用。这些都是表示反对废除汉字改用拼音文字。一方面拉丁化运动者，却称国语罗马字和注音字母所表示的国语为"官僚国语"。本来定一个地方的话为标准语，反对的就不少；他们主张以普通话为标准语。第一次的《国音字典》里的国音就是照这个标准定的。后来才改用北平话，以为这才是自然的标准，不是勉强凑合的普通话。改定以后反对的还是很多。江浙人总说国语没有入声，那几个卷舌音也徒然教孩子们吃苦头。抗战后到了西南，西南的中小学里教学注音符号的似乎极少。我曾参加过成都市小学教师暑期讲习会。讲过一回注音符号，听众似乎全不接头，并且毫无兴趣。这大概是注音符号还没有经教育当局推行到四川的原故。一方面西南官话跟北平也近些，说起来够清楚的，他们也不忙学国语。再说北平话定作标准语是在北平建都时代。首都改到南京以后，大家似乎忙着别的，还没有注意到这个问题上。将来若注意到了，会不会像目下讨论建都问题这样热烈的争执呢？这是很难预测的。

我个人倒是赞成国语有一个自然的标准。自己是苏北人，却赞成将北平话作为标准语。一来因为北平是文化城，二来因为北平话的词汇差不多都写得出，三来因为北平话已经作为标准语多年，虽然还没有"俗成"，"约定"总算"约定"的了。标准语只是标准，"蓝青官话"也罢，"二八京腔"也罢，只要向着这个标准走就成。特别是孩子们向着这个标准走就成。以后交通应该越来越便利，孩子们听国语的机会多，学起来不会难。成人自然难些，但是有个自然的标准，总比那形形色色的或只在字典里而并不上口的普通话好捉摸些。就算是国音乡调，甚至乡音国调，也总可以帮助大家了解些。因此我赞成北平师范学院这回设国语专修科，多培植些"专门从事语文办理国语教育"的人才。这些人该能说纯粹的国语，还得有文学的修养，这才能成为活的自然的标准。他们将来散到各地去服务，标准语就更不难学习了。但是除此以外还有更重要的一件事，就是该快些恢复注音汉字的教科书，如能多有注音汉字的书报更好。

废除汉字在日本还很困难，在中国恐怕更难。我所以主张先行施用注音汉字。联合国文教会议这回建议"全世界联合清除文盲"，我们的国语教育也该以清除文盲为首务。现在讲清除文盲，跟清末讲开通民智态度不同，但需要还是一样迫切，也许更迫切些。清除文盲要教他们容易识字，注音汉字该可以帮忙他们识字。说起识字，又来了一个问题，也在国语教育项下。标准语得有标准音，还得有标准字。这些年注意国民教育的人，有些在研究汉字的基本字汇。战前商务印书馆印行的庄泽宣先生编辑的《基本字汇》，综合九家研究的结果，共五千二百六十九字。照最近陆殿扬先生发表的意见（《文讯》新六号，《关于字汇问题》），"宜以二千五百字为度"。这种基本字汇将常用的汉字统计出来，减轻学习的负担，自然很好。但是统计的时候不能只注意单字，还该注意单字合成的词汇，才能切用。有了这种基本字汇，还得注意字形的划一，这就是陆先生所谓标准字。

陆先生指出汉字形体的分歧和重复，妨害学习很大。这种分歧和重复如任其自然演变，就会越来越多，多到不可收拾的地步。从前历代常要规定正体字，教人民遵用；应国家考试的如不遵用，就是犯规，往往因此不准参加考试。这倒不是妄作威福，而是为了公众的方便，也就是所谓"约定俗成"。记得魏建功先生在教育部召集的一个会议里曾经建议整理汉字形体，搜罗所有汉字的各种形体，编辑成书，同时定出各个汉字的通用形体，也就是标准字。但是这种大规模的工作，需要相当多的人力财力和时间，一时不容易着手。也许还得先有些简易的办法来应急，这种得"专门从事语文"的人共同研究才成。还有，王了一先生也曾强调标准汉字，虽然他没有提出"标准字"这名称。陆先生是主张"整理国字，使之合理化，科学化，统一化，正确化，非从速厘订标准字不可"。有了标准字和基本字汇相辅而行，汉字的学习该比从前减少困难很多，清除文盲才可以加速的进展。同时还得根据标准字的基本字汇编辑国民读物，供一般应用。这种读物似乎不一定要用旧形式，只要浅近清楚就好。目下一般小店员和工人读报的已不少，报纸的文体大部分不是旧形式，他们也能够并且有兴趣的念下去。他们，尤其是年轻的，也愿意学些新花样，并不是一味恋着老古董的。

北平《时报》，1946年。

标准与尺度

古文学的欣赏

新文学运动开始的时候,胡适之先生宣布"古文"是"死文学",给它撞丧钟,发讣闻。所谓"古文",包括正宗的古文学。他是教人不必再做古文,却显然没有教人不必阅读和欣赏古文学。可是那时提倡新文化运动的人如吴稚晖、钱玄同两位先生,却教人将线装书丢在茅厕里。后来有过一回"骸骨的迷恋"的讨论也是反对做旧诗,不是反对读旧诗。但是两回反对读经运动却是反对"读"的。反对读经,其实是反对礼教,反对封建思想;因为主张读经的人是主张传道给青年人,而他们心目中的道大概不离乎礼教,不离乎封建思想。强迫中小学生读经没有成为事实,却改了选读古书,为的了解"固有文化"。为了解固有文化而选读古书,似乎是国民分内的事,所以大家没有说话。可是后来有了"本位文化"论,引起许多人的反感;本位文化论跟早年的保存国粹论同而不同,这不是残馀的而是新兴的反动势力。这激起许多人,特别是青年人,反对读古书。

可是另一方面,在本位文化论之前有过一段关于"文学遗产"的讨论。讨论的主旨是如何接受文学遗产,倒不是扬弃它;自然,讨论到"如何"接受,也不免有所分别扬弃的。讨论似乎没有多少具体的结果,但是"批判的接受"这个广泛的原则,大家好像都承认。接着还有一回范围较小,性质相近的讨论。那是关于《庄子》和《文选》的。说《庄子》和《文选》的词汇可以帮助语体文的写作,的确有些不切实际。接受文学遗产若从"做"的一面看,似乎只有写作的态度可以直接供我们参考,至于篇章字句,文言语体各有标准,我们尽可以比较研究,却不能直接学习。因此许多大中学生厌弃教本里的文言,认为无益于写作;他们反对读古书,这也是主要的原因之一。但是流行的作文法,修辞学,文学概论这些书,举例说明,往往古今中外兼容并包;青年人对这些书里的"古文今解"倒是津津有味的读着,并不厌弃似的。从这里可以看出青年人虽然不愿信古,不愿学古,可是给予适当的帮助,他们却愿意也能够欣赏古文学,这也就是接受文学遗产了。

说到古今中外，我们自然想到翻译的外国文学。从新文学运动以来，语体翻译的外国作品数目不少，其中近代作品占多数；这几年更集中于现代作品，尤其是苏联的。但是希腊、罗马的古典，也有人译，有人读，直到最近都如此。莎士比亚至少也有两种译本。可见一般读者（自然是青年人多），对外国的古典也在爱好着。可见只要能够让他们接近，他们似乎是愿意接受文学遗产的，不论中外。而事实上外国的古典倒容易接近些。有些青年人以为古书古文学里的生活跟现代隔得太远，远得渺渺茫茫的，所以他们不能也不愿接受那些。但是外国古典该隔得更远了，怎么事实上倒反容易接受些呢？我想从头来说起，古人所谓"人情不相远"是有道理的。尽管社会组织不一样，尽管意识形态不一样，人情总还有不相远的地方。喜怒哀乐爱恶欲总还是喜怒哀乐爱恶欲，虽然对象不尽同，表现也不尽同。对象和表现的不同，由于风俗习惯的不同；风俗习惯的不同，由于地理环境和社会组织的不同。使我们跟古代跟外国隔得远的，就是这种种风俗习惯；而使我们跟古文学跟外国文学隔得远的尤其是可以算做风俗习惯的一环的语言文字。语体翻译的外国文学打通了这一关，所以倒比古文学容易接受些。

人情或人性不相远，而历史是连续的，这才说得上接受古文学。但是这是现代，我们有我们的立场。得弄清楚自己的立场，再弄清楚古文学的立场，所谓"知己知彼"，然后才能分别出那些是该扬弃的，那些是该保留的。弄清楚立场就是清算，也就是批判；"批判的接受"就是一面接受着，一面批判着。自己有立场，却并不妨碍了解或认识古文学，因为一面可以设身处地为古人着想，一面还是可以回到自己立场上批判的。这"设身处地"是欣赏的重要的关键，也就是所谓"感情移入"。个人生活在群体中，多少能够体会别人，多少能够为别人着想。关心朋友，关心大众，恕道和同情，都由于设身处地为别人着想；甚至"替古人担忧"也由于此。演戏，看戏，一是设身处地的演出，一是设身处地的看入。做人不要做坏人，做戏有时候却得做坏人。看戏恨坏人，有的人竟会丢石子甚至动手去打那戏台上的坏人。打起来确是过了分，然而不能不算是欣赏那坏人做得好，好得教这种看戏的忘了"我"。这种忘了"我"的人显然没有在批判着。有批判力的就不至如此，他们欣赏着，一面常常回到自己，自己的立场。欣赏跟行动分得开，欣赏有时可以影响行动，有时可以不影响，自己有分寸，做得主，就不至于糊涂了。读了武侠小说就结伴上峨眉山，的确是糊涂。所以培养欣赏力同时得培养批判力：不然，"有毒的"东西就太多了。然而青年人不愿意接受有些古书和古文学，倒不一定是怕那"毒"，他们的第一难关还是语言文字。

打通了语言文字这一关，欣赏古文学的就不会少，虽然不会赶上欣赏现代文学的多。语体翻译的外国古典可以为证。语体的旧小说如《水浒传》、《西游记》、《红楼梦》、《儒林外史》，现在的读者大概比二三十年前要减少了，但是还拥有相当广大的读众。这些人欣赏打虎的武松，焚稿的林黛玉，却一般的未必崇拜武松，尤其未必崇拜林黛玉。他们欣赏武松的勇气和林黛玉的痴情，却嫌武松无知识，林黛玉不健康。欣赏跟崇拜也是分得开的。欣赏是情感的操练，可以增加情感的广度、深度，也可以增加高度。欣赏的对象或古或今，或中或外，影响行动或浅或深，但是那影响总是间接的，直接的影响是在情感上。有些行动固然可以直接影响情感，但是欣赏的机会似乎更容易得到些。要培养情感，欣赏的机会越多越好；就文学而论，古今中外越多能欣赏越好。这其间古文和外国文学都有一道难关，语言文字。外国文学可用语体翻译，古文学的难关该也不难打通的。

我们得承认古文确是"死文字"，死语言，跟现在的语体或白话不是一种语言。这样看，打通这一关也可以用语体翻译。这办法早就有人用过，现代也还有人用着。记得清末有一部《古文析义》，每篇古文后边有一篇白话的解释，其实就是逐句的翻译。那些翻译够清楚的，虽然罗唆些。但是那只是一部不登大雅之堂的启蒙书，不曾引起人们注意。"五四"运动以后，整理国故引起了古书今译。顾颉刚先生的《盘庚篇今译》（见《古史辨》），最先引起我们的注意。他是要打破古书奥妙的气氛，所以将《尚书》里诘屈聱牙的这《盘庚》三篇用语体译出来，让大家看出那"鬼治主义"的把戏。他的翻译很谨严，也够确切；最难得的，又是三篇简洁明畅的白话散文，独立起来看，也有意思。近来郭沫若先生在《由周代农事诗论到周代社会》一文（见《青铜时代》）里翻译了《诗经》的十篇诗，风雅颂都有。他是用来论周代社会的，译文可也都是明畅的素朴的白话散文诗。此外还有将《诗经》、《楚辞》和《论语》作为文学来今译的，都是有意义的尝试。这种翻译的难处在乎译者的修养；他要能够了解古文学，批判古文学，还要能够照他所了解与批判的译成艺术性的或有风格的白话。

翻译之外，还有讲解，当然也是用白话。讲解是分析原文的意义并加以批判，跟翻译不同的是以原文为主。笔者在《国文月刊》里写的《古诗十九首集释》，叶绍钧先生和笔者合作的《精读指导举隅》（其中也有语体文的讲解），浦江清先生在《国文月刊》里写的《词的讲解》，都是这种尝试。有些读者嫌讲得太琐碎，有些却愿意细心读下去。还有就是白话注释，更是以读原文为主。这虽然有人试过，如《论语》白话注之类，可只是敷衍旧注，毫无新义，那注文又罗里罗唆的。现在得从头做起，最难的是注用的白话，现行的语体文里没有这一体，得创作，要简明朴实。选出该注释的词句也不易,有新义更不易。此外还有一条路,可以叫做拟作。谢灵运有《拟魏太子邺中集》,综合的拟写建安诗人,用他们的口气作诗。江淹有《杂拟诗》三十首,也是综合而扼要的分别拟写历代无名的五言诗人,也用他们自己的口气。这是用诗来拟诗。英国麦克士·比罗姆著《圣诞花环》,却以圣诞节为题用散文来综合的扼要的拟写当代各个作家。他写照了各个作家,也写照了自己。我们不妨如法炮制,用白话来尝试。以上四条路都通到古文学的欣赏;我们要接受古代作家文学遗产,就可以从这些路子走近去。

论雅俗共赏

论雅俗共赏

陶渊明有"奇文共欣赏，疑义相与析"的诗句，那是一些"素心人"的乐事，"素心人"当然是雅人，也就是士大夫。这两句诗后来凝结成"赏奇析疑"一个成语，"赏奇析疑"是一种雅事，俗人的小市民和农家子弟是没有份儿的。然而又出现了"雅俗共赏"这一个成语，"共赏"显然是"共欣赏"的简化，可是这是雅人和俗人或俗人跟雅人一同在欣赏，那欣赏的大概不会还是"奇文"罢。这句成语不知道起于什么时代，从语气看来，似乎雅人多少得理会到甚至迁就着俗人的样子，这大概是在宋朝或者更后罢。

原来唐朝的安史之乱可以说是我们社会变迁的一条分水岭。在这之后，门第迅速的垮了台，社会的等级不像先前那样固定了，"士"和"民"这两个等级的分界不像先前的严格和清楚了，彼此的分子在流通着，上下着。而上去的比下来的多，士人流落民间的究竟少，老百姓加入士流的却渐渐多起来。王侯将相早就没有种了，读书人到了这时候也没有种了；只要家里能够勉强供给一些，自己有些天分，又肯用功，就是个"读书种子"；去参加那些公开的考试，考中了就有官做，至少也落个绅士。这种进展经过唐末跟五代的长期的变乱加了速度，到宋朝又加上印刷术的发达，学校多起来了，士人也多起来了，士人的地位加强，责任也加重了。这些士人多数是来自民间的新的分子，他们多少保留着民间的生活方式和生活态度。他们一面学习和享受那些雅的，一面却还不能摆脱或蜕变那些俗的。人既然很多，大家是这样，也就不觉其寒尘；不但不觉其寒尘，还要重新估定价值，至少也得调整那旧来的标准与尺度。"雅俗共赏"似乎就是新提出的尺度或标准，这里并非打倒旧标准，只是要求那些雅士理会到或迁就些俗士的趣味，好让大家打成一片。当然，所谓"提出"和"要求"，都只是不自觉的看来是自然而然的趋势。

中唐的时期，比安史之乱还早些，禅宗的和尚就开始用口语记录大师的说教。

用口语为的是求真与化俗，化俗就是争取群众。安史乱后，和尚的口语记录更其流行，于是乎有了"语录"这个名称，"语录"就成为一种著述体了。到了宋朝，道学家讲学，更广泛的留下了许多语录；他们用语录，也还是为了求真与化俗，还是为了争取群众。所谓求真的"真"，一面是如实和直接的意思。禅家认为第一义是不可说的，语言文字都不能表达那无限的可能，所以是虚妄的。然而实际上语言文字究竟是不免要用的一种"方便"，记录文字自然越近实际的、直接的说话越好。在另一面这"真"又是自然的意思，自然才亲切，才让人容易懂，也就是更能收到化俗的功效，更能获得广大的群众。道学主要的是中国的正统的思想，道学家用了语录做工具，大大的增强了这种新的文体的地位，语录就成为一种传统了。比语录体稍稍晚些，还出现了一种宋朝叫做"笔记"的东西。这种作品记述有趣味的杂事，范围很宽，一方面发表作者自己的意见，所谓议论，也就是批评，这些批评往往也很有趣味。作者写这种书，只当做对客闲谈，并非一本正经，虽然以文言为主，可是很接近说话。这也是给大家看的，看了可以当做"谈助"，增加趣味。宋朝的笔记最发达，当时盛行，流传下来的也很多。目录家将这种笔记归在"小说"项下，近代书店汇印这些笔记，更直题为"笔记小说"；中国古代所谓"小说"，原是指记述杂事的趣味作品而言的。

那里我们得特别提到唐朝的"传奇"。"传奇"据说可以见出作者的"史才、诗笔、议论"，是唐朝士子在投考进士以前用来送给一些大人先生看，介绍自己，求他们给自己宣传的。其中不外乎灵怪、艳情、剑侠三类故事，显然是以供给"谈助"，引起趣味为主。无论照传统的意念，或现代的意念，这些"传奇"无疑的是小说，一方面也和笔记的写作态度有相类之处。照陈寅恪先生的意见，这种"传奇"大概起于民间，文士是仿作，文字里多口语化的地方。陈先生并且说唐朝的古文运动就是从这儿开始。他指出古文运动的领导者韩愈的《毛颖传》，正是仿"传奇"而作。我们看韩愈的"气盛言宜"的理论和他的参差错落的文句，也正是多多少少在口语化。他的门下的"好难"、"好易"两派，似乎原来也都是在试验如何口语化。可是"好难"的一派过分强调了自己，过分想出奇制胜，不管一般人能够了解欣赏与否，终于被人看做"诡"和"怪"而失败，于是宋朝的欧阳修继承了"好易"的一派的努力而奠定了古文的基础。——以上说的种种，都是安史乱后几百年间自然的趋势，就是那雅俗共赏的趋势。

宋朝不但古文走上了"雅俗共赏"的路，诗也走向这条路。胡适之先生说宋诗的好处就在"做诗如说话"，一语破的指出了这条路。自然，这条路上还有许多曲折，但是就像不好懂的黄山谷，他也提出了"以俗为雅"的主张，并且点化了许多俗语成为诗句。实践上"以俗为雅",并不从他开始,梅圣俞、苏东坡都是好手,而苏东坡更胜。据记载梅和苏都说过"以俗为雅"这句话,可是不大靠得住;黄山谷却在《再次杨明叔韵》一诗的"引"里郑重的提出"以俗为雅,以故为新",说是"举一纲而张万目"。他将"以俗为雅"放在第一,因为这实在可以说是宋诗的一般作风,也正是"雅俗共赏"的路。但是加上"以故为新",路就曲折起来,那是雅人自赏,黄山谷所以终于不好懂了。不过黄山谷虽然不好懂,宋诗却终于回到了"做诗如说话"的路,这"如说话",的确是条大路。

雅化的诗还不得不回向俗化,刚刚来自民间的词,在当时不用说自然是"雅俗共赏"的。别瞧黄山谷的有些诗不好懂,他的一些小词可够俗的。柳耆卿更是个通俗的词人。词后来虽然渐渐雅化或文人化,是始终不能雅到诗的地位,它怎么着也只是"诗馀"。词变为曲,不是在文人手里变,是在民间变的;曲又变得比词俗,虽然也经过雅化或文人化,可是还雅不到词的地位,它只是"词馀"。一方面从晚唐和尚的俗讲演变出来的宋朝的"说话"就是说书,乃至后来的平话以及章回小说,还有宋朝的杂剧和诸宫调等等转变成功的元朝的杂剧和戏文,乃至后来的传奇,以及皮簧戏,更多半是些"不登大雅"的"俗文学"。这些除元杂剧和后来的传奇也算是"词馀"以外,在过去的文学传统里简直没有地位;也就是说这些小说和戏剧在过去的文学传统里多半没有地位,有些有点地位,也不是正经地位。可是虽然俗,大体上却"俗不伤雅",虽然没有什么地位,却总是"雅俗共赏"的玩艺儿。

"雅俗共赏"是以雅为主的,从宋人的"以俗为雅"以及常语的"俗不伤雅",更可见出这种宾主之分。起初成群俗士蜂拥而上,固然逼得原来的雅士不得不理会到甚至迁就着他们的趣味,可是这些俗士需要摆脱的更多。他们在学习,在享受,也在蜕变,这样渐渐适应那雅化的传统,于是乎新旧打成一片,传统多多少少变了质继续下去。前面说过的文体和诗风的种种改变,就是新旧双方调整的过程,结果迁就的渐渐不觉其为迁就,学习的也渐渐习惯成了自然,传统的确稍稍变了质,但是还是文言或雅言为主,就算跟民众近了一些,近得也不太多。

至于词曲,算是新起于俗间,实在以音乐为重,文辞原是无关轻重的;"雅俗共赏",正是那音乐的作用。后来雅士们也曾分别将那些文辞雅化,但是因为音乐性太重,使他们不能完成那种雅化,所以词曲终于不能达到诗的地位。而曲一直配合着音乐,雅化更难,地位也就更低,还低于词一等。可是词曲到了雅化的时期,那"共赏"的人却就雅多而俗少了。真正"雅俗共赏"的是唐、五代、北宋的词,元朝的散曲和杂剧,还有平话和章回小说以及皮簧戏等。皮簧戏也是音乐为主，大家直到现在都还在哼着那些粗俗的戏词，所以雅化难以下手，虽然一二十年来这雅化也已经试着在开始。平话和章回小说，传统里本来没有，雅化没有合式的榜样，进行就不易。《三国演义》虽然用了文言，却是俗化的文言，接近口语的文言，后来的《水浒》、《西游记》、《红楼梦》等就都用白话了。不能完全雅化的作品在雅化的传统里不能有地位，至少不能有正经的地位。雅化程度的深浅，决定这种地位的高低或有没有，一方面也决定"雅俗共赏"的范围的小和大——雅化越深，"共赏"的人越少，越浅也就越多。所谓多少，主要的是俗人，是小市民和受教育的农家子弟。在传统里没有地位或只有低地位的作品，只算是玩艺儿；然而这些才接近民众，接近民众却还能教"雅俗共赏"，雅和俗究竟有共通的地方，不是不相理会的两橛了。

单就玩艺儿而论，"雅俗共赏"虽然是以雅化的标准为主，"共赏"者却以俗人为主。固然，这在雅方得降低一些，在俗方也得提高一些，要"俗不伤雅"才成；雅方看来太俗，以至于"俗不可耐"的，是不能"共赏"的。但是在什么条件之下才会让俗人所"赏"的，雅人也能来"共赏"呢？我们想起了"有目共赏"这句话。孟子说过"不知子都之姣者，无目者也"，"有目"是反过来说，"共赏"还是陶诗"共欣赏"的意思。子都的美貌，有眼睛的都容易辨别，自然也就能"共赏"了。孟子接着说："口之于味也，有同嗜焉；耳之于声也，有同听焉；目之于色也，有同美焉。"这说的是人之常情，也就是所谓人情不相远。但是这不相远似乎只限于一些具体的、常识的、现实的事物和趣味。譬如北平罢，故宫和颐和园，包括建筑、风景和陈列的工艺品，似乎是"雅俗共赏"的，天桥在雅人的眼中似乎就有些太俗了。说到文章，俗人所能"赏"的也只是常识的，现实的。后汉的王充出身是俗人，他多多少少代表俗人说话，反对难懂而不切实用的辞赋，却赞美公文能手。公文这东西关系雅俗的现实利益，始终是不曾完全雅化了的。再说后来的小说和戏剧，有的雅人说《西厢记》诲淫，《水浒传》诲盗，这是"高论"。实际上这一部戏剧和这一部小说都是"雅俗共赏"的作品。《西厢记》无视了传统的礼教，《水浒传》无视了传统的忠德，然而"男女"是"人之大欲"之一，"官逼民反"，也是人之常情，梁山泊的英雄正是被压迫的人民所想望的。俗人固然同情这些，一部分的雅人，跟俗人相距还不太远的，也未尝不高兴这两部书说出了他们想说而不敢说的。这可以说是一种快感，一种趣味，可并不是低级趣味；这是有关系的，也未尝不是有节制的。"诲淫""诲盗"只是代表统治者的利益的说话。

十九世纪二十世纪之交是个新时代，新时代给我们带来了新文化，产生了我们的知识阶级。这知识阶级跟从前的读书人不大一样，包括了更多的从民间来的分子，他们渐渐跟统治者拆伙而走向民间。于是乎有了白话正宗的新文学，词曲和小说戏剧都有了正经的地位。还有种种欧化的新艺术。这种文学和艺术却并不能让小市民来"共赏"，不用说农工大众。于是乎有人指出这是新绅士也就是新雅人的欧化，不管一般人能够了解欣赏与否。他们提倡"大众语"运动。但是时机还没有成熟，结果不显著。抗战以来又有"通俗化"运动，这个运动并已经在开始转向大众化。"通俗化"还分别雅俗，还是"雅俗共赏"的路，大众化却更进一步要达到那没有雅俗之分，只有"共赏"的局面。这大概也会是所谓由量变到质变罢。

《观察》。

论百读不厌

前些日子参加了一个讨论会，讨论赵树理先生的《李有才板话》。座中一位青年提出了一件事实：他读了这本书觉得好，可是不想重读一遍。大家费了一些时候讨论这件事实。有人表示意见，说不想重读一遍，未必减少这本书的好，未必减少它的价值。但是时间匆促，大家没有达到明确的结论。一方面似乎大家也都没有重读过这本书，并且似乎从没有想到重读它。然而问题不但关于这一本书，而是关于一切文艺作品。为什么一些作品有人"百读不厌"，另一些却有人不想读第二遍呢？是作品的不同吗？是读的人不同吗？如果是作品不同，"百读不厌"是不是作品评价的一个标准呢？这些都值得我们思索一番。

苏东坡有《送章秀才失解西归》诗，开头两句是：

旧书不厌百回读，
熟读深思子自知。

"百读不厌"这个成语就出在这里。"旧书"指的是经典，所以要"熟读深思"。《三国志·魏志·王肃传·注》：

人有从（董遇）学者，遇不肯教，而云"必当先读百遍"，言"读书百遍而意自见"。

经典文字简短，意思深长，要多读，熟读，仔细玩味，才能了解和体会。所谓"意自见"，"子自知"，着重自然而然，这是不能着急的。这诗句原是安慰和勉励那考试失败的章秀才的话，劝他回家再去安心读书，说"旧书"不嫌多读，越读越玩味越有意思。固然经典值得"百回读"，但是这里着重的还在那读书的人。简化成"百读不厌"这个成语,却就着重在读的书或作品了。这成语常跟另一成语"爱不释手"配合着,在读的时候"爱不释手",读过了以后"百读不厌"。这是一种赞词和评语,传统上确乎是一个评价的标准。当然,"百读"只是"重读""多读""屡读"的意思,并不一定一遍接着一遍的读下去。

经典给人知识,教给人怎样做人,其中有许多语言的、历史的、修养的课题,有许多注解,此外还有许多相关的考证,读上百遍,也未必能够处处贯通,教人多读是有道理的。但是后来所谓"百读不厌",往往不指经典而指一些诗,一些文,以及一些小说;这些作品读起来津津有味,重读,屡读也不腻味,所以说"不厌";"不厌"不但是"不讨厌",并且是"不厌倦"。诗文和小说都是文艺作品,这里面也有一些语言的和历史的课题,诗文也有些注解和考证;小说方面呢,却直到近代才有人注意这些课题,于是也有了种种考证。但是过去一般读者只注意诗文的注解,不大留心那些课题,对于小说更其如此。他们集中在本文的吟诵或浏览上。这些人吟诵诗文是为了欣赏,甚至于只为了消遣,浏览或阅读小说更只是为了消遣,他们要求的是趣味,是快感。这跟诵读经典不一样。诵读经典是为了知识,为了教训,得认真,严肃,正襟危坐的读,不像读诗文和小说可以马马虎虎的,随随便便的,在床上,在火车轮船上都成。这么着可还能够教人"百读不厌",那些诗文和小说到底是靠了什么呢?

在笔者看来,诗文主要是靠了声调,小说主要是靠了情节。过去一般读者大概都会吟诵,他们吟诵诗文,从那吟诵的声调或吟诵的音乐得到趣味或快感,意义的关系很少;只要懂得字面儿,全篇的意义弄不清楚也不要紧。梁启超先生说过李义山的一些诗,虽然不懂得究竟是什么意思,可是读起来还是很有趣味(大意)。这种趣味大概一部分在那些字面儿的影像上,一部分就在那七言律诗的音乐上。字面儿的影像引起人们奇丽的感觉;这种影像所表示的往往是珍奇,华丽的景物,平常人不容易接触到的,所谓"七宝楼台"之类。民间文艺里常常见到的"牙床"等等,也正是这种作用。民间流行的小调以音乐为主,而不注重词句,欣赏也偏重在音乐上,跟吟诵诗文也正相同。感觉的享受似乎是直接的,本能的,即使是字面儿的影像所引起的感觉,也还多少有这种情形,至于小调和吟诵,更显然直接诉诸听觉,难怪容易唤起普遍的趣味和快感。至于意义的欣赏,得靠综合诸感觉的想像力,这个得有长期的教养才成。然而就像教养很深的梁启超先生,有时也还让感觉领着走,足见感觉的力量之大。

小说的"百读不厌",主要的是靠了故事或情节。人们在儿童时代就爱听事,尤其爱奇怪的故事。成人也还是爱故事,不过那情节得复杂些。这些故事大概总是神仙、武侠、才子、佳人，经过种种悲欢离合，而以大团圆终场。悲欢离合总得不同寻常，那大团圆才足奇。小说本来起于民间，起于农民和小市民之间。在封建社会里，农民和小市民是受着重重压迫的，他们没有多少自由，却有做白日梦的自由。他们寄托他们的希望于超现实的神仙，神仙化的武侠，以及望之若神仙的上层社会的才子佳人；他们希望有朝一日自己会变成了这样的人物。这自然是不能实现的奇迹，可是能够给他们安慰、趣味和快感。他们要大团圆，正因为他们一辈子是难得大团圆的，奇情也正是常情啊。他们同情故事中的人物，"设身处地"的"替古人担忧"，这也因为事奇人奇的原故。过去的小说似乎始终没有完全移交到士大夫的手里。士大夫读小说，只是看闲书，就是作小说，也只是游戏文章，总而言之，消遣而已。他们得化装为小市民来欣赏，来写作；在他们看，小说奇于事实，只是一种玩艺儿，所以不能认真、严肃，只是消遣而已。

　　封建社会渐渐垮了，"五四"时代出现了个人，出现了自我，同时成立了新文学。新文学提高了文学的地位；文学也给人知识，也教给人怎样做人，不是做别人的，而是做自己的人。可是这时候写作新文学和阅读新文学的，只是那变了质的下降的士和那变了质的上升的农民和小市民混合成的知识阶级，别的人是不愿来或不能来参加的。而新文学跟过去的诗文和小说不同之处，就在它是认真的负着使命。早期的反封建也罢，后来的反帝国主义也罢，写实的也罢，浪漫的和感伤的也罢，文学作品总是一本正经的在表现着并且批评着生活。这么着文学扬弃了消遣的气氛，回到了严肃——古代贵族的文学如《诗经》，倒本来是严肃的。这负着严肃的使命的文学，自然不再注重"传奇"，不再注重趣味和快感，读起来也得正襟危坐，跟读经典差不多，不能再那么马马虎虎，随随便便的。但是究竟是形象化的，诉诸情感的，跟经典以冰冷的抽象的理智的教训为主不同，又是现代的白话，没有那些语言的和历史的问题，所以还能够吸引许多读者自动去读。不过教人"百读不厌"甚至教人想去重读一遍的作品，的确是很少了。

　　新诗或白话诗，和白话文，都脱离了那多多少少带着人工的、音乐的声调，而用着接近说话的声调。喜欢古诗、律诗和骈文、古文的失望了，他们尤其反对这不能吟诵的白话新诗；因为诗出于歌，一直不曾跟音乐完全分家，他们是不愿扬弃这个传统的。然而诗终于转到意义中心的阶段了。古代的音乐是一种说话，所谓"乐语"，后来的音乐独立发展，变成"好听"为主了。现在的诗既负上自觉的使命，它得说出人人心中所欲言而不能言的，自然就不注重音乐而注重意义了。——一方面音乐大概也在渐渐注重意义，回到说话罢？——字面儿的影像还是用得着，不过一般的看起来，影像本身，不论是鲜明的，朦胧的，可以独立的诉诸感觉的，是不够吸引人了；影像如果必需得用，就要配合全诗的各部分完成那中心的意义，说出那要说的话。在这动乱时代，人们着急要说话，因为要说的话实在太多。小说也不注重故事或情节了，它的使命比诗更见分明。它可以不靠描写，只靠对话，说出所要说的。这里面神仙、武侠、才子、佳人，都不大出现了，偶然出现，也得打扮成平常人；是的，这时代的小说的人物，主要的是些平常人了，这是平民世纪啊。至于文，长篇议论文发展了工具性，让人们更如意的也更精密的说出他们的话，但是这已经成为诉诸理性的了。诉诸情感的是那发展在后的小品散文，就是那标榜"生活的艺术"，抒写"身边琐事"的。这倒是回到趣味中心，企图着教人"百读不厌"的，确乎也风行过一时。然而时代太紧张了，不容许人们那么悠闲；大家嫌小品文近乎所谓"软性"，丢下了它去找那"硬性"的东西。

　　文艺作品的读者变了质了，作品本身也变了质了，意义和使命压下了趣味，认识和行动压下了快感。这也许就是所谓"硬"的解释。"硬性"的作品得一本正经的读，自然就不容易让人"爱不释手"，"百读不厌"。于是"百读不厌"就不成其为评价的标准了，至少不成其为主要的标准了。但是文艺是欣赏的对象，它究竟是形象化的，诉诸情感的，怎么"硬"也不能"硬"到和论文或公式一样。诗虽然不必再讲那带几分机械性的声调，却不能不讲节奏，说话不也有轻重高低快慢吗？节奏合式，才能集中，才能够高度集中。文也有文的节奏，配合着意义使意义集中。小说是不注重故事或情节了，但也总得有些契机来表现生活和批评它；这些契机得费心思去选择和配合，才能够将那要说的话，要传达的意义，完整的说出来，传达出来。集中了的完整了的意义，才见出情感，才让人乐意接受，"欣赏"就是"乐意接受"的意思。能够这样让人欣赏的作品是好的，是否"百读不厌"，可以不论。在这种情形之下，笔者同意：《李有才板话》即使没有人想重读一遍，也不减少它的价值，它的好。

　　但是在我们的现代文艺里，让人"百读不厌"的作品也有的。例如鲁迅先生的《阿Q正传》，茅盾先生的《幻灭》、《动摇》、《追求》三部曲，笔者都读过不止一回，想来读过不止一回的人该不少罢。在笔者本人，大概是《阿Q正传》里的幽默和三部曲里的几个女性吸引住了我。这几个作品的好已经定论，它们的意义和使命大家也都熟悉，这里说的只是它们让笔者"百读不厌"的因素。《阿Q正传》主要的作用不在幽默，那三部曲的主要作用也不在铸造几个女性，但是这些却可能产生让人"百读不厌"的趣味。这种趣味虽然不是必要的，却也可以增加作品的力量。不过这里的幽默决不是油滑的，无聊的，也决不是为幽默而幽默，而女性也决不就是色情，这个界限是得弄清楚的。抗战期中，文艺作品尤其是小说的读众大大的增加了。增加的多半是小市民的读者，他们要求消遣，要求趣味和快感。扩大了的读众，有着这样的要求也是很自然的。长篇小说的流行就是这个要求的反应，因为篇幅长，故事就长，情节就多，趣味也就丰富了。这可以促进长篇小说的发展，倒是很好的。可是有些作者却因为这样的要求，忘记了自己的边界，放纵到色情上，以及粗劣的笑料上，去吸引读众，这只是迎合低级趣味。而读者贪读这一类低级的软性的作品，也只是沉溺，说不上"百读不厌"。"百读不厌"究竟是个赞词或评语，虽然以趣味为主，总要是纯正的趣味才说得上的。

《文讯》月刊。

论逼真与如画

——关于传统的对于自然和艺术的态度的一个考察

"逼真"与"如画"这两个常见的批评用语,给人一种矛盾感。"逼真"是近乎真,就是像真的。"如画"是像画,像画的。这两个语都是价值的批评,都说是"好"。那么,到底是真的好呢?还是画的好呢?更教人迷糊的,像清朝大画家王鉴说的:

人见佳山水,辄曰"如画",见善丹青,辄曰"逼真"。(《染香庵跋画》)

丹青就是画。那么,到底是"如画"好呢?还是"逼真"好呢?照历来的用例,似乎两个都好,两个都好而不冲突,怎么会的呢?这两个语出现在我们的中古时代,沿用得很久,也很广,表现着这个民族对于自然和艺术的重要的态度。直到白话文通行之后,我们有了完备的成套的批评用语,这两个语才少见了,但是有时还用得着,有时也翻成白话用着。

这里得先看看这两个语的历史。照一般的秩序,总是先有"真",后才有"画",所以我们可以顺理成章的说"逼真与如画"——将"逼真"排在"如画"的前头。然而事实上似乎后汉就有了"如画"这个语,"逼真"却大概到南北朝才见。这两个先后的时代,限制着"画"和"真"两个词的意义,也就限制着这两个语的意义;不过这种用语的意义是会跟着时代改变的。《后汉书·马援传》里说他:

为人明须发,眉目如画。

唐朝李贤注引后汉的《东观记》说:

援长七尺五寸,色理发肤眉目容貌如画。

可见"如画"这个语后汉已经有了，南朝范晔作《后汉书·马援传》，大概就根据这类记载；他沿用"如画"这个形容语，没有加字，似乎直到南朝这个语的意义还没有什么改变。但是"如画"到底是什么意义呢？

我们知道直到唐初，中国画是以故事和人物为主的，《东观记》里的"如画"，显然指的是这种人物画。早期的人物画由于工具的简单和幼稚，只能做到形状匀称与线条分明的地步，看武梁祠的画像就可以知道。画得匀称分明是画得好；人的"色理发肤眉目容貌如画"，是相貌生得匀称分明，也就是生得好。但是色理发肤似乎只能说分明，不能说匀称，范晔改为"明须发，眉目如画"，是很有道理的。匀称分明是常识的评价标准，也可以说是自明的标准，到后来就成了古典的标准。类书里还举出三国时代诸葛亮的《黄陵庙记》，其中叙到"乃见江左大山壁立，林麓峰峦如画"，上文还有"睹江山之胜"的话。清朝严可均编辑的《全三国文》里说"此文疑依托"，大概是从文体或作风上看。笔者也觉得这篇记是后人所作。"江山之胜"这个意念到东晋才逐渐发展，三国时代是不会有的；而文体或作风又不像。文中"如画"一语，承接着"江山之胜"，已经是变义，下文再论。

"如画"是像画，原义只是像画的局部的线条或形体，可并不说像一个画面；因为早期的画还只以个体为主，作画的人对于整个的画面还没有清楚的意念。这个意念似乎到南北朝才清楚的出现。南齐谢赫举出画的六法，第五是"经营布置"，正是意识到整个画面的存在的证据。就在这个时代，有了"逼真"这个语，"逼真"是指的整个形状。如《水经注·沔水篇》说：

上粉县……堵水之旁……有白马山，山石似马，望之逼真。

这里"逼真"是说像真的白马一般。但是山石像真的白马又有什么好呢？这就牵连到这个"真"字的意义了。这个"真"固然指实物，可是一方面也是《老子》《庄子》里说的那个"真"，就是自然，另一方面又包含谢赫的六法的第一项"气韵生动"的意思，惟其"气韵生动"，才能自然，才是活的不是死的。死的山石像活的白马，有生气，有生意，所以好。"逼真"等于俗语说的"活脱"或"活像"，不但像是真的，并且活像是真的。如果这些话不错，"逼真"这个意念主要的还是跟着画法的发展来的。这时候画法已经从匀称分明进步到模仿整个儿实物了。六法第二"骨法用笔"似乎是指的匀称分明，第五"经营布置"是进一步的匀称分明。第三"应物象形"，第四"随类傅彩"，第六"传模移写"，大概都在说出如何模仿实物或自然；

最重要的当然是"气韵生动",所以放在第一。"逼真"也就是近于自然,像画一般的模仿着自然,多多少少是写实的。

唐朝张怀瓘的《书断》里说:

> 太宗……尤善临古帖,殆于逼真。

这是说唐太宗模仿古人的书法,差不多活像,活像那些古人。不过这似乎不是模仿自然。但是书法是人物的一种表现,模仿书法也就是模仿人物;而模仿人物,如前所论,也还是模仿自然。再说我国书画同源,基本的技术都在乎"用笔",书法模仿书法,跟画的模仿自然也有相通的地方。不过从模仿书法到模仿自然,究竟得拐上个弯儿。老是拐弯儿就不免只看见那作品而忘掉了那整个儿的人,于是乎"貌同心异",模仿就成了死板板的描头画角了。书法不免如此,画也不免如此。这就不成其为自然。郭绍虞先生曾经指出道家的自然有"神化"和"神遇"两种境界。而"气韵生动"的"气韵",似乎原是音乐的术语借来论画的,这整个语一方面也接受了"神化"和"神遇"的意念,综合起来具体的说出,所以作为基本原则,排在六法的首位。但是模仿成了机械化,这个基本原则显然被忽视。为了强调它,唐朝人就重新提出那"神"的意念,这说是复古也未尝不可。于是张怀瓘开始将书家分为"神品""妙品""能品",朱景元又用来论画,并加上了"逸品"。这神、妙、能、逸四品,后来成了艺术批评的通用标准,也是一种古典的标准。但是神、妙、逸三品都出于道家的思想,都出于玄心和达观,不出于常识,只有能品才是常识的标准。

重神当然就不重形,模仿不妨"貌异心同";但是这只是就间接模仿自然而论。模仿别人的书画诗文,都是间接模仿自然,也可以说是艺术模仿艺术。直接模仿自然,如"山石似马",可以说是自然模仿自然,就还得"逼真"才成。韩愈的《春雪间早梅》诗说:

> 那是俱疑似,
> 须知两逼真!

春雪活像早梅,早梅活像春雪,也是自然模仿自然,不过也是像画一般模仿自然。至于韩的诗:

> 纵有才难咏,

> 宁无画逼真！

说是虽然诗才薄弱，形容不出，难道不能画得活像！这指的是女子的美貌，又回到了人物画，可以说是艺术模仿自然。这也是直接模仿自然，要求"逼真"，跟"山石似马"那例子一样。

到了宋朝，苏轼才直截了当的否定了"形似"，他《书鄢陵王主簿所画折枝》的诗里说：

> 论画以形似，
> 见与儿童邻。……
> 边鸾雀写生，
> 赵昌花传神。……

"写生"是"气韵生动"的注脚。后来董逌的《广川画跋》里更提出"生意"这个意念。他说：

> 世之评画者曰，妙于生意，能不失真如此矣。至是为能尽其技。尝问如何是当处生意？曰，殆谓自然。问自然，则曰能不异真者斯得之矣。且观天地生物，特一气运化尔，其功用秘移，与物有宜，莫知为之者。故能成于自然。今画者信妙矣，方且晕形布色，求物比之，似而效之，序以成者，皆人力之后失也，岂能以合于自然者哉！

"生意"是真，是自然，是"一气运化"。"晕形布色"，比物求似，只是人工，不合自然。他也在否定"形似"，一面强调那气化或神化的"生意"。这些都见出道家"得意忘言"以及禅家"参活句"的影响。不求"形似"，当然就无所谓"逼真"；因为"真"既没有定形，逼近与否是很难说的。我们可以说"神似"，也就是"传神"，却和"逼真"有虚实之分。不过就画论画，人物、花鸟、草虫，到底以形为本，常识上还只要求这些画"逼真"。跟苏轼差不多同时的晁以道的诗说得好：

> 画写物外形，
> 要于形不改。

就是这种意思。但是山水画另当别论。

东晋以来士大夫渐渐知道欣赏山水，这也就是风景，也就是"江山之胜"。但是在画里山水还只是人物的背景，《世说新语》记顾恺之画谢鲲在岩石里，就是一个例证。那时却有个宗炳，将自己游历过的山水，画在墙壁上，"卧以游之"。这是山水画独立的开始，但是这种画无疑的多多少少还是写实的。到了唐朝，山水画长足的发展，北派还走着近乎写实的路，南派的王维开创了文人画，却走上了象征的路。苏轼说他"诗中有画，画中有诗"，文人画的特色就在"画中有诗"。因为要"有诗"，有时就出了常识常理之外。张彦远说"王维画物多不问四时，如画花，往往以桃杏芙蓉莲花同画一景"。宋朝沈括的《梦溪笔谈》也说他家藏得有王氏的"《袁安卧雪图》，有雪中芭蕉"。但是沈氏却说：

  此乃得心应手，意到便成，故造理入神，迥得天意。此难可与俗人论也。

这里提到了"神"、"天"就是自然，而"俗人"是对照着"文人"说的。沈氏在上文还说"书画之妙，当以神会"，"神会"可以说是象征化。桃杏芙蓉莲花虽然不同时，放在同一个画面上，线条、形体、颜色却有一种特别的和谐，雪中芭蕉也如此。这种和谐就是诗。桃杏芙蓉莲花等只当作线条、形体、颜色用着，只当作象征用着，所以就可以"不问四时"。这也可以说是装饰化，图案化，程式化。但是最容易程式化的最能够代表文人化的是山水画，苏轼的评语，正指王维的山水画而言。

桃杏芙蓉莲花等等是个别的实物，形状和性质各自分明，"同画一景"，俗人或常人用常识的标准来看，马上觉得时令的矛盾，至于那矛盾里的和谐，原是在常识以外的，所以容易引起争辩。山水，文人欣赏的山水，却是一种境界，来点儿写实固然不妨，可是似乎更宜于象征化。山水里的草木鸟兽人物，都吸收在山水里，或者说和山水合为一气；兽与人简直可以没有，如元朝倪瓒的山水画，就常不画人，据说如此更高远，更虚静，更自然。这种境界是画，也是诗，画出来写出来是的，不画出来不写出来也是的。这当然说不上"像"，更说不上"活像"或"逼真"了。"如画"倒可以解作像这种山水画。但是唐人所谓"如画"，还带有写实的意味，例如李商隐的诗：

  茂苑城如画，
  阊门瓦欲流。

皮日休的诗：

  楼台如画倚霜空。

虽然所谓"如画"指的是整个画面，却似乎还是北派的山水画。上文《黄陵庙记》里的"如画"，也只是这个意思。到了宋朝，如林逋的诗：

  白公睡阁幽如画。

这个"幽"就全然是境界，像的当然是南派的画了。"如画"可以说是属于自然模仿艺术一类。

  上文引过王鉴的话，"人见佳山水，辄曰'如画'"，这"如画"是说像南派的画。他又说"见善丹青，辄曰'逼真'"，这丹青却该是人物、花鸟、草虫，不是山水画。王鉴没有弄清楚这个分别，觉得这两个语在字面上是矛盾的，要解决这个矛盾，他接着说：

  则知形影无定法，真假无滞趣，惟在妙悟人得之；不尔，虽工未为上乘也。

形影无定，真假不拘，求"形似"也成，不求"形似"也成，只要妙悟，就能够恰到好处。但是"虽工未为上乘"，"形似"到底不够好。但这些话并不曾解决了他想像中的矛盾，反而越说越糊涂。照"真假无滞趣"那句话，似乎画是假的；可是既然不拘真假，假而合于自然，也未尝不可以说是真的。其实他所谓假，只是我们说的境界，与实物相对的境界。照我们看，境界固然与实物不同，却也不能说是假的。同是清朝大画家的王时敏在一处画跋里说过：

  石谷所作雪卷，寒林积素，江村寥落，一一皆如真境，宛然辋川笔法。

辋川指的王维，"如真境"是说像自然的境界，所谓"得心应手，意到便成"，"莫知为之者"。自然的境界尽管与实物不同，却还不妨是真的。

  "逼真"与"如画"这两个语借用到文学批评上，意义又有些变化。这因为文学不同于实物，也不同于书法的点画，也不同于画法的"用笔""象形""傅彩"。

文学以文字为媒介，文字表示意义，意义构成想像；想像里有人物，花鸟，草虫，及其他，也有山水——有实物，也有境界。但是这种实物只是想像中的实物；至于境界，原只存在于想像中，倒是只此一家，所以"诗中有画，画中有诗"。向来评论诗文以及小说戏曲，常说"神态逼真"，"情景逼真"，指的是描写或描画。写神态写情景写得活像，并非诉诸直接的感觉，跟"山石似马，望之逼真"以及"宁无画逼真"的直接诉诸视觉不一样，这是诉诸想像中的视觉的。宋朝梅尧臣说过"状难写之景，如在目前"，"如"字很确；这种"逼真"只是使人如见。可是向来也常说"口吻逼真"，写口气写得活像，是使人如闻，如闻其声。这些可以说是属于艺术模仿自然一类。向来又常说某人的诗"逼真老杜"，某人的文"逼真昌黎"，这是说在语汇，句法，声调，用意上，都活像，也就是在作风与作意上都活像，活像在默读或朗诵两家的作品，或全篇，或断句。这儿说是"神似老杜""神似昌黎"也成，想像中的活像本来是可实可虚两面儿的。这是属于艺术模仿艺术一类。文学里的模仿，不论模仿的是自然或艺术，都和书画不相同；倒可以比建筑，经验是材料，想像是模仿的图样。

　　向来批评文学作品，还常说"神态如画"，"情景如画"，"口吻如画"，也指描写而言。上文"如画"的例句，都属于自然模仿艺术一类。这儿是说"写神态如画"，"写情景如画"，"写口吻如画"，可以说是属于艺术模仿自然一类。在这里"如画"的意义却简直和"逼真"是一样，想像的"逼真"和想像的"如画"在想像里合而为一了。这种"逼真"与"如画"都只是分明、具体、可感觉的意思，正是常识对于自然和艺术所要求的。可是说"景物如画"或"写景物如画"，却是例外。这儿"如画"的"画"，可以是北派山水，可以是南派山水，得看所评的诗文而定；若是北派，"如画"就只是匀称分明，若是南派，就是那诗的境界，都与"逼真"不能合一。不过传统的诗文里写景的地方并不很多，小说戏剧里尤其如此，写景而有境界的更少，因此王维的"诗中有画"才见得难能可贵，模仿起来不容易。他创始的"画中有诗"的文人画，却比那"诗中有画"的诗直接些，具体些，模仿的人很多，多到成为所谓南派。我们感到"如画"与"逼真"两个语好像矛盾，就由于这一派文人画的影响。不过这两个语原来既然都只是常识的评价标准，后来意义虽有改变，而除了"如画"在作为一种境界解释的时候变为玄心妙赏以外，也都还是常识的标准。这就可见我们的传统的对于自然和艺术的态度，一般的还是以常识为体，雅俗共赏为用的。那些"难可与俗人论"的，恐怕到底不是天下之达道罢。

天津《民国日报》文艺副刊。

论书生的酸气

　　读书人又称书生。这固然是个可以骄傲的名字，如说"一介书生"，"书生本色"，都含有清高的意味。但是正因为清高，和现实脱了节，所以书生也是嘲讽的对象。人们常说"书呆子"、"迂夫子"、"腐儒"、"学究"等，都是嘲讽书生的。"呆"是不明利害，"迂"是绕大弯儿，"腐"是顽固守旧，"学究"是指一孔之见。总之，都是知古不知今，知书不知人，食而不化的读死书或死读书，所以在现实生活里老是吃亏、误事、闹笑话。总之，书生的被嘲笑是在他们对于书的过分的执着上；过分的执着书，书就成了话柄了。

　　但是还有"寒酸"一个话语，也是形容书生的。"寒"是"寒素"，对"膏粱"而言，是魏晋南北朝分别门第的用语。"寒门"或"寒人"并不限于书生，武人也在里头；"寒士"才指书生。这"寒"指生活情形，指家世出身，并不关涉到书；单这个字也不含嘲讽的意味。加上"酸"字成为连语，就不同了，好像一副可怜相活现在眼前似的。"寒酸"似乎原作"酸寒"。韩愈《荐士》诗，"酸寒溧阳尉"，指的是孟郊；后来说"郊寒岛瘦"孟郊和贾岛都是失意的人，作的也是失意诗。"寒"和"瘦"映衬起来，够可怜相的，但是韩愈说"酸寒"，似乎"酸"比"寒"重。可怜别人说"酸寒"，可怜自己也说"酸寒"，所以苏轼有"故人留饮慰酸寒"的诗句。陆游有"书生老瘦转酸寒"的诗句。"老瘦"固然可怜相，感激"故人留饮"也不免有点儿。范成大说"酸"是"书生气味"，但是他要"洗尽书生气味酸"，那大概是所谓"大丈夫不受人怜"罢？

　　为什么"酸"是"书生气味"呢？怎么样才是"酸"呢？话柄似乎还是在书上。我想这个"酸"原是指读书的声调说的。晋以来的清谈很注重说话的声调和读书的声调。说话注重音调和辞气，以朗畅为好。读书注重声调，从《世说新语·文学》篇所记殷仲堪的话可见；他说，"三日不读《道德经》，便觉舌本闲强"，说到舌头，可见注重发音，注重发音也就是注重声调。《任诞》篇又记王孝伯说"名士不必须奇才,但使常得无事,痛饮酒,熟读《离骚》,便可称名士"。这"熟读《离骚》"该也是高声朗诵,更可见当时风气。《豪爽》篇记"王司州(胡之)在谢公(安)坐,咏《离骚》、《九歌》'人不言兮出不辞,乘回风兮载云旗',语人云,'当尔时,觉一坐无人。'"正是这种名士气的好例。读古人的书注重声调,读自己的诗自然更注重声调。《文学篇》记着袁宏的故事:

袁虎(宏小名虎)少贫,尝为人佣载运租。谢镇西经船行,其夜清风朗月,闻江渚间估客船上有咏诗声,甚有情致,所诵五言,又其所未尝闻,叹美不能已。即遣委曲讯问,乃是袁自咏其所作咏史诗。因此相要,大相赏得。

从此袁宏名誉大盛,可见朗诵关系之大。此外《世说新语》里记着"吟啸","啸咏","讽咏","讽诵"的还很多,大概也都是在朗诵古人的或自己的作品罢。

这里最可注意的是所谓"洛下书生咏"或简称"洛生咏"。《晋书·谢安传》说:

安本能为洛下书生咏。有鼻疾,故其音浊。名流爱其咏而弗能及,或手掩鼻以效之。

《世说新语·轻诋》篇却记着:

人问顾长康"何以不作洛生咏?"答曰,"何至作老婢声!"

刘孝标注,"洛下书生咏音重浊,故云'老婢声'。"所谓"重浊",似乎就是过分悲凉的意思。当时诵读的声调似乎以悲凉为主。王孝伯说"熟读《离骚》,便可称名士",王胡之在谢安坐上咏的也是《离骚》、《九歌》,都是《楚辞》。当时诵读《楚辞》,大概还知道用楚声楚调,乐府曲调里也正有楚调,而楚声楚调向来是以悲凉为主的。当时的诵读大概受到和尚的梵诵或梵唱的影响很大,梵诵或梵唱主要的是长吟,就是所谓"咏"。《楚辞》本多长句,楚声楚调配合那长吟的梵调,相得益彰,更可以"咏"出悲凉的"情致"来。袁宏的咏史诗现存两首,第一首开始就是"周昌梗概臣"一句,"梗概"就是"慷慨","感慨";"慷慨悲歌"也是一种"书生本色"。沈约《宋书·谢灵运传》论所举的五言诗名句,钟嵘《诗品·序》里所举的五言诗名句和名篇,差不多都是些"慷慨悲歌"。《晋书》里还有一个故事。

晋朝曹摅的《感旧》诗有"富贵他人合，贫贱亲戚离"两句。后来殷浩被废为老百姓，送他的心爱的外甥回朝，朗诵这两句，引起了身世之感，不觉泪下。这是悲凉的朗诵的确例。但是自己若是并无真实的悲哀，只去学时髦，捏着鼻子学那悲哀的"老婢声"的"洛生咏"，那就过了分，那也就是赵宋以来所谓"酸"了。

唐朝韩愈有《八月十五夜赠张功曹》诗，开头是：

纤云四卷天无河，
清风吹空月舒波，
沙平水息声影绝，
一杯相属君当歌。

接着说：

君歌声酸辞且苦，
不能听终泪如雨。

接着就是那"酸"而"苦"的歌辞：

洞庭连天九疑高，
蛟龙出没猩鼯号。
十生九死到官所，
幽居默默如藏逃。
下床畏蛇食畏药，
海气湿蛰熏腥臊。
昨者州前捶大鼓，
嗣皇继圣登夔皋。
赦书一日行万里，
罪从大辟皆除死。
迁者追回流者还，
涤瑕荡垢朝清班。
州家申名使家抑，
坎轲只得移荆蛮。

判司卑官不堪说，
未免捶楚尘埃间。
同时辈流多上道，
天路幽险难追攀！

张功曹是张署，和韩愈同被贬到边远的南方，顺宗即位，只奉命调到近一些的江陵做个小官儿，还不得回到长安去，因此有了这一番冤苦的话。这是张署的话，也是韩愈的话。但是诗里却接着说：

君歌且休听我歌，
我歌今与君殊科。

韩愈自己的歌只有三句：

一年明月今宵多，
人生由命非由他，
有酒不饮奈明何！

他说认命算了，还是喝酒赏月罢。这种达观其实只是苦情的伪装而已。前一段"歌"虽然辞苦声酸，倒是货真价实，并无过分之处。由那"声酸"知道吟诗的确有一种悲凉的声调，而所谓"歌"其实只是讽咏。大概汉朝以来不像春秋时代一样，士大夫已经不会唱歌，他们大多数是书生出身，就用讽咏或吟诵来代替唱歌。他们——尤其是失意的书生——的苦情就发泄在这种吟诵或朗诵里。

战国以来，唱歌似乎就以悲哀为主，这反映着动乱的时代。《列子·汤问》篇记秦青"抚节悲歌，声振林木，响遏行云"，又引秦青的话，说韩娥在齐国雍门地方"曼声哀哭，一里老幼悲愁垂涕相对，三日不食"，后来又"曼声长歌，一里老幼，善跃抃舞，弗能自禁"。这里说韩娥虽然能唱悲哀的歌，也能唱快乐的歌，但是和秦青自己独擅悲歌的故事合看，就知道还是悲歌为主。再加上齐国杞梁殖的妻子哭倒了城的故事，就是现在还在流行的孟姜女哭倒长城的故事，悲歌更为动人，是显然的。书生吟诵，声酸辞苦，正和悲歌一脉相传。但是声酸必须辞苦，辞苦又必须情苦；若是并无苦情，只有苦辞，甚至连苦辞也没有，只有那供人酸鼻的声调，那就过分了，不但不能动人，反要遭人嘲弄了。书生往往自命不凡，得意的自然有，却只有少数，失意的可太多了。所以总是叹老嗟卑，长歌当哭，哭丧着脸一副可怜相。朱子在《楚辞辨证》里说汉人那些模仿的作品"诗意平缓，意不深切，如无所疾痛而强为呻吟者"。"无所疾痛而强为呻吟"就是所谓"无病呻吟"。后来的叹老嗟卑也正是无病呻吟。有病呻吟是紧张的，可以得人同情，甚至叫人酸鼻；无病呻吟，病是装的，假的，呻吟也是装的，假的，假装可以酸鼻的呻吟，酸而不苦像是丑角扮戏，自然只能逗人笑了。

苏东坡有《赠诗僧道通》的诗：

> 雄豪而妙苦而腴，
> 只有琴聪与蜜殊。
> 语带烟霞从古少，
> 气含蔬笋到公无。……

查慎行注引叶梦得《石林诗话》说：

> 近世僧学诗者极多，皆无超然自得之趣，往往掇拾摹仿士大夫所残弃，又自作一种体，格律尤俗，谓之"酸馅气"。子瞻……尝语人云，"颇解'蔬笋'语否？为无'酸馅气'也。"闻者无不失笑。

东坡说道通的诗没有"蔬笋"气，也就没有"酸馅气"，和尚修苦行，吃素，没有油水，可能比书生更"寒"更"瘦"；一味反映这种生活的诗，好像酸了的菜馒头的馅儿，干酸，吃不得，闻也闻不得，东坡好像是说，苦不妨苦，只要"苦而腴"，有点儿油水，就不至于那么扑鼻酸了。这酸气的"酸"还是从"声酸"来的。而所谓"书生气味酸"该就是指的这种"酸馅气"。和尚虽苦，出家人原可"超然自得"，却要学吟诗，就染上书生的酸气了。书生失意的固然多，可是叹老嗟卑的未必真的穷苦到他们嗟叹的那地步；倒是"常得无事"，就是"有闲"，有闲就无聊，无聊就作成他们的"无病呻吟"了。宋初西昆体的领袖杨亿讥笑杜甫是"村夫子"，大概就是嫌他叹老嗟卑的太多。但是杜甫"窃比稷与契"，嗟叹的其实是天下之大，决不止于自己的鸡虫得失。杨亿是个得意的人，未免忘其所以，才说出这样不公道的话。可是像陈师道的诗，叹老嗟卑，吟来吟去，只关一己，的确叫人腻味。这就落了套子，落了套子就不免有些"无病呻吟"，也就是有些"酸"了。

道学的兴起表示书生的地位加高，责任加重，他们更其自命不凡了，自嗟自叹也更多了。就是眼光如豆的真正的"村夫子"或"三家村学究",也要哼哼唧唧的在人面前卖弄那背得的几句死书,来嗟叹一切,好搭起自己的读书人的空架子。鲁迅先生笔下的"孔乙己",似乎是个更破落的读书人,然而"他对人说话,总是满口之乎者也,教人半懂不懂的"。人家说他偷书,他却争辩着,"窃书不能算偷……窃书!……读书人的事,能算偷么?""接连便是难懂的话,什么'君子固穷',什么'者乎'之类,引得众人都哄笑起来。"孩子们看着他的茴香豆的碟子。

孔乙己着了慌,伸开五指将碟子罩住,弯下腰去说道,"不多了,我已经不多了。"直起身又看一看豆,自己摇头说,"不多不多!'多乎哉?不多也。'"于是这一群孩子都在笑声里走散了。

破落到这个地步,却还只能"满口之乎者也",和现实的人民隔得老远的,"酸"到这地步真是可笑又可怜了。"书生本色"虽然有时是可敬的,然而他的酸气总是可笑又可怜的。最足以表现这种酸气的典型,似乎是戏台上的文小生,尤其是昆曲里的文小生,那哼哼唧唧、扭扭捏捏、摇摇摆摆的调调儿,真够"酸"的!这种典型自然不免夸张些,可是许差不离儿罢。

向来说"寒酸"、"穷酸",似乎酸气老聚在失意的书生身上。得意之后,见多识广,加上"一行作吏,此事便废",那时就会不再执着在书上,至少不至于过分的执着在书上,那"酸气味"是可以多多少少"洗"掉的。而失意的书生也并非都有酸气。他们可以看得开些,所谓达观,但是达观也不易,往往只是伪装。他们可以看远大些,"梗概而多气"是雄风豪气,不是酸气。至于近代的知识分子,让时代逼得不能读死书或死读书,因此也就不再执着那些古书。文言渐渐改了白话,吟诵用不上了;代替吟诵的是又分又合的朗诵和唱歌。最重要的是他们看清楚了自己,自己是在人民之中,不能再自命不凡了。他们虽然还有些闲,可是要"常得无事"却也不易。他们渐渐丢了那空架子,脚踏实地向前走去。早些时还不免带着感伤的气氛,自爱自怜,一把眼泪一把鼻涕的;这也算是酸气,虽然念诵的不是古书而是洋书。可是这几年时代逼得更紧了,大家只得抹干了鼻涕眼泪走上前去。这才真是"洗尽书生气味酸"了。

《世纪评论》。

论朗诵诗

战前已经有诗歌朗诵，目的在乎试验新诗或白话诗的音节，看看新诗是否有它自己的音节，不因袭旧诗而确又和白话散文不同的音节，并且看看新诗的音节怎样才算是好。这个朗诵运动虽然提倡了多年，可是并没有展开；新诗的音节是在一般写作和诵读里试验着。试验的结果似乎是向着匀整一路走，至于怎样才算好，得一首一首诗的看，看那感情和思想跟音节是否配合得恰当，是否打成一片，不漏缝儿，这就是所谓"相体裁衣"。这种结果的获得虽然不靠朗诵运动，可是得靠诵读。诵读是独自一个人默读或朗诵，或者向一些朋友朗诵。这跟朗诵运动的朗诵不同，那朗诵或者是广播，或者是在大庭广众之中。过去的新诗有一点还跟旧诗一样，就是出发点主要的是个人，所以只可以"娱独坐"，不能够"悦众耳"，就是只能诉诸自己或一些朋友，不能诉诸群众。战前诗歌朗诵运动所以不能展开，我想根由就在这里。而抗战以来的朗诵运动，不但广大的展开，并且产生了独立的朗诵诗，转捩点也在这里。

抗战以来的朗诵运动起于迫切的实际的需要——需要宣传，需要教育广大的群众。这朗诵运动虽然以诗歌为主，却不限于诗歌，也朗诵散文和戏剧的对话；只要能够获得朗诵的效果，什么都成。假如战前的诗歌朗诵运动可以说是艺术教育，这却是政治教育。政治教育的对象不用说比艺术教育的广大得多，所以教材也得杂样儿的；这时期的朗诵会有时还带歌唱。抗战初期的朗诵有时候也用广播，但是我们的广播事业太不发达，这种朗诵的广播，恐怕听的人太少了；所以后来就直接诉诸集会的群众。朗诵的诗歌大概一部分用民间形式写成，在旧瓶里装上新酒，一部分是抗战的新作；一方面更有人用简单的文字试作专供朗诵的诗，当然也是抗战的诗，政治性的诗，于是乎有了"朗诵诗"这个名目。不过这个名目将"诗"限在"朗诵"上，并且也限在政治性上，似乎太狭窄了，一般人不愿意接受它。可是朗诵运动越来越快的发展了，诗歌朗诵越来越多了，效果也显著起来了，朗诵诗开始向公众要求它的地位。于是乎来了论争，论争的焦点是在诗的政治性上。笔者却以为焦点似乎应该放在朗诵诗的独立的地位或独占的地位上；笔者以为朗诵诗应该有独立的地位，不应该有独占的地位。

笔者过去也怀疑朗诵诗，觉得看来不是诗，至少不像诗，不像我们读过的那些诗，甚至于可以说不像我们有过的那些诗。对的，朗诵诗的确不是那些诗。它看来往往只是一些抽象的道理，就是有些形象，也不够说是形象化；这只是宣传的工具，而不是本身完整的艺术品。照传统的看法，这的确不能算是诗。可是参加了几回朗诵会，听了许多朗诵，开始觉得听的诗歌跟看的诗歌确有不同之处；有时候同一首诗看起来并不觉得好，听起来却觉得很好。笔者这里想到的是艾青先生的《大堰河》（他的乳母的名字）；自己多年前看过这首诗，并没有注意它，可是在三十四年昆明西南联大的"五四"周朗诵晚会上听到闻一多先生朗诵这首诗，从他的抑扬顿挫里体会了那深刻的情调，一种对于母性的不幸的人的爱。会场里上千的听众也都体会到这种情调，从当场热烈的掌声以及笔者后来跟在场的人的讨论可以证实。这似乎是那晚上最精彩的节目之一。还有一个节目是新中国剧社的李先生朗诵庄涌先生《我的实业计划》那首讽刺诗。这首诗笔者也看到过，看的时候我觉得它写得好，抓得住一些大关目，又严肃而不轻浮。听到那洪钟般的朗诵，更有沉着痛快之感。笔者那时特别注意《大堰河》那一首，想来想去，觉得是闻先生有效的戏剧化了这首诗，他的演剧的才能给这首诗增加了些新东西，它是在他的朗诵里才完整起来的。

后来渐渐觉得，似乎适于朗诵的诗或专供朗诵的诗，大多数是在朗诵里才能见出完整来的。这种朗诵诗大多数只活在听觉里，群众的听觉里；独自看起来或在沙龙里念起来，就觉得不是过火，就是散漫，平淡，没味儿。对的，看起来不是诗，至少不像诗，可是在集会的群众里朗诵出来，就确乎是诗。这是一种听的诗，是新诗中的新诗。它跟古代的听的诗又不一样。那些诗是唱的，唱的是英雄和美人，歌手们唱，贵族们听，是伺候贵族们的玩意儿。朗诵诗可不伺候谁，只是沉着痛快的说出大家要说的话，听的是有话要说的一群人。朗诵诗虽然近乎戏剧的对话，可又不相同。对话是剧中人在对话，只间接的诉诸听众，而那种听众是悠闲的，散漫的。朗诵诗却直接诉诸紧张的、集中的听众。不过朗诵的确得注重声调和表情，朗诵诗的确得是戏剧化的诗，不然就跟演讲没有分别，就真不是诗了。

朗诵诗是群众的诗，是集体的诗。写作者虽然是个人，可是他的出发点是群众，他只是群众的代言人。他的作品得在群众当中朗诵出来，得在群众的紧张的集中的氛围里成长。那诗稿以及朗诵者的声调和表情，固然都是重要的契机，但是更重要的是那氛围,脱离了那氛围,朗诵诗就不能成其为诗。朗诵诗要能够表达出来大家的憎恨、喜爱、需要和愿望;它表达这些情感,不是在平静的回忆之中,而是在紧张的集中的现场,它给群众打气,强调那现场。有些批评家认为文艺是态度的表示,表示行动的态度而归于平衡或平静;诗出于个人的沉思而归于个人的沉思,所以跟实生活保持着相当的距离,创作和欣赏都得在这相当的距离之外。所谓"怨而不怒","乐而不淫","哀而不伤",所谓"温柔敦厚"以及"无关心"的态度,都从这个相当的距离生出来。有了这个相当的距离,就不去计较利害,所以有"诗失之愚"的话。朗诵诗正要揭破这个愚,它不止于表示态度,却更进一步要求行动或者工作。行动或工作没有平静与平衡,也就没有了距离;朗诵诗直接与实生活接触,它是宣传的工具,战斗的武器,而宣传与战斗正是行动或者工作。玛耶可夫斯基论诗说得好:

　　照我们说
　　　　韵律——
　　　　　　大桶,
　　炸药桶。
　　　　一小行——
　　　　　　导火线。
　　大行冒烟,
　　　　小行爆发,
　　　　…………

　　这正是朗诵诗的力量,它活在行动里,在行动里完整,在行动里完成。这也是朗诵诗之所以为新诗中的新诗。
　　宣传是朗诵诗的任务,它讽刺,批评,鼓励行动或者工作。它有时候形象化,但是主要的在运用赤裸裸的抽象的语言;这不是文绉绉的拖泥带水的语言,而是沉着痛快的,充满了辣味和火气的语言。这是口语,是对话,是直接向听的人说的。得去听,参加集会,走进群众里去听,才能接受它,至少才能了解它。单是看写出来的诗,会觉得咄咄逼人,野气,火气,教训气;可是走进群众里去听,听上几回就会不觉得这些了。再说朗诵诗是对话,或者三言两语,或者长篇大套;前一种像标语口号,看起来简单得没味儿,后一种又好像罗嗦得没味儿。其实味儿是有,却是在朗诵和大家听里。笔者六月间曾在教室里和同学们讨论过一位何达

同学写的两首诗,我念给他们听。第一首是《我们开会》:

我们开会
　我们的视线
　像车辐
　　　集中在一个轴心

我们开会
　　我们的背
　　都向外
　　　　砌成一座堡垒

我们开会
　　　我们的灵魂
　　紧紧的
　　　　拧成一根巨绳
面对着
　　共同的命运
　　我们开着会
　　　　就变成一个巨人

这一首写在三十三年六月里,另一首《不怕死——怕讨论》写在今年六月三日,"六二"的后一日:

我们不怕死
　　可是我们怕讨论

我们的情绪非常热烈
　　谁要是叫我们冷静的想一想
　　我们就嘶他通他
　　我们就大声地喊
　　滚你妈的蛋

无耻的阴谋家

　　难道你们不知道
　　　我们只有情绪
　　　我们全靠情绪
　　　决不能用理智
　　　　压低我们的情绪

　　可是朋友们
　　　我们这样可不行啊
　　　我们不怕死
　　　我们也不应该怕讨论
　　　要民主——我们就得讨论
　　　要战斗——我们也得讨论
　　　我们不怕死
　　　我们也不怕讨论

　　一班十几个人喜欢第一首的和喜欢第二首的各占一半。前者说第一首形象化，"结构严紧"，而第二首只"是平铺直叙的说出来"。后者说第二首"自然而完整"，"能在不多的几句话里很清楚的说出为什么不怕死也不怕讨论来"，第一首却"只写出了很少的一点，并未能很具体的写出开会的情形"；又说"在朗诵的效果上"，第二首要比第一首大。笔者没有练习过朗诵，那回只是教学上的诵读；要真是在群众里朗诵，那结果也许会向第二首一面倒罢。因为笔者在独自看的时候原也喜欢第一首，可是一经在教室里诵读，就觉得第二首有劲儿，想来朗诵起来更会如此的。"结构严紧"，回环往复的写出"很少的一点"，让人仔细吟味，原是诗之所以为诗，不过那是看的诗。朗诵诗的听众没有那份耐性，也没有那样工夫，他们要求沉着痛快，要求动力——形象化当然也好，可是要动的形象，如"炸药桶"、"导火线"；静的形象如"轴心"、"堡垒"、"巨绳"，似乎不够劲儿。

　　"自然而完整"，就是艺术品了；可是说时容易做时难。朗诵诗得是一种对话或报告，诉诸群众，这才直接，才亲切自然。但是这对话得干脆，句逗不能长，并且得相当匀整，太参差了就成演讲，太整齐却也不自然。话得选择，像戏剧的对话一样的严加剪裁；这中间得留地步给朗诵人，让他用他的声调和表情，配合群众的氛围，完整起来那写下的诗稿——这也就是集中。剧本在演出里才完成，朗诵诗也在朗诵里才完成。这种诗往往看来嫌长可是朗诵起来并不长；因为看是在空间里，听是在时间里。笔者亲身的经验可以证实。前不久在北大举行的一个诗歌晚会里听到朗诵《米啊，你在那里？》那首诗，大家都觉得效果很好。这首诗够长的，看了起来也许会觉得罗嗦罢。可是朗诵诗也有时候看来很短，像标语口号，不够诗味儿，放在时间里又怎么样呢？我想还是成，就因为像标语口号才成；标语口号就是短小精悍才得劲儿。不过这种短小的诗，朗诵的时候得多多的顿挫，来占取时间，发挥那一词一语里含蓄着的力量。请看田间先生这一首《鞋子》：

回去，
　　告诉你的女人：

要大家
　　来做鞋子。

像战士脚上穿的
　　结实而大。

好翻山呀，
　　好打仗呀。

诗行的短正表示顿挫的多。这些都是专供朗诵的诗。有些诗并非专供朗诵，却也适于朗诵，那就得靠朗诵的经验去选择。例如上文说过的庄涌先生的《我的实业计划》，也整齐，也参差，看起来也不长，自然而完整，听起来更得劲儿。这种看和听的一致，似乎是不常有的例子。艾青先生的《大堰河》主要的是对话，看起来似乎长些，可是闻先生朗诵起来，特别是那末尾几行的低抑的声调，能够表达出看的时候看不出的一些情感，这就不觉得长而成为一首自然而完整的诗。朗诵诗还要求严肃，严肃与工作。所以用熟滑的民间形式来写，往往显得轻浮，效果也就不大。这里想到孔子曾以"无邪"论诗，强调诗的政教作用；那"无邪"就是严肃，政教作用就是效果，也就是"行事"或者工作。不过他那时以士大夫的"行事"或者工作为目标，现代是以不幸的大众的行动或者工作为目标，这是不同的。

就在北大那回诗歌晚会散场之后，有一位朋友和笔者讨论。他承认朗诵诗的效用，但是觉得这也许只是当前这个时代需要的诗，不像别种诗可以永久存在下去。笔者却以为配合着工业化，生活的集体化恐怕是自然的趋势。美国诗人麦克里希在《诗与公众世界》一文（一九三九）里指出现在"私有世界"和"公众世界"已经渐渐打通，政治生活已经变成私人生活的部分；那就是说私人生活是不能脱离政治的。集体化似乎不会限于这个动乱的时代，这趋势将要延续下去，发展下去，虽然在各时代各地域的方式也许不一样。那么，朗诵诗也会跟着延续下去，发展下去，存在下去，——正和杂文一样。美国也已经有了朗诵诗，一九四四年出的达文鲍特的《我的国家》（有杨周翰先生译本）那首长诗，就专为朗诵而作；那里面强调"一切人是一个人"，"此处的自由就是各处的自由"，这就是威尔基所鼓吹的"四海一家"。照这样看，朗诵诗的独立的地位该是稳定了的。但是有些人似乎还要进一步给它争取独占的地位；那就是只让朗诵诗存在，只认朗诵诗是诗。笔者却不能够赞成这种"罢黜百家"的作风；即使会有这一个时期，相信诗国终于不会那么狭小的。

《观察》。

禅家的语言

我们知道禅家是"离言说"的,他们要将嘴挂在墙上。但是禅家却最能够活用语言。正像道家以及后来的清谈家一样,他们都否定语言,可是都能识得语言的弹性,把握着,运用着,达成他们的活泼无碍的说教。不过道家以及清谈家只说到"得意忘言","言不尽意",还只是部分的否定语言,禅家却彻底的否定了它。《古尊宿语录》卷二记百丈怀海禅师答僧问"祖宗密语"说:

> 无有密语,如来无有秘密藏。但有语句,尽属法之尘垢。但有语句,尽属烦恼边收。但有语句,尽属不了义教。但有语句,尽不许也,了义教俱非也。更讨什么密语!

这里完全否定了语句,可是同卷又记着他的话:

> 但是一切言教只如治病,为病不同,药亦不同。所以有时说有佛,有时说无佛。实语治病,病若得瘥,个个是实语,病若不瘥,个个是虚妄语。实语是虚妄语,生见故。虚妄是实语,断众生颠倒故。为病是虚妄,只有虚妄药相治。

又说:

> 世间譬喻是顺喻,不了义教是顺喻。了义教是逆喻,舍头目髓脑是逆喻,如今不爱佛菩提等法是逆喻。

虚实顺逆却都是活用语言。否定是站在语言的高头,活用是站在语言的中间;

层次不同，说不到矛盾。明白了这个道理，才知道如何活用语言。

北平《世间解》月刊第五期上有顾随先生的《揣籥录》，第五节题为《不是不是》，中间提到"如何是（达摩）祖师西来意"一问，提到许多答语，说只是些"不是，不是！"这确是一语道着，斩断葛藤。但是"不是，不是！"也有各色各样。顾先生提到赵州和尚，这里且看看他的一手。《古尊宿语录》卷十三记学人问他：

> 问："如何是赵州一句？"
> 师云："半句也无。"
> 学云："岂无和尚在？"
> 师云："老僧不是一句。"

卷十四又记：

> 问："如何是一句？"
> 师云："道什么？"
> 问："如何是一句？"
> 师云："两句。"

同卷还有：

> 问："如何是目前一句？"
> 师云："老僧不如你！"

这都是在否定"一句"，"一句""密语"。第一个答语，否定自明。第二次答"两句"，"两句"不是"一句"，牛头不对马嘴，还是个否定。第三个答语似乎更不相干，却在说：不知道，没有"目前一句"，你要，你自己悟去。

同样，他否定了"祖师西来意"那问语。同书卷十三记学人问"如何是祖师西来意"？

> 师云："庭前柏树子。"

卷十四记着同一问语：

师云:"床脚是。"

云:"莫便是也无?"(就是这个吗?)

师云:"是即脱取去。"(是就拿下带了去。)

还有一次答话:

师云:"东壁上挂葫芦,多少时也!"

"即心即佛","非心非佛","祖师西来意"是不可说的。这里却说了,说得很具体。但是"柏树子","床脚","葫芦",这些用来指点的眼前景物,可以说都和"西来意"了不相干,所谓"逆喻",是用肯定来否定,说了还跟没有说一样。但是同卷又记着:

问:"柏树子还有佛性也无?"

师云:"有。"

云:"几时成佛?"

师云:"待虚空落地。"

云:"虚空几时落地?"

师云:"待柏树子成佛。"

既是"虚空",何能"落地"?这句话否定了它自己,现在我们称为无意义的话。"待柏树子成佛"是兜圈子,也等于没有说,我们称为丐词。这些也都是用肯定来否定的。但是柏树子有佛性,前面那些答话就又不是了不相干了。这正是活用,我们称为多义的话。

同卷紧接着的一段:

问:"如何是西来意?"

师云:"因什么向院里骂老僧!"

云:"学人有何过?"

师云:"老僧不能就院里骂得阇黎。"

(阇黎=师)

又记着：

> 问："如何是西来意？"
> 师云："板齿生毛。"

这里前两句答话也是了不相干，但是不是眼前有的景物，而是眼前没有的事；没有的事是没有，是否定。但是"骂老僧"，"骂阇黎"就是不认得僧，不认得师，因而这一问也就是不认得祖师。这也是两面儿话，或说是两可的话。末一句答话说板牙上长毛，也是没有的事，并且是不可能的事；"西来意"是不可能说的。同卷还有两句答话：

> 师云："如你不唤作祖师，意犹未在。"

这是说没有"祖师"，也没有"意"。

> 师云："什么处得者消息来！"

意思是跟上句一样。这都是直接否定了问句，比较简单好懂。顾先生说"庭前柏树子"一句"流传宇宙，震铄古今"，就因为那答话里是个常物，却出乎常情，却又不出乎禅家"无多子"的常理。这需要活泼无碍的运用想像，活泼无碍的运用语言。这就是所谓"机锋"。"机锋"也有路数，本文各例可见一斑。

《世间解》月刊。

论老实话

美国前国务卿贝尔纳斯退职后写了一本书，题为《老实话》。这本书中国已经有了不止一个译名，或作《美苏外交秘录》，或作《美苏外交内幕》，或作《美苏外交纪实》，"秘录""内幕"和"纪实"都是"老实话"的意译。前不久笔者参加一个宴会，大家谈起贝尔纳斯的书，谈起这个书名。一个美国客人笑着说，"贝尔纳斯最不会说老实话！"大家也都一笑。贝尔纳斯的这本书是否说的全是"老实话"，暂时不论，他自题为《老实话》，以及中国的种种译名都含着"老实话"的意思，却可见无论中外，大家都在要求着"老实话"。贝尔纳斯自题这样一个书名，想来是表示他在做国务卿办外交的时候有许多话不便"老实说"，现在是自由了，无官一身轻了，不妨"老实说"了——原名直译该是《老实说》，还不是《老实话》。但是他现在真能自由的"老实说"，真肯那么的"老实说"吗？——那位美国客人的话是有他的理由的。

无论中外，也无论古今，大家都要求"老实话"，可见"老实话"是不容易听到见到的。大家在知识上要求真实，他们要知道事实，寻求真理。但是抽象的真理，打破沙缸问到底，有的说可知，有的说不可知，至今纷无定论，具体的事实却似乎或多或少总是可知的。况且照常识上看来，总是先有事后才有理，而在日常生活里所要应付的也都是些事，理就包含在其中，在应付事的时候，理往往是不自觉的。因此强调就落到了事实上。常听人说"我们要明白事实的真相"，既说"事实"，又说"真相"，叠床架屋，正是强调的表现。说出事实的真相，就是"实话"。买东西叫卖的人说"实价"，问口供叫犯人"从实招来"，都是要求"实话"。人与人如此，国与国也如此。有些时事评论家常说美苏两强若是能够肯老实说出两国的要求是些什么东西，再来商量，世界的局面也许能够明朗化。可是又有些评论家认为两强的话，特别是苏联方面的，说的已经够老实了，够明朗化了。的确，自从去年维辛斯基在联合国大会上指名提出了"战争贩子"以后，美苏两强的话是越来越老实了，但是明朗化似乎还未见其然。

人们为什么不能不肯说实话呢？归根结蒂，关键是在利害的冲突上。自己说出实话，让别人知道自己的虚实，容易制自己。就是不然，让别人知道底细，也容易比自己抢先一着。在这个分配不公平的世界上，生活好像战争，往往是有你无我；因此各人都得藏着点儿自己，让人莫名其妙。于是乎勾心斗角，捉迷藏，大家在不安中猜疑着。向来有句老话，"知人知面不知心"，还有，"逢人只说三分话，未可全抛一片心"，这种处世的格言正是教人别说实话，少说实话，也正是暗示那利害的冲突。我有人无，我多人少，我强人弱，说实话恐怕人来占我的便宜；强的要越强，多的要越多，有的要越有。我无人有，我少人多，我弱人强，说实话也恐怕人欺我不中用；弱的想变强，少的想变多，无的想变有。人与人如此，国与国又何尝不如此！

说到战争，还有句老实话，"兵不厌诈"！真的交兵"不厌诈"，勾心斗角，捉迷藏，耍花样，也正是个"不厌诈"！"不厌诈"，就是越诈越好，从不说实话少说实话大大的跨进了一步；于是乎模糊事实，夸张事实，歪曲事实，甚至于捏造事实！于是乎种种谎话，应有尽有，你想我是骗子，我想你是骗子。这种情形，中外古今大同小异，因为分配老是不公平，利害也老在冲突着。这样可也就更要求实话，老实话。老实话自然是有的，人们没有相当限度的互信，社会就不成其为社会了。但是实话总还太少，谎话总还太多，社会的和谐恐怕还远得很罢。不过谎话虽然多，全然出于捏造的却也少，因为不容易使人信。麻烦的是谎话里参实话，实话里参谎话——巧妙可也在这儿。日常的话多多少少是两参的，人们的互信就建立在这种两参的话上，人们的猜疑可也发生在这两参的话上。即如贝尔纳斯自己标榜的"老实话"，他的同国的那位客人就怀疑他在用好名字骗人。我们这些常人谁能知道他的话老实或不老实到什么程度呢？

人们在情感上要求真诚，要求真心真意，要求开诚相见或诚恳的态度。他们要听"真话"，"真心话"，心坎儿上的，不是嘴边儿上的话。这也可以说是"老实话"。但是"心口如一"向来是难得的，"口是心非"恐怕大家有时都不免，读了奥尼尔的《奇异的插曲》就可恍然。"口蜜腹剑"却真成了小人。真话不一定关于事实，主要的是态度。可是，如前面引过的，"知人知面不知心"，不看什么人就掏出自己的心肝来，人家也许还嫌血腥气呢！所以交浅不能言深，大家一见面儿只谈天气，就是这个道理。所谓"推心置腹"，所谓"肺腑之谈"，总得是二三知己才成；若是泛泛之交，只能敷敷衍衍，客客气气，说一些不相干的门面话。这可也未必就是假的，虚伪的。他至少眼中有你。有些人一见面冷冰冰的，拉长了面孔，爱理人不理人的，可以算是"真"透了顶，可是那份儿过了火的"真"，有几个人受得住！本来彼此既不相知，或不深知，相干的话也无从说起，说了反容易出岔儿，乐得远远儿的，淡淡儿的，慢慢儿的，不过就是彼此深知，像夫妇之间，也未必处处可以说真话。"人心不同，各如其面"，一个人总有些不愿意教别人知道的秘密，若是不顾忌着些个，怎样亲爱的也会碰钉子的。真话之难，就在这里。

真话虽然不一定关于事实，但是谎话一定不会是真话。假话却不一定就是谎话，有些甜言蜜语或客气话，说得过火，我们就认为假话，其实说话的人也许倒并不缺少爱慕与尊敬。存心骗人，别有作用，所谓"口蜜腹剑"的，自然当作别论。真话又是认真的话，玩话不能当作真话。将玩话当真话，往往闹别扭，即使在熟人甚至亲人之间。所以幽默感是可贵的。真话未必是好听的话，所谓"苦口良言"，"药石之言"，"忠言"，"直言"，往往是逆耳的，一片好心往往倒得罪了人。可是人们又要求"直言"，专制时代"直言极谏"是选用人才的一个科目，甚至现在算命看相的，也还在标榜"铁嘴"，表示直说，说的是真话，老实话。但是这种"直言""直说"大概是不至于刺耳至少也不至于太刺耳的。又是"直言"，又不太刺耳，岂不两全其美吗！不过刺耳也许还可忍耐，刺心却最难宽恕；直说遭怨，直言遭忌，就为刺了别人的心——小之被人骂为"臭嘴"，大之可以杀身。所以不折不扣的"直言极谏"之臣，到底是寥寥可数的。直言刺耳，进而刺心，简直等于相骂，自然会叫人生气，甚至于翻脸。反过来，生了气或翻了脸，骂起人来，冲口而出，自然也多直言，真话，老实话。

人与人是如此，国与国在这里却不一样。国与国虽然也讲友谊，和人与人的友谊却不相当，亲谊更简直是没有。这中间没有爱，说不上"真心"，也说不上"真话""真心话"。倒是不缺少客气话，所谓外交辞令；那只是礼尚往来，彼此表示尊敬而已。还有，就是条约的语言，以利害为主，有些是互惠，更多是偏惠，自然是弱小吃亏。这种条约倒是"实话"，所以有时得有秘密条款，有时更全然是密约。条约总说是双方同意的，即使只有一方是"欣然同意"。不经双方同意而对一方有所直言，或彼此相对直言，那就往往是谴责，也就等于相骂。像去年联合国大会以后的美苏两强，就是如此。话越说得老实，也就越尖锐化，当然，翻脸倒是还不至于的。这种老实话一方面也是宣传。照一般的意见，宣传决不会是老实话。然而美苏两强互相谴责，其中的确有许多老实话，也的确有许多人信这一方或那一方，两大阵营对垒的形势因此也越见分明，世界也越见动荡。这正可见出宣传的力量。宣传也有各等各样。毫无事实的空头宣传，不用说没人信；有事实可也参点儿谎，就有信的人。因为有事实就有自信，有自信就能多多少少说出些真话，所以教人信。自然，事实越多越分明，信的人也就越多。但是有宣传，也就有反宣传，反宣传意在打消宣传。判断当然还得凭事实。不过正反错综，一般人眼花缭乱，不胜其麻烦，就索性一句话抹杀，说一切宣传都是谎！可是宣传果然都是谎，宣传也就不会存在了，所以还当分别而论。即如贝尔纳斯将他的书自题为《老实说》或《老实话》，那位美国客人就怀疑他在自我宣传；但是那本书总不能够全是谎罢？一个人也决不能够全靠撒谎而活下去，因为那么着他就掉在虚无里，就没了。

《周论》。

鲁迅先生的杂感

最近写了一篇短文讨论"百读不厌"那个批评用语,照笔者分析的结果,所谓"百读不厌",注重趣味与快感,不适用于我们的现代文学。可是现代作品里也有引人"百读不厌"的,不过那不是作品的主要的价值。笔者根据自己的经验,举出鲁迅先生的《阿Q正传》做例子,认为引人"百读不厌"的是幽默,这幽默是严肃的,不是油腔滑调的,更不只是为幽默而幽默。鲁迅先生的《随感录》,先是出现在《新青年》上后来收在《热风》里的,还有一些"杂感",在笔者也是"百读不厌"的。这里吸引我的,一方面固然也是幽默,一方面却还有别的,就是那传统的称为"理趣",现在我们可以说是"理智的结晶"的,而这也就是诗。

冯雪峰先生在《鲁迅论》里说到鲁迅先生"在文学上独特的特色":

> 首先,鲁迅先生独创了将诗和政论凝结于一起的"杂感"这尖锐的政论性的文艺形式。这是匕首,这是投枪,然而又是独特形式的诗;这形式,是鲁迅先生所独创的,是诗人和战士的一致的产物。自然,这种形式,在中国旧文学里是有它类似的存在的,但我们知道旧文学中的这种形式,有的只是形式和笔法上有可取之点,精神上是完全不成的;有的则在精神上也有可取之点,却只是在那里自生自长的野草似的一点萌芽。鲁迅先生,以其战斗的需要,才独创了这在其本身是非常完整的,而且由鲁迅先生自己达到了那高峰的独特的形式。(见《过来的时代》)

所谓"中国文学里是有它类似的存在的",大概指的古文里短小精悍之作,像韩柳杂说的罢?冯先生说鲁迅先生"也同意对于他的杂感散文在思想意义之外又是很高的而且独创的艺术作品的评价","并且以为(除何凝先生外)

还没有说出这一点来"(《关于鲁迅在文学上的地位》的《附记》,见同书)。这种"杂感"在形式上的特点是"简短",鲁迅先生就屡次用"短评"这名称,又曾经泛称为"简短的东西"。"简短"而"凝结",还能够"尖锐"得像"匕首"和"投枪"一样;主要的是他在用了这"匕首"和"投枪"战斗着。"狭巷短兵相接处,杀人如草不闻声",这是诗,鲁迅先生的"杂感"也是诗。

《热风》的《题记》的结尾:

> 但如果凡我所写,的确都是冷的呢?则它的生命原来就没有,更谈不到中国的病证究竟如何。然而,无情的冷嘲和有情的讽刺相去本不及一张纸,对于周围的感受和反应,又大概是所谓"如鱼饮水冷暖自知"的;我却觉得周围的空气太寒冽了,我自说我的话,所以反而称之曰《热风》。

鲁迅先生是不愿承受"冷静"那评价的,所以有这番说话。他确乎不是个"冷静"的人,他的憎正由于他的爱;他的"冷嘲"其实是"热讽"。这是"理智的结晶",可是不结晶在冥想里,而结晶在经验里;经验是"有情的",所以这结晶是有"理趣"的。开始读他的《随感录》的时候,一面觉得他所嘲讽的愚蠢可笑,一面却又往往觉得毛骨悚然——他所指出的"中国病证",自己没有犯过吗?不在犯着吗?可还是"百读不厌"的常常去翻翻看看,吸引我的是那笑,也是那"笑中的泪"罢。

这种诗的结晶在《野草》里"达到了那高峰"。《野草》被称为散文诗,是很恰当的。《题辞》里说:

> 过去的生命已经死亡。我对于这死亡有大欢喜,因为我借此知道它曾经存活。死亡的生命已经朽腐。我对于这朽腐有大欢喜,因为我借此知道它还非空虚。

又说:

> 我自爱我的野草,但我憎恶这以野草作装饰的地面。地火在地下运行,奔突;熔岩一旦喷出,将烧尽一切野草,以及乔木,于是并且无可朽腐。

又说：

> 我以这一丛野草在明与暗，生与死，过去与未来之际，献于友与仇，人与兽，爱者与不爱者之前作证。

最后是：

> 去罢，野草，连着我的题辞！

这写在一九二七年，正是大革命的时代。他彻底地否定了"过去的生命"，连自己的《野草》连着这《题辞》，也否定了，但是并不否定他自己。他"希望"地下的火火速喷出，烧尽过去的一切；他"希望"的是中国的新生！在《野草》里比在《狂人日记》里更多的用了象征，用了重叠，来"凝结"来强调他的声音，这是诗。

他一面否定，一面希望，一面在战斗着。《野草》里的一篇《希望》，是一九二五年一月一日写的，他说：

> 我只得由我来肉薄这空虚中的暗夜了，纵使寻不到身外的青春，也总得自己来一掷我身中的迟暮。但暗夜又在那里呢？现在没有星，没有月光，以至笑的渺茫和爱的翔舞；青年们很平安，而我的面前又竟至于并且没有真的暗夜。

然而就在这一年他感到青年们动起来了，感到"真的暗夜"露出来了，这一年他写了特别多的"杂感"，就是收在《华盖集》里的。这一年"十二月三十一日之夜"写的《题记》里给了这些"短评"一个和《随感录》略有分别的名字，就是"杂感"。他说这些"杂感""往往执滞在几件小事情上"，也就是从一般的"中国的病证"转到了个别的具体的事件上。虽然他还是将这种个别的事件"作为社会上的一种典型"（见前引冯雪峰先生那篇《附记》里引的鲁迅先生自己的话）来处理，可是这些"杂感"比起《热风》中那些《随感录》确乎是更其现实的了；他是从诗回向散文了。换上"杂感"这个新名字，似乎不是随随便便的无所谓的。

散文的杂感增加了现实性，也增加了尖锐性。"一九三二年四月二十四日之夜"

写的《三闲集》的《序言》里说到：

> 恐怕这"杂感"两个字，就使志趣高超的作者厌恶，避之惟恐不远了。有些人们，每当意在奚落我的时候，就往往称我为"杂感家"。

这正是尖锐性的证据。他这时在和"真的暗夜""肉薄"了，武器是越尖锐越好，他是不怕"'不满于现状'的'杂感家'"这一个"恶谥"的。一方面如冯雪峰先生说的，"他又常痛惜他的小说和他的文章中的曲笔常被一般读者误解"。所以"更倾向于直剖明示的尖利的批判武器的创造"（见《鲁迅先生计划而未完成的著作》，也在《过去的时代》中）了。这种"直剖明示"的散文作风伴着战斗发展下去，"杂感"就又变为"杂文"了。"一九三二年四月三十日之夜"写的《二心集》的《序言》里开始就说：

> 这里是一九三〇与三一年两年间的杂文的结集。

末尾说：

> 自从一九三一年一月起，我写了较上年更多的文章，但因为揭载的刊物有些不同，文字必得和它们相称，就很少做《热风》那样简短的东西了；而且看看对于我的批评文字，得了一种经验，好像评论做得太简括，是极容易招得无意的误解，或有意的曲解似的。

又说：

> 这回连较长的东西也收在这里面。

"简单"改为不拘长短，配合着时代的要求，"杂文"于是乎成了大家都能用，尖利而又方便的武器了。这个创造是值得纪念的；虽然我们损失了一些诗，可是这是个更需要散文的时代。

《燕京新闻》副页。

闻一多先生怎样走着中国文学的道路

——《闻一多全集》序

闻一多先生为民主运动贡献了他的生命，他是一个斗士。但是他又是一个诗人和学者。这三重人格集合在他身上，因时期的不同而或隐或现。大概从民国十四年参加《北平晨报》的诗刊到十八年任教青岛大学，可以说是他的诗人时期，这以后直到三十三年参加昆明西南联合大学的"五四"历史晚会，可以说是他的学者时期，再以后这两年多，是他的斗士时期。学者的时期最长，斗士的时期最短，然而他始终不失为一个诗人；而在诗人和学者的时期，他也始终不失为一个斗士。本集里承臧克家先生抄来三十二年他的一封信，最可以见出他这种三位一体的态度。他说：

我只觉得自己是座没有爆发的火山，火烧得我痛，却始终没有能力（就是技巧）炸开那禁锢我的地壳，放射出光和热来。只有少数跟我很久的朋友（如梦家）才知道我有火，并且就在《死水》里感觉出我的火来。

这是斗士藏在诗人里。他又说：

你们做诗人的人老是这样窄狭，一口咬定世上除了诗什么也不存在。有比历史更伟大的诗篇吗？我不能想象一个人不能在历史（现代也在内，因为它是历史的延长）里看出诗来，而还能懂诗。……你不知道我在故纸堆中所做的工作是什么，它的目的何在，……因为经过十余年故纸堆中的生活，我有了把握，看清了我们这民族、这文化的病症，我敢于开方了。方单的形式是什么——一部文学史（诗的史），或一首诗（史的诗），我不知道，也许什么也不是。……你诬枉了我，当我是一个蠹鱼，不晓得我是杀蠹的芸香。虽然二者都藏在书里，他们的作用并不一样。

学者中藏着诗人，也藏着斗士。他又说"今天的我是以文学史家自居的"。后来的他却开了"民主"的"方单"，进一步以直接行动的领导者的斗士姿态出现了。但是就在被难的前几个月，他还在和我说要写一部唯物史观的中国文学史。

闻先生真是一团火。就在《死水》那首诗里他说：

　　这是一沟绝望的死水，
　　这里断不是美的所在，
　　不如让给丑恶来开垦，
　　看他造出个什么世界。

这不是"恶之花"的赞颂，而是索性让"丑恶"早些"恶贯满盈"，"绝望"里才有希望。在《死水》这诗集的另一首诗《口供》里又说：

　　可是还有一个我，你怕不怕？——
　　苍蝇似的思想，垃圾桶里爬。

"绝望"不就是"静止"，在"丑恶"的"垃圾桶里爬"着，他并没有放弃希望。他不能静止，在《心跳》那首诗里唱着：

　　静夜！我不能，不能受你的贿赂。
　　谁希罕你这墙内方尺的和平！
　　我的世界还有更辽阔的边境。
　　这四墙既隔不断战争的喧嚣，
　　你有什么方法禁止我的心跳？

所以他写下战争惨剧的《荒村》诗，又不怕人家说他窄狭，写下了许多爱国诗。他将中国看作"一道金光"，"一股火"（《一个观念》）。那时跟他的青年们很多，他领着他们做诗，也领着他们从"绝望"里向一个理想挣扎着，那理想就是

"咱们的中国！"(《一句话》)

可是他觉得做诗究竟"窄狭"，于是乎转向历史，中国文学史。他在给臧克家先生的那封信里说，"我始终没有忘记除了我们的今天外，还有那二千年前的昨天，这角落外还有整个世界。"同在三十二年写作的那篇《文学的历史动向》里说起"对近世文明影响最大最深的四个古老民族——中国、印度、以色列、希腊——都在差不多同时猛抬头，迈开了大步"。他说：

> 约当纪元前一千年左右，在这四个国度里，人们都歌唱起来，并将他们的歌记录在文字里，给流传到后代……。四个文化，在悠久的年代里，起先是沿着各自的路线，分途发展，不相闻问。然后，慢慢的随着文化势力的扩张，一个个的胳臂碰上了胳臂，于是吃惊，点头，招手，交谈，日子久了，也就交换了观念思想与习惯。最后，四个文化慢慢的都起着变化，互相吸收，融合，以至总有那么一天，四个的个别性渐渐消失，于是文化只有一个世界的文化。这是人类历史发展的必然路线，谁都不能改变，也不必改变。

这就是"这角落外还有整个世界"一句话的注脚。但是他只能从中国文学史下手。而就是"这角落"的文学史，也有那么长的年代，那么多的人和书，他不得不一步步的走向前去，不得不先钻到"故纸堆内讨生活"，如给臧先生信里说的。于是他好像也有了"考据癖"。青年们渐渐离开了他。他们想不到他是在历史里吟味诗，更想不到他要从历史里创造"诗的史"或"史的诗"。他告诉臧先生，"我比任何人还恨那故纸堆，正因为恨它，更不能不弄个明白。"他创造的是崭新的现代的"诗的史"或"史的诗"。这一篇巨著虽然没有让他完成，可是十多年来也片断的写出了一些。正统的学者觉得这些不免"非常异义，可怪之论"，就戏称他和一两个跟他同调的人为"闻一多派"。这却正见出他是在开辟着一条新的道路；而那披荆斩棘，也正是一个斗士的工作。这时期最长，写作最多。到后来他以民主斗士的姿态出现，青年们又发现了他，这一回跟他的可太多了！虽然行动时时在要求着他，他写的可并不算少，并且还留下了一些演讲录。这一时期的作品跟演讲录都充满了热烈的爱憎和精悍之气，就是学术性的论文如《龙凤》和《屈原问题》等也如此。这两篇，还有杂文《关于儒·道·土匪》，大概都可以算得那篇巨著的重要的片段罢。这时期他将诗和历史跟生活打成一片；有人说他不懂政治，他倒的确不会让政治的圈儿箍住的。

　　他在"故纸堆内讨生活"，第一步还得走正统的道路，就是语史学的和历史学的道路，也就是还得从训诂和史料的考据下手。在青岛大学任教的时候，他已经开始研究唐诗；他本是个诗人，从诗到诗是很近便的路。那时工作的重心在历史的考据。后来又从唐诗扩展到《诗经》、《楚辞》，也还是从诗到诗。然而他得弄语史学了。他读卜辞，读铜器铭文，从这些里找训诂的源头。从本集二十二年给饶孟侃先生的信可以看出那时他是如何在谨慎的走着正统的道路。可是他"很想到河南游游，尤其想看洛阳——杜甫三十岁前后所住的地方"。他说"不亲眼看看那些地方我不知杜甫传如何写"。这就不是一个寻常的考据家了！抗战以后他又从《诗经》、《楚辞》跨到了《周易》和《庄子》；他要探求原始社会的生活，他研究神话，如高唐神女传说和伏羲故事等等，也为了探求"这民族，这文化"的源头，而这原始的文化是集体的力，也是集体的诗；他也许要借这原始的集体的力给后代的散漫和萎靡来个对症下药罢。他给臧先生写着：

　　　　我的历史课题甚至伸到历史以前，所以我研究神话，我的文化课题超出了文化圈外，所以我又在研究以原始社会为对象的文化人类学。

他不但研究着文化人类学，还研究佛罗依德的心理分析学来照明原始社会生活这个对象。从集体到人民，从男女到饮食，只要再跨上一步；所以他终于要研究起唯物史观来了，要在这基础上建筑起中国文学史。从他后来关于文学的几个演讲，可以看出他已经是在跨着这一步。

　　然而他为民主运动献出了生命，再也来不及打下这个中国文学史的基础了。他在前一个时期里却指出过"文学的历史动向"。他说从西周到北宋都是诗的时期，"我们这大半部文学史，实质上都是诗史"。可是到了北宋，"可能的调子都已唱完了"，上前"接力"的是小说与戏剧。"中国文学史的路线从南宋起便转向了，从此以后是小说戏剧的时代。"他说"是那充满故事兴味的佛典之翻译与宣讲，唤醒了本土的故事兴趣的萌芽，使它与那较进步的外来形式相结合，而产生了我们的小说与戏剧"。而第一度外来影响刚刚扎根，现在又来了第二度的。第一度佛教带来的印度影响是小说戏剧，第二度基督教带来的欧洲影响又是小说戏剧，……于是乎他说：

　　　　四个文化同时出发，三个文化都转了手，有的转给近亲，有的转给外人，主人自己却没落了，那许是因为他们都只勇于"予"而怯于"受"。中国是勇于"予"而不太怯于"受"的，所以还是自己文化的主人，然而……仅仅不怯于"受"是不够的，要真正勇于"受"。让我们的文学更彻底的向小说戏剧发展，等于说要我们死心塌地走人家的路。这是一个"受"的勇气的测验。

这里强调外来影响。他后来建议将大学的中国文学系跟外国语文学系改为文学系跟语言学系，打破"中西对立，文语不分"的局面，也有"要真正勇于受"，都说明了"这角落外还有整个世界"那句话。可惜这个建议只留下一堆语句，没有写成。但是那印度的影响是靠了"宗教的势力"才普及于民间，因而才从民间"产生了我们的小说与戏剧"。人民的这种集体创作的力量是文学的史的发展的基础，在诗歌等等如此，在小说戏剧更其如此。中国文学史里，小说和戏剧一直不曾登大雅之堂，士大夫始终只当它们是消遣的玩意儿，不是一本正经。小说戏剧一直不曾脱去了俗气，也就是平民气。等到民国初年我们的现代化的运动开始，知识阶级渐渐形成，他们的新文学运动和新文化运动接受了欧洲的影响，也接受了"欧洲文学的主干"的小说和戏剧；小说戏剧这才堂堂正正的成为中国文学。《文学的历史动向》里还没有顾到这种情形，但在《中国文学史稿》里，闻先生却就将"民间影响"跟"外来影响"并列为"二大原则"，认为"一事的二面"或"二阶段"，还说，"前几次外来影响皆不自觉，因经由民间；最近一次乃士大夫所主持，故为自觉的。"

他的那本《中国文学史稿》，其实只是三十三年在昆明中法大学教授中国文学史的大纲，还待整理，没有收在全集里。但是其中有《四千年文学大势鸟瞰》，分为四段八大期，值得我们看看：

  第一段 本土文化中心的抟成一千年左右
  第一大期 黎明 夏商至周成王中叶（公元前二〇五〇至一一〇〇）约九百五十年
  第二段 从三百篇到十九首一千二百九十一年
  第二大期 五百年的歌唱 周成王中叶至东周定王八年（陈灵公卒，《国风》约终于此时，前一〇九九至五九九）约五百年
  第三大期 思想的奇葩 周定王九年至汉武帝后元二年（前五九八至前八七）五百一十年

第四大期　一个过渡期间　汉昭帝始元元年至东汉献帝兴平二年（前八六至后一九五）二百八十一年

　　第三段　从曹植到曹雪芹　一千七百一十九年

　　第五大期　诗的黄金时代　东汉献帝建安元年至唐玄宗天宝十四载（一九六至七五五）五百五十九年

　　第六大期　不同型的馀势发展　唐肃宗至德元载至南宋恭帝德祐二年（七五六至一二七六）五百二十年

　　第七大期　故事兴趣的醒觉　元世祖至元十四年至民国六年（一二七七至一九一七）六百四十年

　　第四段　未来的展望——大循环

　　第八大期　伟大的期待民国七年至……（一九一八……）

　　第一段"本土文化中心的抟成"，最显著的标识是仰韶文化（新石器时代）的陶器花纹变为殷周的铜器花纹，以及农业的兴起等。第三大期"思想的奇葩"，指的散文时代。第六大期"不同型的馀势发展"，指的诗中的"更多样性与更参差的情调与观念"，以及"散文复兴与诗的散文化"等。第四段的"大循环"，指的回到大众。第一第二大期是本土文化的东西交流时代，以后是南北交流时代。这中间发展的"二大原则"，是上文提到的"外来影响"和"民间影响"；而最终的发展是"世界性的趋势"。——这就是闻先生计划着创造着的中国文学史的轮廓。假如有机会让他将这个大纲重写一次，他大概还要修正一些，补充一些。但是他将那种机会和生命一起献出了，我们只有从这个简单的轮廓和那些片段，完整的，不完整的，还有他的人，去看出他那部"诗的史"或那首"史的诗"。

　　他是个现代诗人，所以认为"在这新时代的文学动向中，最值得揣摩的，是新诗的前途"。他说新诗得"真能放弃传统意识，完全洗心革面，重新做起"——

　　　　那差不多等于说，要把诗做得不像诗了。也对。说得更准确点，不像诗，而像小说戏剧，至少让它多像点小说戏剧，少像点诗。太多"诗"的诗，和所谓"纯诗"者，将来恐怕只能以一种类似解嘲与抱歉的姿态，为极少数人存在着。在一个小说戏剧的时代，诗得尽量采取小说戏剧的态度，利用小说戏剧的技巧，才能获得广大的读众。……新诗所用的语言更是向小说戏剧跨近了一大步，这是新诗之所以为"新"的第一个也是最主要的理由。其他在态度上，在技巧上的种种进一步的试验，也正在进行着。请放心，历史上常常有人把诗写得不像诗，如阮籍、陈子昂、孟郊，如华茨渥斯、惠特曼，而转瞬间便是最真实的诗了。诗这东西的长处就在它有无限度的弹性，……只有固执与狭隘才是诗的致命伤，……

那时他接受了英国文化界的委托，正在抄选中国的新诗，并且翻译着。他告诉臧克家先生：

不用讲今天的我是以文学史家自居的，我并不是代表某一派的诗人。唯其曾经一度写过诗，所以现在有揽取这项工作的热心，唯其现在不再写诗了，所以有应付这工作的冷静的头脑而不至于对某种诗有所偏爱或偏恶。我是在新诗之中，又在新诗之外，我想我是颇合乎选家的资格的。

是的，一个早年就写得出《女神的时代精神》和《女神的地方色彩》那样确切而公道的批评的人，无疑的"是颇合乎选家的资格的"。可惜这部诗选又是一部未完书，我们只能够尝鼎一脔！他最后还写出了那篇《时代的鼓手》，赞颂田间先生的诗。这一篇短小的批评激起了不小的波动，也发生了不小的影响。他又在三十四年西南联合大学"五四"周的朗诵晚会上朗诵了艾青先生的《大堰河》，他的演戏的才能和低沉的声调让每一个词语渗透了大家。

闻先生对于诗的贡献真太多了！创作《死水》，研究唐诗以至《诗经》《楚辞》，一直追求到神话，又批评新诗，抄选新诗，在被难的前三个月，更动手将《九歌》编成现代的歌舞短剧，象征着我们的青年的热烈的恋爱与工作。这样将古代跟现代打成一片，才能成为一部"诗的史"或一首"史的诗"。其实他自己的一生也就是具体而微的一篇"诗的史"或"史的诗"，可惜的是一篇未完成的"诗的史"或"史的诗"！这是我们不能甘心的！

《文学》杂志。

语文影及其他

语文影之辑

说　话

谁能不说话，除了哑子？有人这个时候说，那个时候不说。有人这个地方说，那个地方不说。有人跟这些人说，不跟那些人说。有人多说，有人少说。有人爱说，有人不爱说。哑子虽然不说，却也有那伊伊呀呀的声音，指指点点的手势。

说话并不是一件容易事。天天说话，不见得就会说话；许多人说了一辈子话，没有说好过几句话。所谓"辩士的舌锋"、"三寸不烂之舌"等赞词，正是物稀为贵的证据；文人们讲究"吐属"，也是同样的道理。我们并不想做辩士，说客，文人，但是人生不外言动，除了动就只有言，所谓人情世故，一半儿是在说话里。古文《尚书》里说，"唯口，出好兴戎"，一句话的影响有时是你料不到的，历史和小说上有的是例子。

说话即使不比作文难，也决不比作文容易。有些人会说话不会作文，但也有些人会作文不会说话。说话像行云流水，不能够一个字一个字推敲，因而不免有疏漏散漫的地方，不如作文的谨严。但那些行云流水般的自然，却决非一般文章所及。——文章有能到这样境界的，简直当以说话论，不再是文章了。但是这是怎样一个不易到的境界！我们的文章，哲学里虽有"用笔如舌"一个标准，古今有几个人真能"用笔如舌"呢？不过文章不甚自然，还可成为功力一派，说话是不行的；说话若也有功力派，你想，那怕真够瞧的！

说话到底有多少种，我说不上。约略分别：向大家演说，讲解，乃至说书等是一种，会议是一种，公私谈判是一种，法庭受审是一种，向新闻记者谈话是一种；——这些可称为正式的。朋友们的闲谈也是一种，可称为非正式的。正式的并不一定全要拉长了面孔，但是拉长了的时候多。这种话都是成片断的，有时竟是先期预备好的。只有闲谈，可以上下古今，来一个杂拌儿；说是杂拌儿，自然零零碎碎，成片段的是例外。闲谈说不上预备，满是将话搭话，随机应变。说预备好了再去"闲"谈，那岂不是个大笑话？这种种说话，大约都有一些公式，就是闲谈也有——"天气"常是闲谈的发端，就是一例。但是公式是死的，不够用的，神而明之还在乎人。会说的教你眉飞色舞，不会说的教你昏头搭脑，即使是同一个意思，甚至同一句话。

中国人很早就讲究说话。《左传》，《国策》，《世说》是我们的三部说话的经典。一是外交辞令，一是纵横家言，一是清谈。你看他们的话多么婉转如意，句句字字打进人心坎里。还有一部《红楼梦》，里面的对话也极轻松，漂亮。此外汉代贾君房号为"语妙天下"，可惜留给我们的只有这一句赞词；明代柳敬亭的说书极有大名，可惜我们也无从领略。近年来的新文学，将白话文欧化，从外国文中借用了许多活泼的，精细的表现，同时暗示我们将旧来有些表现重新咬嚼一番。这却给我们的语言一种新风味，新力量。加以这些年说话的艰难，使一般报纸都变乖巧了，他们知道用侧面的，反面的，夹缝里的表现了。这对于读者是一种不容避免的好训练；他们渐渐敏感起来了，只有敏感的人，才能体会那微妙的咬嚼的味儿。这时期说话的艺术确有了相当的进步。论说话艺术的文字，从前著名的似乎只有韩非的《说难》，那是一篇剖析入微的文字。现在我们却已有了不少的精警之作，鲁迅先生的《立论》就是的。这可以证明我所说的相当的进步了。

中国人对于说话的态度，最高的是忘言，但如禅宗"教"人"将嘴挂在墙上"，也还是免不了说话。其次是慎言，寡言，讷于言。这三样又有分别：慎言是小心说话，小心说话自然就少说话，少说话少出错儿。寡言是说话少，是一种深沉或贞静的性格或品德。讷于言是说不出话，是一种浑厚诚实的性格或品德。这两种多半是生成的。第三是修辞或辞令。至诚的君子，人格的力量照彻一切的阴暗，用不着多说话，说话也无须乎修饰。只知讲究修饰，嘴边天花乱坠，腹中矛戟森然，那是所谓小人；他太会修饰了，倒教人不信了。他的戏法总有让人揭穿的一日。我们是介在两者之间的平凡的人，没有那伟大的魄力，可也不至于忘掉自己。只是不能无视世故人情，我们看时候，看地方，看人，在礼貌与趣味两个条件之下，修饰我们的说话。这儿没有力，只有机智；真正的力不是修饰所可得的。我们所能希望的只是：说得少，说得好。

《小说月报》，1935年。

沉 默

　　沉默是一种处世哲学，用得好时，又是一种艺术。

　　谁都知道口是用来吃饭的，有人却说是用来接吻的。我说满没有错儿；但是若统计起来，口的最多的（也许不是最大的）用处，还应该是说话，我相信。按照时下流行的议论，说话大约也算是一种"宣传"，自我的宣传。所以说话彻头彻尾是为自己的事。若有人一口咬定是为别人，凭了种种神圣的名字；我却也愿意让步，请许我这样说：说话有时的确只是间接地为自己，而直接的算是为别人！

　　自己以外有别人，所以要说话；别人也有别人的自己，所以又要少说话或不说话。于是乎我们要懂得沉默。你若念过鲁迅先生的《祝福》，一定会立刻明白我的意思。

　　一般人见生人时，大抵会沉默的，但也有不少例外。常在火车轮船里，看见有些人迫不及待似地到处向人问讯，攀谈，无论那是搭客或茶房，我只有羡慕这些人的健康；因为在中国这样旅行中，竟会不感觉一点儿疲倦！见生人的沉默，大约由于原始的恐惧，但是似乎也还有别的。假如这个生人的名字，你全然不熟悉，你所能做的工作，自然只是有意或无意的防御——像防御一个敌人。沉默便是最安全的防御战略。你不一定要他知道你，更不想让他发现你的可笑的地方——一个人总有些可笑的地方不是？——；你只让他尽量说他所要说的，若他是个爱说的人。末了你恭恭敬敬和他分别。假如这个生人，你愿意和他做朋友，你也还是得沉默。但是得留心听他的话，选出几处，加以简短的，相当的赞词；至少也得表示相当的同意。这就是知己的开场，或说起码的知己也可。假如这个生人是你所敬仰的或未必敬仰的"大人物"，你记住，更不可不沉默！大人物的言语，乃至脸色眼光，都有异样的地方；你最好远远地坐着，让那些勇敢的同伴上前线去。——自然，我说的只是你偶然地遇着或随众访问大人物的时候。若你愿意专诚拜谒，你得另想办法；在我，那却是一件可怕的事。——你看看大人物与非大人物或大人物与大人物间谈话的情形，准可以满足，而不用从牙缝里迸出一个字。说话是一件费神的事，能少说或不说以及应少说或不说的时候，沉默实在是长寿之一道。至于自我宣传，诚哉重要——谁能不承认这是重要呢？——，但对于生人，这是白费的；他不会领略你宣传的旨趣，只暗笑你的宣传热；他会忘记得干干净净，在和你一鞠躬或一握手以后。

朋友和生人不同，就在他们能听也肯听你的说话——宣传。这不用说是交换的，但是就是交换的也好。他们在不同的程度下了解你，谅解你；他们对于你有了相当的趣味和礼貌。你的话满足他们的好奇心，他们就趣味地听着；你的话严重或悲哀，他们因为礼貌的缘故，也能暂时跟着你严重或悲哀。在后一种情形里，满足的是你；他们所真感到的怕倒是矜持的气氛。他们知道"应该"怎样做；这其实是一种牺牲，"应该"也"值得"感谢的。但是即使在知己的朋友面前，你的话也还不应该说得太多；同样的故事，情感，和警句，隽语，也不宜重复地说。《祝福》就是一个好榜样。你应该相当地节制自己，不可妄想你的话占领朋友们整个的心——你自己的心，也不会让别人完全占领呀。你更应该知道怎样藏匿你自己。只有不可知，不可得的，才有人去追求；你若将所有的尽给了别人，你对于别人，对于世界，将没有丝毫意义，正和医学生实习解剖时用过的尸体一样。那时是不可思议的孤独，你将不能支持自己，而倾仆到无底的黑暗里去。一个情人常喜欢说："我愿意将所有的都献给你！"谁真知道他或她所有的是些什么呢？第一个说这句话的人，只是表示自己的慷慨，至多也只是表示一种理想；以后跟着说的，更只是"口头禅"而已。所以朋友间，甚至恋人间，沉默还是不可少的。你的话应该像黑夜的星星，不应该像除夕的爆竹——谁稀罕那彻宵的爆竹呢？而沉默有时更有诗意。譬如在下午，在黄昏，在深夜，在大而静的屋子里，短时的沉默，也许远胜于连续不断的倦怠了的谈话。有人称这种境界为"无言之美"，你瞧，多漂亮的名字！——至于所谓"拈花微笑"，那更了不起了！

可是沉默也有不行的时候。人多时你容易沉默下去，一主一客时，就不准行。你的过分沉默，也许把你的生客惹恼了，赶跑了！倘使你愿意赶他，当然很好；倘使你不愿意呢，你就得不时的让他喝茶，抽烟，看画片，读报，听话匣子，偶然也和他谈谈天气，时局——只是复述报纸的记载，加上几个不能解决的疑问——，总以引他说话为度。于是你点点头，哼哼鼻子，时而叹叹气，听着。他说完了，你再给起个头，照样的听着。但是我的朋友遇见过一个生客，他是一位准大人物，因某种礼貌关系去看我的朋友。他坐下时，将两手笼起，搁在桌上。说了几句话，就止住了，两眼炯炯地直看着我的朋友。我的朋友窘极，好容易陆陆续续地找出一句半句话来敷衍。这自然也是沉默的一种用法，是上司对属僚保持威严用的。用在一般交际里，未免太露骨了；而在上述的情形中，不为主人留一些馀地，更属无礼。大人物以及准大人物之可怕，正在此等处。至于应付的方法，其实倒也有，那还是沉默；只消照样笼了手，和他对看起来，他大约也就无可奈何了罢？

《清华周刊》。

撩天儿

《世说新语·品藻》篇有这么一段儿：

> 王黄门兄弟三人俱诣谢公。子猷，子重多说俗事，子敬寒温而已。既出，坐客问谢公，"向三贤熟愈？"谢公曰，"小者最胜。"客曰，"何以知之？"谢公曰，"'吉人之辞寡，躁人之辞多，'推此知之"。

王子敬只谈谈天气，谢安引《易·系辞传》的句子称赞他话少的好。《世说》的作者记他的两位哥哥"多说俗事"，那么，"寒温"就是雅事了。"寡言"向来认为美德，原无雅俗可说；谢安所赞美的似乎是"寒温'而已'"，刘义庆所着眼的却似乎是"'寒温'而已"，他们的看法是不一样的。

"寡言"虽是美德，可是"健谈"，"谈笑风生"，自来也不失为称赞人的语句。这些可以说是美才，和美德是两回事，却并不互相矛盾，只是从另一角度看人罢了。只有"花言巧语"才真是要不得的。古人教人寡言，原来似乎是给执政者和外交官说的。这些人的言语关系往往很大，自然是谨慎的好，少说的好。后来渐渐成为明哲保身的处世哲学，却也有它的缘故。说话不免陈述自己，评论别人。这些都容易落把柄在听话人的手里。旧小说里常见的"逢人只说三分话，未可全抛一片心"，就是教人少陈述自己。《女儿经》里的"张家长，李家短，他家是非你莫管"，就是教人少评论别人。这些不能说没有道理。但是说话并不一定陈述自己，评论别人，像谈谈天气之类。就是陈述自己，评论别人，也不一定就"全抛一片心"，或道"张家长，李家短"。"戏法人人会变，各有巧妙不同"，这儿就用得着那些美才了。但是"花言巧语"却不在这儿所谓"巧妙"的里头，那种人往往是别有用心的。所谓"健谈"，"谈笑风生"，却只是无所用心的"闲谈"，"谈天"，"撩天儿"而已。

"撩天儿"最能表现"闲谈"的局面。一面是"天儿",是"闲谈"少不了的题目,一面是"撩","闲谈"只是东牵西引那么回事。这"撩"字抓住了它的神儿。日常生活里,商量、和解,乃至演说、辩论等等,虽不是别有用心的说话,却还是有所用心的说话。只有"闲谈",以消遣为主,才可以算是无所为的、无所用心的说话。人们是不甘静默的,爱说话是天性,不爱说话的究竟是很少的。人们一辈子说的话,总计起来,大约还是闲话多、费话多;正经话太用心了,究竟也是很少的。

人们不论怎么忙,总得有休息;"闲谈"就是一种愉快的休息。这其实是不可少的。访问、宴会、旅行等等社交的活动,主要的作用其实还是闲谈。西方人很能认识闲谈的用处。十八世纪的人说,说话是"互相传达情愫,彼此受用,彼此启发"的[1]。十九世纪的人说,"谈话的本来目的不是增进知识,是消遣"[2]。二十世纪的人说,"人的百分之九十九的谈话并不比苍蝇的哼哼更有意义些;可是他愿意哼哼,愿意证明他是个活人,不是个蜡人。谈话的目的,多半不是传达观念,而是要哼哼。"

"自然,哼哼也有高下;有的像蚊子那样不停的响,真教人生气。可是在晚餐会上,人宁愿作蚊子,不愿作哑子。幸而大多数的哼哼是悦耳的,有些并且是快心的。"[3]看!十八世纪还说"启发",十九世纪只说"消遣",二十世纪更只说"哼哼",一代比一代干脆,也一代比一代透彻了。闲谈从天气开始,古今中外,似乎一例。这正因为天气是个同情的话题,无人不知,无人不晓,而又无需乎陈述自己或评论别人。刘义庆以为是雅事,便是因为谈天气是无所为的,无所用心的。但是后来这件雅事却渐渐成为雅俗共赏了;闲谈又叫"谈天",又叫"撩天儿",一面见出天气在闲谈里的重要地位,一面也见出天气这个话题已经普遍化到怎样程度。因为太普遍化了,便有人嫌它古老、陈腐;他们简直觉得天气是个俗不可耐的题目。于是天气有时成为笑料,有时跑到讽刺的笔下去。

有一回,一对未婚的中国夫妇到伦敦结婚登记局里,是下午三四点钟了,天上云沉沉的,那位管事的老头儿却还笑着招呼说,"早晨好!天儿不错,不是吗?"朋友们传述这个故事,都当作笑话。鲁迅先生的《立论》也曾用"今天天气哈哈哈"讽刺世故人的口吻。那位老头儿和那种世故人来的原是"客套"话,因为太"熟

---

[1] Gentlemen's Magazine, 173, P.198,据William Mathews, Polite Speech in the Eighteenth Century引,见English.vol.1, No. 6, 1937。

[2] J.P. Mahaffy, The Principles of the Art Conversation再版自序(1888)。

[3] Robert Lynt, Silence(散文)。

套"了，有时就不免离了谱。但是从此可见谈天气并不一定认真的谈天气，往往只是招呼，只是应酬，至多也只是引子。笑话也罢，讽刺也罢，哼哼总得哼哼的，所以我们都不断的谈着天气。天气虽然是个老题目，可是风云不测，变化多端，未必就是个腐题目；照实际情形看，它还是个好题目。去年二月美大使詹森过昆明到重庆去。昆明的记者问他，"此次经滇越路，比上次来昆，有何特殊观感？"他答得很妙："上次天气炎热，此次气候温和，天朗无云，旅行甚为平安舒适。"[1]这是外交辞令，是避免陈述自己和评论别人的明显的例子。天气有这样的作用，似乎也就无可厚非了。

  谈话的开始难，特别是生人相见的时候。从前通行请教"尊姓"，"台甫"，"贵处"，甚至"贵庚"等等，一半是认真——知道了人家的姓字，当时才好称呼谈话，虽然随后大概是忘掉的多——，另一半也只是哼哼罢了。自从有了介绍的方式，这一套就用不着了。这一套里似乎只有"贵处"一问还可以就答案发挥下去；别的都只能一答而止，再谈下去，就非换题目不可，那大概还得转到天气上去，要不然，也得转到别的一些琐屑的节目上去，如"几时到的？路上辛苦吧？是第一次到这儿罢？"之类。用介绍的方式，谈话的开始更只能是这些节目。若是相识的人，还可以说"近来好吧？""忙得怎么样？"等等。这些琐屑的节目像天气一样是哼哼调儿，可只是特殊的调儿，同时只能说给一个人听，不像天气是普通的调儿，同时可以说给许多人听。所以天气还是打不倒的谈话的引子——从这个引子可以或断或连的牵搭到四方八面去。

  但是在变动不居的非常时代，大家关心或感兴趣的题目多，谈话就容易开始，不一定从天气下手。天气跑到讽刺的笔下，大概也就在这当儿。我们的正是这种时代。抗战，轰炸，政治，物价，欧战，随时都容易引起人们的谈话，而且尽够谈一个下午或一个晚上，无须换题目。新闻本是谈话的好题目，在平常日子，大新闻就能够取天气而代之，何况这时代，何况这些又都是关切全民族利害的！政治更是个老题目，向来政府常禁止人们谈，人们却偏爱谈。袁世凯、张作霖的时代，北平茶楼多挂着"莫谈国事"的牌子，正见出人们的爱谈国事来。但是新闻和政治总还是跟在天气后头的多，除了这些，人们爱谈的是些逸闻和故事。这又全然回到茶馀酒后的消遣了。还有性和鬼，也是闲谈的老题目。据说美国有个化学家，专心致志的研究他的化学，差不多不知道别的，可就爱谈性，不惜一晚半晚的谈下去。鬼呢，我们相信的明明很少。有时候却也可以独占一个晚上。不过这些都得有个引子，单刀直入是很少的。

  谈话也得看是哪一等人。平常总是地位差不多职业相近似的人聚会的时候多，话题自然容易找些。若是聚会里夹着些地位相殊或职业不近的人，那就难点儿。引子倒是有现成的，如上文所说种种，也尽够用了，难的是怎样谈下去。若是知识或见闻够广博的，自然可以抓住些新题目，适合这些特殊的客人的兴趣，同时还不至于冷落了别人。要不然，也可以发挥自己的熟题目，但得说成和天气差不多的雅俗共赏的样子。话题就难在这"共赏"或"同情"上头。不用说，题目的性质是一个决定的因子。可是无论什么地位什么职业的人，总还是人，人情是不相远的。谁都可以谈谈天气，就是眼前的好证据。虽然是自己的熟题目，只要拣那些听起来不费力而可以满足好奇心的节目发挥开去，也还是可以共赏的。这儿得留意隐藏着自己，自己的知识和自己的身分。但是"自己"并非不能作题目，"自己"也是人，只要将"自己"当作一个不多不少的"人"陈述着，不要特别爱惜，更不要得意忘形，人们也会同情的。自己小小的错误或愚蠢，不妨公诸同好，用不着爱惜。自己的得意，若有可以引起一般人兴趣的地方，不妨说是有一个人如此这般，或者以多报少，像不说"很知道"而说"知道一点儿"之类。用自己的熟题目，还有一层便宜处。若有大人物在座，能找出适合他的口味而大家也听得进去的话题，固然很好，可是万一说了外行话，就会引得那大人物或别的人肚子里笑，不如谈自己的倒是善于用短。无论如何，一番话总要能够教座中人悦耳快心，暂时都忘记了自己的地位和职业才好。

有些人只愿意人家听自己的谈话。一个声望高，知识广，听闻多，记性强的人，往往能够独占一个场面，滔滔不绝的谈下去。他谈的也许是若干牵搭着的题目，也许只是一个题目。若是座中只三五个人，这也可以是一个愉快的场面，虽然不免有人抱向隅之感。若是人多了，也许就有另行找伴儿搭话的，那就有些杀风景了。这个独占场面的人若是声望不够高，知识和经验不够广，听话的可窘了。人多还可以找伴儿搭话，人少就只好干耗着，一面想别的。在这种聚会里，主人若是尽可能预先将座位安排成可分可合的局势，也许方便些。平常的闲谈可总是引申别人一点儿，自己也说一点儿，想着是别人乐意听听的；别人若乐意听下去，就多说点儿。还得让那默默无言的和冷冷儿的收起那长面孔，也高兴的听着[1]。这才有意思。闲谈不一定增进人们的知识，可是对人对事得有广泛的知识，才可以有谈的；有些人还得常常读些书报，才不至于谈的老是那几套儿。并且得有好性儿，要不然，净闹别扭，真成了"话不投机半句多"了。记性和机智不用说也是少不得的。记性坏，往往谈得忽断忽连的，教人始而闷气，继而着急。机智差，往往

---

[1] The World, 1754, No, 94, 导言, P.6.

赶不上点儿，对不上茬儿。闲谈总是断片的多，大段的需要长时间，维持场面不易。又总是报告的描写的多，议论少。议论不能太认真，太认真就不是闲谈；可也不能太不认真，太不认真就不成其为议论；得斟酌乎两者之间，所以难。议论自然可以批评人，但是得泛泛儿的，远远儿的；也未尝不可骂人，但是得用同情口吻。你说这是戏！人生原是戏。戏也是有道理的，并不一定是假的。闲谈要有意思；所谓"语言无味"，就是没有意思。不错，闲谈多半是废话，可是有意思的废话和没有意思的还是不一样。"又臭又长"，没有意思；重复，矛盾，老套儿，也没有意思。"又臭又长"也是机智差，重复和矛盾是记性坏，老套儿是知识或见闻太可怜见的。所以除非精力过人，谈话不可太多，时间不可太久，免得露了马脚。古语道，"言多必失"，这儿也用得着。

还有些人只愿意自己听人家的谈话。这些人大概是些不大能，或不大爱谈话的。世上或者有"一锥子也扎不出一句话"的，可是少。那不是笨货就是怪人，可以存而不论。平常所谓不能谈话的，也许是知识或见闻不够用，也许是见的世面少。这种人在家里，在亲密的朋友里，也能有说有笑的，一到了排场些的聚会，就哑了。但是这种人历练历练，能以成。也许是懒。这种人记性大概不好；懒得谈，其实也没谈的。还有，是矜持。这种人是"语不惊人死不休"的。他们在等着一句聪明的话，可是老等不着。——等得着的是"谈言微中"的真聪明人；这种人不能说是不能谈话，只能说是不爱谈话。不爱谈话的却还有深心的人；他们生怕露了什么口风，落了什么把柄似的，老等着人家开口。也还有谨慎的人，他们只是小心，不是深心；只是自己不谈或少谈，并不等着人家。这是明哲保身的人。向来所赞美的"寡言"，其实就是这样人。但是"寡言"原来似乎是针对着战国时代"好辩"说的。后世有些高雅的人，觉得话多了就免不了说到俗事上去，爱谈话就免不了俗气，这和"寡言"的本义倒还近些。这些爱"寡言"的人也有他们的道理，谢安和刘义庆的赞美都是值得的。不过不能谈话不爱谈话的人，却往往更愿意听人家的谈话，人情究竟是不甘静默的。——就算谈话免不了俗气，但俗的是别人，自己只听听，也乐得的。一位英国的无名作家说过："良心好，不愧于神和人，是第一件乐事，第二件乐事就是谈话。"[①]就一般人看，闲谈这一件乐事其实是不可少的。

《中学生战时半月刊》，1941年。

[①] The World，1754，NO.94，据William Mathews书引。

如面谈

　　朋友送来一匣信笺，笺上刻着两位古装的人，相对拱揖，一旁题了"如面谈"三个大字。是明代钟惺的尺牍选第一次题这三个字，这三个字恰说出了写信的用处。信原是写给"你"或"你们几个人"看的；原是"我"对"你"或"你们几个人"的私人谈话，不过是笔谈罢了。对谈的人虽然亲疏不等，可是谈话总不能像是演说的样子，教听话的受不了。写信也不能像作论的样子，教看信的受不了，总得让看信的觉着信里的话是给自己说的才成。这在乎各等各样的口气。口气合式，才能够"如面谈"。但是写信究竟不是"面谈"；不但不像"面谈"时可以运用声调表情姿态等等，并且老是自己的独白，没有穿插和掩映的方便，也比"面谈"难。写信要"如面谈"，比"面谈"需要更多的心思和技巧，并不是一下笔就能做到的。

　　可是在一种语言里，这种心思和技巧，经过多少代多少人的运用，渐渐的程式化。只要熟习了那些个程式，应用起来，"如面谈"倒也不见得怎样难。我们的文言信，就是久经程式化了的，写信的人利用那些程式，可以很省力的写成合式的，多多少少"如面谈"的信。若教他们写白话，倒不容易写成这样像信的信。《两般秋雨随笔》记着一个人给一个妇人写家信，那妇人要照她说的写，那人周章了半天，终归搁笔。他没法将她说的那些话写成一封像信的信。文言信是有样子的，白话信压根儿没有样子；那人也许觉得白话压根儿就不能用来写信。同样心理，测字先生代那些不识字的写信，也并不用白话；他们宁可用那些不通的文言，如"来信无别"之类。我们现在自然相信白话可以用来写信，而且有时也实行写白话信。但是常写白话文的人，似乎除了胡适之先生外，写给朋友的信，还是用文言的时候多，这只要翻翻现代书简一类书就会相信的。原因只是一个"懒"字。文言信有现成的程式，白话信得句句斟酌，好像作文一般，太费劲，谁老有那么大工夫？文言至今还能苟延残喘，就靠它所有的写信和别的应用文的程式。若我们肯不偷懒，慢慢找出些白话应用文的程式，文言就真"死"了。

林语堂先生在《论语录体之用》(《论语汇十六期》)里说过：

> 一人修书，不曰"示悉"，而曰"你的芳函接到了"，不曰"至感""歉甚"，而曰"很感谢你""非常惭愧"，便是噜哩噜苏，文章不经济。

"示悉"，"至感"，"歉甚"，都是文言信的程式，用来确是很经济，很省力的。但是林先生所举的三句"噜哩噜苏"的白话，恐怕只是那三句文言的直译，未必是实在的例子。我们可以说"来信收到了"，"感谢"，"对不起"，"对不起得很"，用不着绕弯儿从文言直译。——若真有这样绕弯儿的，那一定是新式的测字先生！这几句白话似乎也是很现成，很经济的。字数比那几句相当的文言多些，但是一种文体有一种经济的标准，白话的字句组织与文言不同，它们其实是两种语言，繁简当以各自的组织为依据，不当相提并论。白话文固然不必全合乎口语，白话信却总该是越能合乎口语，才越能"如面谈"。这几个句子正是我们口头常用的，至少是可以上口的，用来写白话信，我想是合式的。

麻烦点儿的是"敬启者"，"专此"，"敬请大安"，这一套头尾。这是一封信的架子；有了它才像一封信，没有它就不像一封信。"敬启者"如同我们向一个人谈话，开口时用的"我对你说"那句子，"专此""敬请大安"相当于谈话结束时用的"没有什么啦，再见"那句子。但是"面谈"不一定用这一套儿，往往只要一转脸向着那人，就代替了那第一句话，一点头就代替了那第二句话。这是写信究竟不"如面谈"的地方。现在写白话信，常是开门见山，没有相当于"敬启者"的套头。但是结尾却还是装上的多，可也只用"此祝健康！""祝你进步！""祝好！"一类，像"专此""敬请大安"那样分截的形式是不见了。"敬启者"的渊源是很悠久的，司马迁《报任少卿书》开头一句是"太史公牛马走司马迁再拜言，少卿足下"，"再拜言"就是后世的"敬启者"。"少卿足下"在"再拜言"之下，和现行的格式将称呼在"敬启者"前面不一样。既用称呼开头，"敬启者"原不妨省去；现在还因循的写着，只是遗形物罢了。写白话信的人不理会这个，也是自然而然的。"专此""敬请大安"下面还有称呼作全信的真结尾，也可算是遗形物，也不妨省去。但那"套头"差不多全剩了形式，这"套尾"多少还有一些意义，白话信里保存着它，不是没有理由的。

在文言信里，这一套儿有许多变化，表示写信人和受信人的身分。如给父母去信，就须用"敬禀者"，"谨此"，"敬请福安"，给前辈去信，就须用"敬肃者"，

"敬请道安"，给后辈去信，就须用"启者"，"专泐"，"顺问近佳"之类，用错了是会让人耻笑的——尊长甚至于还会生气。白话信的结尾，虽然还没讲究到这些，但也有许多变化；那些变化却只是修辞的变化，并不表明身分。因为是修辞的变化，所以不妨掉掉笔头，来点新鲜花样，引起看信人的趣味，不过总也得和看信人自身有些关切才成。如"敬祝抗战胜利"，虽然人同此心，但是"如面谈"的私人的信里，究竟嫌肤廓些。又如"谨致民族解放的敬礼"，除非写信人和受信人的双方或一方是革命同志，就不免不亲切的毛病。这都有些像演说或作论的调子。修辞的变化，文言的结尾里也有。如"此颂文棋"，"敬请春安"，"敬颂日祉"，"恭请痊安"，等等，一时数不尽，这里所举的除"此颂文祺"是通用的简式外，别的都是应时应景的式子，不能乱用。写白话信的人既然不愿扔掉结尾，似乎就该试试多造些表示身分以及应时应景的式子。只要下笔时略略用些心，这是并不难的。

最麻烦的要数称呼了。称呼对于口气的关系最是直截的，一下笔就见出，拐不了弯儿。谈话时用称呼的时候少些，闹了错儿，还可以马虎一些。写信不能像谈话那样面对面的，用称呼就得多些；闹了错儿，白纸上见黑字，简直没个躲闪的地方。文言信里称呼的等级很繁多，再加上称呼底下带着的敬语，真是数不尽。开头的称呼，就是受信人的称呼，有时还需要重叠，如"父母亲大人"，"仁兄大人"，"先生大人"等。现在"仁兄大人"等是少用了，却换了"学长我兄"之类；至于"父母亲"加上"大人"，依然是很普遍的。开头的称呼底下带着的敬语，有的似乎原是些位置词，如"膝下"，"足下"；这表示自己的信不敢直率的就递给受信人，只放在他或他们的"膝下"，"足下"，让他或他们得闲再看。有的原指伺候的人，如"阁下"，"执事"；这表示只敢将信递给"阁下"的公差，或"执事"的人，让他们觑空儿转呈受信人看。可是用久了，用熟了，谁也不去注意那些意义，只当作敬语用罢了。但是这些敬语表示不同的身分，用的人是明白的。这些敬语还有一个紧要的用处。在信文里称呼受信人有时只用"足下"，"阁下"，"执事"就成；这些缩短了，替代了开头的那些繁琐的词儿。——信文里并有专用的简短的称呼，像"台端"便是的。另有些敬语，却真的只是敬语，如"大鉴"，"台鉴"，"钧鉴"，"勋鉴"，"道鉴"等，"有道"也是的。还有些只算附加语，不能算敬语，像"如面"，"如晤"，"如握"，以及"览"，"阅"，"见字"，"知悉"等，大概用于亲近的人或晚辈。

结尾的称呼，就是写信人的自称，跟带着的敬语，现在还通用的，却没有这样繁杂。"弟"用得最多，"小弟"，"愚弟"只偶然看见。光头的名字，用的也最多，"晚"，"后学"，"职"也只偶然看见。其馀还有"儿"，"侄"等；"世侄"也用得着，

"愚侄"却少——这年头自称"愚"的究竟少了。敬语是旧的"顿首"和新的"鞠躬"最常见;"谨启"太质朴,"再拜"太古老,"免冠"虽然新,却又不今不古的,这些都少用。对尊长通用"谨上","谨肃","谨禀"——"叩禀","跪禀"有些稀罕了似的;对晚辈通用"泐","字"等,或光用名字。

  白话里用主词句子多些,用来写信,需要称呼的地方自然也多些。但是白话信的称呼似乎最难。文言信用的那些,大部分已经成了遗形物,用起来即使不至于觉着封建气,即使不至于觉着满是虚情假意,但是不亲切是真的。要亲切,自然得向"面谈"里去找。可是我们口头上的称呼,还在演变之中,凝成定型的绝无仅有,难的便是这个。我们现在口头上通用于一般人的称呼,似乎只有"先生"。而这个"先生"又不像"密斯忒"、"麦歇"那样真可以通用于一般人。譬如英国大学里教师点名,总称"密斯忒某某",中国若照样在点名时称"某某先生",大家就觉得客气得过火点儿。"先生"之外,白话信里最常用的还有"兄",口头上却也不大听见。这是从文言信里借来称呼比"先生"亲近些的人的。按说十分亲近的人,直写他的名号,原也未尝不可,难的是那些疏不到"先生",又亲不到直呼名号的。所以"兄"是不可少的词儿——将来久假不归,也未可知。

  更难的是称呼女人,刘半农先生曾主张将"密斯"改称"姑娘",却只成为一时的谈柄;我们口头上似乎就没有一个真通用的称呼女人的词儿。固然,我们常说"某小姐","某太太",但写起信来,麻烦就来了。开头可以很自然的写下"某小姐","某太太",信文里再称呼却就绕手;还带姓儿,似乎不像信,不带姓儿,又像丫头老妈子们说话。只有我们口头上偶而一用的"女士",倒可以不带姓儿,但是又有人嫌疑它生刺刺的。我想还是"女士"大方些,大家多用用就熟了。要不,不分男女都用"先生"也成,口头上已经有这么称呼的——不过显得太单调罢了。至于写白话信的人称呼自己,用"弟"的似乎也不少,不然就是用名字。"弟"自然是从文言信里借来的,虽然口头上自称"兄弟"的也有。光用名字,有时候嫌不大客气,这"弟"字也是不可少的,但女人给普通男子写信,怕只能光用名字,称"弟"既不男不女的,称"妹"显然又太亲近了,——正如开头称"兄"一样。男人写给普通女子的信,不用说,也只能光用名字。白话信的称呼却都不带敬语,只自称下有时装上"鞠躬","谨启","谨上",也都是借来的,可还是懒得装上的多。这不带敬语,却是欧化。那些敬语现在看来原够腻味的,一笔勾销,倒也利落,干净。

  "五四"运动后,有一段儿还很流行称呼的欧化。写白话信的人开头用"亲爱的某某先生"或"亲爱的某某",结尾用"你的朋友某某"或"你的真挚的朋友某某",是常见的,近年来似乎不大有了,即使在青年人的信里。这一套大约是从英文信里抄袭来的。可是在英文里,口头的"亲爱的"和信上的"亲爱的",亲爱的程度迥不一样。口头的得真亲爱的才用得上,人家并不轻易使唤这个词儿;信上的不论你是谁,认识的,不认识的,都得来那么一个"亲爱的"——用惯了,用滥了,完全成了个形式的敬语,像我们文言信里的"仁兄"似的。我们用"仁兄",不管他"仁"不"仁";他们用"亲爱的",也不管他"亲爱的"不"亲爱的"。可是写成我们的文字,"亲爱的"就是不折不扣的亲爱的——在我们的语言里,"亲爱"真是亲爱,一向是不折不扣的——,因此看上去老有些碍眼,老觉着过火点儿;甚至还肉麻呢。再说"你的朋友"和"你的真挚的朋友"。有人曾说"我的朋友"是标榜,那是用在公开的论文里的。我们虽然只谈不公开的信,虽然普通用"朋友"这词儿,并不能表示客气,也不能表示亲密,可是加上"你的",大书特书,怕也免不了标榜气。至于"真挚的",也是从英文里搬来的。毛病正和"亲爱的"一样。——当然,要是给真亲爱的人写信,怎么写也成,上面用"我的心肝",下面用"你的宠爱的叭儿狗",都无不可,不过本文是就一般程式而论,只能以大方为主罢了。

　　白话信还有领格难。文言信里差不多是看不见领格的,领格表现在特种敬语里。如"令尊","嫂夫人","潭府","惠书","手教","示","大著","鼎力","尊裁","家严","内人","舍下","拙著","绵薄","鄙见"等等,比起别种程式,更其是数不尽。有些口头上有,大部分却是写信写出来的。这些足以避免称呼的重复,并增加客气。文言信除了写给子侄,是不能用"尔","汝","吾","我"等词的,若没有这些敬语,遇到领格,势非一再称呼不可;虽然信文里的称呼简短,可是究竟嫌累赘些。这些敬语口头上还用着的,白话信里自然还可以用,如"令尊","大著","家严","内人","舍下","拙著"等,但是这种非常之少。白话信里的领格,事实上还靠重复称呼,要不就直用"你""我"字样。称呼的重复免不了累赘,"你""我"相称,对于生疏些的人,也不合式。这里我想起了"您"字。国语的"您"可用于尊长,是个很方便的敬词——本来是复数,现在却只用作单数。放在信里,作主词也好,作领格也好,既可以减少那累赘的毛病,也不至于显得太托熟似的。

　　写信的种种程式,作用只在将种种不同的口气标准化,只在将"面谈"时的一些声调表情姿态等等标准化。熟悉了这些程式,无需句斟字酌,在口气上就有了一半的把握,就不难很省力的写成合式的,多多少少"如面谈"的信。写信究竟不是"面谈",所以得这样办;那些程式有的并不出于"面谈",而是写信写出来的,也就是为此。各色各样的程式,不是要笔头,不是掉枪花,都是实际需要逼出来的。文言信里还不免残存着一些不切用的遗物，白话信却只嫌程式不够用，所以我们不能偷懒，得斟酌情势，多试一些，多造一些。一番番自觉的努力，相信可以使白话信的程式化完成得更快些。

但是程式在口气的传达上至多只能帮一半忙，那一半还得看怎么写信文儿。这所谓"神而明之，存乎其人"，没什么可说的。不过这里可以借一个例子来表示同一事件可以有怎样不同的口气。胡适之先生说过这样一个故事：

有一裁缝，花了许多钱送他儿子去念书。一天，他儿子来了一封信。他自己不认识字。他的邻居一个杀猪的倒识字，不过识的字很少。他把信拿去叫杀猪的看。杀猪的说信里是这样的话，"爸爸！赶快给我拿钱来！我没有钱了，快给我钱！"裁缝说，"信里是这样的说吗！好！我让他从中学到大学念了这些年书，念得一点礼貌都没有了！"说着就难过起来。正在这时候，来了一个牧师，就问他为什么难过。他把原因一说，牧师说，"拿信来，我看看。"就接过信来，戴上眼镜，读道，"父亲老大人，我现在穷得不得了了，请你寄给我一点钱罢！寄给我半镑钱就够了，谢谢你。"裁缝高兴了，就寄两镑钱给他儿子。（《中国禅学的发展史》讲演词，王石子记，一九三四年十二月十六日《北平晨报》）

有人说，日记和书信里，最能见出人的性情来，因为日记只给自己看，信只给一个或几个朋友看，写来都不做作。"不做作"可不是"信笔所之"。日记真不准备给人看，也许还可以"信笔所之"一下；信究竟是给人看的，虽然不能像演说和作论，可也不能只顾自己痛快，真的"信笔"写下去。"如面谈"不是胡帝胡天的，总得有"一点礼貌"，也就是一份客气。客气要大方，恰到好处，才是味儿，"如面谈"是需要火候的。

　　　　　　　　　　　　昆明《中央日报》《平明》副刊，1940年。

人话

在北平呆过的人总该懂得"人话"这个词儿。小商人和洋车夫等等彼此动了气，往往破口问这么句话：

你懂人话不懂？——要不就说：

你会说人话不会？

这是一句很重的话，意思并不是问对面的人懂不懂人话，会不会说人话，意思是骂他不懂人话，不会说人话。不懂人话，不会说人话，干脆就是畜生！这叫拐着弯儿骂人，又叫骂人不带脏字儿。不带脏字儿是不带脏字儿，可到底是"骂街"，所以高尚人士不用这个词儿。他们生气的时候也会说"不通人性"，"不像人"，"不是人"，还有"不像话"，"不成话"等等，可就是不肯用"人话"这个词儿。"不像话"，"不成话"是没道理的意思；"不通人性"，"不像人"，"不是人"还不就是畜生？比起"不懂人话"，"不说人话"来，还少拐了一个弯儿呢。可是高尚人士要在人背后才说那些话，当着面大概他们是不说的。这就听着火气小，口气轻似的，听惯了这就觉得"不通人性"，"不像人"，"不是人"那几句来得斯文点儿，不像"人话"那么野。其实，按字面儿说，"人话"倒是个含蓄的词儿。

北平人讲究规矩，他们说规矩，就是客气。我们走进一家大点儿的铺子，总有个伙计出来招待，哈哈腰说，"您来啦！"出来的时候，又是个伙计送客，哈哈腰说，"您走啦，不坐会儿啦？"这就是规矩。洋车夫看同伙的问好儿，总说，"您老爷子好？老太太好？""您少爷在那儿上学？"从不说"你爸爸"，"你妈妈"，"你儿子"，可也不会说"令尊"，"令堂"，"令郎"那些个，这也是规矩。有的人觉得这些都是假仁假义，假声假气，不天真，不自然。他们说北平人有官气，说这些就是凭据。不过天真不容易表现，有时也不便表现。只有在最亲近的人面前，天真才有流露的机会，再说天真有时就是任性，也不一定是可爱的。所以得讲规矩。

规矩是调节天真的，也就是"礼"，四维之首的"礼"。礼须要调节，得有点儿做作是真的，可不能说是假。调节和做作是为了求中和，求平衡，求自然——这儿是所谓"习惯成自然"。规矩也罢，礼也罢，无非教给人做人的道理。我们现在到过许多大城市，回想北平，似乎讲究规矩并不坏，至少我们少碰了许多硬钉子。讲究规矩是客气，也是人气，北平人爱说的那套话都是他们所谓"人话"。

别处人不用"人话"这个词儿，只说讲理不讲理，雅俗通用。讲理是讲理性，讲道理。所谓"理性"（这是老名词，重读"理"字，翻译的名词"理性"，重读"性"字）自然是人的理性，所谓道理也就是做人的道理。现在人爱说"合理"，那个"理"的意思比"讲理"的"理"宽得多。"讲理"当然"合理"，这是常识，似乎用不着检出西哲亚里士多德的大帽子，说"人是理性的动物"。可是这句话还是用得着，"讲理"是"理性的动物"的话，可不就是"人话"？不过不讲理的人还是不讲理的人，并不明白的包含着"不懂人话"，"不会说人话"所包含着的意思。讲理不一定和平，上海的"讲茶"就常教人触目惊心的。可是看字面儿，"你讲理不讲理？"的确比"你懂人话不懂？""你会说人话不会？"和平点儿。"不讲理"比"不懂人话"，"不会说人话"多拐了个弯儿，就不至于影响人格了。所谓做人的道理大概指的恕道，就是孔子所说的"己所不欲，勿施于人"。而"人话"要的也就是恕道。按说"理"这个词儿其实有点儿灰色，赶不上"人话"那个词儿鲜明，现在也许有人觉得还用得着这么个鲜明的词儿。不过向来的小商人洋车夫等等把它用得太鲜明了，鲜明得露了骨，反而糟蹋了它，这真是怪可惜的。

昆明《大国民报》，1943年。

论废话

"废话!""别费话!""少说费话!"都是些不客气的语句,用来批评或阻止别人的话的。这可以是严厉的申斥,可以只是亲密的玩笑,要看参加的人,说的话,和用这些语句的口气。"废"和"费"两个不同的字,一般好像表示同样的意思,其实有分别。旧小说里似乎多用"费话",现代才多用"废话"。前者着重在罗唆,罗唆所以无用;后者着重在无用,无用就觉罗唆。平常说"废物","废料",都指斥无用,"废话"正是一类。"费"是"白费","浪费",虽然指斥,还是就原说话人自己着想,好像还在给他打算似的。"废"却是听话的人直截指斥,不再拐那个弯儿,细味起来该是更不客气些。不过约定俗成,我们还是用"废"为正字。

道家教人"得意而忘言",言既该忘,到头儿岂非废话?佛家告人真如"不可说",禅宗更指出"开口便错":所有言说,到头儿全是废话。他们说言不足以尽意,根本怀疑语言,所以有这种话。说这种话时虽然自己暂时超出人外言外,可是还得有这种话,还得用言来"忘言",说那"不可说"的。这虽然可以不算矛盾,却是不可解的连环。所有的话到头来都是废话,可是人活着得说些废话,到头来废话还是不可废的。道学家教人少作诗文,说是"玩物丧志",说是"害道",那么诗文成了废话,这所谓诗文指表情的作品而言。但是诗文是否真是废话呢?

跟着道家佛家站在高一层看,道学家一切的话也都不免废话;让我们自己在人内言内看,诗文也并不真是废话。人有情有理,一般的看,理就在情中,所以俗话说"讲情理"。俗话也可以说"讲理","讲道理",其实讲的还是"情理";不然讲死理或死讲理怎么会叫做"不通人情"呢?道学家只看在理上,想要将情抹杀,诗文所以成了废话。但谁能无情?谁不活在情里?人一辈子多半在表情的活着;人一辈子好像总在说理,叙事,其实很少同时不在不知不觉中表情的。"天气好!""吃饭了?"岂不都是废话?可是老在人嘴里说着。看个朋友商量事儿,有时得闲闲说来，言归正传，写信也常如此。外交辞令更是不着边际的多。——战国时触詟说赵太后，也正仗着那一番废话。再说人生是个动，行是动，言也是动；人一辈子一半是行，一半是言。一辈子说话作文，若是都说道理，那有这么多道理？况且谁能老是那么矜持着？人生其实多一半在说废话。诗文就是这种废话。得有点废话，我们才活得有意思。

不但诗文，就是儿歌，民谣，故事，笑话，甚至无意义的接字歌，绕口令等等，也都给人安慰，让人活得有意思。所以儿童和民众爱这些废话，不但儿童和民众，文人，读书人也渐渐爱上了这些。英国吉士特顿曾经提倡"无意义的话"，并曾推荐那本《无意义的书》，正是儿歌等等的选本。这些其实就可以译为"废话"和"废话书"，不过这些废话是无意义的。吉士特顿大概觉得那些有意义的废话还不够"废"的，所以百尺竿头更进一步。在繁剧的现代生活里，这种无意义的废话倒是可以慰情，可以给我们休息，让我们暂时忘记一切。这是受用，也就是让我们活得有意思。——就是说理，有时也用得着废话，如逻辑家无意义的例句"张三是大于"，"人类是黑的"等。这些废话最见出所谓无用之用；那些有意义的，其实也都以无用为用。有人曾称一些学者为"有用的废物"，我们也不妨如法炮制，称这些有意义的和无意义的废话为"有用的废话"。废是无用，到头来不可废，就又是有用了。

话说回来，废话都有用么？也不然。汉代申公说，"为政不在多言，顾力行何如耳。""多言"就是废话。为政该表现于行事，空言不能起信；无论怎么好听，怎么有道理，不能兑现的支票总是废物，不能实践的空言总是废话。这种巧语花言到头来只教人感到欺骗，生出怨望，我们无须"多言"，大家都明白这种废话真是废话。有些人说话爱跑野马，闹得"游骑无归"。有些人作文"下笔千言，离题万里"。但是离题万里跑野马，若能别开生面，倒也很有意思。只怕老在圈儿外兜圈子，兜来兜去老在圈儿外，那就千言万语也是白饶，只教人又腻味又着急。这种才是"知难"；正为不知，所以总说不到紧要去处。这种也真是废话。还有人爱重复别人的话。别人演说，他给提纲挈领；别人谈话，他也给提纲挈领。若是那演说谈话够复杂的或者够杂乱的，我们倒也乐意有人这么来一下。可是别人说得清清楚楚的，他还要来一下，甚至你自己和他谈话，他也要对你来一下——妙在丝毫不觉，老那么津津有味的，真教人啼笑皆非。其实谁能不重复别人的话，古人的，今人的？但是得变化，加上时代的色彩，境地的色彩，或者自我的色彩，总让人觉着有点儿新鲜玩意儿才成。不然真是废话，无用的废话！

《生活文艺》，1944年。

很 好

"很好"这两个字真是挂在我们嘴边儿上的。我们说,"你这个主意很好。""你这篇文章很好。""张三这个人很好。""这东西很好。"人家问,"这件事如此这般的办,你看怎么样?"我们也常常答道,"很好。"有时顺口再加一个,说"很好很好"。或者不说"很好",却说"真好",语气还是一样,这么说,我们不都变成了"好好先生"了么?我们知道"好好先生"不是无辨别的蠢才,便是有城府的乡愿。乡愿和蠢才尽管多,但是谁也不能相信常说"很好","真好"的都是蠢才或乡愿。平常人口头禅的"很好"或"真好",不但不一定"很"好或"真"好,而且不一定"好";这两个语其实只表示所谓"相当的敬意,起码的同情"罢了。

在平常谈话里,敬意和同情似乎比真理重要得多。一个人处处讲真理,事事讲真理,不但知识和能力不许可,而且得成天儿和别人闹别扭;这不是活得不耐烦,简直是没法活下去。自然一个人总该有认真的时候,但在不必认真的时候,大可不必认真;让人家从你嘴边儿上得着一点点敬意和同情,保持彼此间或浓或淡的睦谊,似乎也是在世为人的道理。说"很好"或"真好",所着重的其实不是客观的好评而是主观的好感。用你给听话的一点点好感,换取听话的对你的一点点好感,就是这么回事而已。

你若是专家或者要人,一言九鼎,那自当别论;你不是专家或者要人,说好说坏,一般儿无足重轻,说坏只多数人家背地里议论你嘴坏或脾气坏而已,那又何苦来?就算你是专家或者要人,你也只能认真的批评在你门槛儿里的,世界上没有万能的专家或者要人,那么,你在说门槛儿外的话的时候,还不是和别人一般的无足重轻?还不是得在敬意和同情上着眼?我们成天听着自己的和别人的轻轻儿的快快儿的"很好"或"真好"的声音,大家肚子里反正明白这两个语的分量。若有人希图别人就将自己的这种话当作确切的评语,或者简直将别人的这种话当作自己的确切的评语,那才真是乡愿或蠢才呢。

我说"轻轻儿的","快快儿的",这就是所谓语气。只要那么轻轻儿的快快儿的,你说"好得很","好极了","太好了",都一样,反正不痛不痒的,不过"很好","真好"说着更轻快一些就是了。可是"很"字,"真"字,"好"字,要有一个说得重些慢些,或者整个儿说得重些慢些,分量就不同了。至少你是在表示你喜欢那个主意,那篇文章,那个人,那东西,那办法,等等,即使你还不敢自信你的话就是确切的评语。有时并不说得重些慢些,可是前后加上些字儿,如"很好,咳!""可真好。""我相信张三这个人很好。""你瞧,这东西真好。"也是喜欢的语气。"好极了"等语,都可以如法炮制。

可是你虽然"很"喜欢或者"真"喜欢这个那个,这个那个还未必就"很"好,"真"好,甚至于压根儿就未必"好"。你虽然加重的说了,所给予听话人的,还只是多一些的敬意和同情,并不能阐发这个那个的客观的价值。你若是个平常人,这样表示也尽够教听话的满意了。你若是个专家,要人,或者准专家,准要人,你要教听话的满意,还得指点出"好"在那里,或者怎样怎样的"好"。这才是听话的所希望于你们的客观的好评,确切的评语呢。

说"不错","不坏",和"很好","真好"一样;说"很不错","很不坏"或者"真不错","真不坏",却就是加字儿的"很好","真好"了。"好"只一个字,"不错","不坏"都是两个字;我们说话,有时长些比短些多带情感,这里正是个例子。"好"加上"很"或"真"才能和"不错","不坏"等量,"不错","不坏"再加上"很"或"真",自然就比"很好","真好"重了。可是说"不好"却干脆的是不好,没有这么多阴影。像旧小说里常见到的"说声'不好'"和旧戏里常听到的"大事不好了",可为代表。这里的"不"字还保持着它的独立的价值和否定的全量,不像"不错","不坏"的"不"字已经融化在成语里,没有多少劲儿。本来呢,既然有胆量在"好"上来个"不"字,也就无需乎再躲躲闪闪的;至多你在中间夹上一个字儿,说"不很好","不大好",但是听起来还是差不多的。

话说回来,既然不一定"很"好或"真"好,甚至于压根儿就不一定"好",为什么不沉默呢?不沉默,却偏要说点儿什么,不是无聊的敷衍吗?但是沉默并不是件容易事,你得有那种忍耐的功夫才成。沉默可以是"无意见",可以是"无所谓",也可以是"不好",听话的却顶容易将你的沉默解作"不好",至少也会觉着你这个人太冷,连嘴边儿上一点点敬意和同情都吝惜不给人家。在这种情景之下,你要不是生就的或炼就的冷人,你忍得住不说点儿什么才怪!要说,也无非"很好","真好"这一套儿。人生于世,遇着不必认真的时候,乐得多爱点儿,少恨点儿,似乎说不上无聊;敷衍得别有用心才是的,随口说两句无足重轻的好听的话，似乎也还说不上。

我屡次说到听话的。听话的人的情感的反应，说话的当然是关心的。谁也不乐意看尴尬的脸是不是？廉价的敬意和同情却可以遮住人家尴尬的脸，利他的原来也是利己的；一石头打两鸟儿，在平常的情形之下，又何乐而不为呢？世上固然有些事是当面的容易，可也有些事儿是当面的难。就说评论好坏，背后就比当面自由些。这不是说背后就可以放冷箭说人家坏话。一个人自己有身分，旁边有听话的，自爱的人那能干这个！这只是说在人家背后，顾忌可以少些，敬意和同情也许有用不着的时候。虽然这时候听话的中间也许还有那个人的亲戚朋友，但是究竟隔了一层；你说声"不很好"或"不大好"，大约还不至于见着尴尬的脸的。当了面就不成。当本人的面说他这个那个"不好"，固然不成，当许多人的面说他这个那个"不好"，更不成。当许多人的面说他们都"不好"，那简直是以寡敌众；只有当许多人的面泛指其中一些人这点那点"不好"，也许还马虎得过去。所以平常的评论，当了面大概总是用"很好"，"真好"的多。——背后也说"很好"，"真好"，那一定说得重些慢些。

可是既然未必"很"好或者"真"好，甚至于压根儿就未必"好"，说一个"好"还不成么？为什么必得加上"很"或"真"呢？本来我们回答"好不好？"或者"你看怎么样？"等问题，也常常只说个"好"就行了。但是只在答话里能够这么办，别的句子里可不成。一个原因是我国语言的惯例。单独的形容词或形容语用作句子的述语，往往是比较级的。如说"这朵花红"，"这花朵素净"，"这朵花好看"，实在是"这朵花比别的花红"，"这朵花比别的花素净"，"这朵花比别的花好看"的意思。说"你这个主意好"，"你这篇文章好"，"张三这个人好"，"这东西好"，也是"比别的好"的意思。另一个原因是"好"这个词的惯例。句里单用一个"好"字，有时实在是"不好"。如厉声指点着说"你好！"或者摇头笑着说，"张三好，现在竟不理我了。""他们这帮人好，竟不理这个碴儿了。"因为这些，要表示那一点点敬意和同情的时候，就不得不重话轻说，借用到"很好"或"真好"两个语了。

昆明《中央日报》《平明》副刊，1939年。

是喽嘛

初来昆明的人，往往不到三天，便学会了"是喽嘛"这句话。这见出"是喽嘛"在昆明，也许在云南罢，是一句普遍流行的应诺语。别地方的应诺语也很多，像"是喽嘛"这样普遍流行的似乎少有，所以引起初来的人的趣味。初来的人学这句话，一面是闹着玩儿，正和到别的任何一个新地方学着那地方的特别话的心情一样。譬如到长沙学着说"毛得"，就是如此。但是这句话不但新奇好玩儿，简直太新奇了，乍听不惯，往往觉得有些不客气，特别是说在一些店员和人力车夫的嘴里。他们本来不太讲究客气，而初来的人跟他们接触最多；一方面在他们看来，初来的人都是些趾高气扬的外省人，也有些不顺眼。在这种小小的摩擦里，初来的人左听是一个生疏的"是喽嘛"，右听又是一个生疏的"是喽嘛"，不知不觉就对这句话起了反感，学着说，多少带点报复的意味。

"是喽嘛"有点像绍兴话的"是唉"格嘴，"是唉"读成一个音，那句应诺语乍听起来有时候也好像带些不客气。其实这两句话都可以算是平调，固然也跟许多别的话一样可以说成不客气的强调，可还是说平调的多。

现在且只就"是喽嘛"来看。"喽"字大概是"了"字的音转，这"喽"字是肯定的语助词。"嘛"字是西南官话里常用的语助词，如说"吃嘛"，"看嘛"，"听嘛"，"睡嘛"，"唱嘛"，还有"振个嘛"，"振"是"这们"的合音，"个"相当于"样"，好像是说"这们着罢"。"是喽"或"是了"并不特别，特别的是另加的"嘛"字的煞尾。这个煞尾的语助词通常似乎表示着祈使语气，是客气的请求或不客气的命令。在"是喽嘛"这句话里却不一样，这个"嘛"似乎只帮助表示肯定的语气，对于"是喽"有加重或强调的作用。也许就是这个肯定的强调，引起初来的人的反感。但是日子久了，听惯了，就不觉其为强调了；一句成天在嘴上在耳边的话，强调是会变为平调的。昆明人还说"好喽嘛"，语气跟"是喽嘛"一样。

昆明话的应诺语还有"是"这一句，也是别地方没有的。它的普遍的程度，不如"是喽嘛"，却在别的应诺语之上。前些时有个云南朋友（他不是昆明人）告诉我，"是"是旧的说法，"是喽嘛"是新的。我疑心他是依据这两句话普遍的程度而自己给定出的解释。据我观察，"是"是女人和孩子说的多，是一句客气的应诺语。"是"就是"是呢"，"呢"字在这里也用作肯定的语助词。北平话读"呢"为"哪"，例如说，"还没有来哪"，"早着哪"，都是平调，可不说"是哪"。昆明读成""，比"哪"字显着细声细气的，所以觉得客气；男人不大爱说，也许就为了这个原故。

从字音上说，"喽"字的子音（l）比""字的子音（n）硬些，"嘛"字的母音（a）比""字的母音（ei）宽些，所以"喽嘛"这个语助词显得粗鲁些。"是喽嘛"这句话，若将"是"字或"嘛"字重读或拖长，就真成了不客气的强调。听的人觉得是在受教训似的，像一位前辈先生老气横秋的向自己说，"你的话算说对啦！"要不然，就会觉得说话的是在厌烦自己似的，他好像是说，"得勒，别废话啦！""是"这句话却不相同，它带点儿嫩气，总是客客气气的。昆明人也说"好"，跟"好喽嘛"在语气上的分别，和两个"是"字句一样。

昆明话的应诺语，据我所听到的，还有两个。一个是"是噢！"说起来像一个多少的"少"字。这是下对上的应诺语，有如北平的"着"字，但是用的很少，比北平的"着"字普遍的程度差得多。又一个是"是的喽"。有一回走过菜市，听见一个外省口音的太太向一个卖东西的女人说，"我常买你的！"那女人应着"是的喽"，下文却不知怎么样。这句话似乎也是强调转成了平调，别处倒也有的。

上面说起"着"字，我想到北平的应诺语。北平人说"是得（的）"，是平调。"是呀"带点同情，是"你说着了"的味儿。"可不是！""可不是吗！"比"是呀"同情又多些。"是啊？"表示有点儿怀疑，也许不止一点儿怀疑，可是只敢或者只愿意表示这一点儿。"是吗？"怀疑就多一些，"是吗！"却带点儿惊。这些都不特别另加语助词，都含着多多少少的客气。

昆明《中央日报》《平明》副刊，1939年。

不知道

世间有的是以不知为知的人。孔子老早就教人"知之为知之，不知为不知，是知也"。这是知识的诚实。知道自己的不知道，已经难，承认自己的不知道，更是难。一般人在知识上总爱表示自己知道，至少不愿意教人家知道自己不知道。苏格拉底也早看出这个毛病，他可总是盘问人家，直到那些人承认不知道而止。他是为真理。那些受他盘问的人，让他一层层逼下去，到了儿无可奈何，才只得承认自己不知道；但凡有一点儿躲闪的地步，这班人一定还要强词夺理，不肯轻易吐出"不知道"那句话的。在知识上肯坦白的承认自己不知道的，是个了不得的人，即使不是圣人，也该是君子人。知道自己的不知道，并且让人家知道自己的不知道，这是诚实，是勇敢。孔子说"是知也"，这个不知道其实是真知道——至少真知道自己，所谓自知之明。

世间可也有以不知为妙的人。《庄子·齐物论》记着：

> 啮缺问乎王倪曰，"子知物之所同是乎？"曰，"吾恶乎知之！""子知子之所不知邪？"曰，"吾恶乎知之！""然则物无知邪？"曰，"吾恶乎知之！虽然，尝试言之，庸讵知吾所谓知之非不知邪？庸讵知吾所谓不知之非知邪？……"

三问而三不知。最后啮缺问道，"子不知利害，则至人固不知利害乎？"王倪的回答是，至人神妙不测，还有什么利害呢！他虽然似乎知道至人，可是并不知道至人知道不知道利害，所以还是一个不知。所以《应帝王》里说，"啮缺问于王倪，四问而四不知，啮缺因跃而大喜。"庄学反对知识，王倪才会说知也许是不知，不知也许是知——再进一层说，那神妙不测的境界简直是个不可知。王倪的四个不知道使啮缺恍然悟到了那境界，所以他"跃而大喜"。这是不知道的妙处，知道了妙处就没有了。《桃花源》里人"不知有汉，无论魏晋"。太上隐者"山中无历日，寒尽不知年"，人与自然为一，也是个不知道的妙。

　　人情上也有以不知道为妙的。章回小说叙到一位英雄落难，正在难解难分的生死关头，突然打住道，"不知英雄性命如何，且听下回分解。"这叫做"卖关子"。作书的或"说话的"明知道那英雄的性命如何，"看官"或听书的也明知道他知道。他却卖痴卖呆的装作不知道，楞说不知道。他知道大家关心，急着要知道，却偏偏且不说出，让大家更担心，更着急，这才更不能不去听他的看他的。妙就妙在这儿。再说少男少女未结婚的已结婚的提到他们的爱人或伴儿，往往只秃头说一个"他"或"她"字。你若问他或她是谁，那说话的会赌气似的答你，"不知道！"赌气似的是为你明知故问，害羞带撒娇可是一大半儿。孩子在赌气的时候，你问什么，他往往会给你一个"不知道！"专心的时候也会如此。就是不赌气不专心的时候，你若问到他忌讳或瞒人的话，他还会给你那个"不知道！"而且会赌起气来，至少也会赌气似的。孩子们总还是天真，他的不知道就是天真的妙。这些个不知道其实是"不告诉你！"或"不理你！"或"我管不着！"

　　有些脾气不好的成人，在脾气发作的时候也会像孩子似的，问什么都不知道。特别是你弄坏了他的东西或事情向他商量怎么办的时候，他的第一句答话往往是重重的或冷冷的一个"不知道！"这儿说的还是和你平等的人，若是他高一等，那自然更够受的。——孩子遇见这种情形，大概会哭闹一场，可是哭了闹了就完事，倒不像成人会放在心里的。——这个"不知道！"其实是"不高兴说给你！"成人也有在专心的时候问什么都不知道的，那是所谓忘性儿大的人，不太多，而且往往是一半儿忘，一半儿装。忌讳的或瞒人的话，成人的比孩子的多而复杂，不过临到人家问着，他大概会用轻轻的一个"不知道"遮掩过去；他不至于动声色，为的是动了声色反露出马脚。至于像"你这个人真是，不知道利害！"还有，"咳，不知道得多少钱才够我花的！"这儿的不知道却一半儿认真，一半闹着玩儿。认真是真不知道，因为谁能知道呢？你可以说："天知道你这个人多利害！""鬼知道得多少钱才够我花的！"还是一样的语气。"天知道"，"鬼知道"，明明没有人知道。既然明明没有人知道，还要说"不知道"，不是费话？闹着玩儿？闹着玩可并非没有意义，这个不知道其实是为了加重语气，为了强调"你这个人多利害"，"得多少钱才够我花的"那两句话。

　　世间可也有成心以知为不知的，这是世故或策略。俗语道，"一问三不知"，就指的这种世故人。他事事怕惹是非，担责任，所以老是给你一个不知道。他不知道，他没有说什么，闹出了大小错儿是你们的，牵不到他身上去。这个可以说是"明哲保身"的不知道。老师在教室里问学生的书，学生回答"不知道"。也许他懒，没有看书，答不出；也许他看了书，还弄不清楚，想着答错了还不如回一个不知道，老师倒可以多原谅些。后一个不知道便是策略。"五四"运动的时候，北平有些学生被警察厅逮去送到法院。学生会请刘崇佑律师作辩护人。刘先生教那些学生到法院受讯的时候，对于审判官的问话如果不知道怎样回答才好，或者怕出了岔儿，就干脆说一个"不知道"。真的，你说"不知道"，人家抓不着你的把柄，派不着你的错处。从前用刑讯，即使真不知道，也可以逼得你说"知道"，现在的审判官却只能盘问你，用话套你，逼你，或诱你，说出你知道的。你如果小心提防着，多说些个"不知道"，审判官也没法奈何你。这个不知道更显然是策略。不过这策略的运用还在乎人。老辣的审判官在一大堆费话里夹带上一两句要紧话，让你提防不着，也许你会漏出一两个知道来，就定了案，那时候你所有的不知道就都变成废物了。

最需要"不知道"这策略的，是政府人员在回答新闻记者的问话的时候。记者若是提出不能发表或不便发表的内政外交问题来，政府发言人在平常的情形之下总得答话，可是又着不得一点儿边际，所以有些左右为难。固然他有时也可以"默不作声"，有时也可以老实答道，"不能奉告"或"不便奉告"；但是这么办得发言人的身分高或问题的性质特别严重才成，不然便不免得罪人。在平常的情形之下，发言人可以只说"不知道"，既得体，又比较婉转。

这个不知道其实是"无可奉告"，比"不能奉告"或"不便奉告"语气略觉轻些。至于发言人究竟是知道，是不知道，那是另一回事儿，可以不论。现代需用这一个不知道的机会很多，每回的局面却不完全一样。发言人斟酌当下的局面，有时将这句话略加变化，说得更婉转些，也更有趣些，教那些记者不至于窘着走开去。这也可以说是新的人情世故，这种新的人情世故也许比老的还要来得微妙些。

这个"不知道"的变化，有时只看得出一个"不"字。例如说，"未获得续到报告之前，不能讨论此事"，其实就是"现在无可奉告"的意思。前年九月二十日，美国赫尔国务卿接见记者时，"某记者问，外传美国远东战队已奉令集中菲律宾之加维特之说是否属实。赫尔答称，'微君言，余固不知此事。'"从现在看，赫尔的话大概是真的，不过在当时似乎只是一句幽默的辞令，他的"不知"似乎只是策略而已。去年八月罗斯福总统和邱吉尔首相在大西洋上会晤，华盛顿六日国际社电——"海军当局宣称：当局接得总统所发波多马克号游艇来电，内称游艇现正沿海岸缓缓前进；电讯中并未提及总统将赴海上某地与英首相会晤。"

这是一般的宣告，因为当时全世界都在关心这件事。但是宣告里只说了些闲话，紧要关头却用"电讯中并未提及"一句遮掩过去，跟没有说一样。还有，威尔基去年从英国回去，参议员克拉克问他，"威尔基先生，你在周游英伦时，英国希望美国派舰护送军备，你有些知道吗？"威尔基答道，"我想不起有人表示过这样的愿望。""想不起"比"不知道"活动得多；参议员不是新闻记者，威尔基不能不更婉转些，更谨慎些——，可是结果也还是一个"无可奉告"。

　　这个不知道有时甚至会变成知道，不过知道的都是些似相干又似不相干的事儿，你摸不着头脑，还是一般无二。前年十月八日华盛顿国际社电，说罗斯福总统"恐亚洲局势因滇缅路重开而将发生突变"，"日来屡与空军作战部长史塔克，海军舰队总司令李却逊，及前海军作战部长现充国防顾问李海等三巨头会商。总统并于接见记者时称，彼等会谈时仅研究地图而已云云。""仅研究地图而已"是答应了"知道"，但是这样轻描淡写的，还是"不知道"的比"知道"的多。去年五月，澳总理孟席尔到美国去，谒见罗斯福总统，"会谈一小时之久。后孟氏对记者称：吾人仅对数项事件，加以讨论，吾人实已经行地球一周，结果极令人振奋云。澳驻美公使加赛旋亦对记者称，澳总理与总统所商谈者为古今与将来之事件。""经行地球一周"，"古今与将来之事件"，"知道"的圈儿越大，圈儿里"不知道"的就越多。

　　这个不知道还会变成"他知道"。去年八月二十七日华盛顿合众社电，说记者"问总统对于野村大使所谓日美政策之暌隔必须弥缝，有何感想。总统避不作答，仅谓现已有人以此事询诸赫尔国务卿矣。"已经有人去问赫尔国务卿，国务卿知道，总统就不必作答了。去年五月十六日华盛顿合众社电，说罗斯福总统今日接见记者，说"美国过去曾两次不宣而战，第一次系北非巴巴拉之海盗，曾于一八八三年企图封锁地中海上美国之航行。第二次美将派海军至印度，以保护美国商业，打击英、法、西之海盗。""记者询以'今日亦有巴巴拉海盗式之人物乎？'总统称，'请诸君自己判断可也。'""诸君自己判断"，你们自己知道，总统也就不必作答了。"他知道"或"你知道"，还用发言人的"我"说什么呢？——这种种的变形，有些虽面目全非，细心吟味，却都从那一个不知道脱胎换骨，不过很微妙就是了。发言人临机应变，尽可层出不穷，但是百变不离其宗；这个不知道也算是神而明之的了。

《当代评论》，1942年。

话中有鬼

　　不管我们相信有鬼或无鬼，我们的话里免不了有鬼。我们话里不但有鬼，并且铸造了鬼的性格，描画了鬼的形态，赋与了鬼的才智。凭我们的话，鬼是有的，并且是活的。这个来历很多，也很古老，我们有的是鬼传说，鬼艺术，鬼文学。但是一句话，我们照自己的样子创出了鬼，正如宗教家的上帝照他自己的样子创出了人一般。鬼是人的化身，人的影子。我们讨厌这影子，有时可也喜欢这影子。正因为是自己的化身，才能说得活灵活现的，才会老挂在嘴边儿上。

　　"鬼"通常不是好词儿。说"这个鬼！"是在骂人，说"死鬼"也是的。还有"烟鬼"，"酒鬼"，"馋鬼"等，都不是好话。不过骂人有怒骂，也有笑骂；怒骂是恨，笑骂却是爱——俗语道，"打是疼，骂是爱"，就是明证。这种骂尽管骂的人装得牙痒痒的，挨骂的人却会觉得心痒痒的。女人喜欢骂人"鬼……""死鬼！"大概就是这个道理。至于"刻薄鬼"，"啬刻鬼"，"小气鬼"等，虽然不大惹人爱似的，可是笑嘻嘻的骂着，也会给人一种热，光却不会有——鬼怎么会有光？光天化日之下怎么会有鬼呢？固然也有"白日见鬼"这句话，那跟"见鬼"，"活见鬼"一样，只是说你"与鬼为邻"，说你是个鬼。鬼没有阳气，所以没有光。所以只有"老鬼"，"小鬼"，没有"少鬼"，"壮鬼"，老年人跟小孩子阳气差点儿，凭他们的年纪就可以是鬼，青年人，中年人阳气正盛，不能是鬼。青年人，中年人也可以是鬼，但是别有是鬼之道，不关年纪。"阎王好见，小鬼难当"，那"小"的是地位，所以可怕可恨；若凭年纪，"老鬼"跟"小鬼"倒都是恨也成，爱也成。——若说"小鬼头"，那简直还亲亲儿的，热热儿的。又有人爱说"鬼东西"，那也还只是鬼，"鬼"就是"东西"，"东西"就是"鬼"。总而言之，鬼贪，鬼小，所以"有钱使得鬼推磨"；鬼是一股阴气，是黑暗的东西。人也贪，也小，也有黑暗处，鬼其实是代人受过的影子。所以我们只说"好人"，"坏人"，却只说"坏鬼"；恨也罢，爱也罢，从来没有人说"好鬼"。

"好鬼"不在话下,"美鬼"也不在话下,"丑鬼"倒常听见。说"鬼相",说"像个鬼",也都指鬼而言。不过丑的未必就不可爱,特别像一个女人说:"你看我这副鬼相!""你看我像个鬼!"她真会想教人讨厌她吗?"做鬼脸"也是鬼,可是往往惹人爱,引人笑。这些都是丑得有意思。"鬼头鬼脑"不但丑,并且丑得小气。"鬼胆"也是小的,"鬼心眼儿"也是小的。"鬼胎"不用说的怪胎,"怀着鬼胎"不用说得担惊害怕。还有,书上说,"冷如鬼手馨!"鬼手是冰凉的,尸体原是冰凉的。"鬼叫","鬼哭"都刺耳难听。——"鬼胆"和"鬼心眼儿"却有人爱,为的是怪可怜见的。从我们话里所见的鬼的身体,大概就是这一些。

再说"鬼鬼祟祟的"虽然和"鬼头鬼脑"差不多,可只描画那小气而不光明的态度,没有指出身体部分。这就跟着"出了鬼!""其中有鬼!"固然,"鬼","诡"同音,但是究竟因"鬼"而"诡",还是因"诡"而"鬼",似乎是个兜不完的圈子。我们也说"出了花样","其中有花样","花样"正是"诡",是"谲";鬼是诡谲不过的,所以花样多的人,我们说他"鬼得很!"书上的"鬼蜮伎俩",口头的"鬼计多端",指的就是这一类人。这种人只惹人讨厌招人恨,谁爱上了他们才怪!这种人的话自然常是"鬼话"。不过"鬼话"未必都是这种人的话,有些居然娓娓可听,简直是"呢呢儿女语",或者是"海外奇谈"。说是"鬼话"!尽管不信可是爱听的,有的是。寻常诳语也叫做"鬼话",王尔德说得有理,诳原可以是很美的,只要撒得好。鬼并不老是那么精明,也有马虎的时候。说这种"无关心"的"鬼话",就是他马虎的时候。写不好字叫做"鬼画符",做不好活也叫做"鬼画符",都是马马虎虎的,敷敷衍衍的。若连不相干的"鬼话"都不爱说,"符"也不爱"画",那更是"懒鬼"。"懒鬼"还可以希望他不懒,最怕的是"鬼混","鬼混"就简直没出息了。

从来没有听见过"笨鬼",鬼大概总有点儿聪明,所谓"鬼聪明"。"鬼聪明"虽然只是不正经的小聪明,却也有了不起处。"什么鬼玩意儿!"尽管你瞧不上眼,他的可是一套玩意儿。你笑,你骂,你有时笑不得,哭不得,总之,你不免让"鬼玩意儿"耍一回。"鬼聪明"也有正经的,书上叫做"鬼才"。李贺是唯一的号为"鬼才"的诗人,他的诗浓丽和幽险,森森然有鬼气。更上一层的"鬼聪明",书上叫做"鬼工";"鬼工"险而奇,非人力所及。这词儿用来夸赞佳山水,大自然的创作,但似乎更多用来夸赞人们文学的和艺术的创作。还有"鬼斧神工",自然奇妙,也是这一类颂辞。借了"神"的光,"鬼"才能到这"自然奇妙"的一步,不然只是"险而奇"罢了。可是借光也大不易,论书画的将"神品"列在第一,绝不列"鬼品","鬼"到底不能上品,真也怪可怜的。

昆明《中央日报》《星期增刊》,1944年。

人生的一角之辑

正 义

人间的正义是在那里呢？

正义是在我们的心里！从明哲的教训和见闻的意义中，我们不是得着大批的正义么？但白白的搁在心里，谁也不去取用，却至少是可惜的事。两石白米堆在屋里，总要吃它干净，两箱衣服堆在屋里，总要轮流穿换，一大堆正义却扔在一旁，满不理会，我们真大方，真舍得！看来正义这东西也真贱，竟抵不上白米的一个尖儿，衣服的一个扣儿。——爽性用它不着，倒也罢了，谁都又装出一副发急的样子，张张皇皇的寻觅着。这个葫芦里卖的什么药？我的聪明的同伴呀，我真想不通了！

我不曾见过正义的面，只见过它的弯曲的影儿——在"自我"的唇边，在"威权"的面前，在"他人"的背后。

正义可以做幌子，一个漂亮的幌子，所以谁都愿意念着它的名字。"我是正经人，我要做正经事"，谁都向他的同伴这样隐隐的自诩着。但是除了用以"自诩"之外，正义对于他还有什么作用呢？他独自一个时，在生人中间时，早忘了它的名字，而去创造"自己的正义"了！他所给予正义的，只是让它的影儿在他的唇边闪烁一番而已。但是，这毕竟不算十分孤负正义，比那凭着正义的名字以行罪恶的，还胜一筹。可怕的正是这种假名行恶的人。他嘴里唱着正义的名字，手里却满满的握着罪恶；他将这些罪恶送给社会，粘上金碧辉煌的正义的签条送了去。社会凭着他所唱的名字和所粘的签条，欣然受了这份礼；就是明知道是罪恶，也还是欣然受了这份礼！易卜生"社会栋梁"一出戏，就是这种情形。这种人的唇边，虽更频繁的闪烁着正义的弯曲的影儿，但是深藏在他们心底的正义，只怕早已霉了，烂了，且将毁灭了。在这些人里，我见不着正义！

在亲子之间，师傅学徒之间，军官兵士之间，上司属僚之间，似乎有正义可见了，但是也不然。卑幼大抵顺从他们长上的，长上要施行正义于他们，他们诚然是不"能"违抗的——甚至"父教子死，子不得不死"一类话也说出来了。他们发见有形的扑鞭和无形的赏罚在长上们的背后，怎敢去违抗呢？长上们凭着威权的名字施行正义，他们怎敢不遵呢？但是你私下问他们，"信么？服么？"他们必摇摇他们的头，甚至还奋起他们的双拳呢！这正是因为长上们不凭着正义的名字而施行正义的缘故了。这种正义只能由长上行于卑幼，卑幼是不能行于长上的，所以是偏颇的；这种正义只能施于卑幼，而不能施于他人，所以是破碎的；这种正义受着威权的鼓弄，有时不免要扩大到它的应有的轮廓之外，那时它又是肥大的。这些仍旧只是正义的弯曲的影儿。不凭着正义的名字而施行正义，我在这等人里，仍旧见不着它！

在没有威权的地方，正义的影儿更弯曲了。名位与金钱的面前，正义只剩淡如水的微痕了。你瞧现在一班大人先生见了所谓督军等人的劲儿！他们未必愿意如此的，但是一当了面，估量着对手的名位，就不免心里一软，自然要给他一些面子——于是不知不觉的就敷衍起来了。至于平常的人，偶然见了所谓名流，也不免要吃一惊，那时就是心里有一百二十个不以为然，也只好姑且放下，另做出一番"足恭"的样子，以表倾慕之诚。所以一班达官通人，差不多是正义的化外之民，他们所做的都是合于正义的，乃至他们所做的就是正义了！——在他们实在无所谓正义与否了。呀！这样，正义岂不已经沦亡了？却又不然。须知我只说"面前"是无正义的，"背后"的正义却幸而还保留着。社会的维持，大部分或者就靠着这背后的正义罢。但是背后的正义，力量究竟是有限的，因为隔开一层，不由的就单弱了。一个为富不仁的人，背后虽然免不了人们的指摘，面前却只有恭敬。一个华服翩翩的人，犯了违警律，就是警察也要让他五分。这就是我们的正义了！我们的正义百分之九十九是在背后的，而在极亲近的人间，有时连这个背后的正义也没有！因为太亲近了，什么也可以原谅了，什么也可以马虎了，正义就任怎么弯曲也可以了。背后的正义只有在生疏的人们间。生疏的人们间，没有什么密切的关系，自然可以用上正义这个幌子。至于一定要到背后才叫出正义来，那全是为了情面的缘故。情面的根柢大概也是一种同情，一种廉价的同情。现在的人们只喜欢廉价的东西，在正义与情面两者中，就尽先取了情面，而将正义放在背后。在极亲近的人间，情面的优先权到了最大限度，正义就几乎等于零，就是在背后也没有了。背后的正义虽也有相当的力量，但是比起面前的正义就大大的不同，启发与戒惧的功能都如搀了水的薄薄的牛乳似的——于是仍旧只算是一个弯曲的影儿。在这些人里，我更见不着正义！

　　人间的正义究竟是在那里呢？满藏在我们心里！为什么不取出来呢？它没有优先权！在我们心里，第一个尖儿是自私，其馀就是威权，势力，亲疏，情面等等；等到这些角色一一演毕，才轮得到我们可怜的正义。你想，时候已经晚了，它还有出台的机会么？没有！所以你要正义出台，你就得排除一切，让它做第一个尖儿。你得凭着它自己的名字叫它出台。你还得抖擞精神，准备一副好身手，因为它是初出台的角儿，捣乱的人必多，你得准备着打——不打不成相识呀！打得站住了脚携住了手，那时我们就能从容的瞻仰正义的面目了。

《我们的七月》，1924年。

论自己

　　翻开辞典,"自"字下排列着数目可观的成语,这些"自"字多指自己而言。这中间包括着一大堆哲学,一大堆道德,一大堆诗文和废话,一大堆人,一大堆我,一大堆悲喜剧。自己"真乃天下第一英雄好汉",有这么些可说的,值得说值不得说的!难怪纽约电话公司研究电话里最常用的字,在五百次通话中会发现三千九百九十次的"我"。这"我"字便是自己称自己的声音,自己给自己的名儿。

　　自爱自怜!真是天下第一英雄好汉也难免的,何况区区寻常人!冷眼看去,也许只觉得那枉自尊大狂妄得可笑;可是这只见了真理的一半儿。掉过脸儿来,自爱自怜确也有不得不自爱自怜的。幼小时候有父母爱怜你,特别是有母亲爱怜你。到了长大成人,"娶了媳妇儿忘了娘",娘这样看时就不必再爱怜你,至少不必再像当年那样爱怜你。——女的呢,"嫁出门的女儿,泼出门的水";做母亲的虽然未必这样看,可是形格势禁而且鞭长莫及,就是爱怜得着,也只算找补点罢了。爱人该爱怜你?然而爱人们的嘴一例是甜蜜的,谁能说"你泥中有我,我泥中有你!"真有那么回事儿?赶到爱人变了太太,再生了孩子,你算成了家,太太得管家管孩子,更不能一心儿爱怜你。你有时候会病,"久病床前无孝子",太太怕也够倦的,够烦的。住医院?好,假如有运气住到像当年北平协和医院样的医院里去,倒是比家里强得多。但是护士们看护你,是服务,是工作;也许夹上点儿爱怜在里头,那是"好生之德",不是爱怜你,是爱怜"人类"。——你又不能老呆在家里,一离开家,怎么着也算"作客";那时候更没有爱怜你的。可以有朋友招呼你;但朋友有朋友的事儿,那能教他将心常放在你身上?可以有属员或仆役伺候你,那——说得上是爱怜么?总而言之,天下第一爱怜自己的,只有自己;自爱自怜的道理就在这儿。

　　再说,"大丈夫不受人怜。"穷有穷干,苦有苦干;世界那么大,凭自己的身手,那儿就打不开一条路?何必老是向人愁眉苦脸咳声叹气的!愁眉苦脸不顺耳,别人会来爱怜你？自己免不了伤心的事儿，咬紧牙关忍着，等些日子，等些年月，会平静下去的。说说也无妨，只别不拣时候不看地方老是向人叨叨，叨叨得谁也不耐烦的岔开你或者躲开你。也别怨天怨地将一大堆感叹的句子向人身上扔过去。你怨的是天地，倒碍不着别人，只怕别人奇怪你的火气怎么这样大。——自己也免不了吃别人的亏。值不得计较的，不做声吞下肚去。出入大的想法子复仇，力量不够，卧薪尝胆的准备着。可别这儿那儿尽嚷嚷——嚷嚷完了一扔开，倒便宜了那欺负你的人。"好汉胳膊折了往袖子里藏"，为的是不在人面前露怯相，要人爱怜这"苦人儿"似的，这是要强，不是装。说也怪，不受人怜的人倒是能得人怜的人；要强的人总是最能自爱自怜的人。

　　大丈夫也罢，小丈夫也罢，自己其实是渺乎其小的，整个儿人类只是一个小圆球上一些碳水化合物，像现代一位哲学家说的，别提一个人的自己了。庄子所谓马体一毛，其实还是放大了看的。英国有一家报纸登过一幅漫画，画着一个人，仿佛在一间铺子里，周遭陈列着从他身体里分析出来的各种原素，每种标明分量和价目，总数是五先令——那时合七元钱。现在物价涨了，怕要合国币一千元了罢？然而，个人的自己也就值区区这一千元儿！自己这般渺小，不自爱自怜着点又怎么着！然而，"顶天立地"的是自己，"天地与我并生，万物与我为一"的也是自己；有你说这些大处只是好听的话语，好看的文句？你能愣说这样的自己没有！有这么的自己，岂不更值得自爱自怜的？再说自己的扩大，在一个寻常人的生活里也可见出。且先从小处看。小孩子就爱搜集各国的邮票，正是在扩大自己的世界。从前有人劝学世界语，说是可以和各国人通信。你觉得这话幼稚可笑？可是这未尝不是扩大自己的一个方向。再说这回抗战，许多人都走过了若干地方，增长了若干阅历。特别是青年人身上，你一眼就看出来，他们是和抗战前不同了，他们的自己扩大了。——这样看，自己的小，自己的大，自己的由小而大，在自己都是好的。

　　自己都觉得自己好，不错；可是自己的确也都爱好。做官的都爱做好官，不过往往只知道爱做自己家里人的好官，自己亲戚朋友的好官；这种好官往往是自己国家的贪官污吏。做盗贼的也都爱做好盗贼——好喽啰，好伙伴，好头儿，可都只在贼窝里。有大好，有小好，有好得这样坏。自己关闭在自己的丁点大的世界里，往往越爱好越坏。所以非扩大自己不可。但是扩大自己得一圈儿一圈儿的，得充实，得踏实。别像肥皂泡儿，一大就裂。"大丈夫能屈能伸"，该屈的得屈点儿，别只顾伸出自己去。也得估计自己的力量。力量不够的话，"人一能之，己百之，人十能之，己千之"；得寸是寸，得尺是尺。总之路是有的。看得远，想得开，把得稳；自己是世界的时代的一环，别脱了节才真算好。力量怎样微弱，可是是自己的。相信自己，靠自己，随时随地尽自己的一份儿往最好里做去，让自己活得有意思，一时一刻一分一秒都有意思。这么着，自爱自怜才真是有道理的。

《人世间》，1942年。

论别人

有自己才有别人，也有别人才有自己。人人都懂这个道理，可是许多人不能行这个道理。本来自己以外都是别人，可是有相干的，有不相干的。可以说是"我的"那些，如我的父母妻子，我的朋友等，是相干的别人，其馀的是不相干的别人。相干的别人和自己合成家族亲友；不相干的别人和自己合成社会国家。自己也许愿意只顾自己，但是自己和别人是相对的存在，离开别人就无所谓自己，所以他得顾到家族亲友，而社会国家更要他顾到那些不相干的别人。所以"自了汉"不是好汉，"自顾自"不是好话，"自私自利"，"不顾别人死活"，"只知有己，不知有人"的，更都不是好人。所以孔子之道只是个忠恕：忠是己之所欲，以施于人，恕是"己所不欲，勿施于人"。这是一件事的两面，所以说"一以贯之"。孔子之道，只是教人为别人着想。

可是儒家有"亲亲之杀"的话，为别人着想也有个层次。家族第一，亲戚第二，朋友第三，不相干的别人挨边儿。几千年来顾家族是义务，顾别人多多少少只是义气；义务是分内，义气是分外。可是义务似乎太重了，别人压住了自己。这才来了"五四"时代。这是个自我解放的时代，个人从家族的压迫下挣出来，开始独立在社会上。于是乎自己第一，高于一切，对于别人，几乎什么义务也没有了似的。可是又都要改造社会，改造国家，甚至于改造世界，说这些是自己的责任。虽然是责任，却是无限的责任，爱尽不尽，爱尽多少尽多少；反正社会国家世界都可以只是些抽象名词，不像一家老小在张着嘴等着你。所以自己顾自己，在实际上第一，兼顾社会国家世界，在名义上第一。这算是义务。顾到别人，无论相干的不相干的，都只是义气，而且是客气。这些解放了的，以及生得晚没有赶上那种压迫的人，既然自己高于一切，别人自当不在眼下，而居然顾到别人，自当算是客气。其实在这些天之骄子各自的眼里，别人都似乎为自己活着，都得来供养自己才是道理。"我爱我"成为风气，处处为自己着想，说是"真";为别人着想倒说是"假",是"虚伪"。可是这儿"假"倒有些可爱,"真"倒有些可怕似的。

为别人着想其实也只是从自己推到别人,或将自己当作别人,和为自己着想并无根本的差异。不过推己及人,设身处地,确需要相当的勉强,不像"我爱我"那样出于自然。所谓"假"和"真"大概是这种意思。这种"真"未必就好,这种"假"也未必就是不好。读小说看戏,往往会为书中人戏中人捏一把汗,掉眼泪,所谓替古人担忧。这也是推己及人,设身处地;可是因为人和地只在书中戏中,并非实有,没有利害可计较,失去相干的和不相干的那分别,所以"推""设"起来,也觉自然而然。作小说的演戏的就不能如此,得观察,揣摩,体贴别人的口气,身分,心理,才能达到"逼真"的地步。特别是演戏,若不能忘记自己,那非糟不可。这个得勉强自己,训练自己;训练越好,越"逼真",越美,越能感染读者和观众。如果"真"是"自然",小说的读者,戏剧的观众那样为别人着想,似乎不能说是"假"。小说的作者,戏剧的演员的观察,揣摩,体贴,似乎"假",可是他们能以达到"逼真"的地步,所求的还是"真"。在文艺里为别人着想是"真",在实生活里却说是"假","虚伪",似乎是利害的计较使然;利害的计较是骨子,"真","假","虚伪"只是好看的门面罢了。计较利害过了分,真是像法朗士说的"关闭在自己的牢狱里";老那么关闭着,非死不可。这些人幸而还能读小说看戏,该仔细吟味,从那里学习学习怎样为别人着想。

"五四"以来,集团生活发展。这个那个集团和家族一样是具体的,不像社会国家有时可以只是些抽象名词。集团生活将原不相干的别人变成相干的别人,要求你也训练你顾到别人,至少是那广大的相干的别人。集团的约束力似乎一直在增强中,自己不得不为别人着想。那自己第一,自己高于一切的信念似乎渐渐低下头去了。可是来了抗战的大时代。抗战的力量无疑的出于二十年来集团生活的发展。可是抗战以来,集团生活发展的太快了,这儿那儿不免有多少还不能够得着均衡的地方。个人就又出了头,自己就又可以高于一切;现在却不说什么"真"和"假"了,只凭着神圣的抗战的名字做那些自私自利的事,名义上是顾别人,实际上只顾自己。自己高于一切,自己的集团或机关也就高于一切;自己肥,自己机关肥,别人瘦,别人机关瘦,乐自己的,管不着!——瘦瘦了,饿死了,活该!相信最后的胜利到来的时候,别人总会压下那些猖獗的卑污的自己的。这些年自己实在太猖獗了,总盼望压下它的头去。自然,一个劲儿顾别人也不一定好。仗义忘身,急人之急,确是英雄好汉,但是难得见。常见的不是敷衍妥协的乡愿,就是卑屈甚至谄媚的可怜虫，这些人只是将自己丢进了垃圾堆里！可是，有人说得好，人生是个比例问题。目下自己正在张牙舞爪的，且头痛医头，脚痛医脚，先来多想想别人罢！

《文聚》，1943年。

论诚意

　　诚伪是品性，却又是态度。从前论人的诚伪，大概就品性而言。诚实，诚笃，至诚，都是君子之德；不诚便是诈伪的小人。品性一半是生成，一半是教养；品性的表现出于自然，是整个儿的为人。说一个人是诚实的君子或诈伪的小人，是就他的行迹总算账。君子大概总是君子，小人大概总是小人。虽然说气质可以变化，盖了棺才能论定人，那只是些特例。不过一个社会里，这种定型的君子和小人并不太多，一般常人都浮沉在这两界之间。所谓浮沉，是说这些人自己不能把握住自己，不免有诈伪的时候。这也是出于自然。还有一层，这些人对人对事有时候自觉的加减他们的诚意，去适应那局势。这就是态度。态度不一定反映出品性来；一个诚实的朋友到了不得已的时候，也会撒个谎什么的。态度出于必要，出于处世的或社交的必要，常人是免不了这种必要的。这是"世故人情"的一个项目。有时可以原谅，有时甚至可以容许。态度的变化多，在现代多变的社会里也许更会使人感兴趣些。我们嘴里常说的，笔下常写的"诚恳""诚意"和"虚伪"等词，大概都是就态度说的。

　　但是一般人用这几个词似乎太严格了一些。照他们的看法，不诚恳无诚意的人就未免太多。而年轻人看社会上的人和事，除了他们自己以外差不多尽是虚伪的。这样用"虚伪"那个词，又似乎太宽泛了一些。这些跟老先生们开口闭口说"人心不古，世风日下"同样犯了笼统的毛病。一般人似乎将品性和态度混为一谈，年轻人也如此，却又加上了"天真""纯洁"种种幻想。诚实的品性确是不可多得，但人孰无过，不论那方面，完人或圣贤总是很少的。我们恐怕只能宽大些，卑之无甚高论，从态度上着眼。不然无谓的烦恼和纠纷就太多了。至于天真纯洁，似乎只是儿童的本分——老气横秋的儿童实在不顺眼。可是一个人若总是那么天真纯洁下去，他自己也许还没有什么，给别人的麻烦却就太多。有人赞美"童心""孩子气"，那也只限于无关大体的小节目，取其可以调剂调剂平板的氛围气。若是重要关头也如此，那时天真恐怕只是任性，纯洁恐怕只是无知罢了。幸而不诚恳，无诚意，虚伪等等已经成了口头禅，一般人只是跟着大家信口说着，至多皱皱眉，冷笑笑，表示无可奈何的样子就过去了。自然也短不了认真的，那却苦了自己，甚至于苦了别人。年轻人容易认真，容易不满意，他们的不满意往往是社会改革的动力。可是他们也得留心，若是在诚伪的分别上认真得过了分，也许会成为虚无主义者。

人与人事与事之间各有分际，言行最难得恰如其分。诚意是少不得的，但是分际不同，无妨斟酌加减点儿。种种礼数或过场就是从这里来的。有人说礼是生活的艺术，礼的本意应该如此。日常生活里所谓客气，也是一种礼数或过场。有些人觉得客气太拘形迹，不见真心，不是诚恳的态度。这些人主张率性自然。率性自然未尝不可，但是得看人去。若是一见生人就如此这般，就有点野了。即使熟人，毫无节制的率性自然也不成。夫妇算是熟透了的，有时还得"相敬如宾"，别人可想而知。总之，在不同的局势下，率性自然可以表示诚意，客气也可以表示诚意，不过诚意的程度不一样罢了。客气要大方，合身分，不然就是诚意太多；诚意太多，诚意就太贱了。

看人，请客，送礼，也都是些过场。有人说这些只是虚伪的俗套，无聊的玩意儿。但是这些其实也是表示诚意的。总得心里有这个人，才会去看他，请他，送他礼，这就有诚意了。至于看望的次数，时间的长短，请作主客或陪客，送礼的情形，只是诚意多少的分别，不是有无的分别。看人又有回看，请客有回请，送礼有回礼，也只是回答诚意。古语说得好，"来而不往非礼也"，无论古今，人情总是一样的。有一个人送年礼，转来转去，自己送出去的礼物，有一件竟又回到自己手里。他觉得虚伪无聊，当作笑谈。笑谈确乎是的，但是诚意还是有的。又一个人路上遇见一个本不大熟的朋友向他说，"我要来看你。"这个人告诉别人说，"他用不着来看我，我也知道他不会来看我，你瞧这句话才没意思哪！"那个朋友的诚意似乎是太多了。凌叔华女士写过一个短篇小说，叫做《外国规矩》，说一位青年留学生陪着一位旧家小姐上公园，尽招呼她这样那样的。她以为让他爱上了，那里知道他行的只是"外国规矩"！这喜剧由于那位旧家小姐不明白新礼数，新过场，多估量了那位留学生的诚意。可见诚意确是有分量的。

人为自己活着，也为别人活着。在不伤害自己身分的条件下顾全别人的情感，都得算是诚恳，有诚意。这样宽大的看法也许可以使一些人活得更有兴趣些。西方有句话，"人生是做戏。"做戏也无妨，只要有心往好里做就成。客气等等一定有人觉得是做戏，可是只要为了大家好，这种戏也值得做的。另一方面，诚恳，诚意也未必不是戏。现在人常说，"我很诚恳的告诉你"，"我是很有诚意的"，自己标榜自己的诚恳，诚意，大有卖瓜的说瓜甜的神气，诚实的君子大概不会如此。不过一般人也已习惯自然，知道这只是为了增加诚意的分量，强调自己的态度，跟买卖人的吆喝到底不是一回事儿。常人到底是常人，得跟着局势斟酌加减他们的诚意，变化他们的态度；这就不免沾上了些戏味。西方还有句话，"诚实是最好的政策"，"诚实"也只是态度；这似乎也是一句戏词儿。

《星期评论》，1940年。

论做作

做作就是"佯",就是"乔",也就是"装"。苏北方言有"装佯"的话,"乔装"更是人人皆知。旧小说里女扮男装是乔装,那需要许多做作。难在装得像。只看坤角儿扮须生的,像的有几个?何况做戏还只在戏台上装,一到后台就可以照自己的样儿,而女扮男装却得成天儿到处那么看!侦探小说里的侦探也常在乔装,装得像也不易,可是自在得多。不过——难也罢,易也罢,人反正有时候得装。其实你细看,不但"有时候",人简直就爱点儿装。"三分模样七分装"是说女人,男人也短不了装,不过不大在模样上罢了。装得像难,装得可爱更难;一番努力往往只落得个"矫揉造作"!所以"装"常常不是一个好名儿。

"一个做好,一个做歹",小呢逼你出些码头钱,大呢就得让你去做那些不体面的尴尬事儿。这已成了老套子,随处可以看见。那做好的是装做好,那做歹的也装得格外歹些;一松一紧的拉住你,会弄得你啼笑皆非。这一套儿做作够受的。贫和富也可以装。贫寒人怕人小看他,家里尽管有一顿没一顿的,还得穿起好衣服在街上走,说话也满装着阔气,什么都不在乎似的。——所谓"苏空头"。其实"空头"也不止苏州有。——有钱人却又怕人家打他的主意,开口闭口说穷,他能特地去当点儿什么,拿当票给人家看。这都怪可怜见的。还有一些人,人面前老爱论诗文,谈学问,仿佛天生他一副雅骨头。装斯文其实不能算坏,只是未免"雅得这样俗"罢了。

有能耐的人,有权位的人有时不免"装模做样","装腔作势"。马上可以答应的,却得"考虑考虑";直接可以答应的,却让你绕上几个大弯儿。论地位也只是"上不在天,下不在田",而见客就不起身,只点点头儿,答话只喉咙里哼一两声儿。谁教你求他,他就是这么着!——"笑骂由他笑骂,好官儿什么的我自为之!"话说回来,拿身分,摆架子有时也并非全无道理。老爷太太在仆人面前打情骂俏,总不大像样，可不是得装着点儿？可是，得恰到分际，"过犹不及"。总之别忘了自己是谁！别尽拣高枝爬，一失脚会摔下来的。老想着些自己，谁都装着点儿，也就不觉得谁在装。所谓"装模做样"，"装腔作势"，却是特别在装别人的模样，别人的腔和势！为了抬举自己，装别人；装不像别人，又不成其为自己，也怪可怜见的。

"不痴不聋,不作阿姑阿翁"，有些事大概还是装聋作哑的好。倒不是怕担责任，更不是存着什么坏心眼儿。有些事是阿姑阿翁该问的，值得问的，自然得问；有些是无需他们问的，或值不得他们问的，若不痴不聋，事必躬亲，阿姑阿翁会做不成，至少也会不成其为阿姑阿翁。记得那儿说过美国一家大公司经理，面前八个电话，每天忙累不堪，另一家经理，室内没有电话，倒是从容不迫的。这后一位经理该是能够装聋作哑的人。"不闻不问"，有时候该是一句好话；"充耳不闻"，"闭目无睹"，也许可以作"无为而治"的一个注脚。其实无为多半也是装出来的。至于装作不知，那更是现代政治家外交家的惯技，报纸上随时看得见。——他们却还得钩心斗角的"做姿态"，大概不装不成其为政治家外交家罢？

装欢笑，装悲泣，装嗔，装恨，装惊慌，装镇静，都很难；固然难在像，有时还难在不像而不失自然。"小心陪笑"也许能得当局的青睐，但是旁观者在恶心。可是"强颜为欢"，有心人却领会那欢颜里的一丝苦味。假意虚情的哭泣，像旧小说里妓女向客人那样，尽管一把眼泪一把鼻涕的，也只能引起读者的微笑。——倒是那"忍泪佯低面"，教人老大不忍。佯嗔薄怒是女人的"作态"，作得恰好是爱娇，所以《乔醋》是一折好戏。爱极翻成恨，尽管"恨得人牙痒痒的"，可是还不失为爱到极处。"假意惊慌"似乎是旧小说的常语，事实上那"假意"往往露出马脚。镇静更不易，秦舞阳心上有气脸就铁青，怎么也装不成，荆轲的事，一半儿败在他的脸上。淝水之战谢安装得够镇静的，可是不觉得意忘形摔折了屐齿。所以一个人喜怒不形于色，真够一辈子半辈子装的。

《乔醋》是戏，其实凡装，凡做作，多少都带点儿戏味——有喜剧，有悲剧。孩子们爱说"假装"这个，"假装"那个，戏味儿最厚。他们认真"假装"，可是悲喜一场，到头儿无所为。成人也都认真的装，戏味儿却淡薄得多；戏是无所为的，至少扮戏中人的可以说是无所为，而人们的做作常常是有所为的。所以戏台上装得像的多，人世间装得像的少。戏台上装得像就有叫好儿的，人世间即使装得像，逗人爱也难。逗人爱的大概是比较的少有所为或只消极的有所为的。前面那些例子，值得我们吟味，而装痴装傻也许是值得重提的一个例子。

作阿姑阿翁得装几分痴，这装是消极的有所为；"金殿装疯"也有所为，就是积极的。历来才人名士和学者，往往带几分傻气。那傻气多少有点儿装，而从一方面看，那装似乎不大有所为，至多也只是消极的有所为。陶渊明的"我醉欲眠卿且去"说是率真，是自然；可是看魏晋人的行径，能说他不带着几分装？不过装得像，装得自然罢了。阮嗣宗大醉六十日，逃脱了和司马昭做亲家，可不也一半儿醉一半儿装？他正是"喜怒不形于色"的人，而有一向当时人多说他痴，他大概是颇能做作的罢？

　　装睡装醉都只是装糊涂。睡了自然不说话，醉了也多半不说话——就是说话，也尽可以装疯装傻的，给他个驴头不对马嘴。郑板桥最能懂得装糊涂，他那"难得糊涂"一个警句，真喝破了千古聪明人的秘密。还有善忘也往往是装傻，装糊涂；省麻烦最好自然是多忘记，而"忘怀"又正是一件雅事儿。到此为止，装傻，装糊涂似乎是能以逗人爱的；才人名士和学者之所以成为才人名士和学者，至少有几分就仗着他们那不大在乎的装劲儿能以逗人爱好。可是这些人也良莠不齐，魏晋名士颇有仗着装糊涂自私自利的。这就"在乎"了，有所为了，这就不再可爱了。在四川话里装糊涂称为"装疯迷窍"，北平话却带笑带骂的说"装蒜"，"装孙子"，可见民众是不大赏识这一套的——他们倒是下的稳着儿。

《文学创作》，1943年。

论青年

冯友兰先生在《新事论·赞中华》篇里第一次指出现在一般人对于青年的估价超过老年之上。这扼要的说明了我们的时代。这是青年时代，而这时代该从"五四"运动开始。从那时起，青年人才抬起了头，发现了自己，不再仅仅的做祖父母的孙子，父母的儿子，社会的小孩子。他们发现了自己，发现了自己的群，发现了自己和自己的群的力量。他们跟传统斗争，跟社会斗争，不断的在争取自己领导权甚至社会领导权，要名副其实的做新中国的主人。但是，像一切时代一切社会一样，中国的领导权掌握在老年人和中年人的手里，特别是中年人的手里。于是乎来了青年的反抗，在学校里反抗师长，在社会上反抗统治者。他们反抗传统和纪律，用怠工，有时也用挺击。中年统治者记得"五四"以前青年的沉静，觉着现在青年爱捣乱，惹麻烦，第一步打算压制下去。可是不成。于是乎敷衍下去。敷衍到了难以收拾的地步，来了集体训练，开出新局面，可是还得等着瞧呢。

青年反抗传统，反抗社会，自古已然，只是一向他们低头受压，使不出大力气，见得沉静罢了。家庭里父代和子代闹别扭是常见的，正是压制与反抗的征象。政治上也有老少两代的斗争，汉朝的贾谊到戊戌六君子，例子并不少。中年人总是在统治的地位，老年人势力足以影响他们的地位时，就是老年时代，青年人势力足以影响他们的地位时，就是青年时代。老年和青年的势力互为消长，中年人却总是在位，因此无所谓中年时代。老年人在衰朽，是过去，青年人还幼稚，是将来，占有现在的只是中年人。他们一面得安慰老年人，培植青年人，一面也在讥笑前者，烦厌后者。安慰还是顺的，培植却常是逆的，所以更难。培植是凭中年人的学识经验做标准，大致要养成有为有守爱人爱物的中国人。青年却恨这种切近的典型的标准妨碍他们飞跃的理想。他们不甘心在理想还未疲倦的时候就被压进典型里去，所以总是挣扎着，在憧憬那海阔天空的境界。中年人不能了解青年人为什么总爱旁逸斜出不走正路，说是时代病。其实这倒是成德达材的大路；压迫着，挣扎着，材德的达成就在这两种力的平衡里。这两种力永恒的一步步平衡着，自古已然，不过现在更其表面化罢了。

青年人爱说自己是"天真的"，"纯洁的"。但是看看这时代，老练的青年可真不少。老练却只是工于自谋，到了临大事，决大疑，似乎又见得幼稚了。青年要求进步，要求改革，自然很好，他们有的是奋斗的力量。不过大处着眼难，小处下手易，他们的饱满的精力也许终于只用在自己的物质的改革跟进步上；于是骄奢淫佚，无所不为，有利无义，有我无人。中年里原也不缺少这种人，效率却赶不上青年的大。眼光小还可以有一步路，便是做自了汉，得过且过的活下去；或者更退一步，遇事消极，马马虎虎对付着，一点不认真。中年人这两种也够多的。可是青年时就染上这些习气，未老先衰，不免更教人毛骨悚然。所幸青年人容易回头，"浪子回头金不换"，不像中年人往往将错就错，一直沉到底里去。

青年人容易脱胎换骨改样子，是真可以自负之处；精力足，岁月长，前路宽，也是真可以自负之处。总之可能多。可能多倚仗就大，所以青年人狂。人说青年时候不狂，什么时候才狂？不错。但是这狂气到时候也得收拾一下，不然会忘其所以的。青年人爱讽刺，冷嘲热骂，一学就成，挥之不去；但是这只足以取快一时，久了也会无聊起来的。青年人骂中年人逃避现实，圆通，不奋斗，妥协，自有他们的道理。不过青年人有时候让现实笼罩住，伸不出头，张不开眼，只模糊的看到面前一段儿路，真是"前不见古人，后不见来者"。这又是小处。若是能够偶然到所谓"世界外之世界"里歇一下脚，也许可以将自己放大些。青年也有时候偏执不回，过去一度以为读书就不能救国就是的。那时蔡孑民先生却指出"读书不忘救国，救国不忘读书"。这不是妥协，而是一种权衡轻重的圆通观。懂得这种圆通，就可以将自己放平些。能够放大自己，放平自己，才有真正的"工作与严肃"，这里就需要奋斗了。

蔡孑民先生不愧人师，青年还是需要人师。用不着满口仁义道德，道貌岸然，也用不着一手摊经，一手握剑，只要认真而亲切的服务，就是人师。但是这些人得组织起来，通力合作。讲情理，可是不敷衍，重诱导，可还归到守法上。不靠婆婆妈妈气去乞怜青年人，不靠甜言蜜语去买好青年人，也不靠刀子手枪去示威青年人。只言行一致后先一致的按着应该做的放胆放手做去。不过基础得打在学校里；学校不妨尽量社会化，青年训练却还是得在学校里。学校好像实验室，可以严格的计划着进行一切；可不是温室，除非让它堕落到那地步。训练该注重集体的，集体训练好，个体也会改样子。人说教师只消传授知识就好，学生做人，该自己磨练去。但是得先有集体训练，教青年有胆量帮助人，制裁人，然后才可以让他们自己磨练去。这种集体训练的大任，得教师担当起来。现行的导师制注重个别指导，琐碎而难实践，不如缓办，让大家集中力量到集体训练上。学校以外倒是先有了集中训练，从集中军训起头，跟着来了各种训练班。前者似乎太单纯了，效果和预期差得多，后者好像还差不多。不过训练班至多只是百尺竿头更进一步，培植根基还得在学校里。在青年时代，学校的使命更重大了，中年教师的责任也更重大了，他们得任劳任怨的领导一群群青年人走上那成德达材的大路。

《中学生》，1944年。